죽은 자들의 메아리

권 도 회

미스터리 전문 번역가. 옮긴 책으로는 퍼트리샤 콘웰의 《스카페타 펙터》, 《죽은 자의 도시》, 베리 리가의 《나는 살인자를 사냥한다》, 릭 얀시의 《제5침공》, 애거서 크리스티의 《누명》, 《비뚤어진 집》, 《움직이는 손가락》, 존 카첸바크의 《하트의 전쟁》, 조지핀 테이의 《시간의 딸》 등이 있다.

SKUMTIMMEN (ENGLISH TITLE: ECHOES FROM THE DEAD)
by Johan Theorin

Copyright © by Johan Theorin 2007

All rights reserved.

Korean Translation © 2017 by ELIXIR

All rights reserved.

The Korean language edition is published by arrangement with

Theorins Texter AB c/o Salomonsson Agency through MOMO Agency, Seoul.

이 책의 한국어판 저작권은 모모 에이전시를 통해

Theorins Texter AB c/o Salomonsson Agency 사와의 독점 계약으로 '엘릭시르'에 있습니다.

저작권법에 의해 한국 내에서 보호를 받는 저작물이므로 무단 전재와 무단 복제를 금합니다.

이 도서의 국립중앙도서관 출판예정도서목록(CIP)은 서지정보유통지원시스템 홈페이지(http://seoji.nl.go.kr)와
국가자료공동목록시스템(http://www.nl.go.kr/kolisnet)에서 이용하실 수 있습니다.

CIP제어번호 : CIP2017032287

죽은 자들의
메아리

skumtimmen

요한 테오린 지음 | 권도희 옮김

엘릭시르

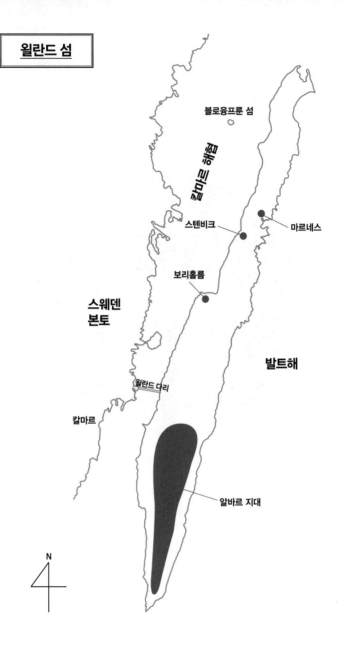

월란드 섬

블로융프룬 섬

칼마르해협

스텐비크

마르네스

보리홀름

스웨덴
본토

발트해

월란드 다리

칼마르

알바르 지대

N

차례

이 책은 Marlaine Delargy가 옮긴 영어판 『Echoes From the Dead』를 저본으로 하여 번역 편집했습니다.

윌란드의 옐로프손 가족에게

윌란드, 1972년 9월.

커다랗고 둥근 돌로 쌓은 담이 하얀 이끼에 희끄무레하게 뒤덮여 있었다. 돌담의 높이는 아이의 키와 똑같았다. 아이가 샌들을 신은 채 발가락 끝으로 서면, 간신히 담 너머가 내다보였다. 돌담 너머로는 온통 잿빛 안개뿐이었다. 아이는 세상의 끝에 서 있는 것 같았다. 그 반대일 수 있다는 것도 아이는 알고 있었다. 세상은 바로 이 돌담 너머에서부터 시작되는지도 몰랐다. 크고 넓은 세상, 할아버지 할머니의 정원 밖에 펼쳐진 세상. 여름 내내 아이는 돌담 너머의 세상을 탐험하고 싶다는 생각에 빠져 있었다.

지금까지 돌담 위로 올라가려는 시도를 두 번 해봤다. 두 번 다 올라갈 때 잡았던 돌을 놓치는 바람에 축축한 잔디밭으로 떨어졌다.

아이는 포기하지 않았다. 그리고 세 번째에 성공했다.

숨을 깊이 들이마신 뒤, 차가운 돌을 꽉 붙잡고 몸을 끌어올렸다. 간신히 담 위로 올라갈 수 있었다.

아이로선 승리였다. 조금 있으면 여섯 살이 되는 아이가 생전 처음 혼자 힘으로 담 위에 올라간 것이다. 아이는 왕좌에 앉은 왕처럼 담 위에 잠깐 동안 앉아 있었다.

돌담 밖의 세상은 거대했고 경계가 없었다. 하지만 담 안에서 볼 때와 마찬가지로 온통 잿빛으로 흐릿했다. 그날 오후 섬을 뒤덮은 안개 때문에 아이는 돌담 밖 세상을 제대로 볼 수가 없었다. 하지만 담 아래의 황갈색 풀잎들로 가득한 작은 풀밭은 보였다. 조금 더 떨어진 곳에 옹이가 많은 노간주나무 덤불과 이끼에 뒤덮인 바위들이 땅 위로 솟아올라 있는 모습도 눈에 들어왔다. 앞에 보이는 땅도 아이의 뒤쪽 정원처럼 평평했지만, 담 안쪽에서 보던 것보다는 훨씬 야생적으로 보였다. 낯설지만 유혹적인 모습이었다.

아이는 먼저 땅에 반쯤 파묻혀 있는 커다란 바위 위에 오른발을 디딘 다음 담 밑 풀밭에 내려섰다. 아이 혼자서 돌담 밖으로 나간 건 처음이었다. 아무도 아이가 어디 있는지 몰랐다. 엄마는 오늘 섬을 떠나 어딘가로 갔고, 할아버지는 조금 전에 바닷가로 내려갔다. 할머니가 잠들자마자 아이는 신발을 신고 집에서 빠져나왔다.

아이는 원하는 무엇이든 할 수 있었다. 모험을 나선 터였다.

아이는 바위에서 내려와 야생의 풀밭에 발을 내디뎠다. 풀들이 듬성듬성 나 있어서 지나가기 수월했다. 몇 걸음 더 나아가니 흐릿하던 세상이 조금씩 뚜렷해지기 시작했다. 아이는 풀밭 너머로 보이는 노간주나무 덤불 쪽으로 다가갔다.

부드러운 땅바닥이 모든 소리를 빨아들였다. 아이의 발걸음도 풀잎을 스치는 희미한 소리만 만들었다. 심지어 두 발로 펄쩍 뛰어올라 힘껏 땅을 굴러도 아주 작은 쿵 소리밖에 들리지 않았다. 풀밭에서 발을 떼면 발소리의 흔적은 곧장 사라졌다.

아이는 몇 미터를 그런 식으로 나아갔다. 깡충, 쿵. 깡충, 쿵.

풀밭을 벗어나 노간주나무 덤불에 도달했을 때, 아이는 양발로 깡충깡충 뛰어오르던 것을 멈췄다. 숨을 내쉬고 차가운 공기를 들이마셨다. 그러고는 주위를 둘러보았다.

앞쪽을 뒤덮고 있던 안개는 풀밭을 건너오는 동안 뒤쪽으로 물러나 있었다. 풀밭 너머로 돌담이 흐릿하게 보였고, 짙은 갈색 별장은 아예 보이지 않았다.

아이는 순간 풀밭 쪽으로 돌아가 다시 담을 타고 올라가야 할지 생각했다. 시계가 없었으나 사실 정확한 시간 같은 건 의미도 없었다. 하지만 머리 위 하늘이 점차 어둑해지고 주변 공기도 차가워지고 있었다. 하루가 저물어가고 있으며 이제 곧 밤이

오리라는 것을 아이는 알았다.

아이는 부드러운 땅 위를 조금 더 걸었다. 자기가 어디 있는지는 알고 있었다. 더이상 보이지는 않아도, 할머니가 잠들어 있는 별장은 뒤쪽에 있었다. 아이는 눈에 보이지만 만질 수는 없는 안개 담을 향해 걸어갔다. 앞으로 다가가면, 신기하게도 안개 담은 마치 아이와 놀이를 하듯 계속 조금씩 뒤로 물러서는 것 같았다.

아이는 걸음을 멈췄다. 그런 뒤 숨을 죽였다.

사방은 고요했고 아무것도 움직이지 않았다. 하지만 아이는 이상하게도 혼자가 아니라는 느낌을 받았다.

안개 속에서 무슨 소리가 난 것일까?

아이는 돌아섰다. 더이상 돌담도, 풀밭도 보이지 않았다. 아이를 에워싼 노간주나무 덤불은 움직임이 없었다. 나무들이 살아 있지 않다는 건 아이도 알고 있었다. 그러니까 인간처럼 살아 있는 건 아니라고. 그럼에도 나무들이 너무 크다는 생각을 하지 않을 수 없었다. 아이를 에워싼 검고 소리 없는 형체들이 보고 있지 않을 때 조금씩 다가오는 것 같았다.

아이는 다시 돌아섰다. 노간주나무 덤불이 더 많이 보였다. 노간주나무와 안개.

이제 아이는 별장이 어느 쪽에 있는지 알 수 없었다. 하지만 두려움과 외로움 때문에 계속 앞으로 걸어갔다. 아이는 주먹을 꼭 쥐고 풀밭을 가로질렀다. 돌담과 그 뒤에 있는 정원을 찾고 싶었다. 하지만 앞에 보이는 건 풀밭과 나무뿐이었다. 끝내 아이는 아무것도 볼 수 없었다. 눈물 때문에 세상이 흐릿해졌다.

아이는 걸음을 멈추고 숨을 들이마셨다. 눈물이 멈췄다. 안개 속에서 노간주나무 덤불이 보였다. 그중 한 그루는 가느다란 몸통이 두 개였다. 순간 아이는 그 나무가 움직이고 있다는 것을 알아차렸다.

사람이었다.

남자.

잿빛 안개를 뚫고 나온 남자는 아이에게서 몇 걸음 떨어진 곳에 멈춰 섰다. 큰 키에 어깨가 넓고 검은색 옷을 입고 있었다. 남자도 아이를 보았다. 검은 모자를 푹 눌러쓴 남자는 나이가 많아 보였다. 하지만 아이의 할아버지만큼 많은 것 같지는 않았다.

아이는 그 자리에 가만히 서 있었다. 남자는 모르는 사람이었다. 엄마는 항상 낯선 사람을 조심하라고 했다. 하지만 이제는 적어도 노간주나무와 안개밖에 없는 이곳에 아이 혼자 있는 건 아니었다. 남자가 좋은 사람이 아니라면 언제라도 돌아서서 도망치면 그만이었다.

"안녕." 남자가 굵은 목소리로 말했다. 안개 속을 한참 걸었거나 뛰어오기라도 한 듯 숨을 거칠게 몰아쉬고 있었다.

아이는 대답하지 않았다.

남자는 재빨리 고개를 돌리고 주위를 살폈다. 그런 다음 다시 아이를 쳐다보더니 미소도 짓지 않고 조용히 물었다.

"너 혼자 있니?"

아이는 말없이 고개를 끄덕였다.

"길을 잃었어?"

"그런 것 같아요." 아이가 대답했다.

"이제 괜찮을 거야……. 내가 이 알바르[•]에서 빠져나갈 길을 찾을 테니까." 남자가 한 걸음 다가왔다. "이름이 뭐니?"

"옌스요." 아이가 대답했다.

"옌스 다음은?"

"옌스 다비드손요."

"그렇구나. 내 이름은……." 남자는 잠시 망설이다가 덧붙였다. "아저씨 이름은 닐스야."

"닐스 다음은요?" 옌스가 물었다.

사소한 게임을 하는 것 같았다. 남자는 짧게 웃었다.

"내 이름은 닐스 칸트다." 남자가 다시 한 걸음 다가왔다.

옌스는 그대로 가만히 있었다. 주위를 둘러보는 일은 그만두었다. 안개 속에는 풀들과 바위, 나무밖에 없었다. 그리고 지금 닐스 칸트라는 낯선 남자는 두 사람이 친구라도 되는 것처럼 아이를 보며 미소 짓고 있었다.

그들 주위에는 안개가 자욱했고 정적이 흘렀다. 새소리조차 들리지 않았다.

■   석회질 토양으로 된 목초지.

"이제 괜찮아." 닐스 칸트가 손을 내밀며 말했다.

그들은 이제 아주 가까이 서 있었다.

옌스는 닐스 칸트가 지금껏 본 중에 가장 손이 큰 사람이라고 생각했다. 그리고 도망치기에는 늦었다는 것도 깨달았다.

1

시월의 어느 월요일 저녁, 아버지인 옐로프로부터 근 일 년 만에 처음으로 전화가 왔다. 아버지와 통화하면서 율리아는 암석 해안으로 유골이 밀려 올라왔을지도 모른다는 생각을 했다.

파도에 씻겨 진주처럼 하얀 뼈들은 물가의 잿빛 자갈 사이에서 선명하게 보일 것이다.

뼛조각.

실제로 해안에 뼈가 올라왔는지 율리아로서는 알 수 없었다. 하지만 지난 이십 년 동안, 그 유골을 보게 될 날을 기다려왔다.

그날 아침 율리아는 사회보장국과 한참 동안 통화를 했다. 올

가을에는 모든 것이 좋지 않았다.

늘 그렇듯 그녀는 그쪽에 연락하는 것을 최대한 미뤄왔다. 그 사람들의 한숨 소리를 듣고 싶지 않았다. 미루고 미루다가 어쩔 수 없이 전화를 걸자, 자동 응답기가 개인인증번호를 입력하라고 했다. 율리아가 번호를 누르자, 전화 통신망의 미로 속 다음 단계로 연결되었다. 완전한 공허 속으로 연결되는 것과 다를 바가 없었다. 그녀는 주방에 선 채로 창밖을 내다보며 전화선 끝에서 윙윙거리는 희미한 잡음을 듣고 있었다. 잘 들리지는 않았지만, 멀리서 수돗물을 튼 것 같은 소리였다.

숨을 죽인 채 수화기를 귀에 대고 누르면, 이따금씩 멀리서 메아리치는 영혼의 목소리들이 율리아에게 들려왔다. 가끔 그들은 음소거 상태로 속삭였다. 또 가끔은 새된 소리로 절망을 외치기도 했다. 율리아는 전화선 안의 유령 세상에 사로잡혀 있었다. 이따금 담배를 피울 때 돌아가는 주방 환풍기에서 들리는 그들의 애원하는 목소리에 빠져들곤 했다. 건물 환기구를 통해 그들의 중얼거림이 울려 퍼지기도 했다. 한마디도 알아들을 수 없지만, 지금이라도 정신을 엄청 집중하면 알아들을 수 있을 것이다. 한 번뿐이긴 하지만 율리아는 어떤 여자의 목소리를 제대로 들은 적이 있었다. '바로 지금이야.'

그녀는 주방 창문 앞에 선 채 수화기를 통해 잡음을 들으며 거리를 내다보았다. 밖은 춥고 바람이 많이 불었다. 비에 젖은 바닥에 떨어진 노란 자작나무 잎사귀들이 바람에서 도망치려

했다. 보도에는 자동차 바퀴에 짓눌려 바닥에 딱 달라붙은 암회색 낙엽들이 남아 있었다.

율리아는 아는 사람이 그 길을 지나갈지 모른다고 생각했다. 발코니 끝에서 보이는 길모퉁이에 변호사처럼 단정하게 손질한 머리에 양복을 입고 타이를 맨 옌스가 서류 가방을 들고 나타날지도 모른다. 그는 자신감이 넘치는 눈빛으로 성큼성큼 걸어갈 것이다. 그는 창가에 서 있는 그녀를 보고 깜짝 놀라 그 자리에 멈춰 설 것이다. 그러고는 그녀를 향해 미소를 지으며 손을 흔든다…….

갑자기 윙윙거리던 잡음이 사라지고, 스트레스가 잔뜩 쌓인 듯한 사람의 목소리가 들렸다. "사회보장국 소속 잉아입니다."

율리아를 새로 담당하기로 했던 막달레나라는 직원이 아니었다. 아니, 마들렌이었던가? 직접 만난 적은 없었다.

율리아는 숨을 깊게 들이마셨다.

"전 율리아 다비드손이라고 합니다. 혹시……."

"개인인증번호가 어떻게 되죠?"

"그건…… 아까 눌렀는데요."

"컴퓨터 화면에 뜨지 않네요. 한 번 더 말씀해주시겠어요?"

율리아는 개인인증번호를 불러주었다. 그러자 아무 소리도 들리지 않았다. 윙윙거리는 잡음도 없었다. 전화를 끊어버린 것일까?

"율리아 다비드손 씨인가요? 무엇을 도와드릴까요?" 상대방은 율리아가 이름을 밝힌 건 들은 적도 없다는 듯 물었다.

"연장하고 싶어서요."

"무엇을 말인가요?"

"병가요."

"어디서 일하시죠?"

"병원요. 외스테르슈크후세트 병원의 정형외과에서 일해요.
전 간호사예요." 율리아가 말했다.

아직도 간호사이긴 한 걸까? 최근 몇 년간 너무 많이 쉬는 바
람에 정형외과에서도 더이상 그녀를 찾지 않을 것 같았다. 율리
아 역시, 진짜 불행이 무엇인지 전혀 모르면서 별것 아닌 사소한
문제들을 가지고 끊임없이 투덜거리는 환자들이 전혀 그립지 않
았다.

"진단서는 있나요?" 전화기 너머 상대방이 물었다.

"네."

"오늘 의사를 만났나요?"

"아뇨, 지난 수요일에 만났어요. 절 담당해주시는 정신과 선
생님요."

"그런데 왜 이제야 전화를 하셨죠?"

"그때는 좀 괜찮은 것 같아서⋯⋯." 율리아는 말했다. 전에도
안 괜찮았지만. 그녀는 생각했다. 가슴 안쪽이 계속 아팠다.

"그날 바로 전화를 하셔야 했는데⋯⋯."

전화기 너머에서 뚜렷한 숨소리가 들려왔다. 아마 한숨을 쉰

—

17

모양이었다.

"알았습니다. 이번에는 어떻게든 해보죠. 예외로 하고 전산상에서 수정할게요. 단 이번만이에요." 상대방이 말했다.

"정말 친절하시네요." 율리아가 말했다.

"잠깐만 기다리세요……."

율리아는 그대로 창문 앞에 서서 거리를 내려다보았다. 길에는 아무도 없었다.

바로 그때 누군가 붐비는 도로를 가로질러 보도 쪽으로 걸어갔다. 남자였다. 율리아는 얼음처럼 차가운 손가락에 위를 움켜잡힌 듯한 기분이었다. 하지만 이내 남자가 오십 대는 되어 보이는 대머리에 페인트 자국이 묻은 것 같은 작업복을 입고 있다는 것을 알아차렸다.

"여보세요?"

율리아는 남자가 길 건너편에 있는 건물 앞에 멈춰 서더니 비밀번호를 누르고 문을 여는 것을 보았다. 남자는 건물 안으로 들어갔다.

옌스가 아니다. 그냥 평범한 중년 남자였다.

"여보세요? 율리아 씨?" 전화기 너머에서 그녀를 다시 불렀다.

"네, 듣고 있어요."

"좋아요. 전산상으로는 진단서가 우리한테 오는 중이라고 해놨어요."

"잘됐네요. 전……." 율리아가 말을 멈췄다.

그녀는 다시 거리를 내려다보았다.

"다른 문제가 있나요?"

"전……." 율리아는 수화기를 꼭 쥐었다. "아무래도 내일 날씨가 추울 것 같네요."

"그럴 것 같군요." 모든 일이 대수로울 것 없다는 듯 상대방이 말했다. "계좌 정보에 변경 사항이 있나요, 아니면 그대로인가요?"

율리아는 대답하지 않았다. 그녀는 뭔가 평범하고 일상적인 화제를 꺼내려고 애를 썼다.

"전 가끔 아들과 대화를 해요." 마침내 율리아가 말했다.

짧은 침묵 끝에, 전화 건너편에서 다시 목소리가 들렸다.

"아까 말씀드린 대로 진단서는……."

율리아는 재빨리 전화를 끊었다.

그녀는 그대로 주방에 선 채, 떨어지는 낙엽들에 어떤 패턴이 있을 거라 생각하며 창밖을 내다보았다. 하지만 아무리 오래 쳐다보고 있어도 알 수가 없었다. 율리아는 옌스가 학교에서 집으로 돌아오기를 간절히 바랐다.

아니, 이젠 직장에서 돌아온다고 해야겠지. 옌스는 오래전에 학교를 졸업했다.

옌스, 넌 뭐가 됐을까? 소방관? 변호사? 아니면 선생님?

그런 뒤에 그녀는 원룸 아파트의 좁은 거실에서 텔레비전 앞에 놓은 침대에 앉아 살무사에 관한 교육 프로그램을 보았다. 채널을 돌리다가 남자와 여자가 고기를 튀기는 요리 프로그램도 보았다. 그 프로그램이 끝나자 율리아는 다시 주방으로 돌아가 찬장에 와인잔이 남아 있는지 확인했다. 와인잔들을 좀 닦아야 할 것 같았다. 불빛에 비춰 보니 표면이 하얀 먼지 입자로 뒤덮여 있었다. 율리아는 와인잔을 하나씩 꺼내 닦았다. 총 스물네 개의 와인잔을 번갈아가며 사용하고 있었다. 그녀는 매일 저녁 레드와인을 두 잔씩, 어떨 때는 세 잔씩 마셨다.

그날 저녁, 율리아가 옷장에 단 한 벌 남아 있던 깨끗한 블라우스를 입고 텔레비전 앞에 놓은 침대에 누워 있을 때, 주방의 전화가 울리기 시작했다.

처음 벨이 울렸을 때, 율리아는 눈을 깜박거리기만 할 뿐 움직이진 않았다. 전화를 받지 않을 생각이었다. 받아야 할 이유가 없었다.

다시 전화벨이 울렸다. 율리아는 집에 없는 척하기로 했다. 뭔가 중요한 일이 있어서 밖에 나간 것처럼.

그녀는 고개를 들지 않아도 창밖을 볼 수 있었다. 골목의 지붕들과 불이 켜지지 않은 가로등, 높이 솟아오른 나무 꼭대기밖에 없었지만. 해가 도시 너머로 저물면서 하늘은 서서히 어두워지고 있었다.

세 번째로 전화벨이 울렸다.

땅거미가 내려앉았다. 황혼녘이었다.

네 번째로 전화벨이 울렸다.

율리아는 전화를 받으러 일어나지 않았다.

마지막으로 한 번 더 전화벨이 울린 뒤 정적이 찾아왔다. 밖에서 가로등 불이 하나씩 깜박이며 켜지더니 아스팔트 위로 불빛을 비추기 시작했다.

이만하면 잘 보낸 하루다.

아니, 실제로 잘 보냈다는 건 아니다. 하지만 어떤 날들은 다른 날들보다 조금 빨리 지나가기도 한다.

율리아는 언제나 혼자였다.

다른 아이가 있었다면 도움이 됐을지도 모른다. 미샤엘은 옌스를 위해서라도 남동생이나 여동생을 만들어주고 싶어 했다. 하지만 율리아는 싫다고 했다. 그녀로서는 확신이 없었다. 결국에는 미샤엘도 더이상 요구하지 않았다.

전화를 받지 않을 때가 종종 있었기 때문에 율리아는 자동 응답기를 달아놓았다. 그날 저녁에도 벨이 그친 뒤 침대에서 일어나 자동 응답기를 확인해보았지만, 윙윙거리는 소리 말고는 아무 소리도 들리지 않았다.

그녀는 전화기를 내려놓고 냉장고 위쪽에 있는 찬장을 열었다. 마신 술병은 그곳에 넣어두었다. 평소처럼 레드와인병이 놓여 있었다.

정확히 하자면, 그날의 두 번째 병이었다. 전날 저녁에 땄던 술병은 점심때 비웠기 때문이다.

코르크 마개가 부드러운 소리를 내며 뽑혔다. 그녀는 잔에 와인을 따른 뒤 재빨리 마셨다. 그러고서 다시 한 잔을 따랐다.

와인의 온기가 온몸에 퍼졌다. 이제 그녀는 돌아서서 창문을 내다보았다. 밖은 완전히 어두워져 있었다. 가로등 불빛만 아스팔트 보도 위를 드문드문 비출 뿐이었다. 가로등의 불빛 속에 움직이는 건 아무것도 없었다. 그림자 속에 무언가 숨어 있는 건 아닐까? 아무것도 보이진 않지만.

율리아는 창문에서 돌아선 뒤 두 번째 잔을 비웠다. 마음이 한결 가라앉았다. 사회보장국과 통화한 뒤로 계속 신경이 곤두서 있는 기분이었다. 이제는 긴장이 풀렸다. 세 잔째 와인을 마실 자격이 있었다. 이번에는 좀더 천천히 텔레비전을 보며 마실 수 있을 것이다. 아니면 음악을 들을 수도 있다. 아마 에리크 사티를 들으면서 수면제를 먹고, 자정이 되기 전에 잠들 것이다.

또다시 전화벨이 울렸다.

세 번째 벨 소리에 율리아는 침대에서 일어나 앉아 고개를 숙였다. 다섯 번째 벨 소리에 그녀는 자리에서 일어났다. 일곱 번째로 벨이 울릴 때에야 간신히 주방에 닿았다.

아홉 번째 벨이 울리기 전에 율리아는 수화기를 집어 들었다. 그녀는 속삭이듯 말했다. "율리아 다비드손입니다."

이번에는 윙윙거리는 소리 대신 나지막하면서도 뚜렷한 목소리가 들렸다. "율리아?"

그녀는 상대가 누군지 알아차렸다.

"옐로프예요?" 율리아는 조용히 물었다.

그녀는 더이상 그를 아버지라고 부르지 않았다.

"그래……. 나다."

다시 한번 침묵이 이어졌다. 그녀는 수화기를 잡고 귀에 바짝 붙였다.

"아무래도…… 그 일에 대해 뭔가 알아낸 것 같아서 말이야."

"뭘요? 무슨 일 말이에요?" 율리아는 벽을 쳐다보고 있었다.

"그러니까, 옌스…… 말이다."

율리아는 침을 삼켰다.

"그 애가 죽었나요?"

마치 손에 번호표를 쥐고 돌아다니는 것 같았다. 자기 번호가 불리면 자리에서 일어나 정보를 얻을 수 있다. 옌스가 물을 두려워했다는 사실을 알면서도, 율리아는 스텐비크 해안에 밀려온 하얀 뼛조각들을 떠올렸다.

"율리아, 그 애는 틀림없이……."

"그럼 그 애를 찾은 거예요?" 율리아가 옐로프의 말을 가로막았다.

"아니, 하지만……."

그녀는 눈을 깜박거렸다.

"그럼 왜 전화하신 거예요?"

"아직 그 애를 찾은 건 아니야. 하지만 난……."

"그런 게 아니면 전화하지 마세요!"

율리아는 소리를 지른 뒤 전화기를 탁 내려놓았다.

그녀는 눈을 꼭 감은 채 전화기 옆에 가만히 서 있었다.

번호표, 줄을 서는 곳. 하지만 오늘은 아니다. 율리아는 옌스가 이날 발견되기를 바라지 않았다.

그녀는 식탁 앞에 앉아 창문 밖 어둠을 바라보았다. 아무것도 생각할 수가 없었다. 그러다 다시 전화기를 보았다. 그녀는 자리에서 일어나 전화기 앞으로 다가갔다. 그리고 기다렸다. 아무 소리도 나지 않았다.

옌스, 널 위해서야.

율리아는 수화기를 집어 들고, 지난 몇 년 동안 빵 저장통 위 흰색 주방 타일에 붙어 있던 종이를 쳐다보았다. 그러고는 전화번호를 눌렀다.

첫 번째 신호음이 떨어지자마자 아버지가 전화를 받았다.

"옐로프 다비드손입니다."

"저예요." 율리아가 말했다.

"율리아, 그래."

침묵이 흘렀다. 율리아는 용기를 끌어모았다.

"조금 전에 전화를 그렇게 끊는 게 아니었어요."

"아, 그건……."

"어쩔 수 없었어요."

"그래, 그랬을 거야." 아버지가 말했다.

"욀란드는 요즘 날씨가 어때요?"

"춥고 흐리단다. 오늘은 밖에 나가지 않았어." 옐로프가 말했다.

또다시 침묵이 흘렀다. 율리아가 숨을 깊이 들이마셨다.

"왜 전화하신 거예요? 무슨 일이 있는 거죠?"

그는 대답하기 전에 머뭇거렸다.

"그래……. 몇 가지 일들이 있긴 하지." 그러고서 옐로프는 덧붙였다. "하지만 아는 건 없어. 새롭게 알아낸 게 없구나."

나만큼 모르진 않겠지. 미안해, 옌스.

"뭔가 새로운 사실이 밝혀진 줄 알았어요."

"생각을 해봤단다. 내가 할 수 있는 일이 뭔지." 옐로프가 말했다.

"무슨 일을 한단 말이죠?"

"우리가 할 수 있는 일이 있어." 옐로프는 재빨리 말을 이었다. "이리로 올 수 있겠니?"

"언제요?"

"가능한 한 빨리. 그렇게 하는 게 좋을 것 같구나."

"일을 쉴 수 없어요." 율리아가 말했다. 불가능하지는 않았다, 장기 병가를 얻었으니까. "무슨 일인지…… 말씀해보세요. 저한테 말할 수 없는 일인가요?"

아버지는 아무 말도 하지 않았다.

"그날 그 애가 무슨 옷을 입었는지 기억하니?" 마침내 옐로프가 물었다.

그날.

"네." 그날 아침 율리아는 옌스가 옷 입는 것을 도와주었다. 나중에야 그녀는 가을인데도 아이가 여름옷을 입고 있었다는 것을 깨달았다. "노란색 반바지에 빨간 면 셔츠를 입었어요. 그리고 그 위에 팬텀을 걸치고 있었죠. 사촌이 입던 거였는데, 얇은 플라스틱 판박이를 다리미질로 직접 붙여 꾸밀 수 있는 그런 옷이었어요⋯⋯."

"어떤 신발을 신고 있었는지도 기억해?" 옐로프가 물었다.

"샌들요. 검은색 고무 밑창이 달린 갈색 가죽 샌들이었어요. 오른쪽 신발은 발가락 위쪽 끈이 하나 느슨했고, 왼쪽 신발도 끈이 몇 개 느슨했죠⋯⋯. 여름이 끝날 무렵에는 항상 그랬어요. 그래서 다시 기워주곤 했는데⋯⋯."

"흰색 실을 사용했니?"

"네." 율리아가 재빨리 대답했다. 그러고서 다시 생각해보았다. "맞아요. 흰색이었던 것 같아요. 그런데 그건 왜 물으세요?"

잠시 침묵이 흐른 뒤에 옐로프가 대답했다.

"지금 내 책상에 낡은 샌들 한 짝이 놓여 있단다. 흰색 실로 수선한 거야. 다섯 살짜리 아이한테 맞을 것 같아 보이는 샌들이지⋯⋯. 지금 그 샌들을 보고 있어."

몸이 휘청거려 율리아는 조리대에 기댔다.

옐로프가 무슨 말인가 했지만 율리아는 전화를 끊었다. 다시 침묵이 흘렀다.

번호표, 이건 그녀가 받은 번호표였다. 이제 곧 그녀의 번호를 부를 것이다.

율리아는 다시 마음을 가라앉혔다. 십 분 뒤 수화기를 들고 옐로프의 번호를 눌렀다. 첫 번째 신호음이 떨어지자마자 기다리고 있었던 듯 아버지가 전화를 받았다.

"어디서 찾았어요? 어디서?" 그녀가 물었다.

"그게 좀 복잡하단다. 알다시피 내가 어떻게……. 그런 걸 알아내는 일이 내게 쉽지 않다는 걸 너도 알 거야, 율리아. 점점 더 어려워지고 있어. 그래서 네가 이곳에 왔으면 하는 거란다." 옐로프가 말했다.

"모르겠어요……." 율리아는 눈을 감았다. 전화기에서는 윙윙거리는 잡음만 들렸다. "제가 할 수 있을지 모르겠어요." 해안에 있는 자신의 모습이 보이는 것 같았다. 조약돌 사이를 걸어다니면서 찾아낸 유골 조각들을 가슴에 꾹 누르고 있는 자신의 모습이 보였다. "어떨지 모르겠어요."

"혹시 기억나는 게 있니?" 옐로프가 물었다.

"무슨 뜻이에요?"

"그날 있었던 일 말이다. 특별히 기억나는 일이 없어? 네가 생각해봤으면 좋겠구나."

"옌스가 실종됐다는 걸 기억하죠……. 그 애가……."

"옌스에 대한 걸 생각하라는 게 아니야. 그 외에 기억나는 일은 없니?" 옐로프가 말했다.

"무슨 뜻이죠? 전 모르겠어요……."

"그날 스텐비크에 안개가 자욱했던 건 기억나니?"

율리아는 아무 말도 하지 않았다.

"맞아요, 안개가 자욱했어요……." 마침내 그녀가 말했다.

"그걸 생각해보렴. 안개에 대해 떠올려봐." 옐로프가 말했다.

안개……. 욀란드를 생각하면 언제나 안개가 떠올랐다.

율리아는 안개를 기억할 수 있었다. 보통 때는 욀란드 북부에 짙은 안개가 끼는 일이 없었지만, 가을에는 가끔 그렇게 자욱해질 때가 있었다. 차갑고 축축한 안개.

그날 안개 속에서 무슨 일이 있었던 걸까?

무슨 일이 있었던 거니, 옌스?

윌란드, 1936년 7월.

훗날 윌란드를 엄청난 슬픔과 공포에 몰아넣을 그 남자도 1930년대 중반에는 열 살 소년이다. 암석이 많은 해안과 광활하게 펼쳐진 바다가 그의 소유다.

소년의 이름은 닐스 칸트. 햇볕에 그을린 그는 무더운 여름날 반바지 차림으로 햇살이 비치는 커다랗고 둥근 바위에 앉아 있다. 바위 위쪽으로 스텐비크의 집들과 보트 창고들이 있다. 소년은 생각한다.

'전부 내 거야.'

사실이다. 닐스의 가문이 이 해안을 소유하고 있으니까. 그들은 윌란드 북부 지역에 넓은 땅을 소유하고 있다. 수 세기 전부터 칸트 집안의 땅으로, 삼 년 전 아버지가 돌아가신 뒤로 닐스는 그 땅에 대한 책임이 자신에게 있다고 생각한다. 닐스는 아버지가 그립지 않다. 그가 기억하는 아버지는 키가 크고, 말이 없고, 가끔 폭력적인 엄격한 남자다. 그래서 닐스는 아버지가 돌아가신 건 해안 위쪽에 있는 목조 주택에서 자신을 기다리고 있을 어머니 베라에게도 잘된 일이라고 생각한다.

그는 아무도 필요 없다. 닐스에겐 친구들이 필요 없다. 그는 해변 마을에 사는 아이들을 전부 다 알고 있다. 동네의 나이 많은 소년들은 벌써부터 채석장에서 일한다. 하지만 이 특별한 해안은 오직 그의 것이다. 저 위에 있는 제분소에서 일하는 일꾼들이나 산등성이에 있는 보트 창고를 사용하는 어부들도 무섭

—

지 않다.

닐스는 바위에서 뛰어내릴 준비를 한다. 집에 돌아가기 전에 한 번 더 수영을 할 생각이다.

"닐스 형!" 카랑카랑한 남자아이의 목소리가 들린다.

닐스는 고개를 돌리지 않는다. 하지만 해안 경사면에서 자갈과 조약돌이 굴러떨어지는 소리와 함께 재빠른 발소리가 들려온다.

"형! 엄마가 토피 사탕 줬다! 많이 줬어!"

동생이다. 악셀은 닐스보다 세 살 어리다. 그의 손에 매듭을 묶은 회색 보자기가 들려 있다.

"이것 봐!"

악셀이 커다란 바위 옆으로 서둘러 다가오더니 흥분한 눈으로 닐스를 올려다보며 보자기를 풀고 안에 담긴 내용물을 보여준다.

안에는 작은 주머니칼과 토피 사탕이 있다. 반들거리는 검은색 버터 토피 사탕이다.

닐스는 토피 사탕이 여덟 개라는 것을 알아차린다. 오늘 아침 나오기 전에 엄마는 그에게 토피 사탕을 다섯 개밖에 주지 않았다. 그리고 그건 이미 다 먹어치웠다. 갑자기 마음속에서 분노가 치솟는 것을 느낀다.

악셀은 토피 사탕 한 개를 집어 들고 쳐다보더니, 입안에 쏙 집어넣는다. 그러고는 반짝거리는 바다를 쳐다본다. 동생은 만족스러운 듯 천천히 사탕을 씹는다. 마치 토피 사탕뿐 아니라 그들 위로 보이는 하늘과 바다와 해안 전부가 자기 것이리도 되는 것처럼.

닐스는 고개를 돌린다.

"난 수영할 거야." 그가 바다를 쳐다보며 말한다. 앉은 자리에서 뛰어내린 뒤 바지를 벗어 바위 위에 올려놓는다.

닐스는 악셀에게서 등을 돌린다. 그러고는 녹조로 반짝거리는 돌들 위에서 균형을 잡으며 파도 속으로 들어간다. 발가락 사이에 작은 갈색 해조류가 달라붙는다.

햇살을 받아 바닷물이 따뜻하다. 닐스가 뭍에서 떨어져 물속으로 들어가는 동안, 물가에 거품이 올라온다. 이번 여름에 그는 잠영을 배웠다. 닐스는 숨을 깊이 들이마신 뒤 잠수한다. 꿈틀거리며 돌이 많은 해저를 향해 내려갔다가 다시 햇살이 비치는 수면으로 올라온다.

악셀은 물가에 서 있다.

닐스는 매끄럽게 물살을 가르다가 사방으로 물방울을 튀기며 공중제비를 돈다. 머리 주위로 거품이 솟아오르기 시작한다. 그는 몇 미터 더 앞으로 나아간다. 더이상 발이 바닥에 닿지 않는다.

그 부근에 큰 바위가 튀어나와 있다. 물속에 사는 바다 괴물처럼 수면 아래 박혀 있는 돌덩어리다. 닐스는 그 바위 위로 올라갔다가, 다시 물속으로 다이빙을 한다. 여기서도 발이 땅에 닿지 않는다. 그는 선헤엄을 치듯 물 위에 떠 있다. 그러다 악셀이 여전히 물가에 서 있는 것을 본다.

"아직 수영도 못 해?" 닐스가 소리친다.

그는 악셀이 수영을 못 한다는 것을 알고 있다.

악셀은 대답하지 않는다. 하지만 수치심과 분노로 표정이 어두워지면서 눈을 내리깐다. 그는 반바지를 벗어 토피 사탕이 들어 있는 보자기 옆에 올려놓는다.

닐스는 바위 주변에서 조용히 헤엄친다. 수영이 얼마나 쉬운지 보여주기 위해서 처음에는 평영, 다음에는 배영을 한다. 그는 발길질을 하면서, 다시 바위 위로 올라간다.

"내가 도와줄게!" 닐스는 악셀에게 말한다. 잠깐이긴 하지만 실제로 그렇게 해볼까 하는 생각도 든다. 오늘 하루 형으로서 동생에게 수영을 가르치는 것이다. 하지만 그 생각은 오래가지 않는다.

그는 손짓한다.

"이리 와!"

악셀은 바닥에 깔려 있는 조약돌 때문에 기우뚱거리며 물속을 걷기 시작한다. 마치 깊은 구덩이의 가장자리에서 균형을 잡는 것처럼 양팔이 흔들린다. 닐스는 물가에서부터 불안정한 걸음걸이로 다가오는 동생을 아무 말 없이 지켜보고 있다.

악셀은 네 걸음 걸어온 뒤, 그 자리에 서서 굳은 표정으로 닐스를 쳐다본다. 물이 허벅지 높이까지 차오른다.

"그 정도 용기밖에 없냐?"

농담, 그는 어린 동생에게 가벼운 농담을 던진다.

악셀이 고개를 젓는다. 닐스는 재빨리 바위에서 물속으로 뛰어들어 물가 쪽으로 헤엄치기 시작한다.

"안전하다니까 그러네. 여기까지 와도 발이 바닥에 닿는단 말이야." 닐스가 말한다.

악셀이 몸을 앞으로 숙이고 그에게 손을 내민다. 닐스는 뒤쪽으로 이동한다. 그러자 동생은 자기도 모르는 사이에 조금씩 앞으로 다가온다.

"잘했어." 닐스가 말한다. 이제 물은 허리 높이까지 올라와 있다. "한 발자국만 더 와."

악셀은 닐스의 말대로 한 발자국 더 다가온다. 그런 뒤 닐스를 보며 불안한 미소를 짓는다. 닐스도 미소를 지으며 고개를 끄덕이자 악셀은 다시 한 걸음 다가온다.

닐스가 몸을 뒤로 젖힌다. 그러고서 물이 얼마나 부드러운지 보여주려는 듯 팔을 뻗으며 천천히 몸을 뒤로 넘긴다.

"수영은 누구나 다 하는 거야, 악셀. 난 혼자 배웠다니까." 닐스가 말한다.

그는 발길질을 하며 천천히 바위 쪽으로 헤엄쳐 가기 시작한다. 악셀이 걸어서 따라온다. 물은 이제 가슴 높이까지 차오른다.

닐스는 다시 바위 위로 올라간다.

"세 걸음만 더 오면 돼!" 그가 말한다.

물론 그건 사실이 아니다. 실제 거리는 일곱 걸음이나 여덟 걸음쯤 될 것이다. 하지만 악셀은 한 걸음, 두 걸음, 세 걸음 다가온다. 이제 그가 수면 위로 입을 내놓기 위해서는 목을 길게 뻗어야 한다. 그래도 바위까지는 여전히 삼 미터가량 남아 있다.

"숨을 쉬어야지." 닐스가 말한다.

악셀은 짧게 거친 숨을 몰아쉰다. 닐스는 바위 위에 앉아 악셀을 향해 가만히 손을 내민다.

그러자 동생이 앞으로 몸을 던진다. 하지만 곧장 후회했을 것이다. 숨을 들이마시자 입과 목구멍에 차가운 바닷물이 들어갔기 때문이다. 악셀은 닐스를 쳐다보며 팔을 휘적거린다. 바위에 손이 닿지 않는다.

닐스는 악셀이 물속에서 허우적거리는 것을 잠깐 지켜보다가 이내 앞으로 몸을 내밀어 동생을 안전한 바위 위로 끌어올린다.

악셀은 바위를 꼭 잡은 채 기침을 하며 가쁜 숨을 몰아쉰다. 닐스는 그 옆에 우뚝 서서 쭉 마음속에 있던 말을 내뱉는다.

"이 해안은 내 거야."

그런 다음 닐스는 바위에서 뛰어내린다. 화살처럼 똑바로 물속으로 들어가 그대로 몇 미터 앞으로 헤엄치기 시작한다. 몇 번인가 팔을 크게 휘저으며 앞으로 나아가자 물가의 조약돌이 손에 닿는다. 장난은 다 쳤다. 이제는 즐길 차례다. 닐스는 귀가 뚫릴 때까지 고개를 흔들면서, 악셀이 토피 사탕과 주머니칼이 담긴 보자기를 놔둔 바위로 걸어간다.

악셀의 반바지도 거기 있다. 닐스는 바지를 집어 든다. 솔기를 따라 기어다니는 벼룩이 보이는 것 같다. 그는 그대로 바지를 멀리 던져버린다.

그런 다음 악셀의 보자기로 몸을 숙인다. 햇빛을 받아 반짝거리는 버터 토피 사탕들이 놓여 있다. 닐스는 토피 사탕 하나를 집어 천천히 입속에 집어넣는다.

저편 바위 위에서 분노에 찬 악셀의 고함 소리가 들린다. 닐스는 천천히 사탕을 씹어 삼킨 뒤 다시 한 개를 집어 든다.

저멀리서 첨벙거리는 물소리가 들린다. 닐스는 고개를 들고 그쪽을 쳐다본다. 마침내 동생이 바위 위에서 물속으로 뛰어든 것이다.

닐스의 젖은 몸은 햇볕에 벌써 마르기 시작한다. 악셀을 구해주러 가고 싶다는 첫 번째 충동을 이겨낸다. 대신 그는 바위 위에 놓인 토피 사탕을 세 번째로 집어 든다.

첨벙거리는 물소리가 계속 들려와 닐스는 그쪽을 쳐다본다. 발이 바닥에 닿지 않자 악셀은 필사적으로 바위에 다시 올라가려고 애를 쓴다. 하지만 자꾸 손이 미끄러진다.

닐스는 사탕을 씹는다. 바위에 올라가려면 좀더 속도를 내야지.

악셀은 속도를 내지 못한다. 그러다가 해안 쪽으로 방향을 돌린다. 악셀이 요란하게 팔을 첨벙거리자 주위에 물거품이 일어난다. 하지만 조금도 앞으로 나아가지 못한다. 악셀은 겁에 질린 눈을 크게 뜬 채 닐스를 쳐다보고 있다.

닐스도 악셀을 마주 쳐다보며 사탕을 삼킨다. 이어 또다시 한 개를 집어 든다.

첨벙거리는 물소리가 급속도로 희미해진다. 동생이 뭔가 소리를 지르지만 닐스는 알아들을 수 없다. 그때 파도가 악셀의 머리를 뒤덮는다.

그제야 닐스는 물 쪽으로 한 걸음 나아간다.

악셀의 머리가 물 위로 올라오긴 하지만 조금 전과 달리 얼굴이 거의 보이지 않는다. 닐스의 눈에 보이는 건 젖은 머리밖에 없다. 곧 악셀은 다시 수면 아래로 가라앉는다. 보글보글 올라온 기포가 작은 파도에 휩쓸려 간다.

닐스는 서둘러 물속으로 뛰어든다. 그는 바위에 시선을 고정한 채 힘껏 팔과 다리를 움직이며 앞으로 나아간다. 하지만 악셀의 흔적은 보이지 않는다.

닐스는 재빨리 바위 쪽으로 간다. 잠수하듯 물속으로 들어가지만 눈을 뜨고 있을 수는 없다. 눈을 꼭 감은 채 차가운 어둠 속에서 앞으로 나아가도 손에 닿는 것은 아무것도 없다. 닐스는 다시 햇살이 비치는 쪽으로 올라간다. 그는 양손으로 바위를 잡은 뒤 기침을 하며 바위 위로 올라간다.

주위엔 온통 물밖에 보이지 않는다. 파도에 쏟아진 눈부신 햇살이 수면 아래 존재하는 모든 것들을 가려버린다.

악셀은 사라졌다.

닐스는 바람을 맞으며 기다리고 기다린다. 하지만 아무 일도 일어나지 않는다. 결국 몸이 차가워지기 시작하자 닐스는 물속에 뛰어들어 천천히 물가로 헤엄쳐 간다. 그가 할 수 있는 일은 아무것도 없다. 닐스는 물에서 나와 숨을 내쉰 뒤 커다란 바위에 몸을 기댄다.

그는 오랫동안 햇빛을 맞으며 서 있다. 첨벙거리는 물소리가 들리기를, 귀에 익은 악셀의 비명 소리가 들리기를 기다린다. 하지만 아무 소리도 들리지 않는다.

주위엔 정적만 흐른다.

악셀의 보자기에는 토피 사탕이 네 개 남아 있다. 닐스는 사탕을 쳐다본다.

엄마나 다른 사람들이 그에게 할 질문들을 예상해본다. 그 질문들에 어떻게 대답할지를 생각한다. 그런 다음 아버지가 돌아가셨을 때와 마르네스 교회에서 질질 끌었던 장례식이 얼마나 우울했는지를 떠올린다. 모든 사람들이 검은색 옷을 입고 죽은 사람을 위한 찬송가를 불렀다.

닐스는 흐느껴본다. 제법 괜찮다. 그는 엄마에게 가서 훌쩍거리며 악셀이 아직 해안에 있다고 말할 것이다. 악셀은 계속 있고 싶어 했지만, 닐스는 집에 오고 싶었다고 할 것이다. 모든 사람들이 악셀을 찾기 시작할 때, 닐스는 아버지의 장례식에서 들었던 슬픈 오르간 음악과 엄마와 함께 울었던 일을 떠올릴 것이다.

이제 곧 집으로 돌아가야 한다. 그는 무슨 말을 해야 할지,

무슨 말을 하지 말아야 할지 알고 있다.

하지만 그전에 남아 있는 악셀의 토피 사탕부터 다 먹어야 한다.

2

옐로프 다비드손은 마르네스 노인 요양원의 자기 방에 앉아 창밖으로 해가 지는 광경을 지켜보고 있었다. 첫 번째 주방 벨이 울렸다가 조용해졌다. 곧 저녁 식사 시간이었다. 그는 자리에서 일어나 식당으로 가야 했다. 그의 인생은 끝나지 않았다.

만일 그가 여전히 고향인 스텐비크의 어촌에 살고 있었다면, 해안에 앉아 태양이 서서히 칼마르 해협으로 잠기는 모습을 지켜볼 수 있었을 것이다. 하지만 마르네스는 동부 해안에 위치했기 때문에 그는 매일 저녁 태양이 요양원과 서쪽에 있는 마르네스 교회 사이의 자작나무 숲 뒤로 사라지는 모습을 보았다. 해마다 시월쯤 되면 자작나무들은 거의 맨가지만 남게 된다. 그래서 꼭 가라앉는 태양의 오렌지색 원반을 향해 앙상한 팔을 내밀고 있는 것처럼 보였다.

황혼이 내려앉을 무렵은 무서운 이야기를 하기에 좋은 시간이다.

그가 아이였을 때는 이 시간쯤 스텐비크의 들판이나 보트 창고에서의 하루 일이 끝났다. 모든 사람들이 저녁마다 작은 집 앞에 모이곤 했다. 등유 램프를 밝히지는 않았다. 황혼녘에 노인들은 자리에 앉아 그날 하루 있었던 일이나 마을 다른 곳에서 벌어진 일에 대해 이야기하곤 했다. 가끔은 아이들에게 들려주기도 했다.

옐로프는 무서운 이야기들을 좋아했다. 유령, 무시무시한 경고, 트롤, 그리고 욀란드 황야에서 벌어진 끔찍한 일 이야기들. 아니면 배가 돌이 많은 해안에 들어왔다가 암석에 부딪혀 좌초되는 이야기도 있었다.

주방 벨이 두 번째로 울렸다.

폭풍우에 휘말린 선장과 해안으로 너무 가깝게 밀려온 배는 머지않아 용골이 해저 바닥의 돌에 쓸리는 소리를 듣게 될 것이다. 그건 종말의 시작이었다. 가끔 솜씨가 좋거나 운이 좋은 경우 닻을 내렸다가 다시 바람을 거슬러 맑은 물을 향해 천천히 나아가는 배도 있었지만, 대부분은 그 자리에 좌초돼 꼼짝할 수 없게 됐다. 대개 선장은 자신과 선원들의 목숨을 구하기 위해 재빨리 배를 버린 뒤 파도를 가르며 육지로 올라갔다. 그들은 골수까지 얼어붙을 정도로 흠뻑 젖은 채로 해안에 서서 자신들이 타고 온 배가 폭풍우 속에 이리저리 흔들리다가 파도에 부딪혀 산산조각 나는 것을 지켜보았다.

작은 화물선이 좌초되면 망가진 관처럼 보이기도 했다.

주방 벨이 마지막으로 울렸다. 옐로프는 책상 가장자리를 잡고 몸을 일으켰다. 그는 팔다리에 셰그렌증후군을 겪고 있었다. 고통스러웠다. 침대 발치에 놓인 휠체어에 생각이 미쳤지만, 지금껏 실내에서는 휠체어를 탄 적이 없었다. 지금도 휠체어를 타고 싶진 않았다. 대신 오른손에 지팡이를 들었다. 그는 지팡이를 꽉 잡고 문 쪽으로 향했다. 그쪽에 있는 옷걸이에는 겉옷이 걸려 있고, 신발들도 가지런히 정리되어 있었다. 옐로프는 그 앞에서 지팡이에 의지해 멈춰 선 뒤, 복도로 통하는 문을 열었다. 그는 문 밖으로 나가 주위를 둘러보았다.

복도에서 질질 끄는 발소리가 들렸다. 곧 사람들이 차례로 모습을 드러냈다. 요양원에서 같이 지내는 사람들이었다. 그들은 지팡이나 보행기에 의지해 천천히 걸어왔다. 마르네스 요양원의 입소자들이 식사를 하기 위해 중앙으로 모여들었다.

그들 중 일부는 서로 조용히 인사를 나누었다. 다른 사람들은 내내 바닥만 쳐다보고 있었다.

이 복도를 따라 움직이는 지식들이 얼마나 많은지 생각하면

■   원인 불명으로 건성 각결막염, 건성 인두염, 이하선 종창이 특징이며 합병증으로 류머티즘 관절염, 전신성 홍반성 루푸스, 경피증, 다발성 근육염이 있다.

서, 옐로프는 식당으로 향하는 지루한 줄에 합류했다.

"여러분 모두를 보니 정말 좋네요!" 주방 밖, 음식 나르는 카트 사이에서 구역 담당자인 보엘이 미소를 지으며 말했다.

모두 식탁으로 가서 평소 앉는 자리에 조심스럽게 앉았다.

너무 많은 지식. 옐로프 주위에는 제화공, 교구 위원, 농부가 앉아 있었다. 이젠 더이상 아무도 관심을 보이지 않는 경험과 지식들이다. 그 안에는 옐로프 자신도 속해 있었다. 소용은 없지만, 그는 여전히 눈을 감은 채 몇 초 만에 로프로 보라인 매듭을 묶을 수 있었다.

"오늘밤은 추울 것 같아요, 옐로프." 마야 뉘만이 말했다.

"그래, 바람이 북쪽에서 불고 있더군." 옐로프가 동의했다.

마야는 그의 옆에 앉았다. 그녀는 주름살이 가득하고 말랐지만 그 자리에 있는 어느 누구보다 생기가 넘쳤다. 마야가 옐로프를 보며 미소를 짓자, 그도 그녀에게 미소를 지었다. 마야는 그의 이름을 정확하게 발음할 수 있는 몇 안 되는 사람 중 한 명이기도 했다. '위아일로프'.

마야는 스텐비크 출신이지만 1950년대에 농부와 결혼한 뒤 마르네스 북동쪽으로 떠났다. 옐로프도 선장이 된 뒤 보리홀름으로 옮겨갔다. 그와 마야는 사십여 년간 보지 못했다가 이 요양원에서 다시 만났다.

옐로프는 얇은 비스킷 한쪽을 집어 들고 먹기 시작했다. 그러면서 늘 그랬듯 아직 씹을 수 있다는 사실에 감사했다. 머리카락이 빠지고 시력이 나빠지고 힘이 약해지고 근육도 아팠지만 치아 상태는 괜찮았다.

주방에 양배추 냄새가 퍼졌다. 오늘 저녁 메뉴는 양배추 수프인 모양이었다. 옐로프는 숟가락을 집고서 음식 접시가 앞에 놓이기를 기다렸다.

요양원에 있는 사람들은 대부분 저녁 식사가 끝나면 텔레비전을 보면서 시간을 보냈다.

시대가 바뀌었다. 윌란드 해안에서 좌초되던 배들은 사라졌고, 더이상 황혼녘에 이야기해주는 사람도 없었다.

저녁 식사가 끝났다. 옐로프는 방으로 돌아왔다.

그는 책장 옆에 지팡이를 세워놓고 다시 책상 앞에 앉았다. 이제 창밖은 어두웠다. 만일 유리창에 코가 닿을 정도로 책상 위로 몸을 숙이고 내다본다면 마르네스 북쪽의 들판과 그 너머로 컴컴한 바다와 해안을 어렴풋하게나마 볼 수도 있을 터였다. 예전에 그가 일했던 발트해였다. 이제는 그런 식으로 유연하게 몸을 움직일 수 없었기에 옐로프는 양로원 뒤에 있는 자작나무숲을 지켜보는 것으로 만족했다.

여러 가지 이유로 더이상 '양로원'이라고 부르지 않을 뿐 사실 이곳은 양로원이었다. 좀더 듣기 좋은 새로운 말을 만들어내려고 애를 쓰지만, 뭐라고 부르든 죽을 날만 기다리고 있는 노인들을 모아놓은 곳이라는 사실에는 변함이 없었다.

책상 위의 신문 더미 옆에는 검은색 공책이 놓여 있었다. 이곳에 온 첫 번째 주 내내 책상에 앉아 창밖만 쳐다보던 옐로프는 두 번째 주에 들어서자 기운을 차려 마을로 나가 작은 잡화점에서 이 공책을 샀다. 그러고는 공책에 글을 쓰기 시작했다.

그는 공책에 생각나는 일들과 기억해야 할 일들을 썼다. 해야 할 일들을 적고, 그 일을 끝내면 줄을 그었다. 첫 장 맨 위에 쓴 '면도하기'만 빼놓고! 그 위에는 줄을 그을 일이 없을 것이다. 매일 해야 하는 일이니까. 면도를 해야겠다고 오늘 아침에도 그는 생각했었다.

옐로프가 공책에 적은 첫 번째 생각은 이것이었다.

"함부로 화를 내지 않는 사람은 용사보다 낫다. 제 마음을 다스리는 사람은 성을 탈취하는 것보다 낫다."

『잠언』16장에서 인용할 만하다고 생각한 구절이었다. 옐로프는 열두 살 때부터 성경을 읽기 시작했고 중단한 적이 없었다.

뒷면에는 아직 줄을 긋지 못한 세 가지가 적혀 있었다.

"이번 달 청구서들 해결하기."

"율리아가 수요일 저녁에 옴."

"에른스트와 이야기할 것."

전화 요금이나 신문 구독료, 교회 경내에 묻혀 있는 아내 엘라의 무덤 관리비 그리고 요양원 월 이용료는 다음주까지는 낼 필요가 없다.

그리고 율리아는 오기로 약속했으니 올 것이다. 이 일을 옐로프가 잊을 리는 없다. 그는 율리아가 한동안 윌란드에 머물러줬으면 싶었다. 지난 세월 율리아는 줄곧 슬픔에 잠겨 있었고, 옐로프는 딸이 슬픔을 떨쳐내기를 바랐다.

마지막 사항은 중요할 뿐만 아니라 율리아와도 관계가 있는 일이었다. 에른스트는 스텐비크에 있는 석공으로, 일 년 내내 섬에서 지내는 몇 안 되는 사람 중 하나였다. 에른스트와 옐로프, 그리고 두 사람과 친한 욘은 매주 통화를 하곤 했다. 가끔씩 황혼녘에 앉아 각각 옛날 이야기를 하기도 했다. 옐로프는 그 이야기들을 정말 좋아했다. 전부 다 알고 있는 이야기였음에도 말이다.

하지만 몇 달 전 어느 저녁, 에른스트가 마르네스로 찾아와 새로운 이야기를 해주었다. 옐로프의 손자인 옌스의 살인 사건에 관한 내용이었다.

옐로프는 이야기를 들을 준비가 되어 있지 않았다. 사실 그는 어린 옌스에 대해 생각하고 싶지 않았다. 하지만 에른스트는 침대에 앉으며 이야기를 들어야 한다고 고집을 부렸다.

"어떻게 된 일인지 생각을 좀 해봤어." 에른스트가 조용히 말했다.

"그래." 옐로프는 책상 앞에 앉았다.

"난 자네 손자가 바다에 빠져 죽었다고는 못 믿겠어. 아무래도 그 애는 안개 속에서 알바르 지대로 간 것 같아. 그리고 거기서 살인범을 만난 거야." 에른스트가 말했다.

"살인범?" 옐로프가 되물었다.

에른스트는 아무 말 없이 굳은살이 박인 손을 무릎 위에 포갰다.

"그게 누구란 말인가?" 옐로프가 물었다.

"닐스 칸트. 내 생각에는 옌스가 안개 속에서 닐스 칸트를 만난 것 같아." 에른스트가 말했다.

옐로프는 가만히 그를 쳐다보았다. 에른스트의 눈빛은 진지했다.

"난 일이 그렇게 된 거라고 생각해. 닐스 칸트가 어떻게든 돌아왔고, 그런 비극까지 일으킨 거지."

그때 에른스트는 그 말밖에 하지 않았다. 황혼녘의 짧은 대화였다. 하지만 옐로프는 잊을 수가 없었다. 그는 에른스트가 다시 찾아와 그 이야기를 좀더 해주기를 바라고 있었다.

옐로프는 공책을 휘휘 넘겨보았다. 생각을 적은 것보다 잊지 말아야 할 사항들이 훨씬 많았다. 금세 공책의 마지막 장에 다다랐다.

옐로프는 공책을 덮었다. 더이상 책상 앞에서 할 일은 없었지만, 그는 계속 그 자리에 앉은 채 어둠 속에서 흔들리는 자작나무들을 쳐다보았다. 그 광경은 옐로프로 하여금 강한 바람에 흔들리는 돛을 떠올리게 했다. 하지만 지금과 같은 가을바람을 맞으며 갑판 위에 선 채 천천히 지나쳐 가는 욀란드 해안과 가깝게 보이는 작은 집들과 바위들, 검은 줄처럼 보이는 지평선을 바라보던 자신의 모습으로 생각이 이어지지는 않았다. 옐로프가 그 장면을 그려보려던 찰나, 책상 위에 놓여 있던 선화가 울렸기 때문이다.

전화벨은 조용한 방안에서 날카롭고 요란하게 울렸다. 옐로프는 벨이 한 차례 더 울릴 때까지 내버려두었다. 종종 그는 전화를 건 사람이 누군지 미리 알 수 있었다. 하지만 이번에는 확실하지 않았다.

벨이 세 번째 울린 뒤, 옐로프는 수화기를 들었다.

"다비드손입니다."

상대방은 아무 말도 하지 않았다.

전화가 끊긴 건 아니었다. 일정하게 쉿쉿거리는 전자음이나 혼선이 된 것 같은 소리가 들렸다. 전화를 건 상대방은 아무 말도 하지 않았다.

그런데도 옐로프는 상대방이 무엇을 원하는지 알 것 같았다.

"옐로프요. 물건은 잘 받았어요. 그 샌들 때문에 전화를 걸었다면 말입니다."

옐로프는 전화기 너머에 있는 상대방의 조용한 숨소리를 들은 것 같다는 생각이 들었다.

"며칠 전에 소포를 받았어요." 그가 말했다.

침묵.

"아무래도 그쪽이 보낸 것 같다는 생각이 드는군요. 무슨 이유로 샌들을 보낸 거죠?" 옐로프가 물었다.

———

여전히 침묵만 흘렀다.

"샌들은 어디서 찾은 겁니까?"

들리는 소리라고는 쉿쉿거리는 전자음뿐이었다. 옐로프는 한참 동안 수화기를 귀에 대고 눌렀다. 마치 우주에 혼자 앉아 깜깜한 우주 공간의 정적을 듣고 있는 듯한 기분이 들기 시작했다. 아니면 바다에 혼자 있는 것 같기도 했다.

삽십 초쯤 지나서, 상대방이 깊은 기침 소리를 냈다.

그런 뒤 딸깍하는 소리가 들렸다. 저쪽에서 전화를 끊은 것이다.

3

율리아의 언니인 레나 룬드크비스트는 자동차 열쇠를 꼭 쥔 채 불안한 듯 차를 바라보았다. 그녀는 잠깐 율리아를 흘깃 쳐다본 뒤, 다시 공동소유의 자동차로 시선을 돌렸다.

차는 빨간색 소형 포드였다. 새 차는 아니지만 차체를 칠한 페인트는 여전히 반들거렸고 좋은 여름용 타이어가 끼워져 있었다. 차는 레나와 남편 리샤르드가 살고 있는 토르슬란다의 커다란 벽돌 저택 진입로 옆 골목에 주차되어 있었다. 그들의 집에는 큰 정원이 있었다. 바다가 보이진 않았지만, 율리아가 대기 중에서 소금기의 싸한 냄새를 맡을 수 있을 정도로 바다와 가까운 곳에 자리잡고 있었다. 율리아는 열린 창문 중 한 곳에서 새어

나오는 웃음소리를 듣고 조카들이 집안에 있다는 사실을 깨달았다.

"빌려주는 건 어렵지 않은데…… 마지막으로 운전한 게 언제니?" 레나가 물었다. 그녀는 여전히 자동차 열쇠를 꼭 쥔 채로 팔짱을 끼고 있었다.

"지난여름." 율리아가 대답했다. 그러고는 레나에게 재빨리 상기시켜주었다. "하지만 이건 내 차이기도 하잖아……. 적어도 절반은 말이야."

바다에서 차갑고 눅눅한 바람이 불어왔다. 레나는 얇은 카디건과 스커트만 입고 있었지만 따뜻한 집으로 들어가 이 문제에 대해 좀더 논의해보자는 말은 없었다. 설령 그녀가 청했다 해도 율리아가 받아들이지 않았으리라. 집안에는 리샤르드도 있을 터였다. 율리아는 형부나 십 대인 세 조카들을 만나고 싶지 않았다.

리샤르드는 볼보사社의 경영진 중 한 명이었다. 당연히 그에게는 회사에서 제공하는 전용 차량이 있고, 히싱엔에 있는 초등학교 교장인 레나 역시 그 차를 사용할 수 있었다. 그들은 아주 운이 좋았다.

"언니는 이 차가 필요 없잖아. 더군다나 그동안 쭉 이걸 가지고 있었고…… 내가 운전하고 싶지 않았던 동안 말이야." 율리아가 차분한 목소리로 말했다.

레나는 다시 한번 차를 쳐다봤다.

"그랬지. 하지만 리샤르드의 딸이 격주로 이곳에 오는데, 그 애가 저 차를……."

"기름은 내가 넣을게." 율리아가 말을 가로막았다.

그녀는 지금껏 언니를 무서워한 적이 없었다. 게다가 이미 윌란드까지 운전하고 가기로 결심했다.

"그래, 네가 그렇게 할 거라는 건 알아. 그것 때문이 아니야. 그냥 이러면 안 될 것 같아서 그래. 보험 문제도 있고. 리샤르드 말로는……."

"난 윌란드까지 이 차를 몰고 갈 거야. 그런 다음 예테보리로 돌아올 거고." 율리아가 말했다.

레나는 집을 올려다보았다. 커튼 뒤로 거의 모든 방에 불이 들어와 있었다.

"옐로프가 내가 와주길 바라. 어제 통화했어." 율리아가 말을 이었다.

"이제 와서 왜?" 레나는 대답을 기다리지 않고 다시 물었다. "넌 어디서 묵을 건데? 요양원에서 아버지와 같이 지낼 순 없잖아. 내가 알기로 그곳에는 손님용 방이 없어. 스텐비크에 있는 별장이나 보트 창고도 이 계절에는 쓸 수 없을 테고……."

"그런 건 내가 알아서 해." 율리아가 재빨리 말했다. 그런 뒤에야 그녀는 자신이 실제로 어디서 묵어야 할지 모른다는 사실을 깨달았다. 그 문제에 대해서는 생각조차 하지 않았다. "어쨌든 차는 가져가도 되는 거지?"

율리아는 언니가 어느 정도 포기했다는 것을 느낄 수 있었다. 리샤르드가 밖으로 나와서 차를 빌려주지 못하도록 거들기 전에 얼른 언니의 대답을 듣고 싶었다.

"그야…… 물론이지, 가져가. 그전에 차에서 꺼낼 물건들이 좀 있어."

레나는 차로 가 문을 열고 종이 몇 장과 선글라스, 반쯤 남은 마라부 초콜릿을 꺼냈다.

그녀는 율리아가 있는 쪽으로 돌아와 자동차 열쇠를 건네주었다. 율리아가 열쇠를 받아들자 레나는 다른 뭔가를 내밀었다.

"이것도 가져가. 언제든 너하고 연락할 수 있게. 난 얼마 전에 직장에서 새걸 받았어."

검은색 휴대전화였다. 제일 작은 모델은 아닌 것 같았지만 크기가 상당히 작았다.

"사용법도 모르는데." 율리아가 말했다.

"간단해. 먼저 코드를 입력하는 거야……. 여기 있어." 레나는 종이에 전화번호와 코드를 적어주었다. "그런 다음 전화를 걸 때는 지역 번호를 포함해서 전화번호를 다 누른 다음에 이 초록색 버튼을 누르면 돼. 선불 전화기인데 잔액이 얼마 남지 않았으니 충전해야 할 거야." 레나가 말했다.

"알았어, 고마워." 율리아는 휴대전화를 받았다.

"그래……. 운전 조심하고. 아버지한테 사랑한다고 전해줘." 레나가 말했다.

율리아는 고개를 끄덕이고는 차가 있는 쪽으로 걸어갔다. 차에 올라타자 언니의 향수 냄새가 진동을 했다. 그녀는 시동을 걸고 차를 출발시켰다.

어느덧 해질녘이었다. 제한속도보다 이십 킬로미터 느린 속도로 히싱엔을 지나는 동안, 율리아는 어쩌다 레나와 몇 초 이상은 서로 얼굴도 쳐다보지 않는 사이가 됐는지 생각했다. 예전에 두 사람은 제법 친했다. 무엇보다 율리아가 예테보리로 이사 온 것은 레나와 가까운 곳에서 살기 위해서였다. 이제는 반대가 되었다. 모든 일은 몇 년 전 율리아가 저녁 식사 초대를 받아 레나와 리샤르드의 집으로 갔던 금요일에 시작되었다. 아이들이 없는 자리였고, 그녀가 언니 집에 들어간 것은 그때가 마지막이었다. 저녁 식사가 끝나갈 무렵 리샤르드는 와인잔을 내려놓고 자리에서 일어나면서 이렇게 물었다.

"이십 년 전에 있었던 일을 놓고 언제까지 말도 안 되는 지겨운 소리를 할 거지? 그저 궁금해서 물어보는 거야. 언제까지 이래야 해?"

그는 화가 난데다 술에 약간 취한 탓에 목소리가 거칠었다. 그때 율리아는 자신의 기분에 대해 이야기하면서 지나가는 말로 옌스의 실종을 언급했을 뿐이었는데 말이다.

레나는 율리아를 쳐다보면서 차분하게 이야기했다. 바로 그때 그녀가 한 말 때문에 율리아는 이 년 뒤 옐로프가 스텐비크의 집을 떠나 마르네스 요양원으로 옮길 때 도와주러 같이 가자는 언니의 청을 거절했다.

"그 애는 돌아올 수 없어. 사실 모두가 알고 있지……. 옌스는 죽었어, 율리아. 너도 실은 알고 있잖아?"

그 자리에서 벌떡 일어나 맞은편에 앉아 있던 언니에게 신경질적으로 소리를 질러봤자 무슨 소용이 있었겠는가. 그럼에도 율리아는 그렇게 했다.

율리아는 집에 도착해 골목에 차를 주차했다. 그러고는 집에 들어가 짐을 싸기 시작했다. 열흘 동안 입을 옷가지와 세면도구, 책 몇 권(그리고 레드와인 두 병과 수면제 조금)을 싼 뒤, 샌드위치를 먹고 와인 대신 물을 마셨다. 그러자 잠자리에 들 시간이었다.

막상 침대에 누워 어둠 속을 쳐다보니 잠이 오지 않았다. 그녀는 자리에서 일어나 욕실로 갔다. 수면제를 먹고, 다시 침대로 돌아왔다.

어린 소년의 신발. 샌들.

눈을 감자 옌스에게 샌들을 신겨주던 젊은 엄마였을 때의 자신의 모습이 보였다. 그 추억이 가슴속에 암울하고 묵직하게 내려앉았다. 너무도 무거운 불확실성 때문에 율리아는 이불을 덮고 있음에도 몸을 떨었다.

옌스의 작은 신발. 아이에 대한 단서를 하나도 찾지 못한 채로 스무 해가 넘게 지났다. 이제 그 신발이 나왔다. 욀란드를 샅샅이 뒤진 뒤에, 암울함 속에서 셀 수 없이 많은 밤을 잠들지 못한 채 보낸 뒤에.

수면제의 약효가 서서히 퍼지기 시작했다.

'더 이상 어둠은 없어. 아이를 찾게 도와주세요.' 그녀는 반쯤 잠이 든 상태로 생각했다.

아침이 오기까지는 한참 남아 있다. 율리아가 잠에서 깨어났을 때 바깥은 아직 컴컴했다. 그녀는 아침 식사를 하고 설거지를 했다. 이어 아파트 문을 잠그고 차에 올라탔다. 시동을 건 뒤 와이퍼를 작동시켜 앞유리에 쌓인 낙엽들을 치웠다. 그런 다음 마침내 자신이 살고 있는 거리에서 출발했다. 도심을 벗어날 무렵 해가 뜨면서 아침 교통 체증이 시작되었다. 마지막 신호등이 파란불로 바뀌자, 그녀는 예테보리를 떠나 시외로 통하는 동쪽 고속도로에 접어들었다.

처음 몇 킬로미터를 가는 동안은 창문을 열고 달렸다. 차가운 아침 바람이 차 안에 진동하던 언니의 향수 냄새를 날려주었다.

'옌스, 엄마가 가고 있어. 진짜야. 이제는 아무도 날 막을 수 없어.'

율리아는 생각했다. 이것이 옌스에게 하는 말이 아니라는 건 그녀도 알고 있었다. 혼잣말도 아니었다. 약간 미친 것인지도 모른다. 옌스가 실종된 뒤부터 가끔씩 그랬다.

보로스를 뒤로하고 고속도로 끝 쪽으로 가자 집들이 점점 적어지면서 드문드문 나타나기 시작했다. 스몰란드의 빽빽한 삼림이 도로변에 몰려 있었다. 율리아는 아무 생각 없이 미지의 운명을 향해 달려가려 했지만 숲으로 통하는 길이 너무 황량해 보였다. 그녀는 차를 몰고 동쪽 해안을 향해 숲을 가로질렀다. 율리아는 너무나 오랜만에 이런 먼 여행을 혼자 떠났다는 사실을 즐겨보려고 노력했다.

그녀는 해안에서 몇 킬로미터 떨어진 주유소에 차를 세우고 기름을 넣은 뒤, 돈이 아까운 맛이 나는 질기고 끈적거리는 스튜를 몇 입 먹었다. 그런 다음 다시 출발했다.

윌란드 다리 쪽으로 향했다. 칼마르 북쪽에 있는 그 다리는 섬까지 연결되어 있었다. 이십 년 전에 건설한 것으로, 그해 가을…… 바로 그날 완공됐다.

율리아는 목적지에 도착할 때까지 아무 생각도 하지 않기로 했다.

해협을 가로지르는 윌란드 다리는 높고 튼튼하게 서 있었다. 넓은 콘크리트 기둥들이 받치고 있는 다리는 빠른 속도로 달리는 자동차들이 일으키는 광풍에도 전혀 영향을 받지 않았다. 일직선으로 곧게 뻗은 넓은 다리로, 본토 쪽에 근접해 다리 아래로 선체가 높은 배들이 지나갈 수 있게 만든 아치형 구역만은 예외였다. 그 아치형 조망 지점에서는 섬의 평평한 형태가 한눈에 들어왔다. 섬은 수평선을 따라 북쪽에서 남쪽으로 길게 뻗어 있었다.

알바르가 눈에 들어왔다. 풀로 뒤덮인 채 윌란드의 넓은 부분을 차지하는 평원이다. 그 풍광 위로 검은 구름이 길쭉한 비행선처럼 낮게 떠 있었다.

관광객과 주민 모두 알바르를 산책하거나 거기서 조류 관찰하는 것을 좋아했다. 하지만 율리아는 알바르가 싫었다. 지나치게 크기만 한데다, 혹여 광대한 하늘이 무너지는 경우 피할 곳이 아무데도 없기 때문이었다.

그녀는 다리를 지나 북쪽 방향의 보리홀름으로 향했다. 서쪽 해안을 따라 직선 도로가 몇 킬로미터가량 이어졌다. 관광철이 지난 뒤라 차들은 몇 대 보이지 않았다. 율리아는 황량한 알바르와 그 반대편의 물가를 보지 않기 위해 시선을 앞쪽 도로에 고정했다. 그리고 끈을 수선한 작은 샌들을 생각하지 않으려고 애를 썼다.

아무것도 아닐 거야. 아무 의미도 없어.

욀란드 다리에서 보리홀름까지는 삼십 분 가까이 걸렸다. 그곳에 도착하니 신호등이 있는 교차로가 하나 나왔다. 율리아는 좌회전을 해서 물가의 작은 마을 쪽으로 가기로 마음먹었다.

그녀는 스토리아탄 거리에 있는 케이크 가게에 멈춰 섰다. 항구와 광장, 교회는 그럭저럭 피할 수 있었다. 그녀와 부모님은 교회 뒤쪽에 살았다. 자기 화물선을 가지고 있던 옐로프가 항구 근처에서 살고 싶어 했기 때문이다. 율리아는 어린 시절을 보리홀름에서 보냈다. 그녀는 광장 주위의 골목을 뛰어다니고 있을, 앞으로의 인생이 자신과 다르지 않을 유령 같은 아홉 살짜리 여자애를 보고 싶지 않았다. 자기 앞으로 뛰어오는 어린 남자애들도 마주치고 싶지 않았다. 옌스가 떠오르니까. 예테보리에서도 충분히 겪었던 일들이다.

케이크 가게 문 위에 달려 있던 종이 딸랑거리며 울렸다.

"어서 오세요."

계산대 뒤에 있는 금발 소녀는 예뻤지만 무척 지루한 듯 보였다. 율리아는 멍한 표정으로 옐로프와 함께 먹을 시나몬 페이스트리 두 개와 딸기 크림 케이크 두 개를 주문했다.

삼십 년 전 율리아도 이 소녀처럼 일을 했다. 하지만 열여덟 살이 되자 섬을 떠났고, 스물두 살 이전까지는 칼마르와 예테보리에 살면서 일을 했다. 예테보리에서 미샤엘을 만나 몇 주 뒤에 옌스를 임신했다. 그러면서 그녀의 정서 불안은 거의 사라져 그 뒤로 다시는 나타나지 않았다. 심지어 두 사람이 헤어진 뒤에도.

"지금은 사람이 많이 없네요. 아무래도 가을이라 그렇겠죠." 율리아가 유리 진열대에서 케이크를 꺼내는 소녀에게 말을 걸었다.

"그렇죠." 소녀가 웃지도 않고 대꾸했다.

"여기 사는 거 좋아요?" 율리아가 물었다.

소녀는 고개를 짧게 저었다.

"가끔은요. 하지만 할 일이 아무것도 없어요. 보리홀름은 여름에만 활기가 도니까요."

"누가 그런 얘길 해요?"

"사람들 다요. 스톡홀름에서 온 사람들이긴 하지만." 소녀는 케이크를 상자에 넣어 율리아에게 건네주었다. "저도 곧 칼마르로 갈 거예요. 더 필요하신 건 없나요?"

율리아는 고개를 끄덕였다. 자신도 십 대 때 보리홀름의 항구 옆 카페에서 일했다는 말을 할 수도 있을 것이다. 자신도 많이 지겨웠고, 도시가 활기를 띠기만을 기다렸다고. 갑자기 율리아는 옌스에 대해, 자신의 슬픔과 자신을 이곳에 돌아오게 만든 희망에 대해 말하고 싶었다. 봉투에 들어 있다는 작은 샌들에 대해 말하고 싶었다.

율리아는 아무 말도 하지 않았다. 환풍기가 윙윙거리며 돌아갔다. 그것만 제외하면 케이크 가게 안은 조용했다.

"관광객이세요?" 소녀가 물었다.

"그래요……. 아뇨. 스텐비크에서 며칠 묵을 거예요. 가족이 여기 살아서요." 율리아가 말했다.

"지금 여긴 노를란드 같아요. 집들이 전부 비었어요. 유령조차 없을 거예요." 소녀가 율리아에게 잔돈을 거슬러주며 말했다.

케이크 가게에서 나온 시각은 오후 3시 30분이었다. 그녀는 거리를 둘러보았다. 보리홀름은 휑했다. 사람은 십여 명, 차도 한두 대 정도밖에 보이지 않았다. 마을이 내려다보이는 언덕에 자리잡은 폐허가 된 거대한 성의 껌껌한 창문들은 텅 빈 구멍처럼 보였다.

율리아가 차를 세워둔 곳까지 걷는 동안 차가운 바람이 거리를 휩쓸고 지나갔다. 이상할 정도로 주위가 고요했다.

그녀는 포스터가 덕지덕지 붙어 있는 커다란 게시판을 지나쳤다. 보리홀름의 영화관에서 상영하는 미국 액션 영화, 폐허가 된 성에서 열리는 록 콘서트, 그 외 다양한 야간 강좌 홍보 포스터들이었다. 포스터들은 햇볕에 색이 바랜데다 가장자리는 바람에 찢겨 너덜너덜했다.

율리아가 어른이 된 뒤로 이런 계절에 이 섬을 찾아온 건 처음이었다. 비수기 동안 욀란드는 침체되었다. 그녀는 차로 돌아갔다.

'내가 왔어, 옌스.'

마을 북쪽에는 알바르가 도로 양쪽으로 펼쳐졌다. 풀이 바짝 말라 있었다. 해안에서 내륙으로 돌아가는 도로는 곧장 평평한 풍광으로 이어졌다. 초원에서 이끼로 뒤덮인 둥근 잿빛 돌을 가져와 쌓은 나지막한 긴 담이 보였다. 알바르 오른편에 쌓은 그 담은 거대한 문양을 형성하고 있었다.

율리아는 광활한 하늘 아래 펼쳐진 그곳에서 광장공포증 같은 것을 살짝 느꼈다. 레드와인 한 잔이 간절했다. 스텐비크에 가까워질수록 갈망은 점점 더 강렬해졌다. 집에서도 매일 마시는 건 그만두려고 했다. 더군다나 운전을 할 때는 마실 수 없었다. 하지만 이런 황량한 곳에서 가방 속에 들어 있는 와인병만이 유일하게 관심이 가는 동행처럼 느껴졌다. 율리아는 어딘가에 틀어박혀 와인병을 비우는 일에만 열중하고 싶었다.

북쪽으로 가는 동안 마주친 것은 버스 한 대와 트랙터 한 대밖에 없었다. 율리아는 도로를 따라 작은 마을들의 이름이 적힌 노란색 표지판들을 지나쳤다. 전부 예전부터 이 길을 오고가며 기억하게 된 이름들이었다. 율리아는 동요처럼 그 이름들을 암송할 수도 있었다. 지난 세월 동안 그녀가 유일하게 지나쳤던 곳들이기 때문이다. 아버지와 어머니는 매해 여름마다 스텐비크에서 지냈고, 관광객들이 이 마을을 아직 알지 못했던 1940년대 말에 여름 별장을 지었다. 가을, 겨울, 봄은 보리홀름에서 지냈지만, 율리아를 위해 여름만큼은 언제나 스텐비크에서 지냈다. 율리아는 옐로프를 만나러 마르네스로 가기 전에 그 마을을 한번 보고 싶었다. 나쁜 기억이 남아 있지만, 좋은 추억도 많은 곳이었다. 뜨겁고 긴 여름날의 추억들.

멀리 노란색 표지판이 보였다. "스텐비크 1". 그 아래 씌어 있던 "야영지"라는 단어는 검은색 테이프로 가려져 있었다. 율리아는 속도를 줄인 뒤 알바르와 해협으로 이어지는 길에서 벗어나 마을길로 접어들었다.

오백 미터쯤 가자 옹기종기 모여 있는 작은 여름 별장들이 모습을 드러냈다. 전부 문이 닫힌 채 창문마다 흰색 블라인드가 내려져 있었다. 마을 사람들이 여름마다 모이던 매점이 보였다. 그 앞에 있던 공고문이나 광고지, 페넌트 들은 깨끗하게 치워졌고, 창에는 덧창이 내려졌다. 매점 옆에 남쪽 야영지와 미니 골프장 방향을 가리키는 표지판이 있었다. 율리아가 기억하기로 그 야영지는 옐로프의 친구가 운영하는 곳이었다.

해안 위쪽에 있는 바위 능선을 따라 오른쪽으로 돌면 물가가 나왔다. 거기서 북쪽으로 향하는 길의 동쪽 면에는 문을 닫은 별장이 더 많았다. 맞은편 해안은 돌멩이와 조약돌로 뒤덮여 있었다. 수면 위로 작은 파도가 일렁였다.

율리아는 오래된 풍차 옆을 천천히 지나쳤다. 튼튼한 나무 기둥이 받치고 있는 풍차가 물 위로 우뚝 서 있었다. 율리아가 기억하기로, 그곳은 아주 오래전부터 버려져 있었다. 이제 풍차의 붉은색마저 대부분 날아가 회색으로 변해버렸고, 나무 널이 갈라진 날개는 십자가 형태로만 남아 있었다. 풍차에서 백 미터쯤 떨어진 곳에 다비드손가의 보트 창고가 있었다. 붉은색 나무 벽에 흰색 창문, 타르처럼 검은 지붕으로 된 그 건물은 상태가 괜찮아 보였다. 최근 누가 페인트칠을 한 모양이었다. 레나와 리샤르드가 했나?

율리아는 여름마다 옐로프가 보트 창고 앞에 앉아서 긴 그물을 수선하던 모습을 떠올렸다. 그동안 레나와 율리아는 사촌들과 함께 지독한 타르 냄새를 맡으며 저 아래쪽에 있는 해안에서 뛰어놀곤 했다.

옐로프는 보트 창고에서 가자미 그물을 청소하곤 했다. 바로 그날에도. 그때부터 율리아는 낚시가 좋았던 적이 한 번도 없었다.

지금 보트 창고에는 아무도 없었다. 바람에 바짝 마른 풀잎들만 흔들렸다. 보트 창고 옆 풀밭에는 초록색으로 칠한 나무 보트 한 척이 놓여 있었다. 옐로프의 오래된 보트인데, 위쪽 널빤지 틈으로 햇빛이 새어 들어가는 것을 볼 수 있을 정도로 선체가 바짝 말라 있었다.

율리아는 자동차 시동을 껐다. 하지만 차에서 내리진 않았다. 지금 그녀가 입고 있는 옷이나 신발은 욀란드의 가을바람에 어울리지 않았다. 뿐만 아니라 보트 창고 문이 커다란 자물쇠와 함께 철봉으로 가로막힌 것을 본 터였다. 다른 별장들과 마찬가지로 작은 창문들은 안쪽에서 블라인드가 내려져 있었다.

스텐비크는 텅 비어 있었다. 무대장치, 모든 것이 여름 극장을 위한 무대장치 같았다. 우울한 내용의 연극. 적어도 율리아가 생각하기에는 그랬다.

좋아. 그녀는 옐로프의 집, 여름 별장을 둘러보기로 마음먹었다. 옐로프는 오래전부터 가문의 소유로 내려온 그 땅에 직접 집을 지었다. 율리아는 차를 출발시켰다. 마을길을 따라가니 앞에 분기점이 나왔다. 그녀는 내륙 쪽으로 난 오른쪽 길로 들어섰다. 나지막한 관목들이 겨울에도 남아 있는 몇몇 집들을 지켜주고 있었다. 관목들은 끊임없이 불어오는 바람에 해안 쪽으로 살짝 기운 모습이었다.

넓은 정원 안에 커다란 노란색 나무 집이 서 있는데, 키 큰 관목들 뒤로 집 일부분이 쓰러질 것처럼 보였다. 벽의 페인트칠은 벗겨졌고, 금이 간 지붕 타일은 이끼로 덮여 있었다. 누구 집인지 기억나지 않았다. 어쨌든 예전에도 관리가 잘되어 있었던 적은 없는 것 같았다.

나무들 사이로 난 좁은 길은 도로로 연결되었다. 무릎 높이까지 올라오는 누렇게 변한 풀들이 반으로 꺾인 채 길을 내고 있었다. 율리아는 차를 세우고 시동을 껐다. 코트를 걸친 뒤 차가운 바깥으로 나왔다.

남아 있는 나뭇잎 위로 바람이 휙 불어왔다. 그 뒤로 해안의 파도가 소리를 숨긴 채 일렁거렸다. 그것말고는 아무 소리도 들리지 않았다. 새소리도, 사람들의 목소리도, 자동차 소리도 없었다.

케이크 가게에서 일하는 소녀의 말이 맞았다. 이곳은 노를란드의 산맥 같았다.

길 끝에 옐로프가 지은 별장의 나지막한 돌담과 철문이 나왔다. 율리아가 문을 열자 끼익거리는 작은 소리가 났다. 그녀는 정원으로 들어갔다.

'엄마가 왔어. 옌스.'

처마는 흰색, 다른 곳은 갈색 페인트를 칠한 그 작은 집은 스텐비크에 있는 다른 집들과 달리 폐쇄된 것처럼 보이지 않았다. 하지만 옐로프가 여기 살고 있었다면 정원의 풀들을 이렇게 자라게 놔두지 않았을 것이고, 땅에 떨어져 노랗게 변색된 솔방울들도 내버려두지 않았을 것이다.

옐로프와 율리아의 엄마인 엘라는 부지런한 사람들이었다. 평생을 전업주부로 산 엘라는 가끔 19세기에서 온 방문객처럼 보였다. 꿈이나 웃음을 위해 낼 시간이나 기운 같은 건 없는 가난한 시대에서 온 사람. 그녀는 키친타월을 말려서 몇 번이고 쓰곤 했다. 몸집이 작고 조용했지만 자식들에게는 완고했다. 주방은 그녀의 제국이었다. 엘라는 율리아와 레나의 뺨을 가끔 쓰다듬어주긴 했지만 안아주지는 않았다. 옐로프는 딸들이 자라는 동안 대부분의 시간을 바다에 나가 보냈다.

정원에 움직이는 것이라곤 없었다. 율리아가 어렸을 때 잔디밭 한복판에 물 펌프가 있었다. 일 미터가량 되는 높이에 초록색 페인트칠이 되어 있고, 예쁜 곡선으로 된 손잡이에 물 나오는 주둥이가 커다란 펌프였다. 하지만 이제는 없다. 물이 나오던 그곳은 콘크리트로 덮어버렸다.

별장의 오른쪽에 돌담이 있고, 그 너머로 풀이 무성한 알바르가 시작됐다. 알바르는 동쪽 지평선까지 계속 이어져 있었다. 그쪽으로 나무만 없다면 검은 화살처럼 우뚝 서 있는 마르네스 교회도 볼 수 있을 것이다. 율리아가 태어난 지 몇 달 뒤에 세례를 받았던 교회다.

그녀는 알바르를 뒤로하고 별장 쪽으로 걸어갔다. 자생한 덩굴식물들로 뒤덮인 격자 구조물을 거쳐 어릴 때는 커 보였던 분홍색 석회암 계단을 올라갔다. 계단을 다 오르자 작은 베란다와 닫혀 있는 나무로 된 현관문이 나왔다.

율리아는 문손잡이를 힘껏 밀어보았다. 예상대로 잠겨 있었다.

이곳이 이번 여행의 시작이자 끝이었다.

별장이 아직도 이렇게 이 자리에 있는 건 놀라운 일이라고 율리아는 생각했다. 옌스가 실종된 뒤로 세상에 너무 많은 일이 일어났기 때문이다. 새로운 나라들이 생겨났고, 없어진 나라들도 있었다. 스텐비크는 거의 일 년 내내 아무도 찾아오지 않는 마을이 되었다. 하지만 옌스가 떠났던 이 집은 여전히 그대로였다.

율리아는 계단에 앉아 한숨을 내쉬었다.

'난 지쳤어, 옌스.'

그녀는 옐로프가 집 앞에 모아놓은 작은 돌멩이 더미를 쳐다보았다. 맨 위에 놓인 회색빛 도는 검은색의 울퉁불퉁한 돌멩이는 불타는 유성처럼 하늘에서 떨어진 조각으로, 19세기 말 채석장에 생긴 분화구에서 나온 것이다. 옐로프의 아버지와 할아버지가 그곳에서 일했다. 머나먼 우주에서 날아온 고대의 방문객에는 이제 새똥이 덕지덕지 묻어 있었다.

그날 옌스는 우주에서 날아온 이 돌멩이를 지나쳐 갔다. 그애는 할머니가 낮잠을 자는 사이 작은 샌들을 신고 현관문을 열어 밖으로 나와 계단을 내려간 뒤 정원을 빠져나갔다. 그것만이 알려져 있는 확실한 사실이다. 아이가 어디로, 무슨 이유로 갔는지는 아무도 모른다.

그날 본토로 나갔다가 저녁에 집에 돌아온 율리아는 옌스가 집에서 뛰어나오며 자신을 맞이해주리라 기대했었다. 하지만 그녀를 기다리고 있던 건 경찰 두 명과 흐느껴 우는 엘라, 돌처럼 굳은 표정을 짓고 있는 옐로프였다.

율리아는 당장 레드와인 한 병을 꺼내 마시고 싶었다. 계단에 앉아서 술을 마시다가 어둠이 내려앉을 때까지 잠들고 싶었다. 하지만 그녀는 충동을 이겨냈다.

무대. 텅 빈 이 정원도 마을의 다른 곳들과 마찬가지로 무대장치처럼 느껴졌다. 하지만 연극은 수년 전에 끝났다. 모두 집으로 돌아갔다. 율리아는 주체할 수 없는 외로움을 느꼈다.

그녀는 몇 분 더 계단에 가만히 앉아 있었다. 파도가 일렁거리는 소리에 뭔가 새로운 소리가 더해질 때까지. 엔진 소리였다.

자동차였다. 낡은 자동차가 덜그럭거리며 마을길을 따라 천천히 달리고 있었다.

소리는 사라지지 않았다. 멈추지 않고 점점 가까워지다가 정원 근처에서 시동을 끄는 소리가 들렸다.

율리아는 자리에서 일어나 몸을 앞으로 내밀었다. 나무 사이로 얼핏 둥글고 납작해 보이는 자동차가 눈에 띄었다. 낡은 볼보 PV였다.

삐걱거리는 소리와 함께 대문이 열리고 누가 안으로 들어왔다. 율리아는 옷매무새를 정리한 뒤 무의식적으로 머리카락을 쓸어내리며 기다렸다.

낙엽을 밟으면서 다가오는 발소리는 짧고 묵직했다.

계단 앞에 모습을 드러낸 노인은 아무 말도 없이 율리아를 엄격하게 쳐다보았다. 아니나 다를까 노인은 키가 작고 육중한 체격이었다. 이유를 알 수가 없었지만, 율리아는 노인을 보며 옐로프를 떠올렸다. 아마 진짜 선장들 같은 모자를 쓰고, 배기팬츠에 아이보리색 모직 스웨터 차림이었기 때문이리라. 하지만 노인은 옐로프보다 키가 작았고, 오랫동안 배를 타지 않았음을 보여주듯 지팡이에 몸을 기댄 채였다. 노인의 손에는 오래된 상처들과 새로 생긴 상처들이 무수히 남아 있었다.

율리아는 오래전에 노인과 만난 적이 있다는 사실을 어렴풋이 떠올렸다. 스텐비크 주민 중 한 명이었다. 이제 그 주민들은 얼마나 남아 있을까?

"안녕하세요." 율리아가 애써 미소를 지으며 인사를 건넸다.

"안녕하신가."

노인도 고개를 끄덕이며 율리아에게 인사를 했다. 그가 모자를 벗자 대머리 위로 빗어 넘긴, 숱이 듬성한 흰색 머리털이 드러났다.

"잠깐 둘러보려고 왔어요." 그녀가 말했다.

"그래…… 누군가는 가끔 이렇게 둘러봐야지. 그게 그 친구가 원하는 바이기도 하고." 노인은 이제껏 율리아가 들어본 중에 제일 강한 욀란드 억양에 거친 사투리로 말했다.

율리아가 고개를 끄덕였다.

"집 상태가 괜찮아 보이네요."

침묵이 흘렀다.

"전 율리아예요. 옐로프 다비드손의 딸이죠. 예테보리에서 왔어요." 율리아가 재빨리 집 쪽으로 고갯짓을 하며 덧붙였다.

노인은 그럴 줄 알았다는 듯 고개를 끄덕였다.

"그럴 거라 생각했어. 난 에른스트 아돌프손이야. 저쪽에 살고 있지." 노인이 어깨 너머 비스듬히 북쪽을 가리켰다. "옐로프와는 잘 아는 사이야. 가끔 잡담을 나누기도 하고."

그제야 율리아는 기억이 났다. 에른스트는 석공이었다. 율리아가 어릴 때부터 그는 일종의 박물관 전시장을 보듯 마을 주위를 살피며 둘러보곤 했다.

"지금도 채석장이 운영되고 있나요?" 율리아가 물었다.

에른스트는 시선을 내리깔며 고개를 저었다.

"아니, 이제는 안 해. 사람들이 가끔씩 버려진 돌들을 가져가긴 하지만…… 더이상 새로 채석을 하지는 않지."

"그럼 어디서 일하세요?" 율리아가 물었다.

"돌에 조각을 하고 있어. 구경하러 와. 원하는 게 있으면 사도 좋고……. 오늘 저녁에는 누가 오기로 되어 있지만, 내일은 괜찮아."

"네. 그렇게 할게요." 율리아가 대답했다.

아마 아무것도 살 수 없을 것이다. 하지만 구경이야 언제든 할 수 있었다.

에른스트는 고개를 끄덕이더니 돌아서서 불안정한 걸음으로 천천히 걸어갔다. 에른스트가 완전히 돌아설 때까지 율리아는 대화가 끝났다는 것을 깨닫지 못하고 있었다. 하지만 그녀는 아직 할말이 있었다. 숨을 깊이 들이마셨다.

"에른스트 아저씨, 이십 년 전에도 스텐비크에 살고 계셨죠?"

노인은 걸음을 멈추고 율리아를 돌아보았다. 반만 돌아섰다.

"난 여기서 오십 년을 살았어." 에른스트가 대답했다.

"제가 생각하기로는……"

율리아는 말을 멈췄다. 아무 생각도 나지 않았다. 물어보고 싶은 게 있었지만, 무엇을 물어야 할지 알 수 없었다.

"그때 아이를 잃어버렸어요." 자신의 슬픔이 수치스러운 것이라도 되는 것처럼, 그녀는 엄청난 노력 끝에 말을 이었다. "제 아들 옌스…… 기억하시죠?"

"물론이지. 우린 그 일을 조사하고 있어. 옐로프와 같이 말이야." 에른스트가 아무 감정도 드러내지 않은 채 짧게 고개를 끄덕였다.

"하지만……"

"아버지를 만나면 이 말을 좀 전해줘." 에른스트가 말했다.

"무슨 말씀인데요?"

"가장 중요한 건 엄지손가락이라고. 손이 아니라."

율리아는 당혹스러워하며 에른스트를 쳐다보았다. 그는 말을 이었다.

"그 일은 곧 해결될 거야. 오래된 이야기이긴 하지. 전쟁 당시로 돌아가야 하니까……. 그래도 곧 해결될 거야."

그런 다음 에른스트는 또다시 불안정한 걸음걸이로 돌아섰다.

"전쟁? 무슨 전쟁요?" 율리아가 그의 뒷모습을 보며 물었다.

에른스트 아돌프손은 아무 대답 없이 그 자리를 떠났다.

욀란드, 1940년 6월.

　말이 끄는 수레가 마지막으로 해안에 짐을 내려놓은 뒤 다시 채석장으로 돌아가자, 남자들은 새로 잘라 다듬은 석회암들을 배에 싣기 시작한다. 이건 아주 힘든 작업이다. 지난 육 개월 동안 수작업으로 일을 해야만 했다. 채석장 소유의 트럭 두 대가 군용 트럭으로 쓰이느라 나라에 징발된 상황이기 때문이다.

　세계대전이 시작되었지만 욀란드에서는 여느 때와 다름없는 일상이 계속되고 있다. 돌을 캐서 화물선에 싣는 것이다.

　"짐을 실어!" 부두 일꾼 감독인 라스얀 아우구스트손이 외친다.

　그는 화물선 윈드호의 갑판 위에서 지휘하고 있다. 거친 돌덩이 때문에 마르고 갈라진 양손을 크게 휘두르며 일꾼들에게 배에 짐을 실으라는 손짓을 한다. 옆에 있는 부두 일꾼들은 돌덩이가 배에 올라오기를 기다리고 있다.

　윈드호는 수심 백 미터 되는 지점에 닻을 내리고 있다. 욀란드 해안에 갑자기 폭풍우가 몰려올 경우에 대비한 안전거리 때문이다. 그 뒤로 보이는 스텐비크의 항만에는 배들이 안전하게 정박할 수 있는 부두가 없다. 해안의 수심이 얕은데다 암석이 많은 해저 때문에 자칫하면 어떤 배든 박살날 형편이다.

　노 젓는 보트 두 척이 돌덩어리들을 화물선으로 실어나르고 있다. 그중 한 척에서 오른쪽 노를 젓고 있는 사공은 열일곱 살인 요한 알름크비스트로, 이 년 전부터 채석공이자 뱃사공으로 일하고 있다.

왼쪽 노를 젓고 있는 사공은 이번에 새로 일을 시작한 닐스 칸트다. 그는 지금 열다섯 살로, 이제 거의 다 자랐다.

그의 어머니는 닐스가 낙제를 하자 가족 채석장에 일자리를 마련해주었다. 베라 칸트는 아직 나이 어린 아들에게 뱃사공 일을 맡기기로 결정했다. 닐스는 앞으로 숙부로부터 채석장의 모든 권한을 넘겨받게 되리라는 사실을 알고 있다. 언젠가 언덕 비탈 깊숙이 자신의 흔적을 남기게 되리라는 것도. 그는 스텐비크 전체를 파내고 싶었다.

가끔 닐스는 컴컴한 물속에 빠지는 꿈을 꾸기도 한다. 하지만 낮에는 익사한 동생 악셀을 떠올리는 일이 거의 없다. 마을에 도는 소문과는 상관없이 그건 살인이 아니었다. 사고였다. 악셀의 시신은 찾지 못했다. 아무래도 해협 바닥에 가라앉은 모양이었다. 익사한 사람은 많았고, 시신은 다시 나오지 않았다. 그건 사고였다.

악셀에 대한 유일한 기억은 엄마 책상에 놓인 액자 속 사진이다. 베라와 닐스는 악셀이 익사한 뒤로 한층 더 가까워졌다. 베라는 종종 닐스에게 이제 자기에게 남은 건 그밖에 없다고 말하곤 한다. 그 덕에 닐스는 자신이 얼마나 중요한지를 깨닫는다.

노 젓는 배들은 바다 위로 십이 미터 정도 확장한 임시 방파제 옆에서 짐을 싣기를 기다린다. 먼저 해안에 짐을 실은 수레가 도착하면 돌무더기는 부두로 옮겨진다. 징집되지 않은 소수의 젊은 남자들과 나이든 남자들, 여자들, 청소년들이 끝없이 돌무더기를 나른다. 소녀들도 마찬가지다. 닐스는 빨간색 체크 무늬 원피스를 입고 부두로 걸어오는 마야 뉘만을 본다. 그가 가끔 마야를 쳐다보는 것을 그녀는 알고 있고, 닐스 또한 그 사실을 안다.

전쟁은 욀란드에도 그림자를 드리웠다. 한 달 전쯤 독일이 노르웨이와 덴마크를 침략했지만 아직까지는 별다른 어려움이 없다. 매일 라디오에서는 임시 속보를 내보낸다. 스웨덴은 정말로 공격에 맞설 준비가 되어 있는가? 외국 전함이 간간이 눈에 띄었다. 욀란드 남쪽에 있는 스텐비크가 침략을 당할지도 모른다는 소문이 여러 차례 돌았다.

만일 독일군이 쳐들어온다면, 섬사람들은 스스로 이겨내야 한다는 것을 알고 있다. 몇 세기 전 적들이 욀란드에 들어왔을 때도 본토에서 제때 도와주지 못했기 때문이다. 절대로 도움을 받을 수 없으리라.

섬으로의 침략을 막기 위해 군대가 욀란드 북부를 일부 침수시킬 계획이라고 말하는 사람들도 있다. 하지만 마침 심한 춘기 홍수로 잠겼던 알바르 지대의 물이 햇빛에 마르기 시작한 때라는 점에서 씁쓸한 이 얘기에는 모순이 생긴다.

그날 아침 멀리서 엔진 소리가 들렸을 때, 사람들은 모두 돌을 배에 싣는 것을 멈추고 흐린 하늘을 불안한 시선으로 올려다보았다. 다른 사람들과 달리 닐스는 전투기가 진짜 폭격을 시작하면 어떤 광경일지 궁금했다. 휘파람 소리를 내는 폭탄들이 불덩어리와 연기, 눈물, 비명과 혼돈으로 바뀌는 것일까?

하지만 섬의 상공에 비행기는 나타나지 않았고, 다시 일이 시작됐다.

닐스는 노젓기가 싫다. 돌덩어리를 운반하는 일이 더 나쁠 수도 있지만, 노를 젓는 지루한 과정은 시작하자마자 두통을 일으킨다. 자신이 무거운 짐을 실은 배의 노를 저으리라는 생각을 해본 적도 없었다. 게다가 계속 감시받게 될 줄도 몰랐다. 라스얀은 챙이 달린 모자를 오른쪽 눈썹 아래까지 눌러쓴 채, 배들이 오고가는 것을 지켜보며 큰 소리로 일을 지시한다.

"좀더 힘을 내, 칸트!" 방파제에서 마지막 돌덩어리를 싣자마자 그가 소리친다.

"속도를 줄여, 칸트, 방파제를 살펴야지!" 닐스가 짐을 내려놓고 가벼워진 배에서 힘껏 노를 젓자 라스얀이 소리친다.

"서둘러, 칸트!" 라스얀이 소리친다.

닐스는 화물선으로 가는 내내 그를 노려본다. 채석장은 닐스의 것이다. 아니, 정확하게 말하면 닐스의 어머니와 숙부의 소유다. 그런데도 라스얀은 닐스를 처음부터 노예처럼 부렸다.

"짐을 실어!" 라스얀이 소리친다.

아침만 해도 사람들은 돌덩어리를 운반하며 서로 잡담을 나누고 웃기도 했다. 거의 파티 분위기였다. 하지만 돌덩어리가 무게와 날카로운 가장자리로 무자비하게 분위기를 가라앉혔다. 이제 사람들은 허리를 굽히고 발을 질질 끌며 억지로 돌덩어리를 나르고 있다. 옷에는 하얀 석회암 먼지가 잔뜩 붙어 있다.

조용한 것이야 닐스로선 상관없다. 필요한 말이 아니면 누구와도 이야기를 하지 않으니까. 하지만 부두에서 일하는 마야 뉘만을 가끔씩 쳐다본다.

"그 배는 꽉 찼어!" 닐스가 앉아 있는 보트에 일 미터 높이로 돌덩어리가 쌓이자 라스얀이 소리친다. 바닷물이 거의 뱃전까지 들어올 상황이다.

일꾼 두 명이 돌더미 위에 앉아 물을 퍼내는 아홉 살짜리 어린 소년을 쳐다보고 있다. 소년은 겁에 질린 눈빛으로 닐스를 힐끔거린 뒤, 나무 양동이를 들고 허술한 보트 바닥에 차오른 물을 퍼내기 시작한다.

닐스는 발을 힘껏 박차며 노를 젓는다. 배가 천천히 화물선 쪽으로 나가기 시작한다. 그쪽에 있던 다른 보트는 짐을 거의 다 옮긴 상태다.

노를 앞뒤로 젓는다. 쉴 새 없이 젓는다. 닐스는 손이 아프고, 등과 팔 근육도 비명이 나올 만큼 아프다. 지금 당장 독일 전투기의 폭음이 들렸으면 싶다.

마침내 보트가 둔탁한 소리를 내며 화물선의 선체에 부딪힌다. 일꾼 두 명이 재빨리 선미 쪽으로 이동하더니 몸을 숙여 돌덩어리를 윈드호의 뱃전으로 옮기기 시작한다.

"뒤쪽으로 옮기자!" 라스얀이 툭 튀어나온 배에 딱 달라붙은 얼룩진 셔츠를 입은 채 갑판에 서서 소리친다.

돌덩어리들은 뱃전 위에서 열린 해치로 옮겨져 넓은 판자를 타고 그 밑으로 들어간다.

닐스도 짐을 내리는 걸 돕기로 한다. 그가 돌덩어리 몇 개를 들어올리는데, 그만 가장자리에 어설프게 매달려 있던 길고 가느다란 돌조각이 떨어진다. 돌조각은 닐스의 왼쪽 발가락 위로 떨어지고 발에서 피가 나기 시작한다.

마음속에서 분노가 치솟지만, 닐스는 돌덩어리를 뱃전 위로 그냥 집어던진다.

"지긋지긋해!" 닐스는 바다와 하늘에 대고 중얼거린 뒤 노 옆에 앉는다.

신발을 벗자 발가락에 통증이 느껴진다. 그는 손가락으로 발가락을 잡고 부드럽게 문지른다. 어쩌면 발가락이 부러진 건지도 모른다.

요한 알름크비스트는 일꾼들을 따라간다. 닐스는 물을 퍼내고 있는 어린 소년과 함께 배에 남는다.

"칸트! 일어나서 일 좀 거들어!" 라스얀이 뱃전에서 몸을 앞으로 내밀며 소리친다.

"다쳤어요." 닐스가 말한다. 깜짝 놀랄 정도로 차분한 목소리다. 사실 머릿속에서는 화난 벌떼처럼 전투기 부대가 요란한 소리를 내며 몰려오고 있다. 그는 침착한 모습으로 노를 잡는다. "발가락이 부러진 것 같아요."

"일어나."

닐스는 일어난다. 부상이 심한 것 같진 않다. 라스얀이 그를 보며 고개를 젓는다.

"이리 와서 짐을 날라, 칸트."

닐스는 다시 고개를 젓는다. 노를 꽉 잡고 있다. 그의 머릿속에서 휘파람 소리를 내며 폭탄이 떨어지기 시작한다.

닐스는 노 걸개를 풀고 노를 위로 들어올린다.

그런 뒤 천천히 노를 뒤로 돌린다.

"발가락이 부러졌다니……." 이름이 기억나지 않는, 어깨가 넓고 땅딸막한 일꾼이 뱃전에서 라스얀에게 몸을 내밀며 말한다. "엄마한테 쪼르르 쫓아가면 되겠네!" 그자가 빈정거린다.

"내가 알아서 할 거야." 감독이 그를 돌아보며 말한다.

그게 실수다. 라스얀은 닐스가 노를 휘두르는 것을 보지 못한다.

노의 넓은 날이 라스얀의 뒷머리를 가격한다. 라스얀은 긴 신음 소리를 낸다. "으으으윽." 그의 무릎이 꺾인다.

"내가 네 주인이야!" 닐스가 소리친다.

그는 배의 한쪽에 한 발을 올려놓고 균형을 잡으면서 다시 한 번 노를 휘두른다. 이번에는 감독의 등을 후려친다. 그러자 라스얀은 밀가루 포대처럼 뱃전에 그대로 쓰러진다.

"빌어먹을!" 화물선에 타고 있던 누군가가 외친다. 그때 라스얀이 화물선과 보트 사이로 떨어지면서 첨벙하는 물소리가 난다.

해안에서 사람들의 고함 소리가 들리지만 닐스는 알아차리지 못한다. 그는 라스얀을 죽일 것이다! 노를 들어 물을 힘껏 내리친다. 라스얀이 내민 손을 후려친다. 메마른 소리와 함께 손가락이 부러지고 머리가 뒤로 넘어가더니, 그대로 물 아래로 사라진다.

닐스는 다시 노를 꺼낸다. 라스얀의 몸이 소용돌이치는 하얀 물거품 속으로 가라앉는다. 닐스는 라스얀을 계속 후려칠 작정으로 노를 들어올린다.

뭔가 윙 소리를 내며 닐스의 귓가를 스치더니 왼손에 부딪힌다. 손가락이 으스러졌는지, 손이 마비될 정도로 고통이 온다. 온몸이 떨려 더이상 노를 잡고 있을 수가 없다. 닐스는 그대로 배 위로 쓰러진다.

닐스는 눈을 꼭 감았다가 떴다. 그를 빈정대던 일꾼이 긴 갈고리 장대를 들고 뱃전에 서 있다. 그자는 닐스만 쳐다보고 있다. 겁에 질려 있지만 단호하다.

그가 갈고리 장대를 끌어올렸다가 다시 던진다. 하지만 이번에는 닐스가 노를 이용해 배와 화물선의 거리를 떨어뜨리며 피한다. 그러고서 닐스는 해안으로 돌아가기로 한다. 화물선에 일꾼들을, 바다 밑에 라스얀을 남겨놓은 채 노 걸개에 노를 고정시킨다.

그는 해안으로 곧장 돌아온다. 부러진 왼손 손가락이 욱신거린다. 배의 물을 퍼내던 소년은 몸을 웅크린 채 덜덜 떨면서 뱃

머리에 조각상처럼 앉아 있다.

"건져 올려!" 누군가 뒤에서 외친다.

닐스는 첨벙거리는 소리와 함께 물속에서 라스얀의 축 처진 몸을 윈드호로 끌어올리려는 사람들의 고함 소리를 듣는다. 감독은 물속에서 빠져나와 안전하게 배 위로 올려진다. 목숨을 건진 것이다. 라스얀은 정말 운이 좋았다. 그는 수영을 못 한다. 마을에서 수영을 할 줄 아는 사람은 몇 안 되고, 닐스는 그중 한 명이다.

닐스는 멀리 수평선 너머를 응시한다. 구름 사이로 비치는 햇살이 수면을 비추고 있다. 바다가 은으로 만든 바닥처럼 반짝거린다.

왼손의 고통에도 불구하고 모든 것이 괜찮은 듯 느껴진다. 닐스는 스텐비크의 주인이 누구인지 모든 사람들에게 보여주었다. 머지않아 욀란드 북부 전체가 그의 것이 될 것이며, 독일군이 쳐들어온다고 해도 목숨을 걸고 지킬 것이다.

배 바닥이 바위에 스치는 소리가 들리자, 닐스는 노를 집어 들고 밖으로 뛰어내린다. 만반의 준비를 했지만 그를 공격하는 사람은 아무도 없다.

일꾼들이 부두 위에 서 있다. 남자와 여자, 아이 모두가 돌로 변한 것 같다. 그들은 겁에 질린 눈으로 아무 말 없이 닐스를 쳐다보고 있다. 마야 뉘만은 금세라도 눈물을 흘릴 것 같다.

"지옥에나 가버려!" 닐스 칸트는 그들에게 소리친 뒤 조약돌 위에 노를 집어던진다.

그런 다음 돌아서서 마을 쪽으로 뛰어간다. 엄마 베라가 있는 커다란 노란색 집을 향해.

하지만 엄마도, 어느 누구도 닐스가 아는 것을 알지 못한다. 그는 위대한 존재가 될 것이다. 스텐비크보다 훨씬 더 위대하고, 전쟁만큼 위대한 존재가 될 것이다. 언젠가는 욀란드 전역에서 그에 대한 이야기를 하게 될 것이다. 닐스는 느낄 수 있다.

4

옐로프 다비드손은 요양원의 자기 방에서 딸을 기다렸다.

오늘 자 지역신문 《윌란스-포스텐》이 책상 위에 놓여 있었다. 그는 노인성치매로 고통받던 여든한 살 노인이 윌란드 남부 카스틀뢰사 외곽에서 실종되었다는 기사를 읽었다. 노인은 전날 자기집을 나간 뒤 흔적도 없이 사라졌다. 경찰과 자원봉사자들이 알바르에서 노인을 찾아다녔다. 심지어 헬리콥터까지 동원했다. 하지만 밤에 많이 추웠기 때문에 노인을 살아 있는 채로 찾으리라는 확신이 없었다.

노인성치매에 걸린 여든한 살의 노인. 노인은 옐로프보다 겨우 한 살 위였다. 곧 옐로프는 여든 번째 생일을 맞이하게 될 것이다. 여든 살이라고 해도 어떻게 생각하면 그리 늙은 것 같지 않지만, 아이가 없어지는 것보다는 노인이 흔적 없이 사라지는 편이 받아들이기 수월했다. 옐로프는 신문을 덮고 시계를 쳐다 보았다. 3시 15분이었다.

"네가 와줘서 기쁘다." 옐로프는 혼잣말을 했다. 그는 잠시 멈 추고 기침을 한 뒤 말을 이었다. "내가 기억하는 대로 여전히 아 름답구나, 율리아. 이제 네가 욀란드에 왔으니, 우리가 해야 할 일이 있단다. 일단 너 자신부터 먼저 보살펴야지. 그런 뒤에 이 야기를 하자꾸나……. 네가 자라는 동안 내가 좋은 아버지가 아 니었다는 건 알고 있어. 내가 바다에 나가 있을 때마다, 너와 네 언니는 엘라와 함께 보리홀름에 남아 있었지. 선장으로 빌드해 를 가로지르며 화물들을 운송하는 게 내 일이었어. 가족과는 멀리 떨어져서 말이야……. 하지만 지금 난 여기 있단다. 이제는 아무데도 가지 않을 거야."

그리고 그는 말없이 책상을 쳐다보았다. 옐로프는 공책에 율리 아에게 할 말을 적어놓았다. 율리아가 섬으로 찾아오겠다고 한 뒤로, 그는 어떤 식으로 말을 할지 연습하고 있었다. 보통 아버지 들이 자식에게 하듯 자연스럽게 얘기하고 싶었다.

"네가 와줘서 기쁘다. 내가 기억하는 대로 여전히 아름답구 나." 옐로프가 다시 말했다.

예쁘다고 하는 게 나을까? 아무래도 오랜 시간 그리워한 딸 에게 말하는 것이니 예쁘다가 나을 것이다.

마침내 4시가 되었다. 이제 저녁 식사 시간까지는 한 시간밖에 남지 않았다. 누가 옐로프의 방문을 두드렸다.

"들어오세요." 그가 대답하자 방문이 열렸다.

보엘이 고개를 안으로 내밀었다.

"안에 계시네요." 그녀는 뒤에 있는 누군가에게 나지막한 목소리로 말한 다음 좀 큰 목소리로 말했다. "옐로프, 손님이 오셨어요."

"고마워요." 옐로프가 인사를 하자 보엘은 미소를 지으며 뒤로 물러났다.

복도에 서 있던 다른 여자가 앞으로 나섰다. 옐로프는 숨을 깊이 마신 뒤, 미리 준비해둔 말을 꺼냈다.

"네가 와줘서 기쁘다……." 그는 말을 시작하다가 이내 입을 다물었다.

복도에 서서 자신을 쳐다보고 있는 중년 여자가 눈에 들어왔다. 구겨진 코트를 입고, 많이 지친 듯한 눈빛에, 이마에는 주름이 새겨져 있었다. 그녀는 옐로프의 눈을 이 초 정도 쳐다보더니 시선을 돌렸다. 그러고는 어깨에 메고 있던 갈색 가방을 방패라도 되는 양 앞으로 끌어안은 채 방안으로 몇 걸음 들어왔다.

옐로프는 주름진 여자의 심각한 얼굴에서 점차 딸의 모습을 알아볼 수 있었다. 율리아는 그가 생각했던 것보다 훨씬 지쳐 보였다. 삶에 찌들어 보이고 몸도 많이 마른 것 같았다. 율리아의 모습에 옐로프는 쓸쓸한 자기 연민을 느꼈다.

———

딸은 이제 나이가 많았다. 그렇다면 자신은 얼마나 늙었다는 말인가?

"안녕하셨어요, 옐로프." 율리아가 말했다. 그런 뒤 잠시 아무 말도 않다가 입을 열었다. "이곳에 다시 왔네요."

옐로프는 고개를 끄덕였다. 여전히 율리아가 자신을 아버지라고 부를 생각이 없으며, 심지어 얼굴조차 마주보려 하지 않는다는 것을 알게 되었다. 율리아는 '옐로프'라고 불렀다. 먼 친척을 부르는 것 같은 어조였다.

"오는 길은 어땠니?" 옐로프가 물었다.

"괜찮았어요."

율리아는 코트를 벗어 문 앞에 있는 옷걸이에 걸었다. 그런 뒤 가방을 바닥에 내려놓았다. 옐로프가 보기에 그녀는 천천히, 힘없이 움직이는 것 같았다. 그는 딸에게 기분이 어떤지 묻고 싶었지만, 아직 그런 걸 말하기엔 이른 것 같기도 했다.

"그랬구나." 다시 침묵이 흘렀다. "정말 오랜만이야."

"사 년 만인 것 같아요. 더 됐을지도 모르고." 율리아가 대답했다.

"그래. 그래도 계속 통화는 했으니까."

"그랬죠. 스텐비크에서 여기로 옮길 때 도와드리러 왔어야 했는데 그러질 못했어요……"

율리아가 말을 멈췄다. 옐로프는 고개를 끄덕였다.

"그때 잘 옮겼단다. 도움을 많이 받았지." 그가 말했다.

"다행이에요." 율리아가 말했다. 그녀는 방 중간까지 와서 침대에 걸터앉았다.

옐로프는 갑자기 연습하고 있던 말이 생각났다.

"네가 왔으니 우리가 해야 할 일이……."

하지만 율리아가 그의 말을 가로막았다.

"어디 있어요?"

"뭐가?"

"아시잖아요. 샌들 말이에요." 율리아가 말했다.

"여기 있지. 책상 서랍 안에 있어." 옐로프는 딸을 쳐다보았다. "하지만 내 생각에는 그걸 보기 전에……."

"볼 수 있어요? 빨리 보고 싶어요." 율리아가 또다시 말을 가로막았다.

"실망할 수도 있어. 단지 신발일 뿐이니까. 그건…… 진짜 답은 아니지."

"신발을 보고 싶어요, 옐로프."

율리아가 일어났다. 그녀는 지금껏 미소 한번 짓지 않았고, 이제는 옐로프를 강렬한 눈빛으로 쳐다보고 있었다. 옐로프는 이모든 일들이 실수였다는 생각이 들었다. 아무래도 율리아를 부르지 말았어야 했다. 하지만 이미 일은 벌어졌다. 더이상 그도 막을 수가 없었다.

옐로프는 어떻게든 그 일을 미루고 싶었다.

"같이 온 사람은 없니?"

"누구요?"

"옌스의 아빠라든가. 매트…… 이름이 뭐였더라?" 옐로프가 말했다.

"미샤엘이에요. 아뇨, 그 사람은 지금 말뫼에 살아요. 이젠 거의 연락 안 하고 지내요." 율리아가 대답했다.

"그렇구나." 옐로프가 말했다.

다시 침묵이 흘렀다. 율리아는 한 발짝 더 다가섰다. 하지만 옐로프는 다른 생각을 하고 있었다.

"내가 전화로 이 말을 했던가?"

"무슨 말요?"

"그날 이곳에 안개가 짙게 깔렸었니?"

"네……. 그랬을 거예요." 율리아는 짧게 고개를 끄덕였다. "안개가 무슨 상관인데요?"

"난 생각해본 적이 없어……." 옐로프는 신중하게 말을 골랐다. "만일 안개가 끼지 않았더라면 그렇게 안 좋은 일이 일어나지 않았을지도 모른다는 생각을…… 해본 적이 없었지. 욀란드에 안개가 자주 꼈었나?"

"자주는 아니었죠." 율리아가 대답했다.

"그래, 일 년에 서너 번 정도였을 거야. 어쨌든 그날은 안개가 자욱했어. 많은 사람들이 안개가 끼리라는 걸 알고 있었지. 기상예보에도 나왔고."

"그건 어떻게 알았어요?"

"기상청에 전화해봤지. 기록을 보관하고 있더구나." 옐로프가 대답했다.

"안개가 그렇게 중요해요?" 율리아가 물었다.

"내 생각에는…… 누군가 안개 때문에 일을 저지른 것 같아. 이 지역에서 다른 사람들 눈에 띄고 싶지 않은 자가."

"그날만 특별히 눈에 띄고 싶지 않았다는 뜻인가요?"

"전혀 눈에 띄고 싶지 않았을 거야."

"그렇다면 누가 안개를 이용해서…… 옌스를 데려갔단 말이에요?" 율리아가 물었다.

"그건 모르겠구나. 옌스를 노린 건 아닐 거야. 그런 날 아이가 밖에 나올 줄 누가 알았겠니? 아무도 몰랐을 거야. 그렇지 않니? 옌스 자신도 몰랐을 테니 말이다. 그 애는 그저…… 밖에 나갈 기회를 잡았던 거니까." 옐로프는 옌스의 실종 사건에 대한 얘기가 나오자 율리아가 입술을 꾹 다물고 있다는 것을 눈치챘다. 그는 재빨리 말을 이었다. "어쨌든 그날은 안개가 깔릴 예정이었어……. 예보가 된 상태였지."

율리아는 아무 말도 하지 않았다. 그녀는 여전히 책상만 바라보았다.

"그 점에 대해 생각해봐야 해. 그날 안개 덕분에 제일 큰 이득을 얻은 사람이 누군지 생각해볼 필요가 있다는 거지." 옐로프가 말했다.

"지금 볼 수 있어요?" 율리아가 물었다.

옐로프도 더이상은 미룰 수 없다는 것을 알고 있었다. 그는 고개를 끄덕인 뒤, 책상 쪽으로 의자를 돌렸다.

"여기 있다."

옐로프는 맨 위 서랍을 열고, 안에서 작은 물건을 조심스럽게 꺼냈다. 무게감을 전혀 느낄 수 없는 그 물건은 화장지에 싸여 있었다.

5

옐로프가 물건을 책상 위에 올려놓고 화장지를 벗겨내는 동안, 율리아가 다가왔다. 그녀는 옐로프의 손을 보았다. 주름진 피부, 검버섯, 굵어진 혈관에서 나이를 볼 수 있었다. 옐로프는 떨리는 손가락으로 어설프게 화장지를 걷어냈다. 부스럭거리며 화장지를 벗겨내는 소리에 율리아는 귀가 먹먹해지는 것 같았다.

"도와드려요?" 율리아가 물었다.

"괜찮아."

그가 포장을 푸는 데 몇 분이 걸린 것 같았다. 기분 탓일 수도 있었지만. 마침내 옐로프는 물건을 감싸고 있던 마지막 화장지를 걷어냈다. 율리아는 그 속에 들어 있는 물건을 볼 수 있었다. 깨끗한 비닐봉투 속에 신발 한 짝이 들어 있었다. 그녀는 신발에서 눈을 뗄 수가 없었다.

울지 않을 거야, 그냥 신발일 뿐이잖아. 율리아는 생각했다. 그때 눈에 뭔가 뜨거운 것이 차올랐다. 그녀는 앞을 제대로 보기 위해 눈을 깜박거리며 솟구치는 눈물을 참아냈다. 세월의 흔적으로 메마르고 갈라진 검은색 고무 밑창과 갈색 가죽끈이 보였다.

샌들, 어린 소년의 낡은 샌들이었다.

"이 신발이 맞는지 모르겠다. 내 기억으로는 비슷한 것 같은데도, 아닐 수도……." 옐로프가 말했다.

"옌스의 샌들이에요." 율리아가 목멘 소리로 옐로프의 말을 가로막았다.

"아직 확신할 수는 없어. 지나친 확신은 좋을 게 없지." 옐로프가 말했다.

율리아는 아무 말도 하지 않았다. 그녀는 알고 있었다. 뺨에 흐르는 눈물을 닦은 다음 조심스럽게 비닐봉투를 집어 들었다.

"신발을 받자마자 비닐봉투에 넣었어. 혹시 지문 같은 게 남아 있을지도 모르니까……." 옐로프가 설명했다.

"알아요." 율리아가 말했다.

신발은 가벼웠다. 너무 가벼웠다. 어린 아들의 발에 신겨주려고 현관문 옆에 놓여 있던 샌들을 집어 들었을 때도 이 정도 무게인 줄은 몰랐다. 그때 율리아는 아이 옆에서 몸을 숙이고 아이 몸의 온기를 느끼면서 신발을 신겨주었다. 그동안 옌스는 넘어지지 않도록 엄마의 스웨터를 붙잡은 채로 뭐라고 재잘거리며 서 있었다. 그때 그녀는 아이의 말을 절반밖에 알아듣지 못했다. 다른 생각을 하고 있었기 때문이다. 지불해야 할 청구서들에 대해서, 사야 할 식료품에 대해서, 주위에 없는 남자들에 대해서.

"옌스에게 혼자 샌들 신는 법을 가르쳤어요. 여름 내내 말이에요. 제가 가을에 대학에 다니기 시작했을 때는 옌스가 혼자 신발을 신을 수 있게 됐죠." 율리아는 여전히 작은 신발을 들고 있었다. "그래서 그날 그 애가 혼자 집에서 몰래 빠져나갈 수 있었던 거예요……. 옌스는 혼자 샌들을 신었어요. 만일 제가 그때 아이에게 샌들 신는 법을 가르치지 않았더라면……."

"그런 생각은 하지 마."

"그냥…… 시간을 좀 절약해보겠다고 아이에게 신발 신는 법을 가르쳤던 거예요. 나 자신을 위해서 말이에요."

"자신을 탓하지 마라, 율리아." 옐로프가 말했다.

"조언은 고마워요. 하지만 지난 이십 년간 계속 내 탓이라고 여기며 살았어요." 그녀는 옐로프를 쳐다보지 않고 말했다.

그들은 아무 말도 하지 않았다. 율리아는 갑자기 스텐비크 해안에서 뼛조각이 발견되는 광경이 더이상 떠오르지 않는다는 것을 깨달았다. 샌들을 신느라 몸을 숙인 채로 집중하고 있지만, 작은 손가락으로는 생각대로 되지 않는다는 것을 알게 된 아들의 모습이 보이는 것 같았다.

"누가 찾아냈어요?" 그녀가 물었다.

"모르겠다. 우편으로 받은 거라."

"누가 보냈는데요?"

"보낸 사람 이름이 없었어. 갈색 봉투에 들어 있었는데, 우편 소인도 흐릿하게 찍혀 있었지. 하지만 내 생각에는 욀란드에서 보낸 거야."

"편지는 없었어요?"

"없었어." 옐로프가 대답했다.

"그럼 누가 보낸 건지 모른다는 건가요?"

"그래."

옐로프는 더이상 율리아의 눈을 쳐다볼 수가 없었다. 그는 책상을 내려다봤다. 율리아는 말이 없었다. 그는 자기가 정말 그 이야기를 딸에게 하고 싶은 것인지 의심스러웠다.

아무 말이 없었다. 율리아는 한숨만 내쉬었다.

"하지만 우리가 할 수 있는 일이 있어." 옐로프가 황급히 말을 잇다가 멈췄다.

"그게 뭔데요?"

"그게……."

옐로프는 아무 말 없이 눈만 깜박거리면서 율리아를 쳐다보았다. 마치 그녀에게 여기까지 오라고 했던 이유를 잊어버린 것처럼.

그들이 할 일이 무엇인지 전혀 모르는 율리아로서는 아무 말도 할 수가 없었다. 그녀는 문득 아버지 방을 제대로 둘러보지 않았다는 사실을 깨달았다. 지금껏 손에 들고 있는 샌들에만 집중하고 있었다.

그녀는 주위를 둘러보았다. 간호사답게 벽에 붙어 있는 비상벨을 바로 알아차렸다. 그리고 딸로서, 옐로프가 스텐비크의 별장에서 가져온 바다와 관련한 추억의 물건들을 알아볼 수 있었다. 웨이브브레이커호, 윈드호, 노어호에서 가져온 옻칠한 나무 명판 세 개가 그 화물선들의 흑백사진이 끼워진 액자 위에 걸려 있었다. 반대편 벽에는 도장과 인장이 찍혀 있는 선박 등록증이 들어 있는 액자들이 걸려 있었다. 책상 옆에 있는 책장에는 옐로프의 가죽 장정 항해일지들이 나란히 꽂혀 있었고, 그 옆에는 작은 모형선이 담긴 유리병 두 개가 놓여 있었다.

모든 것이 해양 박물관처럼 깨끗하고, 반들거리며, 단정하게 배열되어 있었다. 율리아는 자신이 아버지를 부러워하고 있다는 것을 깨달았다. 옐로프는 자기 방에서 추억 속에 잠겨 지낼 수 있었다. 그는 무슨 일을 할 때마다 젊고 영리한 척할 필요가 없었고, 끊임없이 자신의 가치를 입증하기 위해 노력해야 하는 현실 세상으로 나오지 않아도 되었다.

옐로프의 침대 옆 탁자에는 검은색 성경과 반쯤 남은 약병이 놓여 있었다. 율리아는 다시 책상을 둘러보았다.

"아직 제 안부도 물어보지 않았어요." 율리아가 조용히 말했다.

옐로프가 고개를 끄덕였다.

"너도 날 아버지라고 부르지 않았지."

침묵이 흘렀다.

"그래, 어떻게 지냈니?" 옐로프가 물었다.

"잘 지내요." 율리아는 간단하게 대답했다.

"계속 병원에서 일하고?"

"네." 율리아는 장기 휴가중이라는 사실을 말하지 않았다. 대신 이렇게 덧붙였다. "여기 오기 전에 스텐비크에 갔었어요. 별장을 둘러봤죠."

"잘했다. 거긴 어떻던?"

"예전과 똑같았어요. 문은 다 잠겨 있었고요."

"깨진 창문은 없고?"

"없었어요. 거기서 어떤 분을 만났어요. 제가 거기 있을 때 그분이 나타난 거지만." 율리아가 말했다.

"욘을 만난 모양이구나. 아니면 에른스트거나." 옐로프가 말했다.

"에른스트 아돌프손이라는 분이었어요. 잘 아시는 분인 것 같던데요?"

옐로프가 고개를 끄덕였다.

"그 친구는 조각가야. 예전에는 석공이었지. 원래는 스몰란드 출신인데……."

"그럼에도 불구하고 괜찮은 분이란 말씀이죠?" 율리아가 재빨리 물었다.

"그 친구는 오랫동안 이곳에서 살았지." 옐로프가 말했다.

"저도 어릴 때 봤던 기억이 어렴풋이 나요……. 그런데 그분이 떠나기 전에 이상한 말씀을 하셨어요. 뭔가 전쟁에 관련된 이야 기였는데. 2차세계대전에 대한 이야기를 들은 적 있으세요?"

"그 친구가 별장을 봐주기로 했어. 에른스트는 채석장 옆에 살고 있지. 가끔 버려진 돌들을 치우면서 말이야. 예전에는 거 기서 일하는 사람이 쉰 명이나 됐는데 지금은 에른스트 한 명 밖에 안 남았지……. 그 친구가 이번 일에도 도움을 좀 줬어."

"이번 일이라뇨? 옌스에 관한 일 말이에요?"

"그래. 우린 그 일에 대해 이야기를 나누었단다. 추측을 좀 해 봤지." 옐로프는 대답한 뒤 율리아에게 물었다. "넌 여기 얼마나 있을 거니?"

"전……." 그 질문에 대한 대답은 미처 준비하지 못했다. "잘 모르겠어요."

"이 주쯤 지냈으면 좋겠구나."

"그건 너무 길어요. 저도 집에 돌아가야죠." 율리아가 재빨리 말했다.

"그래?" 옐로프는 깜짝 놀란 듯 대꾸했다. 그는 책상 위에 놓 여 있는 샌들을 흘깃 쳐다보았다. 그러자 율리아도 옐로프의 시 선을 좇았다.

"한동안은 여기서 지내면서 제가 도와드릴게요."

"뭘 말이지?"

"우리가 해야 할 일이면 무엇이든 해야죠. 뭐든 알아내야 하니까요."

"그래야지." 옐로프가 말했다.

"그래서 우리가 해야 할 일이 뭐죠?" 율리아가 물었다.

"사람들과 이야기를 나누는 거야……. 그들의 이야기를 듣는 거지. 옛날처럼."

"그러니까…… 여러 사람을 만나야 한다는 거죠? 몇 사람이나 만나보실 건데요?" 율리아가 물었다.

옐로프는 샌들을 쳐다보았다.

"윌란드에 대화를 나눠보고 싶은 사람들이 있어. 난 그 사람들이 뭔가 알 거라고 생각한다." 그가 말했다.

이번에도 옐로프는 명확한 대답을 해주지 않았다. 그녀는 피곤해지기 시작했다. 이대로 떠나고 싶었지만, 지금 그녀는 여기에 있었다. 그리고 케이크도 사 왔다.

'여기 있을 거야, 옌스. 며칠 동안은. 널 위해서.' 율리아는 생각했다.

"커피 마실 수 있어요?"

"그럼." 옐로프가 대답했다.

항상 미리 계획을 세우는 언니의 말이 기분 나쁘게 들린다고 생각했음에도 불구하고 율리아는 물었다.

"오늘밤은 어디서 묵어야 할까요? 혹시 아시는 곳 있어요?"

옐로프는 천천히 책상 앞으로 걸어갔다. 그는 작은 서랍을 열어 그 안에서 뭔가를 찾았다. 곧 달그락거리는 소리와 함께 열쇠 뭉치를 꺼냈다.

"여기 있다. 오늘밤은 보트 창고에서 자렴……. 아직은 전기가 들어올 거야." 옐로프가 율리아에게 열쇠 뭉치를 건네주며 말했다.

"그럴 수는 없……." 율리아는 침대 옆에 서서 옐로프를 쳐다보았다. 그는 모든 일들을 계획해둔 것처럼 보였다. "거긴 고기잡이 그물 같은 것들로 꽉 차 있지 않아요? 찌나 돌멩이, 타르통 같은 것들도 있을 거고."

"전부 치웠어. 낚시는 더이상 안 하니까. 이제 스텐비크에서 낚시하는 사람은 아무도 없단다." 옐로프가 대답했다.

율리아는 열쇠를 받았다.

"예전에는 물건이 너무 많아서 발 디딜 틈도 없었잖아요. 제가 기억하기론……."

"깨끗하게 치워놨다. 네 언니가 제법 괜찮게 꾸며놨을 거야."

"그러니까 스텐비크에서 자란 말이죠? 저 혼자?" 율리아가 물었다.

"마을이 텅 빈 건 아니야. 그냥 그렇게 보일 뿐이지."

삼십 분 뒤 옐로프가 있는 요양원을 떠난 율리아는 스텐비크로 돌아와 컴컴한 물가에 서 있었다. 아침과 마찬가지로 하늘은 여전히 구름에 뒤덮여 그림자들로 가득했다. 거의 황혼녘이었다. 율리아는 레드와인 한 잔이 간절했다. 그리고 한 잔 더. 와인이든, 약이든.

파도가 문제다. 그날 저녁 파도는 해안선을 따라 잔잔하게 조약돌 위를 넘나들었다. 반면에 나지막한 천둥소리를 길게 내며 높이가 이 미터에 달하는 폭풍우가 몰려올 때도 있었다. 그럴 때면 해협의 밑바닥까지 싹 쓸고 지나갔다. 잔해, 죽은 물고기, 뼛조각까지.

율리아는 해안의 조약돌 사이에 놓여 있는 것들이 무엇인지 가까이에서 확인하고 싶지 않았다. 그날 이후로 그녀는 스텐비크에서 수영하는 일이 없었다.

율리아는 돌아서서 작은 보트 창고를 바라보았다. 해안 위에 있는 집은 작고 외로워 보였다.

'너한테 가까이 왔어, 옌스.'

어째서 아버지에게 열쇠를 받아 온 것인지 스스로도 알 수가 없었다. 여기서 잘 생각도 없었다. 하지만 하룻밤 정도는 괜찮을 것이다. 그녀는 어둠이 무섭지 않았고 혼자 있는 것도 상관없었다. 하루나 이틀 정도는 여기서 지내도 괜찮을 것이다. 그런 다음 집으로 돌아갈 것이다.

매서운 바닷바람이 불어오자 율리아는 어둠 속에서 보트 창고의 흰색 문에 달린 자물쇠를 열었다.

안으로 들어가 문을 닫자 가을바람의 울부짖음이 갑자기 그쳤다. 보트 창고 안에는 적막이 흘렀다.

율리아는 천장 등을 켠 뒤 문 옆에 섰다.

옐로프의 말이 맞았다. 보트 창고는 그녀가 기억하고 있던 것과 완전히 달라져 있었다.

더이상 어부의 작업 공간이 아니었다. 바닥에 냄새나는 그물들과 부러진 찌들, 누렇게 변색한 《윌란스—포스텐》 뭉치도 쌓여 있지 않았다. 율리아가 마지막으로 여길 본 뒤로, 언니는 보트 창고를 완전히 개조해 작은 휴가용 별장처럼 꾸며놓았다. 벽에 매끈한 널빤지를 대고, 바닥에는 니스를 칠한 소나무를 깔았다. 작은 냉장고와 전기히터가 있었고, 해안이 내다보이는 창문 옆에는 조리용 열판까지 구비해놓았다. 내륙 쪽으로 난 창문 밑 탁자에는 청동과 윤기 나는 놋쇠로 만든 대형 선박용 나침반이 놓여 있었다. 옐로프의 바다 생활의 또 다른 기념품이었다.

보트 창고의 내부 공기는 건조했다. 희미하게 타르 냄새가 났는데, 율리아가 블라인드를 올리고 창문을 열었더라면 훨씬 공기가 맑아졌을 것이다. 완전히 고립되어 있다는 것만 제외하면 얼마든지 여기서 지낼 수 있을 것 같았다.

아무래도 채석장 옆에 산다는 에른스트 아돌프손이 가장 가까운 이웃인 것 같았다. 에른스트는 낡은 볼보 PV를 몰고 다녔다. 지금 그 차가 마을길을 따라 달리는 모습을 볼 수 있다면 기분이 좋아질 것 같았다. 율리아가 나침반 위에 있는 창문을 내다보았을 때 움직이는 건 없었다. 산등성이에 드물게 남아 바람에 흔들리는 풀잎말고는 아무것도 보이지 않았다. 갈매기조차도.

보트 창고에는 좁은 침대 두 개가 놓여 있었다. 율리아는 그 중 한 곳에 짐을 풀었다. 옷가지, 세면도구가 든 가방, 여분 신발, 가방 맨 밑에 넣어 온 로맨스 소설 한 보따리. 그녀는 남몰래 그런 소설을 읽었다. 율리아는 책을 침대 옆 탁자에 올려두었다.

문 옆에 있는 벽에는 니스칠을 한 목재 틀에 끼운 작은 거울이 달려 있었다. 율리아는 거울을 보며 얼굴을 살폈다. 주름이 많이 지고 피곤해 보였다. 하지만 피부는 예테보리에서처럼 잿빛으로 보이지 않는 것 같았다. 섬에서 부는 강한 바람 덕분인지, 실제로 그녀의 뺨에 약간이나마 화색이 돌았다.

이제 무엇을 할까? 그녀는 옐로프를 만나고 나온 뒤, 양로원 옆에 있는 작은 매점에서 아무 맛이 없는 핫도그를 사 먹었다. 그래서 배는 고프지 않았다.

책을 읽을까? 아니.

가져온 와인을 마실까? 아니, 아직은 아니다.

그녀는 주변을 살펴보기로 했다.

보트 창고를 나온 율리아는 해안 쪽으로 천천히 나가 남쪽으로 걸어가기 시작했다. 스텐비크에서 학교를 다녔던 어린 시절부터 가지고 있던 균형감을 되찾기 시작하자 조약돌 위를 걷는 일이 점점 수월해졌다. 어린 시절 그녀는 한 번도 어딘가에 걸려 넘어지는 법 없이 온종일 바닷가를 뛰어다녔다.

보트 창고 밑으로 대각선 방향에는 여전히 '회색 눈'이 있었지만 파도와 겨울 얼음 때문에 서서히 바다 쪽으로 끌려가고 있었다. 회색 눈은 말의 등처럼 생긴 좁은 바위로, 길이는 일 미터쯤 되었다. 율리아는 예전에 그 바위를 자기 것으로 정했었다. 이제 그 옆을 지나가면서 그녀는 바위를 살짝 쓰다듬어주었다. 세월이 지나면서 땅속으로 좀더 꺼진 것 같았다.

제분소도 작아진 것 같았다. 스텐비크에서 가장 큰 건물로, 보트 창고 남쪽으로 이백 미터쯤 떨어진 산등성이 가장자리에 낡은 풍차가 서 있었다. 율리아는 그 앞으로 가봤지만 비탈이 가팔라 올라갈 수는 없었다.

풍차의 남쪽에 보트 창고가 몇 채 더 있었다. 스텐비크 앞의 해협 안쪽 지역으로 여름 동안에는 긴 수영용 부두가 놓이는 곳이다. 사람은 한 명도 보이지 않았다.

율리아는 길 위로 올라가 옐로프의 보트 창고를 지나쳐 북쪽으로 향했다. 그녀는 발걸음을 멈추고, 본토 방향에 있는 바다를 응시했다. 수평선을 따라 스몰란드가 좁은 회색 줄무늬처럼 보였다. 배는 한 척도 보이지 않았다.

돌아서자 주변 지역 전체가 한눈에 들어왔다. 해안 풍경이, 마치 제대로 된 단서만 찾는다면 해결할 수 있는 수수께끼 같아 보였다.

모두가 두려워하는 일이 실제로 일어났다면, 옌스가 그날 물가로 나갔다면, 아이는 저녁에 안개 속에서 이 길을 걸어갔을 것이다. 율리아는 지금 다시 아들을 찾으러 수색을 할 수도 있었다. 물론 이미 다 했던 일이다. 그녀는 아들을 찾아다녔고, 경찰도 나서서 수색했으며, 스텐비크의 모든 사람들이 함께 찾아다녔다.

그녀는 다시 걷기 시작했다. 몇백 미터쯤 더 가자 채석장에 도착했다.

당연히 문은 닫혀 있었다. 더이상은 아무도 석회암을 캐지 않았다. 해안 도로 옆에 있는 나무 간판에는 "스텐 크 석재 회사"라고 씌어 있었다. 페인트칠이 부분적으로 벗겨진 것이다. 그 옆에는 알바르 지대로 이어지는 샛길이 있었다. 하지만 그 길도, 황갈색 풍경도 바닥의 넓은 구덩이 속으로 사라지면서 갑자기 끝나버렸다. 율리아는 구덩이 옆으로 가까이 나가갔다. '낭떠러지는 구십 도 각도로 밑바닥까지 곧장 이어졌다.

채석을 할 때는 보통 사오 미터 이상 파는 일이 없었다. 하지만 이 구덩이는 미식축구 경기장보다도 커 보였다. 욀란드의 주민들은 수 세기에 걸쳐 바위를 타고 내려가 돌을 캐는 일을 해왔다. 율리아의 눈에는 사람들이 하루아침에 모두 연장을 던져버리고 집으로 돌아가 다시는 나오지 않은 듯 보였다. 캐낸 돌덩어리들은 자갈 위에 단정하게 정렬되어 있었다.

채석장 맞은편의 알바르에는 키 크고 흐릿한 형체들이 줄을 지어 서 있었다. 너무 어두운데다가 거리가 멀어서 자세히 볼 수는 없었다. 하지만 율리아는 잠시 뒤에 그 형체가 조각상이라는 것을 깨달았다. 돌로 만든 일련의 예술 작품으로 보이는 그것들의 크기는 제각각이었다. 채석장 가장자리 바로 옆에는 백팔십 센티미터가량의 돌덩어리가 서 있었다. 맨 위쪽 끝이 뾰족해서 인지 중세 교회의 첨탑처럼 보였다. 아마 마르네스 교회의 복제 품인 모양이었다.

율리아는 지금 보고 있는 것들이 에른스트 아돌프손의 작품 이라는 것을 깨달았다.

석조상 뒤에 나무로 된 집이 있었다. 나지막한 나무들과 노간 주나무 덩굴 사이에 서 있는 암적색의 직사각형 건물이었다. 집 옆에는 에른스트의 땅딸막하고 둥그스름한 볼보가 서 있었다. 집 창문으로 불빛이 보였다.

율리아는 스텐비크를 떠나기 전에 다시 와서 에른스트 아돌 프손의 작품을 더 자세히 살펴봐야겠다고 생각했다.

여기서는 블로융프룬 섬도 잘 보였다. 수평선 너머로 작은 청 회색 섬이 보였다. 저 섬의 또 다른 이름은 블로쿨라인데, 전설 에 따르면 악마를 찬양하는 마녀들이 모이는 섬이라고 했다. 섬 전체가 국립공원인 무인도로, 배를 타면 당일치기로 둘러볼 수 있었다. 율리아도 어릴 때 몹시 화창했던 어느 날 레나와 옐로프 와 엘라와 함께 저 섬에 놀러간 적이 있었다.

섬의 해안에는 작고 예쁜 조약돌이 많이 있었다. 하지만 옐로 프는 율리아에게 조약돌을 가져가면 안 된다고 했다. 큰 불운을 가져다줄 거라는 말에 율리아는 돌을 가져오지 않았다. 하지만 그와 상관없이 그녀의 인생에는 큰 불운이 닥쳤다.

율리아는 마녀들의 섬을 뒤로한 채 보트 창고로 돌아갔다.

이십 분 뒤, 그녀는 보트 창고에 있는 침대에 앉아 바람 소리를 듣고 있었다. 피곤한 느낌은 전혀 없었다. 10시 무렵, 가져온 로맨스 소설 중『장원의 비밀』이라는 책을 읽기 시작했다. 하지만 진도가 잘 나가지 않았다. 율리아는 책장을 덮고 문 옆에 있는, 낡은 나침반이 놓인 탁자를 쳐다보았다.

예테보리에 있었다면 지금쯤 식탁에 앉아 와인을 마시면서 텅 빈 거리를 비추는 가로등을 쳐다보고 있었을 것이다.

스텐비크의 밤은 칠흑같이 어두웠다. 그녀는 소변을 보러 나갔다가 돌에 걸려 넘어질 뻔했다. 보트 창고에서 불과 몇 미터 떨어진 곳에서도 하마터면 길을 잃을 뻔했다. 바로 밑에서 소변이 흘러가는 것도 보이지 않았다. 율리아에게는 한숨 쉬는 듯 들리는 파도 소리와 파도에 밀려 덜그럭거리는 해안의 조약돌 소리만 들려왔다. 머리 위로는 짙은 비구름들이 유령처럼 섬의 하늘을 휙휙 스쳐지나갔다.

어둠 속에서 쪼그리고 앉아 아랫도리에 바람을 맞으며, 율리아는 저도 모르게 1900년대 초엽 이 해안에 나타났다는 유령 이야기를 떠올렸다.

그녀가 기억하기로는 할머니인 사라가 해질녘에 들려주던 이야기들 중 하나였다. 폭풍우가 몰아치는 어느 밤, 할머니의 남편과 동생이 사나운 파도를 피해 작은 어선을 안전한 곳에 댔을 때 겪었던 일이라고 했다.

두 사람이 포말을 일으키는 파도 옆에서 작은 배를 끌어올리고 있는데 갑자기 어둠 속에서 누군가 나타났어. 튼튼한 방수포를 걸친 그 남자는 반대편에 묶어둔 배들 중 한 척을 끌고 바다로 나가려고 했어. 그래서 할아버지가 그 남자에게 소리쳤지. 그러자 그 남자는 서툰 스웨덴어로 같은 말만 되풀이했어.

"외셀! 외셀!"

어부들이 배를 단단히 고정시키는 동안, 그 남자는 갑자기 돌아서더니 사나운 파도로 뛰어들었어. 그러곤 폭풍우 속에서 흔적도 없이 사라져버렸지.

율리아는 보트 창고 밖에 있는 길옆에서 재빨리 소변을 봤다. 그러고는 서둘러 따뜻한 보트 창고 속으로 들어가 문을 잠갔다. 그런 뒤에야 여기서는 물을 흘려 보낼 방법이 없다는 것을 기억해냈다. 앞으로는 용변을 보려면 별장까지 가야 했다.

그 무서운 폭풍우가 있은 지 사흘 뒤에, 욀란드 북쪽 끝에서 소식이 왔지. 뵈다에서 배 한 척이 좌초했는데 사흘 전에 파도에 휩쓸려 산산조각 났다고 말이야. 외셀의 에스토니아 섬에서 출발한 배였어. 폭풍우에 전부 휩쓸려 간 거지. 그러니까 스텐비크에서 어부들이 그 사람을 봤을 때 그는 이미 죽어 있었다는 말이야. 물에 빠져 죽은 거지.

해질녘에 할머니는 율리아를 보며 고개를 끄덕였다. "해안의 유령이었어."

율리아는 그 이야기를 믿었다. 재미있는 이야기였다. 그뿐 아니라 그녀는 해질녘에 들었던 옛날이야기들을 다 믿었다. 해안 어딘가에 물에 빠져 죽은 뱃사람이 혼자 길을 잃고 돌아다닐 것이다.

다시 바깥에 나갈 엄두가 나지 않았다. 그녀는 소변을 보러 나가지도 않을 작정이었다. 오늘밤에는 이도 닦지 않고 잘 것이다.

보트 창고의 창가에는 두꺼운 빨간색 양초들이 놓여 있었다. 그녀는 침대에 눕기 전에 라이터로 양초에 불을 붙인 뒤 한참 동안 그대로 내버려두었다.

옌스를 위한 양초. 그 아이의 엄마인 자신을 위해 붙인 불이기도 했다.

불꽃 속에서 율리아는 다짐했다. 오늘밤에는 와인도 마시지 않고 수면제도 먹지 않겠다고. 그녀는 슬픔과 맞서 싸울 것이다. 스텐비크에서만이 아니라 어디에서든 그렇게 할 것이다. 거리에서 어린 소년과 마주칠 때마다 갑작스럽게 솟구치는 슬픔도 극복해낼 것이다.

율리아는 침대 위에 레나가 준 휴대전화와 작은 전화번호 수첩이 놓여 있는 것을 보았다. 그녀는 충동적으로 그것들을 집어 든 뒤, 누군가의 번호를 찾아 전화를 걸었다.

전화는 제대로 걸렸다. 신호음이 두 번, 세 번, 네 번 울렸다.

그러자 남자가 잠긴 목소리로 전화를 받았다. "여보세요."

평일 저녁이고, 벌써 밤 10시 30분이었다. 전화를 걸기에는 늦은 시간이었지만 그녀는 지금 당장 통화하고 싶었다.

"미샤엘?"

"누구시죠?"

"나야, 율리아."

"아……. 오랜만이야."

그의 목소리는 놀랐다기보다는 지친 듯 들렸다. 율리아는 미샤엘의 모습을 기억해보려 했지만 아무것도 떠오르지 않았다.

"지금 윌란드에 와 있어. 스텐비크에."

"그렇구나……. 난 평소처럼 코펜하겐이야. 자고 있었어."

"너무 늦은 시간이라는 건 알아. 그냥 당신한테 새로운 단서가 나왔다는 소식을 전해주고 싶었어."

"단서?"

"우리 아들 실종 사건에 관한 거. 옌스 말이야." 율리아가 설명했다.

"그랬구나."

"그래서 여기 왔는데…… 당신도 알고 싶어 할 거라는 생각이 들어서. 물론 중요한 단서가 아닐 수도 있긴 하지만……."

"율리아, 어떻게 지내고 있어?"

"잘 지내……. 뭔가 다른 일이 생기면 연락할게."

"아직도 내 번호 가지고 있었구나. 하지만 다음번에는 조금 일찍 전화해주면 좋겠어." 미샤엘이 말했다.

"알았어." 율리아가 재빨리 말했다.

"그럼 잘 지내."

미샤엘이 전화를 끊었다. 더이상 휴대전화에서는 아무 소리도 들리지 않았다.

율리아는 휴대전화를 손에 든 채 가만히 앉아 있었다. 잘했어. 그녀는 시험 삼아 전화를 걸어봤고, 휴대전화가 제대로 작동된다는 것을 확인했다. 전화를 걸 상대를 잘못 골랐다는 건 알고 있었다.

미샤엘은 오래전에, 심지어 두 사람이 헤어지기 전에 이미 떠났다. 처음부터 그는 옌스가 물에 빠져 죽었을 거라고 단정했다. 이따금씩 율리아는 그렇게 확신하는 그가 미웠다. 가끔은 부러워서 어쩔 줄 모르기도 했다.

몇 분 뒤, 율리아는 불을 끄고 침대에 누웠다. 바지와 스웨터를 입은 채였다. 내내 흐리더니 폭우가 쏟아지기 시작했다.

갑작스러운 비였다. 보트 창고의 주석 지붕 위로 빗발이 미친듯이 쾅쾅거리며 부딪쳤다. 율리아는 바깥 경사면을 따라 흘러내리는 물줄기 소리를 들으면서 어둠 속에 누워 있었다. 보트 창고는 안전하다. 지금껏 아무리 심한 폭풍우에도 이곳은 무사했다. 율리아는 눈을 감고 잠을 청했다.

삼십 분 뒤에 빗소리가 그쳤지만, 그녀는 알지 못했다. 어둠 속에서 채석장을 향해 다가가는 발소리도 듣지 못했다. 그녀는 아무 소리도 듣지 못했다.

욀란드, 1943년 5월.

닐스는 해안과 스텐비크를 손에 넣었다. 이제 마을을 둘러싸고 있는 알바르는 그의 것이다. 엄마가 더이상 집이나 정원에서 도움을 필요로 하지 않자, 닐스는 매일 이렇게 성큼성큼 바깥을 거닐며 시간을 보낸다. 그는 어깨에 배낭을 메고 손에 산탄총을 든 채, 황금빛 햇살을 맞으며 욀란드의 초원을 걷고 있다.

토끼들은 보통 바닥에 몸을 웅크린 채로 꼼짝도 않고 앉아 있다가 들켰다는 생각이 들면 쏜살같이 뛰기 시작한다. 바로 그 순간 재빨리 어깨에 산탄총을 올려야 한다. 닐스는 사냥감만 나타나면 언제라도 총을 쏠 준비가 되어 있다.

몇 년 전 라스얀과 싸우고 엄마가 채석장 일을 하지 말라고 한 뒤로 닐스에게는 집과 알바르가 세상의 전부다. 채석장의 어느 누구도 그와 함께 일을 하려고 하지 않았다. 그렇다 해도 닐스로서는 전혀 문제될 것이 없었다. 그 역시 채석장으로 돌아가기를 거부했고, 라스얀에게 사과하는 것도 거부했다. 유일하게 짜증나는 건 엄마가 라스얀에게 부러진 손가락이 나을 때까지 일을 할 수 없었던 몇 주 치 급료를 몽땅 다 줬다는 것이다.

빌어먹을. 전부 라스얀의 잘못이었는데!

닐스 역시 그 싸움의 추억을 간직하고 있다. 왼손 손가락이 두 개 부러졌다. 많이 아팠음에도 불구하고 닐스는 마르네스로 가서 의사에게 치료받지 않았다. 손가락은 저절로 나았지만 상태가 좋진 않았다. 손가락이 안쪽으로 휜 채 구부려지지 않았다. 하지만 상관없었다. 닐스에겐 오른손이 있고, 총도 들 수 있으니까.

최근 마을 사람들은 닐스를 피하고 있다. 그 또한 상관없다. 알바르로 가는 길에 몇 번인가 마을길에서 마야 뉘만과 마주친 적이 있다. 그녀도 다른 사람들과 마찬가지로 아무 말 없이 그를 쳐다보기만 한다. 마야는 커다란 푸른 눈을 가졌다. 닐스는 그녀 없이도 완벽하게 잘 지낼 수 있다.

엄마는 닐스에게 허스크바나 2연발식 산탄총을 주었다. 그는 그 총으로 잡은 토끼들을 엄마에게 가져다준다. 그러면 엄마는 인색한 마을 농부들에게서 비싼 값을 주고 고기를 살 필요가 없다.

동쪽 지평선 너머로 마르네스 교회의 흰색 첨탑이 보인다. 닐스에게 지형지물 같은 건 필요 없다. 그는 긴 돌담에 둘러싸인 알바르 지대의 미로, 바위들, 관목들, 끝없이 펼쳐진 녹색 평원에서 길을 찾는 법을 익혔다.

앞쪽에 돌무덤으로 된 기념비가 보인다. 닐스가 태어나기 몇백 년 전 어떤 하인이 사제인지 주교인지를 죽인 장소를 나타내기 위해 나지막하게 쌓은 돌무덤이다. 가끔씩 사람들이 그 옆을 지나가며 작은 돌들을 쌓곤 한다. 닐스는 그런 짓을 하지 않는다. 하지만 그곳은 앉아서 점심 먹기 좋은 장소다.

닐스는 그 자리에 멈춰 서서 생각에 잠긴다. 살짝 허기를 느낀다. 그는 돌무덤 쪽으로 가서 울퉁불퉁한 돌 두 개를 치운 뒤 옆에 산탄총을 내려놓고 무릎에 배낭을 올린다.

배낭을 열자 기름이 배지 않는 종이로 싼 치즈 샌드위치 두 개와 소시지 샌드위치 두 개가 보인다. 작은 우유도 한 병 들어 있다. 전부 엄마가 싸준 것이다. 닐스는 엄마한테 물어보지 않고 식품 저장실에 보관해둔 코냑을 구리로 된 납작한 위스키 통에 담아 왔다.

닐스는 점심을 먹기 전에 위스키 통 뚜껑을 열고 코냑부터 한 모금 삼킨다. 목구멍을 통해 온몸에 온기가 퍼져나가는 것이 느껴진다. 그런 뒤에 샌드위치를 집어 든다. 그는 눈을 감고 샌드위치를 먹으며 이런저런 생각에 잠긴다.

닐스는 사냥에 대해 생각한다. 오늘은 아직 토끼를 잡지 못했다. 하지만 오후 내내 돌아다니다보면 한 마리 정도는 잡을 것이다.

그런 다음 전쟁에 대해 생각한다. 여전히 라디오를 켤 때마다 뉴스 프로그램에서는 전쟁 소식이 가득하다.

스웨덴은 공격당하지 않았다. 비록 1941년 여름 독일군 전함들이 욀란드 남부의 기뢰밭에 잘못 들어와 산산조각 나는 일이 벌어지긴 했지만. 당시 백 명도 더 되는 히틀러의 부하들이 물에 빠져 죽거나 불타는 유막 속에 목숨을 잃었다. 그 이듬해 여름, 어떤 이유에선지 독일군 비행기가 보리홀름의 폐허가 된 성 밑에 있는 숲에 여덟 개의 폭탄을 떨어뜨렸을 때, 욀란드의 많은 주민들은 틀림없이 전쟁이 시작된 거라고 생각했다.

그 폭발음은 스텐비크 전역에 울려 퍼졌다. 쿵 하는 둔탁한 소리에 잠에서 깬 닐스는 두근거리는 심장으로 컴컴한 창문을 내다보았다. 섬을 지나가는 비행기 엔진 소리가 들리는 것 같았다. 아마 메서슈미트▪일 것이다. 닐스는 좀더 많은 폭음이 들리길, 스텐비크 전역에 폭탄이 비처럼 떨어지길 바랐다.

하지만 독일군의 침략은 없었다. 그리고 이제는 히틀러가 뭔가를 하기에 너무 늦었다. 닐스는 춥고 길었던 겨울 동안 스탈린그라드에서 독일군이 항복했다는 기사를 신문에서 읽었다. 아무래도 히틀러가 질 것 같다.

그때 뒤에서 말의 숨소리가 들린다.

닐스는 눈을 뜨고 고개를 돌린다. 뒤쪽에 말 몇 마리가 보인다. 갈색과 흰색 털을 가진 새끼들로, 총 네 마리가 돌무덤 앞에 있다. 말들은 빠른 걸음으로 돌아 이제 닐스의 앞쪽으로 온다. 고개를 숙인 채 먼지를 일으키며 걷는다. 풀밭 위라 그런지 말 발굽 소리가 거의 들리지 않는다.

말. 말들은 무리 지어 알바르를 돌아다닌다. 닐스는 토끼를 찾아다니다 몇 번인가 말들이 도처에 남겨놓은, 갈색의 작은 돌무덤처럼 보이는 배설물에 발이 빠진 적이 있다.

이 말들에게는 확실한 목표가 있는 듯 보인다. 닐스는 짧게 휘파람을 분 뒤 배낭에 왼손을 집어넣는다. 선두에 있던 말이 천천히 닐스를 돌아본다.

▪　2차세계대전 당시 독일군이 사용한 전투기.

말들이 모두 멈춰 서서 닐스를 쳐다본다. 한 마리는 고개를 박고 알바르의 노란 풀에 코를 비빈다. 하지만 풀을 뜯어먹진 않는다. 말들은 뭔가 더 맛있는 것을 기다리고 있다.

닐스는 배낭에 손을 넣은 채, 다 먹은 샌드위치 포장지로 부스럭거리는 소리를 낸다. 그러면서 조용히 오른손을 돌 쪽으로 뻗는다.

말들은 머뭇머뭇 냄새를 맡으며 발굽으로 바닥을 걷어찬다. 닐스가 다시 한번 종이를 부스럭거리자 맨 앞에 있던 짙은 갈색 말이 호기심에 그가 있는 쪽으로 다가오기 시작한다. 다른 말들도 콧구멍을 씰룩거리며 천천히 그 뒤를 따른다.

또다시 선두에 있던 말이 오 미터 앞에서 걸음을 멈춘다.

"이리 와, 먹을 걸 줄게." 닐스가 기대감에 미소를 지으며 말한다.

토끼는 이런 식으로 잡을 수 없다. 오직 말을 상대할 때만 가능하다.

선두에 선 말이 큰 머리를 흔들더니 나직하게 힝힝거리며 코웃음을 친다.

바로 그때 닐스는 두 걸음 앞으로 나간다. 재빨리 오른손에 들고 있던 돌을 던진다.

명중! 석회암 조각이 코와 주둥이 바로 위를 강타하자 말은 전기 충격이라도 받은 것처럼 뒤로 물러난다. 공포에 질려 뒷걸음질치다가 뒤에 따라오던 말들과 부딪힌다. 말이 보이지 않는 공포에 몸을 돌리는 순간, 닐스는 재빨리 두 번째 돌을 던진다. 톱날처럼 날카로운 돌이 허공을 가르며 날아간다.

이번 돌은 선두에 있던 말의 엉덩이에 맞는다. 말은 귀청이 찢어질 듯 큰 소리로 괴성을 지르며 겁에 질려 운다. 이제는 다른 말들도 위험을 알아차린다. 말들은 돌아서더니 전속력으로 달리기 시작한다. 말발굽 소리가 북소리처럼 바닥에 울려 퍼진다. 말들은 관목 속으로 사라진다.

닐스는 살짝 당황한다. 세 번째 돌은 너무 먼 곳에 떨어진다. 상황이 좋지 않다. 그는 다시 돌을 집어던진다. 네 번째 돌은 너무 가까운 곳에 떨어진다.

그는 선두에 서 있던 말의 오른쪽 옆구리가 피로 물들며 번들거리는 줄무늬를 만드는 것을 본다. 상처가 깊다. 나으려면 며칠은 걸릴 것이다. 닐스는 집에 돌아가기 전에 말에게 상처를 입힌 돌을 찾아볼 생각이다. 돌에 피가 묻어 있는지만 살피면 될 것이다.

미친듯이 도망가는 말의 울음소리가 서서히 잦아든다. 알바르에 다시 정적이 흐른다. 닐스는 숨을 가다듬고 다시 돌무덤 위에 앉는다. 첫 번째 돌에 맞았을 때 말이 보여준 멍청하고 당혹스러운 표정을 떠올리며 미소를 짓는다.

'빌어먹을 말들.'

스텐비크 주위의 알바르를 지배하는 자가 누구인지를 말들에게 보여준 셈이다. 닐스는 여전히 미소를 지은 채 다시 배낭을 집어 든다. 엄마가 버터 토피 사탕도 싸주었을까?

6

저녁 시간이었다. 마르네스의 요양원에서 옐로프는 앞에 공책을 펼쳐놓은 채 책상에 앉아 있었다. 손에 볼펜을 들었지만 아무것도 쓰지 않았다.

책상 앞에 앉아 있는 동안에는 자기가 생각하는 것만큼 늙지 않았으며 아직 힘이 남아 있다는 생각이 들곤 했다. 튼튼한 다리로 일이 분 정도 서 있거나 스트레칭을 할 수도 있고, 세상 어디든 갈 수 있을 것 같았다.

욀란드의 해안에서 어디든 원하는 곳으로 갈 수 있는 선장이라는 직업에 옐로프는 늘 매혹되어 있었다. 약간의 행운과 뛰어난 기술, 제대로 된 장비, 충분한 보급품만 있다면 욀란드에서 이 세상 어느 항구로든 떠날 수 있었고, 다시 집으로 돌아올 수 있었다. 환상적이었다. 너무나 자유로웠다.

이 분 뒤면 저녁 식사를 알리는 벨이 울릴 것이다. 옐로프는 원래의 허약한 몸으로 돌아왔다. 다리는 뻣뻣했고, 이런 팔로는 다시 돛을 감아올리지 못할 것이다.

바다에서 보낸 세월은 쏜살같이 흘러갔다. 사실 그리 오랜 시간도 아니었다. 옐로프는 1920년대 말에 일등항해사로 아버지와 함께 '잉리드 마리아'라는 케치▪를 타고 처음 항해를 떠났다. 그리고 오 년 뒤 아버지가 배에서 내려 중개 일을 시작했을 때, 옐로프가 잉리드 마리아호를 물려받았다. 그는 범선의 이름을 '윈드'로 바꾼 뒤, 스몰란드에서 욀란드로 목재와 나무로 만든 물건들을 실어날랐다. 선장이 되었을 때 그의 나이는 스물두 살이었다.

2차세계대전 동안 옐로프는 욀란드에서 수로 안내인으로 일했다. 일을 하면서 그는 배가 선원들과 함께 침몰하는 것을 두 번 지켜봤다. 그 배의 선장들은 자신들이 수로 안내선보다 기뢰밭을 통과하는 안전한 길을 더 잘 안다고 생각했다.

그 세월 동안 옐로프는 줄곧 기뢰의 공포 속에 살았다. 해질녘 반짝거리는 바다 위 수로 안내선의 뱃전 옆에 서서 바다를 내려다보다가 갑자기 수면 아래 있는 커다란 검은색 기뢰를 발

▪ 돛대가 두 개인 범선.

견하는 악몽과 함께 식은땀을 흘리면서 잠에서 깨어나기도 했다. 오래되어 녹슨 기뢰들은 흔들리는 해초로 뒤덮여 있었다. 하지만 배가 기뢰의 접촉 핀에 부딪히기만 하면 몇 초 뒤에 바로 폭발할 것이다.

그는 배를 막을 수 없었다. 배는 조용히 접촉 핀 쪽으로 점점 더 가까워져가고…… 옐로프는 전함의 선체가 기뢰에 부딪히기 직전에 잠에서 깨어나곤 했다.

전쟁이 끝난 뒤 옐로프는 두 번째 화물선을 구입했다. 웨이브브레이커호로, 쇠데르텔리에 운하를 통해 보리홀름과 스톡홀름 사이를 항해했다. 수도에서 건설 작업에 쓸 욀란드 대리석과 붉은 석회암을 운송했고, 돌아가는 길에는 종종 보리홀름 농업협동조합의 연료나 석회를 실어날랐다. 지나가는 항구들에는 아는 배들이 항상 있었고, 누구든 도움이 필요할 때는 동료 뱃사공들이 도와주었다.

당시에는 경쟁이란 게 없었다. 옐로프도 1951년 12월 어느 밤 엥쇠에 닻을 내리고 있던 웨이브브레이커호에서 불길이 일었을 때 큰 도움을 받았다. 화물로 싣고 있던 아마기름에 불이 붙었고, 옐로프와 일등항해사인 욘 하그만은 배 전체가 불길에 휩싸이기 직전에 간신히 갑판 위로 올라갈 수 있었다. 두 사람 다 수영을 할 줄 몰랐지만, 바로 옆에 있던 오스카르스함에서 온 다른 화물선 위로 옮겨 탈 수 있었다. 그들은 필요한 모든 도움을 받았다. 하지만 그날 밤, 웨이크브레이커호를 위해 그들이 할 수 있는 일은 닻을 잘라 바다 위로 떠내려 보내는 것뿐이었다.

당시 옐로프는 미처 몰랐지만, 그 겨울밤 불에 타오르며 가라앉은 화물선은 윌란드 해운업계의 적절한 상징이기도 했다. 사건의 조사를 받고 무혐의로 풀려난 뒤, 옐로프는 일을 그만둘수도 있었다. 하지만 그는 고집스럽게도 보험금으로 새 화물선을 샀다. 그 뒤로 구 년 동안 선장으로 일을 했다. 마지막 배인노어호는 제일 예쁘고 가느다란 배였다. 선미가 아름답고 압축점화 엔진의 칙칙거리는 소리가 근사했다. 옐로프는 지금도 가끔 잠들기 직전 머릿속에서 칙칙거리는 그 배의 엔진 소리를 들을 수 있었다.

1960년이 되자 옐로프는 노어호를 팔고 뭍으로 올라와 보리홀름의 지역 의회에서 일하기 시작했다. 그때부터 책상에 앉았다. 그 일에는 이점도 있었다. 밤마다 엘라가 기다리고 있는 집으로 돌아갈 수 있었다. 딸들의 유년 시절은 놓쳤지만, 적어도십 대 시절은 지켜볼 수 있었다. 그리고 1960년대 말 막내딸 율리아가 임신을 했을 때, 옐로프는 딸이 결혼을 했든 안 했든 상관하지 않았다. 그는 그 어린 남자아이를 사랑했다. 손자였다.

옌스 옐로프 다비드손.

그리고 그 일이 일어났다.

때는 가을이었다. 율리아는 간호사가 되기 위해 시간제로 공부하고 있었고, 그래서 평소보다 오래 옌스와 함께 스텐비크에서 지내던 터였다. 옌스의 아빠인 미샤엘은 본토에서 지내고 있었다. 율리아는 점심 식사를 마친 뒤 아들을 엘라와 옐로프에게 맡기고 새로 지은 다리로 칼마르 해협을 건너갔다. 옐로프는 커피를 마시고 아내와 옌스만 남겨놓은 채 서슴없이 집을 나섰다. 뭔가 나쁜 일이 일어나리라는 예감은 전혀 없었다. 다음날 아침에 쓸 고기잡이 그물을 손질하러 나간 것이다.

옐로프는 보트 창고에 앉아서 칼마르 해협에서 올라오는 안개를 바라보았다. 지금껏 바다에서 본 것 중 가장 짙은 안개였다. 해안으로 밀려온 안개를 피부로 느낄 수 있었다. 그는 배의 갑판 위에서 추위에 떨며 서 있을 때처럼 온몸을 떨었다. 순간 옐로프의 주위가 온통 하얀 안개에 둘러싸이면서 아무것도 보이지 않았다.

그때 엘라와 옌스가 있는 집으로 돌아갔어야 했다. 그럴까 하는 생각을 하긴 했다. 하지만 옐로프는 계속 보트 창고에서 그물을 손질하며 한두 시간을 더 보냈다.

그렇게 그 일이 벌어졌다. 하지만 옐로프가 보트 창고에 있었고 청력이 좋다는 이유만으로는 그가 확신하는 사실을 다른 사람들에게 납득시킬 수 없었다. 어쩌면 율리아는 믿어줬을지도 모른다. 옌스는 그날 바다에 빠지지 않았다. 만일 그랬다면 옐로프가 소리를 들었을 것이다. 소리가 안개에 약간 잠기긴 했지만 들리기는 했으니까. 경찰의 생각과 달리 옌스는 물에 빠지지 않았으며, 아이의 시신은 칼마르 해협의 밑바닥에 가라앉지 않았다.

옌스는 물에 빠진 것이 아니라 어딘가로 사라졌다.

옐로프는 책상 앞에 앉아 몸을 숙여 한 문장을 적었다.

"알바르는 바다와 같다."

그래, 저기선 무슨 일이든 일어날 수 있다. 아무도 그 사실을 모른다.

옐로프는 책상에 볼펜을 내려놓고 공책을 덮었다. 서랍을 열고, 화장지로 감싼 샌들을 다시 한번 보았다. 그 옆에는 그해 초에 출간된 얇은 책자가 들어 있었다.

총 육십 페이지로 된 회고록으로, 제목은 '말름 화물 운송 사십 년'이었다. 제목 밑에 배 그림이 그려져 있었다.

이 주일 전 에른스트가 옐로프를 찾아왔을 때 빌려준 책이다.

"여기 뭔가 있어. 18페이지를 봐봐." 에른스트가 말했다.

옐로프는 책을 펼쳐 18페이지를 찾았다. 본문 바로 밑에 작은 흑백사진이 실려 있었다. 그는 그 사진을 이미 여러 번 보았다.

오래된 사진이었다. 작은 항구에 있는 석조 부두로, 긴 널빤지들이 쌓여 있었다. 널빤지 더미 아래쪽으로 작은 범선의 검은색 선미가 보였다. 옐로프가 가지고 있던 배와 비슷했다. 널빤지 더미 옆에는 검은색 작업복 차림에 챙이 달린 모자를 쓴 남자들이 늘어섰다. 다른 사람들 앞에 두 명이 서 있었는데, 그중 한명이 다른 한 명의 어깨에 친근하게 손을 올린 모습이다.

옐로프가 남자들을 응시하자, 그들도 그를 되쏘아보았다.

그때 노크 소리가 들렸다.

"커피 마실 시간이에요, 옐로프." 보엘의 목소리였다.

"갈게요." 옐로프가 의자를 뒤로 밀며 대답했다.

그는 힘겹게 책상에서 일어났다.

하지만 책에 실린 사진 속 남자들에게서 시선을 뗄 수가 없었다.

아무도 미소를 짓지 않았다. 옐로프 역시 그 사진을 보면서 미소 짓지 않았다. 지난번 에른스트와의 대화를 통해 그는 오래된 사진 속 남자들 중 한 명이 손자인 옌스를 죽이고 아이의 시신을 영원히 숨긴 범인이라고 확신했기 때문이다.

그들 중 누구인지는 몰랐다.

옐로프는 작게 한숨을 내쉬며 책을 덮은 뒤 다시 서랍 속에 넣었다. 그러고는 지팡이를 잡고서 커피를 마시러 천천히 휴게실로 향했다.

7

수평선을 따라 조용하고 눈부시게 비치는 아침 햇살과 함께 윌란드에 새로운 하루가 시작되었다. 율리아는 시월 아침의 일출 속에 잠들어 있었다.

보트 창고의 창문 세 개에는 감아올리는 식의 작은 블라인드가 달려 있었다. 예전에는 암적색이었지만 세월이 흐르면서 햇빛에 색이 바래 지금은 연한 분홍색이다. 8시 30분쯤, 사방이 조용한 가운데 갑자기 율리아의 침대 바로 옆에 있던 블라인드가 탕 하고 천둥처럼 요란한 소리를 내며 스르르 말려 올라갔다.

율리아는 눈을 떴다. 탕 소리 때문이 아니라 동쪽을 향한 창문에서 갑자기 쏟아진 햇살 때문에 잠에서 깬 것이다. 그녀는 눈을 깜박거리며 따뜻한 베개에서 고개를 들었다. 창문 밖으로 가을바람에 흔들리는 노랗게 변한 풀들을 보고서야 지금 자기가 어디에 있는지 떠올랐다. 바람이 강하고, 공기는 맑았다.

'스텐비크.' 그녀는 생각했다.

율리아는 다시 한번 눈을 깜박거리면서 고개를 들어보려 하다가 이내 베개 속에 다시 얼굴을 파묻었다. 그녀는 언제나 아침이 힘들었다. 평생 그래왔고, 지난 이십 년 동안은 종종 잠이 가져다주는 망각에 끌리기도 했다. 그날 이후 우울증에 걸린 율리아는 성인으로서 일상적인 생활을 멀리하게 될 만큼 잠을 많이 자기 시작했다. 오늘 아침에는 특별히 할 일이 없기에 평소보다 더 일어나기 힘들었다.

스텐비크에서 일어나기가 힘든 건 따뜻한 욕실이 없기 때문이기도 했다. 보트 창고 아래쪽에는 돌투성이 해안과 얼음같이 차가운 물밖에 없었다.

간밤에 지붕 위를 두들기던 빗소리를 들었던 것이 어렴풋이 떠올랐다. 지금은 보트 창고 밑에서 일렁이는 파도 소리밖에 들리지 않았다. 리드미컬하게 부딪치는 파도 소리에 그녀는 침대에서 벌떡 일어나 옷을 벗어던지고 바다로 뛰어들고 싶었다. 하지만 그 생각은 그대로 지나가버렸다.

율리아는 그대로 몇 분 더 좁은 침대에 누워 있다가 자리에서 일어났다.

공기가 눅눅하고 쌀쌀했다. 밖에는 여전히 바람이 많이 불었다. 하지만 율리아가 재킷을 입고 보트 창고의 문을 열었을 때 눈앞에 펼쳐진 스텐비크는 전날 밤처럼 유령이라도 나올 것 같은 풍광이 아니었다.

밤새 내린 비에 잿빛은 모두 씻겨 내려간 것 같았다. 태양이 반짝거리자 돌이 많은 욀란드 해안은 깨끗하고 꾸밈없이 아름다웠다. 마을 쪽으로 통하는 좁은 물줄기는 보트 창고의 양옆을 비껴 흘러갔다. 해협의 수면이 반짝거리며 빛났다. 몇백 미터 떨어진 해안에서 갈매기들이 날개를 활짝 편 채, 바람 속에서 서로를 향해 소리를 지르는 건지 웃는 건지 알 수 없는 소리를 쩌렁쩌렁하게 울리며 파도 위를 스쳐 날아갔다.

햇살 속에서, 율리아는 모든 것이 보이는 것처럼 아름답지만은 않다는 슬픔의 감정을 애써 억눌렀다. 그냥 좋은 기분을 느끼고 싶었다. 오늘 아침만큼은 뼛조각을 떠올리거나 옌스에 대해 말하고 싶지 않았다.

개가 활기차게 짖어대는 소리가 들렸다. 돌아보니 빨간색 패딩 재킷을 입은 백발 여성이 작은 연갈색 개를 데리고 해안 길을 걷고 있었다. 목줄도 매지 않은 개는 바닥에 코를 대고 냄새를 맡으며 정신없이 앞뒤로 뛰어다녔다. 그들은 빠른 걸음으로 율리아에게 등을 돌린 채 길 건너편에 있는 집들 중 한 곳으로 들어갔다.

율리아는 스텐비크에 사는 사람이 에른스트만이 아니라는 것을 깨달았다.

완전히 잠에서 깨자 기운이 샘솟았다. 율리아는 플라스틱 통을 들고 옐로프의 집으로 가서 정원에 있는 수도꼭지에서 식수를 받았다. 사방에 잔디가 많이 자라긴 했지만, 햇살 속에 서 있는 별장은 그녀를 환영하는 듯 보였다. 하지만 옐로프가 집 열쇠를 주지 않았기 때문에 안에 들어가서 어린 시절에 쓰던 침실을 둘러볼 수는 없었다.

율리아는 물을 받으면서, 정말로 욀란드에 하루 이상 머무를 수 있겠다고 생각했다. 무엇이든 여기서 할 일이 있다면, 그러니까 옐로프가 기운을 되찾아 그녀에게 할 일을 알려주거나 찾아준다면 이틀이나 사흘쯤 더 머무를 수도 있을 것이다.

하지만 율리아는 텅 빈 정원을 둘러보고 결심했다. 아니다. 그녀는 오늘 예테보리에 있는 집으로 돌아갈 것이다. 그렇게 오래 있지 않을 것이다.

물통을 들고 보트 창고로 돌아가는 길에, 율리아는 걸음을 멈추고 별장 아래쪽 산사나무 울타리 뒤에 있는 노란 집을 쳐다보았다. 키가 크고 가지가 잘 뻗은 물푸레나무들에 둘러싸인데다 울타리 뒤에 있어서 잘 보이지 않았지만, 그리 멋진 집은 아닌 것 같았다. 그 집은 단순히 비었다기보다 완전히 버려져 있었다. 벽을 뒤덮은 미국담쟁이가 금이 간 유리창까지 뒤덮기 시작했다.

어렴풋이 그 집에 늙은 여자가 살았던 것이 떠올랐다. 여자는 집밖으로 나오지도 않았고, 마을 사람들과도 어울리지 않았다.

그 집이 퇴락한 채로 남겨진 것을 보니 낯설었다. 전체적으로 균열이 있긴 했지만 좋은 집이었다. 누군가 집 전체를 손봐야 할 것이다.

율리아는 서둘러 보트 창고로 돌아갔다. 그러고는 차를 끓여 아침 식사를 했다.

사십오 분 뒤, 율리아는 보트 창고의 문을 잠근 다음 가방 한 개는 어깨에 메고 남은 한 개는 손에 든 채 밖으로 나왔다. 창고 안에 있는 침대는 정리했고, 전기 스위치는 모두 껐으며, 블라인드도 내려놓았다. 보트 창고는 다시 텅 비었다.

율리아는 차를 세워둔 산등성이 쪽으로 걸어가면서 해안을 둘러보았다. 아무도 없었다. 시동을 걸고, 마지막으로 보트 창고를 쳐다보았다. 산등성이와 못 쓰게 된 풍차도 올려다보았다. 그런 뒤 발아래 펼쳐진 반짝거리는 바닷물을 보았다. 다시 슬픔이 느껴졌다.

율리아는 재빨리 차를 본토 쪽으로 돌렸다.

그녀는 이제 여름 별장이 된 농장과 폐허가 된 노란 집을 지나쳤다. 이어서 옐로프의 별장을 지나쳤다. 안녕, 잘 있어.

'안녕, 옌스.'

마을 도로 왼쪽으로 또 다른 여름 별장들이 모여 있는 구역으로 연결된 도로가 있었다. 그 앞에는 흰색 페인트로 "석조 공예 1킬로미터"라고 쓴 네모난 석회암이 바닥에 박혀 있었다. 위쪽의 철 기둥에는 관통 도로가 아님을 알리는 기호가 그려진 표지판이 달려 있었다.

율리아는 표지판을 보고서 옐로프에게 작별 인사를 하러 가기 전에 하려고 했던 일을 떠올렸다. 예전 채석장에 들러서 에른스트 아돌프손의 조각상들을 살펴볼 생각이었다.

조각상을 살 돈은 없었지만 그녀는 에른스트의 작품을 구경하고 싶었다. 그리고 에른스트가 옌스의 실종에 대해 기억하고 있다면 뭔가 물어볼 수도 있을 것이다. 그날 에른스트는 어디에 있었는지 말해줄지도 모른다. 손해날 일은 없다.

율리아는 좁은 길로 들어섰다. 작은 포드가 즉시 튀어 오르기 시작하며 이쪽저쪽으로 기우뚱거렸다. 이제껏 욀란드에서 운전한 이래 가장 도로 상태가 나빴다. 전날 밤에 내린 비 때문이었다. 폭우 때문에 자동차 바큇자국을 따라 좁고 긴 웅덩이가 남아 있었다. 율리아는 1단으로 기어를 넣고 아주 천천히 앞으로 나아갔다. 그럼에도 차는 계속 진창길에 미끄러졌다.

율리아는 여름 별장들을 뒤로한 채 알바르 지대의 외곽을 따라 달렸다. 채석장 방향으로 해안 도로를 따라 천천히 커브를 돌자 곧은길이 나오고 에른스트 아돌프손의 나지막한 별장이 가까워졌다. 율리아는 집 앞에 있는 원형 선회 구역 앞에서 차를 세웠다. 에른스트의 낡은 흰색 볼보도 여전히 그곳에 주차되어 있었다.

사람이 있는 것 같은 기척은 없었다. 하지만 선회 구역 한복판에는 검정 글씨로 "석조 공예―환영합니다"라고 쓰인 돌덩어리가 서 있었다.

율리아는 볼보 뒤에 주차한 뒤 시동을 껐다. 그러고는 차에서 내려 가방에서 얇은 지갑을 꺼냈다.

높이 자란 풀숲 사이로 한숨 쉬듯 바람이 불었다. 앞에 보이는 나무 대부분은 잎이 떨어졌다. 정원 한쪽에는 채석장으로 통하는 산등성이의 거대한 구덩이가 보였다. 풀들과 떨어진 노간주나무 덤불은 그 반대편에 있었다. 알바르 지대다.

율리아는 돌아서서 집을 쳐다보았다.

문은 닫혀 있었고 조용했다.

"계세요?" 율리아가 외쳤다.

그녀의 외침은 바람 소리에 묻혔다. 아무도 대답하지 않았다.

부서진 석회암 조각들을 깔아 만든 넓은 길이 집 한쪽에 난 문으로 이어졌다. 초인종도 달려 있었다.

율리아는 그쪽으로 가 초인종을 눌렀다.

여전히 대답이 없었다. 차가 여기 있는데 에른스트는 어딜 갔단 말인가?

율리아는 다시 초인종을 눌렀다. 손가락으로 계속 누르고 있었다. 아무도 나오지 않았다.

그녀는 충동적으로 문을 열어보았다. 문은 잠겨 있지 않았고, 초대라도 하는 양 그대로 열렸다.

율리아는 집안으로 고개를 들이밀었다.

"계세요?"

아무도 대답하지 않았다. 불이 꺼져 있어서 복도가 컴컴했다. 율리아는 바닥에 부딪히는 지팡이 소리와 묵직한 발소리가 들리지 않는지 귀를 기울였지만 아무 소리도 없었다.

'집에 없어. 옐로프를 만나러 간 걸지도 몰라.' 율리아는 생각했다. 문득 호기심이 들었다. 욀란드 사람들은 외출할 때 문을 잠그지 않는 걸까? 그 정도로 서로를 믿는다는 건가?

"어서 오세요"라고, 문 앞에 놓인 초록색 플라스틱 도어 매트에 씌어 있었다. 율리아는 매트에 발을 두 번 턴 뒤 집안으로 들어갔다.

"아무도 안 계세요? 에른스트 아저씨? 저 율리아예요. 옐로프의 딸요……."

복도 천장에 걸려 있는 작은 나무배들이 달린 모빌이 흔들렸다. 오른쪽은 주방이었다. 나무의자 두 개와 작은 식탁이 놓인 주방은 깨끗하게 정돈되어 있었다. 왼쪽에 있는 침실에는 직접 만든 좁은 침대가 놓여 있었다.

복도는 소파와 텔레비전이 있는 거실로 이어졌다. 거실에는 채석장과 저 아래 푸른 해협이 내다보이는 커다란 전망창이 있었다. 책과 신문 더미가 쌓인 탁자를 제외하면 거실에 다른 가구들은 별로 없었다. 한쪽 벽에 매끈한 석회암 석판으로 손수 만든 육각형 시계가 걸려 있었다.

집안에서 눈에 띄는 건, 시계가 돌로 만들어진 유일한 물건이라는 점이었다. 돌이라면 집밖에서 얼마든지 구할 수 있을 텐데.

율리아는 다시 복도로 나와 벽의 갈라진 틈에서 미지의 공격자가 튀어나오기라도 할 것처럼 주위를 찬찬히 살폈다. 그러고는 밖으로 나가 조심스럽게 문을 닫았다.

이제 어떻게 해야 할지를 몰라, 그녀는 햇살 속에 가만히 서 있었다. 에른스트 아돌프손은 근처 어딘가에 있을 것이다. 단지 문을 잠그는 걸 잊었을 것이다.

율리아는 채석장 끝 쪽에 있는 조각상들을 보러 갔다. 조각상들 옆에는 빨간색 페인트로 칠해진 작은 오두막이 자작나무들에 에워싸여 있었다. 오두막 밖에는 다양한 크기의 돌덩어리들과 바위들이 놓여 있었다. 조각한 것으로 보이는 돌도 있었지만, 미완성 작품 같았다. 어떤 것들은 기형인 사람같이 생겼다고 율리아는 생각했다. 돌 속에서 기형의 얼굴들과 검은 눈구멍이 보였다. 그녀는 인간 아이들을 잡아 산속으로 데리고 들어간다는 트롤을 떠올렸다. 채석장 일꾼들은 도구가 없어질 때마다 늘 트롤의 짓으로 여긴다고 옐로프가 이야기해준 일이 있었다. 동료들 중 누군가가 도구를 훔쳐갔다고 생각하지 않기 위해서였다.

율리아는 미완성 석상들에서 시선을 돌려 채석장의 깎아지른 절개지 가장자리에 세워둔 완성품들을 살펴보았다. 작은 등대들, 돌로 만든 우물 뚜껑들, 커다란 해시계들 그리고 너비가 넓은 묘비 두 개. 묘비명을 적는 곳은 비어 있었다.

뭔가 없어졌다. 조각상들이 늘어서 있는 중간에 사이가 유달리 벌어진 자리가 있었다. 율리아는 그쪽으로 다가갔다. 전날 밤 그녀가 채석장 반대쪽서 봤던, 마르네스의 교회 첨탑과 비슷했던 조각상이 없어졌다. 채석장 절개지 가장자리 자갈밭 위에는 얕게 파인 자국이 있었다.

율리아는 매끈한 석상들이 서 있는 가운데로 천천히 걸어갔다. 눈앞에 텅 빈 큼지막한 웅덩이 같은 채석장이 있었다.

여기 채석장은 깊이가 몇 미터밖에 되지 않았다. 하지만 절벽처럼 경사가 급했다. 그녀는 그 앞에 서서 황량한 돌투성이 풍경을 가만히 내려다보았다. 그 순간 커다란 교회 첨탑이 바로 아래쪽에 떨어져 있는 것이 눈에 들어왔다. 절개지에서 곧장 채석장 속으로 떨어진 것이다. 첨탑 꼭대기가 물가인 서쪽 방향을 가리키고 있었다.

교회 첨탑은 부서지지 않았다.

길쭉한 석상 아래 에른스트 아돌프손이 깔려 있었다. 그는 채석장 바닥에서 하늘을 올려다보고 있었다. 입에서 피를 흘리며, 온몸이 부서진 채로.

욀란드, 1945년 5월.

모든 것이 변했다. 앞으로 이 세상과 닐스 칸트의 생활, 양쪽에 엄청난 일들이 일어날 것이다. 그는 느낄 수 있다.

알바르 지대 위로 떠오른 태양이 좀더 뜨거워지고, 욀란드의 바람이 상쾌해진다. 공기는 맑고, 꽃들이 만개한다. 아직 여름 햇빛에 타들어가지 않은 풀들은 여전히 초록색이다. 하늘 위에서 작은 반점처럼 어렴풋하게 깜박거리던 제비들이 순식간에 검은색 화살처럼 쏜살같이 땅으로 하강하다가 다시 속력을 내며 위로 올라간다. 그러고는 또다시 하늘 높은 곳에서 갑자기 나타난다.

봄이 맹렬하게 욀란드를 덮친다. 닐스 칸트는 공기가 달라졌음을 느낀다. 그는 이제 곧 스무 살이 된다. 마침내 어른이 되었다. 완벽하게 자유롭다. 그의 앞에 펼쳐진 인생, 엄청난 일들이 일어날 것이다. 그는 그것을 온몸으로 느낄 수 있다.

이제 말없이 주위를 돌아다니며 토끼나 사냥할 나이는 지났다. 그에겐 다른 계획이 있다. 전쟁이 끝나면 어디든 원하는 곳으로 떠날 것이다. 스텐비크의 산등성이 옆 작은 집에 살고 있는 마야 뉘만도 데려가고 싶다. 그는 그녀의 모습을 기억하며, 종종 그녀를 떠올린다. 하지만 그들은 이제껏 제대로 이야기를 나눠본 적이 없다. 옆에 아무도 없을 때 길에서 마주치면 인사만 나눴을 뿐이다. 빠른 시일 안에 제대로 이야기해볼 기회를 갖지 못한다면, 그는 혼자 떠날 것이다.

그 특별한 날, 닐스는 평소보다 멀리 걸음을 옮겨 섬의 동쪽 끝으로 간다. 주도로를 건너기 전에 토끼 두 마리를 잡았다. 잡은 토끼는 집으로 돌아가는 길에 가져가려고 덤불 아래 숨겨놓았다. 돌아가기 전에 한두 마리 더 잡을 작정이고, 어쩌면 재미삼아 제비 몇 마리를 잡을 수도 있을 것이다.

겨울철 눈이 녹으면서 알바르 전역에 커다란 웅덩이들이 생겼다. 작은 호수들로 가득한 늪지대를 걷는 느낌이다. 웅덩이들의 물이 태양 아래 빠르게 말라간다. 닐스는 크고 튼튼한 부츠를 신고 있기에, 원한다면 웅덩이들을 가로질러 갈 수도 있다. 그는 완전히 자유로우며, 온 세상이 다 그의 것이다.

아돌프 히틀러는 이 세상을 가지려고 했다. 이제 그는 죽었다. 일주일 전쯤 베를린에서 총으로 자살했다. 독일의 종말이었다. 더이상 러시아와 미국을 상대로 싸울 힘이나 의지를 가진 자는 없었다.

닐스는 물웅덩이를 첨벙거리며 지나친 뒤, 노간주나무 덤불 사이를 가로지른다. 어릴 때 그는 히틀러를 좋아했던 적이 있다. 히틀러의 대단한 의지력을 존경했다.

닐스는 거실 라디오를 통해, 히틀러가 독일에서 했던 우레 같은 연설의 단편들을 숭배하는 마음으로 듣곤 했다. 그리고 지난 몇 년 동안은 독일군 폭격기들이 욀란드 전체를 쓸어버리기를 기다렸다. 마침내 전쟁이 끝났지만 이제 히틀러는 없고, 독일은 영국군 폭격기에 작살났을 것이다.

이제 독일에 대해서는 흥미가 없다. 대신 영국이 끌린다. 미국도 거대하며 기회로 가득한 나라지만, 너무 많은 윌란드 사람들이 그곳으로 넘어간 뒤 다시는 돌아오지 않았다. 19세기에 수천 명이 흔적도 없이 사라졌다. 닐스는 세상을 여행한 뒤 황제처럼 스텐비크로 돌아오고 싶다.

그때 무슨 소리가 들린다. 나지막하지만 확실한 소리다. 그는 그 자리에 멈춰 선다.

토끼는 아닌 것 같다. 닐스가 듣기에 그 소리는 마치…….

그는 혼자가 아니다.

누군가 그곳에 있다.

닐스는 바람 속에서 소리를 듣는다. 새소리도, 곤충의 윙윙거리는 소리도, 말의 울음소리도 아닌 짧은 소리다. 지난 몇 년간 알바르를 헤매고 다녔기에 그는 그 소리들을 모두 구분할 수 있다. 그런데 지금 들리는 소리는 그런 소리가 아니다. 지금 이곳에 어울리지 않는 뭔가가 있다. 닐스는 불안함에 목 뒤에서 척추까지 따끔거리는 것 같다.

토끼는 아니다. 뭔가 다른 것이다.

늑대일까? 오래전에 돌아가신 할머니는 알바르에 나타난 늑대들에 대한 이야기를 들려주곤 했다. 이곳에 늑대가 있었다. 하지만 지금은 아니다.

사람인가?

누가 뒤에서 슬금슬금 다가오고 있는 것일까?

닐스는 어깨에 걸치고 있던 허스크바나 산탄총을 천천히 내린 뒤 양손으로 잡고 쏠 준비를 한다. 엄지손가락으로 안전장치를 푼다. 위토르프 탄약통 공장에서 만든 두 개의 탄약통이 언제라도 총열에서 날아갈 준비가 되어 있다.

그는 주위를 돌아본다. 사방이 노간주나무 덤불로 뒤덮여 있다. 대부분은 바람에 뒤틀리고 굽어져 일 미터 이상 자라지 못했지만, 그 사이로 틈이 보이지 않을 만큼 무성하다. 만일 닐스가 자리에서 똑바로 일어선다면 덤불 너머 먼 곳까지 볼 수 있을 테고, 어느 누구도 그가 있는 쪽으로 슬금슬금 다가올 수 없을 것이다. 하지만 닐스가 몸을 웅크리면 덤불은 그의 모습을 가려줄 것이다.

지금은 아무 소리도 들리지 않는다. 그가 정말 무슨 소리를 들은 거라면 말이지만. 어쩌면 닐스의 머릿속에서 울린 소리였을지도 모른다. 밖에 혼자 있다 보면 그럴 때가 있었다.

닐스는 조용히, 미동도 없이 풀숲에 선 채 기다린다. 숨소리도 내지 않는다. 이곳에선 계속 그랬다. 그렇게 기다리다 보면, 토끼가 뛰어나온다. 토끼가 결국 용기를 내어 은신처에서 뛰어나와 껑충껑충 뛰면서 사냥꾼으로부터 쏜살같이 달아난다. 바로 그때 닐스는 조용히 어깨 위로 총을 올리고 갈색 형체를 겨냥한 뒤 방아쇠를 당긴다. 그런 다음 그쪽으로 걸어가 희미하게 경련을 일으키는 토끼의 몸을 집어 든다.

닐스는 숨을 죽인 채 귀를 기울인다.

아무 소리도 들리지 않는다. 갑자기 불어오는 미풍에 퀴퀴한 땀냄새와 천에 밴 기름내가 난다. 바람에 실려 한 사람, 어쩌면 여러 명의 몸에서 나는 매캐한 냄새가 날아온다.

가까운 곳에 사람이 있다.

닐스는 방아쇠에 손가락을 올린 채 오른쪽으로 돌아선다.

겁에 질린 눈으로 일 미터가량 떨어진 노간주나무 덤불 바깥쪽을 쳐다본다.

또 다른 인간의 눈과 마주친다.

무성한 노간주나무 아래 어둠 속에서 남자의 얼굴이 보인다. 먼지투성이에 머리카락은 헝클어져 있다. 바닥 쪽으로 바짝 숙인 몸에는 큼직한 녹색 옷을 걸치고 있다. 닐스는 그 옷이 군복임을 알아차린다.

남자는 군인이다. 헬멧도, 총도 없는 외국 군인.

닐스는 남자를 향해 산탄총을 겨눈다. 손가락 끝에 심장이 두근대는 것이 느껴진다. 닐스는 총구를 약간 위로 올린다.

"나와." 닐스가 큰 소리로 외친다.

군인은 입을 벌리고 뭔가 말한다. 스웨덴어는 아니다. 적어도 닐스는 들어본 적이 없는 말이다. 외국어다. 독일어처럼 들린다.

"뭐라고? 지금 뭐라는 거야?" 닐스가 재빨리 말한다.

군인은 양손을 천천히 들어올린다. 그의 손은 지저분하고 갈라져 있다. 순간 닐스는 남자가 혼자가 아니라는 사실을 알아차린다. 남자의 뒤에 있는 노간주나무 덤불 아래 지저분한 군복을 입은 또 다른 남자가 바닥에 몸을 바짝 붙이고 있다. 두 사람 다 쫓기는 듯한 표정이다. 끔찍한 기억에서 도망치기라도 하는 것처럼.

"비테 니히트 시센(제발 쏘지 말아요)." 닐스와 가까운 쪽에 있던 군인이 속삭인다.

8

율리아는 에른스트 아돌프손의 전화기로 옐로프에게 전화를 걸어 에른스트가 쓰러져 있는 것을 발견했고, 아무래도 죽은 것 같다고 말했다.

옐로프는 율리아가 무슨 말을 하는지 알아들었다. 하지만 그 일에 대해 생각하거나 감정적으로 반응하지 않으려고 애를 썼다. 그저 율리아의 목소리에만 집중했다. 긴박하게 들리긴 했지만 떨고 있진 않았다.

"에른스트가 죽었다는 말이구나." 옐로프가 말했다.

전화기 저편에서는 아무 소리도 들리지 않았다.

"확실하니?" 옐로프가 다시 물었다.

"전 간호사예요." 율리아가 말했다.

"경찰에 신고는 했고?"

"구급 전화번호로 걸었어요. 사람을 보내준대요. 에른스트 아저씨한테 구급차는 필요 없을 것 같지만……. 너무 늦었어요." 율리아가 말을 멈췄다. "어쨌든 경찰도 와야 할 거예요. 이번 일이 사고라고 해도 말이에요. 에른스트 아저씨는……."

"내가 가마." 옐로프가 말했다. 그는 말을 내뱉는 동시에 마음을 정했다. "경찰도 곧 도착하겠지만, 나도 갈 거야. 에른스트의 소파에 앉아서 기다리렴."

"알았어요, 기다릴게요. 기다리고 있을게요."

그녀의 목소리는 여전히 차분하게 들렸다.

그들은 전화를 끊었다. 옐로프는 잠시 그대로 책상에 앉아 기운을 끌어모았다.

에른스트. 에른스트가 죽었다. 옐로프는 그 사실을 받아들였다. 지금까지 그에게 남아 있던 친구는 욘과 에른스트, 단 두 사람뿐이었다. 이제는 한 명밖에 남지 않았다.

그는 지팡이를 짚고 일어섰다. 류머티즘과 슬픔으로 인해 훨씬 움직이기 힘들었음에도 불구하고 옐로프는 확고했다. 그는 복도로 나가 웃음소리가 들리는 주방 쪽으로 향했다.

보엘이 새로 온 젊은 여자 옆에 서서 식기세척기 사용법을 가르쳐주고 있었다. 그들은 옐로프가 온 것을 알아차렸다. 이쪽을 향해 미소를 짓던 보엘이 옐로프의 얼굴을 보고는 심각한 표정으로 변했다.

"보엘, 스텐비크로 가야겠어요. 사고가 생긴 모양이에요. 내 친구가 죽었어요. 누가 날 거기까지 데려다줬으면 좋겠는데." 옐로프가 단호하게 말했다.

그가 계속 쳐다보자, 결국 보엘도 고개를 끄덕였다. 규칙을 어기는 것을 좋아하지 않는 그녀였지만 이번만큼은 아무 말도 하지 않았다.

"이 분만 기다려주세요. 제가 모셔다드릴게요." 보엘이 말했다.

그들이 채석장으로 들어갈 수 있는 스텐비크 북부 분기점에 도착했을 때, 옐로프가 손을 들더니 그대로 직진하라고 가리켰다.

"남부 도로로 가야 해요." 옐로프가 말했다.

"어째서요? 가시려는 곳은……." 보엘이 말했다.

"스텐비크에 친구가 두 명 살아요. 그중 한 명이 에른스트였지. 다른 친구한테도 무슨 일이 있었는지 말해줘야 해요."

보엘은 계속 차를 몰았다. 곧 남부 분기점이 나타났고, '야영지'를 가리키는 표지판 위에 스텐비크 야영지의 폐장 표시가 붙어 있었다. 시월에 텐트나 트레일러에서 지내겠다고 찾아오는 사람이 거의 없음에도 욘 하그만이 굳이 붙여놓은 것이다.

문을 닫은 매점이 보이고 곧 미니 골프장이 나왔다. 녹색 운동복을 입은 중년 남자가 길을 쓸고 있었다. 옐로프가 탄 차가 지나가자 남자는 수줍은 듯 흘깃 쳐다보았다. 욘의 외아들인 안데르스 하그만이었다. 독신인 안데르스는 평소 아주 조용했다. 옐로프는 안데르스가 꾀죄죄한 운동복이 아닌 다른 옷을 입고 있는 모습을 본 적이 없었다. 아니, 몇 번은 봤을지도 모르겠다.

길을 따라가니 야영지가 모습을 드러냈다.

"여기요. 저 집 앞에 세워줘요."

길옆에 있는 작은 집을 가리키면서 옐로프가 보엘에게 말했다. 위병소처럼 좁은 창문이 달린 나지막한 건물이었다. 그 앞에는 낡고 녹슨 초록색 폴크스바겐 파사트가 서 있었다. 욘이 집에 있다는 뜻이다.

보엘이 브레이크를 밟아 차를 세웠다. 옐로프는 문을 열고 지팡이에 의지해 차에서 내렸다. 그와 동시에 작은 집의 문이 열렸다. 감청색 작업복 차림에 회색 머리를 뒤로 넘겨 묶은 키 작은 남자가 양말만 신은 채로 나무 계단까지 나왔다. 욘 하그만은 누가 찾아오면 항상 이렇게 금세 밖으로 뛰어나왔다.

욘과 안드레스 하그만은 여름철마다 야영지를 운영하며 이곳에서 함께 지냈다. 겨울이 되면 안드레스는 보리홀름에서 지냈다.

욘은 일 년 내내 스텐비크에서 지냈다. 안드레스가 없을 때도 일상적으로 야영지를 관리해야 했기 때문이다. 노인이 하기 힘든 일이었다. 욘보다 나이가 많지만 않았다면 옐로프도 옆에서 도왔을 것이다.

옐로프가 욘에게 고개를 끄덕이자, 욘도 고개를 끄덕이면서 계단 위에 놓여 있던 검은색 웰링턴 부츠를 신었다.

"옐로프, 연락도 없이 어쩐 일입니까?" 옐로프가 다가가자, 욘이 말했다.

"사고가 있었어." 옐로프가 말했다.

"어디서요?"

"채석장에서."

"에른스트한테?" 욘이 조용히 물었다.

옐로프가 고개를 끄덕였다.

"다쳤답니까?"

"그래. 상태가 안 좋아. 많이 나쁘지." 옐로프가 말했다.

욘은 옐로프와 거의 반백 년을 알고 지냈다. 그들은 바다에서 함께 지냈고, 그 뒤로도 관계를 이어왔다. 욘은 옐로프의 표정을 보고 '나쁘다'는 상태가 어떤 건지 정확히 이해했다.

"지금 에른스트 옆에 누가 있나요?" 욘이 물었다.

"아마 그럴 거야. 내 딸 율리아가 신고를 했으니까. 그 애도 거기 있네. 어제 예테보리에서 왔지."

"그렇군요."

욘은 집으로 들어갔다가 패딩 재킷과 열쇠 꾸러미를 들고 다시 나왔다.

"내 차로 가죠. 이야기는 가면서 합시다."

옐로프는 고개를 끄덕였다. 그편이 나을 것이다. 보엘도 요양원으로 돌아가고 싶을 것이고, 욘과 둘만 남는 편이 이야기하기에 편하다.

욘은 안드레스에게 가서 골프장을 가리키며 나지막이 무슨 말인가를 했다. 안드레스가 고개를 저었다. 욘은 아들에게 삿대 질을 하며 옐로프에게 들릴 정도로 언성을 높였다. 부자의 사이 가 다소 껄끄럽긴 했지만, 옐로프는 두 사람이 서로 많이 의지 한다는 것을 알고 있었다.

마침내 안드레스가 고개를 끄덕이자 욘은 고개를 저으며 아 들에게서 돌아섰다. 논쟁이 끝난 모양이었다.

욘이 자동차 문을 열었다. 옐로프는 천천히 보엘에게 다가가 태워줘서 고맙다는 인사를 했다.

"그러니까, 에른스트가 죽었다는 거군요." 욘이 운전석에 앉 아 말했다.

"율리아가 보기엔 그런 것 같다고 했어." 옐로프가 옆에서 해안 도로 아래쪽에 반짝거리는 물결과 해안을 내려다보며 대답했다.

"위에서 돌이 떨어졌다고 했죠?"

"율리아의 말로는 아주 커다란 돌이 떨어졌다는군." 옐로프 가 설명했다.

지난 육십 년간 채석장에서 심각한 사고가 일어난 적은 한 번 도 없었다. 하지만 이제 채석장은 문을 닫았고, 에른스트는 돌 덩어리에 깔려 목숨을 잃었다.

"여분 열쇠를 가져왔어요. 사람들이 에른스트를 데려갔을 경 우에 대비해서요." 욘이 말했다.

"에른스트가 자네한테 열쇠를 줬나?"

옐로프가 물었다. 에른스트는 이제껏 한 번도 그를 믿고 열쇠를 맡긴 적이 없었다. 옐로프 역시 에른스트에게 별장의 열쇠를 주지 않았다. 아무래도 그들은 서로를 진심으로 믿지 않았던 모양이다.

"내가 쓸데없이 기웃거리지 않을 거라는 걸 에른스트는 알고 있었으니까요." 욘이 말했다.

"이번만큼은 그 집을 살펴봐야 할 거야. 사실 무엇을 찾아야 할지도 모르겠지만. 그래도 둘러봐야 해." 옐로프가 말했다.

"맞아요. 이제는 상황이 달라졌죠."

옐로프는 더이상 아무 말 없이 앞유리창으로 정면만 쳐다보고 있었다. 해안 도로를 따라 구급차가 마주 오는 것이 보였다. 이제껏 그는 스텐비크에서 구급차를 본 적이 없었다.

구급차는 지붕에 달린 감청색 경광등에 불을 켜지 않은 채 채석장으로 통하는 길에서 천천히 나타났다. 좋지 않은 징조였다. 하지만 예상했던 일이기도 했다. 욘은 속도를 줄이며 구급차를 지나친 뒤 마을로 통하는 북부 도로로 들어섰다.

"지난여름에 에른스트의 작품이 정말 잘 팔렸어요." 잠시 뒤 욘이 말했다. "우린 그 일로 농담을 주고받았죠. 에른스트의 고객이 내 그물에 잡히는 물고기보다 더 많다고요."

옐로프는 고개만 끄덕였다. 지금은 아무 말도 할 수가 없었다. 에른스트의 죽음이 그의 어깨를 무겁게 내리누르는 것 같았다.

욘이 채석장 위쪽의 고원으로 이어지는 좁은 길로 들어섰다. 옐로프는 진창 위에 세워져 있는 자동차들을 보았다. 에른스트와 율리아의 차가 있고, 그 뒤로 두 대의 경찰차와 일반 자동차 한 대가 서 있었다. 반들거리는 푸른색 볼보였다. 옆에는 모자를 쓴 남자가 사진기를 목에 걸고 서 있었다.

"벵트 뉘베리가 또 새 차를 산 모양이군." 옐로프가 말했다.

"신문사 기자들이 돈을 많이 버는 모양이에요." 욘이 말했다.

"그런가?"

욘이 "석조 공예―환영합니다"라고 쓰인 간판 앞에 차를 세운 뒤 시동을 껐다.

옐로프는 약간 힘겹게 차에서 내렸다. 여느 때와 마찬가지로 뻣뻣한 팔다리가 익숙지 않은 움직임에 저항했다. 그는 지팡이를 이용해 몸의 균형을 잡은 뒤 등을 쭉 폈다. 그러고는 《윌란스-포스텐》 기자에게 목례로 인사를 건넸다. 기자는 사진기에 손을 올린 채 옐로프 쪽으로 천천히 다가왔다.

"구급차가 에른스트 씨를 싣고 갔습니다." 뉘베리가 말했다.

"알고 있네." 옐로프가 대답했다.

"저도 보지는 못했습니다. 그저 경찰들 사진 몇 장과 저쪽에 있는 큰 표식만 찍었죠. 하지만 신문에 실릴 것 같지는 않아요. 물론 보리홀름 사무국에서 결정할 일이지만."

마치 도랑에 빠진 자동차나 깨진 유리창 사진에 대해 말하는 투였다. 뉘베리는 늘 둔감하다고 옐로프는 생각했다.

"사진들은 게재하지 않는 게 좋을 거야." 옐로프가 말했다.

"에른스트 씨를 발견한 사람이 누군지 아십니까?" 뉘베리가 사진기 버튼을 누르며 말했다. 윙 하고 필름이 되감기는 소리가 들렸다.

"아니." 옐로프가 대답했다.

그는 천천히 채석장 가장자리 쪽으로 걸어갔다. 율리아는 어디 있는 걸까?

"돌아가서 기사나 쓰게, 벵트." 욘이 옐로프 뒤에서 말했다.

"그럴 겁니다. 내일 아침에 기사를 보실 수 있을 거예요."

뉘베리는 새 차를 타고 그곳을 떠났다.

옐로프는 집과 작업장을 지나 채석장 쪽으로 걸어갔다. 절개지 몇 미터 앞까지 갔을 때, 정복을 입은 경관이 아래에서 기어 올라왔다. 한쪽 다리를 가장자리 위로 올리고서 온몸을 끌어올렸다. 올라온 뒤에는 몸을 숙여 젊은 동료 경관이 올라오는 것을 도왔다. 그 경관은 숨을 거칠게 몰아쉬며 옐로프를 쳐다보았다. 모르는 얼굴이었다. 보리홀름이나 본토에서 파견 나온 모양이었다.

"친척 되십니까?" 둘 중 나이가 많은 경관이 물었다.

"오랜 친굽니다. 에른스트의 친척들은 스몰란드에 살고 있어요." 옐로프가 대답했다.

경관은 고개를 끄덕였다.

"살펴볼 만한 게 별로 없었습니다."

"사고인가요?"

"일과 관련된 사고인 것 같습니다." 경관이 말했다.

"피해자는 여기서 조각상을 옮겼어요." 젊은 경관이 살짝 파인 절개지 가장자리를 가리켰다. "그래서 여기 서 있었죠. 틀림없이 조각상을 잡고 있었을 겁니다. 그러다가……."

"미끄러졌거나, 비틀거리다가 떨어진 거죠. 그리고 저 조각상이 피해자 위로 떨어졌을 겁니다." 나이가 많은 경관이 말을 이었다.

"순식간에 벌어진 일 같습니다." 젊은 경관이 덧붙였다.

옐로프는 지팡이에 의지한 채 한 발자국 더 앞으로 나아갔다. 그제야 사건 현장이 보였다.

에른스트가 만든 조각상 중에서도 가장 큰 교회 첨탑이 채석장 밑에 쓰러져 있었다. 떨어진 위치를 명확하게 알 수 있었다. 그 아래 자갈밭이 움푹 파여 있었으니까.

에른스트의 흔적이었다. 옐로프는 재빨리 주위를 살피고 채석장 전체를 둘러보았다. 그러면서 오랜 세월 이 비탈에서 캔 돌로 얼마나 많은 묘비와 묘석을 만들었을까 생각했다. 옐로프는 더 멀리, 해안과 바다가 있는 쪽을 내다보았다. 그제야 기분이 나아지는 것 같았다.

그런 다음 그는 다른 석상들이 나란히 서 있는 절개지 가장자리를 살폈다. 에른스트는 석상들을 몇 미터 간격으로 진열해놓았다. 가운데 간격이 넓은 공간이 있었다……. 옐로프는 그쪽으로 걸어갔다.

작은 다른 석상도 밑으로 떨어졌다. 옐로프는 채석장 바닥에 떨어진 석상을 볼 수 있었다. 길쭉한 타원형 모양의 석상으로, 무슨 알이나 트롤의 머리처럼 보였다. 교회 첨탑과 달리 이 석상은 두 조각으로 깨져 있었다.

옐로프는 울퉁불퉁한 자갈 바닥에서 균형을 잃지 않기 위해 천천히 돌아섰다. 그러고는 집 쪽으로 걸어갔다.

"율리아 다비드손이 아직 여기 있습니까?" 그가 경관들에게 물었다. 그들은 에른스트의 작업실 앞에 서서 망치들과 손수레들, 그리고 다양한 크기의 조각상들 틈에 끼어 있는 오래된 석판을 살펴보고 있었다.

"헨릭손 경관님과 함께 있습니다." 나이가 많은 경관이 집 쪽을 가리키며 대답했다.

"고맙습니다."

집 문은 약간 열려 있었다. 욘이 안에 들어간 모양이었다. 옐로프는 나지막한 나무 계단을 힘겹게 올라 도어 매트에 신발을 닦은 뒤 문을 열었다.

바로 앞에 신발이 몇 켤레 놓여 있었다. 옐로프는 지나가기 위해 지팡이로 신발들을 한쪽 옆으로 밀었다. 거기서 몸을 숙이거나 신발을 벗을 이유가 없었다. 그대로 신발을 신은 채, 옐로프는 좁은 복도를 따라갔다. 곡괭이와 삽을 든 과거의 채석공들을 찍은 사진이 액자에 담겨 복도에 걸려 있었다.

바로 앞쪽에서 나지막한 목소리가 들렸다.

욘은 큰방 창가에 서서 밖을 내다보고 있었다. 율리아와 정복을 입은 다른 경관이 소파에 앉아 있었다. 그는 나이가 많았고, 점잖게 모자를 벗고 있었다.

옐로프는 경관에게 인사를 건넸다.

"잘 있었나, 렌나르트."

렌나르트 헨릭손은 삼십오 년 가까이 경관으로 일하고 있었다. 욀란드 북부 지역 담당으로 마르네스 북쪽에 있는 집에서 살았고, 파출소는 항구 옆에 있었다. 이제 백발이 된 헨릭손은 연금 생활을 할 날이 머지않았다. 평소 그는 심드렁한 표정으로 정복을 입은 어깨를 축 늘어뜨리고 다녔다. 하지만 지금은 율리아 옆에 꼿꼿한 자세로 앉아 있었다.

"어서 오십시오, 선장님." 헨릭손이 옐로프에게 말했다.

"오셨네요, 아버지." 율리아가 조용히 말했다.

그녀는 수십 년 만에 처음으로 옐로프를 아버지라고 불렀다. 그는 딸이 불안정한 상태라는 것을 알아차렸다. 옐로프는 천천히 걸어가 탁자 옆에 섰다.

"여기 앉으시겠습니까?" 렌나르트가 물었다.

"괜찮네, 렌나르트. 가끔 운동도 해야 하니까."

"좋아 보이네요, 옐로프."

"고맙군."

침묵이 흘렀다. 뒤에 있던 욘이 말없이 방에서 나갔다.

"율리아가 따님이라고 들었습니다." 렌나르트가 말했다.

옐로프는 고개를 끄덕였다. 다시 침묵이 흘렀다.

"구급차는 갔나요?" 율리아가 옐로프를 쳐다보며 물었다.

"그래……. 욘과 오는 길에 가는 걸 봤어."

율리아가 고개를 끄덕였다.

"그럼 그분도 가셨겠네요."

"그래." 옐로프는 헨릭손을 쳐다보았다. "의사도 있었나?"

"네, 보리홀름에서 온 젊은 의사였죠……. 처음 보는 사람이었습니다. 어떻게 된 일인지 확인해주더군요."

"사고라고 하던가?" 옐로프가 물었다.

"네, 그러곤 떠났습니다."

"하지만 에른스트는 밤새 빗속에 쓰러져 있었어."

"그랬죠. 어제저녁에 일이 있었던 게 분명합니다." 렌나르트가 말했다.

"그래서 피가 보이지 않는 거겠지. 빗속에 모든 흔적이 사라진 건가?"

지금 자신이 어째서 그런 질문을 하는 건지, 그 질문들로 뭘 알고 싶은 건지 옐로프 자신도 알 수가 없었다. 어쩌면 스스로 중요한 인물인 듯 보이고 싶었던 건지도 모른다. 중요한 인물이 되어야 할 필요성이 어쩌면 우리에게 남은 마지막 것인지도 몰라.

"얼굴에 피가 묻어 있었어요, 조금이긴 하지만요." 율리아가 말했다.

옐로프는 고개를 끄덕였다. 복도에서 쿵쾅거리는 발소리가 들리더니, 밖에서 봤던 경관들 중 젊은 경관이 방안을 들여다보며 말했다.

"일을 끝냈습니다. 그만 가볼까 하는데요."

"알았네. 난 좀더 있다 가지." 렌나르트가 대답했다.

"그렇게 하십시오."

옐로프는 젊은 경관의 목소리에 존경심이 어려 있는 것 같다고 생각했다. 오랜 세월 근무한 렌나르트에 대한 존경이거나, 어쩌면 역시 경관이었던 그의 아버지가 임무중에 목숨을 잃었다는 사실 때문일 수도 있었다.

"운전 조심하게." 헨릭손이 말했다. 젊은 동료는 고개를 끄덕이고 그 자리를 떠났다.

그 뒤에 욘이 커다란 가죽 갈색 지갑을 들고 서 있었다. 그는 옐로프와 율리아, 헨릭손 앞에 그 지갑을 들어 보였다.

"조각상들을 판 3258크로나예요. 주방 맨 아래 서랍 비닐봉투 밑에 있더군요."

"욘, 당신이 그 돈을 맡아요. 그런 큰돈을 여기 계속 놔두는 건 멍청한 짓이니까." 헨릭손이 말했다.

"가족들이 유산 정리를 할 때까지 내가 맡아두지." 옐로프가 손을 내밀며 말했다.

욘은 안심한 듯 지갑을 건네주었다.

방안에는 다시 침묵이 감돌았다.

"자, 나도 이제 그만 가봐야 할 것 같습니다만." 마침내 헨릭

손이 말했다. 그는 몸을 앞으로 숙이며 힘겹게 소파에서 몸을
일으켰다.

"고맙습니다⋯⋯." 율리아는 그대로 소파에 앉은 채 적당한
말을 찾았다. "⋯⋯함께 있어주셔서요."

"괜찮아요. 처음으로 사망 사고 현장을 봤으니 힘들었을 겁니
다. 나야 이런 일들을 몇 번 겪어봤지만. 그쪽은 아주⋯⋯ 외로
웠을 거예요. 할 수 있는 일도 없었을 테고." 헨릭슨이 율리아를
쳐다보며 말했다.

율리아는 고개를 끄덕였다. "지금은 한결 나아졌어요."

"잘됐군요." 헨릭슨은 모자를 썼다. "난 마르네스에 있는 파
출소에 있어요. 무슨 일이 있으면 언제든 연락해요." 그는 욘과
옐로프를 쳐다보았다. "두 분도 마찬가지예요. 문은 열려 있으니
까 들러주세요. 여기 문은 직접 잠그실 겁니까?"

"우리가 잠그지." 옐로프가 말했다.

렌나르트 헨릭슨은 작별 인사를 한 뒤 그 자리를 떠났다.

시동을 켜는 소리에 이어 천천히 멀어지는 순찰차 소리가 들
렸다.

"우리도 곧 가야지." 옐로프가 율리아에게 말했다. 그는 에른
스트의 지갑을 주머니에 집어넣고 욘을 쳐다봤다. "잠깐 같이 밖
에 나가보겠나? 보여주고 싶은 게 있어서⋯⋯. 밖에서 알아낸 게
있네."

"저도 같이 갈까요?" 율리아가 물었다.

"그럴 필요 없다."

욘이 옐로프의 뒤를 따라 밖으로 나왔다. 옐로프는 지팡이에 몸을 의지한 채 계단을 내려가 자갈밭으로 내려갔다. 그러고는 집을 돌아 채석장 절개지 쪽으로 향했다.

"뭘 보러 가는 겁니까?" 욘이 물었다.

"집안에 들어가기 전에 절개지 옆에서 본 게 있어…… 여기야."

옐로프는 커다란 알이나 기형적인 머리처럼 보이는 반들거리는 돌이 조각난 채 떨어져 있는 채석장 바닥을 가리켰다.

"저게 뭔지 알겠나?" 옐로프가 욘에게 물었다.

욘이 천천히 고개를 끄덕였다.

"에른스트가 '칸트 석상'이라고 불렀죠. 농담으로 말이에요."

"누가 이 조각상을 밀어서 떨어뜨렸어. 안 그런가?" 옐로프가 말을 이었다.

"맞아요. 그렇게 보이는군요." 욘이 동의했다.

"지난여름에는 집 뒤에 있었는데."

"지난주에 여기 왔을 때는 이 자리에 놓여 있었어요, 확실히."

"에른스트는 이 조각상을 고의로 떨어뜨렸어." 옐로프가 말했다.

"그런 것 같군요."

늙은 친구들은 서로를 쳐다보았다.

"무슨 생각을 하는 겁니까?" 욘이 물었다.

"사실은 모르겠네." 옐로프는 한숨을 쉬었다. "잘 모르겠어. 하지만 아무래도 닐스 칸트가 돌아온 것 같다는 생각이 들어."

9

율리아는 슬픔에 잠긴 노인들에게 진한 커피가 필요하리라 생각했다. 그녀는 에른스트의 흰색 자기를 빌려 커피를 끓였다. 윌란드의 노란 태양이 그려진 자기였다. 그 집을 떠나기 전에 노인들 앞에 커피잔을 내려놓자 이번만큼은 조금이나마 도움이 되는 일을 한 것 같다는 기분이 들었다. 욘과 옐로프는 소파에 앉아 조용히 에른스트에 관한 이야기를 나누고 있었다.

대개 특별한 주제가 없는 소소한 이야기들, 추억의 단편들이었다. 에른스트가 채석장 일꾼으로 윌란드에 처음 왔을 때 저질렀던 실수들이나, 나이가 든 뒤에 작업장에서 만들어낸 아름다운 조각상들에 대한 이야기들. 율리아는 에른스트가 전쟁이 있었던 몇 년간 발트해에서 일했던 것을 제외하면 평생을 돌과 관련된 일을 했다는 것을 알게 되었다. 1960년대에 채석장이 문을 닫았을 때도 에른스트는 혼자 일했다. 그는 채석장 일꾼들이 버리고 간 돌들을 끌로 새기고 매끈하게 다듬어 예술 작품으로 만들었다.

"그 친구는 이 채석장을 좋아했지. 돈만 있었으면 룅비크에 있는 군나르 융에르에게서 이걸 샀을 거야. 에른스트는 다른 곳에서 살려고 하지 않았어. 그리고 어떤 종류의 돌이든 자르고 쪼개고, 다듬는 법을 알고 있었지." 옐로프가 창문으로 바깥을 내다보며 말했다.

"에른스트가 만든 묘비는 최고였죠. 마르네스 교회 근처나 보리홀름 아래쪽으로 지나다니다 보면 볼 수 있잖아요." 욘이 말했다.

율리아는 조용히 앉아 에른스트의 커피 테이블에 쌓여 있는 지역에 관한 오래된 책들을 쳐다보고 있었다. 욘과 옐로프가 나누는 이야기에 귀를 기울였지만 에른스트의 시신을 발견했을 때의 기억을 지우기가 힘들었다.

현장에 제일 먼저 도착한 경관은 렌나르트 헨릭손이었다. 그는 재빨리 차에서 가져온 담요로 에른스트의 시신을 덮고 율리아를 집안으로 데려갔다. 그러고는 별다른 말 없이 그녀의 곁을 지켜주었다. 그편이 나았다. 옌스가 실종된 뒤에, 율리아는 청하지도 않은 공허한 위로의 말을 너무도 많이 들었다.

"날 집까지 태워다줄 수 있겠니, 율리아?" 커피를 다 마시고 욘과 이야기를 마친 옐로프가 물었다.

"그럼요."

그녀는 일어나 주방으로 가서 커피잔을 씻었다. 옐로프의 부탁에 짜증이 났다.

'난 돌덩어리 밑에 깔린 남자를 발견했어. 입과 눈에서 피를 흘리고 있었지. 하지만 예전에도 피는 본 적 있고, 시신도 봤어. 그냥 나쁜 경험을 한 거야.' 율리아는 생각했다.

그렇게 끝없이 생각을 이어가다 보니, 갑자기 중요할지도 모를 일이 떠올랐다. 율리아는 아버지를 돌아보았다.

"에른스트 아저씨가 전해달라고 한 말이 있는데, 깜박 잊고 있었어요."

옐로프가 그녀를 쳐다보았다.

"스텐비크에 도착한 뒤 별장에서 에른스트 아저씨를 만났을 때 말이에요. 그때 말했어야 했는데…… 아저씨가 떠나기 전에 이런 말을 했어요." 율리아는 말을 멈추고 기억을 더듬었다. "중요한 건 손이 아니라, 엄지손가락이라고요."

"엄지손가락이 중요하다고 했다고?" 옐로프가 물었다.

율리아가 고개를 끄덕였다. "무슨 뜻인지 아세요?"

옐로프는 생각에 잠긴 채 고개를 저었다. 그는 욘을 쳐다보았다. "자넨 알겠나?"

"모르겠는데요. 무슨 속담 같은 건가요?" 욘이 말했다.

"어쨌든 그렇게 말씀하셨어요." 율리아는 다시 주방으로 들어 갔다.

율리아와 옐로프는 포드를 타고 야영지로 돌아갔다. 욘은 자 기 차를 가지고 뒤를 따랐다. 짙은 먹구름이 칼마르 해협을 뒤 덮으며 태양을 가렸다. 노인들의 이야기 속에서 되살아난 스텐 비크는 일 년 내내 사람들이 살고 일하는 곳, 모든 땅과 길에 이 름이 붙어 있던 곳이었다. 그랬던 스텐비크는 이제 잠들었다. 집 들은 전부 텅 빈 채 문이 닫히고, 풍차는 더이상 돌지 않았다. 더이상 해협에 장어잡이 그물도 치지 않았다.

율리아는 야영지 안쪽으로 들어가 미니 골프장 옆에 차를 세 웠다. 욘이 차를 세운 뒤 율리아의 차 쪽으로 다가왔다. 옐로프 가 창문을 내렸다. 그러자 욘이 율리아를 보며 말했다.

"아버지를 잘 부탁한다."

율리아는 욘 하그만이 처음으로 직접 말을 걸었다는 것을 깨 달았다.

그녀는 고개를 끄덕였다. "그럴게요."

"또 연락하세, 욘. 혹시 누구든…… 낯선 사람을 보게 되면 알려주고." 율리아 옆에 있던 옐로프가 말했다.

낯선 사람. 율리아는 그 말을 듣자 어린 시절, 다시 말해 1950년 대에 있었던 사건을 떠올렸다. 어느 여름, 흑인 남자가 스텐비크 에 나타났다. 스웨덴어도 못 하고 영어도 할 줄 몰랐지만, 환한 미소를 짓고 있었다. 그는 가방을 들고 집집마다 찾아다녔다. 마을 사람들은 문을 걸어 잠그고 열어주지 않았다. 그러다 마을 사람들 중 누군가 용기를 내어 그 흑인 남자가 원하는 것이 무엇인지 알아보기 위해 나섰다. 그 남자는 강도가 아니라 그저 성경과 찬송가집을 판매하러 케냐에서 온 기독교인이었다. 스텐비크에서 낯선 사람은 환영받지 못했다.

"다음에 이야기하죠." 욘 하그만이 말했다.

율리아는 욘이 집 쪽으로 걸어가 가장 소중한 물건이라도 되는 듯 빗자루를 잡는 모습을 지켜보았다. 그는 빗자루를 손에 들고 골프장 쪽으로 가면서 아들인 안드레스를 향해 팔을 흔들었다.

"욘은 이십오 년 동안 이 야영지를 운영했지. 지금은 안드레스가 맡아서 하고 있는데도 저 친구는 여전히 대부분의 시간을 여기서 보낸단다. 이곳을 말끔하게 유지하기 위해 계속 쓸고 페인트칠을 하지…… 이젠 좀 쉬면서 편하게 살아도 될 텐데, 내 말을 듣지 않아."

옐로프가 한숨을 쉬었다.

"그건 그렇고, 우린 별장으로 가자꾸나."

율리아는 고개를 저었다.

"마르네스로 모셔다드릴게요."

"이참에 별장을 좀 둘러보고 싶은데."

"지금도 많이 늦었어요. 오늘 돌아가려면……"

"서두를 것 없잖니? 예테보리가 어디 가는 것도 아니니까." 옐로프가 말했다.

그 뒤에 별장에서 밤을 보내자고 제안한 것이 자신인지 옐로프인지, 율리아는 기억나지 않았다.

어쩌면 옐로프가 코트를 입은 채 거실로 들어가 깊은 한숨을 내쉬며 그곳의 유일한 안락의자에 몸을 파묻었을 때 결정된 일인지도 모른다. 아니면 율리아가 밖으로 나가 급수관의 수도꼭지를 돌리고 주방의 전원을 켰을 때 정해진 것일 수도 있다. 혹은 그녀가 불을 켜고 방열기를 켠 뒤 두 사람이 마실 딱총나무 꽃 차를 만들었을 때 결정된 일인지도. 어쨌든 말은 하지는 않았지만 두 사람은 그날 밤을 스텐비크에서 보내기로 뜻을 모았다. 율리아는 휴대전화의 전원을 켜서 옐로프가 요양원 직원에게 이 사실을 알리도록 했다.

그런 뒤 옐로프는 정원으로 나가 찬찬히 주위를 살폈다.

"쥐는 없는 것 같구나." 옐로프가 집안으로 들어오면서 만족스럽다는 듯 말했다.

율리아는 마치 박물관이라도 되는 양 여름 별장의 작고 컴컴한 방들을 조심스럽게 살폈다. 지난 삶의 한 부분인 이곳이 그녀를 어린 시절로 돌아가게 만들었다. 그렇지만 유리 상자가 닫힌 것 같은 느낌이 들었다.

별장 상태는 그리 좋지 않았다. 다섯 개의 작은 방 안에 있는

가구들엔 전부 흰 천이 덮여 있고, 좁은 침대 여섯 개에는 침대
보가 없었으며, 자그마한 주방 창유리에는 죽은 파리들이 찰싹
달라붙어 있었다. 한쪽 구석에는 책장이 있었고, 벽에는 햇빛에
색 바랜 욀란드 북부의 낡은 해도가 걸려 있었다. 그리고 책상
위에는 액자에 든 1960년대에 찍은 흑백사진이 놓여 있었다. 렌
나르트와 어색하게 웃고 있는 율리아의 십 대 때 사진이었다. 마
치 임대한 별장처럼 거실에는 개인적인 물건들이 별로 없었다.

양탄자도 깔려 있지 않은 나무 바닥이 얼음처럼 차가웠다. 율
리아의 어린 시절 기억 속에 있는 것들은 거의 남아 있지 않았다.

개인적인 물건들이 조금 더 나왔다. 율리아가 어릴 때 쓰던
방에 있는 책상 맨 아래 서랍을 열자, 흰색 면 모자를 쓰고 까
무잡잡하게 햇볕에 탄 남자아이가 사진 찍는 사람을 바라보며
수줍게 웃는 사진이 액자 속에 들어 있었다. 몇 년간 책상 위에
있었는데 최근에 누가 서랍 속에 집어넣은 것이다.

율리아는 액자를 다시 책상 위에 놓았다. 사라진 아들의 사
진을 보고 있자니 레드와인이 몹시 마시고 싶었다. 몇 잔 마시면
몸이 따뜻해지고 기억도 사라져 이 별장에 머무는 것이 훨씬 더
쉬울 터였다. 하지만 옐로프에게 술을 마시는 모습을 보이고 싶
지 않았다.

옐로프는 지금 그녀가 어떤 기분인지 알아차리지 못한 것 같
았다. 이곳이 진짜 집이라도 되는 양 천천히 방마다 돌아다니며
살피고 있었다. 어떻게 보면 진짜 집이기도 했다. 해마다 여름을

이곳에서 지냈고 은퇴한 뒤로는 주말마다 왔으니까. 처음에는 엘라와 함께, 나중에는 혼자서. 율리아가 기억하는 한 오랫동안 그랬다. 여름휴가 기간인 몇 주일을 같이 보낸 뒤 아이들이 본토로 돌아갈 때면 옐로프는 문 옆에 서서 손을 흔들곤 했다.

'지금은 여름도 아니니까 가능한 한 빨리 여기서 떠나야 해.' 율리아는 자동차 열쇠를 손에 든 채 문 옆에 서서 생각했다. 하지만 옐로프에게는 큰 소리로 이렇게 말했다.

"언니하고 전 여기 오면 늘 이층 침대를 썼어요……. 제가 항상 위층을 썼죠."

옐로프가 고개를 끄덕였다. "모두가 찾아드는 휴가철이면 방이 모자랐으니까. 내가 기억하기로는 아무도 불평하지 않았어."

"그랬죠. 여름 내내 사촌들이랑 같이 노는 게 좋았으니까요……. 제 기억으로는 날씨도 늘 화창했어요." 율리아가 시계를 쳐다봤다. "그건 그렇고 이제 그만 쉬는 게 좋겠어요……."

"벌써?" 옐로프가 뒤쪽 벽에 걸려 있던 해도를 바로잡으며 되물었다. "더 물어보고 싶은 건 없니?"

"물어보고 싶은 거요?" 율리아가 되물었다.

"그래……. 뭐든 말이다." 옐로프가 거실에 있는 안락의자에 덮어놓았던 먼지 방지 덮개를 접으며 대답했다.

그는 천천히 자리에 앉았다. 바로 그때 컴컴한 복도에 벗어둔 재킷 주머니에 들어 있던 휴대전화가 울렸다.

조용한 가운데 울리는 전자음이 거슬렸다. 율리아는 황급히 달려가 전화를 받았다.

"여보세요."

"나야. 어때? 잘 도착했니?" 레나였다. 아마 이 번호를 아는 유일한 사람이겠지.

"응…… 그냥…… 잘 도착했어."

더 무슨 말을 해야 할까? 율리아는 컴컴한 창유리에 비친 자신의 불편한 표정을 보고 그동안 있었던 일이나 옌스의 샌들, 채석장의 죽음에 대해 언니에게 말하고 싶지 않다는 것을 깨달았다. "다 괜찮아." 마침내 율리아가 대답했다.

"아버지는 만났고?"

"응…… 지금 같이 별장에 와 있어."

"스텐비크에 있는 별장? 거기서 자려는 건 아니지?" 레나가 물었다.

"여기서 잘 거야. 물도 잘 나오고 전기도 들어오니까." 율리아가 대답했다.

"아버지 감기 걸리면 안 돼." 레나가 경고했다.

"그럴 일 없어." 율리아는 부끄러웠다. 그리고 부끄러움을 느꼈다는 사실이 부끄러웠다. "그냥 여기 앉아서 이야기를 나누던 중이야…… 전화는 왜 했어?"

"그게…… 차 때문에. 마리카한테 전화가 왔는데, 다음 주말에 달슬란드에서 하는 드라마 워크숍에 가게 돼서 차가 필요하다고 하네. 그래서 차는 써도 된다고 했어…… 너도 그때까지 윌란드에 있을 생각은 아니잖아, 그렇지?"

"여기 좀더 있어야 될 것 같아." 율리아가 말했다.

마리카는 레나의 남편인 리샤르드가 첫 번째 결혼에서 얻은 딸이다. 마리카와 레나의 사이가 좋지 않은 줄 알고 있었는데, 이제 보니 율리아의 차를 의붓딸에게 빌려줄 만큼 좋아진 모양이었다.

"얼마나 더 있을 건데?"

"모르겠어……. 며칠 더 있을 것 같아."

"그래, 그래도…… 길어야 사흘 정도겠지? 일요일에는 차 가지고 여기로 돌아올 거지?"

"월요일쯤 갈 거야." 율리아가 재빨리 대답했다.

레나가 무슨 요일을 말하든, 율리아는 그다음 날을 말할 것이다.

"그럼 일찍 와." 레나가 말했다.

"노력은 해볼게. 그런데 언니……."

"그럼 됐어. 아버지한테 사랑한다고 전해줘. 이만 끊을게."

"언니……. 옌스 사진 서랍 속에 넣은 게 언니야?" 율리아가 재빨리 물었다.

레나는 이미 전화를 끊은 뒤였다.

율리아는 한숨을 쉬며 전화를 끊었다.

"누구냐?" 안락의자에 앉아 있던 옐로프가 물었다.

"다른 따님요. 사랑한다고 전해달래요." 율리아가 말했다.

"아하, 너보고 빨리 돌아오라고 하던?"

"네, 언제 올 건지 확인하려고 전화한 거예요."

율리아는 옐로프의 안락의자 맞은편 구석자리에 앉았다. 꿀을 넣은 딱총나무꽃 차가 차갑게 식었지만 그대로 마셨다.

"네 언니가 널 걱정해서 그런 거지?" 옐로프가 물었다.

"조금은 그렇겠죠."

어쨌든 차는 걱정되겠지. 율리아는 생각했다.

"예테보리보다 여기가 더 안전한데." 옐로프가 미소를 지으며 말했다.

하지만 바로 전날 채석장에서 있었던 일이 떠오르자, 미소는 사라졌다. 그는 바닥을 내려다보았다. 율리아도 아무 말 하지 않았다.

실내 공기가 조금씩 따뜻해지기 시작했다. 창문 밖으로 어둠이 내려앉았다. 9시가 다 되어가자 율리아는 별장 안에 이불이 있는지 궁금했다. 있어야 하는데.

"죽음은 두렵지 않아. 어릴 때 바다에 나가고부터는 오랫동안 좌초나 기뢰나 폭풍우를 두려워했다만 이젠 나이도 많고……. 엘라가 병원에서 그렇게 간 뒤로는 두려움이 많이 사라졌어. 그해 가을에 시력을 잃은 뒤로 엘라는 천천히 우리 곁을 떠나갔지." 옐로프가 갑자기 말했다.

율리아는 아무 대답 없이 고개만 끄덕였다. 어머니의 죽음에 대해서는 생각하고 싶지 않았다.

안개가 자욱했던 구월의 그날, 옌스가 별장 밖으로 나갈 수 있었던 이유는 두 가지였다. 하나는 옐로프가 집에 없었기 때문이고, 다른 하나는 옌스의 외할머니인 엘라가 오후 시간에 잠을 잤기 때문이다. 그해 여름에 엘라는 만성피로로 평소보다 쉽게 지쳤다. 왜 그런지 원인을 밝혀내지 못하다가 이듬해가 되어서야 의사들은 그녀가 당뇨병에 걸렸다는 진단을 내렸다.

옌스가 실종된 뒤, 외할머니는 몇 년밖에 더 살지 못했다. 엘라는 그날 잠들었다는 사실 때문에 양심의 가책과 슬픔으로 고통스러워하며 점점 더 쇠약해졌다.

"나이가 들면 죽음은 어떤 면에서 친구처럼 느껴지기도 해. 어떻게든 익숙해지니까. 난 그저 네가 그 점을 알아줬으면 좋겠다. 그래야 내가 이번 일…… 에른스트의 죽음을 감당하지 못할 거라고 생각하지 않을 테니까." 옐로프가 말했다.

"다행이네요." 율리아가 말했다.

사실 그녀는 옐로프의 감정이 어떤지 생각할 여유가 없었다.

"삶은 계속되지." 옐로프가 차를 마시며 말했다.

"어떻게든 말이죠." 율리아가 대꾸했다.

잠시 침묵이 흘렀다.

"저한테 물어보고 싶은 게 있으세요?" 마침내 율리아가 물었다.

"그래, 물어보고 싶은 게 있지."

"뭔데요?"

"그게…… 좀 전에 채석장에서 누군가 일부러 부순 것처럼 보였던 둥근 조각상을 뭐라고 불렀는지 혹시 알고 있나 해서 말이야." 옐로프가 율리아를 쳐다보고는 말을 이었다. "그, 형태가 없던 조각상 말이다……. 혹시 보리홀름에서 왔다던 경관이나 렌나르트 헨릭손이 그 조각상에 대해 물어보던?"

"아뇨." 율리아는 생각해보았다. "그건 쳐다보지도 않던걸요. 교회 첨탑 조각상 외에는 관심이 없었어요. 그리고……." 그녀는 잠시 말을 멈췄다. "저도 그 석상은 신경쓰지 않았어요. 뭔가 특별한 게 있나요?"

"어쩌면. 물론 중요한 건 그 석상의 제목이긴 하지만."

"석상의 제목이 뭔데요?"

옐로프는 숨을 깊이 들이마신 뒤 안락의자에 몸을 기댔다. 그러고는 길게 숨을 내쉬었다.

"에른스트는 그 작품을 마음에 들어 하지 않았지……. 석상에 금이 갔지만 잘 표시가 나지 않는다고 생각했어. 그래서 그 친구는 그 작품에 '칸트 석상'이라는 제목을 붙였지. 닐스 칸트의 이름을 따서 말이야."

옐로프는 율리아의 반응을 살피듯 쳐다보았다. 하지만 그녀는 이유를 알지 못했다.

"닐스 칸트." 율리아가 말했다.

"이름을 들어본 적 있니? 지금까지 그 남자에 관해 들은 적 없어?" 옐로프가 물었다.

"기억이 잘 안 나네요. 어디선가 칸트라는 이름을 들은 것 같긴 하지만요." 율리아가 대답했다.

옐로프는 고개를 끄덕였다.

"칸트 일가는 스텐비크에서 살았어. 닐스는 그 집 아들이었는데, 골칫덩어리였지……. 하지만 전쟁이 끝나고 네가 태어났을 무렵에 그자는 이곳에 없었어."

"그랬군요."

"멀리 떠났지."

"닐스 칸트라는 사람이 무슨 끔찍한 짓이라도 했어요? 사람이라도 죽였나요?" 율리아가 물었다.

윌란드, 1945년 5월.

닐스 칸트는 두 명의 외국인 군인에게 산탄총을 겨눈 채 서 있다. 손가락이 방아쇠에 걸려 있다. 바람과 새소리, 알바르에서 들리던 모든 소리들은 전혀 들리지 않는다. 풍경이 점차 흐릿해 진다. 닐스에게는 오직 군인들과 지금껏 계속 단련해온 산탄총 의 2연발 총신만 보일 뿐이다.

군인들은 명령에 따르듯 천천히 자리에서 일어난다. 다리에 힘이 하나도 없는 것 같다. 그들은 풀을 잡고 간신히 몸을 일으 킨다. 그러고는 천천히 양손을 머리 위로 들어올린다. 하지만 닐 스는 무기를 내리지 않는다.

"어디서 왔어?" 닐스가 묻는다.

군인들은 닐스를 쳐다보고만 있다. 손은 올리고 있지만 대답 은 하지 않는다.

앞에 있던 군인이 반보 물러서다가 뒤에 서 있던 군인과 부딪 히자 멈춰 선다. 그자는 뒤에 있는 군인보다 어려 보인다. 하지 만 둘 다 얼굴에 먼지와 진흙이 잔뜩 묻은데다 수염이 거뭇하게 자라 나이를 가늠할 수 없다. 흰자위가 잔뜩 충혈된 눈만 봐서 는 백 살도 넘어 보인다.

"어디서 왔느냐니까?" 닐스가 다시 묻는다.

대답이 없다.

닐스는 재빨리 그들을 살펴보지만, 짐이나 무기를 가진 흔적 은 없다. 녹색 군복 바지 무릎은 해지고 솔기도 너덜너덜하다.

게다가 앞에 있는 군인의 바지는 무릎 위쪽이 쭉 찢어져 있다.

닐스는 총을 가지고 있다. 하지만 그 사실만으로는 마음이 가라앉지 않는다. 그는 천천히 코로 숨을 내쉰다. 그래야 팔이 흔들리지 않고 총구가 목표물에서 빗나가지 않기 때문이다. 마치 보이지 않는 철끈이 귀 바로 위쪽 머리를 조이고 있는 것 같다. 고통 때문에 생각을 제대로 할 수가 없다.

"니히트 시센(쏘지 마세요)." 앞에 있던 군인이 다시 말한다.

닐스는 무슨 뜻인지 알 수 없다. 라디오에서 들었던 아돌프 히틀러가 쓰던 언어와 비슷하게 들린다. 그렇다는 건, 저 군인들이 전쟁에서 살아남은 독일군이라는 뜻이다. 어떻게 여기까지 오게 된 걸까?

배를 타고 온 거야. 닐스는 생각한다. 저들은 배를 타고 발트해를 건너온 것이 틀림없다.

"나랑 같이…… 가야겠어."

닐스는 군인들이 알아들을 수 있도록 천천히 말한다. 이 자리에서 그는 명령을 내려야 한다. 무엇보다 총을 가지고 있으니까.

닐스는 그들에게 고개를 끄덕인다.

"내 말 무슨 뜻인지 알겠어?"

설령 무슨 말인지 알아듣지 못한다고 해도 친절하게 말하는 편이 낫다. 두려움이 적어지면 맞서 싸우겠다는 생각이 들지 않을 테니까. 닐스는 스텐비크로 저들을 데려갈 것이다. 그러면 그는 영웅이 될 것이다. 다른 사람들이야 어떻게 생각하든 상관없지만, 엄마는 그를 자랑스러워할 것이다.

앞에 있던 군인도 고개를 끄덕이더니 천천히 팔을 내린다.

"비어 볼렌 나흐 엥글란트 파렌(우리는 영국으로 가고 싶습니다). 비어 볼렌 인 디 프라이하이트(우리는 자유를 원해요)." 그가 말한다.

닐스는 그 군인을 쳐다본다. 유일하게 알아들은 단어는 스웨덴어로도 똑같은 '영국'이라는 말이다. 하지만 이들이 영국인이 아닌 건 확실하다. 이들은 독일군이리라 닐스는 확신한다.

그때 뒤에 있던 군인이 한쪽 손을 주머니 쪽으로 내린다.

"꼼짝 마!"

닐스의 심장이 두근거린다. 그는 입을 벌린다.

주머니에 닿은 군인의 손이 재빠르게 움직인다. 닐스의 시선은 그것을 따라가지 못한다. 어떻게든 해야만 한다. 그래서 그는 말한다.

"손……."

나머지 말은 우레 같은 소리에 묻혀버린다. 산탄총이 발사된다.

총구에서 자욱하게 피어오른 화약 연기에 앞에 있던 군인들의 모습이 순간 흐릿해진다.

정말로 총을 쏠 작정은 아니었다. 그는 그저 산탄총을 위로 겨냥한 채, 약간 힘을 주어 잡았을 뿐이다. 하지만 총은 발사되고 납으로 된 총알이 날아간다. 앞에 있던 군인이 철퇴라도 맞은 것처럼 그대로 바닥에 쓰러진다.

닐스에게는 뿌연 화약 연기 뒤의 군인이 그림자처럼 보인다. 그림자는 휘청거리더니 그대로 바닥에 쓰러진다.

연기가 걷히자 모든 소리도 사라진다. 군인은 여전히 바닥에 쓰러져 있다. 재킷은 갈기갈기 찢어졌다. 잠깐 군인의 몸에는 아무 부상도 없는 것처럼 보였지만 이내 흘러나온 피가 찢어진 재킷 조각에 스며들면서 검게 퍼지기 시작한다. 군인은 눈을 감는다. 죽어가는 것 같다.

"이런 젠장……" 닐스는 혼잣말을 중얼거린다.

망했다. 군인에게 총을 쐈을 뿐만 아니라, 엉뚱한 쪽에 쏘기까지 했다. 지금 바닥에 쓰러져 있는 사람은 주머니에 손을 대지 않은, 앞에 있던 군인이다.

닐스는 상대방이 토끼라도 되는 것처럼 총을 쐈다. 별 볼 일 없는 상대를 쏜 것이다.

바닥에 쓰러진 군인은 천천히 눈을 깜박거리면서 팔에 경련을 일으킨다. 고개를 들어보려고 애를 쓰지만 성공하지 못한다.

그는 짧게 숨을 몰아쉬며 기침을 한다. 숨을 내쉬지만, 들이마시지는 못한다. 군복이 온통 피로 물든다. 초점을 잃은 눈이 이리저리 흔들리다가 그대로 멈춘다. 군인의 시선은 하늘에 고정되어 있다.

주머니를 더듬거리던 뒤쪽의 군인은 자리에 붙박여 있다. 입을 꾹 다문 채, 눈빛이 공허하다. 가만히 서 있지만 왼손 엄지와 검지로 뭔가를 잡고 있다. 총이 발사되기 전에 주머니에서 뭔가를 꺼낸 모양이다.

총은 아니고 그보다 훨씬 작은 것이다. 알바르에 햇빛이 비치지 않음에도 검붉은색으로 반짝거리는 작은 돌 같은 것이 보인다.

닐스는 총을 쥐고 있고, 군인은 작은 돌을 쥐고 있다. 둘 다 시선을 내리깔지 않는다.

닐스는 사람에게 총을 쐈다. 사람을 죽였다. 최초의 공포가 사라지자 얼음 같은 냉정함이 자리잡는다. 이제 완전히 평정심을 되찾는다.

닐스는 숨을 내쉰 뒤, 군인을 향해 한 발자국 다가간다. 그러고는 작은 돌을 보며 고개를 끄덕인다.

"그걸 내게 넘겨." 그가 침착하게 말한다.

10

옐로프는 닐스 칸트에 관한 율리아의 질문에 대답하지 않았다. 그는 그저 그녀의 어깨 너머 창문 밖 어둠 속을 가리켰다.

"칸트 일가는 저기서 살았단다. 커다랗고 노란 집에서. 그들은 우리가 이 별장을 짓기 훨씬 전부터 저기서 살았어."

"어렸을 때 그 집에 살던 노부인을 봤던 기억이 나요." 율리아가 말했다.

"그 여자가 바로 닐스의 엄마 베라였지. 그 여자는 1970년대 초에 죽었어. 긴 시간을 혼자 살았지. 돈이 많았어……. 스몰란드에 있는 제재소가 가문 소유였고, 이쪽 해안에도 땅을 많이 가지고 있었지. 하지만 그 여자가 재산 때문에 행복했던 것 같지는 않아. 친척들은 아직도 유산을 가지고 옥신각신하더군. 그래서 저 집이 저렇게 엉망이 될 때까지 내버려진 거야. 아니면 저 집에서 살겠다는 사람이 아무도 없어서거나."

"베라 칸트…… 어렴풋이 기억나요. 사람들한테 인기가 별로 없었죠?"

"그래, 그 여자는 그것 때문에 원망이 컸어. 그리고 앙심을 품었지. 만일 네 할아버지가 베라 칸트에게 조금이라도 부당한 짓을 했다면, 그 여자는 네 엄마와 너는 물론 네가 키우는 개까지 증오했을 거야. 그것도 네가 죽을 때까지 말이지. 베라는 완고한 데다가 오만했어. 남편이 죽자마자 바로 처녀 때 성으로 돌아갈 정도였으니까." 옐로프가 말했다.

"그런데 마을에 나온 적이 없잖아요?"

"그랬지. 베라는 은둔자였어. 대부분의 시간을 집안에서 보냈지. 아들을 그리워하면서."

"아들이 무슨 일을 저질렀는데요?" 율리아가 다시 물었다.

"많은 일들이 있었지…… 닐스 칸트가 어렸을 때 사람들은 그자가 남동생을 물에 빠뜨려 죽였을 거라고 의심했어. 그 일이 있었을 때 해안에는 닐스와 동생밖에 없었으니까. 나중에 닐스는 사고였을 뿐이라고 단언했어…… 우리로서는 그 사건의 진실을 결코 알 수 없었지."

"닐스 칸트와는 친구 사이였나요?"

"그건 아니야. 그자는 나보다 어렸거든. 난 얼마 뒤에 바로 바다로 나갔고. 그래서 닐스가 어렸을 때는 마주친 적도 별로 없어."

"어른이 돼서는요?"

옐로프는 하마터면 미소를 지을 뻔했다. 하지만 닐스 칸트와 관련한 일이라면 웃을 수 없었다.

"어른이 되었을 때는 더더욱 보지 못했지. 그자는 마을을 떠났으니까." 옐로프는 손을 들어 방 한쪽 구석에 놓여 있는 좁은 책장을 가리켰다. "저기 닐스 칸트에 대한 이야기가 나오는 책이 있을 거야. 부분적이긴 해도. 세 번째 칸에 있는 얇은 노란색 책이다."

율리아는 자리에서 일어나 책장 쪽으로 갔다. 곧 셋째 칸에서 책을 찾았다. 그녀는 제목을 읽었다.

"욀란드 범죄사."

율리아가 미심쩍다는 듯 옐로프를 쳐다보았다.

"그 책이야. 지역신문사에 있는 벵트 뉘베리의 동료가 몇 년 전에 쓴 책이지. 읽어보렴. 대부분의 내용들은 거기 다 나올 테니까."

"알았어요." 율리아는 시계를 쳐다봤다. "하지만 오늘밤엔 못 읽겠네요."

"그래, 이제 잘 시간이구나." 옐로프가 말했다.

"전 예전에 쓰던 방을 쓸게요. 괜찮다면요."

옐로프는 바로 옆에 있는 침실을 골랐다. 오랫동안 엘라와 함께 쓰던 방이다. 예전에 쓰던 낡은 더블베드는 이제 없었지만 대신 새 침대가 놓여 있었다. 옐로프가 욕실에서 씻는 동안 율리아는 그를 위해 침구를 정리했다. 이제 아버지는 침구 정리 같은 건 할 수 없는 상태였다.

율리아가 모든 일을 마치고 자기 방으로 가자 옐로프는 맨몸에 긴 티셔츠 한 장만 걸치고 잠자리에 들었다. 매트리스는 그가 요즘 쓰는 것보다 딱딱했다.

옐로프는 어둠 속에 누운 채 잠시 생각에 잠겼다. 이제 더이상 마르네스에 있는 요양원보다 이 별장이 집처럼 느껴진다는 마음은 들지 않았다. 그가 혼자 스텐비크에서 지내기에는 너무 늙었다는 사실을 인정하고 요양원으로 옮긴 일 자체가 큰 발전이었다. 아마 옳은 결정이었을 것이다. 적어도 손수 설거지를 하거나 커피를 내리지 않아도 됐으니까.

옐로프는 나무를 스치는 바람 소리를 잠시 듣다가 잠이 들었다. 그리고 한밤중 어느 순간, 채석장의 딱딱한 돌침대에 누워 있는 꿈을 꾸었다.

하늘은 짙은 푸른색이었고, 바람이 불어왔다. 하지만 이상하게도 지상에는 아주 옅은 안개가 깔려 있었다.

에른스트 아돌프손이 절개지 가장자리에 서서 검은 눈구멍으로 채석장을 내려다보고 있었다.

옐로프는 친구에게 채석장 밑으로 조각상을 밀어버린 사람이 그가 맞는지, 만일 그렇다면 어째서 그런 것인지 물어보려고 입을 벌렸다. 하지만 에른스트를 돌아서게 한 건 다른 사람의 속삭임이었다.

"내가 그들을 전부 죽였다."

말을 속삭인 자는 닐스 칸트였다.

"옐로프…… 네 손자가 안부를 전하더군."

닐스 칸트는 연기가 나는 산탄총을 들고 알바르를 돌아다녔다. 이제 그는 에른스트의 집 앞에 서 있었다. 곧 집안으로 들어올 것이다. 옐로프는 숨소리를 죽이고 고개를 들어올렸다. 성인이 된, 노인이 된 닐스 칸트의 모습이 어떤지 보게 되리라는 기대감에 가득차 있었다. 머리카락이 남아 있을까? 머리는 백발로 변했겠지? 수염을 길렀을까?

하지만 에른스트와 집 주변은 소리 없는 유령선처럼 안개 속으로 서서히 사라져갔다. 옐로프가 뒤에서 에른스트를 불렀지만, 그는 그대로 사라졌다.

잠에서 깨어난 옐로프는 엉망이 된 에른스트의 모습을 떠올리며 슬픔에 잠겼다.

"좌회전." 다음날 아침, 차 안에서 옐로프가 율리아에게 말했다.

율리아가 그를 쳐다보더니 속도를 줄였다.

"마르네스로 가는 거 아니었어요? 요양원으로 돌아가야죠."

"좀 있다가. 아직은 아니야. 그전에 스텐비크에서 커피 한 잔

정도는 해도 좋을 것 같아서." 옐로프가 말했다.

율리아는 잠시 그를 바라보다가 차를 왼쪽으로 꺾었다. 그들은 해안 도로 쪽으로 내려갔다. 옐로프는 창문이 깨진 곳이 없는지 확인하려는 듯 기계적으로 보트 창고를 살폈다.

"다시 왼쪽." 옐로프가 해안 도로에 있는 집을 가리키며 말했다. "저기가 목적지야."

율리아는 속도를 줄인 뒤 맞은편에서 다른 차가 오는지 보지도 않고 백미러조차 살피지 않은 채 길을 가로질렀다.

"나이든 여자가 사는 집이죠." 율리아가 집 앞에 차를 세우며 말했다. "이제 봤어요…… 개를 데리고 있던데요."

"그렇게 나이가 많지는 않아. 아스트리드 린데르는 예순일곱이나 예순여덟 정도밖에 안 됐으니까. 최근에 은퇴했지…… 오랫동안 보리홀름에서 의사로 일했거든. 어릴 땐 여기서 자랐어."

"그럼 일 년 내내 스텐비크에서 지내나요?"

"지금은 그럴 거야. 내가 여름 별장에서 이사 나갔을 때, 과부가 된 아스트리드는 그 반대였어. 이사를 왔지." 옐로프는 차문을 열었다. 좌석에서 몸을 돌리자 팔다리에 고통이 느껴졌다. 그는 한숨을 내쉬었다. "물론 나보다는 아스트리드가 여기와 잘 어울리지."

옐로프는 간신히 다리를 차 밖으로 옮겼다. 율리아가 돌아 나와 차에서 내리는 것을 도와주었다. 그는 고맙다는 의미로 딸을 보며 짧게 고개를 끄덕였다. 그러고서 두 사람은 집 쪽으로 향했다.

"나는 스텐비크에 돌아올 때마다 집집마다 사람들이 계속 살고 있다고 상상한단다. 가끔은 저기 있는 집들의 커튼이 움직인 것 같다는 생각이 들어. 마을길을 따라 어슬렁거리는 그림자들도 보이지. 작은 움직임들이 눈끝에 걸려……. 유령들은 눈끝으로 봐야 잘 볼 수 있어." 옐로프가 주위를 둘러보며 말했다.

율리아는 대꾸하지 않았다.

그 집은 나지막한 벽에 나무로 된 문이 달려 있었다. 율리아가 문을 열었다. 정원은 휑했지만 필요한 것들이 제대로 갖추어져 있었다. 집 앞의 낮은 석회암 테라스에 놓인 작은 플라스틱 테이블 주위로 네 개의 흰색 플라스틱 의자가 있었고, 그 옆에는 회색 자기로 된 작은 땅속 요정상이 보였다. 초록색 후드를 입은 인형은 미소가 붙박인 얼굴로 작은 해협을 쳐다보고 있었다.

그들이 초인종을 울리기도 전에 집안에서 개가 흥분한 듯 짖는 소리가 들렸다.

"조용히 해, 윌리!" 여자가 소리쳤지만 개는 아랑곳하지 않고 계속 짖어댔다.

문이 열리자, 갈색과 흰색이 섞인 개가 번개처럼 뛰어나와 율리아와 옐로프의 다리로 돌진했다. 옐로프는 균형을 잃지 않기 위해 율리아를 붙잡아야 했다.

"가만히 있어, 멍청한 개 같으니라고!" 아스트리드가 다시 소리쳤다.

그녀가 문 앞에 모습을 드러냈다. 몸집이 작고 백발인 그녀는 옐로프의 눈에는 아름답게 보였다.

"오랜만이야, 아스트리드."

아스트리드가 폭스테리어의 목줄을 꽉 잡은 채로 쳐다보았다.

"오랜만이에요, 옐로프. 집에 돌아온 거예요?" 그런 다음 율리아를 보더니 재빨리 물었다. "세상에나……. 새 여자친구와 같이 온 거예요?"

태양이 눈부시게 빛나고 있음에도 불구하고, 계속해서 차디찬 가을바람이 섬 전체를 스치고 지나갔다. 하지만 아스트리드 린데르는 테라스에 있는 테이블에 아침 커피를 준비했다. 두꺼운 초록색 울 스웨터 차림의 그녀는 담요를 가져와 옐로프를 덮어주었다.

"나도 스웨터가 필요한데." 옐로프가 말했다.

"괜찮아요. 여긴 공기도 상쾌하고 좋으니까요." 아스트리드는 커피와 케이크를 가져왔다. 직접 만든 빵이 아니라 가게에서 산 머핀이었다. 빵 굽는 일을 좋아하지 않는 모양이었다. 그녀는 잔에 커피를 따른 뒤 자리에 앉았다.

옐로프는 아스트리드에게 율리아가 막내딸이라고 소개했다. 율리아와 아스트리드는 인사를 나누고 윌리의 넘치는 에너지에 대해서 잠깐 잡담을 나누며, 점차 진정이 된 개가 조용히 테이블 아래 자리잡는 모습을 지켜보았다. 아무도 에른스트에 대한 이야기를 꺼내지 않았다.

옐로프는 아스트리드가 율리아를 기억하고 있으리라고는 생각하지 않았다. 그래서 아스트리드가 조용히 말을 꺼냈을 때 깜짝 놀랐다.

"아마 넌 날 기억하지 못할 거야, 율리아. 하지만…… 나도 그날 여기 있었어. 해안 쪽에서 수색을 했지. 남편과 같이 말이야."

옐로프는 테이블 맞은편에 앉은 율리아의 표정이 굳어가는 것을 보았다. 그녀는 적당한 말을 찾으며 천천히 입을 열었다.

"감사합니다. 사실 기억은 잘 나지 않아요……. 그날 너무 정신이 없어서요." 마침내 율리아가 말했다.

"그래, 그랬을 거야." 아스트리드가 고개를 끄덕인 뒤 커피를 마셨다. "그때 사람들이 사방으로 뛰어다녔지. 경찰은 해협으로 수색선을 내보냈고. 하지만 어디로 가야 하는지 아는 사람은 아무도 없었어. 마을 사람들이 그룹을 나누어 해안의 남쪽과 북쪽을 찾아다녔는데, 난 북쪽을 수색하는 팀에 들어갔지. 우린 해안을 따라 걷고 또 걸었어. 해안가에 서 있던 배들의 아래쪽을 살폈고, 물속도 들여다봤지. 바위 뒤쪽도 다 살폈어. 결국 날이 어두워져서 더이상 아무것도 보이지 않게 됐지. 얼굴 바로 앞에 손을 들어도 보이지 않을 정도가 되자…… 다들 돌아왔고. 정말 끔찍한 일이었어."

"그랬죠. 그날 모든 분들이 수색을 해주셨어요. 어두워질 때까지 말이에요." 율리아가 커피잔을 내려다보며 말했다.

"무서운 일이지. 해협에서 없어진 아이가 그 애뿐이었던 건 아니지만." 아스트리드가 말했다.

테이블 주위에 정적이 흘렀다. 바람이 부드럽게 불어왔다. 윌리가 재채기를 하더니 힘겹게 발을 끌며 아스트리드의 발치로 갔다.

"아이의 샌들이 발견됐어." 잠시 뒤 옐로프가 말했다.

그는 아스트리드를 지켜보고 있었지만 시야 끝에 얼핏 율리아의 깜짝 놀란 표정도 들어왔다.

"그랬군요. 물속에서 나온 건가요?" 아스트리드가 물었다.

"아니, 육지에서. 누가 신발을 계속 가지고 있었던 모양이야. 누군지는 모르겠지만."

"세상에. 그렇다면…… 물에 빠진 게 아니었단 말인가요?" 아스트리드가 말했다.

율리아는 커피잔을 내려놓았다. 하지만 아무 말도 하지 않았다.

"그런 거지. 복잡하긴 하지만……. 사실 우리도 어떻게 된 일인지 잘 몰라." 옐로프가 말했다.

"어제 이야기했던 남자 있잖아요. 닐스 칸트. 그 남자가 옌스에 대해 알고 있지 않을까요? 어떻게 생각하세요?" 율리아가 말했다.

"닐스 칸트? 그 사람 이야기는 왜 했어요?" 아스트리드가 옐로프를 쳐다보았다.

"어제 우연히 이야기가 나왔던 것뿐이야."

율리아는 자신이 뭔가 부적절한 이야기라도 꺼냈다고 생각하는지 머뭇거리며 아스트리드와 옐로프를 차례로 쳐다보았다.

"전 그냥…… 그 사람이 연관되어 있을지도 모른다고 생각했어요. 예전에도 문제를 일으켰던 사람이니까요."

아스트리드가 한숨을 쉬었다. "이젠 닐스 칸트도 잊혔다고 생각했는데. 그자가 스텐비크를 떠났을 때……"

"대부분은 잊었어. 실제로 율리아도 어제 이야기를 하기 전까지는 그자에 대해 들은 적이 없다고 했지." 옐로프가 끼어들었다.

"그 사람은 나보다 한두 살 많았어요. 그래도 중학교 때는 같은 반에 있었어요. 닐스 칸트는 항상 기분이 안 좋은 것 같았죠. 한 번도 기분이 좋아 보였던 적이 없었어요. 닐스는 늘 싸움을 했어요. 덩치도 컸고. 우리 여자애들은 그 사람을 무서워했죠……. 남자애들도 마찬가지였고. 닐스는 항상 자기가 싸움을 걸면서도 늘 다른 사람 탓을 했어요."

"난 학교에서 그자를 본 적이 없어. 칸트보다 나이가 많았으니까. 하지만 욘 하그만을 통해 칸트가 싸운 이야기들을 전해 들었지." 옐로프가 말했다.

"그 뒤에 닐스는 가족이 운영하는 채석장에서 일을 시작했어요. 거기서도 잘 지내지 못했죠." 아스트리드가 말했다.

"거기서도 싸움이 있었지. 그때 부두 일꾼이 빠져 죽을 뻔했어." 옐로프가 고개를 저었다. "아스트리드, 닐스가 그 일을 그

만든 다음날 밤에, 석재를 실어나르는 배들 중 한 척에 불이 났던 것 기억해? 이름이 이사벨호였어. 롱비크 항구에 있었는데, 배에 불이 붙는 바람에 선장이 잠에서 깨어났지. 조사에서 자연 연소로 결론 났지만, 스텐비크 주민들 중에는 닐스 칸트가 저지른 짓이라고 생각하는 사람들이 많았어. 그때부터 시작되었지."

율리아가 궁금하다는 듯 옐로프를 쳐다보았다.

"뭐가 시작됐는데요?"

"그게…… 닐스 칸트는 스텐비크의 희생양이 되었어. 뭐든 안 좋은 일만 있으면 다 그자 탓으로 돌렸지." 옐로프가 대답했다.

"전부 다 그런 건 아니죠. 범죄 사건에만 그랬으니까. 화재나, 절도, 동물들이 다쳤을 때……" 아스트리드가 끼어들었다.

"사고도 포함되었지. 만일 풍차가 부서지거나 그물이 망가지거나, 계류장에서 배가 떠내려가거나……" 옐로프가 말했다.

"의심받을 만했어요. 본인이 그걸 증명하기도 했고." 아스트리드가 단언했다.

"그자에게도 나름의 사연은 있었어. 어릴 때 엄격하던 아버지가 돌아가셨고, 어머니는 닐스에게 마을의 다른 누구보다 네가 제일 뛰어나다는 둥 그런 말을 끊임없이 했으니까. 성장 환경이 좋지 못했지." 옐로프가 말했다.

아스트리드는 고개를 끄덕이며 말없이 잠시 깊은 생각에 잠겼다가 조용히 물었다.

"어제 라디오 지역 방송으로 사고 소식을 들었어요……. 장례식은 언제예요?"

옐로프는 아스트리드가 화제를 바꿨다는 것을 알아차렸다. 아니면 그녀도 닐스 칸트와 에른스트의 죽음 사이에 어떤 연관이 있음을 깨달은 것일까?

"내가 알기론 수요일이야. 오늘 아침에 욘과 통화했어. 그 친구는 그날로 생각하고 있더군."

"장례식은 마르네스 교회에서 거행하나요?"

"그래. 피 묻은 교회 첨탑이 그 친구의 목숨을 앗아가긴 했지만 말이지." 옐로프가 커피잔을 들며 대답했다.

"에른스트는 조심성이 많았어요. 그런 사람이 무슨 일이든 절개지 가장자리에서 했을 리가 없어요." 아스트리드가 말했다.

옐로프는 고개만 저을 뿐 아무 말도 하지 않았다.

"이게 전부인가요?" 아스트리드를 만나고 나와 차를 타고 마르네스로 돌아가는 길에 율리아가 물었다.

"전부라니?" 옐로프가 되물었다.

"스텐비크에 살고 있는 사람 말이에요. 이제 전부 다 만나본 셈인가요?"

"어느 정도는. 진짜 스텐비크 사람들은 다 만난 셈이지. 주말마다 보리홀름이나 칼마르에서 찾아오는 사람들도 있긴 하지만. 아마 열다섯 명이나 스무 명 정도 될 거야. 그 사람들에 대해서는 나도 잘 몰라." 옐로프가 말했다.

"여름엔 어때요?"

"북적거리지. 여름에는 방문객들이 많으니까……. 수백 명은 될 거야. 관광객이 점점 늘고 있지. 그 사람들로 건물들이 다 들어찬다니까. 욘의 야영장에도 매주 손님들이 넘쳐나고. 내가 어렸을 때 여기 살던 사람들보다 지금 관광객이 더 많을 정도야. 정박지와 해변 호텔들이 있는 롱비크 쪽은 더 심하고."

"여름이 어땠는지는 저도 기억해요." 율리아가 말했다.

옐로프가 한숨을 쉬었다.

"불평을 하려는 건 아니야. 본토에서 사람들이 넘어오면 돈도 같이 들어오니까."

"아무래도 누가 누군지 아는 건 어렵겠네요." 율리아가 마르네스 방면의 길로 천천히 접어들었다.

"여름에는 불가능해. 사람들이 자유롭게 드나드니까. 네가 살고 있는 도시나 다름없지." 옐로프가 대답했다.

"가을에도 마찬가지죠. 그러니까 스텐비크에서는 아무도 알 수 없는……." 율리아는 뭔가 떠오른 듯 갑자기 말을 중단했다.

"아스트리드가 늘 지켜보고 있어." 이렇게 말하고서 옐로프는 율리아가 조용하다는 것을 알아차렸다. "왜 그러니?"

"지금 막 기억이 났어요……. 에른스트 아저씨가 손님이 올 거라고 했어요. 그 전날 우리 별장에서 아저씨와 마주쳤을 때 말이에요. '언제든 조각상들을 구경하러 와. 오늘 저녁에는 누가 오기로 되어 있지만.' 그런 식으로 말씀하셨어요."

"그 친구가 그렇게 말했다고?" 옐로프가 생각에 잠긴 채 앞유리를 쳐다보며 말했다.

"그 손님이라는 사람이…… 닐스 칸트일까요?"

"어쩌면."

차 안에 침묵이 흘렀다. 마르네스 교회를 지나칠 때 옐로프는 며칠 뒤에 있을 에른스트의 장례식을 떠올렸다. 기다려지지 않는 날이다.

"아직 저한테 말씀하시지 않은 게 있다는 거 알아요." 잠시 뒤에 율리아가 말했다.

"조금 있지. 많지는 않아. 우리한테는 몇 가지 이론이 있단다. 욘과 나 말이야." 옐로프가 조용히 대답했다.

물론 에른스트와는 더 많은 이론을 공유하고 있었지만. 옐로프는 슬픈 마음으로 생각했다.

"이건 게임이 아니에요. 옌스는 제 아들이에요." 율리아가 다소 날카롭게 말했다.

"나도 안다. 곧 네게도 다 말해줄 생각이야." 옐로프는 제발 옌스가 살아 있는 것처럼 얘기하지 말라고 율리아에게 말하고 싶었다.

"아스트리드에게 샌들 이야기는 왜 한 거예요?" 율리아가 물었다.

"그 소식을 널리 알리려고 그랬지. 아스트리드는 그 일에 적합한 사람이니까. 어제 경찰한테 샌들에 대해 말했니?" 옐로프가 율리아를 쳐다보며 물었다.

"아뇨……. 그땐 그 생각을 할 여력이 없었어요. 그런데 왜 샌 들에 대해서 사람들한테 알려야 하죠?"

"그게…… 뭔가 나올 수도 있으니까. 누군가를 끌어낼 수 있 다는 거지."

"누구를 끌어내요?"

"누가 알겠니." 옐로프의 대답과 함께 두 사람이 탄 차는 요 양원에 도착했다.

율리아는 이번에도 옐로프가 차에서 내리는 것을 도왔다.

"이제 뭘 할 거니?" 옐로프가 물었다.

"모르겠어요……. 교회에 가볼까 봐요."

"잘 생각했다. 엘라의 무덤에 제등이 있어. 초를 가져가서 안 에 넣어주렴. 초는 내 방에서 가져가고."

"알았어요." 율리아는 옐로프와 함께 문 쪽으로 갔다.

"교회를 한번 둘러봐도 좋을 거야. 네 엄마 무덤에 촛불을 밝 힌 다음에 교회 왼쪽 벽을 따라가다 보면 무덤들이 보일 거다."

"그러죠. 그런데 왜요?" 율리아가 요양원 문에 달린 초인종을 누르면서 물었다.

"보면 알 거다." 옐로프가 대답했다.

11

율리아는 마르네스 교회 경내에 서서 닐스 칸트의 무덤을 바라보고 있었다.

서쪽 벽을 따라 길게 늘어선 무덤들의 맨 끝이었다. 묘비에 "닐스 칸트"라는 이름과 "1925~1963"이라는 연도가 새겨져 있었다. 묘비는 일반적인 석회암으로 만든 작고 실용적인 것이었다. 아마 스텐비크의 채석장에서 나온 돌로 만들었을 것이다. 어쩌면 에른스트 아돌프손이 잘라낸 돌인지도 모른다. 거의 삼십 년 전에 만들어진 거라 흰 이끼가 들러붙어 있었다.

무덤 위에는 말라서 노랗게 변한 풀이 가득했다. 꽃은 없었다.

율리아는 옌스가 실종되었을 당시 아무도 닐스 칸트를 용의자로 지목하지 않은 이유가 궁금했었다. 지금 그 대답을 얻었다. 옐로프가 그녀를 여기, 마르네스 교회 바깥의 황량한 경내로 보냈다. 이제 율리아는 닐스 칸트가 옌스의 실종과는 아무 관계도 없다는 사실을 알 수 있었다. 1972년이면 칸트가 죽은 지 십 년 가까이 지난 때였으니까. 그녀의 의구심에 대한 대답이 돌 위에 새겨져 있었다.

그렇다. 또다시 막다른 길이다.

이 미터가량 떨어진 곳에 다른 묘비가 보였다. 역시 석회암으로 만들었지만 더 크고 넓었다. 이름들과 연도가 새겨져 있었다. "칼 에이나르 안데르손 1889~1935, 베라 안데르손 B. 칸트 1897~1972" 그리고 그들 이름 아래 작은 글씨로 다른 이름이 새겨져 있었다. "악셀 테오도르 칸트 1929~1936" 물에 빠져 죽었으며, 해협에서 시신을 찾지 못했다는 닐스 칸트의 동생이었다.

돌아서서 경내를 떠나려고 할 때, 닐스 칸트의 무덤 뒤쪽에서 펄럭거리는 작고 하얀 것이 율리아의 눈에 얼핏 들어왔다. 그녀는 발걸음을 멈추고 그쪽으로 다가가 몸을 숙였다.

바짝 마른 장미 두 송이의 줄기 사이에 끼워져 있던 흰색 봉투가 미풍에 살짝 흔들린 것이었다.

누군가 묘비 뒤에 장미를 가져다 놓았다. 그리 오래되지 않았다는 사실을 율리아는 알아차렸다. 마른 장미 잎이 아직 진한 빨간빛을 띠고 있었기 때문이다. 그녀는 봉투를 집어 들었다.

축축하게 젖어 있었다. 누군가 편지라도 쓴 거라면 비에 잉크가 번졌을 것이다.

율리아는 주위를 둘러보았다. 경내는 아무도 없이 황량했다. 오십 미터가량 떨어진 곳에 흰색 교회 건물이 있었지만, 율리아가 그 문을 잡아당겼을 때 잠겨 있었고 좁은 교회 창문 뒤에도 움직이는 것이 없었다.

그녀는 봉투를 외투 주머니에 재빨리 집어넣은 뒤 그 자리를 떠났다.

엄마의 무덤 앞에 돌아와보니, 몇 분 사이에 노란색 자작나무 이파리가 떨어져 있었다. 율리아는 몸을 숙여 작은 제등 안의 초가 꺼지지 않았는지 확인했다. 제대로 불이 붙어 있었다.

그녀는 차로 돌아와 멀지 않은 마르네스 시내로 나갔다.

율리아가 어렸을 때, 여름 별장에서 섬의 동쪽에 있는 마르네스까지의 짧은 여행은 그야말로 모험이었다. 여기엔 가판대가 아니라 상점이 있었다. 장난감을 살 수도 있었다.

이제 그녀는 작은 마을로 차를 몰고 가면서, 공원 주차장이 무료라는 사실에 감사했다. 예테보리와 비교하면 큰 이점이었다. 짧은 대로를 따라가다 ICA 슈퍼마켓 앞에 차를 세운 뒤 항구 옆으로 내려가면 된다. 그곳에는 식당 겸 술집인 '모비 딕'이라는 작은 가게가 있었다. 점심시간까지 앞으로 삼십 분을 앞두고 창가 자리가 텅텅 비어 있었다.

작은 항구라 유람선이나 낚싯배 들은 없었다. 율리아는 차에서 내린 뒤 수평선을 향하고 있는 텅 빈 콘크리트 부두로 나갔다. 그 자리에 잠시 서서 파도로 일렁거리는 회색 바다를 쳐다보았다. 수평선 위에는 아무것도 보이지 않았다. 그 너머 북서쪽 어딘가에 고틀란드 섬이 있을 것이고, 발트해의 반대편에는 동유럽과 소비에트연방에서 갈라진 나라들, 에스토니아, 라트비아, 리투아니아가 있을 것이다. 율리아가 한 번도 가보지 못한 곳이다.

그녀는 돌아서서 아무도 없는 주도로를 걸어갔다. 작은 옷가게와 꽃집을 지나자 현금지급기가 나타났다. 율리아는 삼백 크로나를 인출했다. 영수증을 보니 여느 때처럼 잔고가 보잘것없었다. 그녀는 영수증을 구겨버렸다.

옆에 걸린 금속 간판에 "욀란스─포스텐"이라고 씌어 있었다. 그 아래는 작은 글씨로 다음과 같이 씌어 있었다. "욀란드 북부 지역 일간지."

율리아는 잠시 망설이다 안으로 들어갔다.

문을 열자 머리 위에서 놋쇠로 된 작은 종이 울렸다. 작은 사무실은 불빛이 환했지만 공기가 탁했다. 퀴퀴한 담배 냄새가 코를 찔렀다. 입구에 있는 안내 데스크에는 아무도 없고, 그 뒤에 있는 사무실에는 신문과 서류로 뒤덮인 책상 두 개가 놓여 있었다. 나이가 좀 있는 남자 두 명이 윙윙거리며 돌아가는 컴퓨터 앞에 앉아 있었다. 그중 한 명은 머리털이 셌고, 다른 한 명은 머리카락이 아예 없었다. 둘 다 청바지와 구깃구깃한 셔츠 차림이었다. 대머리 남자의 책상 앞에 명패가 놓여 있었다. 라르스 T. 블롬. 머리가 센 남자의 책상에는 명패가 없었다. 하지만 율리아는 그 남자가 채석장에 제일 먼저 달려왔던 기자인 벵트 뉘베리라는 것을 알았다. 렌나르트 헨릭손이 이름을 말해주었다.

벽에는 뉴스 게시판이 걸려 있었다. 맨 왼쪽에 검은색 잉크로 "채석장의 비극적인 사망 사고"라고 씌어 있었다.

사망 사고가 비극적이지 않은 것도 있나?

"무슨 일이십니까? 광고 때문에 오셨나요?" 벵트 뉘베리는 율리아를 알아보지 못했다. 그녀가 책상 앞으로 다가가자 뉘베리가 두꺼운 독서용 안경을 쓴 채 율리아를 쳐다보았다.

"아뇨." 율리아 자신도 이곳에 왜 들어왔는지 알 수 없었다. "그냥 지나가다가…… 마침 제가 스텐비크에서 지내고 있거든요……. 아들이 실종됐어요."

그녀는 눈을 깜박거렸다. 이 이야기를 왜 하는 거지?

"그러시군요. 하지만 여긴 파출소가 아닙니다. 파출소는 바로 옆이에요." 뉘베리가 말했다.

"감사합니다." 율리아는 뭔가 난처한 말이라도 한 것처럼 맥박이 빨라지는 것을 느꼈다.

"아니면 저희가 기사를 쓰기를 바라시는 겁니까?"

"아뇨, 파출소로 갈게요." 율리아가 재빨리 말했다.

"아드님이 언제 없어졌죠?" 그때 옆에 있던 라르스 블롬이 물었다. 깊고 걸걸한 목소리였다. "몇 시에 없어졌나요? 마르네스에서 잃어버린 겁니까?"

"아뇨, 오늘 있었던 일이 아니에요." 율리아는 말했다. 그녀는 두 기자에게 거짓말이라도 한 듯 얼굴이 점점 더 달아오르는 것을 느꼈다. "이제 가봐야겠어요. 고맙습니다." 율리아는 목 뒤에 그들의 시선을 느끼며 재빨리 사무실 밖으로 나왔다.

보도로 나오자마자 그녀는 차가운 공기를 들이마시며 마음을 가라앉히려고 애썼다. 도대체 어쩔 작정으로 저 안에 들어갔을까? 어째서 옌스에 대한 이야기를 꺼낸 거지? 율리아는 모르는 사람들을 만나는 일에 익숙하지 않았다. 심지어 모두가 서로를 잘 알아서 새로 온 사람은 즉시 눈에 띄고 소문의 주인공이 되어버리는 이런 작은 마을에서라면 더더욱 그랬다. 그녀는 예테보리가 그리웠다. 그곳 사람들은 서로를 숲의 나무처럼 여기며 보도에서 마주쳐도 눈길 한번 주지 않았다.

《윌란스-포스텐》 사무실의 창가에서 벗어나기 위해 몇 걸음 걷다가, 율리아는 신문사 간판 옆에 또 다른 간판이 있는 것을 알아차렸다. "경찰"이라고 씌어 있고, 그 위에 경찰을 상징하는 푸른색과 노란색의 문양이 그려져 있었다.

간판 밑에 있는 문에는 메모가 테이프로 붙어 있었다. 율리아는 문으로 다가가 메모를 읽었다.

"경관 배치 수요일 10~12"라고 검은색 잉크로 씌어 있었다.

그날은 금요일이었고, 파출소는 닫혀 있었다. 수요일이 아닌

날 마르네스에서 범죄가 일어나면 어떻게 되는 것일까? 그 질문에 대한 답은 어디에도 없었다.

율리아는 창문을 올려다보았다. 그때 안에서 움직이는 그림자가 보였다.

그녀는 계단으로 올라가 문을 흔들었다. 열쇠가 돌아가더니 입구에 렌나르트 헨릭손이 나타났다. 그는 미소 짓고 있었다.

"방문객이 있군요." 헨릭손이 말했다. "오늘은 기분이 어때요?"

"안녕하세요. 전 괜찮아요……. 여기 누가 있을 줄 몰랐어요. 안내문을 보니……."

"알아요. 수요일마다 두 시간씩 이곳을 지키죠. 하지만 다른 시간에도 여기 있을 때가 있어요. 이건 비밀인데, 이런 식으로 있을 때가 많죠. 들어와요."

그는 검은색 정복 재킷 차림에, 벨트에는 권총과 경찰 무전기를 차고 있었다. 율리아가 물었다.

"나가시던 길 아니었나요?"

"점심 먹으러 가던 길이었죠. 잠깐 들어와요." 그는 율리아가 들어올 수 있도록 뒤로 물러났다.

안쪽 사무실은 조금 전 들어갔다 나온 신문사 사무실보다 오래된 듯 보였다. 하지만 창가에는 화분도 놓여 있고, 깔끔하고 단정했다. 담배 냄새도 나지 않았다. 문을 마주보고 배치된 책상에는 서류 뭉치들이 단정하게 쌓여 있었다. 컴퓨터, 팩스, 전화기도 나란히 놓여 있었다. 파일이 가득 쌓인 선반 위에는 전화가 그려진 포스터가 붙어 있었다. 마약 관련 전화 상담을 홍보하는 포스터였다. 다른 쪽 벽에는 윌란드 북부의 대형 지도가 붙어 있었다.

"사무실이 좋네요." 율리아가 말했다.

렌나르트 헨릭손은 깔끔하고 단정한 것을 좋아했다. 율리아는 그런 점이 마음에 들었다.

"그래요? 삼십 년도 더 된 곳인데." 렌나르트가 말했다.

"혼자서 일하시나 봐요?"

"지금은 그래요. 여름에는 더 많은 인원이 배치되지만 이 계절에는 나밖에 없죠. 계속 인원이 감축되고 있어요." 헨릭손은 우울한 표정으로 주위를 둘러보더니 이렇게 덧붙였다. "여기도 언제 문을 닫을지 모르는 상황이죠."

"문을 닫는다고요?"

"아마도요. 윗사람들이 경비 절감을 위해서 그렇게 될 거라고 이야기하더라고요. 그 사람들은 전부 보리홀름과 통합될 거라고 하더군요. 그게 가장 경제적이고 최선이라고 생각하니까요. 하지만 내가 은퇴할 때까지 앞으로 몇 년은 이곳이 이대로 있었으면 좋겠어요." 헨릭손이 율리아를 쳐다보며 물었다. "점심은 먹었어요?"

"아뇨." 율리아가 고개를 저었다. 생각해보니 무척 배가 고팠다.

"같이 먹을까요?" 렌나르트 헨릭손이 청했다.

"네……. 좋아요." 율리아로서는 거절할 이유가 없었다.

"좋아요. 모비 딕으로 갑시다……. 컴퓨터를 끄고 자동 응답기만 틀어놓으면 돼요."

오 분 뒤, 율리아는 렌나르트와 함께 작은 항구로 돌아왔다. 그들은 마르네스 최고의 레스토랑, 렌나르트의 설명에 따르면 최고이자 유일한 레스토랑으로 갔다.

바다를 연상시키는 실내장식으로, 짙은 색 나무판자로 된 벽에 해도와 그물과 낡고 갈라진 나무 노가 걸려 있었다. 자리는 반쯤 차 있었는데, 점심을 먹는 손님들의 웅성거리는 대화 소리와 주방에서 접시들이 달그락거리는 소리가 들려왔다. 율리아가 들어가자 몇몇 사람이 호기심 어린 얼굴로 쳐다봤지만 렌나르트가 그녀를 보호하듯 앞장서서 식당 안으로 들어갔다. 그는 다른 테이블과 좀 떨어진 창가 자리를 골랐다. 창문으로 발트해가 내다보였다.

마지막으로 식당에서 식사를 한 게 언제였더라? 율리아는 기억할 수 없었다. 낯선 사람들로 가득한 식당에서 테이블에 앉아 있는 게 낯설게 느껴졌다. 차분히 숨을 가다듬은 뒤, 맞은편에 앉은 렌나르트의 눈을 마주보았다.

"어서 오십시오."

배가 많이 나오고 소매를 걷어붙인 남자가 다가와 가죽으로 장정한 메뉴판을 건네주었다.

"잘 있었나, 켄트." 렌나르트가 메뉴판을 받으며 인사를 했다.

"오늘은 날이 아주 화창하네요. 마실 건 뭘로 하시겠습니까?"

"도수 약한 맥주로 하지." 렌나르트가 대답했다.

"얼음물로 부탁드릴게요." 율리아가 말했다.

그녀는 레드와인을 주문하고 싶었다. 기왕이면 병으로. 하지만 꾹 참았다. 율리아는 맑은 정신을 유지해야만 했다. 위험할 건 없다. 전 세계 사람들이 매일같이 점심때마다 식당에서 밥을 먹지 않는가.

"오늘의 특선은 라자냐입니다." 켄트가 말했다.

"그걸로 하지." 렌나르트가 주문했다.

"저도 그걸로 할게요."

율리아는 고개를 숙이다가, 메뉴판을 받아 가는 켄트의 걷어 올린 소매 아래 팔뚝 위쪽에서 짙은 초록색의 네모난 문신을 보았다. 시간이 오래 지나 색은 많이 날아간 것 같았다. 네모 안에 글자 같은 게 씌어 있었다. 이름인가? 배 이름?

"샐러드와 커피가 포함된 가격입니다." 남자는 그렇게 말한 뒤 주방으로 사라졌다.

렌나르트 헹릭손은 샐러드를 가져오기 위해 자리에서 일어났다. 율리아도 그와 함께 갔다.

"렌나르트!" 두 사람이 샐러드를 가지고 자리로 돌아올 때 식당 반대편에 앉아 있던 어떤 남자가 불렀다. "렌나르트!"

경관은 조용히 한숨을 쉬었다.

"잠깐만 계세요." 그는 율리아에게 낮은 목소리로 말한 뒤 자신을 부르는 남자한테 갔다. 나이가 많은 남자로 번들거리는 불그스름한 얼굴에 푸른색 농장 작업복 같은 걸 입고 있었다. 율리아는 자리에 앉아, 그 남자가 단단히 결심한 표정으로 요란하게 손짓하면서 렌나르트에게 말하는 모습을 지켜보았다. 렌나르트가 조용하고 짧게 대답하자 그는 다시 팔을 요란하게 흔들었다.

몇 분 뒤 렌나르트 헨릭손이 자리로 돌아오자 켄트가 김이 모락모락 나는 라자냐 접시를 들고 나타났다.

렌나르트는 다시 한숨을 쉬었다.

"미안합니다." 그가 율리아에게 말했다.

"괜찮아요."

"저 사람 헛간에 누가 침입해서 휘발유 통을 훔쳐갔다네요. 시골에서 경찰 일을 한다는 건 쉬는 시간이 없다는 뜻이죠. 여가 시간에 무엇을 할지 고민할 필요도 없어요. 그건 그렇고, 이제 식사를 합시다."

렌나르트 헨릭손은 고개를 숙이고 라자냐를 먹기 시작했다.

율리아도 음식을 먹기 시작했다. 갑자기 배도 고팠고, 고기가 듬뿍 들어 있는 라자냐는 맛있었다.

접시가 비어가자 렌나르트는 맥주를 한 모금 마신 뒤 몸을 뒤로 젖혔다.

"여긴 아버지를 보러 온 건가요? 태양 아래 누워 있거나 수영하러 온 게 아니라?" 그가 물었다.

율리아는 미소를 지은 뒤 고개를 저었다.

"네, 욀란드의 가을이 근사하긴 하지만요."

"옐로프는 좋아 보이더군요. 류머티즘만 빼면 말이지만."

"네……. 셰그렌증후군에 걸리셨죠. 관절에 류머티즘과 비슷한 고통을 느껴요. 하지만 정신적으로는 아무 문제 없어요. 유리병에 넣는 배도 여전히 만드실 수 있죠."

"맞아요, 그건 정말 근사해요……. 파출소에 놔두게 하나 주문하고 싶었는데, 시간이 없어서 아직 못했어요."

다시 침묵이 흘렀다. 렌나르트는 잔을 비운 뒤 조용히 물었다.

"율리아, 어때요? 이젠 괜찮은가요?"

"아, 네……." 율리아는 재빨리 대답했다. 그녀는 말을 할 때 약간의 간격을 두곤 했다. 하지만 렌나르트가 진심으로 물어보는 것일 수도 있음을 깨닫고 곧 그에게 되물었다. "그러니까…… 어제 본 사고 얘기죠?"

"그래요, 부분적으로는요. 하지만 오래전에 있었던 일에 대해서도 생각하고 있었어요……. 이십 년 전의 일이긴 하지만." 렌나르트가 말했다.

"아." 율리아가 반응을 보였다.

렌나르트는 그 일을 알고 있다. 당연히 그럴 것이다. 대체 무슨 생각을 했던 걸까? 렌나르트는 여기서 삼십 년 동안 경찰로 일했다고 했다. 아스트리드처럼 그도 금지된 주제를 조심스럽고 신중하게 꺼냈다. 오래전 율리아의 언니가 지겨워했던 주제를, 율리아의 친척 중 몇몇은 아예 언급조차 하지 않는 그 주제를.

"그때…… 함께 계셨나요?" 율리아가 나지막이 물었다.

그 질문이 좋지 않은 기억을 불러일으키기라도 한 듯 렌나르트는 머뭇거리면서 식탁을 내려다보았다.

"그래요, 나도 그 수색에 참여했었죠. 스텐비크의 현장에 제일 먼저 도착했던 경관들 중 하나였어요……. 해안을 따라 수색 팀을 내보냈죠. 우린 그날 저녁 내내 그곳에 있었어요. 모두가 철수한 뒤에도 수색은 밤늦게까지 계속됐어요. 아이가 실종되었을 경우에 수색을 멈추고 싶어 하는 사람은 아무도 없으니까요……."

그가 말을 멈추었다.

아스트리드 린데르도 거의 비슷한 말을 했던 것이 떠올랐다. 그녀는 가만히 식탁만 내려다보고 있었다. 경관 앞에서 눈물을 쏟을 생각은 없었다.

"죄송해요." 결국 눈물이 흐르기 시작하자, 그녀는 렌나르트에게 말했다.

"사과할 일이 아니에요. 나도 가끔 우니까." 렌나르트가 말했다.

그의 목소리는 웅덩이에 고인 물처럼 나지막하고 잔잔했다. 율리아는 눈을 깜박거리면서, 렌나르트의 진지한 얼굴이 또렷하게 보일 때까지 집중했다. 무슨 말이든 하고 싶었다.

"옐로프는 믿지 않았어요." 그녀는 목소리를 가다듬고 말했다. "옌스, 내 아들…… 그 애가 물에 빠져 죽었다는 걸 말이에요."

렌나르트가 율리아를 바라봤다. "알아요."

"옐로프가…… 신발을 찾았어요. 작은 샌들, 남자아이 샌들이요. 옌스가 신고 있던 것과 같은……."

"신발요? 남자아이 샌들이라고 했죠? 직접 봤어요?" 렌나르트가 율리아에게서 시선을 떼지 않은 채 물었다.

율리아가 고개를 끄덕였다.

"그 신발을 알아볼 수 있겠던가요?"

"네……. 그런 것 같아요." 율리아는 물컵을 들었다. "처음에는 확신했는데…… 지금은 잘 모르겠어요. 너무 오래된 일이니까요. 절대로 잊지 않을 거라고 생각한 일들도 그렇게 되나 봐요."

"나도 보고 싶군요." 렌나르트가 말했다.

"보실 수 있을 거예요." 옐로프가 이번 일에 경관이 개입하는 것을 받아줄까? 그건 중요하지 않았다. 옌스는 그녀의 아들이니까. "그게 뭘 의미할까요?" 율리아가 물었다.

"희망적이라고 생각되진 않네요." 렌나르트가 말했다. 그는 라자냐 접시를 깨끗이 비운 뒤 덧붙여 말했다. "그래서, 옐로프가 그 나이에 사립 탐정으로 나선 겁니까?"

"사립 탐정이라……. 맞아요, 그런 셈이죠." 율리아는 한숨을 내쉬었다. 옐로프가 아닌 다른 누군가와 이 일에 대해 이야기를 나눌 수 있다는 게 정말 좋았다. "옐로프는 이론이랄지, 뭐라고 불러야 할지 모르겠지만 어쨌든 많은 생각을 하고 있어요. 막연한 가설이라고 해야 하려나……. 무슨 생각을 하는지는 모르겠어요. 누군가 우편으로 샌들을 보냈다고 했는데, 보낸 사람 주소가 없다고 했어요. 그리고 칸트라는 남자에 대해 말했는데⋯⋯."

"칸트?" 렌나르트가 끼어들었다. 여전히 침착했다. "닐스 칸트? 그자를 말하는 건가요?"

"네. 그 사람은 스텐비크 출신이에요, 제가 태어났을 땐 그곳에 살지 않았지만요. 오늘 교회 경내에서 봤는데⋯⋯."

"그자는 마르네스 교회에 묻혀 있어요." 렌나르트가 또다시 말을 가로막았다.

"네, 묘비를 봤어요." 율리아가 말했다.

그녀 앞에 앉아 있는 경관은 창문 너머 반짝거리는 바다를 내다보았다. 어깨가 축 처져 있었는데, 갑자기 많이 피곤한 듯 보였다.

"닐스 칸트⋯⋯ 그자는 죽기를 거부했어요."

윌란드, 1945년 5월.

뚱뚱하고 번들거리는 초록색 파리가 햇살이 비치는 알바르 지대 위를 윙윙거리며 가로지른다. 노간주나무 관목과 식물들 사이를 지그재그로 날아오다가, 마침내 쫙 펼쳐진 손바닥 한복판에 내려앉는다. 파리는 날개의 움직임을 멈추고 다리를 벌린 채, 위험이 감지되면 언제라도 날아오를 수 있도록 힘을 주고 있다. 하지만 잔디밭 위에 늘어져 있는 손은 미동도 하지 않는다.

닐스 칸트는 여전히 그 자리에서 산탄총을 겨눈 채 독일군 손바닥에 앉아 날개를 쉬고 있는 파리를 쳐다본다.

군인은 잔디 위에 등을 댄 채 쓰러져 있다. 눈은 뜬 채로, 고개를 옆으로 돌리고 있다. 파리를 보고 깜짝 놀랐다고 해도 믿을 만한 표정이다. 하지만 닐스가 쏜 총알이 군인의 목 절반과 왼쪽 어깨를 관통해 군복 재킷에는 피가 흥건하다. 그리고 그 군인은 아무것도 볼 수 없다.

닐스는 숨을 내쉬고 귀를 기울인다.

윙윙거리던 파리 소리가 사라지자 알바르에는 압도적인 정적이 흐른다. 비록 닐스의 귀에는 여전히 산탄총을 발사했을 때의 울림이 남아 있지만. 총성은 멀리, 넓게 울려 퍼졌을 것이다. 닐스는 그 소리를 다른 사람이 들었으리라고 생각하지 않는다. 근처에는 길이 없고, 사람들은 알바르의 이쪽 끝까지 들어오지 않는다. 닐스는 차분해졌다.

첫 번째 총성이 울리고 '지금 뭐하는 거지?'라는 의미로 쏜 총에 맞아 첫 번째 독일군이 쓰러진 뒤에, 마치 보이지 않는 손이 그의 떨리는 어깨를 잡고 안정시켜주는 것 같았다. 손가락의 지끈거림이 멎고, 손의 떨림도 멎었다. 그리고 남아 있는 독일군을 향해 훨씬 안정적인 자세로 허스크바나 산탄총을 겨눌 수 있었다. 그는 시선을 고정하고 방아쇠에 손가락을 건 채, 총구를 안정적으로 겨누었다. 이런 게 전쟁이라면, 전쟁과 비슷한 거라면, 토끼를 사냥하는 것과 다를 바가 없었다.

"그걸 나한테 넘겨." 그가 다시 한번 말했다.

닐스가 손을 내밀자 독일군도 뜻을 알아들었다. 쥐고 있던 반짝거리는 작은 보석을 조심스럽게 닐스에게 던졌다.

닐스는 돌을 받은 뒤 총을 내려 살펴볼 생각 없이 그대로 뒷주머니에 집어넣었다. 그는 고개를 끄덕인 뒤 방아쇠에 걸린 손가락에 천천히 힘을 주었다.

무력하게 손을 들고 있던 독일군은 순간 희망이 없다는 것을 깨달았다. 그는 무릎을 꿇고 입을 벌렸다. 하지만 닐스는 독일군의 말을 들을 생각이 없었다.

"하일 히틀러(히틀러 만세)." 독일군은 조용히 말했다. 그리고 산탄총이 발사되었다.

마지막 총성 뒤에 정적이 찾아왔다. 간단했다.

이제 군인 두 명이 노간주나무 덤불 옆에 누워 있다. 한 명은 바닥에 쓰러져 있고, 그 위에 몸을 반쯤 걸친 채 쓰러진 다른 한 명의 등은 아치 모양으로 휘었다. 그 군인의 손바닥에 앉아 있던 파리는 검지손가락까지 기어올라 날개를 활짝 펴더니 그대로 무심하게 날아간다. 닐스는 파리가 노간주나무 덤불 주위를 돌아 멀리 사라질 때까지 지켜본다.

닐스는 한 걸음 앞으로 다가가 군인의 시체를 발로 민다. 시신이 천천히 옆으로 넘어가더니 바닥에 쓰러진다. 한결 나아 보인다. 군인들을 좀더 보기 좋게 배치할 수도 있다. 똑바로 누운 자세로 말이다. 하지만 지금은 이걸로 충분하다.

닐스는 시신을 살핀다. 군인들은 나이들어 보이지만 그와 비슷한 또래일 것이다. 그들이 누워 있는 모습을 보면서 닐스는 그들이 누구인지 다시 생각해본다.

이 군인들은 어디서 왔을까? 그들이 하는 말을 알아듣진 못했지만 닐스는 독일어였으리라 확신한다. 진흙투성이 군복은 시접이 다 풀어지고 천이 해진데다 무릎이 반들거린다. 총은 없고, 다른 군인 위에 쓰러진 군인이 어깨에 메고 있던 초록색 옷가방이 바닥에 떨어져 있다. 닐스는 지금까지 가방의 존재를 모르고 있었다.

그는 몸을 숙여 가방을 집어 든다. 피는 말라붙어 더이상 손에 묻지 않는다. 닐스는 가방을 열고 안에 든 물건을 살핀다. 상표가 붙어 있지 않은 통조림 두 개, 낡은 나무 손잡이가 달린 작은 칼 한 개, 줄로 묶은 편지 다발, 반쯤 남은 마른 검은색 빵. 노끈 조금, 지저분한 갈색 붕대 두 개, 광택 없는 놋쇠로 된 작은 나침반.

닐스는 기념품으로 칼을 꺼내 주머니에 넣는다. 별다른 가치는 없을 것이다.

가방 안에는 뭔가 다른 것도 들어 있다. 총의 개머리판보다 약간 작은 크기의 금속 상자다. 닐스는 상자를 꺼낸다. 뭔가가 안에서 달그락거린다. 그는 엄지손가락으로 상자를 누르며 뚜껑을 연다.

상자 안에는 반짝거리는 보석이 가득 들었다. 그는 보석을 집어 들어 단단함과 반들거리는 감촉을 느낀다. 스무 개가량 되는 보석들 중에는 총알만큼 작은 것들도 있고, 치아만큼 큰 것도 있다. 옆에는 그보다 큰 무언가가 초록색 천에 감싸여 있다. 닐스는 천을 펼쳐본다.

순금으로 만든 십자가로, 그의 손바닥만 하다. 금 안쪽에는 반짝거리는 빨간 보석들이 줄지어 박혀 있다. 아름답다. 닐스는 한참 동안 십자가를 쳐다본 뒤 천으로 다시 감싼다.

닐스는 상자의 뚜껑을 닫고 전리품으로 배낭에 집어넣는다. 군인의 가방은 다시 잘 닫아 죽은 주인 옆에 놔둔다. 이제 여기서 할 일은 끝났다. 군인들을 묻어줄 생각이지만, 지금은 땅을 팔 만한 도구가 없다.

시신들은 덤불 아래에 그대로 놔두어도 될 것이다. 다음날 삽을 가지고 돌아올 때까지. 닐스는 손을 내밀어 군인들의 눈을 감겨준다. 이제 그들은 누운 채로 하늘을 올려다보지 못할 것이다.

닐스는 몸을 일으킨다. 이제 집으로 돌아갈 시간이다. 그는 어깨에 배낭을 멘 뒤, 화약 냄새가 나는 뜨끈한 산탄총을 집어 든다. 그런 다음 서쪽에 있는 스텐비크로 향한다. 해가 구름 사이로 빛나고 있다.

그는 다섯 걸음쯤 걷다가 잠시 밝게 빛나는 초원을 둘러본다. 그늘과 풍경 속에 녹아든 군인들의 녹색 군복이 노간주나무 덤불 사이의 빈 공간을 메우고 있다. 하지만 풀 밖으로 튀어나온 채 움직이지 않는 흰 손이 뒤틀린 노간주나무 그루터기 사이에서 눈에 확 띈다.

닐스는 계속 걷는다. 그는 바지에 튄 핏자국을 엄마에게 어떻게 설명할 것인지 고민한다. 엄마에게 모든 것을 털어놓고 싶다. 알바르에서 있었던 일에 대해 비밀을 만들고 싶지 않다. 하지만 그는 가끔 엄마가 듣고 싶어 하지 않는 이야기가 있다는 것을 느낀다. 아마 군인들과의 전투도 그런 종류의 이야기일 것이다. 이 문제에 대해 생각해봐야 한다.

닐스는 생각하지만, 좋은 해답이 떠오르지 않는다. 이제 그는 스텐비크로 통하는 도로 근처에 와 있다. 아무도 없다. 그래서 닐스는 계속 걷는다.

아니, 도로에 아무도 없는 게 아니다. 마을 초입의 집으로부터 몇백 미터 떨어진 굽이진 길에서 누군가 닐스 쪽으로 다가오고 있다.

닐스는 일단 숨고 싶다는 충동을 느낀다. 하지만 뒤에는 작은 노간주나무 덤불밖에 보이지 않는다. 무엇보다 어째서 그가 도망치고 숨어야 한단 말인가? 닐스는 지금 막 알바르에서 큰일을, 세상이 깜짝 놀랄 엄청난 일을 하고 왔다. 더이상 어느 누구도 두려워할 필요가 없다.

닐스는 마을 도로에서 몇 미터 떨어진 돌담 뒤에 멈춰 서서 앞에 오고 있는 사람이 누군지 지켜보기로 한다.

마야 뉘만의 모습이 보인다.

닐스는 스텐비크에 사는 마야를 마음에 두었지만 말을 걸어본 적은 없었다. 지금도 그녀에게 말을 걸 수 없다. 하지만 마야는 여느 평범한 여름날처럼 미소를 지으며 점점 가까이 다가오고 있다. 그녀도 닐스를 보았다. 걷는 속도가 빨라지진 않았지만, 그가 보기에 어쩐지 마야가 등을 쭉 펴고 턱을 들어올린 채 가슴을 앞으로 내미는 것 같다.

닐스는 얼어붙은 듯 길옆에 서서, 마야가 나지막한 돌담 옆에 멈춰 서는 모습을 지켜본다.

그녀가 그를 쳐다본다. 닐스는 그녀를 돌아보지만 할말을 찾지 못한다. 심지어 인사도 건넬 수 없다. 벽을 따라 배수로에서 들려오는 나이팅게일의 흥겨운 노랫소리가 두 사람 사이의 침묵을 견디기 어렵게 만든다.

마야가 입을 연다.

"뭐에 쏜 거야?" 그녀는 쾌활하게 묻는다.

그 질문에 그는 하마터면 비틀거리며 쓰러질 뻔한다. 처음에는 마야가 모든 것을 다 알고 있다고 생각한다. 하지만 이내 그녀가 군인들에 대해 말한 게 아님을 깨닫는다. 닐스는 산탄총을 가지고 있다. 보통은 마을에 돌아올 때면 총으로 잡은 토끼를 들고 있었다.

그는 고개를 젓는다.

"아니, 토끼는 아니야." 닐스는 가방 속에 들어 있는 작은 금속 상자의 무게를 느끼며 뒤로 물러난다. "난 그만…… 가봐야겠어. 마을에서 엄마가 기다리니까."

"마을길로 가려던 거 아니야?" 마야가 묻는다.

"아니, 일바르를 가로질러 가는 편이 더 빨라." 닐스는 계속 뒷걸음질치며 대답한다.

말은 하면 할수록 쉽다. 그는 진짜로 마야 뉘만과 말을 할 수 있다. 다른 날이었다면 더 많은 말을 했을 것이다. 하지만 오늘은 아니다.

"그럼 잘 가." 닐스는 대답도 듣지 않고 돌아선다.

그녀가 계속 자신을 지켜보고 있다는 것을 느낄 수 있다. 그래서 그는 곧장 마을길에서 벗어나 이백 보를 세며 걸어간다. 그런 다음 마을 쪽을 돌아본다.

그가 움직일 때마다 배낭 바닥에 둔 금속 상자가 덜그럭대는 소리가 희미하게 들린다. 닐스는 상자를 가지고 집에 가면 안 된다는 사실을 깨닫는다. 전리품은 잘 보관할 필요가 있다.

몇백 보 더 걷자 마을길은 노간주나무 덤불 뒤로 사라지고 앞에 작은 돌무덤이 나타난다.

돌무덤으로 만든 기념비다. 닐스는 스텐비크에서 돌아올 때면 늘 그 앞을 그냥 지나친다. 하지만 지금은 그 앞에 멈춰 선다. 크고 작은 돌더미들을 쳐다보며 잠시 생각에 잠긴다. 그러고서 주위를 둘러본다.

알바르에는 아무도 없다. 바람 소리만 들릴 뿐이다.

지금 막 생각이 떠올랐다. 닐스는 그 앞에 배낭을 내려놓는다. 보석이 든 상자를 꺼내 들고 돌무덤 옆에 선다.

정동 방향에 마르네스 교회가 보인다. 닐스는 지평선에 박힌 검정 화살처럼 우뚝 서 있는 교회 첨탑을 바라본다. 그는 차렷 자세처럼 몸을 똑바로 세우고 교회 첨탑을 마주한다. 그런 다음 돌무덤에서 크게 한 걸음 떨어진 곳에 땅을 파기 시작한다.

닐스는 맨 위쪽의 잔디를 약간 들어낸 뒤, 손과 독일군의 칼을 이용해서 땅을 파 내려간다. 표면에서 깊지 않은 곳에 바위가 있으리라. 알바르 지대 전체가 얕은 토양으로 덮여 있다.

닐스는 더 큰 구멍을 만들기 위해 흙을 걷어내고 그 주위까지 파낸다.

바닥에 삼십 센티미터 깊이의 커다란 구멍이 생겼을 때, 손이 바위에 부딪혔다. 깊이는 이만하면 충분하다. 그는 금속 상자를 조심스럽게 구멍 바닥에 내려놓은 뒤, 돌무덤에서 가져온 평평한 돌들을 주위에 쌓아 작은 금고를 만든다. 그런 다음 재빨리 그 구멍을 메우고 손바닥으로 꾹꾹 눌러가며 흙을 단단히 다진다.

그는 충분한 시간을 들여 그 위를 잔디로 덮는다. 돌무덤의 다른 주변과 똑같아 보이게 만드는 것이 가장 중요하다.

시간이 오래 걸리기는 했지만 잔디를 다 깔고 자리에서 일어나니 다른 곳과 다를 바가 없다. 바닥에는 손댄 흔적이 없다. 하지만 배낭을 메며 보니 손이 지저분해졌다.

닐스는 다시 집으로 향한다.

그는 엄마에게 독일군과 마주친 일을 이야기하기로 한다. 엄마가 걱정하지 않도록 조심스럽게 말할 것이다. 숨긴 보석에 대해서는 말하지 않을 작정이다. 엄마를 깜짝 놀라게 하려면 아직은 말할 때가 아니다. 당장은 숨겨둔 전리품에 대해 혼자만 알고 있을 것이다.

닐스는 돌담을 넘어 다시 마을길로 올라선다. 마야와 마주쳤던 곳보다 마을과 훨씬 가깝다. 스텐비크에서 멀지 않은 곳이다.

집에 도착하기 전에, 닐스는 바다로 통하는 길에서 묵직한 부츠를 신은 두 남자와 마주친다. 그들은 그를 그대로 지나쳐 터덜터덜 걸어간다. 장어 낚시를 하는 사람들로, 타르를 칠한 그물을 옮기고 있다. 손이 시커멓다.

그들 중 누구도 인사를 건네지 않는다. 둘 다 닐스를 지나치면서 고개를 돌린다. 그는 그들의 이름을 기억하지 못한다. 하지만 상관없다. 저들의 무례함은 중요하지 않다.

닐스 칸트는 그들보다 훨씬 크다. 스텐비크 전체보다 더 크다. 오늘 알바르에서 치른 전투로 그 사실을 입증했다.

해가 저물어간다. 닐스는 집 대문을 열고 조용한 정원으로 들어가 자갈 깔린 길을 자랑스럽게 성큼성큼 걸어간다. 텅 빈 정원에는 풀이 자라 녹색으로 변해 있다. 대기에 풀 냄새가 가득하다.

그날 아침 토끼를 잡으러 집을 나섰을 때와 달라진 것은 아무것도 없다. 하지만 닐스는 이제 다른 사람이다.

12

렌나르트 헨릭손은 옐로프의 책상 옆에 서서 비닐봉투에 넣어둔 작은 샌들을 손에 올려 무게를 재고 있었다. 마치 그 무게로 신발이 진짜인지 아닌지 확인할 수 있기라도 한 것처럼. 신발을 발견했다는 사실이 그에겐 전혀 기쁘지 않은 것 같았다.

"이런 일이 있었으면 경찰에 알렸어야죠, 옐로프." 그가 말했다.

"알고 있네." 옐로프가 대답했다.

"바로 연락을 했어야 해요."

"그래, 그렇지. 그냥 짬이 나지 않아서 그랬던 거야. 그건 그렇고, 자넨 어떻게 생각하나?" 옐로프가 조용히 물었다.

"이 신발에 대해서요?" 경관은 샌들을 쳐다보았다. "모르겠습니다. 속단하고 싶지 않군요. 어떻게 생각하십니까?"

"난 물가만이 아니라 다른 곳도 수색을 해야 했다는 생각이 드는군." 옐로프가 말했다.

"다른 곳도 수색했어요. 옐로프. 기억 안 나십니까? 우린 채석장과 집들, 보트 창고, 마을의 모든 헛간들을 다 찾아봤어요. 알바르 지대도 살펴봤죠. 아무것도 찾지 못했습니다. 하지만 율리아의 말대로 이 신발이 아이의 것이라면, 아주 심각하게 조사해야 해요."

"옌스의 샌들이 맞는 것 같아요." 뒤에서 율리아가 말했다.

"이 샌들이 우편으로 왔단 말이죠?" 렌나르트가 물었다.

옐로프는 신문이라도 받는 듯 불쾌한 감정을 느끼며 고개를 끄덕였다.

"언제요?"

"지난주에. 그래서 율리아한테 전화로 알려줬지……. 이 애가 여기까지 온 이유이기도 하고."

"봉투도 가지고 있습니까?" 렌나르트가 물었다.

"아니, 그건 버렸네……. 가끔 정신이 없어서 말이야. 하지만 봉투에는 아무것도 없었어. 보낸 사람 이름도 없었지. 그건 확실해. 그냥 앞면에 '스텐비크, 옐로프 다비드손 선장'이라고만 적혀 있었지. 여기 앞에 말이야. 그러니 봉투는 별로 중요할 게 없잖은가. 안 그래?"

"지문이 남아 있었을 수도 있죠. 머리카락이나 다른 것들도……. 어쨌든 이 샌들은 바로 가져가야겠어요. 증거가 남아 있을 수도 있으니까요." 렌나르트가 한숨을 내쉬며 나지막이 말했다.

"내 생각에는……." 옐로프가 말을 꺼냈다. 하지만 율리아가 그를 가로막으며 렌나르트에게 물었다.

"다른 곳에 있는 연구실로 보낼 건가요?"

"그래요, 린셰핑에 법의학 연구실이 있어요. 국립과학수사연구원이죠. 거기서 여러 가지를 검사할 겁니다." 렌나르트가 대답했다.

옐로프는 아무 말도 하지 않았다.

"좋아요, 가져가서 검사해주세요." 율리아가 말했다.

"수령증은 줄 건가?" 옐로프가 물었다.

율리아는 짜증이 난 것 같았다. 아버지 때문에 곤혹스러운 모양이었다. 렌나르트는 지친 듯한 미소를 지으며 고개를 끄덕였다.

"물론이죠, 옐로프. 수령증을 써드릴 겁니다. 만일 린셰핑에 있는 연구실에서 이 신발을 잃어버리면 보리홀름 경찰을 고소할 수도 있어요. 나라면 그런 걱정은 하지 않겠지만요."

몇 분 뒤, 렌나르트 헨릭손이 떠나자 율리아는 배웅하러 나갔다가 금세 다시 들어왔다. 옐로프는 헨릭손이 휘갈겨 써준 수령증을 손에 쥔 채, 여전히 책상 앞에 앉아 침울하게 창밖을 쳐다보고 있었다.

"렌나르트가 다른 사람한테는 샌들에 대해 말하지 말래요." 율리아가 말했다.

"아, 그래, 그 친구는 그렇게 말했겠지."

옐로프는 계속 창밖만 바라보았다.

"왜 그러시는 건데요?" 율리아가 물었다.

"렌나르트에게 샌들에 대해 말하지 말았어야 했어."

"이 일을 사람들한테 알려야 한다면서요."

"경찰은 아니야. 이 일은 우리가 직접 해결할 수 있으니까."

"해결요?" 율리아가 목소리를 높였다. "우리가 해결한다니, 그게 무슨 뜻이죠? 도대체 무슨 생각이신 거예요? 누가 옌스를 데려갔을 거라고 생각하는 건가요? 만일 누군가 그 아이를 데려갔다면…… 그 사람이 여기 나타나서 샌들을 보여달라고 할 거라고 생각하시는 거예요? 정말 그렇게 생각하세요? 이렇게 오랜 세월이 지난 뒤에 그자가 나타나서 어떻게 된 일인지 말해줄 거라고 생각하시는 거냐고요!"

옐로프는 대답하지 않았다. 그는 계속 율리아에게 등을 돌린 채 창밖만 쳐다보았다. 그 모습이 율리아를 더 화나게 했다.

"그날 뭐하셨어요?" 그녀가 말을 이었다.

"내가 뭘 했는지는 알고 있잖니." 옐로프가 조용히 대답했다.

"그럼요, 알고 있죠. 엄마는 지쳐 있었고, 손자는 보살펴줄 사

람이 필요했어요……. 그런데 그물을 손질한다고 바닷가로 나가
셨죠. 낚시를 하고 싶으셨을 테니까요." 율리아가 말했다.

옐로프는 고개를 끄덕였다.

"그런데 안개로 뒤덮였지."

"그래요, 농무였죠……. 그래서 집으로 돌아가셨어요?"

옐로프가 고개를 저었다.

"계속 그물만 만지고 계셨어요. 바닷가에 혼자 있는 게 어린아
이를 보살피는 것보다는 훨씬 즐거웠을 테니까요. 안 그래요?"

"난 계속 귀를 기울이고 있었어. 아무 소리도 들리지 않았다.
옌스가 물에 빠졌다면 그 소리를……." 옐로프는 여전히 율리아
를 쳐다보지 않은 채 말했다.

"지금 그 이야기를 하는 게 아니잖아요!" 율리아가 그의 말을
가로막았다. "집에 있어야 할 때 항상 다른 곳에 있었다는 말을
하고 있는 거예요. 모든 게 자기 마음대로였죠……. 늘 그랬어
요. 언제나 말이에요."

옐로프는 아무 말도 없었다. 그는 창밖으로 보이는 하늘이 점
점 어두워지고 있다는 생각을 했다. 벌써 해가 저물 때가 된 걸
까? 딸이 하는 말에 귀를 기울였지만 마땅한 대답이 떠오르지
않았다.

"난 나쁜 아비였다. 자주 멀리 떠나 있었고, 그래야만 할 때도
있었지. 하지만 옌스를 위해서라면 무슨 일이든 할 수 있었을 거
야……. 만일 그날로 돌아갈 수만 있다면……." 마침내 옐로프

가 말했다.

고뇌에 찬 그의 목소리는 더이상 말을 잇지 못했다.

방안에 견딜 수 없는 침묵이 흘렀다.

"알아요, 아버지. 제가 어떻게 아버지한테 손가락질을 하겠어요? 그날 전 욀란드에 있지도 않았는데. 칼마르로 가서 다리 아래 맴도는 안개를 보며 협곡을 지나갔죠." 마침내 율리아가 말했다. 그녀는 한숨을 쉬었다. "그날 아침 옌스를 남겨두고 온 걸제가 얼마나 자주 후회했는지 아세요? 심지어 아이한테 작별 인사도 하지 않고 갔단 말이에요."

옐로프는 숨을 내쉬었다가 다시 들이마셨다. 그는 마침내 몸을 돌려 딸을 쳐다보았다.

"에른스트의 장례식 전날인 화요일에 저 샌들을 보낸 사람한테 데려다주마."

율리아는 아무 말도 하지 않았다.

"그게 가능해요?" 마침내 그녀가 입을 열었다.

"난 그자가 누군지 알아." 옐로프가 대답했다.

"백 퍼센트 확신하세요?"

"구십오 퍼센트 확신한다."

"어디 사는 사람인데요? 마르네스에 있어요?"

"아니."

"스텐비크에 사나요?"

옐로프는 고개를 저었다.

"보리홀름에 있어."

율리아는 잠시 아무 말도 하지 않았다. 마치 옐로프가 속임수라도 쓴다고 생각하는 것 같았다.

"알았어요. 제 차로 가요."

율리아는 침대 위에서 코트를 집어 들었다.

"이제 뭘 할 거니?" 옐로프가 물었다.

"모르겠어요⋯⋯. 스텐비크로 가서 별장 주위에 떨어진 낙엽들이나 모을까 봐요. 이제 전기도 들어오고 물도 나오니까 별장에서 밥을 해 먹을 수도 있겠죠. 하지만 잠은 보트 창고에서 잘 거예요. 거기 있으니까 잠이 잘 오더라고요."

"그래. 어쨌든 욘이나 아스트리드와 연락이 잘되는 곳에 있으렴. 힘을 모아야 하니까."

"알았어요." 율리아는 코트를 걸쳤다. "오는 길에 교회 경내에 들렀어요. 엄마 무덤에 촛불도 밝혔고요."

"잘했다⋯⋯. 그럼 닷새 동안은 초가 타겠구나. 주말까지는 괜찮겠어. 교회 평의회에서 무덤을 보살펴주고 있지. 난 안타깝게도 자주 찾아가볼 수가 없어서⋯⋯." 옐로프가 기침을 했다. "에른스트의 무덤 자리에 땅은 팠던?"

"그건 못 봤어요. 하지만 담쪽에 있는 닐스 칸트의 무덤은 봤어요. 제가 그 무덤을 보길 원하셨죠?"

"그래."

"그 무덤을 보기 전까지는 닐스 칸트가 용의자일지도 모른다고 생각하고 있었어요. 하지만 이제는 어째서 아무도 그 사람을 언급하지 않았는지 알게 됐죠." 율리아가 말했다.

옐로프는 생각에 잠겼다. 그 말을 해줘야 할까? 아무래도 살인자라는 걸 숨길 수 있는 가장 좋은 방법은 죽은 척하는 것이라는 사실을 알려주어야 하리라.

"무덤에 장미꽃이 있었어요." 율리아가 말했다.

"꽃이 싱싱하던?"

"그렇진 않았어요. 지난여름에 갖다놓은 것 같아요. 그리고 이런 것도 있었고……."

율리아는 코트 주머니에서 장미 사이에 놓여 있던 작은 봉투를 꺼냈다. 축축하던 편지 봉투가 지금은 제법 말랐다. 그녀는 편지를 옐로프에게 건네주었다.

"우리가 열어보면 안 될 것 같긴 하지만요……. 사적인 것일 수도 있고……."

하지만 옐로프는 벌써 봉투를 열고 작은 흰 종이를 꺼내 내용을 읽고 있었다.

"우리가 다 하느님의 심판대 앞에 서리라." 옐로프는 율리아를 쳐다보았다. "이건…… 「로마인들에게 보낸 편지」에서 인용한 내용이구나. 내가 가지고 있어도 되겠니?"

율리아가 고개를 끄덕였다.

"평소에도 이렇게 칸트의 무덤에 꽃이나 편지가 놓여 있나요?"

"자주 있는 일은 아니야. 하지만 지금까지 몇 번은 있었지……

적어도 꽃은 그랬어. 장미 꽃다발이 놓여 있는 걸 본 적도 있으니
까." 옐로프가 봉투를 책상 서랍에 넣으며 대답했다.

"닐스 칸트의 친구가 아직 살아 있나요?"

"그래…… 적어도 누군가는 어떤 이유에서든 그자를 기억하
고 싶어 하니까." 옐로프가 덧붙였다. "악명을 날렸던 자에게 매
력을 느끼는 사람들도 있고 말이다."

다시 침묵이 흘렀다.

"알았어요. 그럼 전 스텐비크로 돌아갈게요." 율리아가 코트
의 단추를 채우며 말했다.

"내일은 뭘 할 거니?"

"룽비크에 가볼까 해요. 나중에 봬요."

딸이 방에서 나가자 옐로프는 피로감에 어깨가 축 처졌다. 손
을 들어보니 손가락이 떨렸다. 피곤한 오후였다. 하지만 아직 그
에겐 오늘 해야 할 가장 중요한 일이 남아 있었다.

"토르스텐. 자네가 닐스 칸트를 매장했나?" 몇 시간 뒤, 옐로
프가 물었다.

지하에 마련된 활동실에서 그와 다른 노인이 각각 개인 테이
블에 앉아 있었다. 저녁 식사를 끝낸 뒤 옐로프는 엘리베이터를
타고 활동실로 내려와, 1층에서 내려온 늙은 여자가 끝날 것 같
지 않은 뜨개질을 끝낼 때까지 한 시간이 넘도록 기다렸다.

옐로프의 목적은 토르스텐 악셀손과 단둘이 남는 것이었다.

악셀손은 전쟁 때부터 1970년대 중반까지 마르네스 교회 경내에서 일을 했다. 옐로프가 기다리는 동안 지하실의 좁은 창문 너머 바깥에는 가을의 어둠이 짙게 내려앉았다. 저녁이었다.

가장 중요한 질문을 하기 전에, 옐로프는 악셀손을 자리에 잡아둘 생각으로 곧 있을 에른스트의 장례식에 대한 이야기를 꺼냈다. 악셀손 역시 류머티즘으로 고생하고 있었지만 정신은 아직 또렷했기에 평소 친구들과 어울리곤 했다. 바다에 나갔던 옐로프와 달리, 그는 자신이 했던 무덤 파는 일에 향수를 느끼진 않는 것 같았다. 하지만 악셀손은 기꺼이 옛날에 있었던 일들에 대해 이야기하곤 했다.

옐로프는 나뭇조각들, 접착제, 도구, 사포로 뒤덮인 테이블 앞에 앉아 있었다. 그는 보리홀름의 마지막 범선인, 1960년대에 스톡홀름으로 가서 유람선이 된 패킷호를 모델로 한 모형선을 만들고 있었다. 선체는 완성됐지만 삭구를 좀더 손봐야 했다. 병에 집어넣기 전까지는 완전히 끝났다고 할 수 없었다. 그는 돛대를 올리고 마지막 밧줄을 조았다. 시간이 걸리는 작업이었다.

악셀손이 질문에 대답해주기를 기다리면서, 옐로프는 돛대 끝에 만든 작은 홈을 조심스럽게 다듬었다. 악셀손은 수천 개의 지그소 퍼즐 조각들로 뒤덮인 테이블 앞에 몸을 구부리고 있었다. 커다란 퍼즐의 그림은 모네의 수련으로, 절반쯤 완성된 상태였다.

악셀손은 검은색 수련 조각을 맞춘 뒤 고개를 들었다.

"칸트?"

"그래, 닐스 칸트. 그자의 무덤이 서쪽 벽에서 약간 떨어진 곳에 있지 않은가. 그걸 볼 때마다 그자의 장례식이 어땠을까 싶어서 말이야. 그때 난 여기 없었으니까⋯⋯." 옐로프가 말했다.

악셀손은 고개를 끄덕이더니 퍼즐 조각을 집어 든 채로 생각에 잠겼다.

"그래, 내가 무덤을 팠지. 교회 경내에서 일하던 동료들과 같이 관도 날랐고⋯⋯. 그날 관을 운반하겠다고 나선 자원자가 아무도 없었거든."

"조문객은 없었나?"

"그자의 모친이 있었지. 계속 거기 있었어. 그전에는 거의 본 적이 없었는데, 뼈밖에 없을 정도로 마른 몸에 칠흑같이 까만 코트를 입고 있었지. 하지만 그 여자를 조문객이라고 부를 수 있을지는 잘 모르겠군. 약간 기뻐하는 것처럼 보였거든." 악셀손이 말했다.

"기뻐했다고?"

"그래⋯⋯. 물론 교회 안에서 어땠는지 나야 모르지. 하지만 관을 땅속에 내리면서 흘깃 봤거든. 베라는 무덤 근처에 서서 관이 내려가는 걸 지켜보고 있었어. 그때 난 그 여자가 베일 아래에서 미소 짓고 있는 걸 봤지. 장례식이 정말 기쁜 것처럼 말이야." 악셀손이 말했다.

옐로프는 고개를 끄덕였다.

"그 자리에 그 여자밖에 없었나? 다른 사람은?"

악셀손이 고개를 저었다.

"몇몇 사람들이 있긴 했지만, 조문객이라고 부르긴 힘들지. 경찰도 와 있었고. 물론 교회 문 옆에 멀찌감치 떨어져 있긴 했지만."

"마지막으로 한 번 더 칸트가 땅속에 묻히는 걸 확인하고 싶었겠지." 옐로프가 말했다.

"맞아. 내가 보기엔 그 자리에 있던 모든 사람들이 그랬어. 프리들룬드 목사만 빼고 말이야." 악셀손이 고개를 끄덕였다.

"목사님이야 대가를 받았을 테니."

옐로프는 몇 분간 모형선의 작은 선체에 윤을 냈다. 그는 깊이 숨을 들이마시고 말했다.

"베라 칸트가 무덤 옆에서 미소를 지었다니 하는 말인데, 그 관 속에 뭐가 들었을지 생각해봤나……."

악셀손은 퍼즐 판을 내려다보다가 다른 조각을 집어 들었다.

"관을 들어 나를 때 이상하게 가볍지 않았느냐고 묻고 싶은 건가, 옐로프? 수년간 그런 질문을 여러 번 받았거든."

"사람들이 가끔 그런 이야기를 했지……. 사실 칸트의 관은 비어 있었을 거라고 말이야. 자네도 그런 말 들어봤겠지?"

"그런 생각은 하지 않아도 될 거야. 확실히 아니니까. 네 명이 관을 옮겼어. 장례식 시작하기 전과 끝난 뒤에 말이야. 그 정도 인원이 필요했지. 엄청 무거웠으니까." 악셀손이 말했다.

옐로프는 자신이 악셀손의 진실성을 의심이라도 하는 것처럼 보이더라도 계속 밀고 나가야 했다.

"관에 돌멩이나 모래주머니가 들어 있었을지도 모른다고 말하는 사람들도 있던데." 옐로프가 나지막이 말했다.

"나도 그 소문은 들었네. 내가 직접 관 속을 들여다본 건 아니야. 하지만 누군가는 확인했겠지⋯⋯. 페리를 타고 도착했을 때 말이야." 악셀손이 대답했다.

"관을 열어본 사람이 없다고 들었어. 봉해져 있었기 때문에 억지로 열 용기나 자격이 없었던 거지. 자넨 관을 열어본 사람에 대해 들어본 적이 있나?" 옐로프가 물었다.

"아니⋯⋯. 내가 기억하기로는 말름의 화물선 중 한 척으로 관과 함께 남아메리카에서 받은 사망증서 같은 게 왔던 것 같아. 보리홀름의 트럭 보급창에 있던 사람들 중에 스페인어를 아는 사람이 읽었다고 했어⋯⋯. 닐스 칸트가 익사했고, 시신을 건지기 전에 오래 물속에 있었다고 말이야. 그래서 시신 상태가 썩 좋지 않을 거라고 생각했어."

"어쩌면 베라 칸트가 말썽이라도 일으킬까 봐 걱정했던 거겠지. 그래서 칸트를 그대로 묻어버리고 싶었을 거야." 옐로프가 덧붙였다.

악셀손은 옐로프를 쳐다보더니 어깨를 으쓱했다.

"나야 모르지." 그는 모네의 그림에 있는 연못에 또 다른 수련 조각을 맞췄다. "그냥 그자를 땅에 파묻은 것뿐이니까. 내가 할 일만 하고 집에 돌아갔어."

"알고 있어, 토르스텐."

악셀손은 다른 퍼즐 조각을 맞추더니, 결과물을 한참 동안 바라보았다. 그러다가 벽에 걸린 시계를 보고는 자리에서 천천히 일어났다.

"커피 마실 시간이군." 악셀손이 말했다. 그는 활동실을 떠나기 전에 걸음을 멈추고 돌아보며 물었다. "자넨 어떻게 생각하나? 관 속에 누워 있는 게 닐스 칸트일까?"

"난 그렇다고 생각하네." 옐로프가 조용히 대답했다. 하지만 늙은 무덤지기를 쳐다보지는 않았다.

옐로프가 방으로 돌아왔을 때는 이미 7시였다. 커피를 마실 수 있는 시간이 삼십 분도 채 남지 않았다. 일과. 요양원에서는 모든 것이 일과에 따르게 되어 있다.

옐로프는 지하실에서 토르스텐 악셀손과 나눈 대화가 유용했다고 생각했다. 유용했다. 어쩌면 약간 말이 많았거나, 끝에 가서는 너무 우긴 건지도 모른다. 결국 악셀손이 좀 놀랐다는 표정으로 그를 바라봤으니까.

옐로프가 닐스 칸트에게 이상할 정도로 관심을 보인다는 소문이 벌써 요양원의 복도를 따라 퍼지기 시작했을 것이다. 어쩌면 요양원 담 밖으로까지 퍼졌을지도 모른다. 하지만 상관없다. 그게 바로 그가 원했던 일이다. 개미굴을 휘젓다 보면 무슨 일이든 생길 것이다.

옐로프는 침대에 앉아 옆 테이블에 놓여 있던 《욀란스-포스텐》을 집어 들었다. 그날 아침에는 신문을 읽을 시간이 없었다. 아니, 사실 신문을 읽고 싶지 않았다.

스텐비크에서 사망 사건은 1면에 나올 만한 큰 뉴스였다. 벵트 뉘베리는 채석장 사진을 싣고 사고가 있었던 장소를 화살표로 정확하게 표시해놓았다.

보리홀름 경찰에 따르면 이번 일은 사고였다. 에른스트 아돌프손은 석상을 절개지 가장자리로 옮기려고 했다. 노인은 발을 헛디뎌 떨어졌고, 결국 거대한 석상까지 그 위로 떨어진 것이다. 범죄로 의심할 만한 정황은 없다.

옐로프는 벵트 뉘베리의 기사 앞부분만 읽은 뒤, 개인적으로 별로 중요하지 않은 기사들이 나올 때까지 신문을 넘겼다. 룽비크에서 시간 초과로 운영되고 있는 건설 프로젝트, 뢰토르프 외곽의 헛간 화재 사고, 며칠 전 욀란드 남부에서 집을 나간 노인성 치매에 걸린 팔십일 세 노인을 여전히 찾지 못했으며, 알바르에서도 흔적을 찾지 못했다는 기사. 그 노인은 발견될 것이다. 살아 있지는 않겠지만.

옐로프는 신문을 접어 다시 테이블 위에 올려놓았다. 그때 에른스트의 지갑이 눈에 들어왔다. 스텐비크에서 돌아온 뒤에 옐로프는 에른스트의 지갑을 거기 놔두었다. 그는 지갑을 들어 열어보았다. 안에는 현금과 두꺼운 영수증 뭉치가 들어 있었다.

옐로프는 돈은 그대로 두고 영수증들을 천천히 살펴보기 시작했다.

대부분은 마르네스나 룽비크의 식료품점에서 물건을 사고 받은 영수증이었다. 에른스트가 지난여름에 조각상을 팔고 직접 손으로 쓴 영수증도 있었다.

옐로프는 최근 영수증을 살펴보았다. 마르네스 교회 첨탑 조각상이 에른스트의 몸 위로 떨어졌던 그날의 영수증이 나온다면 더할 나위가 없을 것이다. 하지만 아무것도 찾지 못했다.

대신 영수증 뭉치 밑에서 이상한 것을 찾아냈다. 조그마한 노란색 박물관 입장권이었다. 나무판자가 쌓여 있는 작은 그림과 함께 "람네뷔 목재 박물관"이라고 적혀 있었다. 검은색 잉크로 찍힌 날짜는 9월 13일이었다.

옐로프는 침대 옆 테이블에 입장권을 내려놓았다. 그러고는 나머지 영수증들을 클립에 끼워 서랍에 집어넣은 뒤 책상에 앉았다. 그는 공책을 꺼내 아무것도 적혀 있지 않은 페이지를 펼쳤다. 연필을 들고 잠시 생각한 뒤에 두 문장을 적었다.

"베라 칸트는 닐스의 관이 묻힐 때 웃고 있었다."

"에른스트는 람네뷔에 있는 칸트 일가의 제재소를 방문했다."

그런 다음 입장권을 끼우고 공책을 덮었다. 그러고는 커피가 오기를 기다렸다. 일과. 나이가 들면 모든 것이 일과가 된다.

13

첫잔을 어떻게 마시게 된 건지, 율리아는 기억하지 못했다. 아스트리드가 식탁에서 와인을 부어주었을 때, 와인잔에 일렁거리는 붉은 액체를 쳐다보면서 기대감에 손을 내밀었고……. 그런데 갑자기 그 잔이 텅 빈 채 앞에 놓여 있었다. 입안에 와인의 맛이 느껴졌고, 알코올 기운이 퍼지면서 온몸이 따뜻해졌다. 사랑하는 옛친구와 다시 만난 기분이었다.

아스트리드의 주방 창문으로 해가 지는 것이 보였다. 율리아는 해안을 따라 오랫동안 자전거를 탄 뒤라 다리가 아팠다.

"한 잔 더 줄까?" 아스트리드가 물었다.

"네, 고맙습니다. 정말 맛있네요." 율리아는 할 수 있는 한 차분하고 침착하게 대답했다.

그녀는 와인에서 식초 맛이 난다고 해도 마실 수 있었다.

두 번째 잔은 좀더 천천히 마셨다. 그녀는 두 모금을 마신 뒤, 잔을 식탁 위에 내려놓고 한숨을 내쉬었다.

"힘든 하루였지?" 아스트리드가 물었다.

"정말 힘들었어요." 율리아가 대답했다.

사실 별다른 일은 없었다.

그녀는 해안의 북쪽을 따라 롱비크까지 자전거를 타고 가서 점심을 먹었다. 그런 다음 작은 농장에서 달걀을 파는 노인에게서 아들인 옌스가 살해당했다는 이야기를 들었다. 오래전 죽어서 묻힌 게 아니라, 살해당한 거라고.

"정말 힘든 하루였어요." 율리아는 다시 말한 뒤, 두 번째 잔을 비웠다.

하늘은 맑았고, 전날 저녁처럼 별이 가득 떠 있었다. 율리아는 보트 창고에서 밤을 보낼 준비를 했다.

아무도 없는 해안에선 별들이 유일한 친구처럼 느껴졌다. 달은 회색이 섞인 하얀 뼛조각처럼 동쪽에 매달렸다. 율리아는 보트 창고로 들어가기 전에 삼십 분 동안 칠흑같이 어두운 해안에서 별을 쳐다보며 서 있었다. 그 자리에서는 위안이 되는 또다른 빛을 볼 수 있었다. 길 건너편 아스트리드의 집에서 새어나오는 불빛이다. 해안의 북쪽과 남쪽으로 사람들이 살고 있는 집에서 나오는 불빛들은 저멀리 별처럼 희미했지만, 아스트리드의 집에서 새어 나오는 밝은 불빛은 어둠 속에도 다른 사람이 있음을 그녀에게 보여주었다.

평소와 달리 율리아는 빨리, 차분하게 잠이 들었다. 그렇게 여덟 시간을 푹 잔 뒤에는 그녀의 숨소리에 맞춘 듯 해안에 부딪히는 파도 소리를 들으면서 잠에서 깨어났다.

바위투성이인 풍경이 평화로웠다. 그녀는 문을 열어, 뼛조각에 대해서는 생각하지 않은 채 파도를 가만히 지켜보았다.

그녀는 옐로프의 별장으로 가서 씻고 아침을 만들어 먹었다. 그런 뒤 정원을 둘러보다가 공구 창고 뒤에서 낡은 자전거를 발견했다. 레나의 자전거 같았다. 녹이 슬어 기름을 쳐야 할 듯했지만 바퀴에 바람은 제법 많이 남아 있었다.

율리아는 자전거를 타고 롱비크로 가서 점심을 먹기로 마음먹었다. 롱비크에 가면 람베르트라는 노인을 찾아, 오래전 때렸던 것을 사과할 셈이었다.

북쪽 해안도로에는 먼지와 돌이 많았다. 여기저기 깊은 구멍들도 파여 있었다. 하지만 자전거를 타고 갈 수는 있을 정도였다. 언제나처럼 아름다운 풍경이었다. 오른쪽에는 알바르가 있었고, 왼쪽 절벽 끝의 몇 미터 아래에서는 반짝거리는 물결이 일렁거렸다. 율리아는 자전거를 타고 지나가며 저멀리 있는 채석장 쪽으로는 눈길을 주지 않았다. 아직 피 웅덩이가 그대로 남아 있을지 그녀는 알고 싶지 않았다.

옆에서 쏟아지는 햇살과 뒤에서 불어오는 바람을 맞으며 달리는 짧은 자전거 나들이는 그야말로 순수한 즐거움이었다.

롱비크는 스텐비크 북쪽으로 오 킬로미터 떨어져 있었다. 하지만 훨씬 클 뿐만 아니라 분위기도 완전히 달랐다. 수영하기 좋은 모래사장 해변과 유람선 정박지가 있고, 시내 중심에는 커다란 아파트들이 서 있으며, 마을 북쪽과 남쪽 끝에는 여름 별장지가 개발되는 중이었다.

도로 옆에 서 있는 표지판에 "판매 예정"이라는 글자가 씌어 있었다. 롱비크에는 여전히 건축이 성행했다. 울타리들과 표지물들, 새로 깐 자갈길은 알바르 지대 쪽으로 이어지다가 플라스틱에 타일을 박은 거대한 화물 받침대와 방부 목재 더미 사이에서 끝났다.

항구에는 모래사장을 끼고 커다란 레스토랑이 있는 삼 층짜리 호텔이 서 있었다.

율리아는 어렴풋한 향수를 느끼며 레스토랑에서 점심으로 파스타를 먹었다. 이 호텔은 그녀가 1960년대 초반에 춤을 추러 드나들던 곳이었다. 십 대였던 율리아가 친구들과 함께 자전거를 타고 왔을 때 호텔은 지금보다 훨씬 작았지만 그녀에겐 크게 느껴졌다. 해변 위쪽에 커다란 나무 베란다에서 그들은 자정이 될 때까지 춤을 췄다. 미국과 영국의 록 음악이 흐르는 가운데 간간히 어둠 속에서 해안에 부딪히는 파도 소리가 끼어들곤 했다.

땀냄새, 애프터 셰이브 로션 냄새, 담배 냄새가 났다. 율리아가
처음 술을 마신 곳도 여기 룽비크였다. 가끔은 밤늦게 축 늘어진
채로 집에 실려갈 때도 있었다. 어둠 속에서 헬멧도 쓰지 않고
전속력으로 달리다 보면, 점점 더 환상적인 인생을 살게 될 거라
는 확신이 강하게 들곤 했다.

이제 그 베란다는 없었다. 호텔은 확장되어 밝고 넓은 회의실
과 수영장까지 갖추고 있었다.

점심 식사를 끝내자, 율리아는 옐로프가 보라고 한 『윌란드
범죄사』를 읽기 시작했다. '도망간 살인마'라는 제목이 붙은 장
을 읽으며 그녀는 닐스 칸트가 1945년 여름날 일바르에서 저지
른 범죄와 그 뒤에 일어난 일을 알 수 있었다.

그 화창한 날, 일바르에서 닐스 칸트가 냉혹하게 살해한 군복
을 입은 두 남자는 누구였을까?

그들은 2차세계대전의 마지막 기간 동안 라트비아 서쪽 해안의
쿠제메에서 있었던 끔찍한 전투에서 도망쳐 발트해를 넘어온
독일군으로 추정된다. 쿠제메에 있던 독일군은 붉은 군대에 포
위된 상태였기에, 탈출할 길은 배를 타고 바다를 건너는 것뿐이
었다. 몹시 위험한 일이었지만 그 상황에서 군인들과 시민들은
발트해를 건너 스웨덴으로 도망치는 방법을 선택할 수밖에 없
었다.

확실한 것은 아무도 모른다. 죽은 두 명의 군인들은 신원을 밝

힐 여권이나 신분증을 가지고 있지 않았다. 그래서 그들의 무덤에는 이름도 없다.

그럼에도 몇 가지 증거는 남았다. 칸트가 알바르에 남겨놓고 간 두 사람의 시신에서, 마르네스 남쪽으로 일 킬로미터가량 떨어진 곳에 같은 날 아침 버려진 러시아 이름의 모터보트에서 묻은 작은 초록색 페인트 자국이 발견되었다. 칸트는 그 사실을 몰랐을 것이다.

어느 정도 물이 차오른 그 배에는 독일 군인들의 군모와 녹슨 통조림 수십 개, 요강, 부러진 노, 테오도어 모렐 박사가 베를린에서 독일군을 위해 만들었다는 러시아 머릿니 제거약이 들어 있는 작은 통이 있었다. 모렐 박사는 히틀러의 주치의였다.

그 보트가 특히 주목을 끄는 건, 월란드 해안을 따라 배가 떠내려오는 것이 흔하지 않은 일이기도 했지만 마르네스 주민들이 칸트보다 먼저 낯선 사람들이 그 지역에 나타났다는 것을 알고 있었다는 점 때문이다. 심지어 주민들 중에는 무장을 하고 낯선 자들을 찾아다닌 사람도 있었다.

닐스 칸트는 자기가 죽인 군인들을 묻어주지도 않았을 뿐만 아니라 시신을 덮어두지도 않았다. 알바르에 방치된 시신들이 순식간에 동물을 끌어들여, 시신을 뜯어먹는 작은 동물과 새가 전리품을 놓고 싸우는 소리가 멀리서도 들릴 정도였다.

따라서 누군가 알바르에서 죽은 두 군인을 발견하는 것은 시간문제였다.

웨이트리스가 식탁을 정리하러 오자 율리아는 책을 덮고 깊은 생각에 잠긴 채 호텔 아래 아무도 없는 해변을 내려다보았다.

닐스 칸트의 이야기는 흥미로웠다. 하지만 그는 이미 죽어서 땅에 묻혔다. 옐로프는 어째서 그녀가 그 책을 읽는 것이 중요하다고 생각하는 걸까?

"지금 계산해도 될까요?" 율리아가 웨이트리스에게 물었다.

"그럼요. 사십이 크로나입니다."

웨이트리스는 어렸다. 아직 스무 살도 되지 않은 듯했다. 그리고 자기 일을 즐기는 것 같았다.

"여긴 일 년 내내 영업하나요?" 율리아가 돈을 건네며 물었다.

그녀는 롱비크에 아직 사람들이 많이 보인다는 사실에 놀랐다. 가을인데도 항구 호텔에는 특히 사람이 많았다.

"십일월부터 삼월까지는 주말에만 문을 열어요. 학회가 열리거든요." 웨이트리스가 대답했다.

그녀는 돈을 받아들고는 허리춤에서 지갑을 꺼내 잔돈을 꺼냈다.

"잔돈은 그냥 가져요." 율리아가 말했다. 그러고는 또다시 창문 밖으로 보이는 잿빛 바다를 쳐다보았다. "또 하나 궁금한 게 있는데……. 혹시 롱비크에 사는 사람들 중에 람베르트라고 알아요? 람베르트, 무슨무슨 손인데…… 스벤손이나 닐손이나, 칼손요. 람베르트라는 사람이 있나요?"

웨이트리스는 잠시 생각에 잠기더니 고개를 저었다.

"기억하시는 이름이 람베르트라고 하셨죠? 전 들어보지 못한 것 같아요."

롱비크의 늙은 주민을 알기에 웨이트리스는 너무 어린 것 같았다. 율리아는 고개를 끄덕인 뒤 자리에서 일어났다. 그때 갑자기 웨이트리스가 말했다.

"군나르 씨에게 물어보세요. 군나르 융에르요. 호텔 주인인데요, 롱비크에 사는 거의 모든 사람들을 알고 있어요." 웨이트리스가 돌아서서 방향을 가리켰다. "중앙 출입구로 나가서 왼쪽으로 가세요. 그런 다음 호텔 옆으로 계속 따라가다 보면 사무실이 나와요. 지금은 거기 계실 거예요."

율리아는 고맙다는 인사를 하고 레스토랑을 나왔다. 오늘 점심을 먹으면서는 얼음물을 마셨다. 습관이 되기 시작했다. 호텔 주차장 쪽으로 나와 차가운 공기 속에서 걷기 시작하자 정신이 맑아지는 것 같아 좋았다. 와인을 좀 마시면 마음이 가라앉아서 람베르트를 다시 만나는 데 도움이 될 것 같긴 했지만…….

람베르트 스벤손, 혹은 닐손, 혹은 칼손.

율리아는 손으로 머리를 매만진 뒤 호텔 옆쪽으로 돌았다. 회사 상호들이 붙어 있는 나무문이 있었고, 그 위에 "롱비크 학회 센터"라고 씌어 있었다. 그녀는 문을 열고 들어가 노란색 양탄자 위에 커다란 초록색 식물들이 놓인 작은 로비로 걸어갔다.

예테보리 중심지에 있는 사무실에 들어온 듯한 기분이었다. 부드러운 음악이 흘러나오고 있었다. 단정하게 차려입은 젊은 여자가 접수대 앞에 앉아 있었다. 그리고 접수대에는 흰 셔츠를 입은 젊은 남자가 기대서 있었다. 율리아가 중요한 대화를 방해하기라도 한 듯 그들은 그녀에게 시선을 던졌다. 접수대에 있는 여자가 재빨리 미소를 지으며 그녀를 맞이했다. 율리아는 새로운 사람들을 만날 때마다 느껴지는 긴장감 속에서 인사를 건넸다. 그러고는 군나르 융에르를 만나고 싶다고 말했다.

"군나르 씨요?" 여자는 접수대 옆에 있는 남자를 쳐다보며 물었다. "점심 시사에서 돌아오셨나요?"

"그래요." 남자는 율리아에게 고개를 숙이며 말했다. "제가 안내해드리죠."

율리아는 남자를 따라 짧은 복도를 지나 맨 끝에 반쯤 문이 열려 있는 방으로 갔다. 남자는 노크를 하는 동시에 문을 활짝 열었다.

"아버지? 손님이 오셨어요."

"알았다. 들어오시라고 하렴." 굵고 낮은 남자의 목소리가 들렸다.

사무실은 특별히 크지는 않지만 전망창을 통해 내려다보이는 해변과 발트해가 장관이었다. 호텔 주인인 군나르 융에르는 책상 앞에 앉아 있었다. 회색 수염과 덥수룩한 회색 눈썹을 가진 키 큰 남자로, 지금은 계산기를 두드리는 참이었다. 흰색 셔츠에 멜빵을 메고, 의자에 갈색 재킷이 걸려 있었다. 계산기 옆에는 《욀란스-포스텐》이 놓여 있었다. 신문을 보는 동시에 뭔가를 계산하고 있었던 듯했다.

"어서 오세요." 그가 율리아를 쳐다보며 말했다.

"안녕하세요."

"무엇을 도와드릴까요?"

융에르는 미소를 지으며 계산기에 숫자를 입력했다.

"여쭤보고 싶은 게 있어서요. 람베르트를 찾고 있어요." 율리아가 방안으로 들어가며 말했다.

"람베르트?"

"롱비크에 사는 람베르트…… 람베르트 칼손이었던 것 같아요."

"람베르트 닐손을 말하는 것 같군요. 롱비크에 다른 람베르트는 없으니까." 융에르가 말했다.

"그럼…… 닐손인가봐요, 그분 성함이." 율리아가 재빨리 말했다.

"람베르트는 죽었어요. 오륙 년 전에 죽었지." 융에르가 고개를 저었다.

"아."

실망감이 엄습했지만, 어느 정도 예상한 일이기도 했다. 예전, 그러니까 1970년대에 람베르트가 그녀의 아들에게 무슨 일이 있었는지 밝혀내겠다고 모터 달린 자전거를 타고 나타났을 때도 이미 나이가 많아 보였으니까.

"그 사람 동생인 스벤올로프는 아직 살아 있어요. 피자집 뒤에 있는 언덕에서 살고 있지. 람베르트도 거기서 살았고요. 스벤올로프는 달걀을 팔아요. 그러니 마당에 있는 닭장에 있을 겁니다." 융에르가 덧붙였다.

"고맙습니다."

"그곳에 갈 거라면, 스벤올로프에게 이제는 상수도를 신청하는 게 더 싸다고 전해줘요. 그 친구는 롱비크에서 아직 자기집 우물이 최고라고 생각하는 유일한 사람이죠." 융에르가 미소를 지으며 말했다.

"그러죠." 율리아가 대답했다.

"우리 호텔에서 묵은 적 있나요?" 융에르가 물었다.

"아뇨, 어렸을 때 춤추러 오긴 했어요. 지금은 스텐비크에 내려와 있고요. 전 율리아 다비드손이에요."

"옐로프와는 어떤 사이죠?"

"그분의 딸이에요."

"그래요? 옐로프에게 안부 전해줘요. 아버님께서 예전에 우리 레스토랑에 유리병에 든 모형선을 몇 개 만들어주셨어요. 몇 개 더 있었으면 좋겠는데."

"그렇게 전할게요."

"스텐비크에 있다니 아주 좋겠군요. 조용하고 평온할 겁니다. 채석장이 문을 닫고 집들도 텅 비었을 테니까." 융에르가 혼잣말처럼 중얼거리더니 미소를 지었다. "물론 우린 다른 접근법을 받아들였지만······. 확장이죠. 관광과 골프, 컨퍼런스에 집중한 거지. 그것만이 윌란드 북부의 해변 마을을 지키는 유일한 길이라는 게 우리의 생각이에요."

율리아는 약간 머뭇대며 고개를 끄덕였다.

"생각하신 대로 된 것 같네요."

스텐비크도 관광산업에 투자를 해야 하는 걸까? 율리아는 호텔 사무실을 나와 바람 부는 주차장을 가로지르며 생각에 잠겼다. 답은 없다. 왜냐하면 롱비크는 이미 스텐비크가 따라잡기에는 너무 멀리 가 있었기 때문이다. 스텐비크에 호텔이나 피자집을 짓기는 불가능하다. 일 년 중 대부분이 비어 있고, 방문객들이 찾아오는 여름 두세 달 동안만 활기가 도는 곳이니까. 결국 할 수 있는 일은 아무것도 없다.

율리아는 항구 옆에 있는 주유소를 지나치고 피자집을 지나 넓은 마을길로 접어들었다.

길은 내륙 쪽으로 굽이져 언덕으로 이어졌다. 이제는 바람이 뒤에서 불어왔다. 언덕 꼭대기에 나무숲이 보이고, 그 뒤에 하얗게 칠한 작은 집과 마당과 돌로 된 닭장을 담장이 에워싸고 있었다.

닭은 보이지 않았지만, 대문에 "달걀 판매"라고 쓰인 나무 팻말이 걸려 있었다.

율리아는 대문을 열고 거친 석회암을 깐 길로 들어섰다. 초록색으로 칠한 양수기를 지나치면서, 군나르 융에르가 호텔에서 상수도에 대해 말했던 것을 떠올렸다.

현관문은 닫혀 있었다. 하지만 초인종이 보였다. 율리아는 초인종을 눌렀다. 한참 동안 아무 소리도 없다가 이내 쿵쾅거리는 발소리가 들렸다. 문이 열렸다. 나이가 많아 보이는 남자가 나타났다. 몸이 마르고 주름이 많은 노인으로, 듬성듬성한 백발을 빗어 넘겼다.

"어서 오시오."

"안녕하세요."

"달걀 사러 왔소?"

노인은 점심 식사중이었는지 뭔가를 씹고 있었다.

율리아는 고개를 끄덕였다. 달걀이야 사면 되는 것이니 문제될 것 없다.

"성함이 스벤올로프세요?" 여느 때와 달리, 새로운 사람을 만날 때마다 느끼는 기분 나쁜 긴장감 없이 율리아가 물었다.

어쩌면 욀란드에 와서 낯선 사람을 만나는 일에 익숙해지기 시작한 것일지도 모른다.

"그렇소. 달걀은 몇 개나 필요하시오?" 노인이 문 안쪽에 세워둔 커다란 검은색 고무장화를 신으면서 말했다.

"그게…… 여섯 개 정도면 괜찮을 것 같아요."

스벤올로프 닐손이 집에서 나와 문을 닫기 직전에, 고양이 한 마리가 칠흑같이 검은 그림자처럼 뒤에서 조용히 따라 나왔다.

고양이는 율리아를 쳐다보지도 않았다.

"달걀을 가지러 가야겠소." 스벤올로프가 율리아에게 말했다.

"그러세요." 율리아는 그렇게 말했지만 곧 작은 닭장 쪽으로 향하는 그를 따라갔다.

스벤올로프는 초록색 닭장 문을 열고 안으로 들어가고 율리아는 문간에 서 있었다. 그쪽에는 닭이 없고, 작은 탁자 위에 흰 달걀이 몇 개 담긴 쟁반만 놓여 있었다.

"새로 낳은 달걀을 가져다주리다." 스벤올로프가 맨 안쪽, 페인트칠을 하지 않은 금세 무너질 듯한 문을 열고 우리 안으로 들어서며 말했다.

닭 냄새와 함께 벽 쪽에 있는 나무로 된 선반이 얼핏 보였다. 제대로 보이진 않았다. 안은 불을 켜지 않아 컴컴했다.

"닭은 몇 마리나 키우세요?" 율리아가 물었다.

"최근엔 많이 안 키우지. 쉰 마리쯤 되려나……. 닭들을 얼마나 오래 보살필 수 있을지는 아니까."

우리 안쪽에서 닭들이 자신 없이 우는 소리가 들렸다.

"람베르트가 죽었다고 들었어요." 율리아가 말했다.

"무슨…… 람베르트? 그렇소, 형은 1987년에 죽었지." 스벤올로프가 어둠 속에서 말했다.

그가 어째서 불을 켜지 않는지 그녀는 알 수 없었다. 어쩌면 전구가 고장난 것일지도 모른다.

"예전에 람베르트를 만난 적이 있어요. 오래전에 말이에요."

243

율리아가 말했다.

"그래요? 그렇군, 그래."

스벤올로프는 죽은 형에 관한 이야기에 별로 관심이 없는 것 같았다. 율리아로서는 계속 이야기를 하는 수밖에 없었다.

"제가 살았던 스텐비크에서 만났죠."

"그랬군." 스벤올로프가 되풀이했다.

율리아는 어두컴컴한 실내로 한 걸음 더 들어갔다. 먼지가 많고 퀴퀴한 냄새가 났다. 닭들이 불안한 듯 벽을 따라 움직이는 소리가 들렸다. 닭들을 풀어놓고 키우는지 우리에 가둬두기만 하는지는 알 수 없었다.

"저희 어머니 엘라가 람베르트에게 전화를 하셨어요. 왜냐하면…… 실종된 사람을 찾기 위해 도움을 청하려고요. 그 사흘 전에 사라졌는데 아무 흔적도 없었거든요. 그때 어머니가 람베르트에 대해 말씀하셨죠……. 어머니 말씀으로는 람베르트는 모든 것을 찾을 수 있다고 하셨어요. 그걸로 유명하다고 하셨죠."

"엘라 다비드손을 말하는 거요?" 스벤올로프가 말했다.

"네. 어머니가 전화를 하자, 다음날 람베르트가 모터 달린 낡은 자전거를 타고 롱비크에서 스텐비크로 왔어요."

"맞아요, 형은 그런 일들을 잘 도왔지." 이제는 우리 안에서 그림자밖에 보이지 않는 스벤올로프가 대꾸했다. 그의 나지막한 목소리가 닭들의 울음소리 사이로 간신히 들렸다. "람베르트 형은 뭐든 찾아냈소. 무엇이든 꿈을 꾸기만 하면 찾아냈지. 개

암나무로 만든 수맥 탐지봉을 가지고 물에 빠져 죽은 사람들도 많이 찾아냈고. 능력을 꽤 인정받았지."

율리아는 고개를 끄덕였다.

"람베르트는 베개를 들고 우리를 찾아왔어요. 옌스의 방에서, 옌스의 물건들에 둘러싸인 채 자고 싶다고 했죠. 그래서 우린 그 사람을 옌스의 방에서 자게 해줬어요."

"맞아, 그랬을 거요. 형은 뭐든 꿈에서 보니까. 물에 빠진 사람이든, 없어진 물건이든. 미래에 일어날 사건을 보는 경우도 있었고. 람베르트 형은 몇 주일 동안 자신이 죽는 날에 대한 꿈을 꿨소. 자기 방 침대에서 새벽 2시 30분에 죽을 거라고 했지. 심장이 멈출 것이고, 구급차는 제시간에 오지 못할 거라고. 바로 그날, 모든 것이 형이 말한 그대로 됐소. 구급차는 제시간에 오지 못했지."

"언제나 맞았나요? 틀린 적은 없나요?"

"항상 맞았던 건 아니오. 가끔은 꿈을 꾸지 않을 때도 있었으니까. 아니면 꿈을 기억하지 못하든지…… 가끔 그랬던 것 같군. 그리고 형은 어떤 이름도 말하지 않았소. 꿈속에서는 모두가 이름이 없으니까."

"뭔가 봤을 때는요? 그땐 항상 맞았나요?" 율리아가 물었다.

"그럴 땐 대부분 맞았소. 그래서 사람들이 형을 신뢰했던 거지."

율리아는 앞으로 두 걸음 더 들어갔다. 그 이야기를 해야만 했다.

"람베르트가 모터 달린 자전거를 타고 나타났을 때, 전 사흘 동안 잠을 자지 못한 상태였어요. 그날 밤에도 역시 잘 수가 없었죠. 람베르트가 옌스의 방에 있는 작은 침대에 누워 잠들었을 때도, 전 자지 않고 계속 그 방에 귀를 기울였어요. 그 사람이 뒤척일 때마다 삐걱거리는 스프링 소리가 들렸죠. 조용해진 후에도 전 여전히 잠을 잘 수가 없었어요……. 다음날 아침 7시에 람베르트가 일어났을 때, 전 주방에 앉아서 그 사람을 기다리고 있었어요." 율리아가 조용히 말했다.

닭들이 불안한 듯 울어댔다. 스벤올로프는 아무 대꾸도 없었다.

"람베르트는 제 아들 꿈을 꿨어요. 그 사람이 베개를 들고 주방으로 들어올 때 얼굴을 보고 바로 알았죠. 람베르트가 저를 쳐다봤어요. 전 그 사람에게 옌스에 관한 꿈을 꾼 게 사실이냐고 물었죠. 그 사람은 슬퍼 보였어요……. 람베르트가 뭔가를 말해주려 했지만 전 듣고 싶지 않았어요. 그래서 그 사람을 때리면서 집에서 나가라고 소리쳤어요. 아버지가 람베르트를 데리고 모터 달린 자전거를 세워둔 대문으로 나갔어요. 전 주방에 선 채로 울면서 람베르트가 떠나는 소리를 들었죠." 율리아는 잠시 말을 멈추고 한숨을 쉬었다. "그렇게 람베르트를 만났던 거예요. 유감스럽게도 말이에요."

닭장에는 침묵이 흘렀다. 심지어 닭들조차 울지 않았다.

"그 아이……." 어둠 속에서 스벤올로프가 말했다. "끔찍한 비극이었던……? 스텐비크에서 실종됐다는 그 어린아이를 말하는 거요?"

"제 아들 옌스죠." 율리아는 이 순간 와인 한 잔이 간절했다. "지금도 여전히 실종 상태예요."

스벤올로프는 대답하지 않았다.

"전 정말 알고 싶어요……. 람베르트가 그날 밤 꾼 꿈에 대해 무슨 말을 하지 않았나요?"

"여기 달걀 다섯 개가 있소. 한 개는 못 찾겠군." 어둠 속에서 스벤올로프가 말했다.

율리아는 스벤올로프가 질문에 답할 생각이 없다는 것을 알았다.

그녀는 깊이 한숨을 내쉬었다.

"저한테는 아무것도 없어요, 아무것도." 율리아는 혼잣말처럼 중얼거렸다.

눈이 점차 어둠에 익숙해지기 시작했다. 우리 한복판에서 달걀 다섯 개를 가슴에 안은 채 꼼짝도 않고 서 있는 스벤올로프의 모습이 보였다.

"람베르트가 뭔가 말을 했을 거예요. 그날 밤 어떤 꿈을 꾸었는지 당신한테는 말했을 거예요. 아닌가요?"

스벤올로프가 기침을 했다.

"형이 그 아이에 대해 말한 적이 한 번 있소."

이번에는 율리아가 입을 다물 차례였다. 그녀는 숨을 죽였다.

"형은 《윌란스-포스텐》의 기사를 읽고 있었지. 사건이 있은 지 오 년쯤 지난 때였을 거요. 우리는 아침을 먹으면서 기사를 읽었소. 하지만 새로운 내용은 없었지."

"아무것도 없었죠. 새로운 내용은 없었어요. 그런데도 기사는 계속 나왔고요." 율리아가 지친 듯 말했다.

"우리는 식탁에 앉아 있었고, 내가 먼저 신문을 봤소. 그런 다음에 람베르트 형이 신문을 봤지. 나는 형이 그 아이에 관한 기사를 읽는 걸 보고 어떻게 생각하느냐고 물었소. 그러자 형은 신문을 내려놓더니 그 아이가 죽었다고 말하더군."

율리아는 눈을 감았다. 그녀는 아무 말 없이 고개를 끄덕였다.

"해협에서요?"

"아니. 람베르트 형은 그 일이 알바르 지대에서 일어났을 거라고 했소. 아이가 알바르에서 살해당했다고 했지."

"살해당했다." 율리아는 피부 위로 얼음처럼 차가운 냉기가 스쳐가는 것을 느꼈다.

"형은 어떤 남자가 범인이라고 했소. 아이가 사라졌던 바로 그날, 증오심에 가득찬 한 남자가 알바르에서 아이를 죽였다고. 그리고 아이를 돌담 옆에 묻었다고 했지."

벽 쪽 어디에서 닭 한 마리가 불안한 듯 퍼덕거렸다.

"람베르트 형은 더이상 말하지 않았소. 그 아이에 대해서도, 그 남자에 대해서도."

이름이 없다. 율리아는 생각했다. 람베르트의 꿈에 나오는 사람들은 모두 이름이 없었다.

스벤올로프가 다시 움직였다. 그는 달걀 다섯 개를 품에 안고 우리에서 나왔다. 그러더니 율리아가 자기를 때리기라도 할 것처럼 불안한 눈으로 쳐다보았다.

율리아는 숨을 내쉬었다.

"이제야 알게 됐네요. 고맙습니다."

"상자도 필요하시오?" 스벤올로프가 물었다.

율리아는 알고 있었다.

그녀는 람베르트가 틀렸을 수도 있다고, 그의 동생이 만들어 낸 이야기일지도 모른다고 스스로를 설득하려 애썼다. 하지만 아무 소용 없는 일이었다. 그녀는 알고 있었다.

롱비크에서 집으로 돌아가는 길에, 율리아는 아무도 없는 해변 위쪽의 해안 도로에 멈춰 섰다. 그녀는 아래쪽에서 포말을 일으키며 부딪히는 파도를 내려다보며 십 분 넘게 울었다.

율리아는 알고 있었다. 끔찍했다. 옌스가 실종된 지 며칠밖에 지나지 않은 것처럼, 그녀의 마음속 상처에서는 여전히 피가 흐르고 있었다. 이제 율리아는 조금씩 아들이 죽었다는 사실을 마음으로 받아들여야 했다. 그 일은 천천히 이루어져야 할 것이다. 그렇지 않으면 슬픔이 그녀를 삼켜버릴 테니까.

옌스는 죽었다.

그녀도 알고 있었다. 하지만 율리아는 여전히 아들을 보고 싶었고, 아들의 시신을 보고 싶었다. 그게 불가능하다면, 적어도 아들에게 무슨 일이 있었던 건지 알고 싶었다. 바로 그것이 그녀가 이곳에 온 이유였다.

눈물은 바람 속에서 말랐다. 잠시 뒤에 율리아는 다시 자전거를 타고 천천히 집으로 돌아갔다.

채석장 옆을 지나칠 때, 개를 데리고 산책하던 아스트리드와 만났다. 그녀는 율리아를 저녁 식사에 초대했다. 울어서 퉁퉁 부은 율리아의 눈을 보고도 아무 말 하지 않았다.

아스트리드는 커틀릿과 삶은 감자, 레드와인을 내놓았다. 율리아는 음식을 조금 먹고, 생각했던 것보다 와인을 많이 마셨다. 세 잔째 와인을 마시자, 옌스가 오래전에 죽었다는 사실이 크게 마음에 걸리지 않았다. 그저 심장에 묵직한 아픔을 느꼈을 뿐이다. 어떤 희망도 없었다. 처음 며칠이 지난 뒤부터는 더 이상 살아 있을 거라는 징후 없이 지내왔다. 희망이 없다……

"오늘 롱비크에 갔다 온 거야?"

율리아는 깊은 생각에서 깨어나 고개를 끄덕였다.

"네. 어제는 마르네스에 갔다 왔고요." 그녀는 롱비크와 람베르트 닐손의 꿈에 대한 생각을 떨쳐내기 위해 재빨리 대답했다.

"무슨 일이라도 있었니?" 아스트리드가 율리아의 잔에 마지막 남은 와인을 따라주며 물었다.

"별로요. 교회 경내에서 닐스 칸트의 무덤을 봤어요. 옐로프는 제가 그 무덤을 봤으면 했던 모양이에요."

"닐스의 무덤이라." 아스트리드가 와인잔을 들었다.

"궁금한 게 있어요. 혹시 아실지 모르겠지만, 닐스 칸트가 알바르에서 죽였다는 독일군들 얘긴데……. 욀란드에 독일군들이 많이 들어왔었나요?"

"잘은 모르지만 발트해 인접 국가에서 있었던 전투에서 살아남은 독일군 백여 명 정도가 스웨덴으로 들어왔던 것 같아. 하지만 대부분은 스몰란드 해안 쪽에 도착했지. 당연히 그들은 필사적으로 집으로 돌아가거나 아니면 영국으로 가고 싶어했어. 하지만 스웨덴은 스탈린이 두려워서 그들을 전부 소련으로 돌려보냈지. 비겁한 짓이었어. 다 알고 있는 내용이지?" 아스트리드가 대답했다.

"네, 조금…… 하지만 너무 오래전에 배웠던 내용이라서요." 율리아가 말했다.

학창 시절 러시아에서 온 전쟁 난민들에 대해 배웠던 내용이 어렴풋이 떠올랐다. 율리아는 스웨덴 역사나 욀란드 역사에 별로 흥미가 없었다.

"그리고 마르네스에서 뭘 했어?" 아스트리드가 물었다.

"그냥…… 경관이랑 같이 점심을 먹었어요. 렌나르트 헨릭손요." 율리아가 대답했다.

"좋은 사람이지. 멋있기도 하고." 아스트리드가 말했다.

율리아는 고개를 끄덕였다.

"렌나르트한테 닐스 칸트에 대한 이야기도 했어?" 아스트리드가 물었다.

율리아는 고개를 저었다. 그러다 문득 생각이 나서 덧붙였다.

"아, 칸트의 무덤을 보러 갔었다는 얘기는 했어요. 하지만 그것말고 별다른 말은 하지 않았어요."

"렌나르트한테는 칸트에 대한 이야기를 더이상 하지 않는 게 좋을 거야. 그 사람도 조금은 속이 상할 테니까." 아스트리드가 말했다.

"속이 상할 거라뇨? 왜요?"

"오래된 이야기이긴 한데……." 아스트리드가 남아 있던 와인을 마셨다. "렌나르트가 쿠르트 헨릭손의 아들이거든."

아스트리드는 그것만으로도 모든 것이 분명하지 않느냐는 듯 진지한 표정으로 율리아를 쳐다보았다.

하지만 율리아는 전혀 상황 파악을 못 한 채 고개를 저었다.

"그분이 누군데요?"

"마르네스에서 경찰로 일했어. 파출소장이라고 불러야 하려나." 아스트리드가 설명했다.

"그분이 뭘 했는데요?"

"독일군을 쏜 닐스 칸트를 체포하러 갔었지."

욀란드, 1945년 5월.

닐스 칸트는 톱으로 산탄총의 끝을 자르고 있다.

그는 자작나무 목재가 천장까지 쌓인 목재 보관 창고의 열기 속에서 몸을 숙이고 있다. 쌓인 통나무들이 금세라도 닐스의 몸 위로 쏟아질 것 같다. 그의 허스크바나 산탄총은 지금 장작 패는 도마 위에 있다. 오른쪽 총구는 거의 다 자른 상태다. 닐스는 왼발로 총의 개머리판을 고정한 뒤 양손으로 쇠톱을 잡고 톱질을 한다. 느리긴 하지만, 총구가 잘려나가고 있다. 창고 안에서 윙윙거리며 날아다니던 파리가 땀에 젖은 닐스의 얼굴에 내려앉기 위해 끊임없이 시도한다.

바깥에는 모든 것이 무덤처럼 조용하다. 어머니 베라는 주방에서 그의 짐을 싸는 중이다. 기다림 속의 긴장된 공기를 따뜻한 봄 공기가 채우고 있다.

닐스는 톱질을 계속한다. 마침내 톱에 총구의 마지막 강철 부분이 잘려 나가면서, 땡그랑거리는 짧은 금속음과 함께 헛간의 돌바닥에 떨어진다.

그는 잘려 나간 총구를 집어 나무 더미 아래쪽 작은 구멍에 끼워 넣고 톱을 도마 위에 올려놓는다. 그런 다음 주머니에서 탄약통 두 개를 꺼내 총에 장전한다.

그는 창고에서 나가 문 옆 그늘 밑에 산탄총을 내려놓는다.

준비는 끝났다.

닐스가 알바르에서 총을 쏜 지 나흘이 지났고, 이제는 스텐비

———

크의 모든 사람들이 무슨 일이 있었는지 알고 있다. 어제 자《월란스–포스텐》1면에 "독일군 시신 발견, 산탄총으로 처형"이라고 대서특필되었다. 삼 년 전 보리홀름 외곽의 해안 근처 숲에서 폭발 사건이 있었을 때와 똑같은 크기의 헤드라인이었다.

그 헤드라인은 거짓이다. 닐스는 아무도 처형한 적이 없다. 그는 두 명의 군인과 총격전을 벌인 것이고, 결국엔 이겼다.

하지만 사람들은 그렇게 생각하지 않는다. 그날 저녁 닐스는 마을의 제분소를 지나며 직원들의 말 없는 시선을 느꼈다. 그역시 아무 말도 하지 않았다. 그들이 뒤에서 자기 이야기를 하고 있다는 건 알고 있다. 전부 험담이다. 알바르에서 있었던 일에 대한 이야기는 일파만파 퍼져 나갔다.

닐스는 집으로 간다.

어머니는 꼼짝도 않고 주방 식탁에 앉아 있다. 아무 말도 없이 닐스에게서 등을 돌린 채 창문 너머 알바르를 내다보고 있다. 그는 회색 블라우스에 감싸인 어머니의 좁은 어깨가 불안과 슬픔으로 경직되어 있는 것을 본다.

닐스 역시 두려움에 질려 할말이 없다.

"이제 가야 할 것 같아요."

그녀는 여전히 돌아보지 않은 채 고개만 끄덕인다. 짐을 싼 배낭과 작은 옷가방이 식탁 옆에 놓여 있다. 닐스는 그쪽으로 가서 가방들을 집어 든다. 견딜 수가 없다. 무슨 말이라도 꺼낸다면 그 순간 눈물을 쏟을 것 같다. 그래서 닐스는 그냥 그곳을 나선다.

"금세 돌아오게 될 거야, 닐스." 뒤에서 잔뜩 쉰 어머니의 목소리가 들린다.

비록 어머니는 보지 못하지만 그는 고개를 끄덕인다. 그는 문 옆에 걸어둔 푸른 모자를 가져간다. 브랜디를 가득채운, 구리로 된 휴대용 술병을 모자 속에 숨겨두었다. 그는 배낭에 술병을 쑤셔넣는다.

"갈게요." 닐스가 조용히 말한다.

그는 여행 경비가 들어 있는 지갑을 배낭 속에 넣고, 어머니가 돌돌 말아놓은 상당한 금액의 지폐는 바지 뒷주머니에 찔러넣는다.

닐스는 문 앞에서 뒤를 돌아본다. 어머니는 주방에 서 있다. 그를 향해 서 있지만 여전히 보고 있진 않다. 아마 볼 수 없을 것이다. 어머니는 양손으로 배를 움켜잡고 있다. 하얗고 긴 손톱이 손바닥을 파고들 정도로 힘을 주었다. 입가가 바들바들 떨린다.

"사랑해요, 어머니. 다녀올게요."

그는 재빨리 문을 나선다. 돌계단으로 내려가 정원으로 나간다. 그는 잠시 장작 헛간 앞에 멈춰 서서 문 옆에 놔두었던 산탄총을 집어 든다. 그런 뒤 집 주변과 물푸레나무들을 둘러본다.

닐스는 다른 사람들의 눈에 띄지 않고 마을을 떠나는 법을 알고 있다. 그는 구부정한 자세로 소들이 다니는 길을 따라간다. 길에서 멀리 떨어진 우거진 덤불 속을 지나 이끼로 뒤덮인 돌담 위로 올라간다. 가끔씩 풀밭에서 곤충들의 윙윙거리는 소리 너머 소곤거리는 사람들의 목소리가 들리지는 않는지 귀를 기울여본다.

닐스는 아무에게도 들키지 않고 마을 남서쪽 알바르 지대로 나온다. 햇살이 눈부시게 빛나고 있다.

이제 위험에선 벗어났다. 닐스는 알바르를 가로지르는 쉽고 빠른 길을 찾을 수 있다. 누가 자기를 보기 전에 먼저 알아볼 수 있다. 닐스는 독일군을 만났던 곳을 피해 태양이 떠 있는 방향으로 걸어간다. 그곳에 아직 시신이 있는지, 아니면 치워졌는지 보고 싶지 않다. 그들에 대해서는 생각조차 하고 싶지 않다. 그를 억지로 어머니와 헤어지게 만든 게 바로 그들이다.

죽은 군인들 때문에 그는 얼마 동안 이곳을 떠나 있어야만 한다.

"멀리 가 있어야 해. 마르네스에서 보리홀름까지 기차를 타고 가라. 그런 다음 페리를 타고 스몰란드로 건너가는 거야. 칼마르에서 아우구스트 숙부를 만나. 그다음에는 숙부가 하라는 대로만 하면 돼. 모자 벗고 감사하다는 인사는 꼭 하고. 아무하고도 말하지 마. 모든 일들이 가라앉기 전까지는 욀란드로 돌아오면 안 돼. 하지만 기다리다 보면 괜찮아질 거야, 닐스." 전날 밤 어머니는 말했다.

갑자기 뒤에서 작은 비명소리가 들린 것 같다. 하지만 더이상은 아무 소리도 들리지 않는다. 닐스는 더 조심하며 노간주나무 덤불을 지나친다. 너무 천천히 갈 수도 없다. 기차 시간이 있기 때문이다.

이 킬로미터 정도 더 걸어 자갈이 깔린 주도로에 도착한다. 남쪽 방향에서 수레가 다가온다. 닐스는 재빨리 길을 건너가 배수로에 몸을 숨긴다. 수레는 고개를 푹 숙인 말 한 마리가 끌고 있다. 닐스는 길에서 멀리 떨어진 곳에서 그 말을 따라잡는다. 이제 얼추 섬의 한복판에 와 있다. 그는 신문에서 읽었던 내용을 떠올린다. 일주일 전, 혹은 그보다 전에, 타고 온 보트가 엔진 고장으로 마르네스 남쪽 해안까지 떠내려가자 독일군들은 이 길을 따라 몰래 숨어들었다고 한다.

닐스는 독일군들에 대해 생각하고 싶지 않다. 하지만 순간 군인들에게 빼앗은 작은 보석 상자가 떠오른다. 상자는 그가 직접 돌무덤 아래 깊숙이 묻어놓았다. 최근 며칠 동안 닐스는 줄곧 어머니와 함께 집에만 있었다. 전리품에 대해 몇 번이나 어머니에게 말하려고 했지만 뭔가가 말을 못하게 막았다. 그는 어머니에게 말할 것이다. 땅속에서 보석들을 파내 어머니에게 보여줄 것이다. 하지만 다시 집에 돌아올 때까지는 그 일을 보류할 것이다.

이십 분을 더 걷다 보니 자갈로 덮인 선로가 나타난다. 뵈다와 보리홀름 사이의 협궤 선로다. 닐스는 마르네스 역을 향해 북쪽으로 걷기 시작한다. 마을 남쪽에 이 층짜리 목조건물이 서 있다. 우체국과 철도역이 결합된 건물을 흘깃 보니, 두 개의 선로가 나뉘어 네 개가 된 것처럼 보인다.

선로는 텅 비어 있다. 그가 타고 갈 기차는 아직 도착하지 않았다.

닐스는 이제껏 세 번쯤 보리홀름에 가봤다. 그래서 여행자가 어떻게 해야 하는지 알고 있다. 그는 역으로 들어간다. 주위가 조용하다. 그는 매표소로 가서 편도 기차표를 산다.

철망 뒤에 있는 유리 너머로 우울한 얼굴을 한 여자가 그를 올려다보더니 바로 고개를 숙이고는 기차표를 발급한다. 강철로 된 펜촉이 종이 위를 거칠게 스친다.

닐스는 안절부절못하며 기다린다. 누가 지켜보는 느낌에 주위를 둘러본다. 대기실의 나무 벤치에는 여섯 명이 앉아 있다. 대부분 단정한 양복 차림의 남자들이다. 그들은 혼자, 또는 일행과 함께 기차를 기다리고 있다. 그중 몇 명은 검은색 가죽가방을 들고 있다. 배낭을 메고 옷가방까지 들고 있는 사람은 닐스밖에 없다.

"여기 있습니다. 맨 끝에 있는 3호 객차예요."

닐스는 기차표를 받고 돈을 낸 뒤 승강장으로 걸어간다. 배낭은 어깨에 메고, 손에는 옷가방을 들었다. 몇 분쯤 지나자 기차 기적 소리가 들린다. 이윽고 붉은색 페인트 칠을 한 나무 객차 삼 량이 달린 기차가 덜컥거리며 천천히 역으로 들어온다.

엄청난 힘을 가진 증기기관이 검은 연기를 내뿜으며 서서히 속도를 줄이다가 끼익 소리와 함께 역사 앞에 멈춰 선다.

닐스는 마지막 객차에 올라탄다. 역장이 뒤에서 뭐라고 외치자 기차역의 문이 열리고, 다른 승객들이 모습을 나타낸다.

닐스는 계단 맨 위에 선 채 돌아서서 말없이 그들을 노려본다. 승객들은 다른 객차에 오른다. 객실은 어둡고 텅 비어 있다. 닐스는 옷가방을 짐칸에 올린 뒤, 가죽을 씌운 창가 자리에 앉아 알바르를 내다본다. 배낭은 옆자리에 놔둔다. 기차가 갑자기 흔들리더니 묵직하고 안정적으로 움직이기 시작한다. 닐스는 눈을 감고 한숨을 내쉰다.

기차가 쉭 하는 무딘 소리와 함께 다시 멈춘다. 객차들도 따라 멈춘다.

닐스는 눈을 뜨고 기다린다. 객차 안에는 여전히 그 혼자뿐이다.

일 분이 지나고, 이 분이 지난다. 무슨 문제가 있는 것일까?

밖에서 누가 뭐라고 소리친다. 마침내 기차가 다시 움직이기 시작한다. 천천히 속도를 올리자 순식간에 기차역이 뒤쪽으로 사라진다. 창문 틈으로 객차 안에 찬바람이 새어 들어온다. 스텐비크 해안에서 부는 바닷바람과 비슷한 느낌이다.

닐스의 어깨가 서서히 내려간다. 그는 배낭에 손을 올린 채 좌석에 기댄다. 기차 속도는 점점 빨라진다. 기적 소리가 울린다.

그때 갑자기 객차 문이 열린다.

닐스가 고개를 돌린다.

경찰모를 쓰고 반들거리는 단추가 달린 검은색 경찰 정복을 입은 체격 좋은 남자가 객차 안으로 들어온다. 그는 곧장 닐스를 쳐다본다.

"스텐비크에 사는 닐스 칸트." 심각한 표정으로 남자가 말한다.

질문이 아니다. 하지만 닐스는 자기도 모르게 고개를 끄덕인다.

남자는 자리에 앉더니, 열차가 알바르를 가로지르며 달리는 동안 꼼짝도 하지 않는다. 창문 밖으로 녹색이 깃든 갈색 풍광과 푸른 하늘이 지나간다. 닐스는 기차를 세우고 뛰어내리고 싶다. 다시 알바르로 돌아가고 싶다. 하지만 기차는 더 빨리 달린다. 바퀴가 선로를 따라 부딪히고 바람이 휘몰아친다.

"좋아."

경찰 정복을 입은 남자는 닐스의 맞은편, 대각선 자리에 앉아 있다. 너무 가까워서 무릎이 닿을 정도다. 남자는 입고 있던 코트를 매만진다. 더울 텐데 단추를 끝까지 채우고 있다. 모자 밑으로 남자의 이마가 땀으로 번들거린다. 닐스는 어렴풋이 그 남자를 알아본다. 헨릭손. 마르네스의 파출소장이다.

"닐스, 보리홀름까지 가나?" 서로 잘 아는 사이인 양 헨릭손이 말을 건다.

닐스는 천천히 고개를 끄덕인다.

"누구를 방문하러 가는 건가?" 헨릭손이 묻는다.

닐스는 고개를 젓는다.

"그럼 무엇 때문에 가는 거지?"

닐스는 대답하지 않는다.

경관은 고개를 돌려 창밖을 내다본다.

"어쨌든 거기까진 같이 가겠군. 가는 동안 이야기를 좀 나눌까 하는데."

닐스는 아무 말도 하지 않는다.

경관이 말을 잇는다.

"기차역에 있던 사람들이 네가 이 열차에 탔다고 연락을 해줬어. 그래서 기차 출발을 몇 분만 지연시켜달라고 했지. 그래야 내가 너와 같이 갈 수 있을 테니까 말이야." 그는 다시 닐스에게 시선을 고정한다. "정말 이야기를 나누고 싶었거든. 알바르에서의 긴 산책에 대해서 말이야……."

마르네스와 보리홀름 사이에 있는 역들 중 한 곳에 가까워지자 기차는 속도를 줄인다. 창문 밖에 사과나무들로 둘러싸인 작은 마을이 지나간다. 닐스는 창문으로 팬케이크 냄새가 들어오는 상상을 한다. 전날 저녁, 어머니는 설탕을 뿌린 팬케이크를 구워주었다.

닐스는 경관을 쳐다본다.

"알바르라……. 할말이 없는데요."

"그렇지 않을 텐데. 우린 좀더 대화를 할 필요가 있겠어. 다른 사람들도 내 생각에 동의할 거야. 진실은 항상 밝혀지는 법이니까."

경관이 주머니에서 손수건을 꺼낸다. 그는 닐스에게서 시선을 떼지 않은 채 얼굴에 흐르는 땀을 닦는다. 그런 뒤 몸을 앞으로 내민다.

"지난 며칠 사이 스텐비크 주민 몇 명이 우리한테 연락을 했어. 알바르에서 산탄총을 쏜 사람이 누군지 알고 싶으면 너와 이야기를 해야 할 거라고 말이야, 닐스."

닐스의 눈앞에 알바르에 쓰러져 있는 죽은 군인들이 떠오른다. 머릿속으로 그들의 시선을 그대로 떠올릴 수 있다.

"아니에요." 닐스는 고개를 젓는다.

귓속에서 갑자기 소리가 들린다. 기차가 다시 멈추기 시작한다.

"알바르에서 외국인들을 만났지, 닐스?" 경관이 손수건을 집어넣으며 묻는다.

기차가 멈춰 서자 객차가 살짝 흔들린다. 그러더니 삼십 초가 지나기도 전에 다시 움직이기 시작한다.

"만났잖아, 그렇지?"

경관이 그를 쳐다보며 대답을 기다린다. 그의 시선은 닐스의 얼굴에 끈덕지게 머물러 있다.

"시신이 발견됐어. 그 군인들에게 총을 쏜 사람이 너니?" 경관이 물었다.

"난 아무 짓도 하지 않았어요." 닐스가 낮은 목소리로 대답한다. 그런 뒤에 배낭에 손을 집어넣어 뭔가를 찾기 시작한다.

"지금 뭐라고 했지? 가방에 든 건 뭐야?" 경관이 묻는다.

닐스는 대답하지 않는다.

열차 바퀴가 다시 굴러가기 시작하고 기적이 울리는 동안, 닐스는 떨리는 손가락으로 배낭을 뒤진다. 찾는 물건은 옆쪽에 빠져 있었다. 닐스는 옷가지와 소지품 사이에서 그 물건을 오른손으로 쥔다.

경관은 자리에서 반쯤 일어나 있다. 아무래도 무슨 일이 일어나리라 예감한 모양이다.

열차 기적이 비명처럼 울린다.

"닐스, 네가 가진 게 대체……"

닐스는 배낭 안에서 짧게 자른 산탄총을 단단히 쥔다. 방아쇠를 당기자, 배낭 안에 있던 옷 사이로 총이 발사된다.

배낭 바닥이 찢어지면서 첫 발이 날아가 경관 옆자리에 박힌다. 부서진 나뭇조각들이 천장을 향해 튀어 오른다.

총성이 울리자 경관은 벌떡 일어나지만 총알을 막을 생각은 하지 못한다.

그는 갈 곳이 없다.

닐스는 찢어진 배낭을 재빨리 들어올리고 다시 한번 총을 발사한다. 총알이 어느 방향으로 날아가는지는 보지도 않는다. 배낭이 갈기갈기 찢어진다.

그 두 번째 총알에 경관이 맞는다. 동시에 그의 몸이 뒤로 넘어가면서, 의자가 부서지는 소리를 내며 세게 부딪힌다. 경관은 부서진 의자에서 굴러떨어져 요란한 소리와 함께 객차 바닥으로 쓰러진다.

열차 바퀴가 선로에 부딪히며 굴러간다. 열차는 알바르를 가로지르며 달린다.

경관은 닐스 앞에 쓰러져 있다. 팔이 살짝 꿈틀거린다. 닐스는 여전히 산탄총을 든 채로 찢어진 배낭은 내버려두고 자리에서 일어난다. 다리가 후들거린다.

젠장.

"보리홀름까지 기차를 타고 가렴." 머릿속에서 어머니의 목소리가 들린다.

이제 어머니가 세운 계획은 끝이다.

닐스는 주위를 돌아보고 창밖으로 스쳐지나가는 풍광을 응시한다.

아직 알바르는 그곳에 있다. 햇살이 비치고 있다.

그는 배낭을 뒤집어본다. 화약 냄새가 지독하게 밴 찢어진 옷가지들이 쏟아진다. 양말, 바지, 울 스웨터. 하지만 맨 밑바닥의 버터 토피가 들어 있는 작은 봉지와 지갑, 그리고 브랜디가 들어 있는 휴대용 술병은 상하지 않았다. 닐스는 술병을 들어 미지근한 브랜디를 재빨리 한 모금 마신 뒤 뒷주머니에 넣는다. 기분이 한결 나아진다.

돈, 스웨터, 술병, 총, 토피. 그 외에 다른 것은 가져갈 수 없다. 옷가방도 남겨두고 갈 것이다.

닐스는 꼼짝도 하지 않는 경관의 시신을 넘어가 문을 열고 천둥처럼 요란한 소리를 내는 객차 사이로 나간다.

기차는 알바르를 지나가고 있다. 바람이 그를 끌어당기자 닐스는 눈을 찡그린다. 앞에 있는 객차 창문을 통해 그 안이 보인다. 그에게 등을 보이고 앉아 있는, 검은색 모자를 쓴 남자의 몸이 기차가 흔들릴 때마다 같이 흔들린다. 기차 소리가 요란한데다가, 배낭에 들어 있던 옷들 덕분에 총성이 크게 울리지 않아 아무도 듣지 못한 것 같다.

닐스는 옆문을 연다. 알바르의 풀 냄새가 코끝을 스친다. 열차 선로에 깔린 자갈들이 연한 잿빛의 강물 같다. 그는 계단 맨 밑에 서서 선로 뒤쪽이 빈 것을 확인한다. 그러고는 뛰어내린다.

닐스는 허공에 뛰어올랐다가 다리를 버둥거리며 착지한다. 발바닥에서부터 충격이 올라온다. 열차가 우레 같은 소리를 내며 지나가고, 세상이 빙글빙글 돈다. 닐스는 바닥을 구르다가 이마를 심하게 부딪힌다. 온몸에 힘이 들어가면서, 하마터면 기차 밑에 깔려 죽을 수도 있었다는 사실을 깨닫는다. 다행히 그는 선로 바깥에 떨어진다.

닐스는 고개를 들어 기차가 멀어지는 모습을 본다. 조금 전 그가 뛰어내린 맨 끝 객차가 선로를 따라가며 점점 작아진다.

기차는 멀리 사라진다. 소리도 들리지 않는다.

그는 해냈다.

천천히 자리에서 일어나 주위를 둘러본다. 닐스는 산탄총을 손에 든 채 알바르로 간다.

시야 안에는 건물도, 사람도 없다. 그저 끝없는 풀밭과 푸른 하늘뿐이다.

닐스는 자유다.

선로는 돌아보지도 않고, 그는 알바르로 들어가 섬의 서쪽 해
안 방향으로 성큼성큼 나아간다.

닐스는 자유다. 그리고 이제 사라질 것이다.

그는 이미 사라지고 없다.

14

"해질녘 이야기가 됐네." 아스트리드가 조용하게 말했다.

그녀가 닐스 칸트에 대한 이야기를 끝냈을 때 와인병도 비었다. 주방 창문으로 들어오던 햇빛이 점차 사라져, 이제 지평선 너머로 가늘고 짙은 빨간색 선만 남았다.

"그 기차에 탔던 경관은…… 죽은 건가요?" 율리아가 물었다.

"객실을 살피던 차장이 죽은 채 바닥에 쓰러져 있던 경관을 발견했지. 가슴에 총을 맞았어." 아스트리드가 대답했다.

"그분이 렌나르트의 아버지란 말이죠?"

아스트리드는 고개를 끄덕였다.

"그 일이 있었을 때, 렌나르트는 여덟 살인가 아홉 살인가 그

랬어. 자세하게 기억하진 못할 거야." 아스트리드가 대답하고는
덧붙였다. "하지만 그래도 큰 충격을 받았던 모양이야……. 자
기 아버지의 죽음에 대해 말하기를 꺼려하니 말이야."

율리아는 와인잔만 쳐다보고 있었다.

"그래서 닐스 칸트의 죽음에 대해서도 말하고 싶어 하지 않는
거군요." 율리아는 말했다. 와인 덕분인지, 그녀는 렌나르트 헨
릭손과 가까워진 것 같다는 기분이 들었다. 그는 아버지를 잃었
고, 그녀는 아들을 잃었다.

"그래. 그래서 렌나르트는 닐스 칸트가 아직 살아 있다는 소
문도 불편하게 여기지." 아스트리드가 말했다.

율리아가 그녀를 쳐다보았다.

"누가 그런 말을 하는데요?"

"그런 이야기 못 들어봤어?"

"전혀요. 게다가 마르네스에서 칸트의 무덤도 본걸요. 비석에
날짜와……."

"이젠 닐스 칸트를 기억할 만한 사람들, 나이든 사람들이 별
로 없어서 그런 모양이네……. 관이 바다를 건너왔을 때 안에
시신 대신 돌이 들어 있었다고 믿는 사람들도 있었어." 아스트
리드가 말했다.

"옐로프는 어떻게 생각하는데요?"

"그 사람은 그 일에 대해 말한 적이 없어. 내가 아는 바로는
그렇지. 무엇보다 옐로프는 바다에서 선장으로 일했던 사람이라

절대로 그런 소문을 믿지 않을 거야. 더구나 닐스 칸트에 관한 이야기들은 온통…… 소문과 가십이었으니까. 더부룩하게 수염을 기르고 백발을 한 닐스 칸트가 가을 안개가 자욱한 도로 옆에 서서 지나가는 차들을 보고 있는 걸 봤다는 사람들도 있었고……. 또 젊을 때처럼 알바르를 어슬렁거리며 돌아다니는 걸 봤다는 사람들도 있었지. 여름에 보리홀름에서 봤다는 사람도 있었고." 그녀는 고개를 저었다. "난 칸트의 머리카락 한 올도 본 적이 없어. 틀림없이 죽었을 거야."

아스트리드가 와인잔을 식탁에서 치웠다. 율리아는 그대로 앉은 채, 스텐비크에서 엄마인 엘라와도 이런 식으로 앉아 이야기를 나눈 적이 있었는지 떠올려보았다. 아마 없었을 것이다. 엄마는 무슨 생각을 하고 있는지 좀처럼 말을 하지 않았다.

그때 율리아는 부드럽고 따뜻한 무언가가 다리에 감기는 것을 느꼈다. 아스트리드가 키우는 폭스테리어 윌리였다. 그녀는 식탁 밑으로 몸을 숙이고 손을 내밀어 윌리의 거친 털을 쓰다듬어주면서 주방 창문 너머 본토 위에 걸려 있는 붉은 태양에 시선을 고정한 채 생각에 잠겼다.

"그냥 여기 있으면 좋겠어요." 그녀가 말했다.

아스트리드가 개수대에서 돌아섰다.

"계속 있으면 되지. 별로 늦지 않았으니까 더 있다 가도 돼. 이야기나 더 나누지, 뭐."

율리아가 고개를 저었다.

"제 말은…… 스텐비크에 계속 있고 싶단 얘기였어요."

정말이었다. 와인 때문일 수도 있지만, 그 순간 율리아의 머릿속에서는 윌란드 민요의 아름다운 멜로디가 메아리치듯 여름마다 이 마을에서 지냈던 어린 시절의 추억이 되살아났다. 자신이 정말로 스텐비크에 속한 사람인 것만 같았다. 옌스의 실종이라는 고통에도 불구하고. 에른스트의 죽음에도 불구하고.

"그럼 여기서 지내면 되잖아? 마르네스에서 있을 에른스트의 장례식에는 참석할 거지?" 아스트리드가 물었다.

"언니한테 차를 돌려줘야 해서요." 너무 시답잖은 이유였다. 어쨌든 포드의 주인이니까. 하지만 그것말고는 생각나는 게 없었다. "내일 저녁이나 모레에는 가야 할 것 같아요."

율리아는 식탁에서 일어났다. 확실히 힘들었다. 와인에 취해서인지 다리에 힘이 없었다.

"저녁 잘 먹었어요. 정말 고마워요, 아스트리드." 율리아가 말했다.

"잘 먹었다니 다행이네. 떠나기 전에 한 번 더 만나. 아니면 다음에 스텐비크에 올 때 보든지." 아스트리드가 환한 미소를 지으며 말했다.

"그래요." 율리아가 약속했다. 그녀는 윌리를 쓰다듬어준 뒤, 주방문으로 나갔다.

아직은 밤이 아니었다. 이른 저녁 시간이었다. 칠흑 같은 어둠 속을 뚫고 집으로 돌아가지 않아도 된다.

"밤에 무서우면 나한테 와." 아스트리드가 뒤에서 말했다. "지금 스텐비크에는 자기하고 나, 그리고 욘 하그만밖에 없으니까. 예전에는 삼백 명이 살았는데 말이지. 바다 옆에 금주 동맹이며 선교원이며 제분소가 줄을 지어 있었는데. 이제는 우리만 남았네."

율리아가 대답하기도 전에 아스트리드는 주방문을 닫았다.

아스트리드의 주방에서 느꼈던 취기는 신선한 공기를 마시자 사라지기 시작했다. 저멀리 협곡 건너편 본토에서 희미하게 불빛들이 반짝거렸다. 욀란드 해안의 북쪽과 남쪽을 따라가다 보면 낮에는 잘 보이지 않던 인가의 불빛들이 반짝거렸다.

율리아는 옐로프의 별장 열쇠를 가지고 있었다. 그래서 내륙쪽 방향으로 몇백 미터 들어갔다. 마을길을 지나면서는 최대한 성큼성큼 걸었다. 그녀는 베라 칸트의 정원을 흘깃 쳐다보았다. 아주 잠시, 늙은 베라는 죽기 전에 사랑하는 아들 닐스를 만났을지 궁금해졌다.

조용한 그 집 정원에는 그림자만 가득했다. 율리아는 계속 걸어 여름 별장으로 갔다. 현관문을 열고 들어가 등을 켰다.

이곳에는 그림자가 없다. 옌스도 이 별장에 있었다. 하지만 이제는 어렴풋하게만 떠오를 뿐이다. 옌스는 죽었다.

그녀는 별장 욕실에서 씻고, 화장실에서 이를 닦았다.

모든 일을 마친 뒤 복도 등을 껐다. 마지막으로 온종일 충전하느라 여기 놔두었던 휴대전화를 챙겼다. 복도의 커다란 창문 앞에 서서, 율리아는 요양원에 있는 옐로프에게 전화를 걸었다.

"다비드손입니다……."

"저예요."

술에 완전히 취해 정신이 없는 경우가 아니면, 율리아는 옐로프와 말을 할 때마다 죄책감을 느꼈다. 그건 어떻게 할 수가 없었다.

"그래. 지금 어디니?" 옐로프가 물었다.

"별장요. 아스트리드랑 저녁을 먹었어요. 이제 보트 창고로 가서 자려고요."

"잘했구나. 아스트리드와는 무슨 이야기를 했니?"

율리아는 잠시 생각에 잠겼다.

"스텐비크에 관해서요……. 그리고 닐스 칸트가 저지른 짓에 대해서도 이야기했죠."

"내가 준 책은 읽었니?" 옐로프가 물었다.

"아직 다 읽진 못했어요." 율리아는 화제를 바꿨다. "보리홀름에는 언제 가요?"

"얼른 가보는 게 좋을 것 같구나. 내가 여기서 나갈 수만 있으면 말이야. 아무래도 먼저 보엘에게 허가서를 받아야 할 것 같단 말이지."

옐로프 특유의 유머 감각이었다.

"허가서를 받을 수 있다면, 제가 내일 9시 30분까지 모시러 갈게요." 율리아가 대꾸했다.

문득 그녀는 숨을 멈추며 창가에 기대섰다. 창밖에서 흐릿한 불빛을 본 것 같았다…….

"여보세요? 전화 끊은 거 아니지?" 옐로프가 말했다.

"옆집에 누가 살아요?" 시선을 창밖에 고정한 채로, 율리아가 물었다.

"옆집이라니?"

"베라 칸트의 집 말이에요."

"이십 년째 비어 있는 집인데. 왜?"

"모르겠어요……."

이제는 불빛이 보이지 않았다. 그렇지만 율리아는 그 집 1층에 있는 방들 중 한 곳에서 깜박거리는 불빛을 분명히 봤다.

"지금 저 집 주인은 누구예요?" 율리아가 물었다.

"음……. 먼 친척이라고 들었는데. 아마 베라 칸트의 육촌일 거다. 어쨌든 그 집을 관리하는 데 관심을 보인 사람은 아무도 없었어. 너도 상태를 보면 알겠다만……. 1970년대에 베라가 죽었을 당시에도 엉망이었지." 옐로프가 대답했다.

이제 창밖으로 보이는 건 어둠밖에 없었다.

"그럼 내일 보자꾸나." 옐로프가 말했다.

"옌스를 데려간 사람을 찾아가는 거죠?"

"난 그런 말 한 적 없어. 그 샌들을 내게 보낸 사람을 만나게 해준다고 했지. 그뿐이야."

"같은 사람 아니에요?"

"아닌 것 같아."

"어째서 그런지 말씀해주실 수 있어요?"

"보리홀름에 가서 말해주마."

"알았어요." 율리아가 무슨 말을 해도 옐로프는 더이상 대답하지 않을 터였다. "내일 봬요."

그녀는 휴대전화의 전원을 껐다.

마을길을 내려가다가, 율리아는 베라 칸트의 집 앞에서 속도를 줄였다. 무성한 고목들 아래 집이 컴컴했다. 그녀는 텅 빈, 커다란 창문들을 올려다보았다. 온통 어둠이었다. 버려진 집은 밤하늘을 배경으로 크고 검은 그림자를 형성하고 있었다. 만약 누가 이 안에 숨어 있다면 그걸 알아낼 수 있는 유일한 방법은…… 직접 베라의 집에 들어가 찾아보는 것이다.

그건 미친 짓이다. 혼자 들어가는 건 더 말할 것도 없다. 지금 베라 칸트의 집은 유령의 집이다. 하지만…….

'안에 들어가, 엄마. 들어가봐. 들어가서 나를……. '

아니. 그런 생각을 하면 안 된다.

그녀는 빠른 걸음으로 보트 창고로 가, 문을 열고 안으로 들어갔다. 그러고는 문을 잠갔다.

15

화요일 아침은 춥고 바람이 심했다. 옐로프는 굴욕스럽게도 차까지 혼자 걸어나갈 수가 없었다. 그는 요양 시설 앞에 서 있는 율리아의 포드까지 보엘과 린다의 부축을 받아야만 했다.

무거운데다 말을 듣지 않는 자신의 몸을 이끌고 가느라 두 여성이 얼마나 힘들어하는지 옐로프는 느낄 수 있었다. 그가 할 수 있는 일이라고는 한쪽 손으로 지팡이를 꼭 잡고, 다른 손에는 서류 가방을 든 채 그저 따라가는 것밖에 없었다.

굴욕적이었다. 하지만 어쩔 수가 없었다. 가까운 미래에 그는 걷기 힘들어질 것이며, 그 뒤에는 움직이기도 힘들어질 것이다. 가을이지만 추운 날이라 상황이 더 좋지 않았다. 그날은 에른스트의 장례식 전날이자 옐로프와 딸이 당일치기 여행을 가기로 한 날이었다.

율리아가 차 안에서 조수석 문을 열어주었다. 옐로프는 차에 올라탔다.

"어디로 가세요?" 차 옆에서 보엘이 물었다. 그녀는 늘 그의 일거수일투족을 알아두고자 했다.

"남쪽, 보리홀름으로 가요." 옐로프가 대답했다.

"저녁 식사 전에 돌아오실 거죠?"

"그럴 거요." 옐로프는 차문을 닫은 뒤 율리아에게 말했다. "출발하자." 옐로프는 그날 아침 자신의 상태에 대해 딸이 아무 말도 하지 않았으면 했다.

"잘 챙겨주는 것 같아요. 보엘 말이에요." 운전을 하면서 율리아가 말했다.

"책임감 때문이지. 나한테 무슨 일이 일어나지 않기를 바란단다." 그러고서 옐로프는 덧붙였다. "너도 들었을지 모르겠다만, 윌란드 남부에서 연금 수급자가 실종된 사건이 있었어……. 경찰이 찾고 있는 중이지."

"라디오로 들었어요. 하지만 우린 오늘 알바르에 가는 게 아니잖아요."

옐로프는 고개를 저었다.

"말했다시피, 우리는 보리홀름으로 갈 거야. 거기서 세 사람을 만날 거다. 동시에 만나는 게 아니라 한 명씩 차례대로 만나는 거지. 그들 중 한 명이 옌스의 샌들을 내게 보냈어. 너도 그 사람과 이야기해보고 싶겠지?"

"다른 두 사람은 누구예요?"

"한 명은 내 친구야. 예스타 엥스트룀이라고." 옐로프가 말했다.

"다른 한 사람은요?"

"약간 특별한 사람이지."

주도로 교차로의 정지신호가 보이자 율리아는 속도를 줄였다.

"매사에 너무 비밀이 많은 것 같아요. 중요한 인물이라는 느낌을 받고 싶어서 그러시는 거예요?"

"아니, 그런 게 아냐." 옐로프가 재빨리 대답했다.

"글쎄, 제가 보기엔 그런 것 같은데." 율리아는 주도로에서 보리홀름 쪽으로 차를 돌렸다.

옐로프는 어쩌면 딸의 말이 맞을지도 모른다고 생각했다. 사실 자신이 그렇게 행동하는 동기가 무엇인지 그는 생각해본 적이 없었다.

"난 자만심 같은 건 없다. 그저 각자의 속도에 따라 이야기하는 게 좋다고 생각할 뿐이야. 예전에 사람들은 항상 이야기를 하면서 시간을 보냈단다. 하지만 이제는 모든 것들이 너무 빠르게 돌아가지."

율리아는 아무 말도 하지 않았다. 그들은 스텐비크를 지나 남쪽으로 향했다. 몇백 미터쯤 더 가면, 서쪽 지평선에 서 있는 오래된 역사를 볼 수 있을 것이다. 전쟁이 끝났던 해의 어느 여름

날 닐스 칸트가 걸어가서 기차를 탔던 바로 그 역이다. 그날 닐
스 칸트는 기차에서 헨릭손 파출소장을 총으로 쏴 죽였다.

옐로프는 당시의 소란을 여전히 기억하고 있었다. 먼저 알바
르에서 독일군 두 명을 총으로 쏘아 죽이고 이어서 경찰을 살해
한 뒤 범인이 도주했다는 기상천외한 소식은, 2차세계대전 막바
지라 유혈이 낭자하고 극적인 사건들이 많았던 그 몇 달 동안에
도 뉴스에서 큰 비중을 차지했다.

멀리서 온 기자들이 욀란드에서 일어난 폭력적이고 끔찍한 사
건들에 관해 기사를 썼다. 그때 옐로프는 바다 생활을 접고 스
톡홀름에서 민간인으로 복귀하기 위해 노력하고 있던 타라, 그
사건들에 대해서는 신문을 통해서만 알고 있었다. 경찰은 칸트를
찾기 위해 인력을 증원해 스웨덴 남부에서부터 섬에 이르기까지
수색했지만 칸트는 기차에서 뛰어내린 뒤로 종적을 감췄다.

이제 욀란드에는 기차가 다니지 않았다. 심지어 선로까지 들
어냈고, 마르네스 기차역은 누군가의 집이 되었다. 여름에만 사
용하는 집이지만.

옐로프는 역사에서 시선을 떼고 자리에 기대앉았다. 몇 분
뒤, 차 안 어디선가 갑자기 삑삑거리는 소리가 끈질기게 울리기
시작했다. 그는 재빨리 주위를 살폈다. 하지만 율리아는 침착하
게 계속 운전을 하며 가방에서 휴대전화를 꺼냈다. 전화를 받
은 그녀는 조용히 단음절로 대답한 뒤 끊었다.

"어떻게 작동하는 건지 도통 모르겠다니까." 옐로프가 말했다.

"뭐가요?"

"무선전화. 사람들이 휴대전화라고 부르는 거 말이다."

"전원을 켜기만 하면 전화를 걸 수 있어요." 율리아가 말했다. 그런 뒤 덧붙였다. "언니였어요. 안부 전해달래요."

"그랬구나. 무슨 일인데?"

"차를 빨리 돌려달라고 전화한 것 같아요." 율리아는 간단하게 대답했다. "이 차 말예요. 그 일로 계속 전화해요." 그녀는 운전대를 꽉 붙잡았다. "이 차를 살 때 저도 같이 돈을 냈어요. 그런데 언니는 그 사실을 아랑곳하지 않는 것 같아요."

"그렇구나." 옐로프가 말했다.

아무래도 딸들 사이에 의견 충돌이 있는 모양이었다. 하지만 그가 할 수 있는 일은 없었다. 아내가 살아 있었다면 무슨 일이라도 했겠지만, 안타깝게도 옐로프는 이럴 때 어떻게 해야 할지 몰랐다.

전화를 받은 이후로 율리아는 아무 말 없이 운전만 했다. 옐로프는 침묵을 어떻게 깨야 할지 몰랐다.

십오 분 뒤, 그들은 보리홀름으로 진입로에 접어들었다.

"이제 어디로 가요?" 그녀가 물었다.

"일단 커피부터 마시자." 옐로프가 대답했다.

보리홀름 남쪽 외곽에 있는 엥스트룀의 아파트는 따뜻하고 안락했다. 저층에 위치한 예스타와 마르기트의 아파트 발코니에서는 폐허가 된 성의 장관을 볼 수 있었다. 좁고 황량한 목초지 너머로 거대한 낙엽수가 우거진 길고 가파른 비탈길이 보였고 그 위쪽 고원에는 중세의 성이 서 있었다. 19세기 초 보리홀름에서 수없이 일어났던 원인 불명의 화재로 그 성은 황폐해졌다. 지금 지붕과 나무 기둥들은 간데없고, 창문들이 있던 자리에는 커다란 검은 구멍이 벌어져 있었다.

옐로프는 다 타버린 창문들을 볼 때마다 해골의 텅 빈 눈구멍이 떠올랐다. 보리홀름에서 사는 사람들 중에는 그 성을 좋아하지 않는 이들도 있었다. 요란하게 부서진 폐허가 관광객들을 불러모으는 역사적인 유석으로 탈바꿈하기 전까지는 말이다. 수 세기 전, 욀란드 주민들은 성을 짓도록 강요받았다. 하지만 그건 주민들에게 피와 땀과 실망만을 안겨준 수많은 왕명 가운데 하나일 뿐이었다. 본토에 사는 사람들은 섬이 말라비틀어질 때까지 빨아먹으려 했다.

율리아는 아무 말 없이 발코니에 선 채 폐허가 된 성을 바라보고 있었다. 옐로프가 그녀를 돌아보았다.

"석기시대에는 저 절벽에서 병든 노인들을 던졌다더구나." 그가 폐허를 가리키며 조용히 말했다. "그런 이야기가 있지. 물론 저 성이 지어지기 전의 일이지만. 정부에서 양로원을 짓기 훨씬 이전에……."

마르기트 엥스트룀이 부산스럽게 움직이고 있었다. 그녀는 "세상에서 할머니가 최고야!"라고 쓰인 앞치마를 입은 채, 커피

잔이 담긴 쟁반을 들고 왔다.

"여름에는 저 폐허에서 콘서트를 연답니다. 여기까지 시끄러운 소리가 들리죠. 그것만 아니면 성 밑에서 사는 건 정말 좋아요." 그녀가 말했다.

마르기트는 텔레비전 앞에 있는 탁자에 쟁반을 내려놓고 커피를 따른 뒤 주방에서 쿠키 접시와 번이 담긴 바구니를 가져왔다.

그녀의 남편 예스타는 흰색 셔츠 위에 회색 양복을 입고, 멜빵을 멘 차림이었다. 그는 미소를 짓고 있었다. 옐로프의 기억에 따르면 그는 선장으로 일할 때도 늘 행복해 보였다. 적어도 사람들이 그가 지시한 일을 제대로 해내는 동안에는.

"두 사람을 보니 반갑군. 우리도 내일 마르네스에 갈 작정이었지만 말이야. 두 사람도 올 거지?" 예스타가 김이 모락모락 나는 커피잔을 들며 말했다.

에른스트의 장례식 얘기였다. 옐로프는 고개를 끄덕였다.

"난 가야지. 율리아는 예테보리로 돌아가야 할지도 모르지만."

"그 집은 어떻게 되는 건가? 얘기가 나왔나?" 예스타가 물었다.

"아니, 그런 결정을 하기에는 아직 이른 것 같은데. 하지만 스몰란드에 있는 에른스트의 가족들이 여름 별장으로 쓰지 않을까 싶어. 욀란드 북부에 더이상 여름 별장은 필요가 없긴 하지만…… 어쨌든 내 생각엔 그렇게 될 것 같군." 옐로프가 대답했다.

"그래, 누구든 거기 들어가서 일 년 내내 살려면 많은 것들을 바꿔야 할 거야." 예스타가 커피를 한 모금 마시며 말했다.

"우린 시내에서 살아서 좋아요. 모든 편의 시설이 가까운 곳에 있거든요. 우리는 마르네스 지역 역사 협회 회원이기도 하죠." 마르기트가 테이블 위에 접시들을 잔뜩 늘어놓으며 말했다.

예스타는 미소를 지으며 아내를 사랑스럽다는 듯 쳐다보았다.

그들은 엥스트룀의 집에 오래 머물지 않았다. 삼십 분도 채 있지 않았을 것이다.

"좋아, 이제 바드후스가탄 거리 쪽으로 가자꾸나. 항구 쪽으로 가기 전에 블롬베리 자동차 매장에 들러서 살 게 있으니까." 두 사람이 차에 올라타자 옐로프가 말했다.

율리아는 차를 출발시키기 전에 그를 쳐다보았다.

"여긴 왜 온 거죠?"

"커피도 마시고 쿠키도 먹었잖니. 그 정도면 충분하지 않아? 예스타를 만나면 항상 반갑다니까. 그 친구도 나처럼 발트해에서 화물선 선장으로 일했지. 이제는 남은 이들이 별로 없어서……."

율리아는 바드후스가탄 거리로 출발했다. 보도에는 사람 하나 보이지 않았고 도로에도 다른 차들이 없었다. 앞쪽 도로 끝에 하얀색 항구 호텔이 서 있었다.

"이쪽으로 들어가자." 옐로프가 왼쪽을 가리켰다.

율리아는 눈을 깜박거렸다. 그들은 "블룸베리 자동차"라고 쓰인 간판이 걸린 중고 자동차 매장과 정비소가 있는 나지막한 건물 앞의 아스팔트 주차장으로 들어섰다. 매장 유리창 안에 신형 볼보 몇 대가 자리잡고 있었지만 다른 차들은 대부분 바깥에 세워져 있었다. 자동차들 앞유리에는 주행거리가 같이 적힌 가격표가 붙어 있었다. 손으로 직접 쓴 것이었다.

"가자." 율리아가 차를 세우자 옐로프가 말했다.

"새 차라도 사시게요?" 율리아가 어리둥절해하며 물었다.

"아니, 아니다. 그저 로베르트 블룸베리를 잠깐 보려고 들른 거야." 옐로프가 말했다.

엥스트룀의 집에서 커피를 마시고 몸을 덥힌 뒤로 그의 관절 상태는 많이 좋아져 있었다. 통증도 다소 가라앉았다. 그래서 그는 지팡이에 의지한 채로 아스팔트 바닥을 걸을 수 있었다. 비록 율리아가 앞장서서 정비소의 문을 열어주긴 했지만.

종이 딸랑 울리는 소리와 함께 안으로 들어가자 기름 냄새가 코끝을 스쳤다.

옐로프는 배에 대해서는 많이 알았지만 차에 대해서는 별로 아는 게 없었기에 자동차 엔진을 볼 때마다 늘 주눅이 들었다. 시멘트 바닥에 세워진 검은색 포드 주위에 용접 장치와 다양한 도구들이 놓여 있었다. 일을 하는 사람은 보이지 않았다. 아무도 없었다.

옐로프는 정비소 안쪽에 있는 작은 사무실로 천천히 다가가 안을 들여다보았다.

"안녕하시오." 그가 지저분한 작업복을 입은 젊은 정비공에게 인사를 건넸다. 정비공은 책상 앞에 앉아 《윌란스-포스텐》의 만화면을 보고 있었다. "스텐비크에서 왔는데, 자동차에 넣을 오일을 좀 사고 싶소만."

"판매는 다른 곳에서 하고 있습니다만, 여기서 드리죠."

정비공이 일어났다. 그는 옐로프보다 약간 키가 컸다. 틀림없이 로베르트 블롬베리의 아들일 것이다.

"판매하는 곳까지 같이 갑시다. 차들도 좀 구경하고."

옐로프가 율리아에게 고개를 끄덕이자, 그녀도 옐로프와 함께 정비공을 따라 판매 구역으로 통하는 문으로 향했다.

그곳은 기름 냄새가 나지 않았고, 흰색으로 칠한 바닥은 티끌하나 없이 깨끗했다. 반들거리는 자동차들이 전시실에 세워져있었다.

"엔진오일을 달라고 하셨죠?" 정비공이 물었다.

"그래요." 옐로프가 말했다.

그러고서 그는, 작은 사무실에서 나와 전시실 문 앞에 서 있는 한 나이든 남자를 바라보았다. 그는 젊은 정비공만큼 어깨가 넓었고, 주름이 많은 얼굴은 혈관이 터져 양쪽 뺨이 불그레했다.

이제껏 그들은 한마디도 말을 나눈 적이 없었다. 옐로프는 자동차와 관련한 일들을 모두 마르네스에서 처리했기 때문이다.

하지만 나이든 남자가 로베르트 블롬베리라는 것을 바로 알 수 있었다. 블롬베리는 1970년대 중반에 본토에서 넘어와 자동차 정비소와 작은 매장을 열었다. 욘 하그만이 직접 블롬베리를 상대한 적이 있었다. 욘이 옐로프에게 블롬베리에 대한 이야기를 해주었다.

늙은 블롬베리는 옐로프에게 한마디 말도 없이 목례만 건넸다. 옐로프도 말없이 목례를 했다. 얼마 전에 블롬베리에게 알코올의존증 증세가 약간 있는 것 같다는 말을 들은 터였다. 지금도 여전한 것 같았다. 그건 대화 주제로 마땅치 않았다.

"여기 있습니다." 젊은 정비공이 엔진오일이 들어 있는 플라스틱 통을 건네주었다.

로베르트 블롬베리는 천천히 뒤로 물러나 사무실로 들어갔다. 그가 살짝 비틀거린다는 것을 옐로프는 알아차렸다.

"전 엔진오일 필요 없는데." 차로 돌아가면서 율리아가 말했다.

"늘 예비 오일을 가지고 다니는 편이 좋아. 저 정비소를 보니 어떤 생각이 들던?" 옐로프가 말했다.

"다른 정비소랑 다를 바 없던데요. 일이 많은 것처럼 보이진 않았어요." 율리아가 다시 바드후스가탄 거리로 나가며 대답했다.

"항구 쪽으로 가자. 그럼 정비소 주인들…… 블롬베리 부자에 대해서는 어떻게 생각하니?"

"말이 많진 않던데요. 왜요?"

"로베르트 블룸베리는 오랫동안 바다에서 지냈다고 들었어. 칠대양을 항해했는데, 남미까지 갔다 왔다더구나."

"그렇군요."

잠시 차 안에는 정적이 흘렀다. 바드후스가탄 거리 끝에 있는 호텔이 가까워졌다. 항구 옆에 선 호텔을 쳐다보던 옐로프는 조용한 슬픔을 느꼈다.

"행복한 결말은 아니구나." 옐로프가 말했다.

"무슨 말씀이세요?"

"많은 이야기들이 행복한 결말을 맺지 못하지."

"중요한 건 결말이 있다는 거 아닐까요? 특별히 떠오르는 이야기라도 있는 거예요?" 율리아가 아버지를 쳐다보았다.

"그래……. 윌란드의 해양업에 대해 생각하고 있었어. 더 잘될 수도 있었을 텐데. 너무 빨리 끝나버렸지."

보리홀름 항구에는 콘크리트 부두가 몇 개 있었는데 모두 완전히 텅 빈 채였다. 어선은 한 척도 없었다. 검은색으로 칠한 대형 닻이 활기 넘치던 시절의 추억인 양 물가의 아스팔트에 기대어 있었다.

"1950년대엔 저기 화물선들이 줄을 지어 서 있었지." 옐로프가 차창 밖으로 잿빛 바다를 내려다보며 말했다. "이런 가을날이면 배들에 화물을 싣거나 유지 보수 작업을 했어. 배 주변에 사람들이 잔뜩 모였지. 타르와 니스 냄새가 코를 찔렀고. 날씨가 맑으면 선장들은 돛을 펼쳐 바람에 펄럭이게 했는데, 푸른 하늘 아래 아이보리색 돛들이 일렬로 펼쳐져 있는 광경이 그야말로 장관이었어……."

옐로프는 그대로 입을 다물었다.

"언제부터 배들이 여기 정박하지 않게 된 거예요?" 율리아가 물었다.

"그게…… 1960년대였지. 그때부터 배들이 여기 오지 않았어. 게다가 단순히 정박을 하지 않는 것보다 더 큰 문제가 있었지. 섬의 선장들 대부분은 자기 배를 시대에 맞는 현대식 배로 교체해야 했어. 본토의 선박 회사들과 경쟁하려면 말이야. 하지만 은행에서는 더이상 대출을 해주지 않았지. 욀란드에서 해운업이 계속 번성하리라고 생각하지 않았던 거야." 옐로프는 말을 멈췄다가 덧붙였다. "나도 대출을 받을 수가 없었어. 그래서 마지막 배였던 노어호를 팔았고……. 그런 다음엔 겨울을 나기 위해 야간 강습으로 업무관리를 배우러 다녔지."

"겨울에 집에 계셨던 기억이 없어요. 그냥 집에 계셨던 기억이 거의 없죠." 율리아가 말했다.

옐로프는 텅 빈 부두에서 시선을 떼고 딸을 쳐다보았다.

"아, 하지만 난 집에 있었단다. 몇 달 동안 있었지. 사실 그 이듬해에는 외항선 선장 자리를 알아볼 작정이었어. 그러던 참에 지방의회에서 사무직을 얻게 됐고, 그냥 그대로 눌러앉은 거야. 내가 뭍에 자리잡았을 때, 일등항해사로 같이 일했던 욘 하그만은 배를 샀지. 그 친구는 이 년 정도 더 바다에 나가 있었어. 보리홀름의 마지막 배들 중 한 척이었지. 얄궂게도 배 이름이 파르벨(안녕)호였어."

율리아는 차를 천천히 앞으로 몰아 부두를 뒤로하고 항구 북쪽을 향해 나아갔다. 깔끔한 나무 울타리 뒤에 나무 집들이 우뚝 서 있었다. 항구에서 제일 가까운 곳에 있는 크고 넓은 저택은 흰색 페인트로 칠했으며, 거의 호텔만큼이나 컸다.

옐로프가 손을 들어올렸다.

"여기 세워봐라."

율리아는 집들 앞의 도로 한쪽에 차를 세웠다. 옐로프가 천천히 몸을 숙이더니 서류 가방을 열었다.

"욀란드의 선주들은 고집이 세지." 옐로프는 가방에서 갈색 봉투와 책상에서 가져온 얇은 책을 꺼냈다. "우리가 가진 돈을 모두 모았더라면 커다란 새 배를 살 수 있었을 거야. 하지만 그러지 않았지. 아무래도 우리는 혼자 일하는 게 강인한 거라고 생각했던 것 같아. 큰 투자를 과감하게 할 수 없었지."

그는 딸에게 책을 건네주었다. 『말름 화물 운송 사십 년』, 햇살이 비치는 광막한 바다를 헤치고 나아가는 대형 선박의 흑백 항공사진이 표지에 박혀 있었다.

"말름 화물 운송은 예외야. 마르틴 말름은 큰 배에 투자할 용기를 냈거든. 그는 전 세계를 항해하는 화물 선박들로 작은 선단을 만들었어. 그렇게 번 돈으로 배를 좀더 많이 사서 더 큰 이익을 냈지. 1960년대 말쯤 됐을 때 마르틴은 욀란드 최고의 부자들 중 한 명이 됐어." 옐로프가 말했다.

"그래요? 대단하네요." 율리아가 말했다.

"하지만 마르틴이 맨 처음 자본을 어디서 얻었는지는 아무도 몰라. 내가 아는 한 그 사람도 다른 선장들보다 돈이 많지 않았거든." 옐로프가 책을 가리켰다. "이 책은 지난봄 말름 화물 수송에서 낸 기념 책자야. 책 뒷면을 보렴. 보여주고 싶은 게 있어."

뒷면에는 욀란드에서 가장 성공한 선박 회사의 기념 책자에 대한 짧은 설명이 나와 있고, 그 밑에는 "말름 화물 수송"이라는 글씨와 그 위를 맴도는 갈매기 세 마리의 실루엣이 그려진 로고가 박혀 있었다.

"갈매기들을 좀 보겠니?" 옐로프가 말했다.

"보고 있어요. 갈매기 세 마리가 그려져 있네요. 그런데요?"

"이 봉투와 비교해보렴." 옐로프는 율리아에게 갈색 봉투를 건네주었다. 소인이 흐릿하게 찍힌 스웨덴 우표가 붙어 있고, 검은색 잉크에 흐릿한 글씨체로 마르네스 요양원 주소가 적혀 있었다. "누가 오른쪽 모퉁이를 찢었어. 하지만 오른쪽 갈매기 날개가 약간 남아 있지……. 보이니?"

율리아는 봉투를 자세히 본 뒤 천천히 고개를 끄덕였다.

"무슨 봉투예요?"

"샌들이 들어 있던 봉투야. 아이 샌들 말이다." 옐로프가 말했다.

"렌나르트한테는 이 봉투를 버렸다고 하셨잖아요."

"하얀 거짓말이지. 그 친구는 샌들을 가져갔으니 그걸로 충분할 거야." 옐로프는 재빨리 말을 이었다. "중요한 건 그 봉투가 말름 화물 수송에서 나왔다는 거지. 그러니까 옌스의 샌들을 보낸 사람은 마르틴 말름이야. 난 그럴 거라고 확신해. 전화도 그 남자가 걸었을 테고."

"전화가 왔었어요? 그런 이야긴 안 하셨잖아요."

"그자가 전화를 걸었을 거야." 옐로프는 큰 집들을 쳐다보았다. "이야기하고 말 것도 없었어. 그저 올가를 누군가 밤중에 전화를 몇 번 걸었던 것뿐이니까. 샌들을 받은 뒤에 말이지. 전화를 건 사람은 아무 말도 하지 않았어."

율리아는 봉투를 내려놓고 옐로프를 쳐다보았다.

"지금 그 사람을 만나러 가는 거예요?"

"그럴 생각이야." 옐로프가 하얀색 저택을 가리켰다. "마르틴이 저기 살거든."

그는 차문을 열고 내렸다. 율리아는 잠시 운전대 앞에 가만히 앉아 있다가 곧 뒤따라 내렸다.

"지금 집에 있을까요?"

"마르틴 말름은 언제나 집에 있어." 옐로프가 대답했다.

두 사람을 향해 해협의 차가운 바람이 불어왔다. 옐로프는 어깨 너머로 바다를 흘깃 돌아보았다. 그는 다시 한번 닐스 칸트에 대해 생각했다. 칸트는 오십 년 전에, 어떻게 이 해협을 건넌 것일까.

스몰란드, 1945년 5월.

닐스 칸트는 본토의 나무숲 아래 앉아 해협 너머, 수평선을 따라 가느다란 석회암 띠처럼 솟아난 욀란드를 바라보고 있다. 그의 얼굴은 슬픔으로 가득하다. 닐스의 머리 위에 있는 소나무 꼭대기에 바람의 한숨이 구슬프게 걸려 있다. 아침 햇살이 해협 건너편에 있는 섬을 비춘다. 나무들은 밝은 초록색이고, 길쭉한 해변은 은처럼 희미하게 빛난다.

그의 섬이다. 닐스는 돌아갈 것이다. 지금은 아니라도, 가능한 한 빨리. 그건 확실하다. 닐스는 자신이 오랫동안 사람들의 용서를 받지 못할 짓을 저질렀다는 사실을 알고 있다. 지금 욀란드는 그에게 위험한 곳이다. 그렇지만 그 일은 닐스의 잘못이 아니다. 그 일들은 그냥 일어난 것이다. 그로서도 어쩔 수 없었다.

뚱뚱한 파출소장은 기차에서 슬금슬금 다가와 그를 잡으려고 했다. 하지만 닐스가 그보다 훨씬 빨랐다.

"정당방위였어. 그 남자를 쏘긴 했지만, 그건 정당방위였다고……." 닐스는 자신의 집이 있는 섬을 보며 중얼거린다.

그는 말을 멈추고, 눈물을 참기 위해 요란하게 헛기침을 한다.

닐스가 알바르를 달리던 기차에서 뛰어내린 지 스무 시간이 지났다. 그는 재빨리 섬의 남쪽으로 도망친 뒤, 도로나 인가를 피해 집처럼 편안한 알바르에 숨어 있었다.

보리홀름에서 몇 킬로미터 남쪽으로 가면 해협의 폭이 제일 좁은 곳이 나온다. 그는 숲을 통해 물로 내려갔다. 거기서 닐스

291

는 위쪽이 잘려 나간, 반쯤 썩어 말라붙은 타르 통을 발견했다. 그 안에 소지품을 넣었다. 닐스는 어두워질 때까지 숲속에서 기다렸다. 그런 다음 옷을 벗고 통과 함께 차가운 물속에 뛰어들었다. 그는 양팔로 통을 꼭 감싸 안은 채, 물장구를 치며 검은색 띠처럼 보이는 본토를 향해 해협을 건너기 시작했다.

해협을 횡단하는 데 두 시간쯤 걸렸을 것이다. 그동안 지나가는 배도 없었고, 다른 사람들의 눈에 띄지도 않았다. 마침내 벌거벗은 채 꽁꽁 얼어붙은 다리로 스몰란드에 도착하자, 그는 마지막 남은 힘을 끌어모아 소지품이 들어 있는 통을 끌어올렸다. 그런 뒤 나무 밑으로 기어들어 깊은 삼에 빠졌다.

닐스는 완전히 잠에서 깨어났다. 하지만 아직 이른 아침이다. 그는 자리에서 일어난다. 전날 수영을 한 탓에 여전히 다리가 쑤시긴 하지만, 쉬는 시간은 끝났다. 그는 자신이 칼마르에서 너무 가까운 곳에 있다는 사실을 깨닫는다. 시내에서 멀리 떨어져야 한다. 수많은 경찰들이 거리를 수색하고 있을 것이다.

옷가지는 모두 말랐다. 그는 셔츠와 스웨터를 입고 양말과 부츠를 신는다. 지갑은 주머니에 넣는다. 어머니가 준 돈을 잘 간수해야 한다. 그 돈을 잃어버린다면 숨어 지낼 수 없을 테니까.

이제 닐스의 수중에 허스크바나 산탄총은 없다. 해협 바닥에 가라앉아 있을 것이다. 섬과 본토 중간 지점에 이르렀을 때, 그는 통에서 총구 끝을 자른 산탄총을 꺼내 물속에 던졌다. 총은 작은 물보라를 일으키며 그대로 가라앉았다.

탄약이 다 떨어지긴 했지만 들고만 있어도 안심이 되던 그 무게감이 그리울 것이다.

그는 총으로 인해 갈기갈기 찢어진 배낭도 떠올린다. 그 역시 그리울 것이다. 닐스는 이제 물건들을 바지 주머니에 넣고, 남은 건 손수건으로 싸서 들었다. 그래서 많이 가져갈 수가 없다.

그는 아침 햇살을 받으며 동쪽으로 걷기 시작한다. 자신이 어디로 가고 있는지 알고 있다. 그곳은 하루가 꼬박 걸릴 정도로 먼 곳이다. 그는 마을을 피해 해안 쪽으로 걸어간다. 최대한 빨리 가기 위해 숲을 가로지른다. 닐스는 나무들 속에서 안전함을 느낀다. 숲에서는 사슴과 두 번 마주친다. 너무 조용히 다가와 닐스는 깜짝 놀란다. 사람이 다가오는 소리라면 그는 몇백 미터 떨어진 곳에서도 알아듣고 수월하게 피할 수 있다.

닐스는 람네뷔가 어디인지 잘 안다. 몇 번 가본 적이 있는데, 가장 최근에 갔던 것이 지난여름이었다. 마을로 들어가거나 마을 주변에 있을 필요는 없다. 아우구스트 숙부가 지역 남쪽에서 제재소를 운영하고 있기 때문이다.

목적지가 가까워지자 윙윙거리는 톱 소리가 들려온다. 방금 자른 목재와 발트해의 해초 내음이 섞인 냄새가 난다.

닐스는 조심스럽게 숲을 빠져나와 통나무들이 가득 쌓여 있는 커다란 헛간으로 들어간다. 이곳은 몇 번 와봤지만 사무실로 가는 길은 모른다. 무엇보다 지금 사람들 눈에 띄면 안 된다. 제재소에서 남쪽으로 몇백 미터 떨어진 곳에 아우구스트 숙부의 나무 집이 있다. 하지만 닐스는 거기도 찾아갈 수 없다. 아이들과 운전기사들, 하인들이 있기 때문이다. 만일 그들 중 누군가 그를 보면 경찰에 신고를 할 수도 있다. 닐스는 헛간 옆 무성한 라일락 덤불 아래 몸을 숨긴 채 기다릴 수밖에 없다. 꽃향기에 벌레들이 끊임없이 모여든다.

닐스의 시계는 해협을 건널 때 멎었다. 적어도 삼십 분은 더 있어야 사람들이 모습을 나타낼 것이다. 제재소 일꾼 세 명이 그가 있는 쪽은 쳐다보지도 않고 호탕하게 웃으며 지나간다.

닐스는 기다린다.

몇 분 뒤 또 다른 누가 나가온다. 소년이다. 나이는 열서너 살 정도밖에 되지 않았을 텐데 키는 닐스와 비슷하다. 소년은 이마까지 모자를 눌러쓰고 기름때가 묻은 바지 주머니에 양손을 찔러 넣고 있다.

"이봐!" 라일락 덤불 뒤에서 닐스가 부른다.

조용하게 불러서 그런지 소년은 반응이 없다. 그냥 계속 걸어간다.

"너 말야! 모자 쓴 애!"

소년은 멈춰 서더니 의심스러운 듯 주위를 둘러본다. 닐스가 조심스럽게 일어나 손을 흔든다.

"이리 좀 와봐."

소년은 방향을 돌려 라일락 덤불 쪽으로 몇 걸음 다가온다. 그리고는 그 자리에 선 채 아무 말 없이 닐스를 빤히 쳐다본다.

"제재소에서 일해?" 닐스가 묻는다.

소년은 자랑스러운 듯 고개를 끄덕인다.

"응, 첫 번째 여름이야"

소년의 목소리가 많이 갈라진다. 스몰란드 방언이 심하다.

"잘됐네." 닐스는 차분하고 친근하게 들리도록 애를 쓰며 말한다. "도움이 필요해. 아우구스트 칸트를 불러다 줬으면 해. 그분하고 할 말이 있거든."

"사장님 말이야?" 소년이 깜짝 놀라 되묻는다.

"아우구스트 칸트, 사장님, 맞아." 닐스가 말한다. 그는 소년의 눈을 똑바로 바라보며 손가락에 끼운 일 크로나짜리 동전을 보여준다. "닐스가 여기 있다고 전해줄래? 사무실에 가서 그분께 이쪽으로 오시라고 얘기 좀 해줘."

소년은 닐스의 이름을 듣고도 아무 반응 없이 고개를 끄덕이고는 재빨리 동전을 받아든 뒤 크게 서두르는 기색 없이 돌아선다. 소년은 동전을 주머니 깊숙이 넣어둔다.

닐스는 숨을 내쉬고 다시 덤불 뒤로 몸을 숨긴다. 이제 됐다. 모든 것이 잘될 것이다. 숙부가 그를 돌봐줄 것이다. 모든 일이 진정될 때까지 닐스를 숨겨줄 것이다. 이번 여름 내내 스몰란드에서 지내야 할 것이다. 견뎌야 한다.

닐스는 다시 기다린다. 너무 오래 걸린다. 마침내 헛간 쪽으로 다가오는 발소리가 들린다. 닐스가 미소를 지으며 고개를 내민 뒤 앞으로 한 걸음 나아간다. 하지만 아우구스트 숙부가 아니다. 모자를 쓴 소년이 다시 나타난다.

닐스가 소년을 쳐다본다.

"사장님이…… 사무실에 안 계셔?"

"계셔. 하지만 오고 싶지 않으시다는데." 소년이 대답한다.

"오고 싶지 않다고?" 닐스는 상황을 제대로 이해하지 못하고 되묻는다.

"이걸 전해주랬어."

소년이 손에 작은 흰색 봉투를 쥐고 있다.

닐스는 소년에게서 돌아서서 봉투를 열어본다.

봉투에 든 건 편지가 아니라 지폐 세 장이다. 백 크로나짜리 세 장이 접혀 있다.

닐스는 돈을 봉투에 넣고 다시 돌아선다.

"이게 다야?"

소년이 고개를 끄덕인다.

"사장님이 아무 말씀 안 하시던? 전하라는 말도 없었어?"

소년은 고개를 젓는다.

"그 봉투밖에 없었어."

닐스는 눈을 내리깔고 봉투를 쳐다본다.

돈. 그는 알아들었다. 돈을 받고 떠나라. 명확한 메시지다.

숙부는 닐스와 엮이기 싫은 것이다.

그는 한숨을 쉰 뒤 고개를 든다. 소년은 이미 가고 없다. 헛간 모퉁이를 돌아 사라지는 소년의 모습이 얼핏 보인다.

닐스는 또다시 혼자다. 이 상황을 혼자 헤쳐나가야 한다.

어디로든 가야 하는데. 어디로 가야 하지?

먼저 해안에서 멀리 떨어져야 한다. 그 뒤에 방법을 찾을 것이다.

닐스는 주위를 둘러본다. 라일락 향기를 맡은 벌레들이 윙윙거린다. 사방이 초록색이다. 여름날의 짙고 선명한 초록색. 북동쪽으로 그가 건너온 파란색 바닷물이 보인다.

그는 돌아갈 것이다. 지금 당장은 저들에게 잡힐 수도 있다. 하지만 돌아갈 것이다. 욀란드는 그의 섬이니까.

닐스는 마지막으로 바다를 쳐다본다. 그런 다음 돌아서서 안전한 숲속의 전나무 사이로 성큼성큼 들어간다.

16

커다란 석회암 판을 깐 넓은 길이 마르틴 말름의 흰색 저택으로 이어졌다. 그 집을 보자 율리아의 머릿속엔 스텐비크에 있는 베라 칸트의 집이 떠올랐다. 크기는 비슷할 것이다. 하지만 이집은 페인트칠도 멀쩡하고 제대로 관리가 되어 있다. 무엇보다 사람이 살고 있었다. 지난밤 베라 칸트의 집에서 촛불을 켠 사람은 누구일까? 율리아는 생각하지 않을 수 없었다. 그녀가 본 불빛이 진짜일까?

그녀는 무거운 철문을 연 뒤 옐로프의 팔을 잡아 부축했다. 바닥에 울퉁불퉁한 돌이 깔려 있었다. 그가 그녀에게 의지하는 만큼, 어쩌면 그녀도 그에게 의지하고 있다는 생각이 들었다. 왜

냐하면 그녀는 지금 너무 불안했으니까.

율리아로서는 옌스의 살인범을 만나는 자리였다. 마르틴 말름이 샌들을 보낸 게 분명하다면, 틀림없이 그자가 살인자일 것이다. 옐로프가 어떻게 생각하든 상관없다.

길은 계단 앞에서 끝났다. 그리고 계단 위에는 "말름"이라고 쓰인 철로 된 명판이 붙은 넓은 마호가니 문이 보였다. 문에 난 작은 스테인드글라스 밑에 열쇠 모양의 초인종이 조그맣게 달려 있었다.

옐로프가 율리아를 쳐다보았다.

"준비됐니?"

율리아는 고개를 끄덕인 뒤, 초인종을 눌렀다.

"한 번 이상 눌러라. 마르틴은 몇 년 전에 뇌출혈을 일으켰어. 상태가 좋은 날도 있고 안 좋은 날도 있지. 나처럼 말이다. 오늘 상태가 괜찮다면 이야기를 할 수 있을 거야. 그렇지 않다면……."

"알았어요." 율리아가 대답했다. 심장이 두근거렸다.

벨 소리는 크지 않았다. 하지만 집안에서는 제대로 들릴 터였다.

잠시 뒤에 유리창 뒤로 그림자가 어른거리더니 문이 열렸다.

젊은 여자가 서 있었다. 그녀는 키가 작고, 금발에, 다소 지친 모습이었다.

"어떻게 오셨어요?"

"안녕하십니까. 마르틴 집에 있습니까?" 옐로프가 말했다.

"계세요, 하지만 그분은……." 그 여자가 말했다.

"그 사람 친구예요. 내 이름은 옐로프 다비드손입니다. 스텐
비크에서 왔죠. 이쪽은 내 딸이고. 마르틴을 만나러 왔습니다."
옐로프가 재빨리 말했다.

"알았어요. 여쭤보고 올게요."

"날이 추워서 그러는데, 안에서 기다려도 되겠습니까?" 옐로
프가 물었다.

"그러세요."

여자가 뒤로 물러났다.

율리아는 옐로프기 대리석 깔린 현관 안에 들어갈 수 있도록
문지방을 넘는 것을 도왔다. 현관은 넓었다. 짙은 색 나무판으
로 된 벽에는 옛날 배와 현대 배들의 사진이 액자에 걸려 있었
다. 집안으로 통하는 문이 세 개나 되었고, 위층으로 이어진 계
단도 넓었다.

"마르틴의 친척 되시나요?" 현관에 들어서자 옐로프가 여자
에게 물었다.

여자는 고개를 저었다.

"전 칼마르에서 온 간호사예요." 그런 뒤 여자는 가운데 있는
문으로 걸어갔다.

그녀가 문을 열 때 율리아는 안을 들여다보려고 했지만 검은
색 커튼이 쳐져서 아무것도 보이지 않았다.

그녀와 옐로프는 말없이 기다렸다. 마치 문이 닫혀 있는 이

대저택이 대화를 허락하지 않는다는 듯, 교회 안에 있는 것처럼 조용하고 엄숙했다. 하지만 가만히 귀를 기울이면 위층에서 인기척이 들릴 것 같다고 율리아는 생각했다.

가운데 문이 열리더니, 간호사가 다시 나왔다.

"오늘 상태가 별로 좋지 않으시네요. 죄송해요. 많이 힘들어하세요." 간호사가 조용히 말했다.

"이런, 정말 유감이군요. 몇 년이나 보지 못했는데." 옐로프가 말했다.

"다음에 와주세요." 간호사가 말했다.

옐로프는 고개를 끄덕였다.

"그렇게 하죠. 전화부터 하고 오겠습니다."

그가 현관문으로 나가자 율리아도 마지못해 따라 나갔다.

바깥공기가 조금 전보다 더 차가워진 느낌이었다. 그녀는 아무 말 없이 옐로프를 따라 걸었다. 철문을 열고 나와 저택을 뒤돌아보았다.

그녀는 위층에 난 대형 창문 중 한 곳에서 밖을 내다보고 있는 창백한 얼굴을 보았다. 나이 많은 여자가 창가에 서서 두 사람을 뚫어지게 쳐다보고 있었다.

율리아는 옐로프에게 저 여자를 아는지 물어보려고 했지만 그는 이미 차 옆에 가 있었다. 그녀는 재빨리 곁으로 다가가 문을 열어주었다.

그런 뒤에 다시 저택을 돌아보았지만 창문 속 여자는 이미 사라지고 없었다.

옐로프는 자리에 앉아 시계를 보았다.

"1시 반이구나. 뭐라도 좀 먹자꾸나. 그런 다음엔 주류 판매점에 좀 들러야겠어. 요양원에 있는 사람들이 사다 달라고 한 게 있어서 말이야. 괜찮지?"

율리아는 운전대 앞에 앉았다.

"알코올은 독이에요."

그들은 보리홀름에서 겨울철에 문을 여는 몇 안 되는 식당 중 한 곳에 들어가 피스타를 먹었다. 식당에는 손님이 거의 없었다. 율리아가 옐로프에게 마르틴 말름을 만나는 문제에 대해 의논하려 했지만, 옐로프는 고개를 저은 뒤 음식을 먹는 데만 집중했다. 식사를 마치자 그는 자기가 음식값을 내겠다고 우겼다. 그런 뒤 두 사람은 주류 판매점으로 갔다. 옐로프는 약쑥 냄새가 나는 네덜란드 진 두 병과 아드보카트 한 병, 독일 맥주 여섯 캔을 샀다. 짐은 율리아가 들었다.

"이제 돌아가야 할 시간이구나." 차에 올라타자 옐로프가 말했다.

그날 하루를 즐겁고 성공적으로 보냈다는 듯 근심 없는 옐로프의 말투에 율리아는 짜증이 났다. 그녀는 큰 소리가 나도록 차문을 닫은 뒤 시동을 걸고 거리로 나갔다.

"아무 일도 없었잖아요." 보리홀름 동쪽에서 신호등에 걸려

섰을 때, 율리아가 말했다.

"무슨 뜻이냐?"

"무슨 뜻이냐고요? 오늘 하루 허탕 쳤잖아요." 이제 율리아는 주도로를 타고 북쪽으로 향하고 있었다.

"아니, 우린 많은 일을 했어. 가장 중요한 건 제일 먼저 마르기트와 예스타의 맛있는 케이크를 먹었다는 거야. 그리고 자동차 중개인인 블롬베리를 가까이서 봤지. 또……."

"무엇 때문에 그런 건데요?" 율리아가 말을 가로막았다.

옐로프는 잠시 대답을 망설였다.

"여러 가지 이유가 있지."

율리아가 깊은 한숨을 쉬었다.

"어떻게 된 일인지 말씀해주세요." 그녀는 앞유리를 통해 정면만 쳐다보았다. 이대로 차를 세운 뒤 문을 열고 옐로프를 알바르에 던져버리고 싶은 심정이었다. 그는 그녀를 괴롭히고 있었다.

옐로프는 한참 동안 아무 말도 없다가 마침내 입을 열었다.

"에른스트 아돌프손이 지난여름에 생각한 게 하나 있었어. 하나의 이론이었지. 그 친구는 안개가 자욱했던 그날 내 손자, 그러니까 우리 옌스가 바다가 아니라 알바르 지대로 갔을 거라고 생각했어. 그리고 거기서 살해당했을 거라고."

"누구한테요?"

"닐스 칸트, 아마도."

"닐스 칸트요?"

"그래, 닐스 칸트는 죽었지. 그자는 그 일이 있기 십 년 전에 이미 땅에 묻혔어⋯⋯. 너도 그자의 묘비를 봤고. 하지만 소문에는⋯⋯."

"알아요. 아스트리드가 말해줬어요. 도대체 누가 그런 소문을 퍼뜨린 거예요?" 율리아가 말했다.

옐로프는 한숨을 쉬었다.

"스텐비크에 있던 우체부⋯⋯ 에리크 안룬드였지. 은퇴한 뒤에 그 친구는 나나 에른스트는 물론 마을에 있는 사람들 중에서 이야기를 들어줄 만한 사람들은 모두 붙잡고 그 이야기를 했어. 베라 칸트가 발신인 이름이 없는 엽서를 받았다고 했지."

"그런데요?"

"그 엽서들이 언제부터 오기 시작했는지는 몰라. 안룬드의 말에 따르면 1950년대와 1960년대에 남미의 여러 지역에서 왔다고 했어. 일 년에 몇 통씩 말이지. 전부 다 보내는 사람 이름은 없었고."

"그 엽서들을 아들이 보냈다는 건가요?"

"그렇겠지. 그게 가장 그럴듯한 해석이니까." 옐로프가 차창 너머 알바르를 내다보았다. "그런데 닐스 칸트가 관에 누운 채 돌아와 마르네스에 묻혔어."

"알아요."

"하지만 장례식이 끝난 뒤에도 엽서들은 계속 왔지. 해외에서, 보내는 사람 이름이 없이."

율리아는 재빨리 옐로프를 쳐다보았다.

"정말로요?"

"그랬을 거야. 에리크 안룬드는 베라가 받은 엽서를 본 유일한 사람이었지. 그 친구는 닐스가 죽은 뒤에도 몇 년 동안 계속 엽서가 왔다고 맹세했어."

"그래서 스텐비크에 사는 사람들이 칸트가 아직 살아 있다고 믿는다는 건가요?"

"그렇지. 사람들은 해질녘에 둘러앉기만 하면 항상 그 이야기를 했으니까. 에른스트는 소문을 믿는 사람이 아니었는데도 그렇게 생각했지."

"그럼 아버지 생각은요?"

옐로프는 주저했다.

"난 사도 도마와 같아. 그자가 살아 있다는 증거를 원하지. 그런데 아직 찾지 못했어."

"블롬베리는 왜 보려고 하신 거예요?"

이번에도 옐로프는 주저했다. 마치 늙어서 노망이라도 난 것처럼 보일까 봐 두려워하는 것 같았다.

"욘 하그만은 로베르트 블롬베리가 닐스 칸트일지도 모른다고 생각해." 마침내 그가 대답했다.

율리아가 그를 쳐다보았다.

"아버지도 그렇게 생각하신 건 아니죠?"

옐로프가 천천히 고개를 저었다.

"말이 안 되지. 하지만 욘은 가능성이 높다고 생각했어. 아까도 말했지만, 블롬베리는 뱃사람이야. 스몰란드에서 성장해서 십 대 때 기관사로 바다에 나갔지. 오랜 세월 동안 떠나 있었어……. 이십 년에서 이십오 년, 그 이상일 수도 있고. 마침내 고향에 돌아온 그는 욀란드로 옮겨왔지. 거기서 결혼을 하고 아이들을 낳았어. 오늘 정비소에서 봤던 젊은이가 아들일 거야."

"특별히 의심할 만한 점은 없는 것 같은데요." 율리아가 대꾸했다.

"맞아, 하지만 너무 오랫동안 떠나 있었다는 게 이상하지. 욘은 블롬베리가 배를 박차고 나갔다가, 남미 어딘가에 있는 항구에서 빈털터리 알코올의존자로 떠돌던 중에 스웨덴인 선장을 만나 고향에 돌아올 수 있었다는 소문을 들었다고 했어."

"블롬베리가 욀란드로 이주해 온 유일한 사람은 아니잖아요?"

"그럼. 수백 명의 사람들이 본토에서 이곳으로 옮겨왔단다."

"욘 아저씨는 그 사람들이 전부 닐스 칸트일지도 모른다고 의심하는 거예요?"

"아니. 그리고 난 블롬베리가 닐스 칸트와 비슷한 점이 없다고 생각해. 사람들은 보고 싶은 것만 보잖니. 우리 어머니, 네 할머니인 사라는 어렸을 때 도깨비를 봤다고 생각하셨어……. 기억나니? 항상 도깨비를 '회색 남자'라고 부르셨는데……."

"네, 저도 들었어요. 그러니까 그 이야기를 하실 필요는……."

하지만 옐로프는 이야기를 멈추지 않았다.

"그게 뭔지는 몰라도 어머닌 19세기가 끝나가던 해의 어느 봄날 그 남자를 봤다고 하셨어. 그뢴회겐 바깥쪽에서 몸을 씻고 칼마르 해협 쪽으로 나왔을 때, 갑자기 뒤에서 빠른 걸음 소리가 들렸다는 거야. 남자가 숲에서 정신없이 뛰어나왔다고 했어……. 회색 옷을 입고, 키가 구십 센티미터밖에 안 될 정도로 작았다고 했지. 그 남자는 한마디 말도 없이, 어머닐 쳐다보지도 않고 그대로 지나치면서 해협 쪽으로 뛰어갔어. 물가에 다다랐지만 남자는 멈추지 않았지……. 어머니가 뒤에서 불렀지만, 남자는 물속으로 뛰어들었어. 그러고는 파도에 휩쓸려 물속으로 가라앉았지. 그렇게 남자는 사라졌다고 했어."

율리아는 짧게 고개를 끄덕였다. 기이한 이야기였다. 아마 월란드의 가족들에게 들었던 이야기 중에 가장 이상한 이야기일 것이다.

"자살한 도깨비라니. 매일 볼 수는 없는 거죠." 율리아가 약간 빈정대는 투로 말했다.

"그 이야기는 분명히 사실이 아니야. 하지만 난 그 이야기를 믿어. 어머니가 도깨비를 봤다는 걸 믿는다고. 최소한 어떤 초자연적인 존재를 봤거나, 도깨비로 착각할 만한 미지의 현상을 경험하신 거지. 그러면서도 난 이 세상에 도깨비나 트롤은 존재하지 않는다는 걸 알아."

"최근엔 나타나지 않는 존재들이니까요." 율리아가 말했다.

"그래, 닐스 칸트의 경우도 마찬가지인 거지. 아무도 그자에 대해 말하지 않고, 본 사람도 없어. 경찰은 닐스 칸트가 죽은 걸 확인했고, 그자는 마르네스 교회에 묻혔어. 누구나 볼 수 있게 묘비까지 세워졌지. 그렇지만 여전히 윌란드 북부 사람들 가운데 상당수는 닐스 칸트가 살아 있다고 생각해. 적어도 그자를 기억하는 늙은 사람들은 말이야." 옐로프가 천천히 말했다.

"아버진 어떻게 생각하시는데요?" 율리아가 다시 물었다.

"난 닐스 칸트와 관련한 온갖 이상한 일들을 정리할 수 있으면 좋겠다고 생각해."

"전 그냥 아들이나 찾을래요. 그게 여기 온 이유기도 하고." 율리아가 조용히 말했다.

"그렇지, 하지만 아무래도 두 가지 일 사이에 연관점이 있는 것 같구나."

"닐스 칸트와 옌스 말이에요?"

옐로프가 고개를 끄덕였다. "이미 어느 정도는 연관점이 있다는 걸 알아냈어. 마르틴 말름을 통해서 말이야."

"어떻게요?"

"말름이 옌스의 샌들을 가지고 있었지. 그리고 말름 화물 수송의 배가 닐스 칸트의 관을 스웨덴으로 옮겨왔어." 옐로프가 말했다.

"정말요? 그건 어떻게 아셨어요?"

"딱히 비밀도 아니야. 난 그 관을 실은 배가 들어올 때 항구에 있었어. 마르네스의 장의사가 담당했지."

율리아가 그 일에 대해 생각하는 사이 그들은 마르네스에 닿았다. 그녀는 속도를 줄이며 방향을 틀었다.

"오늘 우린 샌들을 보냈다는 사람과 이야기를 못 했어요." 율리아가 지적했다.

"그래, 하지만 너도 그 사람의 집에는 가봤잖니. 마르틴은 오늘 상태가 좋지 않았어. 머지않아 그와 이야기를 할 수 있게 될 거야. 아마 다음주쯤이면 가능하겠지." 옐로프가 대답했다.

"전 그때까지 여기 못 있어요. 예테보리로 돌아가야 하니까요." 율리아가 날카롭게 말했다.

"그랬지. 언제 떠날 거니?" 옐로프가 물었다.

"모르겠어요. 곧…… 아마 내일요."

"내일은 마르네스 교회에서 장례식이 있어. 오전 11시에 말이야."

"제가 참석할 수 있을지 모르겠어요." 율리아가 요양원의 입구로 들어서며 말했다. "일단 에른스트 아저씨를 잘 모르니까요. 아저씨의 죽음이 비극적이고, 그분의 시신을 발견했던 그날 아침 일을 절대 잊지는 못하겠지만…… 전 그 아저씨를 잘 몰라요."

"그래도 참석했으면 좋겠구나." 옐로프가 자동차 문을 열면서 말했다.

율리아는 그가 차에서 내리는 것을 도왔다. 술병이 든 봉투와 서류 가방도 옮겨주었다.

"고맙구나. 다리도 한결 좋아졌어." 옐로프가 지팡이에 기대며 말했다.

"다시 봬요. 오늘 감사했어요." 율리아는 엘리베이터까지 옐로프와 함께 걸었다.

그런 다음 차로 돌아와 옐로프가 엘리베이터에 제대로 타는지, 혹시 넘어지지는 않는지 잠시 지켜보았다.

그녀는 다시 동쪽으로 향했다. 보트 창고로 돌아가기 전에 마르네스의 식료품 가게에서 먹을 걸 좀 사기로 마음먹었다.

서서히 해가 저물어가고 있었다. 4시 20분이 지났다. 사람들이 일을 끝마치고 집으로 돌아갈 시간이었다.

율리아는 식료품 가게에서 우유와 빵, 그리고 빵에 곁들여 먹을 만한 걸 좀 샀다. 남은 돈이 별로 없었다. 다음 수당을 받을 때까지는 일주일도 넘게 남았다.

가게에서 나왔을 때, 율리아는 파출소 창문으로 불빛이 새어 나오고 있는 것을 알아차렸다. 그녀는 렌나르트 헨릭손에 대해 생각했다. 그리고 아스트리드가 해주었던 이야기를 떠올렸다. 렌나르트 역시 인생에서 엄청난 비극의 영향을 받은 사람이었다.

율리아는 걸음을 멈추고 불이 비치는 창문을 쳐다보았다. 그녀는 가게에서 산 물건을 포드 트렁크에 실었다. 그런 다음 길을 건너 파출소의 문을 두드렸다.

17

"계속 어머니를 원망했어요. 아이가 혼자 집을 나갔던 오후에 주무시고 계셨다는 것 때문에요." 율리아가 말했다. 그녀는 눈물이 흐르지 않도록 눈을 깜박거린 뒤 말을 이었다. "아버지는 더 원망했죠……. 그날 그물을 수선하겠다고 바다에 나가셨다는 이유로요. 아버지가 집에 계셨으면 옌스는 혼자 밖으로 나가지 않았을 거예요. 그 애는 외할아버지를 좋아했으니까."

율리아는 코를 훌쩍이며 한숨을 쉬었다.

"오랜 세월 동안 두 분을 원망했어요. 하지만 내 잘못이었죠. 옌스만 남겨두고 남자를 만나러 칼마르를 건너갔으니까요. 시간 낭비라는 건 알고 있었어요. 그 남자는 심지어 나타나지도 않았죠." 율리아는 잠시 말을 멈췄다가 다시 부드럽게 말을 이었다. "만나기로 했던 건 미샤엘이었어요……. 옌스의 아빠죠. 우린 별거중이었고, 그 사람은 스코네에 살고 있었거든요. 그 사람이 기차를 타고 날 만나러 오겠다고 했어요……. 난 어쩌면 우리가 다시 시작할 수 있을지도 모른다고 생각했죠. 하지만 그 사람은 그럴 마음이 없었어요." 그녀는 다시 훌쩍였다. "미샤엘은 옌스가 실종됐을 때도 아무것도 돕지 않았어요. 아직까지 말뫼에 살고 있죠……. 하지만 가장 잘못한 사람은 나였어요."

렌나르트는 아무 말도 하지 않고 맞은편에 앉아 그녀의 이야기를 듣고 있었다. 율리아는 그가 다른 사람 이야기를 잘 들어주는 사람이라고 생각했다. 그래서 이렇게 속내를 드러내고 만 것이다. 그녀의 침묵이 길어지자 렌나르트가 입을 열었다. "누구의 잘못도 아니에요, 율리아. 이럴 때 우리 경찰들은 항상 이야기하죠……. 그저 불운한 상황이 겹쳤던 것뿐이라고 말이에요."

"그렇죠. 그 일이 사고라면요." 율리아가 말했다.

"무슨 뜻이죠?" 렌나르트가 물었다.

"그건…… 옌스가 밖에 나가지 않았더라면, 그 아이를 데려간 누군가를 만나지 않았을 거란 뜻이죠."

"누구 말입니까? 대체 누가 그런 짓을 했다는 겁니까?" 렌나르트가 재차 물었다.

"모르겠어요. 미친 사람일까요? 이런 일에 관해선 나보다 많이 아시겠죠. 경찰이시니까."

렌나르트는 고개를 저었다.

"그런 사람이 한 짓이라면 소동이 벌어졌을 겁니다…… 틀림없이 그랬을 거예요. 그리고 강력 범죄가 일어나면 경찰에서 그런 사람들의 행적을 대부분 확인합니다. 당시 욀란드에는 그런 사람이 없었어요. 정말입니다. 우리도 용의자를 찾고 있었으니까……. 집집마다 탐문 수사를 했고, 기록을 살펴봤어요."

"알아요. 당시에 할 수 있는 일은 전부 하셨어요." 율리아가 말했다.

"우린 옌스가 물에 빠졌을 거라고 추정했습니다. 물가까지 고작 몇백 미터 떨어져 있던데다 그날은 안개 때문에 길을 잃기도 쉬운 상황이었죠. 많은 사람들이 칼마르 해협에서 사라졌어요. 그전에도, 그 이후에도……" 렌나르트가 말을 멈췄다. "말씀드리기 어려운 일입니다만, 아무래도……."

"괜찮아요." 율리아가 조용히 말했다. 그녀는 잠시 생각에 잠겼다가 말을 이었다. "사실 올가을에 여기 돌아와 모든 일들과 다시 마주해서 좋을 게 없다고 생각했어요. 하지만 결과적으로는 잘됐어요. 옌스의 일을 극복하기 시작했으니까요……. 그리고 그 애가 돌아오지 않을 거라는 것도 알고요." 율리아는 확신에 찬 목소리로 들리게끔 애를 썼다. "이제 극복할 거예요."

화요일 저녁, 마르네스였다. 율리아는 파출소에 있는 렌나르트를 잠깐만 보고 갈 생각이었다. 하지만 지금까지 그곳에 있었다. 렌나르트도 일이 끝났으니 컴퓨터 전원을 끄고 집으로 돌아가야 할 것이다. 하지만 그 역시 계속 있었다.

"오늘 근무는 마치셨어요?" 율리아가 물었다.

"네, 그래도 아직 일이 남았습니다. 위원회에 속해 있는데, 오늘 모임이 있어서요. 7시 30분이니 시간이 좀 남았어요." 렌나르트가 말했다.

율리아는 렌나르트에게 어느 당 소속인지 묻고 싶었다. 하지만 그러면 그녀가 싫어하는 대답이 나올 가능성도 있었다. 또 렌나르트에게 결혼을 했는지도 묻고 싶었다. 하지만 그 대답 역시 마음에 들지 않을 가능성이 있었다.

"모비 딕에서 피자 배달이라도 시킬까요? 괜찮으시겠어요?" 렌나르트가 물었다.

"좋은 생각이네요." 율리아가 대답했다.

파출소 사무실 안에 주방이 있었다. 인간미 없는 사무실이지만, 커튼 뒤쪽에 있는 주방에는 어느 정도 가정적인 편안한 분위기가 감돌았다. 바닥에 빨간색 깔개가 깔려 있고, 벽에 그림도 두 점 걸려 있었다. 티끌 하나 보이지 않는 깨끗한 커피 머신이 역시 깨끗한 카운터 한쪽에 놓여 있었다. 구석에는 나지막한 탁자와 안락의자도 있었다. 렌나르트와 율리아는 항구 옆에 있는 식당에서 배달시킨 피자를 그 탁자에 올려놓고 먹기 시작했다.

음식을 먹으면서도 그들은 대화를 이어나갔다. 대화 주제는 슬픔과 상실에 집중되어 있었다.

나중에 율리아는 그때 두 사람 중 누가 먼저 개인적인 이야기를 꺼냈는지 기억이 나지 않았다. 아무래도 그녀가 먼저 시작한 것 같았다.

　"이제 극복할 거예요. 만일 옌스가 해협에서 실종된 거라면 받아들여야죠. 말씀하신 것처럼 전에도 있었던 일이니까요." 그녀는 잠시 뒤에 말을 덧붙였다. "우리 아이는 물에 대한 공포심이 있었어요. 해안에서 놀지도 않을 정도였죠. 그래서 가끔씩 아이가 다른 쪽, 그러니까 알바르로 갔을 거라고 생각했어요. 이상하게 들릴 거라는 건 알지만…… 옐로프도 저와 같은 생각이에요."

　"그때 알바르도 조사를 했습니다. 그 일이 있고 다음주부터 모든 곳을 다 수색했죠." 렌나르트가 조용히 말했다.

　"알아요, 그리고 그때를 떠올려봤는데요……. 혹시 우리가 만난 적이 있었나요?" 율리아가 물었다.

　옌스가 실종되었을 때 이름도 모르는 경관들이 수없이 나타나서 그녀에게 질문을 퍼부었다. 그들의 질문에, 율리아는 처음에는 열정적으로 대답했고, 나중에는 멍하니 대답했다. 옌스를 찾을 수만 있다면 누구든 상관없었다.

　당시 그들이 했던 질문이 그녀가 미쳤거나 어떤 이유에서건 아들을 죽이고 시신을 숨겼을 가능성을 확인하기 위한 것이었음을 깨달은 건 한참이 지나서였다.

　렌나르트는 고개를 저었다.

"만난 적 없어요……. 적어도 대화를 나눈 적은 없죠. 당신이나 가족분들과 연락을 담당한 경관은 따로 있었습니다. 난 수색대를 맡고 있었고요. 그날 저녁에는 스텐비크의 자원봉사자들을 모아서 해안가를 수색했어요. 그런 뒤에는 순찰차를 타고 스텐비크 인근 도로와 알바르로 통하는 길들을 수색했고. 하지만 아이는 찾지 못했죠." 그는 말을 멈추고는 한숨을 쉬었다. "정말 끔찍한 시간이었어요. 특히 나처럼…… 개인적으로 비슷한 일을 겪어본 사람한테는 말입니다. 우리 아버지가……."

렌나르트가 말을 꺼냈다가 다시 멈췄다.

"그 일은 나도 알아요, 렌나르트. 아스트리드 린데르가 당신 아버님께 무슨 일이 있었는지 말해줬어요……." 율리아가 부드럽게 말했다.

렌나르트는 고개를 끄덕였다.

"딱히 비밀은 아니니까요."

"닐스 칸트에 대해서도 들었어요. 그 일이 있었을 때…… 몇 살이었어요?" 율리아가 물었다.

"여덟 살. 그때 여덟 살이었죠." 렌나르트가 대답했다. 시선을 내리깐 채였다. "마르네스에 있는 초등학교에 다니기 시작했을 때였죠. 학기가 끝나갈 무렵이었고, 그날은 날씨도 화창하고 좋았어요. 난 여름방학을 기대하면서…… 기분이 정말 좋았어요. 그때 아이들 사이에 소문이 돌기 시작했어요. 보리홀름으로 가는 기차에서 총격이 있었다고 말이에요. 마르네스에서 탄 누군가 총에 맞았다고…… 하지만 어떻게 된 일인지 제대로 아는 사람은 아무도 없었어요. 집에 돌아가서야 사실을 알게 되었죠. 어머니가 집에 계셨고, 이모들도 와 있었어요. 말없이 한참 동안 앉아만 계시다가, 어머니가 무슨 일이 있었는지 말씀해주셨죠……."

렌나르트는 과거에 휘말린 듯 말을 멈췄다. 렌나르트의 눈에서 그날, 여덟 살 아이가 받았던 충격과 불행이 보이는 것 같았다.

"경찰은 눈물을 보이면 안 되는 건가요?" 그녀가 망설이다 물었다.

"그럴 리가요. 하지만 경찰은 감정을 숨기는 편이 낫다고 생각합니다." 렌나르트가 나지막이 대답한 뒤 말을 이었다. "닐스 칸트……. 그때 난 그자가 누군지도 몰랐습니다. 나이가 나보다 열 살 이상 위였기 때문에 몇 킬로미터 떨어지지 않은 곳에 살면서도 만난 적이 없었어요. 그런데 갑자기 그자가 아버지를 죽인 겁니다."

또다시 침묵이 흘렀다.

"그 일이 있고 난 뒤에는 어떻던가요? 그자를 증오하게 됐다거나……." 결국 율리아가 물었다.

그녀는 자신을 생각하고 있었다. 옌스의 살인자를 만나면 자신은 어떻게 반응할지 궁금했다. 자기가 어떻게 할지, 율리아는 여전히 알 수가 없었다.

렌나르트는 파출소 뒤에 난 창문을 통해 어두운 바깥을 쳐다보았다.

"맞아요, 난 닐스 칸트를 증오했어요. 말도 못 할 정도로 뼈저리게 그자가 미웠죠. 하지만 동시에 두렵기도 했어요…… 실제로 그날 밤에는 잠을 이룰 수 없을 정도였죠. 그자가 욀란드로 돌아와서 나와 어머니까지 죽일까 봐 무서웠어요." 렌나르트는 잠시 말을 멈췄다. "오랜 시간이 지난 뒤에야 그런 감정을 떨쳐버릴 수 있었죠."

"그자가 아직 살아 있다고 하는 사람들도 있던데요. 그런 얘기 들어보셨어요?" 율리아가 조용히 물었다.

렌나르트가 그녀를 쳐다보았다.

"누가 살아 있다는 겁니까?"

"닐스 칸트요."

"살아 있다고요? 그건 불가능해요." 렌나르트가 말했다.

"나도 그 말을 믿는 건 아니에요……."

"칸트는 살아 있지 않습니다. 누가 그런 말을 하던가요?" 렌나르트가 피자를 자르며 물었다.

"나도 그 말을 믿는 건 아니에요." 율리아가 되풀이했다. "하지만 내가 여기 온 뒤로 옐로프는 그자에 관해 이야기하면서…… 마치 옌스가 실종된 사건의 배후에 닐스 칸트가 있다고 믿게 하려는 것처럼 말했어요. 옌스와 칸트가 그날 만났다는 거죠. 그자가 십 년 전에 죽었는데도 말이에요."

"그자는 1963년에 죽었습니다. 그해 가을, 보리홀름 항구에

관이 도착했죠." 렌나르트는 칼과 포크를 내려놓았다. "이 사실을 밝히는 게 좋은 일인지 모르겠습니다만…… 보리홀름에서 경찰이 관을 열었어요. 조심스럽게 진행됐죠. 어떤 이유에서든 말이에요. 두려움 때문일 수도 있고, 베라 칸트에 대한 존중 때문일 수도 있죠. 그 여자는 재산이 많고, 엄청난 토지를 소유하고 있었으니까……. 어쨌든 관을 열긴 했어요."

"그 안에 시신이 있던가요?"

렌나르트는 고개를 끄덕였다.

"내가 봤어요." 그는 낮은 목소리로 덧붙였다. "공무라고 딱 잘라 말할 순 없었지만, 관이 해안에 들어왔을 때……."

"말름 화물 수송의 배를 타고 들어왔죠." 율리아가 덧붙였다.

"맞아요. 옐로프가 자세한 배경까지 알려주던가요?" 렌나르트는 그녀의 대답을 기다리지 않은 채 말을 이었다. "내가 벡셰에서 이 년을 보낸 뒤 마르네스에서 경찰 일을 막 시작했을 때였죠. 경찰에서 칸트의 관을 열 때 보리홀름에 가고 싶다고 요청했어요. 전적으로 개인적인 이유였지만 동료들은 나를 이해해줬죠. 관은 항구 옆에 있는 창고 중 한 곳에서 장의사가 오기를 기다리고 있었어요. 나무로 된 관으로, 못이 박혀 있었죠. 남미에 있는 스웨덴 영사관에서 찍은 소인과 서류들이 붙어 있었고요." 그는 잠시 말을 멈췄다. "나이 많은 경관 하나가 관 뚜껑을 열었어요. 닐스 칸트의 시신이 누워 있었어요. 바짝 말라 검은색 곰팡이에 뒤덮인 부위도 있더군요. 보리홀름 병원에서 온 의사가 그가 바닷물에 빠져 죽었다는 것을 확인해줬어요. 한참 동안 물속에 잠겨 있었다고요. 그래서 물고기들이 물어뜯고……."

이야기를 하는 동안 렌나르트는 점점 표정이 멍해졌다. 탁자를 쳐다보던 그는 갑자기 그들이 피자를 먹고 있었다는 사실을 떠올린 것 같았다.

"식사중인데 듣기 안 좋은 이야기를 너무 자세하게 설명했군요." 그가 재빨리 사과했다.

"괜찮아요. 그 시신이 칸트라는 것을 어떻게 알 수가 있었죠? 지문 확인이라도 했나요?" 율리아가 물었다.

"기록에는 닐스 칸트의 지문이 없어요. 치아 기록도 마찬가지고. 하지만 오래전에 입은 왼손 부상으로 닐스 칸트라는 것을 확인할 수 있었죠. 예전에 스텐비크 부두에서 싸우다가 손가락 몇 개가 부러진 적이 있었거든요. 그 이야기는 스텐비크에 살던 사람들에게서 직접 들었죠. 관 속에 있는 시신에도 똑같은 부상이 있었어요. 그래서 그 시신을 닐스 칸트로 결론 내렸죠."

잠시 침묵이 흘렀다.

"기분이 어땠어요? 칸트의 시신을 봤을 때 말이에요." 율리아가 물었다.

"사실 아무 느낌도 없었어요. 내가 만나고 싶었던 건 살아 있는 칸트였어요. 죽은 사람한테는 어떤 책임도 물을 수 없으니까."

율리아는 생각에 잠긴 채 고개를 끄덕였다. 문득 렌나르트에게 부탁할 것이 떠올랐다.

"칸트의 집에는 들어가보셨어요? 옌스를 찾을 때 그 집에도 가봤나요?" 율리아가 물었다.

렌나르트는 고개를 저었다.

"그 집을 살폈어야 할 이유가 있습니까?"

"모르겠어요⋯⋯. 그냥 옌스가 갈 만한 곳은 모두 살펴봤어야 했던 것 같아서요. 어쩌면 그 애는 바다에도, 알바르에도 가지 않았을지 몰라요. 그냥 이웃집에 갔을 수도 있죠. 베라 칸트의 집은 우리 별장에서 이백 미터밖에 떨어져 있지 않으니까⋯⋯."

"옌스가 왜 그 집에 간단 말입니까? 게다가 남의 집에서 가만히 있을 이유도 없고." 렌나르트가 말했다.

"모르겠어요. 만일 옌스가 남의 집에 들어갔다가 쓰러지기라도 한 거라면⋯⋯" 율리아는 생각에 잠긴 채 말했다. 어쩌면 베라 칸트도 아들만큼 미쳐 있었을지 모를 일이다.

'옌스, 어쩌면 네가 그 집에 들어갔을 때 베라 칸트가 뒤에서 문을 잠가버린 건 아닐까?'

"아무 소용 없는 일이라는 건 알고 있는데요⋯⋯. 그래도 같이 들어가서 그 집을 살펴봐주실 수 없을까요?"

"잠깐만요⋯⋯. 칸트의 집에 들어가겠다는 말입니까?"

"내일 예테보리로 돌아가기 전에 잠깐 둘러보고 싶어서요." 그녀는 렌나르트의 미심쩍어하는 눈빛을 피하지 않았다. 그에게 그 집에서 불빛을 봤다는 이야기를 하고 싶었지만 그녀가 잘못 본 것일 수도 있기 때문에 그러지 않기로 했다. "빈집이니까 안에 들어간다고 해도 무단 침입이라고 할 순 없겠죠? 그리고 당신은 경찰이니까 어디든 들어갈 수 있지 않아요?" 율리아가 물었다.

렌나르트는 고개를 저었다.

"그런 일에는 엄격한 규정이 있어요. 이 구역을 담당하는 경관으로서 어느 정도는 임의로 처리할 수도 있긴 하지만……."

"보는 사람은 아무도 없을 거예요." 율리아가 렌나르트의 말을 가로막았다. "스텐비크에는 아무도 없거든요. 베라 칸트의 집 주변에는 전부 여름 별장뿐이에요. 근처에 사는 사람이 없다고요."

렌나르트는 시계를 보았다.

"모임에 가봐야 하는데요."

적어도 그가 제안을 거절한 건 아니라고 율리아는 생각했다.

"모임이 끝난 뒤에는요?"

"오늘밤에 가자는 말인가요?"

율리아가 고개를 끄덕였다.

"모임이 약간 길어질 수도 있습니다. 일찍 끝나면 전화를 하죠. 번호를 알려주겠습니까?" 렌나르트가 말했다.

"네, 전화 주세요."

주방 탁자에 연필 두 자루가 놓여 있었다. 율리아는 피자 상자를 찢어 전화번호를 적었다. 렌나르트는 종이를 앞주머니에 넣은 뒤 자리에서 일어났다.

"혼자 가면 안 돼요." 그가 율리아를 내려다보며 말했다.

"그럴게요." 율리아는 약속했다.

"마지막으로 봤을 때 베라 칸트의 집은 금세라도 무너질 것처럼 보였어요."

"알아요. 혼자서는 가지 않을게요."

옌스가 거기 있다면, 그 어둠 속에 홀로 있었다면, 그녀가 찾으러 가지 않은 것을 용서해줄까?

두 사람이 파출소에서 나왔을 때 마르네스 거리는 텅 비어 있었다. 가게들은 온통 컴컴했고, 광장 앞에 있는 매점 한 곳만 영업중이었다. 습하던 대기가 얼어붙기 시작한 것 같았다.

렌나르트는 파출소의 불을 끄고 문을 잠갔다.

"이제 스텐비크로 돌아가는 건가요?"

율리아는 고개를 끄덕였다.

"이따 만날 수 있는 거죠?"

"아마도요."

율리아는 잠깐 다른 생각이 떠올랐다.

"렌나르트, 그 샌들에서 뭐 알아낸 게 있나요? 아버지한테서 가져간 샌들 말이에요."

"안타깝지만 아직은 없어요. 린셰핑에 있는 국립과학수사연구원으로 보냈는데, 아직 결과가 나오지 않았어요. 아무래도 시간이 걸리는 일이니까요. 다음주에 전화를 해볼 생각이에요. 하지만 크게 기대하지 않는 게 좋을 거예요. 시간이 많이 지났으니까 말입니다. 게다가 확실한 것도 아니고……."

"알아요……. 옌스의 신발이 아닐 수도 있죠." 율리아가 재빨리 말했다.

렌나르트가 고개를 끄덕였다.

"조심해서 가요. 율리아."

그가 손을 내밀었다. 그날 밤 서로가 털어놓은 속내를 생각하면 냉담한 인사였다. 하지만 율리아도 포옹까지 할 마음은 없었다. 그녀는 손을 잡았다.

"가볼게요. 피자 잘 먹었어요."

"별말씀을. 모임 끝난 뒤에 전화할게요."

그는 한참이나 율리아의 얼굴에서 시선을 떼지 않았다. 이후에 마음대로 해석할 만한 여지가 있는 눈빛이었다. 이윽고 렌나르트는 돌아섰다.

율리아는 길을 건너 차로 돌아왔다. 그녀는 천천히 마르네스 중심가를 달려 요양원을 지나쳤다. 지금쯤이면 방안에서 옐로프가 저녁 커피를 마시고 있을 것이다. 그다음은 컴컴한 교회와 묘지를 지나쳤다.

렌나르트 헨릭손은 결혼했을까, 독신일까? 율리아는 알 수가 없었다. 쉽사리 물어볼 수도 없었다.

스텐비크로 가는 동안, 율리아는 렌나르트 앞에서 너무 많은 속내를, 죄책감을 드러낸 것이 아닌지 고민했다. 하지만 말을 한 건 잘한 일이었다. 그리고 보리홀름에서 보낸 놀랍기만 했던 하루에 대해서도 어느 정도 균형감을 찾을 수 있었다. 옐로프는 자신이 염두에 두었던 가설을 들려주었다. 옌스를 살해한 남자가 보리홀름의 고급 빌라에 병으로 누워 있고, 오래전 헨릭손 파출소장을 죽였던 닐스 칸트가 죽지 않고 살아서 보리홀름에서 자동차 판매자로 일하고 있을지도 모른다는 이야기. 아버지가 그녀를 놀리고 있는 건 아닐까.

아니. 그는 그런 일로 장난을 칠 사람이 아니다. 하지만 율리아는 그가 생각한 가설들이 옌스의 사건을 해결하는 데 어떤 식으로든 진전을 보이고 있다는 느낌이 들지 않았다.

아무래도 집에 돌아가는 것이 나을지도 모른다.

그녀는 다음날 예테보리로 돌아가기로 마음먹었다. 먼저 에른스트 아돌프손의 장례식에 참석하고, 그다음에 옐로프와 아스트리드에게 작별 인사를 하는 것이다. 그리고 오후에 집으로 돌아가서, 앞으로는 예전에 비해 좀더 나은 삶을 살기 위해 노력할 것이다. 술을 좀 적게 마시고, 약도 줄일 것이다. 가능한 한 빨리 일을 다시 시작할 것이다. 더이상은 풀리지 않는 수수께끼를 생각하거나 과거에 매달리지 않을 것이다. 평범하게 살면서 미래를 꿈꿀 것이다. 그리고 봄이 되면 다시 이곳에 와서 옐로프를 만날 것이다. 어쩌면 렌나르트도.

스텐비크의 집들이 보이기 시작하자 율리아는 속도를 줄였다. 그녀는 옐로프의 별장 앞에 차를 세웠다. 어둠 속에서 차 밖으로 나와 대문을 연 뒤, 다시 차를 몰고 안으로 들어갔다. 스텐비크에서의 마지막 밤은 별장에서 보내기로 마음먹었다. 마지막으로 좋은 추억과 나쁜 추억이 모두 서려 있는 이곳에서 잠을 잘 것이다.

율리아는 별장 안에 들어가 몇 곳에만 불을 밝힌 뒤 칫솔과 짐을 가지러 보트 창고로 향했다. 예테보리에서 가져와 아직 열지 않은 와인병들도 거기 있었다.

마을길을 따라 걷다 보니 어둠 속에 우뚝 서 있는 베라 칸트의 집에 신경이 쏠렸다. 하지만 그녀는 고개를 돌리지 않았다. 그저 아스트리드 린데르의 집에서 나오는 불빛과 욘 하그만의 집을 쳐다본 뒤 보트 창고로 향했다.

창고에서 짐을 다 챙겼을 때, 문득 창가에 걸어둔 낡은 파라핀 램프가 눈에 들어왔다. 잠깐 망설이던 율리아는 램프를 별장에 가져가기로 했다. 그러는 편이 안전할 것 같았다.

돌아가는 길에 그녀는 커다란 산사나무 울타리 뒤에 있는 베라의 집을 바라보았다. 크고, 컴컴했다. 창문에 불빛도 보이지 않았다.

"그 안에는 들어가보지 않았습니다." 렌나르트는 그렇게 말했다.

어째서 경찰은 저 집에 들어가지 않았던 걸까? 베라 칸트를 옌스의 유괴범으로 의심하지 않기 때문이겠지.

하지만 닐스 칸트가 아무도 모르게 집안에 숨어 있었다면, 베라가 아들을 보호하고 있었다면……. 만일 옌스가 안개 속에서 마을길로 나가 바다로 내려가던 중에 베라 칸트의 대문 앞에서 멈춰 서서 문을 열고 들어갔다면…….

아니. 그건 있을 수 없는 일이다.

율리아는 계속 걸었다. 그녀는 따뜻한 여름 별장 안에 들어가 방마다 전부 불을 밝혔다. 그러고는 가방에 들어 있던 와인 한 병을 꺼냈다. 윌란드에서의 마지막 밤이다. 그녀는 주방에서 와인병을 딴 뒤 잔에 가득 따랐다. 주방 조리대 옆에 서서 와인을 마시고 다시 잔을 채웠다. 그녀는 새로 따른 술잔을 들고 거실로 향했다.

알코올이 몸에 퍼지기 시작했다.

그냥 한번 보고 오는 거다. 만일 렌나르트가 마르네스에서의 모임이 일찍 끝나 전화를 한다면……. 그녀는 이곳에 와줄 수 있을지 물어볼 것이다. 하지만 렌나르트는 사실 아버지의 살인범이 자란 집에 들어가고 싶지 않은 게 아닐까? 그냥 잠깐 보는 것뿐이라도?

옐로프가 전염시킨 열병 같았다. 율리아는 닐스 칸트에 대한 생각을 멈출 수가 없었다.

예테보리, 1945년 8월.

육 년간의 긴 전쟁이 끝난 다음 첫 번째로 맞이한 여름은 밝고 따뜻했으며, 미래에 대한 희망으로 가득차 있다. 예테보리의 도심에 완전히 새로운 주거지 계획이 세워지고, 금방이라도 무너질 것 같은 낡은 나무 집들이 뜯겨 나가기 시작한다. 닐스 칸트가 도심 거리를 돌아다니다가 본 굴착기만도 몇 대나 된다.

팔월 초, 닐스는 도심 한복판 벽에 붙어 있는 크림색 포스터들에서 "세계 평화"라는 글을 봤다. 나중에 신문을 사서 보니, 1면 헤드라인에 "핵폭탄, 새로운 세상의 파문"이라고 씌어 있다. 일본이 무조건적으로 항복했다, 미국의 새로운 폭탄으로 전쟁은 끝났다. 전차 안에서 사람들이 하는 말을 듣자 하니 그런 성공적인 결과를 이루어낸 대단한 폭탄인 모양이다. 하지만 신문 사진으로는 하늘 위로 올라가는 대형 버섯구름밖에 보이지 않는다. 왜 그런지 몰라도, 그는 그 광경을 보면서 죽은 군인의 손에 앉았던 검은 파리를 떠올린다.

닐스가 걱정해야 할 일은 평화가 아니다. 그는 여전히 수배된 상태다.

늦은 오후, 닐스는 도시 외곽에 있는 작은 공원의 나무 아래 선 채, 빠른 걸음으로 다가오는 양복 차림의 젊은이를 지켜보고 있다.

닐스는 하가에 있는 중고 가게에서 산 검은색 양복을 입고 있다. 새 옷은 아니지만 눈에 띌 정도로 낡은 것도 아니다. 언제나 모자를 푹 눌러쓰고 면도도 하지 않는다. 마요르나에 빌린 작은 방 거울 앞에서 매일 아침 덥수룩한 검은 수염을 다듬는다.

그가 알기로 자신의 사진은 육칠 년 전에 찍은 한 장밖에 없다. 학교에서 찍은 단체 사진으로, 닐스는 맨 뒷줄에 서 있었고 모자 때문에 눈에 그늘이 져 있었다. 사진이 흐릿한데다 경찰이 그 사진을 가지고 있는지 확실치도 않지만, 닐스는 아무도 자기를 알아보지 않기를 바란다.

공원 아래 거리는 항구 위에 난 길로, 예테보리에서 가장 비참한 지역 중 한 곳이다. 자갈보다 진흙과 먼지가 더 많고, 페인트칠도 하지 않은 나무 집들이 붕괴되지 않으려는 듯 서로 기대고 있는 듯 보인다. 수염을 기르고, 중고 옷을 입고, 머리를 뒤로 넘긴 닐스 칸트는 이곳에 어울린다. 그는 가난해 보이긴 해도 범죄자로 보이진 않는다. 적어도 닐스는 그렇게 바란다.

윌란드를 떠난 뒤 그는 남의 눈에 띄거나 주목을 받지 않게 처신하는 데 점차 익숙해졌다.

전나무 사이로 어렴풋이 보이는 자신의 섬을 보던 닐스는 발트 해안을 떠나는 일이 쉽지 않음을 깨달았다. 그때까지 아우구스트 숙부의 제재소 근처를 맴돌던 터였다. 그러다 사흘째 되는 날 아침 제재소 사무실 밖에 순찰차가 서 있는 것을 보았다. 닐스는 서쪽으로 이동하기 시작했다.

그는 곧장 밀림 속으로 들어갔다.

알바르에서 보낸 시간 덕에 장시간 걷는 것에는 익숙했다. 그리고 직감과 태양을 이용해 방향도 잘 찾았다.

칠월 내내, 닐스는 전쟁이 끝난 뒤 새로운 기회를 찾아 큰 도시로 찾아가는 다른 젊은이들처럼 그 지역을 통과했다. 덕분에 다른 사람들 눈에 띄지 않았다. 사실 그를 본 사람은 거의 없었다. 닐스는 도로를 피해 숲길로 다니며 산딸기를 따먹거나 시냇물을 마셨다. 보통 나무 밑에서 잠들었고, 비가 오면 헛간에서 잤다. 가끔 야생 사과를 발견할 때도 있었다. 또 가끔은 농장에 몰래 숨어들어 달걀이나 우유를 훔치기도 했다.

베라가 싸준 버터 토피 사탕은 사흘째 되는 날 다 먹었다.

후스크바르나에 도착하자, 닐스는 가지고 있던 산탄총을 만든 곳이 어디인지 몇 시간이나 찾아 헤맸다.■ 하지만 총을 만드는 공장을 찾을 수가 없었다. 그렇다고 공장이 어디 있는지 사람들한테 물어볼 수도 없었다. 후스크바르나는 칼마르만큼이나 큰 것 같았다. 그리고 인접한 옌셰핑은 훨씬 더 컸다. 숲에서 지내느라 옷에서 땀냄새가 심하게 나는데도 거리를 지나다니는 사람들은 아무도 그를 쳐다보지 않았다.

심지어 닐스는 식당에서 식사를 하고, 새 신발도 샀다. 삼십일 크로나짜리 괜찮은 신발이었다. 아직 어머니가 비상금으로 챙겨준 돈과 아우구스트 숙부가 준 돈이 남아 있었다. 현금이 줄고 있었지만, 닐스는 철로 근처에 있는 작은 술집에 가서 커다

■　산탄총 상표명인 '허스크바나'는 후스크바르나라는 지명의 영어식 이름이다.

란 스테이크와 필스너 맥주를 주문했다. 한 잔에 이 크로나 육십삼 외레나 하는 그뢴스테드트 코냑도 마셨다. 비싸긴 했지만 힘든 여행을 오래했으니 이 정도는 누려도 될 것 같았다.

술집에서 기력을 회복한 뒤, 닐스는 옌셰핑을 떠났다. 계속 서쪽으로 내려가면서 몇 주일에 걸쳐 베스테리에틀란드의 숲을 가로질렀다. 마침내 그는 해안에 도착했다.

닐스가 학교에서 배운 바로는, 예테보리가 스웨덴에서 두 번째로 큰 도시다. 예테보리는 거대하다. 예타운하를 따라 높은 건물들이 블록 위에 줄지어 서 있고, 거리에는 수백 대의 자동차들과 온갖 종류의 사람들이 있다. 처음으로 그런 사람들에게 둘러싸였을 때, 닐스는 공포에 질렸다. 그리고 처음 며칠 동안은 계속 길을 잃었다. 항구 주변 도로에서는 영국, 덴마크, 노르웨이, 네덜란드에서 온 선원들이 쓰는 외국어를 들을 수 있었다. 닐스는 외국 항구로 떠나는 배들이나 다른 나라에서 화물을 싣고 천천히 부두로 들어오는 배들을 지켜보았다. 처음으로 바나나를 먹어보았다. 거의 까만색으로 변한데다 살짝 썩은 것 같았지만 그럼에도 맛있었다. 남미에서 온 바나나였다.

항구의 모든 것들이 욀란드에 비해 거대하고 특이하다. 화물을 싣고 내리는 기중기들이 줄지어 선 채 시꺼먼 선사시대 생명체처럼 하늘을 배경으로 윤곽을 드러내고 있다. 예인선은 짙은 잿빛 연기를 내뿜으며, 해협에 드나드는 거대한 흰색 대서양 증기선 사이를 오간다. 예테보리 항구에서 돛대와 돛은 거의 찾아볼 수 없다. 이제 부두에 늘어서 있는 건 프로펠러 추진 화물선들이다.

닐스는 물가로 걸어가 배들의 길쭉한 선체를 자세히 살폈다. 그리고 남미에서 가져왔다는 바나나에 대해 생각했다.

그는 남자들만 있는 하숙집의 지저분한 방에서 지내는 시간을 최대한 줄인다. 하숙집에서 일찍 나오고 늦게 들어간다. 숲속에서 이끼와 나뭇가지를 깔고 자던 지독하게 추웠던 밤들이 그리운 건 아니다. 하지만 비좁은 방 침대에 누워 있다 보면 감옥에 갇힌 기분이 들고, 경찰이 묵직한 발소리를 내며 계단을 올라올 것 같아 자꾸만 귀를 기울이게 된다.

어느 날 밤에는 방문이 열리더니 헨릭손 파출소장이 듬직한 체격에 딱 맞는 정복을 갖춰 입은 모습으로 방안에 들어섰다. 옷에는 피가 잔뜩 묻어 있었다. 그가 핏방울이 뚝뚝 떨어지는 손을 침대 쪽으로 내밀었다.

'넌 날 죽였어, 닐스. 이제야 널 찾았구나.'

닐스는 이를 꽉 깨물고 침대에서 빠져나왔다. 방은 텅 비어 있었다.

그는 예테보리에서 지내는 동안 베라에게 엽서를 한 장 보냈다. 앞면에 빙아 등대의 흑백사진이 나온 엽서였다. 닐스는 보내는 사람의 이름도, 아무 내용도 쓰지 않은 채 엽서를 스텐비크로 보냈다. 자신이 여전히 붙잡히지 않았고, 서부 해안 어딘가에 있다는 것 이상은 알리지 않았다. 그 정도면 충분하다.

공원으로 젊은 남자가 들어선다. 그는 닐스와 비슷한 또래로, 이름은 막스다.

닐스는 사흘 전 항구 옆에 있는 작은 카페에서 그 남자를 처음 봤다. 막스는 닐스가 앉은 자리에서 두 테이블 떨어진 구석 자리에 앉아 있었다. 눈에 잘 띄는 사람이었다. 금으로 된 상자에서 담배를 꺼내 피우면서, 심한 예테보리 억양으로 웨이트리스며 카페 주인이며 다른 손님들에게 큰 소리로 말을 걸고 있었다. 모두 그를 막스라고 불렀다. 가끔씩 거리에서 사람들이 찾아왔다. 젊은 사람이든 늙은 사람이든 막스의 자리로 가서 나지막한 소리로 얘기하곤 했다. 그럼 막스도 목소리를 내리깔았고, 그들의 대화는 몸짓과 눈빛 교환으로 끝났다.

막스는 뭔가를 팔고 있었다. 그건 확실했지만 그는 자기 자리로 찾아오는 사람들에게 아무것도 건네지 않았다. 닐스는 막스가 파는 것이 정보나 조언이리라 추측했다. 한 시간 정도 지켜본 뒤, 그는 자리에서 일어나 막스가 있는 구석자리로 다가갔다. 가까이 가서 보니 막스는 기름 낀 머리와 여드름투성이 얼굴 때문에 닐스보다도 훨씬 어려 보였다. 하지만 그는 경계심 가득한 표정으로 닐스의 이야기에 귀를 기울였다.

오랜 시간 혼자 지내다가 이렇게 낯선 사람과 함께 앉아 이야기를 하는 게 닐스로서는 낯설긴 했지만, 괜찮았다. 그는 다른 사람들과 마찬가지로 조용히 그 자리에 앉아 이름은 밝히지 않은 채로 뭔가 특별한 조언을 구했다. 그가 막스에게 원하는 건 그를 위한 어떤 일, 아주 중요한 일이었다. 막스는 그의 이야기를 잘 듣고는 고개를 끄덕였다.

"이틀 뒤에 봐요." 막스가 말했다.

그가 그 중요한 일을 해결하기 위해 필요한 시간이라고 했다.

"내가 줄 수 있는 건 이십사 크로나요." 닐스가 말했다.

"삼십오 크로나면 훨씬 좋을 것 같은데." 막스가 재빨리 받아쳤다.

닐스는 잠시 생각했다.

"삼십 크로나."

막스는 고개를 끄덕이더니, 몸을 앞으로 내밀었다. 그러고는 더욱 목소리를 낮추었다.

"여기서 다시 만날 필요는 없어요. 공원에서 만납시다⋯⋯. 내가 자주 가는 좋은 공원이 있어요."

그는 닐스에게 공원의 위치를 알려준 뒤 자리에서 일어나 재빨리 카페를 빠져나갔다.

그래서 지금 닐스는 공원에서 기다리고 있다. 그는 삼십 분 전에 도착해서 주위를 둘러보았다. 공원에 아무도 없는지 확인하고, 혹시 일이 잘못될 경우를 대비해 도주로 두 곳을 찾아두었다. 이름을 말하진 않았지만, 닐스는 자신이 경찰의 수배를 받고 있다는 사실을 막스가 금세 알아차렸으리라 확신했다.

막스는 주위를 힐끔거린다거나 보이지 않는 누군가에게 신호를 보내는 듯한 낌새 없이 곧장 앞으로 다가온다.

닐스가 마음을 놓을 상황은 아니지만, 그렇다고 도망칠 상황도 아니다. 그는 바로 일 미터 앞에 멈춰 선 막스를 쳐다본다.

"셀레스트 허라이즌호. 당신이 탈 배예요." 막스가 말한다.

닐스는 고개를 끄덕인다.

"영국 배죠." 막스는 나무 사이에 있는 바위에 앉아 담배를 꺼내며 말을 잇는다. "선장은 페트리라는 이름의 덴마크인이에요. 그 사람은 배에 누가 타든 전혀 관심이 없어요. 그저 돈에 관해서만 알고 싶어 하지."

"그렇다면 얘기가 되겠군." 닐스가 말한다.

"지금 그 배에 목재를 싣고 있어요. 사흘 뒤에 출항하죠." 막스가 담배 연기를 내뿜으며 말한다.

"어디로 가는 거요?"

"런던 동부요. 거기에 목재를 내려놓은 뒤 더반에 가서 석탄을 싣고 다시 산투스로 갈 겁니다. 거기서 내리면 돼요."

"난 미국에 가고 싶은데. 미합중국 말이오." 닐스가 재빨리 말한다.

막스는 어깨를 으쓱한다.

"산투스는 브라질이에요. 리우 남부에 있죠. 거기서 다른 배를 타고 가면 돼요."

닐스는 생각해본다. 산투스가 남미에 있는 곳이라고? 유럽으로 돌아오기 전에 보다 많은 여행을 할 수 있는 출발점으로 좋을지도 모른다.

그는 고개를 끄덕인다.

"좋소."

막스는 재빨리 자리에서 일어나더니 손을 내민다.

닐스는 이 크로나짜리 지폐 다섯 장을 그의 손바닥에 올려놓는다.

"먼저 페트리를 만나고 싶은데. 나머지는 그 이후에 주겠소. 어디에 가면 그 선장을 만날 수 있을지 알려줘요."

막스가 미소를 짓는다.

"그냥 사람들이 말하는 '훅'에 올라가 있으면 돼요."

닐스는 무슨 말인지 알아듣지 못해 그를 쳐다본다. 막스가 말을 잇는다.

"일거리를 찾는 사람들은 아침 일찍 부두에 나가서 일이 생길 때까지 기다려요. 어떤 사람들은 일거리를 찾고, 어떤 사람들은 집으로 돌아가죠. 당신은 내일 아침 일찍 항구에 나가기만 하면 돼요……. 그럼 셀레스트 허라이즌호에 타게 될 겁니다."

닐스는 또다시 고개를 끄덕인다.

젊은 남자는 재빨리 주머니에 잔돈을 집어넣는다.

"내 이름은 막스 레이메르예요. 그쪽은 이름이 어떻게 됩니까?"

닐스는 대답하지 않는다. 그 질문을 피하려고 돈을 준 것이 아닌가? 속에서 화가 치솟자 목에서 맥박이 점점 빨리 뛰기 시작한다.

막스는 닐스를 보며 기분 좋게 미소 짓는다. 위협적인 느낌을 받지는 못한 모양이다.

"그쪽은 스몰란드에서 왔을 것 같은데. 처음 말할 때 그쪽 억양이 들렸거든요." 막스는 발뒤꿈치로 담뱃불을 끄며 말한다.

닐스는 아무 말도 하지 않는다. 그 자리에서 막스를 때려눕힐 수도 있다. 막스는 그보다 몸집이 작으니 쉽게 처리할 수 있을 것이다. 그자를 쓰러뜨린 다음 계속 걷어차는 거다. 마지막으로 무거운 돌로 내리쳐 끝장을 낸 뒤 공원 어딘가에 시신을 숨기면 된다.

전혀 어려울 것이 없다.

하지만 그다음엔 어쩔 것인가? 막스도 죽은 파출소장처럼 밤마다 그를 찾아올 것이다.

"질문은 그만하지. 그러다 나머지 돈을 못 받을 수도 있으니까." 그는 막스에게 내뱉은 뒤, 공원을 벗어나 항구 쪽으로 향한다.

18

렌나르트에게 전화가 오지 않았다.

율리아는 여름 별장에 앉아 몇 시간째 기다리고 있었다. 화요일 저녁 8시 30분이었다. 곧 9시가 될 것이다. 하지만 전화벨은 울리지 않았다.

이즈음 율리아는 레드와인 한 병을 다 비웠다. 어려운 일도 아니었다. 그리고 렌나르트가 오든 말든 상관없이 베라 칸트의 집에 들어가고 싶다는 충동이 점점 더 강렬해졌다.

그녀는 옐로프에게 전화를 걸어 지금 하려는 일에 대해 말해볼까 생각했지만, 그만두기로 했다. 더이상 시간을 보내기 위해 짐을 싸거나 청소를 하지 않을 것이다. 율리아는 호기심 때문에 가만히 있을 수가 없었다.

어둠과 침묵이 별장의 벽들을 억누르고 있었다. 마침내 9시 45분이 되자 율리아는 자리에서 일어났다. 살짝 취한 것 같았다. 하지만 취기보다 결심이 더 확고했다.

율리아는 여분의 스웨터를 입고 코트를 걸친 뒤 두꺼운 양말을 신었다. 현관문 옆에 있는 옷장 안에서 낡은 갈색 모직 모자도 꺼냈다. 그녀는 머리카락을 모자 속에 전부 집어넣고 현관 앞에 있는 거울을 바라봤다. 불안함에 깊이 새겨져 있던 이마 주름이 살짝 펴진 것처럼 보이는 건 렌나르트에게 속내를 털어 놨기 때문일까?

그럴 수도…… 아니, 어쩌면 와인 때문일 수도 있다.

율리아는 주머니에 휴대전화를 집어넣고는 낡은 파라핀 램프를 집어 들었다. 마지막으로 별장의 불을 다 껐다. 이제 준비가 끝났다.

'그냥 한번 보고 오는 거야.'

대기가 맑고 차가운 저녁이었다. 나무 사이로 희미한 바람이 스쳐지나갔다. 마을길로 나오자마자, 어둠이 주위를 둘러쌌다. 하지만 그녀는 본토에서 흐릿하게 빛나고 있는 불빛들을 볼 수 있었다.

율리아는 잠시 걸음을 멈춘 채, 어둠 속에서 무슨 소리가 들리지는 않는지 귀를 기울였다. 부스럭거리는 나뭇잎이나 우지끈 부러지는 나뭇가지 소리 같은 것들. 하지만 아무 소리도 들리지 않았다. 움직이는 것도 없었다.

스텐비크는 황량했다. 베라 칸트의 집을 향해 걸어가는 그녀의 발밑으로 자갈 스치는 소리가 들렸다.

그녀는 또다시 걸음을 멈췄다. 달빛을 받아 흰색으로 흐릿하게 빛나는 대문은 여느 때처럼 닫혀 있었다. 율리아는 차가운 강철로 된 걸쇠를 향해 천천히 손을 뻗었다. 걸쇠는 녹이 슬어 꺼끌꺼끌하고 뻑뻑했다.

대문을 밀었다. 작은 신음 같은 소리가 나긴 했지만, 열리진 않았다. 아무래도 경첩에 녹이 슨 모양이었다.

그녀는 자갈 바닥에 파라핀 램프를 내려놓은 다음 앞으로 다가가 양손으로 대문 위쪽을 잡고 위로 들어올리면서 안을 향해 밀었다. 문은 몇 센티미터 움직이는가 싶더니 다시 꼼짝도 하지 않았다. 하지만 이제는 안으로 들어갈 수 있었다.

술기운이 어둠에 대한 극한의 두려움을 물리쳤다. 아주 잠깐이긴 했지만.

정원은 커다란 나무들과 검은 그림자에 둘러싸여 있었다. 율리아는 어둠에 눈이 익을 때까지 그 자리에 가만히 서서 기다렸다. 서서히 암흑 속에서 주변이 보이기 시작했다. 석회암 판을 깐 구불구불한 길이 말없이 초대라도 하는 듯 정원을 가로지르고 있었다. 길옆에는 검은색 이끼와 낙엽에 뒤덮인 둥그스름한 우물 뚜껑이 보였다. 사방에 풀이 무성했다. 우물 저편에 서 있는 직사각형 장작 헛간은 서툴게 세운 천막처럼 금세라도 지붕

이 무너질 것만 같았다.

율리아는 머뭇거리며 컴컴한 정원에 한 걸음을 내디뎠다. 그리고 다시 한 걸음. 그녀는 가만히 주위에 귀를 기울이며, 세 번째 발걸음을 떼었다. 앞으로 나아가는 일이 점점 더 어려워졌다.

그때 갑자기 휴대전화가 울리기 시작했다. 벨 소리에 심장이 털썩 내려앉는 것 같았다. 어둠 속에 있는 누군가나 뭔가를 방해하지 않으려는 듯 그녀는 황급히 코트 주머니에서 휴대전화를 꺼내 통화 버튼을 눌렀다.

"여보세요?"

"여보세요⋯⋯. 율리아?" 렌나르트의 차분한 목소리가 들렸다.

"네. 지금 어디세요?" 그녀는 술에 취하지 않은 목소리를 내기 위해 애를 쓰며 대답했다.

"모임 장소예요. 아직 안 끝났는데⋯⋯ 약간 더 걸릴 것 같아요. 모임이 끝나면 그냥 집에 가는 게 낫지 않을까 싶네요."

"그래요. 그게 좋겠어요. 저는⋯⋯." 율리아는 정원에 깔린 길을 따라 두 걸음 더 들어갔다. 이제 베라 칸트의 집 한쪽 모서리가 보였다.

"내일 장례식도 있고요. 그전에 몇 시간 일을 해야 하거든요. 아무래도 오늘밤에는 스텐비크에 가기 힘들겠어요⋯⋯." 렌나르트가 대답했다.

"그럼요, 이해해요. 그 집엔 다음에 가요." 율리아가 재빨리 대답했다.

"지금 밖에 나와 있습니까?" 렌나르트가 물었다.

목소리에 의심하는 기색은 없었지만, 율리아는 혹시라도 거짓말이 들통날까 잔뜩 긴장했다.

"비탈 쪽에 나와 있어요. 잠깐 산책이나 하려고요."

"그렇군요……. 그럼 내일 교회에서 볼 수 있는 겁니까?"

"그럼요……. 장례식에 참석해야죠." 율리아가 대답했다.

"좋아요, 그럼 잘 자요."

"잘 자요……." 율리아가 대꾸했다.

렌나르트의 목소리가 딸깍 소리와 함께 사라졌다. 율리아는 또다시 완전히 혼자가 되었다.

길은 열두어 발자국 앞, 넓은 돌계단 앞에서 끝났다. 계단 위에 흰색 나무문과 베란다가 있었다. 화려한 조각상들로 꾸며진 베란다에는 비바람에 갈라지거나 닳지 않게끔 유리가 끼워져 있었다.

율리아는 집을 올려다보았다. 깜깜한 창문을 보고 있자니 그날 아침 보리홀름에서 봤던, 불에 타 폐허가 된 성이 떠올랐다.

'여기 있니, 옌스?'

어둠조차도 퇴락한 건물 상태를 숨길 수가 없었다. 현관문 양쪽으로 연결된 유리판에는 금이 가 있었고, 창틀 페인트도 다 벗겨진 채였다.

베란다 안쪽은 칠흑처럼 어두웠다.

율리아는 천천히 길 끝까지 걸어갔다. 그런 뒤 귀를 기울였다.

사실 몰래 들어가려고 하는 건 그녀가 아닌가. 어째서 렌나르트와 통화를 할 때 속삭이듯이 소리를 낮췄던 걸까?

율리아는 아무도 엿듣는 사람이 없는 이곳에서 목소리를 낮춘 것이 얼마나 웃기는 일이었는지 깨달았다. 하지만 여전히 안심이 되지 않았다. 그녀는 두근거리는 마음을 안고 뻣뻣해진 다리로 계단에 발을 올렸다.

옌스가 사라졌던 그날 여기 있었을지도 모른다는 생각에, 그녀는 옌스처럼 행동하려고 해보았다. 만일 그 애가 베라 칸트의집 정원에 들어왔다면 용감하게 현관문으로 통하는 계단을 올라가 문을 두드리지 않았을까? 아마 그랬을 것이다.

베란다로 통하는 문의 철 손잡이가 아래쪽을 가리키고 있었다. 누가 안에서 열어둔 것 같았다. 율리아는 당연히 잠겨 있으리라 생각했기에 처음에는 손잡이에 손도 대지 않았다. 그러다 문이 살짝 열려 있다는 것을 알아차렸다. 자물쇠통이 맞물리는 문틀의 나무가 부서져 있었다. 누가 그 문을 열고 들어간 것이다.

누가 베라 칸트의 집에 침입했다는 뜻이다.

도둑이 들었던 걸까? 겨울철 이런 외곽 지역에는 도둑이 나타나곤 한다. 비어 있는 여름 별장을 마음껏 털 수 있기 때문이다. 욀란드 북부에서 제일 부유했던 여자의 물건들은 도둑들의 관심을 끌기에 충분했으리라.

아니면 다른 사람이 들어간 것일까?

율리아는 문손잡이를 잡아당겼다. 하지만 문은 꼼짝도 하지 않았다. 그녀는 아래쪽을 보고 그 이유를 알아차렸다. 작은 나무 쐐기가 문 밑에 받쳐져 있었다.

누가 자물쇠가 부서진 문이 바람에 덜컹거리지 말라고 쐐기를 받쳐놓은 모양이다. 도둑이 이 정도로 사려 깊을까?

아니.

율리아는 발로 쐐기를 밀어낸 뒤 다시 손잡이를 잡아당겼다. 경첩이 빡빡하긴 했지만 문은 열렸다.

컴컴한 집안을 보자 한층 신경이 곤두섰다. 이제는 돌아설 수 없었다. '호기심이 고양이를 죽인다지.'

쐐기가 바깥쪽에 받쳐져 있는 것으로 보아 지금 그 누군가는 집안에 없을 터였다. 다른 문으로 드나드는 게 아니라면.

율리아는 베라 칸트의 집안으로 들어섰다.

집안은 바깥보다 더 추운 것 같았고, 여전히 동굴처럼 껌껌했다. 율리아는 아무것도 볼 수가 없었다. 순간 가져온 파라핀 램프가 떠올랐다.

그녀는 주머니에서 성냥을 꺼내 불을 붙인 뒤 램프의 유리를 살짝 들어올렸다. 심지에 불이 붙자 깜박거리면서 불길이 일어났다. 율리아는 램프 유리를 다시 덮었다. 어슴푸레한 불빛만으로도 텅 빈 베란다를 비추기엔 충분했다. 비록 어둠이 그림자로 남아 베란다 구석을 뒤덮고 있긴 했지만.

율리아는 램프를 앞으로 들어올린 채 베란다를 가로질러 집안으로 통하는 문으로 향했다. 문은 닫힌 채였지만 잠겨 있진 않았다. 율리아는 문을 열었다.

베라의 집 현관이 나타났다. 좁고 긴 현관 복도는 햇빛에 색이 바랜 꽃무늬 벽지로 둘러싸여 있었다. 베란다와 마찬가지로 횅했다. 옷걸이에 베라의 검은색 코트가 걸려 있거나 현관에 여자 신발들이 늘어서 있다 해도 율리아는 그리 놀라지 않았을 것이다. 하지만 바닥에는 아무것도 없었다. 벽과 천장에는 흰색 커튼처럼 드리운 거미줄뿐이었다.

현관 복도를 따라 있는 네 개의 문은 모두 닫혀 있었다.

율리아는 가장 가까운 문을 열었다.

몇 제곱미터밖에 되지 않는 작은 방이었다. 바닥에 놓인 유리병 몇 개를 제외하고는 아무것도 보이지 않았다. 유리병 안에는 뭔가 곰팡이가 낀 것이 담겨 있었다. 세제들을 보관하던 저장 창고 같았다.

그녀는 조심스럽게 문을 닫고 옆에 있는 문을 열었다.

베라의 주방이었다. 공간이 넓었다.

벽 쪽에 검은색 대형 스토브가 놓여 있고, 바닥은 갈색 리놀륨으로 되어 있는데 한복판에는 반들거리는 대리석을 깔아 놓았다. 정면에 자리한 두 개의 커다란 창으로는 집의 뒤쪽이 내다보였다. 나무 뒤로 보이는 옐로프의 여름 별장이 불과 몇백 미터 앞에 있었다. 그걸 보니 혼자라는 느낌이 좀 덜했다. 그녀는 용기를 내어 안으로 들어갔다.

왼쪽에 위층으로 통하는 좁고 가파른 계단이 있었다. 난간이 금세라도 무너질 듯 보였다. 어둠 속에서 희미하게 채소 썩은 냄새가 나는 것 같았다. 바닥에는 먼지와 죽은 파리 시체들이 떨어져 있었다.

베라 칸트는 매일 저녁 여기서 펄펄 끓어오르는 냄비와 프라이팬 앞에 서 있었을 것이다. 전쟁이 끝난 어느 아름다운 여름날, 닐스 칸트는 배낭에 산탄총을 숨긴 채 이곳을 나섰다.

'돌아올게요, 어머니.'

그는 베라에게 그런 약속을 하지 않았을까?

계단 아래 반쯤 열린 문이 있었다. 조용히 그쪽으로 다가가니 맞은편에 가파른 경사면이 보였다.

지하실로 통하는 계단이었다. 무언가를 찾을 때 지하실은 가장 좋은 시작점이 될 것이다…….

숨겨진 시신. 하지만 그녀는 아닐 것이다. 그녀가 그랬을까?

'잠깐만 보고 오자.'

율리아는 주머니에 들어 있는 휴대전화의 감촉을 느꼈다. 렌나르트의 번호도 저장되어 있었다. 언제라도 그에게 전화를 걸수 있다는 사실이 작은 위안이 되었다.

율리아는 파라핀 램프를 앞으로 들고 계단 밑에 난 문으로 들어갔다.

지하로 통하는 계단은 거칠게 자른 나무로 만든 것이었다. 계단 끝에 보이는 단단하면서도 축축한 검은 흙바닥이 램프 불빛에 반짝거렸다.

그런데…… 뭔가 이상했다.

율리아는 좀더 자세히 보기 위해 두 계단을 내려갔다. 경사진 천장에 머리를 부딪히지 않도록 고개를 숙인 채 아래쪽을 내려다보았다.

지하실 흙바닥에 구덩이가 파여 있었다.

계단 아랫부분은 멀쩡했지만, 누가 돌로 된 벽을 따라 사방에 작은 구멍을 파놓았다. 그리고 계단 옆에 삽이 놓여 있었다. 마치 땅을 파다가 잠깐 쉬러 나간 것처럼.

지하실 계단 제일 위쪽에는 진흙이 말라붙은 부츠도 보였다.

벽을 따라 작은 흙더미들이 쌓여 있고, 조금 떨어진 곳에 흙이 가득 담긴 양동이 두 개가 있었다. 누가 지하실 전체를 체계적으로 파내고 있었다.

대체 무슨 일이지?

율리아는 뒷걸음질해 계단을 올랐다. 가능한 한 아무 소리도 내지 않고 주방으로 돌아온 그녀는 숨을 죽인 채 가만히 귀를 기울였다. 심장 뛰는 소리가 천둥 치는 소리처럼 들렸다.

사방은 여전히 고요했다.

지금 렌나르트에게 전화를 걸 수도 있었다. 하지만 율리아는 무슨 소리를 내거나, 듣기고 싶지 않았다.

그녀는 주머니에 손을 넣어 휴대전화를 쥐었다. 종종걸음으로 주방을 나가면서 기억 속에서 렌나르트의 번호를 찾았다. 그런 뒤 엄지손가락을 통화 버튼에 대고 있었다.

만일 무슨 일이 생긴다면……

율리아는 이 컴컴한 집안에 아들이 있을 거라 믿고 싶었다. 설사 죽었더라도, 옌스는 엄마가 자신을 찾아주길 바랄 것이다. 율리아는 계속 걸었다.

그녀가 움직일 때마다 솜털 같은 먼지 더미가 흩어져 벽 쪽으로 날아갔다. 율리아는 주방의 리놀륨 바닥을 지나 대리석 바닥을 거치고 대형 스토브도 지나쳤다.

그런 다음, 두근거리는 심장을 안고 위층으로 이어지는 계단에 올라섰다.

발밑에서 삐걱거리는 삭은 소리기 났다. 율리아는 오른손으로 휴대전화를 꼭 쥔 채로 난간에 가볍게 기대고, 다른 손으로는 단단한 벽의 안정감을 느끼며 계속해서 위로 올라갔다. 그 위까지는 파라핀 램프의 불빛이 닿지 않았다. 또다시 계단이 삐걱거리자, 율리아는 얼른 한 단 위로 발을 올렸다.

위쪽은 완전한 암흑이었다.

율리아는 계단을 반쯤 올라가다 멈춰 서서 숨을 내쉬고 다시 한번 귀를 기울였다. 그런 다음 다시 올라가기 시작했다.

난간은 문도 없이 뻥 뚫린 입구 앞에서 끝났다. 율리아는 조심스럽게 위층의 나무 바닥에 발을 올렸다.

그녀는 복도에 올라섰다. 아래층 복도처럼 좁았고, 그 끝 양옆에는 닫힌 문이 있었다.

막연한 두려움을 느끼며 율리아는 앞으로 한걸음 내디뎠다.

오른쪽으로 들어가야 할까, 왼쪽으로 가야 할까? 이렇게 계속 서 있다 보면 더이상 움직일 수 없을 것 같았다. 그녀는 복도 왼쪽에 있는 문을 선택했다. 어쩐지 덜 어두운 것 같아서였다. 먼지 덩어리와 죽은 파리들을 헤치며 그녀는 걸어갔다.

벽에 어렴풋이 직사각형 자국이 보이는 것 같았다. 그림을 걸어두었던 흔적 같았다.

마침내 복도 끝에 다다랐다. 그녀는 램프를 앞으로 들고 문을 열었다.

그 방은 작고, 다른 방들과 마찬가지로 가구가 없었다. 하지만 완전히 텅 빈 것은 아니었다. 방안에 들어서자마자, 율리아는 하나뿐인 창문 아래 뭔가 시꺼먼 사람의 형체가 바닥에 누워 있는 것을 보고 걸음을 멈췄다.

아니다. 다시 보니 사람이 아니었다. 검은색 고치처럼 펼쳐놓은 침낭이었다. 벽에 붙인 신문 기사들 사이에 있었다.

율리아는 한 걸음 더 들어갔다. 벽지에 핀으로 고정시켜놓은 신문 조각들은 오래되어 누렇게 변해 있었다.

신문 조각 중 하나에는 이렇게 적혀 있었다. "독일군 시신 발견, 산탄총으로 처형."

다른 하나는 "경찰 살인마 전국 수배."

세 번째는 그중 제일 최근 것이었다.

"스텐비크에서 소년 실종."

헤드라인 옆에 흐릿한 사진이 있었다. 한 소년이 해맑게 미소

지으며 그녀를 마주보고 있었다. 율리아는 아들을 볼 때마다 느끼는 주체할 수 없을 정도의 절망감에 또다시 휩싸였다. 하지만 지금은 신문 기사를 읽고 있을 때가 아니었다. 그녀는 재빨리 방안을 둘러본 뒤 복도로 나갔다.

율리아는 그 자리에 멈춰 섰다. 파라핀 램프 불빛 속에 오른쪽 방문이 열려 있는 것이 보였다.

조금 전까지만 해도 그 문은 닫혀 있었다. 틀림없었다. 하지만 지금은 문지방 너머로 어두컴컴한 실내가 보였다. 그 방은 그냥 어두운 게 아니었다. 칠흑처럼 깜깜했다.

방은 비어 있지 않았다. 율리아는 그 안에서 누가 기다리고 있다는 것을 느낄 수 있었다. 나이든 여자였다. 여자는 창문 옆에 놓인 의자에 앉아 있었다.

그 방은 여자의 침실이었다. 외로움과 기다림과 쓸쓸함이 가득한 차가운 침실.

여자가 손님을 기다리고 있었다. 하지만 율리아는 그대로 굳어버린 듯 복도에 서 있었다.

어둠 속에서 뭔가 스치는 소리가 들렸다. 여자가 자리에서 일어났다. 그러고는 천천히 문 쪽으로 다가왔다. 발을 질질 끌면서, 점점 더 가까이…….

도망쳐야 했다. 아래층으로 내려가야 했다.

파라핀 램프의 불빛이 흔들렸다. 율리아는 뛰었다.

층계에 도착하자 그녀는 밑으로 내려갔다.

위쪽에서 발소리가 들리는 것 같았다. 등뒤로 늙은 여자의 서늘한 기운이 느껴졌다.

'그자가 나를 속였어!'

늙은 여자의 증오가 율리아의 등을 힘껏 밀어내는 것 같았다. 그녀는 어둠 속에서 무작정 앞으로 뛰다가 발을 헛디디는 바람에 돌바닥 삼사 미터 위쪽에서 균형을 잃고 말았다.

양팔을 허우적거리다가 그녀는 양손에 들고 있던 휴대전화와 파라핀 램프를 떨어뜨렸다.

램프와 휴대전화가 주방 바닥에 떨어져 깨졌다. 파라핀 때문에 불길이 치솟았다. 율리아는 자신이 너무 빨리 바닥에 이르렀음을 깨달았다.

그녀는 고통에 이를 악물었다.

19

에른스트 아돌프손이 땅에 묻히는 날은 춥고 흐렸다. 옐로프는 높은 곳에서 굴러떨어진 듯한 기분으로 잠에서 깨어났다. 팔과 무릎의 통증이 심했다.

압박감이 느껴졌다. 셰그렌증후군이 재발한 것이다. 정말 고약한 병이었다. 교회에는 휠체어를 타고 가야 할 터였다.

류머티즘 질환 셰그렌증후군은 일종의 동반자였다. 증상이 나타날 때마다 기꺼이 받아들이고 마음을 편하게 가지려고 수도 없이 노력했음에도 불구하고 친구는 될 수 없었다. 셰그렌증후군이 몸을 마음대로 드나드는데 마음 편히 먹는 것이 무슨 소용이겠는가. 이 병은 언제나 무자비하게 그를 공격해 관절 깊은 곳을 파고들고, 신경을 잡아당기고, 입을 마르게 하고, 눈을 따갑게 만들었다.

옐로프는 고통이 가라앉을 때까지 계속 버텼다. 그는 보란듯이 셰그렌증후군을 비웃었다.

"다시 유모차를 타야 할 지경이구먼." 옐로프가 아침 식사를 끝낸 뒤 말했다.

"금세 일어날 수 있을 거예요, 옐로프."

그날 옐로프를 도와주기로 한 마리에가 등에 작은 쿠션을 받쳐주고 최고로 좋은 신발을 신은 그의 발밑으로 휠체어 발받침을 내려주며 말했다.

마리에의 도움으로 옐로프는 힘겹게 검은색 양복을 입었다. 그가 가진 유일한 검은 양복은 반들거릴 정도로 깔끔하게 손질이 되어 있었다. 아내의 장례식 때 입으려고 샀던 것을 어느새 스무 번이나 입었다. 마르네스 교회에서 있었던 친구들과 친척들의 장례식 때마다 말이다. 머지않아 옐로프는 자신의 장례식에서도 이 옷을 입게 될 것이다.

그는 양복 위에 회색 코트를 입고 두꺼운 모직 목도리를 둘렀다. 페도라도 귀까지 푹 눌러썼다. 시월 중순이지만 이렇게 흐린 날에는 기온이 영하로 떨어졌다.

"준비 다 하셨어요? 언제쯤 돌아오세요?" 보엘이 사무실에서 나오며 물었다.

늘 하는 질문이었다.

"횔스트룀 목사가 어떻게 하느냐에 달렸지." 옐로프가 대답했다.

"혹시 필요하면 점심 식사를 남겨뒀다가 전자레인지로 따뜻하게 덥혀드릴게요." 보엘이 말했다.

"고마워요." 옐로프가 대답했다. 에른스트의 장례식이 끝난 뒤에 배가 고플지 의심스럽긴 했지만.

그가 셰그렌증후군 때문에 휠체어를 탄 것이 보엘로서는 좋을 것이다. 그래야 그를 지켜보기가 쉽기 때문이다. 보엘은 모든 것을 통제하고 싶어 했다. 하지만 옐로프는 증상이 사라지면 바로 일어날 것이다. 다시 걸을 수 있게만 된다면, 에른스트를 죽인 범인을 찾아낼 것이다.

마리에가 장갑을 낀 뒤 휠체어 손잡이를 잡았다.

그들은 출발했다. 엘리베이터를 타고 천천히 내려왔다. 바깥 공기는 차가웠다. 경사로를 타고 내려가 자동차들이 서 있는 쪽으로 향했다. 서리가 덮인 자갈이 휠체어 바퀴 밑에서 덜그럭거렸다. 교회까지 가는 길은 텅 비어 있었다.

옐로프는 이를 악물었다. 무기력하게 휠체어에 앉아 있는 기분이 영 탐탁지 않았다. 하지만 마음을 편하게 먹고 부담감을 내려놓으려 애를 썼다.

"늦지는 않겠소?" 그가 물었다.

양복을 입는 데 시간이 너무 오래 걸렸다.

"많이는 아니고 약간요. 제 잘못이에요…… 그나마 교회가 가까워서 다행이에요." 마리에가 말했다.

"좀 늦는다고 감옥에 보내진 않겠지." 옐로프가 말하자, 마리에가 점잖게 웃었다.

그는 기뻤다. 마르네스 요양원에서 일하는 사람들 전부가 그런 건 아니지만, 그래도 그들은 나이든 사람의 농담에 웃어주는 것 또한 젊은이의 의무라고 생각하고 있었다.

그들은 교회 쪽으로 나아갔다. 옐로프는 칼마르 해협에서 불어오는 매서운 바람이 얼굴로 휘몰아치지 않도록 몸을 앞으로 살짝 숙였다. 꾸준히 불어오는 강한 남서풍이었다. 범선이 돛을 활짝 펴면 스웨덴 해안에서 스톡홀름 북쪽까지 항해할 수도 있을 터였다. 하지만 옐로프는 이런 날 바다에 있고 싶지 않았다. 이 정도 바람이면 파도가 뱃전에 들이칠 수도 있고, 얼음 때문에 좌초될 수도 있기 때문이다. 바닷일을 그만둔 지 삼십 년이 넘었는데도 옐로프는 여전히 뱃사람처럼 느끼고 생각했다. 겨울에 바다로 나가고 싶어 하는 선원은 없다.

그들이 교회 옆 버스 정류장을 지나 길 안쪽으로 들어설 때 종이 울리기 시작했다. 편평한 시골 지역이라 종소리는 고적하고 길게 울려 퍼졌다. 마리에가 걸음을 서둘렀다.

옐로프는 서두르지 않았다. 그에게 장례식은 다른 추모객들을 위한 의식일 뿐이었다. 옐로프 본인은 이미 지난주에 채석장에서 에른스트에게 작별 인사를 했다. 엘라를 잃은 슬픔에 친구를 잃은 상실감까지 뒤섞인 이 감정은 그가 살아 있는 동안 계속 남아 있을 것이다. 동시에 에른스트가 편안하게 가지 못했다는 점에 대해 불편한 마음도 있었다. 그의 오랜 친구는 자기가 남긴 퍼즐 조각들을 옐로프가 전부 맞추기를 조바심 내며 기다리고 있을 것이다.

교회 앞 좁은 공간에 차들이 최소 열 대 넘게 서 있었다. 옐로프는 율리아의 빨간색 포드를 찾아보았지만 보이지 않았다. 하지만 아스트리드 린데르의 볼보가 서 있는 것을 보자 스텐비크에서 아스트리드가 율리아를 태우고 왔을 수도 있다는 생각이 들었다. 딸이 장례식에 참석했다면 말이지만.

흰색 교회가 잿빛 하늘을 향해 우뚝 서 있었다. 거의 천 년 넘게 교회는 이 자리에 있었다. 지금 것이 세 번째 교회였다. 중세 때 지은 교회가 너무 작고 수리할 곳이 많아지자 19세기에 새로 지은 것이다.

그들은 교회 경내로 들어섰다. 널찍한 돌길을 빠르게 지나친 뒤 마리에가 속도를 줄였다. 교회에 도착하자, 그녀는 휠체어를 뒤로 돌려 낮은 계단으로 끌어올린 다음 열려 있는 문으로 들어갔다.

교회 입구로 들어서면서 옐로프는 모자를 벗었다. 컴컴한 입구에는 아무도 없었다. 하지만 교회 안쪽은 검은 옷을 입은 사람들로 가득했다. 장내에서 사람들의 웅성거림이 들려왔다. 아직 장례식이 시작되기 전이었다.

옐로프가 휠체어를 타고 왼쪽 통로로 지나가자 고개를 숙이고 있던 사람들이 조심스럽게 그를 돌아보았다. 사람들의 눈에는 그가 연약하고 불쌍하게 보일 것이다. 물론 그들이 옳다. 옐로프는 연약하고 불쌍했다. 하지만 그의 정신은 또렷했다. 무엇보다 그 사실이 중요했다.

어떤 사람들은 오직 다음번에 관 속에 들어갈 사람이 누구인지 살펴보기 위해 장례식에 참석하기도 했다. 계속 지켜본들 거기서 거기일 텐데. 옐로프는 생각했다.

곧 그는 일어나 걸을 것이다.

앞쪽으로 가고 있는데 누군가 그를 향해 가녀린 흰 손을 내밀어 흔들었다. 아스트리드 린데르가 베일이 달린 검은 모자를 쓰고 있었다. 네 번째 줄에 앉은 그녀 옆자리가 비어 있었다. 아스트리드는 옐로프가 휠체어를 타고 있다는 걸 알아차리지 못한 것 같았다.

마리에가 멈춰 섰다. 그녀는 옐로프를 부축해 휠체어에서 일으킨 뒤 아스트리드 옆에 앉혀주었다.

"아직 아무것도 놓친 거 없어요. 너무 지루했어요." 아스트리드가 그의 귓가에 대고 속삭였다.

옐로프는 고개만 끄덕였다. 그는 아스트리드의 저쪽 옆자리를 흘깃 살피고 율리아가 보이지 않는다는 것을 알아차렸다.

마리에는 교회 뒤쪽으로 갔다. 동시에 성가대 쪽에서 전통적인 장례 찬송가가 울려 퍼지기 시작하자 신도석의 웅성거림이 잦아들었다. 옐로프는 그가 기억하는 것보다 훨씬 많은 장례식에서 이 감상적인 찬송가를 들어왔다. 그는 음악과 함께 마음을 가라앉힌 뒤 조심스럽게 주위를 둘러보았다.

교회를 가득채운 신도 대부분은 노인들이었다. 백 명 남짓한 사람들 가운데 오십 대 이하는 몇 명 되지 않았다.

에른스트의 살인범도 조문객들 사이에 숨어 있으리라고 옐로프는 확신했다.

아스트리드 옆에는 동생인 칼이 앉아 있었다. 마르네스의 마지막 역장이었고, 1960년대 중반 역이 폐쇄된 뒤에는 철물상으로 직업을 바꿨다. 그는 최근 은퇴했다. 칼의 선배인 악셀 몬손은 전쟁이 끝났던 그해 여름날 닐스 칸트가 탔던 기차에 손을 흔든 사람이었다. 칼도 그 자리에 있었다. 당시 그는 역에서 급사로 일했다. 그래서 칼은 매표소에서 일하던 마르기트가 마르네스 경찰에서 수배중인 젊은 칸트가 보리홀름으로 가는 기차표를 막 샀다고 신고하는 것을 보았다. 또 그는 몇 분 뒤에 도착한 헨릭손 파출소장이 두 명을 죽인 살인 용의자를 잡겠다고 툭 튀어나온 배를 앞세운 채 플랫폼을 느릿느릿 가로지르는 모습도 보았다고 했다.

칼은 아마 욀란드에서 살아 있는 사람들 가운데 성인이 된 닐스 칸트를 가까이에서 본 마지막 인물일 것이다. 하지만 칸트가 어떻게 생겼는지 옐로프가 물었을 때, 칼은 고개를 가로젓기만 했다. 그는 사람들의 얼굴을 잘 기억하지 못했다.

마르네스의 연금 수급자들이 몇 명 더 그 줄에 앉아 있었다.

먼저 지역 마을 회관의 전 회장인 베르트 린드그렌이 있었다. 그는 1950년대와 1960년대에 걸쳐 몇 년간 배를 타고 전 세계를 돌아다녔다. 그 옆에는 장어잡이를 했던 올로프 호칸손과 퇴역한 뒤 여름 별장을 롱비크로 옮긴 군 장교 출신 칼 룬스테드트가 있었다.

연금 수급자들이 마르네스로 이사하는 건 이상한 일도 아니었다. 동시에 욀란드 북부에 필요한 건 나이든 사람들이 아니라 젊은 일꾼들과 더 많은 일자리라는 것도 옐로프는 잘 알고 있었다.

오르간 연주가 그쳤다. 십여 년 동안 마르네스에서 지내온 오케 휙스트룀 목사가 장미꽃으로 꾸며진 흰색 나무 관 앞에 자리를 잡았다. 목사는 갈색 가죽으로 장정된 커다란 성경을 손에 든 채 진지한 표정으로 둥근 안경 너머 신도들을 쳐다보았다.

"우리는 오늘 이 자리에 우리의 친구, 에른스트 아돌프손과 작별 인사를 나누기 위해 모였습니다……." 목사는 말을 멈추고 안경을 고쳐 썼다. 그런 뒤 가장 중요한 질문과 함께 장례식 연설을 시작했다. "사람의 사정을 사람의 속에 있는 성령 외에 누가 알리오?"

옐로프가 알기로, 「고린토인들에게 보낸 첫 번째 편지」의 내용 같았다.

"우리 인간들은 서로에 대해 거의 알지 못합니다. 오직 하나님만이 모든 것을 알고 계시지요. 그분께서는 우리의 잘못과 부족함을 모두 아십니다. 그럼에도 그분께서는 여전히 우리 모두가 영원한 평화를 누리기를 바라시지요……."

교회 뒤쪽 어딘가에서 기침 소리가 들렸다.

옐로프는 눈을 감은 채 평온한 마음으로 귀를 기울였다. 그리고 딱 한 번만 졸았다. 신도들이 찬송가 113장을 부를 때는 옐로프도 최선을 다해 함께 불렀다. 목사가 주도한 기도문에는 성경과 찬송가에서 인용한 구절이 더 많이 나왔고, 그런 뒤에 아름다운 노래 〈장미가 절대 죽지 않는 곳〉을 모두가 불렀다.

이미 채석장 옆에 있는 집에서 에른스트에게 작별 인사를 고했음에도, 오르간 연주와 함께 관을 운반할 남자 여섯 명이 심각한 표정으로 일어서는 것을 보자 옐로프는 여전히 가슴속에서 절절한 슬픔이 자라나고 있음을 느낄 수 있었다. 그들 중에는 보리홀름에 사는 친구 예스타 엥스트룀과 스텐비크 남쪽의 솔뷔에서 몇 십 년 동안 상점을 운영해온 베르나르드 콜베리도 있었다. 에른스트는 그 상점에서 종종 물건을 배달시켰다. 그들 말고는 전부 스몰란드에 사는 에른스트의 가족들이었다.

옐로프는 벌떡 일어나 에른스트의 관을 직접 운구하고 싶었다. 하지만 그러기는커녕, 다른 사람들이 모두 자리에서 일어날 때까지 자리에 가만히 앉아 있어야 했다. 마리에가 휠체어를 가지고 왔다.

"이젠 걸을 수 있을 것 같은데." 옐로프가 말했다. 하지만 그럴 수 없었다.

마리에가 그를 부축해 휠체어에 앉혔다. 옐로프는 아스트리드 쪽으로 몸을 내밀어 그녀의 어깨를 두드렸다.

"내가 도와줄게요." 아스트리드가 휠체어 손잡이를 잡더니 단호하게 말했다.

마리에가 아스트리드를 쳐다보며 망설였다. 아스트리드는 마리보다 키가 몇 센티미터 작고 몸도 갈퀴처럼 가늘었다. 하지만 옐로프가 격려하듯 미소를 지어 보였다.

"괜찮을 거요, 마리에." 그가 마리에를 안심시켰다.

마리에가 고개를 끄덕이자 아스트리드는 휠체어를 밀고 통로를 빠져나갔다. 옆에서 동생인 칼이 따라왔다.

"저기 욘이 있네요." 아스트리드가 말했다.

옐로프는 고개를 돌려 아들 안데르스와 함께 교회 문을 나서는 욘을 보았다.

교회 밖으로 나오자, 옐로프는 코트를 여며 매섭게 불어오는 차가운 바람을 막았다. 그때 주머니에 들어 있던 납작한 물건이 느껴졌다. 옐로프는 에른스트의 지갑을 가져온 것이 기억났다.

그는 손가락 끝으로 닳은 가죽의 감촉을 느끼며 지갑을 꺼낸 뒤 아스트리드에게 물었다. "오늘 내 딸 못 봤어?"

"오늘은 못 봤어요. 예테보리로 돌아간 거 아니에요? 지나오면서 보니까 산등성이에 세워뒀던 차가 보이지 않던데." 아스트리드가 말했다.

"그런가 보군." 옐로프가 대답했다.

율리아는 아침에 떠난 모양이었다. 그는 딸이 장례식에 참석할 거라고 생각했다. 적어도 가기 전에 전화로라도 작별 인사를 할 줄 알았는데. 하지만 그런 건 율리아답지 않다. 옌스가 실종된 이후의 율리아라면 더더욱 그렇다. 옐로프는 딸을 계획보다 오래 욀란드에 붙잡아두었다. 사실 그들이 그리 많은 일을 하지 못했음에도, 옐로프는 이번 방문이 율리아에게 좋은 영향을 미쳤을 거라고 생각했다. 그는 머지않아 다시 예테보리로 전화를 할 생각이었다.

"손에 들고 있는 건 에른스트 지갑인가요?" 아스트리드가 물었다.

옐로프가 고개를 끄덕였다.

"스몰란드에서 온 가족들한테 전해주려고."

지갑 안에 들어 있던 것들은 람네뷔 목재 박물관 입장권만 제외하고 전부 그대로였다. 입장권은 옐로프가 책상 서랍 속에 숨겨두었다.

"정직한 사람이라니까." 아스트리드가 말했다.

"모든 물건에는 있어야 할 자리가 있지. 난 마무리가 확실한 게 좋으니까." 옐로프가 말했다.

그들은 이제 묘지 한가운데 있었다. 익숙한 묘비들 사이를 천천히 지나갔다. 에른스트는 은퇴하기 전까지 아름다운 묘비들을 많이 만들었다. 그중에서도 널찍한 엘라의 묘비는 깔끔하고 근사했다. 아내의 이름과 생몰년 아래 옐로프의 이름을 새길 공간도 넉넉하게 남아 있었다.

에른스트의 무덤은 교회 경내 스텐비크 주민들의 무덤이 있는 구역에 자리잡았다. 조문객들이 그 주위를 반쯤 에워싸고 있었다. 아스트리드는 옐로프의 휠체어를 밀어 사람들이 모여 있는 쪽으로 다가갔다. 그는 휠체어 앞으로 깊이 파인 구덩이를 보았다. 무덤은 어둡고 차가워 보였다. 그 구덩이에 빠지면 밖으로 나오지 못할 것 같았다. 차가운 바람을 맞자 셰그렌증후군 때문에 관절이 찢어질 듯 고통스러웠지만, 옐로프는 아직 저 구덩이 속으로 들어가고 싶은 생각은 없었다.

운구한 사람들이 무덤 옆에 멈춰 섰다. 그들은 조심스럽게 관을 바닥에 내려놓았다. 옐로프는 그 자리에서 몇몇 아는 얼굴들을 볼 수 있었다. 무덤 맞은편에 지역 신문사 편집자인 벵트 뉘베리가 서 있었다. 이번에는 카메라를 들지 않았다. 옐로프는 벵트 뉘베리가 언제부터 마르네스에서 지냈는지 기억을 더듬어보았다. 십오륙 년쯤 됐을 것이다. 다른 많은 사람들처럼 그도 본토에서 건너왔다.

옆에는 외리안 그란포르스가 서 있었다. 1980년대에 소를 몇 마리나 죽였던 농부로, 마르네스 북동쪽에 농장을 가지고 있었다. 옐로프가 기억하기에 외리안 그란포르스는 동물을 잔인하게 죽이던 사람이었다.

그란포르스 옆에는 롱비크에서 호텔을 운영하는 린다와 군나르 융에르 부부가 조용히 이야기를 나누고 있었다. 아무래도 휴양지에 새로 지은 건물에 관한 이야기 같았다. 그들 옆에는 경관인 렌나르트 헨릭손이 서 있었다. 경찰 정복 대신 검은색 양복 차림이었다.

옐로프는 다시 무덤을 내려다보았다. 에른스트는 그가 어떻게 하길 바라는 걸까? 옐로프는 앞으로 어떻게 해야 할까?

에른스트는 옐로프를 찾아와 닐스 칸트와 어린 옌스에 대한 이야기를 몇 번이고 했다. 그는 두 미스터리를 여러 차례 조사했고, 그 사이에 다른 사람들은 모르는 연관성이 있다고 확신했다.

세월과 함께 엘라의 죽음을 애써 받아들였던 옐로프는 옌스가 흔적도 없이 사라졌다는 사실도 받아들였다.

구월 초에 에른스트가 마르네스 요양원으로 옐로프를 찾아와 얇은 책자를 건네주었다.

말름 화물 수송 회사에서 만든 기념 책자였다. 옐로프는 《욀란스-포스텐》을 통해 한 달 전쯤 그 책이 출간된 것을 알고 있었지만 읽지는 않았다.

"마르틴 말름이 누군지는 알지? 이 책에는 1950년대 말 스몰란드에 있는 칸트 일가의 제재소에서 찍은 사진이 나와 있어." 에른스트가 말했다.

"마르틴과 특별히 잘 아는 사이는 아니야. 선장 일을 할 때 여러 항구에서 마주치긴 했지만." 옐로프는 깜짝 놀라며 에른스트에게서 책을 받아들었다.

"그럼 그 뒤에, 뭍으로 올라온 뒤부터는?"

"거의 만나지 못했지. 세 번인가 네 번 정도 봤을 거야. 늙은 선장들을 위한 이상한 만찬에서."

"만찬?"

"보리홀름에서 있었지."

"마르틴이 처음 외항선을 샀을 때 그 돈이 어디서 나왔는지 자네 아나?" 에른스트가 물었다.

"그게……. 아니, 모르겠군. 가족들한테 받은 돈이 아닐까?"

"자기 돈이 아니었어. 칸트 일가의 돈이었지."

"이 책에 그런 내용도 있어?"

"아니, 하지만 그렇다고 들었어. 그 사진을 한번 보게. 아우구 스트 칸트가 마르틴에게 팔을 두르고 있어. 이상하지 않나?" 에 른스트가 말했다.

"이상하군."

하지만 그건 사실이었다. 음침한 얼굴을 한 아우구스트 칸트 가 역시 뚱한 표정을 짓고 있는 마르틴 말름 선장의 어깨에 사 이좋게 팔을 두르고 있었다. 낯설기는 했다.

에른스트는 더이상 아무 말도 하지 않았다. 하지만 그가 말 하고 싶지 않은 무언가를 알고 있다는 것은 확실했다. 에른스트 는 뭔가를 보았거나, 뭔가를 들었다. 그 정보를 바탕으로 새로 운 생각을 떠올렸다. 에른스트는 옐로프에게 말도 없이 뭔가를 찾으러 람네뷔 목재 박물관에 갔다. 그런 다음 몇 주 뒤 채석장 에서 누군가와 만날 약속을 했다. 아마도 옐로프에게는 말할 수 없는 내용을 논의했을 것이다.

"옐로프, 작별 인사를 하러 갈래요?"

한참 생각에 잠겨 있던 옐로프의 뒤에서 아스트리드가 물었다. 그는 고개를 가로저었다.

"인사는 이미 했어."

마지막으로 에른스트의 관 뚜껑 위에 장미를 던지는 것으로 장례식은 끝났다. 조문객들은 간단한 모임을 위해 교회 옆에 있는 지역 주민 회관으로 향했다.

"커피 한잔 마시면 좋겠어요." 아스트리드가 말했다.

그녀는 휠체어를 끌면서 뒤쪽으로 향했고 그들도 쪽으로 다가갔다.

셰그렌증후군으로 목 뒤쪽까지 통증이 있음에도, 옐로프는 서쪽 담 옆에 있는 오래된 묘비를 보려고 목을 한껏 돌렸다.

닐스 칸트의 무덤.

저 속에 누워 있는 건 누구일까?

푸에르토 리몬, 1955년 10월.

바닷가 마을은 어둡고 시끄러우며, 진흙과 개 오줌 냄새가 진동한다.

닐스 칸트는 마을에 등을 돌리고 있다. 그는 항구 술집 '카사 그란데'에서 와인 한 병을 앞에 놓은 채 늘 앉는 테라스 자리에 앉아 있다. 얼굴은 바다 쪽을 향하고 있다. 코스타리카의 카리브해를 향해. 토사와 썩은 해초 냄새가 마을의 비좁은 거리에서 풍기는 악취보다 나을 것이 없지만, 적어도 물에서는 떨어져 있다.

닐스는 낮에 종종 부두에 서서 햇살에 반짝거리는 바다를 내려다본다.

집으로 가는 길. 그 바다는 스웨덴으로 통한다. 돈만 충분히 모으면 집으로 돌아갈 것이다.

건배할 가치가 있다.

그는 따뜻한 와인잔을 집어 들고, 자신이 집으로 돌아갈 수 없는 가장 큰 이유를 잊기 위해 그렇게 생각하기로 한다. 돈이 없는 건 사실이니까. 거의 다 써버렸다. 그는 일주일에 두 번 항구에 나와 바나나와 기름통을 운반한다. 그렇게 번 돈은 집세와 식비를 간신히 충당할 정도다. 실은 일을 더 많이 해야 하지만, 그는 그럴 기분이 아니다.

"에스토이 엔페르모(아프다)." 한밤중에 닐스는 스페인어로 중얼거린다.

그는 종종 위통과 두통에 시달린다. 이제는 손도 살짝 떤다.

이 카사 그란데의 테라스에서 얼마나 많이 스웨덴을 위해, 욀란드를 위해, 스텐비크를 위해, 어머니 베라를 위해 건배를 하며 술을 마셨던가?

건배를 세는 것도, 몇 병을 비웠는지 세는 것도 불가능하다. 술집에 있던 사람들과 마찬가지로 그날 저녁도 다를 것이 없다. 닐스의 서른 번째 생일을 축하하는 밤이라는 것만 제외하면. 하지만 실제로 축하 같은 건 없다는 걸 알고 있다. 그 때문에 기분이 더 좋지 않다.

"키에로 레스레사르 아 카사(집에 가고 싶어)." 어둠 속에서 닐스는 중얼거린다.

그는 조금씩 스페인어를 배웠고, 영어는 제법 많이 알게 되었다. 마음속에서는 여전히 스웨덴어가 가장 생생하다.

전쟁이 끝난 이듬해 여름, 닐스가 예테보리 항구에서 셀레스트 허라이즌호를 타고 해외로 나온 지 벌써 십 년이 넘게 지났다.

셀레스트 허라이즌호에서 그는 강철로 만든 관처럼 좁은 선실에서 지냈다.

남미 해안을 항해하는 낡은 배들을 여러 번 타봤지만, 그중에서도 셀레스트는 그야말로 최악이었다. 배에 건조한 부분이 한 곳도 없었다. 바다의 습기가 모든 곳을 장악하고 있었다. 모든 것이 눅눅하게 젖은 채, 곰팡이로 인해 녹이 슬어 떨어지거나 부서지지 않은 곳이 없었다. 배 표면에는 물줄기가 흐르거나 물방울이 뚝뚝 떨어졌다. 한 달 넘는 항해 기간 동안, 닐스가 머물던 선실의 둥근 창에는 빛이 들지 않았다. 좌현 쪽 선실이었는데, 끊임없는 누수 때문에 배 전체가 왼쪽으로 기울어 있었다.

엔진 소리는 밤낮으로 울려 퍼졌다. 닐스가 어둠 속에서 뱃멀미로 반쯤 죽은 듯이 침상에 누워 있는 동안, 가슴에서 검은색 피를 흘리는 헨릭손 파출소장이 종종 나타나 옆에 서곤 했다. 그럴 때마다 닐스는 두 눈을 꼭 감은 채 배가 기뢰에 부딪히기를 기원했다. 전쟁이 끝났음에도 불구하고 바다에는 기뢰들이 잔뜩 깔려 있었다. 빌어먹을 페트리 선장은 닐스에게 그 사실을 여러 번 상기시켰다. 그리고 설레스트 허라이즌호가 침몰할 경우, 닐스는 구명보트를 맨 마지막에 타게 될 거라는 점도 확실하게 밝혔다.

배가 영국에서 화물을 선적하는 이 주일 동안, 닐스는 밤낮으로 선실 안에 갇혀 지내야만 했다. 그렇게 고립된 상태로 미치기 일보 직전에야 배는 대서양을 건너 서쪽으로 항해를 시작했다.

브라질 근처 해상에서 닐스는 앨버트로스를 봤다. 거대한 새는 아무런 근심 걱정 없이 날개를 활짝 편 채 배 주위의 따뜻한 공기 속에서 자유롭게 파도의 물마루를 타고 있었다. 닐스는 그 새를 좋은 징조로 보고 브라질에 잠시 머물기로 결심했다.

그는 산투스 항구에서 생전 처음으로 부랑자들을 보았다. 그들을 본 순간 닐스는 공포에 질렸다. 설레스트 허라이즌호가 계류장에 도착하기도 전에 누더기 옷을 걸친 그 한심한 존재들은 멍한 눈동자로 비틀거리며 부두를 향해 몰려왔다.

"부랑자 놈들." 뱃전에서 닐스 옆에 서 있던 스웨덴인 선원이 경멸하듯 내뱉고는 그에게 조언을 했다. "저들이 가까이 다가오면 석탄을 던져버려."

부랑자들은 잊힌 사람이나 알코올의존자로, 육지에도 바다에도 집이 없었다. 술을 너무 많이 마시는 바람에 타고 온 배를 놓치고 그대로 여기 남겨진 유럽 선원들이었다.

닐스는 부랑자가 아니었다. 매일 밤 호텔에 머물 형편은 되었다. 그래서 한순간의 후회도 없이 셀레스트 허라이즌호와 미친 페트리를 떠나보내고 산투스에서 몇 달을 지냈다. 그는 부랑자들은 좀처럼 갈 수 없는 술집에서 와인을 마셨다. 그리고 시 외곽에 있는 분필처럼 하얀 해변을 거닐었다. 스페인어와 포르투갈어도 조금 배웠다. 하지만 필요 이상으로 사람들과 말을 많이 하지는 않았다. 닐스는 살이 조금 빠졌지만, 여전히 키가 크고 힘이 넘쳤다. 누구도 감히 그의 물건에 손댈 생각을 하지 못했다. 닐스는 끊임없이 윌란드의 집을 갈망했다. 그는 자신이 살아 있다는 것을 알리기 위해 매달 어머니에게 엽서를 보냈다. 보내는 사람의 이름은 쓰지 않았다.

닐스는 스페인 배를 타고 리오로 갔다. 그곳엔 사람들이 더 많았다. 가난한 사람들, 부유한 사람들, 뚱뚱한 바퀴벌레들이 더 많았고, 항구와 해변에 부랑자들도 더 많았다. 모든 것이 반복되었다. 목적 없이 헤매다가 와인을 마시고, 집을 그리워하고, 마지막에는 다시 새로운 배를 타고 그곳을 떠난다. 닐스는 배에서 청소와 세탁 일을 하며 돈을 벌었다.

그는 연이어 항구들을 방문했다. 부에나벤투라, 라플라타, 발파라이소, 차냐랄, 파나마, 카리브해에 있는 생마르탱 섬. 그곳에는 프랑스인과 네덜란드인이 가득했다. 쿠바의 아바나에는 미국인이 가득했다. 그들 중 닐스가 남겨놓고 온 것보다 나은 것을 가진 사람은 없었다.

새로운 장소에 도착하면 그는 곧바로 어머니에게 엽서를 보냈다. 내용이나 보내는 사람의 이름은 적지 않았다. 닐스가 살아 있다는 것과 어머니를 생각하고 있다는 사실만 알아주면 됐다. 그는 문제를 일으키지 않았다. 여자한테 돈을 낭비하지도 않고, 싸움도 거의 하지 않았다.

닐스는 미국으로 가고 싶었다. 그래서 습한 루이지애나 만을 경유하는 프랑스 배에 올랐다. 뉴올리언스 술집에서 새어 나오는 불빛은 따뜻하고 근사해 보였다. 하지만 스웨덴 여권 없이는 미국에 들어갈 수 없었다. 그곳은 그랬다. 닐스는 누구에게 뇌물을 줄 돈도 없었다. 그래서 다시 같은 배를 타고 남쪽으로 내려갔다.

남미로 돌아가야 한다는 생각을 하자 견딜 수 없었지만, 어찌됐든 국경을 넘는 일은 점점 더 어려워지고 있었다. 결국 그는 코스타리카의 리몬 항에 내렸고, 거기 머무르기로 했다.

바다와 정글 사이에 있는 리몬에서 닐스는 육 년 넘게 살았다. 마을 너머 열기가 푹푹 찌는 숲에는 바나나나무와 사과나무만큼 커다란 철쭉이 있었다. 그는 그곳에는 가지 않았다. 닐스는 알바르가 그리웠다. 열대 정글에서 나는 해묵은 퇴비 냄새에 숨이 막힐 것 같았다. 폭우가 쏟아질 때마다 리몬의 곧게 뻗은 길들은 진창으로 변하고 하수관이 넘쳤다.

그렇게 며칠이 지나고, 몇 주가 지나고, 몇 달이 흘러갔다.

리몬에 머문 지 일 년이 지났을 때, 닐스는 처음으로 어머니에게 편지를 썼다. 자신의 상황이 어떤지를 알리고, 답장을 받을 수 있는 주소를 적었다.

그는 소액의 돈이 동봉된 답장을 받았고, 또다시 편지를 썼다. 닐스는 어머니에게 아우구스트 숙부에게 연락해서 자신을 도와달라고 부탁했다. 이제 집으로 돌아가고 싶었다. 욀란드를 떠난 지 십 년이 넘었다. 이 정도면 벌은 받을 만큼 받은 셈이다.

닐스를 집에 돌아가도록 해줄 수 있는 건 아우구스트 숙부밖에 없다. 어머니는 그가 집에 돌아오기를 바라지만 실질적인 준비는 하지 못한다.

답장이 오기까지는 시간이 걸렸다. 이제 닐스는 탁자 앞에 앉아 있다. 와인병 옆에, 사십 외레짜리 스웨덴 우표가 붙어 있고 검은색 잉크로 리몬의 주소가 쓰인 편지가 놓여 있다. 스웨덴에서 보낸 그 편지는 삼 주 만에 도착했다. 안에는 이백 달러짜리 수표와 함께 짧은 편지가 들어 있다. 그는 편지를 되풀이해서 읽는다.

스몰란드의 람네뷔에서 아우구스트 숙부가 보낸 편지다. 아우구스트 숙부는 베라를 통해 닐스가 라틴아메리카에 있으며 집에 돌아오고 싶어 한다는 이야기를 들었다고 썼다.

"넌 결코 집에 돌아올 수 없다, 닐스."

아우구스트 숙부는 그렇게 썼다. 한 장짜리 편지에는 그를 질책하는 내용이 대부분이다. 하지만 닐스가 반복해서 읽고 있는 건 단 한 줄이다.

"넌 결코 집에 돌아올 수 없다."

닐스는 그 문장을 잊으려고 애를 쓴다. 하지만 불가능하다.

그가 반복해서 문장을 읽는 동안, 죽은 헨릭손 파출소장이 뒤에 서서 어깨 너머로 편지를 읽으며 미소 짓고 있는 것 같다.

"결코 돌아올 수 없다, 닐스."

닐스는 와인을 가득 따른다. 해변에서는 스웨덴의 일 크로나짜리 동전만큼 커다란 모기들이 윙윙거린다. 나무 난간에는 반들거리는 바퀴벌레가 기어간다.

술집 안쪽 어두운 곳에서 커다란 웃음소리가 들린다. 마을의 진흙투성이 길을 따라 부르릉거리며 달리는 오토바이 소리도. 리몬은 항상 시끄럽다.

닐스는 눈을 감고 와인을 마신다. 세상이 빙글빙글 돈다. 그는 아프다.

"키에로 레그레사르 아 카사(집에 가고 싶어)." 어둠 속에서 그는 중얼거린다.

"넌 결코 집에 돌아올 수 없다."

닐스는 이제 서른 살이다. 아직 젊다.

그는 아우구스트 숙부의 말을 듣지 않을 것이다. 대신 어머니에게 계속 편지를 쓸 것이다. 어머니에게 애원하고 부탁할 것이다. 어머니가 그를 보살펴주리라.

"이제 집에 돌아올 수 있어, 닐스."

그는 그렇게 적힌 어머니의 편지를 기다릴 것이다.

머지않아, 그런 날이 반드시 올 것이다.

20

휠체어에 앉아 교회 경내를 가로질러 가는 동안 옐로프는 생각에 잠겼다. 에른스트는 누군가와 합의를 못 했기 때문에 죽었을 것이다. 무엇에 대한 합의일까?

옐로프가 아는 한, 에른스트는 돈에 관심이 없었다. 그는 채석장에서 완벽하게 행복하게 일했고, 그 뒤로는 관광객들에게 조각상을 판매해서 생활비를 벌었다. 에른스트에겐 그 정도면 충분했다. 그런데 어째서 옐로프에게 옌스의 실종에 대한 자신의 생각을 알리고 싶어 했던 걸까?

그는 칸트 석상을 골랐다. 그 석상을 부순 건 분명 에른스트였다. 그건 무슨 의미일까?

옐로프는 의문점들에 대해 한참이나 생각했지만, 계속 한곳에서 빙글빙글 돌고 있었다. 생각은 매번 같은 자리로 돌아왔다. 만일 닐스 칸트가 죽은 게 아니라면, 어떻게든 자신의 죽음을 위장한 뒤에 다른 사람의 이름으로 스웨덴에 돌아온 거라면, 누구든 진실을 밝히려고 하는 사람을 위협으로 여겼을 것이다.

"준비됐어요, 옐로프?" 지역 주민 회관에 도착하자 아스트리드가 뒤에서 물었다.

옐로프는 고개를 끄덕였다.

"그럼 들어가요." 그녀가 휠체어를 경사로로 밀고 올라갔다.

회관에 모인 사람들의 수는 장례식 참석자보다 조금 적었지만, 그럼에도 옐로프와 아스트리드는 사람들을 헤치면서 들어가야 했다. 몇몇 사람들은 몸을 굽혀 옐로프에게 상태가 어떤지 물었다. 그런 식의 대화를 세 번쯤 주고받자 그는 억지로라도 일어날 수밖에 없었다. 고통에도 불구하고 옐로프는 스스로 걸을 수 있다는 걸 보여주고 싶었다. 그는 병자가 아니었다.

아스트리드가 휠체어를 한쪽 구석에 밀어놓었다. 옐로프는 지팡이에 기대선 채 여러 사람들과 인사를 나누었다. 고맙게도 보리홀름에서 온 예스타 엥스트룀은 옐로프의 건강에 별다른 관심을 보이지 않았다. 더 좋았던 건 옐로프가 떨리는 다리로 서 있을 때 마르기트는 옆에 없었다는 점이다. 두 사람은 가을에 있었던 일들에 대해 조용히 대화를 나누었다. 그러다 옐로프는 예스타에게 에른스트의 죽음에 대한 생각을 털어놓았다.

"사고가 아니었나?" 예스타가 물었다.

옐로프가 고개를 저었다.

"그러면…… 살인이란 뜻인가?"

"누군가 에른스트를 채석장으로 밀어 떨어뜨렸어. 그런 다음 조각상을 그 친구 위로 떨어뜨린 거야. 욘과 난 그렇게 생각하고 있네."

그는 예스타가 비웃지 않을까 염려했지만 예스타의 표정은 진지했다.

"대체 누가 그런 짓을 한 건가?"

옐로프는 다시 고개를 저었다.

"그게 의문이야."

그때 마르기트 엥스트룀이 다가와 인사를 건넸다. 옐로프는 그녀와 악수를 나눈 뒤 비틀거리며 걸어갔다.

그는 《욀란스-포스텐》의 벵트 뉘베리와 부딪혔다. 뉘베리는 평소와 마찬가지로 뉴스거리를 찾고 있었다.

"최근 마르네스 요양원에서 인원 감축을 하고 있다던데요. 사실입니까? 입주자들에 대한 서비스에는 문제가 없나요?"

옐로프는 아무 말도 하지 않았다. 마치 그 자리에 있는 모든 사람들이 그에게 뭔가를 바라는 것 같았다. 뷔페 테이블로 가던 그는 롱비크에서 온 군나르 융에르 부부와 마주쳤다. 군나르는 여느 때처럼 곧장 본론으로 들어갔다.

"여섯 개가 더 필요해요, 옐로프. 당신 딸이 이야기를 전하지 않던가요? 얼마 전에 롱비크에 있는 호텔에 왔기에 당신한테 전해달라고 했는데. 여섯 개 더 필요하다고 말이죠."

유리병에 든 배 얘기다.

"이미 진열장이 다 차지 않았소?" 옐로프가 물었다.

"확장을 했어요. 전에 있던 것들은 레스토랑의 새로 넓힌 구역에 있는 창가에 놔둘 겁니다." 군나르가 재빨리 대답했다.

그는 수표책과 "롱비크에서 쇼핑과 함께 즐거운 시간을!"이라는 글자가 새겨진 펜을 꺼냈다. 그러고서 수표에 숫자 몇 개를 적어넣은 뒤 옐로프에게 건네주었다.

"배 한 척당 이 금액을 지불하죠."

옐로프는 수표를 바라보았다. 융에르가 롱비크에서 하는 지역 개발이 마음에 들진 않았지만, 여기 적힌 네 자리 숫자라면 스텐비크의 여름 별장과 보트 창고를 적어도 일 년은 더 유지할 수 있을 터였다.

"완성된 배가 두 척 있소. 나머진 시간이 좀 걸릴 거요. 어쩌면 내년 봄까지 걸릴 수도 있고." 옐로프가 조용히 말했다.

"좋아요, 내가 사죠. 롱비크에 오면 식사나 같이 합시다." 군나르가 곧장 기분 좋게 말했다.

옐로프가 그와 악수를 나누자 군나르의 아내는 미소를 지어 보였다. 그러고서 두 사람은 자리를 떠났다. 옐로프는 마침내 커피와 당근 케이크가 놓여 있는 테이블로 갈 수 있었다.

그 자리에는 이미 아스트리드와 칼이 앉아 있었다. 옐로프가 힘겹게 자리에 앉아 커피를 마시고 있을 때, 또 다른 남자가 다가와 맞은편에 앉았다. 렌나르트 헨릭손이었다.

"결국 이렇게 끝났네요." 경관이 옐로프에게 말했다.

옐로프는 고개를 끄덕였다.

"우리 모두의 마음속에 슬픔은 여전히 남았지만."

"그렇죠. 그런데 따님은…… 여기 왔습니까?" 렌나르트가 물었다.

"아니, 그 애는 예테보리로 돌아갔네."

"어제 떠난 겁니까?"

옐로프는 고개를 저었다.

"오늘 아침에 떠난 것 같던데."

렌나르트가 옐로프를 쳐다보았다.

"작별 인사도 하지 않고 갔어요?"

"그래. 하지만 크게 놀랄 만한 일도 아니지."

이미 알아차렸을지도 모르지만 율리아가 욀란드에 와 있는 동안에도 두 사람의 사이가 완전히 회복되진 못했다고 옐로프는 덧붙였다.

렌나르트는 커피잔만 내려다보고 있었다. 그는 걱정스러운 듯 얼굴을 찡그린 채, 오른손 손가락으로 테이블을 톡톡 두드렸다.

그러다가 마침내 옐로프를 쳐다보았다.

"따님이 떠난 게 분명한가요?"

"아스트리드 말로는 그 애 차가 없었다고 하던데."

"산등성이에 세워두었던 차가 보이지 않았어요. 보트 창고에도 블라인드가 쳐져 있었고, 그렇지, 칼?"

칼이 고개를 끄덕였다.

"율리아가 작별 인사를 했나요?" 렌나르트가 아스트리드에게 물었다.

"아뇨. 아마도 그럴 시간이 없었겠죠······." 아스트리드가 대답했다.

"아무래도 전화를 해봐야겠어요. 그래도 괜찮겠죠, 옐로프?" 렌나르트가 재빨리 물었다.

"물론이지. 그런데 그 애한테 무슨 볼일이라도 있는 건가?"

"그런 건 아니지만요." 렌나르트가 휴대전화를 꺼냈다.

"그 애 전화번호는 아나?"

"네." 그는 전화번호를 눌렀다. "율리아가 지금 어디 있는지 확인해봐야겠어요. 어젠 분명······."

그는 말을 멈추고, 휴대전화를 귀에 가까이 댔다.

"저런 전화는 어떻게 쓰는 건지 모르겠다니까요. 당신은 알아요?" 아스트리드가 옐로프에게 속삭였다.

"나도 잘 몰라." 옐로프도 맞장구를 치고는 렌나르트에게 물었다. "그 애가 전화를 받나?"

렌나르트는 휴대전화를 내렸다.

"지금은 전화를 받을 수 없다고······ 그냥 음성 메시지로 넘어가네요." 그가 옐로프를 보면서 덧붙였다. "전화를 꺼놓을 수도 있거든요…… 방해받고 싶지 않을 때 말이에요."

"그럴 수도 있어. 스몰란드까지 운전하는 중일 테니까." 옐로
프가 말했다.

렌나르트는 마지못해 고개를 끄덕였다. 하지만 여전히 마음
이 편하지 않았다. 그는 계속 손가락으로 테이블을 톡톡 치다가
갑자기 벌떡 일어났다.

"실례하겠습니다. 아무래도…… 가서 확인해볼 게 있어서요."

그는 커피잔을 들고 자리를 떠났다.

렌나르트가 황급히 출입문 쪽으로 나가는 모습을 보며, 옐로
프는 율리아와 저 경관 사이에 자기가 모르는 무슨 일이 있는지
궁금해졌다. 하지만 잠시 뒤, 어디선가 커피잔을 스푼으로 조심
스럽게 두드리는 소리가 들렸다. 의자가 바닥에 끌리는 소리가
나더니 누가 자리에서 일어났다.

옐로프는 자리에서 일어난 사람이 욘 하그만이라는 걸 알고
깜짝 놀랐다. 그와 그의 아들 안데르스 둘 다 검은색 양복 차림
이 불편해 보였다.

욘은 불안한 듯 검은색 재킷 한쪽을 신경질적으로 문지르며
벌겋게 달아오른 얼굴로 목소리를 가다듬고는 말을 시작했다.

"난…… 평소에는 이런 일을 잘하지 않습니다……. 정말이에
요……. 하지만 내 친구이자 여러분 모두의 친구인 에른스트 아
돌프손과 스텐비크 마을에 대해 몇 마디 하고 싶습니다. 이제는
암울하고 쓸쓸한 곳이 되었습니다만……."

한 시간 뒤, 옐로프는 아스트리드와 예스타의 도움을 받아 마르네스 요양원으로 돌아와 편안히 몸을 뉘었다. 보엘이 따뜻하게 데워준 늦은 점심도 먹었다. 텅 빈 식당의 식탁 한 곳에 그날 자 《욀란스—포스텐》이 놓여 있었다. 1면 헤드라인이 눈에 들어왔다. "실종된 연금 수급자, 사망한 채 발견되다."

끔찍한 소식들. 기사에는 일주일 전, 혹은 그전에 욀란드 남부의 자택에서 나간 노인이 알바르 지대에서 얼어죽은 채 발견되었다고 나와 있었다.

신문에 따르면, 경찰에서는 타살의 흔적을 찾지 못했다. 치매에 걸린 노인이 평생 산 마을로부터 일 킬로미터도 떨어지지 않은 곳에서 길을 잃은 것이다.

그 노인과 아는 사이도 아니건만 옐로프는 어쩐지 기사가 나쁜 징조처럼 느껴졌다.

그는 그날 오후 내내 방에 있었다. 커피 마시는 시간도 내려가지 않았다가 저녁 식사 때가 돼서야 나갔다. 메뉴는 욀란드식 만두로 이런 계절에 어울리는 음식이 아니었다. 고기 양도 너무 적고 엘라가 한 달에 한 번씩 만들어주던 맛있는 만두도 아니었지만 옐로프는 두 개를 먹었다.

"교회에서 돌아오실 때 제가 없어도 괜찮으셨어요?" 만두가 담긴 접시를 가져다주며 마리에가 물었다.

"괜찮았어요." 옐로프가 대답했다.

"이제 에른스트 아돌프손은 땅속에 묻힌 건가요?" 식탁 맞은편에 앉아 있던 마야 뉘만이 물었다.

사십 년을 떠나 있긴 했지만 마야도 스텐비크 출신이었다.

옐로프는 고개를 끄덕였다.

"그래, 교회 옆에서 편히 쉬고 있지."

그는 포크를 들고 음식을 먹기 시작했다. 다행히 치아는 아직 쓸 만했다. 이제는 셰그렌증후군도 가라앉았다.

"관은 좋은 걸 썼어요?" 마야가 물었다.

"흰색 페인트를 칠한 나무 관이었는데 윤기가 나는 게 보기 좋더군."

"난 마호가니가 좋던데. 너무 비싸지만 않으면…… 그게 아니면 그냥 싸구려 나무 관을 쓰고 화장하는 것도 괜찮을 것 같아요." 마야가 말했다.

옐로프는 고개를 끄덕인 뒤, 만두를 한입 베어먹었다. 그러고서 자신도 화장을 하는 게 좋다는 말을 하려는 순간, 누군가 어깨를 두드렸다. 보엘이었다.

"전화 왔어요, 옐로프." 그녀가 나지막한 목소리로 말했다.

"저녁 식사 시간에요?"

"네, 아무래도 중요한 일인 것 같아서요. 렌나르트 헨릭손이에요…… 경관요."

갑자기 오싹한 한기가 느껴졌다. 한기와 함께 저녁 내내 잠시 잠잠했던 셰그렌증후군도 다시 나타나 관절이 쑤시기 시작했다. 스트레스는 늘 류머티즘을 악화시킨다.

───

"받아야겠군."

율리아? 확실히 율리아와 관련된 일이다. 그리고 분명히 좋지 않은 소식일 것이다. 그는 비틀거리며 자리에서 일어났다.

"주방에 있는 전화를 쓰세요." 보엘이 말했다.

옐로프는 지팡이를 짚고 주방으로 향했다. 벽에 빨간색 플라스틱 전화기가 걸려 있었다. 그가 수화기를 집어 들었다.

"다비드손이오."

"옐로프…… 렌나르트입니다."

심각한 목소리였다.

"무슨 일이 있는 건가?" 이미 답을 알면서도, 옐로프는 물었다.

"네……. 율리아 일이에요. 율리아는 예테보리에 가지 않았습니다."

"그럼 지금 어디에 있나?" 옐로프는 목소리가 떨리는 걸 느꼈다.

"보리홀름요. 병원에 있습니다." 렌나르트가 대답했다.

"상태는?"

"좋지 않습니다. 하마터면 큰일날 뻔했죠. 높은 곳에서 떨어졌어요. 지금은 병원에서 깁스를 하고 있는데……. 제가 오늘밤에 가서 데려올 생각입니다."

"대체 무슨 일인가? 그 애가 대체 뭘 하고 다닌 거지?" 옐로프가 물었다.

렌나르트는 잠시 망설이다가 숨을 깊이 들이마신 뒤 대답했다. "율리아가 어제저녁 베라 칸트의 집에 몰래 들어갔어요. 위층에서 내려오다가 계단에서 구른 모양입니다. 그런데 약간……발견됐을 때 정신이 많이 혼란한 상태였어요. 계속 그 집에 누가 있다고 말하더군요. 닐스 칸트가 거기 살고 있다는 겁니다."

21

삐걱거리는 소음에 율리아는 잠의 온기에서 깨어났다. 자신이 어디에 있는지 기억난 건 잠시 뒤였다. 그녀는 스텐비크의 베라칸트 저택에 있었다.

떨렸다. 골절상으로 인한 고통 때문에 나른하고 졸음이 몰려왔다. 그렇게 바닥에 쓰러진 채로 기나긴 밤을 보낸 뒤 잠에서 깨어난 것이다. 잠들어 있는 동안 그녀는 옌스와 함께 보냈던 마지막 여름에 대한 꿈을 꾸었다. 태양이 곧장 욀란드를 향해 내리비치는 것 같았다. 가을은 멀리 사라졌다.

자신이 누워 있는 지저분하고 먼지 많은 바닥을 바라보던 율리아는 문득 햇빛이 비치고 있음을 깨달았다.

바깥문이 삐걱거리는 소리가 나더니 문이 열렸다.

"율리아?" 누가 위에서 그녀를 부르고 있었다.

그 사람이 양손으로 그녀의 머리를 들어올리더니, 둘둘 만 재킷인지 스웨터인지를 목 뒤에 받쳐주었다.

"내 목소리 들려요? 율리아, 일어나봐요!"

그녀는 욱신거리는 얼굴을 천장 쪽으로 돌렸다. 왼쪽 눈만 떠졌다. 오른쪽 눈은 너무 부어서 뜰 수가 없었다.

조금 전에 들은 건 렌나르트의 차분한 목소리였다. 이제는 그의 모습이 보였다. 렌나르트는 정복을 입고 있지 않았다. 검은색 양복에 반짝이는 구두를 신은 모습이었다. 구두에 베라 칸트 정원의 마른 진흙이 잔뜩 묻었지만 렌나르트는 전혀 개의치 않는 것 같았다.

"들려요." 그녀가 말했다.

"좋아요. 어쨌든 이렇게 만나서 다행이에요." 짜증이 난 목소리는 아니었고, 단지 지친 듯했다.

"안에 들어갔다가…… 계단에서 떨어졌어요. 멍청한 짓이었죠." 율리아가 바닥에서 고개를 들어올리며 가냘프게 말했다.

"옐로프는 당신이 집에 돌아갔다고 했어요. 그래도 난 어쩐지 당신이 여기 있을 것 같더군요." 렌나르트가 말했다.

율리아는 베란다에 누워 있었다. 지난밤, 그녀는 의식을 되찾자마자 주방 바닥에 떨어져 있는 휴대전화와 램프의 부서진 잔해들 사이를 지나 이곳까지 어찌어찌 기어나왔다. 주방에 떨어진 램프에서 파라핀이 새어 나와 불이 붙긴 했지만, 대리석 바닥 위에서 불길은 그대로 꺼졌다.

그녀는 도저히 일어날 수가 없었다. 누가 오른발에 뜨겁게 달아오른 못을 박아 넣은 것 같았다. 할 수 없이 바깥문을 향해 힘겹게 기어가기 시작했다. 주방을 지나 베란다까지 나갔지만 또다시 무너졌다. 밖에서 바람 소리가 들렸다. 도저히 밖으로 나갈 힘이 없었다. 그녀는 문 옆에 쓰러진 채, 집안에서 이쪽으로 다가오는 누군가의 발소리가 들리진 않을까 줄곧 겁에 질려 있었다.

"멍청한 짓이었어요. 정말 멍청했어요, 멍청한 짓……." 율리아가 나지막한 목소리로 되풀이했다.

"지금은 아무것도 생각하지 말아요. 어젯밤에 내가 여기 왔어야 하는 건데, 모임 때문에……." 렌나르트가 말을 멈췄다. 그녀는 렌나르트가 손으로 겨드랑이를 받쳐주는 것을 느꼈다. 조심스럽게 율리아를 일으키려 하고 있었다. "일어설 수 있겠어요?" 렌나르트가 물었다.

그녀는 자신이 전날 밤 마신 술에 대해 그가 아무 말도 하지 않기를 바랐다. 역겨운 뒷맛처럼 취기가 아직 남아 있었다.

"모르겠어요……. 부러진 데가 있는 것 같은데……. 뼈 말이에요."

"확실해요?"

율리아는 지친 듯 고개를 끄덕였다.

"간호사니까요."

사실이었다. 지난밤 주방에서 기어나오기 전에 스스로 진단해본 결과, 손목에 금이 갔고 쇄골이 부러졌으며 오른발도 부러졌을 가능성이 있었다.

발은 심하게 접질린 것일 수도 있다. 어느 쪽인지 확실하게 말하긴 어렵다. 발목을 접질렸다고 해도 몇 주 동안은 체중을 실을 수 없는 경우를 율리아는 많이 봐왔다. 금세 나을 거라 생각하고 보통 때처럼 걸어다녔다가 발목이 부러지는 경우도 있었다.

율리아는 지금 자기 얼굴이 어떻게 보이는지도 알 수 없었다. 틀림없이 끔찍할 것이다. 콧속이 가득찬 느낌으로 보아 코피도 흘렸던 모양이다.

"일어나봐요, 율리아." 렌나르트가 말했다.

그녀는 그의 차분한 목소리가 좋았다. 짜증도 스트레스도 섞이지 않은 목소리.

"미안해요." 율리아가 잠긴 목소리로 말했다.

"뭐가요?"

렌나르트가 부드럽게 그녀의 겨드랑이를 붙잡고 일으켰다.

"혼자 들어와서 미안해요."

"그 일은 더이상 생각하지 말아요." 렌나르트가 다시 말했다.

하지만 율리아는 입을 다물고 있을 수가 없었다. 그에게 모든 것을 다 털어놓고 싶었다.

"옌스를 찾으러 왔었어요. 그 전날 밤에 이 집 창문에서 불빛을 봤거든요. 그래서 난…… 여기 살고 있을 거라고 생각했어요."

"여기 살아요? 옌스가 말입니까?"

"닐스……. 베라의 아들 닐스 칸트 말이에요. 그자는 위층에 있는 침낭에서 지내요. 내가 봤어요. 옛날 신문 기사들도 붙어 있었고."

"걸을 수 있겠어요?" 렌나르트가 물었다.

"그자는 지하실도 파고 있어요……. 이유는 모르겠지만요. 옌스의 시신이 거기 묻혀 있는 건 아닐까요? 어떻게 생각해요, 렌나르트? 그자가 내 아들을 저 안에 숨겨두었을까요?"

"어서 가요."

렌나르트는 율리아를 부축해 천천히 밖으로 나가 차가운 바람을 맞으며 계단을 내려갔다. 율리아가 오른발에 체중을 실을 수가 없었기 때문에 쉽지 않았다. 렌나르트가 그녀를 부축해주었다.

정원에 깔려 있는 돌길까지 내려왔을 때, 율리아는 대문 밖에 서 있는 짙은 녹색 차를 보았다.

"당신 차예요, 렌나르트?"

"그래요."

"순찰차는요? 순찰차를 타고 온 거 아니었어요?"

"저건 내 차예요……. 오늘 장례식에 참석하느라."

"아……. 그랬죠."

에른스트의 장례식. 율리아는 이제야 기억이 났다. 그녀는 장례식에 참석하지 못했다.

오래된 대문은 전날 밤처럼 잘 열리지 않았다. 율리아가 한쪽 발로 서 있는 동안, 렌나르트는 대문을 억지로 밀어 두 사람이 나갈 만한 틈을 만들었다.

그녀는 힘겹게 차에 올라탔다. 마치 아흔 살 노인이 된 것 같았다.

"렌나르트, 지금 집안에 들어가서 잠깐 둘러보고 와주면 안 될까요? 확인하고 싶어서 그래요……. 어젯밤에 내가 봤던 것들 말이에요. 위층과 지하실에서요." 율리아는 렌나르트가 차문을 닫기 전에 재빨리 말했다.

그는 잠시 그녀를 쳐다보다가 고개를 끄덕였다.

"당신은 여기서 기다릴 거죠?"

율리아는 고개를 끄덕였다.

"렌나르트……. 총 가지고 있어요?"

"총?"

"네……. 혹시 안에…… 누가 있을지도 모르니까요. 그럴 것 같지는 않지만……."

렌나르트가 짧게 웃었다.

"총은 없어요. 손전등은 한 개 가지고 있죠. 위험할 일은 없어요, 율리아, 난 괜찮을 거예요. 금방 다녀올게요."

그는 차문을 닫고 트렁크에서 손전등을 꺼냈다. 율리아는 렌나르트가 정원으로 들어가 금세라도 무너질 것 같은 장작 헛간 뒤로 사라지는 것을 지켜보았다.

그녀는 조용한 차 안에서 숨을 내쉰 뒤 조심스럽게 자리에 기대앉았다. 그러곤 마을길 끝에 있는 잿빛 바다와 산등성이를 멍하니 쳐다보았다.

렌나르트는 금방 돌아왔다. 아마 오 분에서 십 분 사이였을 것이다. 그의 모습이 사라지는 순간부터 걱정하던 율리아는 대문을 열고 차로 돌아오는 모습을 보자 마음을 놓았다.

렌나르트는 운전석 문을 열고 차에 타더니 그녀를 보며 고개를 끄덕였다.

"당신 말이 맞았어요. 누가 저 안에서 지냈더군요. 최근까지."

"맞아요, 그래서 난……"

렌나르트가 재빨리 손을 들어 율리아의 말을 가로막았다.

"닐스 칸트는 아니에요."

그런 다음 그녀 앞쪽의 대시보드 위에 작은 물건을 올렸다.

"지하실에서 찾은 거예요. 바닥에 몇 개가 있더군요."

코담배통이었다. 둥근 일회용 통으로 이미 사용한 것이었다.

"코담배를 하는 사람이군요."

"그래요, 저 안에 있었던 자는…… 코담배를 해요." 렌나르트가 시동을 걸었다. "이제 병원으로 갑시다."

보리홀름의 병원에 도착하자 그들은 먼저 율리아의 스웨터와 바지를 잘라내고 진통제를 놔주었다. 젊은 남자 의사가 진찰을 한 뒤 어쩌다 다쳤느냐고 물었다.

"사고였어요. 어젯밤에 넘어졌죠. 스텐비크에서요." 진찰실 문 옆에 서 있던 렌나르트가 말했다.

"해안에서 말입니까?"

렌나르트는 잠깐 망설이다가 고개를 끄덕였다.

"맞아요, 해안에서 그랬어요."

그러고서 렌나르트가 자리를 뜨자, 의사는 율리아의 등과 배를 촉진한 다음 다리와 팔을 잡아당겼다. 엑스레이를 찍은 뒤에 간호사가 축축하고 차가운 석고붕대를 감기 시작했다. 그 과정을 다 알고 있는 율리아로서는 좋다 싫다 할 게 없었다. 그저 빨리 끝나기만을 바랄 뿐이었다.

그보다는 생각해야 할 일들이 있었다. 율리아는 베라 칸트의 집에서 중요한 것을 발견했다. 그렇다고 확신했다.

닐스 칸트는 살아 있다. 무서운 히치콕 영화에 나오는 남자처럼 어머니 집에서 버젓이 살고 있었다. 그는 집에 숨어 있다가, 옌스가 몰래 들어오자 죽여버린 것이다. 아니면 안개 자욱한 알바르에서 아이와 마주쳤을 수도 있다. 어쩌면 닐스 칸트는 알바르를 즐겨 산책했는지도 모른다.

율리아는 병원에 있고 싶지 않았다. 그녀는 전화를 빌려 스텐비크에 있는 아스트리드에게 전화를 걸었다. 상황을 설명한 뒤에 부탁을 했다.

아스트리드는 율리아에게 며칠 동안 같이 지내도 좋다고 대답했다. 같이 지낼 사람이 있다는 건 언제나 좋다면서.

렌나르트는 한 시간 뒤에 돌아왔다.

"해안에 있는 돌이나 바위는 조심하셔야 합니다. 어두울 때는 특히 더요." 젊은 의사가 석고붕대를 확인하며 말했다.

"시내에 볼일이 있었나요?" 렌나르트의 차를 타고 북쪽으로 가는 동안 율리아가 물었다.

"경찰서에 다녀왔습니다. 마르네스에 있는 것보다 이쪽에 있는 컴퓨터가 빠르거든요. 보고서를 몇 장 쓰고 왔죠." 렌나르트가 그녀를 쳐다보았다. "스텐비크 가택 무단 침입에 대한 보고서도 포함해서요."

"아."

"당신에 대해 쓴 게 아니에요. 칸트가에 무단으로 침입해 지내고 있는 자에 대해 쓴 겁니다. 당신은 그 집에 들어간 적이 없는 거예요. 잊으면 안 됩니다. 지난밤에 그 집에서 불빛을 봤고, 다음날 내게 신고한 거예요. 보고서에는 그렇게 썼습니다. 아무일도 없었던 거예요. 알겠죠?"

율리아는 렌나르트를 바라보았다.

"알았어요. 난 해안에서 비틀거리다가 넘어진 거고요. 아주 어두울 때 말이에요."

"맞아요." 렌나르트가 말했다.

"난 그 집에 닐스 칸트가 있었다고 생각해요. 그자가 죽었다는 걸 믿을 수 없어요." 율리아가 조용히 덧붙였다.

"무엇을 믿든 당신의 자유지만, 칸트는 죽었어요." 렌나르트
가 간결하게 대꾸했다.

하지만 동시에 율리아는 그의 눈에 깃드는 의혹의 그림자를
볼 수 있었다. 아니, 본 것 같다고 생각했다.

푸에르토 리몬, 1960년 3월.

해가 저물자 코스타리카의 동쪽 해안은 어둠에 뒤덮인다. 카사 그란데 술집 테라스 아래에 있는 작은 모래사장 위로 그림자가 드리우자, 누군가 조용히 기침을 하더니 휘파람을 불기 시작한다. 근심 걱정 없는 경쾌한 멜로디의 오르내리는 선율이 해안에 부딪히는 파도와 더불어 바다의 율동적인 너울에 딱 맞아 떨어진다. 술집에서는 웃음소리와 쨍그랑거리는 유리잔 소리가 들린다.

수평선을 밝히는 백색 번개의 소리 없는 섬광에 이어 먹먹한 천둥이 울린다. 멀리 떨어진 카리브해에 뇌우가 떨어진다. 폭풍우가 서서히 육지로 접근하고 있다.

닐스 칸트는 여느 때와 마찬가지로 테라스 끝자리에 앉아 있다. 위쪽에 달려 있는 작은 빨간 등 아래 혼자다. 그는 잠시 반쯤 남은 술잔을 응시하다가 한번에 잔을 비운다.

이게 오늘밤 여섯 번째 잔이던가, 일곱 번째 잔이던가?

기억이 나지 않는다. 아무래도 상관없다. 원래 오늘밤에는 미지근한 레드와인을 다섯 잔 이상은 마시지 않을 작정이었다. 하지만 아무래도 상관없다. 이제 한 잔 더 시킬 것이다. 계속 마시지 말아야 할 이유가 아무것도 없다.

닐스는 빈 잔을 내려놓고 왼팔을 긁는다. 빨갛게 부어오른다. 햇빛을 너무 오래 쬐다 보니 몇 년 전부터 팔과 다리에 염증이 생겼다. 하얗게 일어난 껍질이 벗겨지면서 피부가 찢어지는 것이다. 아침에 깨어보면 침대 시트에 핏방울이 묻어 있다. 베개에는 빠진 머리카락이 항상 잔뜩 붙어 있다. 이제 정수리가 서서히 벗어지기 시작했다.

전부 햇빛과 무더위, 습도 때문이다. 닐스는 조금씩 망가지고 있다. 그걸 막기 위해 할 수 있는 일은 아무것도 없다.

계속 술을 마실 수밖에. 몇 년간 그는 싸구려 와인을 마셔왔다. 어머니가 보내주던 돈이 1950년대 중반부터 점점 줄고 있었다.

어머니는 채석장의 문을 닫고 매각했다고 편지에 썼다. 재산이 얼마나 남았는지는 알려주지 않았다. 스몰란드에 있는 아우구스트 숙부로부터는 몇 년째 편지가 없다.

욀란드를 떠난 뒤로 닐스는 다른 사람과 싸우거나 누군가에게 심한 부상을 입힌 적이 없었다. 그럼에도 밤이면 헨릭손 파출소장이 말없이 피를 흘리며 침대 옆에 서 있곤 했다. 그나마 위안이 되는 건 그가 나타나는 횟수가 조금씩 줄고 있다는 점이다.

닐스는 와인잔을 든 채 새로 술을 주문하기 위해 몸을 앞으로 내밀며 자리에서 일어나려 한다. 그 순간 그는 누가 저 아래 어둠 속에서 불고 있는 휘파람의 멜로디가 무엇인지 알아차린다.

그는 동작을 멈추고 유심히 귀를 기울인다.

그래, 오래전에 들어본 멜로디다. 전쟁 기간 동안 라디오에서 제법 자주 들었던 곡. 그리고 어머니가 소장하고 있던 일흔여덟 곡 모음집에 들어 있던 곡.

안녕, 나의 오랜 친구…….

쾌활하고 대담한 노래다. 노래 제목은 떠오르지 않지만, 가사
는 기억하고 있다.

네가 원하면 말만 해,
우린 집으로 갈 거야…….

스텐비크를 떠난 뒤로 스웨덴 노래는 처음 듣는다. 닐스는 자
리에서 일어난다. 그는 지상에서 약 이 미터 높이에 있는 테라
스의 난간 너머를 조심스럽게 내다본다.

그림자들.

하지만 테라스를 받치고 있는 기둥 바로 옆 모래사장에 앉아
있는 사람은 보이지 않는다.

"거기 누구 있어요?" 닐스는 나직하게 스웨덴어로 불러본다.

곧바로 휘파람 소리가 그친다.

"안녕하시오." 어둠 속에서 차분한 목소리가 대답한다.

눈이 어둠에 익자, 닐스는 바로 밑에 앉아 있는 사람을 볼 수
있다. 모자를 쓰고 있다. 그 사람은 휘파람을 멈춘 채 제자리에
서 움직이지 않는다.

테라스의 다른 쪽 끝에 있는 계단으로 가자 차가운 빗방울이 떨어지기 시작한다. 그는 난간을 잡고 불안정한 걸음걸이로 계단을 내려간다.

어둠 속에 한 계단 한 계단 내려가다 보니 마침내 가죽 샌들 바닥에 부드럽고 아직 따뜻한 모래가 느껴진다.

닐스는 지난 몇 년간 저녁마다 이 테라스에 앉아 있었지만 이렇게 어두워진 뒤에 해변에 내려온 것은 처음이다. 굶주린 커다란 쥐들이 득실거릴지도 모르기 때문이다.

닐스는 테라스를 지탱하는 튼튼한 기둥 쪽으로 조심스럽게 다가간다.

그에게 대꾸를 해준 사람은 여전히 그 자리에 앉아 있다. 여기서 이백 미터쯤 떨어진 가게에서 몇 콜론으로 빌릴 수 있는 접이식 의자에 앉아 편안하게 몸을 기대고 있다.

셔츠 소매를 걷어올리고 햇빛 차단용 모자로 얼굴에 그늘을 드리운 한 남자. 남자는 조금 전에 휘파람으로 불었던 경쾌한 멜로디를 흥얼거리고 있다.

말만 해,
우린 집으로……

닐스는 두 걸음 앞으로 나아가다가 멈춰 선다. 와인 때문에 비틀거리는 몸으로 그는 자리에 선 채 움직이지 않는다. 어쩐지 초조해진다.

"좋은 저녁이군요." 그 남자가 말한다.

닐스는 목소리를 가다듬는다.

"스웨덴……에서 왔습니까?"

자기 입에서 나오는 스웨덴어가 낯설게 느껴진다.

"딱 보면 모르겠어요?" 접이식 의자에 앉아 있던 남자가 말한다. 순간 번개가 내리치면서 수평선을 환하게 밝힌다.

갑작스러운 번개 덕분에 닐스는 스웨덴 남자의 하얀 얼굴을 얼핏 본다. 몇 초 뒤, 바다에서 천둥이 작은 소리로 울린다.

"내가 올라가는 것보다는 그쪽이 여기 컴컴한 곳으로 내려오는 게 좋겠다고 생각했죠." 스웨덴인이 말한다.

"어째서요?" 닐스가 묻는다.

"당신 방에 찾아갔었어요. 집주인이 당신은 저녁마다 여기서 술을 마신다고 알려주더군요. 코스타리카에서는 달리 할일이 없어서겠지만."

"무슨 용건이죠?" 닐스가 묻는다.

"중요한 건 당신이 원하는 게 뭔지 말하는 거예요, 닐스."

닐스는 아무 말도 하지 않는다. 순간 그는 어릴 때 어디선가 남자의 얼굴을 본 것 같다는 느낌이 든다.

그게 언제지? 스텐비크에서 본 건가?

기억이 나지 않는다.

스웨덴인이 의자 손잡이를 붙잡고 자리에서 일어난다. 그는 흘깃 바다를 쳐다본 뒤 닐스에게로 시선을 돌린다.

"닐스, 집에 가고 싶어요? 스웨덴에 있는 집으로? 욀란드로?"
남자가 묻는다.

닐스는 천천히 고개를 끄덕인다.

"내가 그렇게 해주죠. 우리는 당신에게 완전히 새로운 인생을
안겨줄 거예요, 닐스."

22

"잘잘못을 가리자는 건 아니에요, 옐로프. 하지만 따님한테 닐스 칸트가 살아 있다고 믿게 만드셨어요. 지금 율리아는 그자가 어머니인 베라의 집에서 살고 있다고 생각합니다. 아들 옌스도 알바르에서 납치했을 거라고 여기고 있어요." 렌나르트가 천천히 말했다.

늦은 오후 시간, 옐로프는 마르네스 요양원의 자기 방 책상 앞에 앉아 있었다. 그는 잘못을 들킨 학생처럼 바닥만 내려다보고 있었다.

"어떻게 보면 그런 식으로 암시했을 수도 있겠지." 마침내 옐로프가 입을 열었다. "하지만 닐스 칸트가 베라의 집에 숨어 있다는 말을 한 적은 없네. 그저 그자가 살아 있을 수도 있다는 얘기만 했지……"

렌나르트는 한숨을 내쉬었다. 그는 정복 차림으로 옐로프의 방 한복판에 서 있었다. 율리아가 보리홀름의 병원에서 치료를 받았고 지금은 스텐비크의 아스트리드 집에서 쉬고 있다는 말을 옐로프에게 전하러 온 것이다.

"그 애는 좀 어떤가?" 옐로프가 물었다.

"오른쪽 발목을 접질렸고 손목과 쇄골이 부러졌어요. 코피도 많이 흘렸고, 무수한 타박상에 뇌진탕까지 있었죠." 렌나르트는 다시 한숨을 내쉰 뒤 덧붙였다. "하마터면 큰일날 뻔했어요. 목뼈가 부러질 수도 있었으니까요. 아무 일도 일어나지 않았다면 더 좋았겠지만……. 솔직히 율리아가 애초에 베라 칸트의 집을 무단으로 침입하겠다는 생각을 하지 않았으면 가장 좋았겠죠."

"그럼 내 딸은 무단 침입죄로 기소되는 건가?" 옐로프가 물었다.

"아뇨, 내 선에서 처리했어요. 집주인도 고소할 생각은 없는 것 같고요." 렌나르트가 대답했다.

"그들에게 얘긴 했나?"

렌나르트가 고갯짓을 했다.

"벡셰에 사는 베라의 조카를 간신히 찾았죠. 여기 오기 전에 전화를 했어요. 닐스의 사촌동생인데…… 스텐비크에는 별로 와보지 않았다고 하고, 다른 가족들도 마찬가지인 것 같더군요. 스몰란드에 있는 조카들 몇 명이 그 집을 공동소유중이지만, 팔지 개조할지 결정을 내리지 못한 모양이에요."

"아무래도 그런 상황 아닐까 생각하기는 했어." 옐로프가 말하고는 고개를 젓더니 경관을 쳐다보았다. "난 율리아에게 닐스 칸트가 아직 살아 있다는 걸 믿는다고 말한 적이 없네, 렌나르트. 그저 그렇게 생각하는 사람들도 있다는 얘기를 해줬을 뿐이야."

"그런 사람들이 누군데요?" 렌나르트가 물었다.

"그게…… 에른스트가 그랬지." 옐로프는 욘 하그만까지 경찰과 엮이게 하고 싶지 않았다. "에른스트 아돌프손. 그 친구는 닐스 칸트가 살아 있고, 알바르에서 옌스를 죽인 것도 그라고 생각했어. 그래서 에른스트는 나를……."

지친 듯 옐로프를 쳐다보던 렌나르트가 말을 가로챘다.

"사립탐정 노릇을 하게 했죠. 어떤 사람들은 사립탐정이 경찰보다 사건 해결에 능하다고 믿으니까요."

옐로프는 재치 있게 대꾸하고 싶었지만 아무것도 떠오르지가 않았다.

"다른 문제도 있어요. 실제로 누군가 베라 칸트 집에서 지냈어요." 렌나르트가 말을 이었다.

옐로프는 깜짝 놀라 렌나르트를 쳐다보았다.

"정말인가?"

"문을 억지로 열고 들어갔더군요. 위층에도 흔적이 남아 있었어요. 벽에 붙여놓은 신문 기사, 상한 음식……. 침낭도 있고. 지하실도 파헤쳤어요."

옐로프는 그 말을 듣고 생각에 잠겼다.

"집을 조사해봤나?"

"간단하게 둘러만 봤어요. 따님을 병원에 모셔가는 게 우선이었거든요." 렌나르트가 대답했다.

"아비로서 고맙다는 인사를 해야겠군." 옐로프가 말했다.

"오늘 아침에 여기 오기 전에 베라 칸트의 집에 다시 가봤죠. 율리아는 정말 운이 좋았어요. 파라핀 램프가 떨어진 곳이 다행히도 대리석 바닥이었거든요. 벽 쪽에 떨어졌으면 집 전체가 다 타버렸을 거예요."

옐로프는 고개를 끄덕였다.

"지하실은 어떻게 된 건가? 뭔가를 묻으려고 파헤친 걸까, 뭔가를 파내려고 파헤친 걸까?"

"확실하지 않아요. 제 생각에는 뭘 찾으려던 것 같지만요. 아니면 그냥 판 것일 수도 있고요."

"무단으로 침입한 사람이 뭘 파내는 경우는 보기 힘들지. 밤새 머무르는 경우도 없고."

렌나르트는 피곤한 듯 옐로프를 쳐다보았다.

"또 사립탐정으로 나서시는 건가요?"

"난 그냥 생각한 걸 말했을 뿐이야. 내 생각에는……."

"뭔데요?"

"그러니까…… 그 집에서 지낸 사람은 스텐비크 출신일 것 같아."

"옐로프……."

"윌란드에서는 방해받지 않고 많은 일을 할 수 있지. 자네도 알잖나. 주변에 보는 눈이 별로 없으니까……."

"경찰 인력 부족에 관해 항의를 하고 싶으신 거라면 언제든 민원을 넣으시면 됩니다." 렌나르트가 날카롭게 대꾸했다.

"하지만 사람들은 낯선 얼굴이 나타나면 항상 지켜보지." 옐로프는 조용히 말을 이었다. "만일 베라 칸트의 집 앞에 삽을 든 외지 사람이 어슬렁거렸거나 낯선 자동차가 서 있었다면, 스텐비크에 있는 사람들은 진즉에 알아차렸을 걸세. 그런데 내가 알기로 그런 일은 없었어."

그 말에 렌나르트는 생각에 잠겼다.

"일 년 내내 스텐비크에서 지내는 사람들이 있습니까?" 마침내 그가 물었다.

"그리 많지는 않지."

렌나르트는 잠시 아무 말도 없다가 다시 입을 뗐다.

"도움이 필요합니다, 옐로프." 그러고는 재빨리 덧붙였다. "사립탐정 일까지는 아니고, 몇 가지 사실만 확인해주시면 됩니다. 지하실에서 이걸 발견했어요." 그는 주머니에 손을 집어넣었다. "계단 아래 지하실 창틀에 코담배통이 몇 개 있었어요. 전부 빈 통이지만, 베라 칸트가 살던 시절의 물건은 아닌 것 같아요."

그는 수첩과 함께 코담배통을 꺼냈다. 통은 작은 비닐봉투 안에 들어 있었다.

"난 코담배를 하지 않네만." 옐로프가 말했다.

"혹시 스텐비크에 코담배를 하는 사람이 있습니까?"

옐로프는 잠시 망설이다가 고개를 끄덕였다. 경찰들이 어떻게든 알아낼 일을 숨기는 건 의미가 없었다.

"한 명 있지."

옐로프는 렌나르트에게 그 사람의 이름을 말해주었다. 경관은 수첩에 이름을 받아 적은 뒤 고개를 끄덕였다.

"도움을 주셔서 감사합니다."

"나도 자네와 같이 가고 싶은데. 만일 지금 그 친구를 만나러 갈 생각이면 말이야." 렌나르트가 입을 벌리자, 옐로프는 재빨리 말을 덧붙였다. "오늘은 몸 상태가 괜찮아. 나 혼자 걸을 수 있네. 내가 같이 있으면 그 친구도 마음을 좀 놓을 거야. 그건 확실하네."

렌나르트는 한숨을 쉬었다.

"코트 걸치세요. 차를 타러 갈 거니까."

"정말 좋은 연설이었어, 욘. 에른스트의 장례식에서 말이야." 옐로프가 말했다.

작은 주방 식탁 맞은편에 앉아 있던 욘은 말없이 고개만 끄덕였다. 그는 잠깐 몸을 뒤로 젖혔다가 앞으로 숙였다. 긴장한 것이다. 옐로프는 확연하게 알 수 있었다. 이해 못 할 일도 아니다. 그 자리에는 정복을 입은 렌나르트 헨릭손이 함께 있었다.

오후 6시 15분, 바깥은 컴컴했다.

그들 앞에 놓인 식탁 위에는 텅 빈 코담배통이 놓여 있었다.

"그래서, 그 사건을 재수사하는 건가?" 욘이 렌나르트에게 물었다.

"재수사를 할지는 모르겠습니다만……." 렌나르트가 어깨를 으쓱이며 말했다. "이 코담배통들이 누구 것인지 안드레스와 이야기를 나누고 싶습니다. 만일 아드님의 것이라면, 베라 칸트의 집에서 잠을 자면서 지하실을 파헤치고 닐스 칸트와 옌스 다비드손의 사건에 관한 신문 기사들을 벽에 붙여놓은 사람이 안드레스라는 뜻이니까요. 그리고 어린 옌스가 실종되었던 날 안드레스가 어디 있었는지 알아야겠습니다."

"그건 그 애한테 물어볼 필요 없어. 내가 알고 있으니까." 욘이 말했다.

"알겠습니다. 말씀해주시죠." 렌나르트가 수첩과 펜을 꺼냈다.

"그 애는 여기 있었네." 욘이 간단하게 대답했다.

"스텐비크에 있었단 말입니까?"

욘은 고개를 끄덕였다.

"그럼 욘도 여기 있었습니까? 그날 안데르스의 알리바이를 입증해주실 수 있나요?"

욘은 어깨를 으쓱했다.

"오래전 일이야. 기억이 잘 나지 않는군……. 하지만 저녁때는 옌스를 찾으러 같이 해안에 나갔네. 우리 둘 다 말이야. 그건 기억이 나."

"나도 그래." 옐로프가 말했다.

그날 저녁의 많은 기억들이 흐릿해졌지만, 욘과 당시 스무 살 무렵이었던 안드레스가 남쪽 해안을 따라 걷던 모습이 옐로프의 머릿속에 남아 있었다.

"오후 시간엔 어땠습니까? 안드레스는 그때 뭘 하고 있었죠?" 렌나르트가 물었다.

"기억이 나지 않아. 아마 밖에 나가 있었을 거야. 하지만 옐로프의 별장 근처가 아니었던 건 확실하네." 욘이 옐로프를 쳐다보았다. "내 아들은 나쁜 애가 아니에요, 옐로프."

옐로프가 고개를 끄덕였다.

"아무도 그렇게 생각하지 않아."

"아드님과 이야기를 좀 해야겠습니다. 지금 어디 있죠?" 렌나르트가 물었다.

"보리홀름에 있네. 어제 장례식이 끝난 뒤 그곳으로 갔지." 욘이 대답했다.

"거기 사는 겁니까?"

"가끔은…… 자기 엄마랑 지내거든. 가끔은 여기서 나랑 지내고. 자기 좋을 대로 말이야. 안드레스는 운전을 하지 않아. 그래서 버스를 타고 갔다가 돌아오지."

"지금 몇 살입니까?"

"마흔두 살."

"마흔두 살……. 그런데 부모 집에서 지냅니까?"

"그게 범죄는 아니잖나." 욘이 엄지손가락으로 어깨 너머를 가리켰다. "내 집 뒤에 자기집도 있어."

"난……." 옐로프가 망설이면서 끼어들었다. "……안드레스가 조금 특별하다고 생각한다네. 물론 자넨 동의하지 않겠지, 욘. 그 애는 정말 친절하고 도움도 많이 주지만 다른 사람들과는 약간 다른 구석이 있어."

"이제까지 안드레스를 두 번 봤습니다만, 아주 유능한 사람 같던데요." 렌나르트가 말했다.

욘은 목을 꼿꼿이 세우고 앞을 똑바로 쳐다봤다.

"안드레스는 다른 사람들과 어울려 지내질 않아. 생각이 많지. 나한테든 다른 사람들한테든 말을 많이 하지 않네. 하지만 나쁜 마음을 가진 애는 아니야."

"주소가 어떻게 됩니까?" 렌나르트가 물었다.

욘이 셰프만스가탄 거리에 있는 아파트 주소를 불러주자 렌나르트가 받아 적었다.

"알겠습니다, 욘. 더이상 귀찮게 하지 않을게요. 우린 그만 마르네스로 돌아가죠."

마지막 말은 옐로프에게 한 말이었다. 대화를 나누는 동안 욘의 눈에 맹목적인 두려움이 번졌다. 경찰 당국에 대한 두려움, 먹이를 찾아 허공에서 맴돌던 새가 황량한 욀란드 북부에서 그와 아들을 발견했으니 결코 놔주지 않으리라는 두려움이었다.

"내 아들한테 악의는 없어." 욘이 또다시 말했다. 렌나르트는 이미 문 쪽으로 향하는 중이었다.

"너무 걱정하지 말게, 욘." 옐로프가 조용히 말했다. 그다지 확신 있는 말투는 아니었다. "오늘밤에 통화 좀 할까? 괜찮겠어?"

욘이 고개를 끄덕였다. 그는 여전히 긴장한 기색으로, 문 앞에 서 있는 렌나르트를 쳐다보고 있었다.

"그만 가요, 옐로프." 렌나르트가 말했다.

그 말이 명령처럼 들렸다. 옐로프는 자신이 더이상 탐정이 아니라 반려견 같다는 생각이 들었다. 하지만 그의 말대로 렌나르트의 뒤를 따라 밖으로 나갔다. 사실 아스트리드 집에 가서 딸을 보고 싶었지만, 기회가 될 때까지 기다려야 할 것 같았다.

방으로 돌아가는 길에는 평소보다 근육이 더 떨렸다. 관절 통증도 심했다. 렌나르트는 그를 요양원까지 데려다준 뒤 떠났다.

방문 앞에 서니 전화벨이 울리는 소리가 들렸다. 안에 들어가기 전에 끊어질 줄 알았는데 벨은 계속 울렸다.

"옐로프?"

"그래, 나야."

욘이었다.

"어떻게 했나?"

옐로프가 침대에 무겁게 앉았다.

욘은 아무 말도 하지 않았다.

"안드레스한테 말했나?" 옐로프가 물었다.

"네, 보리흘름에 전화했어요. 말해줬죠."

"그랬군. 경찰이 원하는 게 뭔지는 말하지 않는 편이 좋을……."

"이미 늦었어요." 욘이 옐로프의 말을 가로막았다. "그 애한 테 경찰이 여기 왔었다는 얘길 했어요."

"안드레스는 뭐라고 하던가?" 옐로프가 물었다.

"아무 말도 안 했어요. 그냥 내 말을 듣기만 하더군요."

침묵이 흘렀다.

"욘……. 우리 둘 다 안드레스가 베라 칸트의 집에서 뭘 했는 지 알고 있지 않은가. 그 애가 지하실에서 뭘 찾고 있었는지 말이야. 바로 독일군의 보물이지. 그들이 욀란드 해안에 나타났을 때 전리품을 가지고 있었을 거라고 다들 믿었으니까." 옐로프가 말했다.

"맞아요."

"일이 어떻게 된 건지는 몰라도 보물은 닐스 칸트가 가져갔 지." 옐로프가 말을 이었다.

"안드레스는 오래전부터 그 이야기를 했죠." 욘이 말했다.

"그 애는 그 보물을 찾지 못했을 거야."

욘은 또다시 침묵했다.

"아무래도 자네와 람네뷔에 가봐야 할 것 같네." 옐로프가 말을 이었다. "제재소와 목재 박물관에 말이야. 내일 가면 어떨까?"

"내일은 힘들 것 같아요. 안드레스를 만나러 보리흘름에 가봐야해요." 욘이 대답했다.

"그럼 다음주에 가지. 박물관이 문을 열 때 말이야. 그런 다음
보리홀름에 들러 마르틴 말름의 상태를 보러 가는 것도 괜찮고."

"그러죠." 욘이 말했다.

"우린 닐스 칸트를 찾으러 가는 거야, 욘." 옐로프가 말했다.

그날 밤 9시가 다 된 시간이었다. 요양원 복도는 아무도 없이
고요했다.

옐로프 혼자 지팡이에 기대선 채 마야 뉘만의 방문 앞에 서
있었다. 방에서는 아무 소리도 들리지 않았다. 문 앞에 직접 쓴
작은 메모가 붙어 있었다. "노크해주세요! 「요한의 복음서」 10장
7절."

"예수께서 또 말씀하셨다. '잘 들어두어라. 나는 양들이 드나
드는 문이다.'" 옐로프는 중얼거렸다.

그는 잠시 망설이다가 오른손을 들어 노크했다.

조금 뒤에 마야가 문을 열었다. 몇 시간 전 그들은 저녁 식사
를 하며 얼굴을 봤다. 그녀는 여전히 노란색 스커트에 흰색 블
라우스 차림이었다.

"당신이 방에 있는지 보러 왔어." 옐로프가 부드럽게 말했다.

"옐로프."

마야는 미소를 지으며 고개를 끄덕였다. 하지만 옐로프는 그
녀의 백발 밑에 보이는 이마 주름이 부자연스럽게 깊다는 것을

알아차렸다. 그의 방문이 뜻밖이었던 모양이다.

"들어가도 될까?" 옐로프가 물었다.

그녀는 살짝 망설이다가 고개를 끄덕이고는 뒤로 물러섰다.

"방 정리를 못했는데." 그녀가 말했다.

"그런 건 신경쓰지 마." 옐로프가 말했다.

그는 지팡이에 의지해 천천히 방안으로 들어갔다. 지난번에 왔을 때와 똑같이 깨끗하게 정리되어 있었다. 바닥에는 암적색 페르시아 양탄자가 깔리고, 벽에는 사진 액자가 걸려 있었다.

옐로프는 마야의 방에 여러 번 찾아왔었다. 그가 요양원에 들어오고 몇 달 뒤부터 두 사람은 연인 관계가 되었다가 일 년쯤 뒤에 끝났다. 옐로프의 세그렌증후군이 너무 심해졌기 때문이다. 하지만 그 뒤로도 둘 사이는 돈독하게 유지되었다. 두 사람 모두 스텐비크 출신이었고, 오랜 결혼 생활 끝에 혼자 남았다. 그들은 많은 대화를 나누었다.

"요즘은 어떻게 지내, 마야?"

"좋아요. 잘 지내고 있어요."

마야는 창문 옆 작은 갈색 탁자 앞에 놓인 의자를 빼주었다. 옐로프는 기꺼이 그 의자에 앉았다. 마야도 자리에 앉았다. 침묵이 흘렀다.

옐로프는 무슨 말이든 해야만 했다.

"마야, 이건 우리가 전에 한번 했던 이야기인데, 다시 얘기해 줄 수 있을지……."

그는 주머니에서 작은 흰색 봉투를 꺼냈다. 일주일 전에 율리아가 주고 간 봉투였다.

"내 딸이 교회 경내에 있는 닐스 칸트의 묘비 옆에서 이 편지를 발견했어. 편지를 써서 갖다놓은 사람이 당신이라는 건 알아. 내가 궁금한 건……."

"난 부끄러운 일한 적 없어요." 마야가 재빨리 대꾸했다.

"물론이지. 내 말은 그게 아니라……."

"닐스의 무덤에는 제대로 된 꽃다발 하나 없잖아요. 남편 무덤에는 항상 꽃다발이 놓여 있는데……. 남편 무덤을 살핀 뒤엔 닐스 무덤도 살피니까요."

"잘하는 일이야. 무덤들은 모두 돌봐야 하니까. 내가 궁금한 건 그런 게 아니라…… 예전에 당신이 알바르에서 닐스와 마주친 적이 있다고 했던 말이 생각나서. 닐스가 독일군들을…… 처리했던 바로 그날 말이야." 옐로프가 말했다.

마야는 진지하게 고개를 끄덕였다.

"그날 닐스의 얼굴만 봐도 알 것 같았죠. 아무 말도 하지 않았지만, 무슨 일이 있었다는 걸 알 수 있었어요……. 하지만 닐스는 무슨 일인지 나한테 말하려고 하지 않았죠. 내가 계속 말을 걸어보려고 했지만, 닐스는 다시 알바르로 도망쳤어요."

"그랬다고 했지." 옐로프는 잠시 멈췄다가 조심스럽게 말을 이어갔다. "그날 당신이 닐스한테서 뭔가를 받았다고 했던 것 같은데……."

마야는 그를 쳐다보더니 고개를 끄덕였다.

"그자가 당신한테 준 게 뭔지 보여줄 수 있을까? 혹시 그 이야기를 다른 사람한테도 했는지도 알고 싶고. 말해줄 수 있어?" 옐로프가 말했다.

마야는 꼼짝 않고 앉은 채 그를 쳐다보았다.

"그 일에 대해 아는 사람은 없어요. 그리고 물건은 닐스한테 받은 게 아니에요. 내가 가져온 거지."

"뭐라고?"

"닐스는 아무것도 주지 않았어요. 내가 그냥 가져온 거예요. 그 일을 오랫동안 후회했는데……."

"상자. 당신은 그게 상자라고 했었어." 옐로프가 말했다.

"닐스를 몰래 따라갔어요. 그땐 어렸고, 호기심이 많았으니까. 지나칠 정도로……. 덤불 뒤에 숨어서 닐스를 지켜봤죠. 닐스는 스텐비크 외곽에 있는 돌무덤으로 가더군요." 마야가 말했다.

"돌무덤? 거기서 뭘 했는데?"

마야는 말이 없었다. 그녀는 먼 곳을 쳐다보고 있었다.

"닐스는 구덩이를 팠어요." 마침내 그녀가 대답했다.

"거기에 파묻었던 거야? 그 상자를?" 옐로프가 물었다.

마야는 옐로프를 똑바로 쳐다보았다. "닐스는 죽었어요, 옐로프."

"그런 것 같아."

"죽었어요. 사람들은 그 사실을 믿지 않지만, 난 알아요. 닐스가 살아 있다면 연락을 했을 거예요."

옐로프는 고개를 끄덕였다.

"닐스가 떠난 뒤에 당신이 상자를 파낸 거야?"

마야는 고개를 저었다.

"난 집으로 갔어요. 상자는 나중에 파냈죠……. 닐스가 집에 돌아온 뒤에 말이에요."

옐로프는 그 말을 곧장 이해하지 못했다.

"그러니까 당신 말은…… 그자가 관 속에 누운 채 돌아온 뒤를 말하는 건가?"

마야는 고개를 끄덕였다.

"난 알바르로 가서 상자를 파냈어요." 마야가 자리에서 일어나 스커트를 매만진 뒤, 구석에 놓인 텔레비전 앞으로 갔다. 옐로프는 그대로 앉은 채 고개를 돌려 그녀를 지켜보았다.

"어느 가을날이었어요. 닐스의 장례식이 있고 이 년이 지났을 때였죠. 헬게는 들판에 나갔고, 아이들은 마르네스에 있는 학교에 갔죠. 그래서 난 집에서 나와 문을 잠근 뒤 혼자 알바르에 갔어요. 비닐봉지 안에 꽃삽을 넣어가지고 말이에요."

옐로프는 마야가 텔레비전 아래 선반에서 빨간색 장미 장식이 있는 푸른색 나무상자를 힘겹게 들어올리는 모습을 지켜보았다. 전에도 본 적이 있는 마야의 낡은 반짇고리였다. 그녀는 그 상자를 테이블로 가져와 옐로프 앞에 올려놓았다.

"주도로를 가로질러 갔죠. 삼십 분쯤 뒤에 스텐비크 외곽 알바르에 도착했어요. 돌무덤을 찾아낸 뒤, 닐스가 땅을 팠던 위치가 어디쯤인지 기억해내려고 애를 썼어요…… 결국에는 찾아냈죠."

그녀는 반짇고리의 뚜껑을 열었다. 그 안에 담겨 있던 가위와 실, 실패들을 보며, 옐로프는 예전에 찢어진 돛을 수리하던 때를 떠올렸다. 마야가 반짇고리의 덧바닥을 들어내 옆에 내려놓았다. 옐로프는 숨겨진 공간에 놓여 있던 편평한 상자를 볼 수 있었다.

오래되어 군데군데 녹이 슬고 색이 변한 금속 상자였다.

적어도 옐로프는 그게 녹이 슨 것이길 바랐다.

"여기 있어요."

마야가 상자를 꺼내 옐로프에게 건네주었다. 상자 안에서 뭔가 달그락거리는 소리가 들렸다.

"열어봐도 될까?" 그가 물었다.

"뭐든 당신 마음대로 해요, 옐로프."

상자에 자물쇠는 없었다. 옐로프는 조심스럽게 뚜껑을 열었다.

반짝거리며 빛나는 것들이 들어 있었다.

전부 스무 개쯤 되었는데, 어쩌면 유리구슬이거나 값싼 장신구일 수도 있었다. 하지만 모르긴 몰라도 확실히 귀한 물건인 것 같았다. 십자가도 있었는데, 옐로프가 전문가는 아니었지만 순금으로 된 것 같았다.

문득 보석들을 집어 손가락 사이에서 굴려보고 싶다는 충동이 들었지만 옐로프는 그대로 상자 뚜껑을 닫았다.

"이 물건에 대해 다른 사람한테 말한 적 있어?" 그가 차분하게 물었다.

"남편한테 말했죠." 마야가 대답했다.

"당신 남편은 이 이야기를 다른 사람한테 했을까?"

"그이는 다른 사람들한테 이런저런 이야기 하는 걸 안 좋아했어요. 만약 누군가에게 이야기했다면 나한테 말해줬을 거예요. 우리는 비밀이 없었으니까."

옐로프는 그 말을 믿었다. 헬게는 말이 많은 남자가 아니었다. 하지만 어찌된 일인지 닐스가 죽인 군인들이 발트해에서 챙긴 전리품을 지니고 있었다는 소문이 욀란드 북부 지방에 온통 퍼져 있었다. 옐로프도 그 소문을 들었다. 욘과 안드레스 하그만도.

"지금껏 이걸 여기 숨겨두었던 건가?" 그가 물었다.

마야가 고개를 끄덕였다.

"그걸로 뭘 할 생각은 없었어요. 내 것이 아니니까. 그래서 닐스의 어머니인 베라에게 갖다주려고 한 적도 있었어요."

"그게 언제쯤이었지?"

마야는 옐로프 옆에 놓인 의자에 조심스럽게 앉았다. 그녀가 의자를 앞으로 당기는 바람에 테이블 다리 사이로 두 사람의 무릎이 살짝 닿았다.

"몇 년 지난 뒤니까, 1960년대 말이었어요. 남편한테서 베라 칸트가 돈이 없어 해안 땅을 팔기 시작했다는 말을 들었거든요. 그래서 이 보석들을 돌려줘야겠다는 생각을 했어요······."

"그래서 베라 칸트를 찾아갔어?" 옐로프가 물었다.

마야가 고개를 끄덕였다.

"버스를 타고 스텐비크로 가서, 베라 칸트의 집 정원으로 들어갔어요······. 여름이었는데, 계단을 올라가보니 바깥문이 살짝 열려 있었어요. 다리가 떨렸죠. 다른 사람들처럼 베라가 무서웠으니까······." 마야가 말을 멈췄다가 다시 이야기를 이어갔다. "집안에 축음기나 라디오가 켜져 있었어요. 음악 소리가 들렸으니까요. 말소리도 들렸고. 손님들이 온 것 같았어요."

옐로프는 숨을 멈췄다.

"베라 칸트는 수년 동안 가정부를 쓰고 있었으니까, 아마······."

"아니, 남자 두 명이었어요." 마야가 옐로프의 말을 가로챘다. "주방에서 남자 두 사람의 목소리가 들렸어요. 한 사람은 웅얼거리듯 말했고, 다른 한 사람은 선장처럼 커다란 목소리로 단호하게 말했어요······."

"그 남자들을 보진 못했고?"

"네, 그리고 계속 그 사람들 이야기를 엿듣고 있을 수도 없었어요······. 그래서 계단 끝까지 올라가 문을 두드렸죠. 그러자 말소리가 멈추더니 베라가 주방문을 쾅 닫고는 베란다로 나왔어요. 오랜만에 마을에 돌아와서 그런지, 베라를 보고 깜짝 놀랐어요. 너무 마르고 뒤틀려 있어서······. 마치 말라비틀어진 밧줄처럼 말이에요. 베라는 내가 도둑이라도 되는 양 의심스러운 눈으로 쳐다보더니 '무슨 일이지?' 하고 따지듯 물었죠. 인사를 한다거나, 예의 같은 건 없었어요. 나도 화가 나더군요. 주머니 속에 상자가 들어 있었지만 꺼내지 않았어요. 대신 더듬거리면서 닐스와 알바르에 대한 이야기를 시작했는데…… 멍청한 짓이었어요. 정말 멍청한 짓이었죠. 베라가 꺼지라고 소리치더군요. 그러고서 그 여자는 주방으로 돌아갔어요. 난 집으로 돌아왔고요……. 몇 년 뒤 베라는 죽었죠."

옐로프는 고개를 끄덕였다. 베라는 율리아가 떨어졌던 바로 그 계단에서 죽었다. 그가 물었다.

"그 사람들이 무슨 말을 하는지 들었어? 남자들 말이야."

마야가 고개를 저었다.

"문을 두드리기 직전 몇 마디밖에 못 들었어요. 뭔가 갈망에 관한 얘기였는데. 목소리가 큰 남자가 누군가의 갈망에 대해 말했어요. '당연히 두 사람이야 서로 보고 싶은 마음이 크겠지' 그 비슷한 말이었죠."

옐로프는 생각에 잠겼다.

"아마 그 남자들은 베라의 친척이었을 거야. 스몰란드에서 온 친척들 아니었을까?" 옐로프가 말했다.

"그럴지도 모르죠."

두 사람 사이에는 침묵이 흘렀다. 옐로프는 더이상 물어볼 것이 없었다. 지금까지 들은 내용에 대해 생각을 해봐야 했다.

"그럼……."

옐로프는 마야의 어깨를 토닥이려고 손을 내밀었다. 하지만
마침 마야가 얼굴을 앞으로 내미는 바람에 손가락이 그녀의 뺨
에 닿았다.

그들은 잠시 움직임을 멈추었고, 그로 인한 떨림은 곧 자연스
럽게 애무로 변했다.

마야가 눈을 감았다.

옐로프는 살짝 숨을 내쉰 뒤, 뒤로 물러났다.

"그럼……." 그가 다시 말했다. "난 안 될 것 같아……. 더이
상은."

"정말요?" 마야가 눈을 뜨고 물었다.

옐로프가 서글프게 고개를 끄덕였다.

"통증이 너무 심해서."

"봄이 되면 좀 나아질 거예요. 가끔 그런 경우도 있어요."

"그럴지도 모르지." 옐로프는 가능한 한 빨리 자리에서 일어
났다. "얘기해줘서 고마워, 마야. 내가 이 이야기를 다른 사람한
테 하는 일은 없을 거야. 말 안 해도 알겠지만."

마야는 그대로 테이블 앞에 앉아 있었다.

"물론이죠, 옐로프." 그녀가 말했다.

옐로프는 자기가 상자를 여전히 왼손에 쥐고 있다는 것을 깨
닫고 테이블 위에 그것을 올려놓았다. 마야는 상자를 열어 십자
가를 꺼낸 뒤 그에게 다시 건네주었다.

"이건 당신이 가져가요. 난 더이상 간직하고 싶지 않아요. 당신이 보관하는 게 나을 거예요."

"당신 뜻이 그렇다면."

그는 어설프게 작별 인사라도 하듯이 고개를 몇 번 끄덕였다. 그러고는 상자를 주머니에 넣은 뒤 마야의 방에서 나왔다. 상자는 차갑고 무거웠다. 옐로프가 텅 빈 복도를 따라 걸어가는 동안 희미하게 덜그럭거리는 소리가 들렸다.

그는 방에 돌아와 문을 닫았다. 보통은 문을 잠그지 않지만 지금은 잠갔다.

전리품. 옐로프는 생각했다. 군인들은 늘 전리품을 찾아다닌다. 그 군인들은 누구한테서 이런 귀한 보석을 얻은 걸까? 그 군인들과 상관없이, 이 보석 때문에 죽은 사람이 또 있을까?

이것들을 어디에 보관해야 할까? 옐로프는 주위를 둘러보았다. 그에게는 덧바닥이 달린 반짇고리가 없었다.

결국 옐로프는 책장 쪽으로 갔다. 책장 위에는 범선 '블루버드 오브 헐'의 마지막 여행을 소재로 만든 병 속의 모형선이 놓여 있었다. 그는 폭풍우 치던 밤 보후슬렌 해안에 떠 있던 블루버드호의 모습을 나타내고 싶었다. 블루버드호는 보후슬렌에서 암초에 걸려 좌초되어 여섯 명의 선원이 물에 빠져 죽었다.

옐로프는 그 병을 집어 들어 코르크 마개를 뽑았다. 그런 다음 상자를 열고 보석들을 꺼내 천천히, 조심스럽게, 병 속에 하나씩 집어넣었다. 그가 병을 흔들자 보석들은 제자리를 잡았다.

아주 가까운 곳에서 살펴보지 않는 이상 보석은 범선을 좌초시킨 암초로밖에 보이지 않았다.

당분간은 괜찮을 것이다.

옐로프는 배를 다시 책장 위에 올려놓았다. 그런 뒤 빈 상자는 아래쪽 책장에 꽂아둔 책 뒤에 숨겼다.

잠자리에 들기 전까지 저녁 내내, 옐로프는 그 병을 쳐다보았다. 열두 번째인가 열다섯 번째로 그걸 바라봤을 때, 그는 마야가 낡은 상자를 넘겨주며 안도하는 듯 보였던 이유를 알 것 같았다.

그날 밤, 바다에서 일하던 시절의 유일한 악몽이 그를 다시 찾아왔다.

옐로프는 꿈속에서 발트해를 천천히 항해하는 선박의 뱃전에서 있었다. 욀란드 북부와 오악센 섬 사이 어디쯤을 지나고 있었을 것이다. 해질녘이었고, 바람은 심하지 않았다. 옐로프는 수평선을 향해 뻗어 있는 반짝거리는 바다를 응시했다. 더이상 육지는 보이지 않았다…….

……그리고 바로 그때, 물속에서 2차세계대전 당시의 오래된 기뢰가 나타났다.

기뢰는 수면 바로 밑에서 떠다니고 있었다. 눈에 확 띄는 검은색 스파이크와 거대한 검은색 강철 공이 조류와 홍합에 뒤덮여 있었다.

기뢰를 피해 방향을 돌리는 건 불가능했다. 옐로프가 할 수 있는 일은 공포에 질린 채로 선체가 기뢰에 점점 가까워지는 광경을 지켜보는 것밖에 없었다.

기뢰가 폭발하기 직전 그는 비명을 지르며 컴컴한 요양원 방에서 깨어났다.

23

일요일 아침이었다. 율리아는 아스트리드의 거실 창가에 앉아 언니 레나와 형부 리샤르드가 산등성이에 세워둔 차를 몰고가는 모습을 지켜보았다. 의자 뒤에는 목발이 세워져 있었다.

계획했던 것보다 일주일이 넘도록 차를 가지고 있었지만 이제는 그것도 끝났다. 아마 잘된 일일 것이다. 뼈가 부러진 덕에 운전도 할 수 없게 됐으니까.

레나와 리샤르드는 토요일에 욀란드에 도착했다. 그들은 마르네스에 있는 옐로프에게 들러 커피를 마신 뒤 여름 별장으로 와서 하룻밤을 묵었다. 다음날 아침에는 아스트리드 린데르의 집에 와서 인사를 나누고 율리아를 예테보리로 데려가겠다는 의사를 밝혔다.

당연히 율리아에게는 그런 계획을 알리지 않았다. 심지어 짙은 녹색 볼보가 아스트리드의 집 앞에 멈춰 서기 전까지 그녀는 레나와 리샤르드가 스텐비크에 온 줄도 모르고 있었다. 도망치기는 늦은 상황이었다.

"잘 지내셨어요!" 아스트리드가 문을 열자 레나가 기운차게 들어왔다. 그러곤 부러진 쇄골에 통증이 올 정도로 율리아를 세게 끌어안았다. "몸은 좀 어때?" 그녀가 목발을 쳐다보며 물었다.

"이젠 그렇게 심하지 않아." 율리아가 대답했다.

"무슨 일이 있었는지 아버지가 전화로 말씀해주셨어. 정말 끔찍한 일이야……. 그래도 이만하길 다행이지……. 너도 그렇게 생각해야 해. 정말 큰일날 뻔했다니까." 레나에게는 율리아의 뼈가 부러졌다고만 말한 모양이었다. 그녀가 말을 이었다. "널 여기서 지내게 해주시다니, 아스트리드는 정말 친절하시지?"

"아스트리드는 천사야." 율리아가 대답했다.

그건 사실이었다. 그녀는 아무것도 없이 고적한 스텐비크에서의 생활을 즐기는 천사였다. 하지만 가끔은 외로움을 느낀다고 그녀는 말했다. 남편을 먼저 떠나보냈고, 외동딸은 사우디아라비아에서 의사로 일하느라 크리스마스나 여름휴가 때만 집에 돌아왔다.

리샤르드는 거의 말을 하지 않았다. 그는 연갈색 가을 재킷도 벗지 않은 채 율리아를 보더니 고개만 까닥해 보였다. 그러더니 몇 분 지나지도 않았는데 롤렉스 시계만 쳐다보았다. 보나마나, 그에게 중요한 건 차를 가지고 토르슬란다로 돌아가는 것뿐이겠지. 그래야 딸이 차를 쓸 수 있을 테니까. 율리아는 생각했다.

아스트리드가 그들에게 커피와 쿠키를 대접했다. 레나는 관광객들이 사라진 이맘때의 스텐비크가 얼마나 조용하고 평화로운지에 대해 열정적으로 이야기를 늘어놓았다. 율리아는 맞은편에 앉아 창밖을 내다보며 커다란 나무 뒤에 있는 베라 칸트의 집에 대해 생각했다.

"최대한 빨리 출발하는 게 좋을 것 같아. 아무래도 집까지 가려면 한참 걸리니까 말이야." 커피를 다 마시자 레나가 말했다.

리샤르드가 아스트리드의 집 뒤쪽으로 나가 배수관 고치는 것을 도와주는 동안 레나는 재빨리 커피잔을 치웠다.

율리아는 자리에 앉아 시계를 쳐다보는 것말고는 아무런 할일이 없었다. 걸을 수도 없고, 직업도 없고, 아이도 없었다. 하지만 어떻게든 인생은 계속된다.

"와줘서 고마워." 율리아가 언니에게 말했다.

"소식을 듣자마자 당장 달려와 도와줘야겠다고 생각했어. 지금 넌 운전도 할 수 없으니 말이야." 레나가 말했다.

"고마워, 하지만 그럴 필요 없어. 난 여기 있을 거니까." 율리아가 말했다.

레나는 동생의 말을 귀담아듣지 않았다. 그녀는 커피포트를 씻으며 말을 이었다.

"내가 포드에 널 태우고, 리샤르드는 볼보를 몰거야. 보통 점심은 뤼다홀름에서 먹어. 거기 좋은 식당이 있거든."

"난 옌스 없이는 돌아가지 않을 거야. 이번에 그 애를 찾아야 해." 율리아가 말했다.

레나가 돌아서서 동생을 쳐다보았다.

"그게 무슨 말이야? 이미⋯⋯."

율리아는 고개를 저었다.

"옌스가 죽었다는 건 나도 알아." 그녀는 언니의 눈을 똑바로 쳐다보았다. "내 아들은 죽었어. 이젠 나도 알아. 하지만 이 문제는 그것과는 별개야. 내가 원하는 건, 어디에 있든 내 아들을 찾고 싶다는 거니까."

"그래, 알았어. 여기 있는 건 괜찮아. 아버지도 네가 여기 있으면 좋아하실 테니까. 당연히 괜찮지." 레나가 서둘러 말했다.

그래, 예테보리에서 텔레비전 앞에 앉아 와인을 마시거나 약을 먹는 것보단 훨씬 낫다. 율리아는 생각했다. 순간 그동안 허비해온 시간들이 가슴에 무거운 압박을 가하는 듯 느껴졌다. 그 세월 동안, 실종된 아이에 대한 슬픔이 그녀에게 위안이 되는 모든 행복한 추억들보다 훨씬 중요해져버렸다. 율리아는 삶을 회피한 채 슬픔의 블랙홀에 잠겨 있다시피 했다.

하지만 이젠 평온해졌다. 그녀는 조금이나마 평안을 얻었다.

결국 사람은 나이가 들면 고향처럼 느껴지는 편안한 곳으로 가서 좋아하는 사람들과 같이 지내게 되는 것이다. 스텐비크 같은 곳에서, 천사 같은 아스트리드와 함께. 옐로프도, 렌나르트도. 율리아는 그들이 좋았다.

레나도 나쁜 마음은 없었을 것이다. 율리아는 언니에 대해서도 어느 정도 이해할 수 있게 되었다.

"그래, 나중에 예테보리에서 봐." 그녀는 레나에게 말했다.

삼십 분 뒤, 리샤르드는 아스트리드의 집 앞에 세워둔 짙은 녹색 볼보에 탔고 레나는 작은 포드에 올랐다.

그녀는 몸을 앞으로 내민 채 앞유리를 통해 율리아에게 손을 흔들었다. 이윽고 그들은 출발했다. 리샤르드가 먼저, 레나가 그 뒤를 따라.

율리아는 한숨을 내쉬었다.

잠시 뒤 복도에서 전화벨이 울리기 시작했다.

"내가 받을게." 아스트리드가 말했다. 율리아는 아스트리드가 수화기를 들고 전화를 받는 소리를 들었다. 곧 그녀가 율리아를 불렀다. "경찰이야. 율리아를 바꿔달라는데……. 렌나르트야."

율리아는 목발 하나만 짚고 껑충거리며 복도로 나가 전화를 받았다.

"여보세요."

"기분은 좀 어때요?" 렌나르트가 물었다.

"좋아졌어요. 부러진 뼈는 시간이 지나야 하는 거고……. 그리고 아스트리드가 잘 보살펴줘요."

"잘됐군요. 전해줄 소식이 있어서……. 어쩌면 이미 들었을 수도 있겠지만요."

"닐스 칸트를 찾았나요?" 율리아가 물었다.

전화기 너머로 렌나르트가 조용히 한숨을 내쉬는 소리가 들린 것 같았다.

"지하실을 파헤친 건 유령이 아니에요. 옐로프가 말해주지 않던가요?"

"충분히 이야기할 시간이 없었어요."

"당신 아버지가 코담배통의 주인을 찾는 데 도움을 주셨어요. 베라의 지하실에서 발견한 통 기억하죠?"

"누구 건데요?"

"안데르스 하그만요."

"안데르스 하그만? 지금 야영지에 있는…… 그 안데르스를 말하는 거예요? 욘 아저씨 아들?"

"맞아요."

"확실해요?"

"본인 입으로 직접 들은 건 아니에요. 아직 만나질 못해서. 안데르스가 계속 피하고 있어요. 하지만 모든 단서가 그 사람을 가리키고 있어요."

"그 집에서 지낸 사람은 닐스 칸트가 아니었군요."

"그렇죠. 간단하게 설명할 수 있어요. 안데르스 하그만은 그 집에서 몇백 미터 떨어진 곳에 살아요. 어두워진 뒤에 베라 칸트의 집에 몰래 들어가기 쉬웠을 거예요." 렌나르트가 말했다.

"지하실은 왜 판 거예요?"

"거기에 관해선 의견이 분분해요. 나도 하나 생각하는 게 있고. 그 문제를 놓고 보리홀름의 동료들과 의논해봤어요. 당신은 안데르스를 잘 알아요? 스텐비크에 살 때 아는 사이였나요?"

"아뇨, 안데르스는 나이가…… 나보다 네 살인가 다섯 살쯤 어려서요."

체격이 좋고 수줍음 많은 성격에 말이 없던 소년이 율리아의 머릿속에 어렴풋이 떠올랐다. 안데르스 하그만은 다른 사람들과 어울리지 않은 채 아버지의 야영지에서만 일했다. 그녀가 기억하는 바로는 여름밤 댄스파티나 부두 옆에서 열렸던 파티는 물론, 스텐비크에서 있었던 어떤 사교 모임에도 참석한 일이 없었다.

"그 사람 폭력 전과가 있어요. 알고 있었어요?" 렌나르트가 물었다.

"폭력요?"

"십이 년 전에 야영지에서 술김에 싸움을 벌였죠. 안데르스가 스톡홀름에서 온 젊은이를 때려눕혔어요. 그날 밤 내가 출동해서 안데르스를 체포했어요. 집행유예와 벌금형을 받았죠."

"이번에도 뭔가 혐의가 있나요? 당신이 안데르스를 쫓고 있는 거예요?" 율리아가 물었다.

"아뇨, 지금 그 사람을 쫓고 있는 건 아닙니다. 우린 그저 안데르스를 찾아서 이야기를 해보고 싶은 거니까요……. 베라 칸트의 집에서 찾고 있던 게 뭔지 말입니다. 물론 무단 침입에 대해서는 벌을 받게 되겠지만요."

그건 나도 마찬가지인데. 율리아는 생각했다.

"옌스에 대해서도 물어볼 건가요? 그 아이가 실종됐을 때 안데르스가 어디에 있었는지 말이에요."

"어쩌면요. 그 일에 대해 물어보는 게 좋을까요?" 렌나르트가 물었다.

"모르겠어요."

안데르스 하그만이 옌스를 만난 적이 있었는지 그녀는 기억나지 않았다. 그가 정말 그런 짓을 했을까? 율리아와 옌스는 여름 내내 부두에서 수영을 했다. 야영지에서도 보이는 곳이었다. 옌스는 수영복을 입고 햇빛 차단용 모자를 쓴 채 온종일 해안을 뛰어다녔다. 안데르스가 산등성이에 서서 옌스를 지켜보고 있었던 걸까?

"안데르스가 보리홀름에 있는 건 확실해요. 곧 찾아낼 겁니다. 뭐든 흥미로운 사실을 알아내면 다시 연락할게요." 렌나르트가 말했다.

율리아가 사고를 당한 뒤 옐로프도 전화를 했었다. 하지만 율리아는 아버지와 길게 이야기하고 싶지 않았다. 창피했다. 옌스의 시신이 숨겨져 있을지도 모른다는 생각에 베라 칸트의 집에 들어갔던 것이 너무 부끄러웠다.

결국 월요일 아침에 옐로프가 욘 하그만의 차를 타고 스텐비크로 찾아와 아스트리드 집의 벨을 눌렀다. 율리아는 목발을 짚고 현관에 나갔다. 아스트리드는 마르네스로 쇼핑을 간 터라 집에는 그녀 혼자 있었다.

욘이 기사 노릇을 해주는 모양이었다. 그는 그대로 차에 남아 있었다. 율리아는 수심에 잠긴 듯 운전대에 엎드린 욘의 모습을 볼 수 있었다.

"네가 어떤지 보러 잠깐 들렀다." 옐로프가 지팡이에 기대선 채 말했다. 차에서 집까지 혼자 걸어온 뒤라 숨소리가 거칠었다.

"많이 좋아졌어요. 욘 아저씨하고 어디 가시는 거예요?" 율리아도 목발에 기대며 대답했다.

"스몰란드에 가려고." 옐로프가 간단하게 대답했다.

"언제 돌아오실 건데요?"

옐로프가 짧게 웃었다.

"보엘이랑 똑같은 질문을 하는구나. 거기서는 아무래도 내가 아침부터 밤까지 방에만 있는 걸 좋아하니까. 아마 저녁이나 오후 늦게 돌아올 것 같구나⋯⋯. 마르틴 말름한테도 들러볼 생각이야. 오늘은 저번보다 상태가 좋을지도 모르니까."

"닐스 칸트와 관련된 일인가요?"

"어쩌면. 가보면 알게 되겠지."

율리아는 고개를 끄덕였다. 옐로프가 더이상 말하고 싶지 않은 거라면 그걸로 족했다.

"안데르스 하고만 얘기는 들었어요. 아버지가 경찰한테 알려주셨다면서요."

"내가 그 애 이름을 말하긴 했지……. 그래서 욘도 서운해하는 것 같고. 어차피 경찰들이 알아냈을 거야."

"경찰은 안데르스와 이야기를 하고 싶다던데요. 확실한 건 아니지만…… 보리홀름 경찰서에서 재수사를 시작할지도 몰라요. 옌스의 실종 사건 말이에요." 율리아가 말했다.

"음……. 하지만 내 생각엔, 안데르스를 쫓는 건 방향이 잘못된 것 같구나. 욘도 당연히 그렇게 생각하고."

"그럼 아버지가 경찰들한테 올바른 방향을 알려주시면 되잖아요?"

"경찰들은 우리 같은 연금 수급자의 말을 듣지 않아. 완전히 미쳤다고까지는 생각하지 않더라도 말이다. 우릴 믿지 않지." 옐로프가 쾌활하게 말했다.

"그래도 포기하시면 안 돼요. 존중받을 만한 일이니까."

"알았다. 최선을 다하마."

"계속 찾아보세요. 해될 건 없으니까요."

아이러니했다. 비록 그때는, 다음번에 만날 때는 옐로프가 죽어가고 있으리라는 사실을 알지 못했지만.

파나마 시티, 1963년 4월.

파나마운하지대에 위치한 파나마 시티.

나란히 서 있는 고층 아파트들과 다 무너져가는 오두막들. 자동차들, 버스들, 오토바이들, 지프차들. 거리마다 가득한 메스티조*, 헌병대, 은행가들, 거지들, 윙윙거리는 파리떼, 땀에 흠뻑 젖은 미국 군인 무리들. 연소된 가스 냄새, 썩은 과일 냄새, 생선 굽는 냄새.

닐스 칸트는 매일같이 발바닥에 불이 날 정도로 좁은 골목을 헤매 다닌다.

그는 스웨덴인 선원들을 찾고 있다.

적어도 코스타리카에서는 스웨덴인을 만난 적이 없다. 그래서 그는 스웨덴인을 찾기 위해 바로 이곳, 파나마 시티로 왔다.

여기 남쪽까지는 버스로 여섯 시간이 걸린다. 닐스는 지난 삼 년간 이 운하 지역으로 다섯 번 여행을 왔다.

바다 사이에 있는 긴 운하에는 혼곶 주변의 지루한 여행을 피하려는 배들이 줄을 지어 서 있다. 상륙한 선원들은 이 커다란 항구에서 마음껏 즐긴다. 그러다 뒤에 남게 되는 이들도 있다. 그들은 부랑자가 된다.

닐스는 그렇게 남겨진 선원들 사이에서 사람을 찾고 있다. 스칸디나비아에서 출항한 배가 도착했을 때 부두에 모이는 사람

■   스페인인과 북미 원주민의 혼혈.

들, 음식을 나누어주는 스칸디나비아 교회에 모이는 사람들, 술집과 상점에서 시간을 죽이는 사람들 가운데 적당한 사람을. 그런 사람들은 알코올이 들어간 것이라면, 싸구려 콜롬비아 럼주부터 구두약을 증류한 알코올까지 가리지 않고 마신다.

파나마 시티를 다섯 번째로 찾은 두 번째 밤, 닐스는 갈라진 시멘트 보도를 따라 걷던 중 스칸디나비아 교회 입구에서 몇 블록 떨어진 컴컴한 출입구 앞에 몸을 웅크린 채 술병을 꼭 쥐고 있는 어슴푸레한 형체를 본다. 그 사람은 뭐라고 투덜거리다가 발작적으로 기침을 하더니 지독한 악취를 풍기며 구토를 한다.

닐스는 그 사람 앞에 멈춰 선다.

"괜찮습니까?" 그는 스웨덴어로 말을 건다. 상대가 그 말을 알아듣지 못하면 더이상 시간 낭비를 할 필요는 없다.

"뭐요?" 부랑자가 되묻는다.

"괜찮은지 물었습니다."

"스웨덴에서 왔어요?"

그 스웨덴인의 눈은 흐릿하다기보다 슬픔과 피로로 가득해 보인다. 수염이 덥수룩하지만 입가와 눈가 주름은 깊지 않다. 술을 마신 지 그리 오래되지 않은 모양이다. 그런 행색에도 불구하고 나이는 닐스와 비슷한 서른다섯 정도로 보인다.

닐스는 고개를 끄덕인다.

"윌란드에서 왔어요."

"윌란드?" 부랑자가 큰 소리로 되묻더니 기침을 한다. "윌란

437

드라, 젠장……. 난…… 빌어먹을 스몰란드에서 왔어요. 뉘브로
에서 태어났고."

"세상은 작으니까요." 닐스가 말한다.

"하지만 지금은……. 난 수문을 통과하는 배를 놓쳤죠."

"그랬어요? 그것참 안됐군요."

"작년이었어요. 내가 그 배를 놓친 게……. 배가 원래는 이틀
뒤에 수문을 통과하기로 되어 있었는데. 갑자기 그렇게 된 거
죠. 여기서 체포됐어요……. 술집에서 싸움이 있었죠. 그때 난
맥주를 병째로 들이켰거든요." 남자는 새로운 희망을 품은 눈으
로 닐스를 올려다본다. "돈 좀 있어요?"

"조금요."

"그럼 뭐 좀 사줄래요? 위스키로……. 어디서 파는지 알아요."

남자가 자리에서 일어난다. 하지만 다리가 뻣뻣하게 굳어 있다.

"한 병쯤은 살 수 있을 거예요. 위스키 한 병 사면 같이 마실
수 있겠네요. 당신은 여기서 기다려요. 기다릴 수 있겠어요?" 닐
스가 묻는다.

남자는 고개를 끄덕이더니 다시 그 자리에 쪼그리고 앉는다.

"뭔가 사줘요." 남자가 중얼거린다.

"알았어요. 아마 우린 친구가 될 수 있을 거예요." 닐스는 더
이상 남자를 쳐다보지 않고 몸을 편다.

오 주 뒤, 자메이카 타운. 푸에르토 리몬의 영국인 구역이다.

티칸 호텔은, 간판에 적힌 것과는 달리 호텔이라 보기 힘든 곳이다. 로비에 있는 거라곤 테이블 다리 두 개 위에 올려놓은 갈라진 나무판뿐이다. 숙박 명부는 곰팡이로 뒤덮여 있다. 2층에 있는 몇 개 없는 객실로 가려면 건물 밖 계단을 이용해야 한다. 골목 건너편 건물에 있는 닐스에게까지 큰 소리로 떠드는 영어 대화가 들려온다.

그는 조용히 계단을 오른다. 뚱뚱하고 반들거리는 바퀴벌레가 벽을 타고 내려간다. 닐스는 2층의 좁은 베란다로 올라간 뒤, 그 층에 있는 네 개의 객실 중 두 번째 문을 두드린다.

"네!" 방안에서 목소리가 들리자 닐스는 문을 연다.

닐스를 집에 돌아갈 수 있게 해주겠다던 스웨덴 남자와의 세 번째 만남이다.

남자는 좁고 답답한 호텔방의 하나뿐인 침대에 앉아 있다. 침대 한복판에 헝클어진 시트와 갈색으로 얼룩진 베개들이 쌓여 있다. 남자의 벗은 상반신은 땀에 젖어 있다. 손에는 술잔을 들었다. 침대 옆 탁상 위에서 작은 선풍기가 윙윙거리며 돌아간다.

닐스는 그 남자가 윌란드 출신이리라 짐작한다. 한 번도 어디 출신인지 밝히지는 않았지만, 남자가 말할 때마다 주의깊게 귀를 기울이면 윌란드 억양이 희미하게 들리는 것 같다. 게다가 남자는 윌란드에 대해 잘 알고 있다. 거기서 닐스가 남자를 만난 적이 있었던가?

"어서 와요, 어서 와." 스웨덴인이 미소를 지으며 벽에 기대더니 탁상에 놓여 있던 웨스트 인디언 럼주병을 향해 고갯짓을 한다.

"마실래요?"

"아뇨."

닐스는 방문을 닫는다. 그는 술을 끊었다. 완전히 끊었다고 할 수는 없지만 거의 마시지 않는다.

"리몬은 근사한 도시네요, 닐스." 침대에 앉아 있던 남자가 말한다. 비꼬는 기색은 없다. "오늘 밖에 나갔다가 진짜 사창가를 찾았지 뭡니까. 술집 뒤에 숨겨진 방을 우연히 본 거죠. 여자들이 끝내주더군요. 하지만 점잖게 표현하자면, 난 '욕구를 채우지' 않았어요……. 술만 마시고 그냥 나왔죠."

닐스는 짧게 고개를 끄덕인 뒤, 문에 기대선다.

"한 명 찾았어요. 괜찮은 후보인 것 같아요. 더군다나 스몰란드 출신이고요."

해외에서 열여덟 해를 지낸 뒤라, 그는 스웨덴어로 말하는 것이 불편하다.

"잘됐군요, 아주 잘됐어요. 어디서 찾았죠? 파나마 시티?" 스웨덴인이 묻는다.

닐스는 고개를 끄덕인다.

"같이 데려왔어요……. 출입국 관리가 엄격해져서 뇌물을 줘야 하긴 했지만 무사히 넘어왔어요. 지금은 산호세에 있는 싸구려 호텔에 있죠. 남자가 여권을 잃어버렸는데 스웨덴 대사관에 새로 신청하면 될 겁니다."

"잘됐어요, 잘됐어. 그 남자 이름은요?"

닐스가 고개를 젓는다.

"이름이 없어요. 당신도 이름을 말하지 않잖아요."

"내 이름이 알고 싶으면 아래층에 가서 보고 와요. 숙박 명부에 이름을 적었으니까. 보고 와요."

"이미 봤어요." 닐스가 말한다.

"그런데요?"

"프리티오프 안데르손이라고 되어 있던데요." 닐스가 말한다.

남자는 만족스러운 듯 고개를 끄덕인다.

"괜찮으면 날 프리티오프라고 불러줘요."

닐스는 고개를 젓는다.

"그건 선원에 대한 옛날 노래에 나오는 이름이잖아요. 난 당신 본명이 알고 싶어요."

"내 이름은 중요하지 않아요. 프리티오프라는 이름이면 충분하지 않아요?" 남자가 닐스를 쳐다본다.

"당분간은 괜찮겠죠." 닐스가 천천히 고개를 끄덕인다.

"좋아요." 프리티오프는 시트로 이마와 가슴을 닦는다. "자, 이제 몇 가지 문제에 대해 이야기해봅시다. 내가……."

"정말 우리 어머니가 당신을 보냈습니까?"

"그렇다고 말했을 텐데요."

침대에 앉은 남자는 자기 말이 끊긴 것에 기분이 상한 듯 보인다.

"어머니가 당신 편에 편지를 보낼 수도 있었을 텐데." 닐스가 말한다.

"나중에 받게 될 거예요. 돈은 받았잖아요. 안 그래요? 전부 어머님이 주신 돈이지." 남자는 술을 한 모금 마신다. "그보다는 지금 논의해야 할 일이 많아요……. 난 이틀 뒤에 돌아가요. 한동안은 연락을 못 할 겁니다. 하지만 모든 준비가 끝나면 돌아올 거예요. 그게 마지막일 거고요. 시간이 얼마나 걸릴 것 같죠?"

"글쎄……. 이 주 정도 걸릴 거예요. 남자의 여권을 만든 다음 여기로 데려와야 하니까." 닐스가 말한다.

"좋아요. 남자를 잘 지켜보고, 모든 일들을 정해진 대로 진행해야 해요. 그래야 당신이 집에 돌아갈 수 있어요." 프리티오프가 말한다.

닐스는 고개를 끄덕인다.

"좋습니다." 프리티오프가 다시 얼굴을 닦는다.

거리에서 누가 웃는 소리가 들린다. 오토바이 소리가 지나간다. 닐스는 이제 이 냄새나는 방에서 나가고 싶은 마음밖에 없다.

"그런데, 어떤 기분이죠?" 남자가 몸을 앞으로 내밀며 묻는다.

"뭐가 말입니까?" 닐스가 되묻는다.

"좀 궁금해서 말이에요." 자신을 프리티오프 안데르손이라고 부르라는 남자가 더러운 시트 위에서 미소를 짓는다. "닐스, 이건 그냥 호기심에 물어보는 건데요……. 사람을 죽이면 어떤 기분이 드나요?"

24

옐로프와 욘은 욀란드 다리를 지나 칼마르를 넘어간 뒤 스몰란드 해안을 따라 북쪽으로 달렸다. 두 사람 다 가는 내내 말이 별로 없었다.

옐로프는 마르네스 요양원에서 나오는 일이 점점 더 힘들어진다는 점에 대해 생각하고 있었다. 오늘 아침에도 보엘은 옐로프에게 어디에 가는지, 언제 돌아올 것인지 꼬치꼬치 캐물었다. 결국 그녀는 그가 요양원에서 지내기에는 너무 건강한 것 아니냐는 암시까지 주었다.

"욀란드 북부에는 우리 요양원에 들어오고 싶어 하는 거동 불편한 노인분들이 아주 많아요, 옐로프. 우린 우선순위를 제대로 매겼는지 항상 확인해야 해요. 항상 말이에요." 보엘은 그렇게 말했다.

"옳은 말이군요." 그러고서 옐로프는 지팡이를 짚고 그 자리를 떠났다.

그는 이런 보살핌을 받을 권리가 없는 것일까? 다른 사람의 도움 없이는 십 미터도 움직이기 어려운데도? 그가 가끔씩 욘과 같은 친구들과 함께 바람을 쐬고 오면 보엘도 반가워해야 하는 것 아닌가?

"안데르스가 사라진 것 같던데." 람네뷔까지 몇 킬로미터 남지 않았을 때 옐로프가 말했다.

"네." 욘이 말한다.

그는 항상 제한속도에 맞추어 운전한다. 그래서 지금 그들 뒤로는 자동차들이 길게 늘어서 있었다.

"자네가 안데르스에게 말해줬겠지. 경찰이 찾고 있다고 말이야."

운전석에 앉은 욘은 아무 말도 하지 않았다. 하지만 고개를 끄덕였다.

"그게 좋은 생각인지 모르겠어. 경찰은 자기들이 원할 때 이야기를 못 하면 짜증을 내는 경향이 있으니까." 옐로프가 말했다.

"그 애는 그냥 평온하게 지내고 싶은 것뿐이에요." 욘이 대꾸했다.

"몸을 숨기는 게 좋은 생각은 아닌 것 같아." 옐로프가 다시 한번 말했다.

"지난주에 보리홀름에 갔을 때 로베르트 블룸베리와 이야기는 해봤어요? 내가 말했던 자동차 판매인 말이에요." 욘이 물었다.

"그자를 봤지. 전시장에 있더군. 대화를 나누지는 못했어…….사실 무슨 말을 해야 할지도 모르겠고."

"칸트 같던가요?" 욘이 물었다.

"그렇게 직접적으로 물어본다면……. 생각은 해봤는데, 내가보기에 그자는 아닌 것 같아. 닐스 칸트 같은 자라면 남미에서새 이름을 가지고 돌아와 보리홀름에서 새로운 인생을 살 것 같지가 않아서 말이야."

"그럴 수도 있죠." 욘이 말했다.

몇 분 뒤 두 사람은 람네뷔에 도착했음을 알리는 노란색 표지판을 지나쳤다. 오전 11시 15분이었다. 새로 자른 목재들을 운반하는 트럭이 천둥 같은 소리를 내며 옆을 지나갔다.

차를 타고든, 배를 타고든, 옐로프는 이제껏 람네뷔에 와본적이 없었다. 도시가 마르네스보다 크지 않았기에 그들은 이내반대편에 있는 제재소에 도착했다.

제재소의 강철 문은 닫혀 있었다. 욘은 밖에 있는 주차장에차를 세웠다.

옐로프는 서류 가방을 들고 차에서 내렸다. 그들은 문 앞으로걸어가 초인종을 울렸다. 잠시 뒤에 초인종 옆에 붙어 있는 작은 스피커에서 긁는 소리 같은 것이 들렸다.

"계십니까?" 옐로프는 초인종에 대고 말해야 하는 건지 스피커에 대고 해야 하는 건지 알 수가 없었다. 아니면 하늘에 대고 말해야 하는 건가?

"안녕하세요……. 목재 박물관을 보러 왔습니다. 문 좀 열어주시겠습니까?"

스피커에서는 아무 대답도 들리지 않았다.

"안에서 들었을까요?" 욘이 속삭였다.

"모르겠어."

옐로프는 뒤에서 까마귀 울음소리를 들었다. 뒤돌아보니 까마귀 두 마리가 주차장 옆쪽, 잎사귀가 다 떨어진 자작나무에 앉아 있었다. 까마귀들은 계속 울어댔다. 옐로프에게는 그 소리가 욀란드에서 듣던 까마귀 소리와 다르게 들렸다. 새들도 지역에 따라 억양이 달라지는 걸까?

곧 그는 누군가 문 안쪽에서 이리로 다가오고 있다는 것을 알아차렸다. 모자를 쓰고 검은색 패딩 재킷을 입은 노인으로, 걷는 속도가 옐로프만큼 느렸다. 그 남자가 문 안쪽에 있던 버튼을 누르자 문이 열렸다.

"헤이메르손이라고 합니다." 남자가 손을 내밀며 말했다.

옐로프는 그 손을 잡았다.

"다비드손입니다."

"하그만이라고 합니다." 욘도 인사를 했다.

"목재 박물관을 보러 왔는데요, 어제 전화로……." 옐로프가 다시 한번 말했다.

"그러시죠." 헤이메르손은 그들을 안내하기 위해 돌아섰다. "미리 연락을 주시길 잘했습니다. 박물관은 사실 여름에만 문을 열거든요. 팔월까지 말입니다. 하지만 미리 연락을 주시는 분들은 구경할 수 있게 해드리죠."

그들은 이제 제조소 구역에 도착했다. 옐로프는 새로 자른 나무 냄새와 모자를 쓴 남자들이 톱밥 사이에서 널빤지들을 운반하는 광경을 기대했다. 하지만 그가 본 건 강철과 알루미늄으로 만든 거대한 회색 건물들 사이에 난 포장도로였다. 건물마다 "람네뷔 목재"라고 쓰인 커다란 간판이 붙어 있었다.

"여기서 사십팔 년을 일했어요. 열다섯 살 때 시작해서 지금까지 말입니다. 모든 것들이 이런 식으로 바뀌었죠……. 지금은 박물관 관리를 맡고 있답니다." 헤이메르손이 두 사람을 돌아보며 말했다.

"우린 여기 소유주가 살았던 욀란드 북부에서 왔어요." 옐로프가 말했다.

"소유주요?" 헤이메르손이 되물었다.

"칸트 일가 말입니다."

"칸트 일가는 더이상 여기 주인이 아니에요. 1970년대 말에 아우구스트 칸트가 죽었을 때 팔렸죠. 지금은 캐나다의 삼림 회사가 람네뷔를 소유하고 있어요." 헤이메르손이 대답했다.

"그럼 전 주인…… 아우구스트 칸트라고 했죠? 그 사람을 만나본 적이 있습니까?" 옐로프가 물었다.

"그 사람을 만나봤느냐고요?" 헤이메르손은 질문이 재미있다는 듯 미소를 지었다. "그럼요, 매일 만났는걸요. 그 사람은 항상 낡은 MG 자동차를 타고 다녔죠. 어쨌든 여기가 우리가 지내던 곳입니다. 사무실로 쓰던 곳이죠. 나중엔 너무 작아서 옮겼지만요."

문 위에 "목재 박물관"이라고 쓴 나무 간판이 붙어 있었다. 헤이메르손이 잠긴 문을 열고 들어가 불을 켰다.

"자……. 두 분 이곳에 오신 걸 환영합니다. 입장료는 한 분당 삼십 크로나입니다."

헤이메르손은 오래된 커다란 금전등록기가 놓여 있는 계산대 뒤로 갔다.

옐로프는 두 사람의 입장료를 내고 입장권을 받았다. 에른스트 아돌프손의 지갑에서 발견했던 입장권과 똑같았다. 그들은 박물관 안으로 들어갔다.

박물관은 크지 않았다. 짧은 복도를 사이에 둔 방 두 개가 전부였다. 방 한가운데 오래된 톱들과 측정 장비가 놓였고, 벽에는 사진들이 걸려 있었다. 액자에 들어 있는 수많은 흑백사진 밑에 각각 설명서가 붙어 있었다. 옐로프는 아무 말 없이 그쪽으로 다가가 제재소 일꾼들의 단체 사진이며 손에 톱을 들고 있는 삼림 일꾼들의 사진, 갑판이 목재로 뒤덮인 정박선 사진 들을 살펴보았다.

"다른 방에는 좀더 최근 사진들이 있지요." 뒤에서 헤이메르손이 말했다.

"그렇군요."

그는 혼자 둘러보고 싶었다. 보아하니 욘도 조심스럽게 관리인을 피하고 있었다.

"이게 이곳에 들인 최초의 컴퓨터랍니다. 이런 걸 진보라고 하겠죠……. 최근에는 컴퓨터들이 제재 작업을 처리하고 있다는 말입니다. 작동 원리는 이해할 수가 없습니다만, 효율적이긴 한 것 같더군요."

"그렇죠."

옐로프는 흑백사진들을 계속 살폈다.

"람네뷔는 정제된 나무를 일본으로 수출하고 있답니다. 혹시 그쪽 관련된 일을 하신 적이 있습니까?"

"아니요. 하지만 런던에 있는 세인트폴성당 바닥에 깔 욀란드의 석회암을 운송한 적은 있죠." 옐로프가 재빨리 대답했다.

헤이메르손은 아무 대꾸도 하지 않았다. 옐로프는 화제를 돌렸다.

"실은 지난달 제 친구가 이 박물관을 다녀갔어요. 에른스트 아돌프손이라고."

"욀란드에서 오신 분이죠?"

옐로프가 고개를 끄덕였다.

"예전에 석공으로 일했던 친구죠. 구월 중순쯤 여기 왔던 것 같은데."

"맞아요, 기억납니다. 오늘 두 분께 열어드린 것처럼 그때도 특별히 그분을 위해 박물관 문을 열었거든요. 그때 그분을 만나서 좋았습니다. 지금은 윌란드에 살지만 원래는 여기 출신이라고 하더군요."

"람네뷔 말입니까?" 옐로프가 물었다.

"네, 어릴 때 여기서 자라다가 나중에 윌란드로 옮겼다던데요."

옐로프로서는 처음 듣는 이야기였다. 에른스트는 자기가 어디서 태어났는지 얘기한 적이 없었다.

그는 두 걸음 더 나갔다. 그때 그 사진이 눈에 보였다. 마르틴 말름과 아우구스트 칸트가 제재소 항구 옆에서 나란히 찍은 사진. 두 사람은 어린 일꾼들 앞에 뻣뻣하게 서 있었다.

"1959년 제재소 부두에서 우호적인 업무 회의." 사진 밑에는 그런 설명이 붙어 있었다. 설명과 달리 사진 속에서 우호적인 미소를 짓고 있는 사람은 한 명밖에 없었다. 마르틴과 칸트를 포함한 다른 사람들은 모두 엄숙한 표정으로 카메라를 쳐다보고 있었다.

1959년이면 마르틴이 큰 배를 사기 몇 년 전이다. 옐로프는 생각했다.

책에 나와 있는 것보다는 훨씬 큰 사진이라 마르틴의 왼쪽 어깨에 올린 손이 똑똑히 보였다. 적어도 친밀하다는 표시는 되었다. 옐로프라면 마르틴 말름의 어깨에 손을 올리는 일은 없었을 것이다. 어떤 형태로든 친밀감을 표현할 만한 사이가 아니니까. 하지만 아우구스트 칸트는 그렇게 해도 괜찮은 사이였던 것이다.

"이 사람도 우리 친구 중 한 명이군요. 윌란드에서 선장으로 일했어요." 옐로프가 마르틴 말름의 얼굴을 가리켰다.

"아, 그렇군요. 전에는 화물선들이 계속 드나들었는데……. 윌란드로 나무를 실어 가곤 했죠. 그쪽엔 숲이 많지 않으니까요." 헤이메르손은 그다지 관심을 두지 않는 듯했다.

"그쪽에도 숲은 있어요. 본토에서 온 사람들이 많이 잘라내서 그렇지." 그러고서 옐로프는 다시 사진을 가리켰다. "이 사람이 아우구스트 칸트인가요?"

"맞습니다."

"조카가 아주 유명하죠, 닐스 칸트라고."

"맞아요. 그랬죠. 경찰을 죽였다는 이야기를 들은 적이 있어요. 신문에서도 봤던 것 같고요. 하지만 닐스 칸트는 죽지 않았나요? 해외로 도망갔다가 죽었다고 들었는데?"

"그랬지요. 그런데 그전에 닐스 칸트가 여기 온 적은 없었습니까?"

"사장님이 닐스를 많이 아끼진 않았던 것 같아요. 우리한테 조카 이야기를 한 적이 한 번도 없거든요. 그래서 다들 사장님 앞에서는 닐스 칸트 이야기를 하지 않았죠."

"혹시 닐스 칸트가 어디에 있는지 알고 있다는 사실을 숨기고 싶어서 그랬던 건 아닐까요?" 옐로프가 물었다.

"그럴지도 모르겠네요. 아, 닐스는 경찰을 죽이고 윌란드에서 도망쳤을 때 여기 한 번 온 적이 있어요."

"그래요? 숙부를 만났나요?"

"모르겠습니다. 한동안은 이 근방에 있었죠…… 숲에서 그 자를 봤다는 사람들이 있었으니까." 헤이메르손이 사진을 가리켰다. "그때 군나르가 급사로 일하고 있었는데, 닐스 칸트를 만나 돈을 전해줬다고 자랑하고 다녔어요. 하지만 당시 군나르는 워낙 온갖 것들을 다 자랑하고 다니던 때라…… 그러다 결국엔 누가 경찰한테 닐스 칸트를 봤다고 신고했던 것 같아요. 경찰은 닐스가 다시 나타날 것을 대비해 며칠 동안 제재소를 감시했어요. 모두들 긴장하긴 했지만…… 그래도 우리는 일을 했죠. 그 살인범은 더이상 나타나지 않았고요."

어린 닐스가 사무실 건물 주변을 맴돌고, 몸을 웅크린 채 창문을 몰래 들여다보며 숙부를 찾는 모습이 옐로프의 눈에 보이는 것만 같았다.

"에른스트가 이 부두 사진을 보고 무슨 말을 하진 않던가요?" 옐로프가 물었다.

"맞아요, 그분도 그 사진 앞에서 멈춰 섰죠. 거기 있는 사람들 이름을 알고 싶다고 하더군요."

"이름요? 이 제재소 직원들 이름 말인가요?"

"네. 그래서 기억나는 대로만 말해줬죠. 아무래도 나이가 드니까 기억력이 예전 같지 않아서요. 이를테면 그때……."

"그 이름들을 나한테도 알려줄 수 있습니까?" 옐로프가 헤이메르손의 말을 가로막았다.

그는 서류 가방에서 볼펜과 수첩을 꺼냈다.

"그럼요. 어디 보자, 왼쪽에서 오른쪽으로……."

그중 헤이메르손이 기억하지 못하는 사람은 세 명이었다. 아마 선원들이었을 것이다. 옐로프는 나머지 사람들의 이름을 받아 적었다. 페르 벵트손, 크누트 린드크비스트, 안데르스 오케르그렌, 클라에스 프리셀, 군나르 요한손, 얀 에켄달, 미카엘 라르손. 적어놓은 걸 보았지만 옐로프가 아는 이름은 없었다. 에른스트는 도대체 무엇을 찾고 있었던 걸까?

헤이메르손은 활기차게 움직였다. 그는 두 사람을 다른 방으로 안내했다.

"이게 바로 최초의 컴퓨터랍니다……. 집 한 채 크기죠. 그래도 이걸 사용했어요."

옐로프는 멍하니 고개를 끄덕이며 헤이메르손을 따라 제재소와 임업 일반의 기술적인 발전을 보여주는 방을 구경했다. 대부분이 통계와 거대한 기계들에 관한 것이었다.

"정말 유익한 시간이었어요. 고맙습니다." 그로부터 십 분 뒤, 옐로프가 인사를 했다.

"별말씀을요. 목재에 관심을 가진 분들을 만나는 건 언제나 즐거운 일인걸요." 헤이메르손이 말했다.

그는 함께 밖으로 나와서 강철 건물들 중 한 곳을 가리켰다.

"목재의 품질을 확인할 수 있는 새 엑스레이를 설치했답니다. 구경해보시겠어요?"

옐로프는 욘이 고개를 살짝 흔드는 것을 보았다. 그로선 목재 구경은 할 만큼 했다.

"감사합니다만 그건 우리가 이해하기엔 너무 앞선 기술인 것 같군요. 그보다는 괜찮으시다면 항구에 내려가서 둘러보고 싶은데요. 우리가 알아서 구경하고 가겠습니다." 옐로프가 말했다.

"항구요? 별로 볼 것이 없을 텐데요. 여기는 큰 배가 들어오기엔 수심이 너무 얕아서 말이죠. 목재는 전부 트럭으로 나르고 있답니다."

"그래도 한번 둘러보고 싶습니다만."

"그러세요. 그럼 박물관 문은 그만 닫도록 하죠."

헤이메르손의 말이 맞았다. 백 미터쯤 걸어 물가로 내려갔지만 항구에는 아무것도 없었다. 아스팔트 바닥이 갈라져 부두라고 부르기도 힘들 것 같은 이곳에는 네모난 화강암 판만 듬성 듬성하게 깔려 있었다.

부두 옆에는 나무로 된 방파제가 물 쪽으로 십 미터 정도 뻗어 있었다. 그 역시 옐로프가 보기엔 수리가 필요한 상황이었다. 이런 것도 할 수 없을 만큼 제재소에 목재가 충분하지 않은 걸까?

방파제 옆 물가에는 겨울 폭풍우가 오기 전 주인이 물 밖으로 올려주기를 말없이 기다리는 낡은 나무배 한 척이 떠 있었다.

육지에서 바람이 불어왔다. 매섭게 차가운 바람이다. 여기서 욀란드는 수평선 위로 솟은 검은 띠처럼 보일 뿐이다. 섬들과 내륙이 공존하는 스몰란드 해안은 아름다웠지만 옐로프는 벌써 섬으로 돌아가고 싶었다.

"마르틴 말름의 배들은 이 항구를 이용했을 거야."

"맞아요, 사진에도 나와 있었으니까." 욘이 대답했다.

더이상 볼 것은 없었다. 추위가 코트를 뚫고 들어오는 것 같았다. 이 바람을 맞으며 방파제까지 나가고 싶진 않았다. 욘도 그와 같은 마음인 듯 돌아섰다.

옐로프는 돌아오는 길에 잠깐 멈춰 서서 제재소 건물들 사이에 있는 공터를 쳐다보았다. 아무것도 없었다.

바로 그 순간, 그는 어떤 확신을 느꼈다. 논리는 없었다. 까만 물고기가 수면 바로 밑에서 갑자기 모습을 드러내듯이, 그의 잠재의식에서 갑자기 떠오른 확신이었다. 그는 제대로 생각해보기도 전에 말을 꺼냈다.

"여기서 시작된 거야."

"뭐가요?" 욘이 물었다.

"모든 게 여기서 시작됐어. 닐스 칸트와 옌스……. 여기서 시작된 어떤 일 때문에 내 손자가 죽은 거야."

"여기 람네뷔에서요?"

"그래, 여기. 이 제재소에서 말이야."

"그걸 어떻게 알았어요?"

"느낄 수 있어." 옐로프가 말했다. 멍청한 소리처럼 들릴 수도 있었지만 그는 그대로 말을 이었다. "여기서 어떤 종류든 만남이 있었을 거야. 닐스 칸트가 여기 왔을 때……. 그자는 아우구스트 숙부를 만났고, 뭔가를 합의했어. 틀림없이 그랬을 거야."

하지만 확신은 이내 사라져버렸다.

"알았어요. 그럼 이제 돌아갈까요?" 욘이 물었다.

옐로프는 고개를 끄덕였다. 그들은 다시 출발했다.

옐로프는 욘의 차에 혼자 앉아 있었다. 차는 칼마르 중심부의 황량한 라름가탄 거리에 자리잡은 석조 주택 옆에 세워져 있었다. 욘은 욀란드로 돌아가기 전에 여동생 잉리드 집에 잠깐 들르고 싶어 했다.

옐로프는 생각에 잠겼다. 그들이 정말로 박물관에서 뭔가를 알아낸 것일까? 확신할 수 없었다.

잉리드가 살고 있는 길 건너편 아파트의 문이 열리고 욘이 나왔다. 그는 곧장 차로 다가와 운전석 문을 열었다.

"동생은 잘 지내고 있던가?" 옐로프가 물었다.

욘은 말없이 운전대에 앉았다. 그러고는 곧장 시동을 걸어 출발했다.

칼마르를 떠나 욀란드로 향하는 고속도로에 들어설 때까지 두 사람은 아무 말도 하지 않았다. 다리 앞에 도착하자 옐로프는 더이상 참을 수 없었다.

"무슨 문제가 생긴 건가? 잉리드한테 무슨 일이라도 있는 거야?"

"경찰이 안데르스를 잡아갔대요. 점심시간에 들이닥쳐서 애를 데려갔답니다." 욘이 대답했다.

"어디서 데려갔다는 거지? 잉리드 집에서 말인가?" 옐로프가 말했다.

욘은 고개를 끄덕였다.

"안데르스는 잉리드 집에 있었어요. 거기 숨어 있었죠. 이젠 경찰에 체포됐지만."

"체포라고? 확실한 건가? 경찰이 누군가를 체포할 때는……."

"잉리드 말로는 노크도 없이 들어왔대요." 욘이 옐로프의 말을 가로막고 대답했다. "그러고는 안데르스에게 보리홀름까지 같이 가자고 했답니다. 잉리드가 물어봐도 아무것도 대답해주지 않았대요."

"그 애가 칼마르에 있다는 걸 자넨 알고 있었나?"

욘은 그저 고개만 끄덕였다.

"아침에도 말했지만, 경찰이 찾고 있을 때 숨는 건 좋은 방법이 아니야. 의심만 사게 되니까." 옐로프가 천천히 말했다.

"안데르스는 경찰을 믿지 않아요. 야영지에서 싸움이 일어났을 때만 해도, 그 애는 그저 말리려고 했어요. 하지만 결국 법정에 선 건 스톡홀름에서 온 사람들이 아니라 안데르스였죠."

"그건 나도 알고 있어. 부당한 일이었지." 옐로프는 생각에 잠겼다가 잠시 뒤 가능한 한 부드럽게 욘에게 물었다. "하지만 만일…… 경찰이 내 손자의 실종 사건과 관련이 있다고 생각해서, 그 문제로 안데르스와 이야기를 하고 싶어 하는 거라면…… 경찰들이 그렇게 생각할 만한 어떤 이유가 있는 건가? 자넨 어느 누구보다 안데르스를 잘 알잖아……. 혹시 그 애가 의심받을 만한 무슨 일이 있는 거야?"

욘은 고개를 저었다.

"안데르스는 착한 녀석이에요."

"그 문제에 대해서는 생각할 것도 없단 말이지?" 옐로프가 물었다.

"안데르스가 저지른 멍청한 짓이라곤 언젠가 밤에 방파제 옆에 있는 노간주나무 덤불 속에 숨어들어 수영부 여자애들이 옷 갈아입는 걸 훔쳐본 게 다예요. 그것도 열두 살인가 열세 살 때. 난 안데르스에게 다시는 그런 짓을 저지르지 말라고 했어요. 그리고 그 애는 내 말을 따랐죠."

옐로프는 고개를 끄덕였다.

"그 정도면 아주 심각한 일도 아니지."

"착한 애예요. 하지만 경찰에 체포됐죠." 욘이 말했다.

이제 두 사람이 탄 차는 다리를 통과해 섬에 도착했다.

옐로프는 도로 동쪽, 거센 바람이 몰아치는 알바르 지대를 쳐다보며 생각에 잠겼다. 그러고는 다시 고개를 끄덕였다.

"좋아, 이제 보리홀름으로 가세. 마지막으로 마르틴 말름을 만나야겠어. 그자가 정말 무슨 일이 있었는지 말해줄 거야."

25

"나 말고도 안데르스 하그만과 이야기를 하고 싶어 하는 사람이 있습니다. 칼마르에서 경위가 오고 있어요. 이런 종류의 사건에 특화된 사람이죠." 순찰차를 타고 보리홀름으로 가면서 렌나르트가 율리아에게 말했다.

"신문이 길어질까요?" 율리아가 운전석에 앉아 있는 렌나르트를 쳐다보며 물었다.

그는 새로운 정복 재킷 차림이었다. 겨울용 패딩 재킷에 경찰 견장이 달려 있었다. 도시로 나갈 준비를 한 것이다.

"이걸 신문이라고 불러야 할지 모르겠어요." 렌나르트가 황급히 대답했다. "그냥 대화나, 이야기를 나누는 거라고 보면 될 겁니다. 안데르스는 뭔가 수상하다거나 용의 선상에 올라 있어서 체포된 게 아니니까요. 증거도 없고. 하지만 안데르스가 베라 칸트의 집에 무단으로 침입했다는 점과 오래된 신문 기사들을 간직한 사실을 인정한다면, 그땐 당신 아들에 대한 이야기도 나오게 될 겁니다. 그때 안데르스가 무슨 말을 하는지 들어볼 수 있을 거예요."

"안데르스가…… 안데르스가 옌스에게 관심을 보인 적이 있는지 생각해봤어요. 내 기억에 따르면 그런 일은 없었어요." 율리아가 말했다.

"다행이군요. 온갖 종류의 사람들을 의심하기 시작하면 곤란하니까요."

율리아가 아스트리드와 함께 커피를 마시고 있을 때 렌나르트가 전화를 걸어 왔다. 그는 안데르스 하그만을 칼마르에서 찾았고, 지금 보리홀름으로 데려가는 중이라고 알려주었다. 그러고서 삼십 분 남짓 지난 뒤에 순찰차로 율리아를 데리러 왔다. 그녀는 어찌됐든 렌나르트가 이번 수사에 처음부터 자신을 참여시켜주는 것이 고마웠다. 그와 동시에 앞으로 무슨 일이 기다리고 있을지 불안하기도 했다.

"같은 방에 앉아 있어야 하나요? 난 아무래도……." 그녀가 말했다.

"아니에요. 안에는 안데르스와 칼마르에서 온 경위 니클라스

베리만만 들어갈 겁니다."

"그럼 한쪽 면에서만 보이는 거울…… 그런 게 있을까요?"

율리아는 질문을 하자마자 후회했다. 렌나르트가 웃었기 때문이다.

"아뇨, 그런 건 없습니다. 보통 미국 텔레비전 시리즈에서 목격자 대면이나 뭔가 흥미로운 일이 있을 때 사용하죠. 우리도 가끔 비디오를 이용하긴 하지만, 그럴 만한 일이 자주 있진 않아요. 스톡홀름 같은 곳에서는 목격자 대면 같은 것도 하는 모양이지만, 여기선 그럴 일도 거의 없고요."

"안데르스가 그랬을 거라고 생각하세요?" 보리홀름에 들어와 첫 번째 신호등에 걸렸을 때 율리아가 물었다.

렌나르트는 고개를 저었다.

"잘 모르겠어요. 하지만 이야기해볼 필요는 있죠."

보리홀름 경찰서는 도심의 주도로를 가로지르는 거리에 자리 잡고 있었다. 렌나르트는 주차장에 차를 세운 뒤 자동차 사물함을 열었다. 그는 그 안에 들어 있던 온갖 서류들과 명함, 껌통 사이를 뒤적거렸다.

"이걸 잊으면 안 되죠. 필요할 일은 없겠지만 그래도 놔두고 갈 순 없으니까."

렌나르트는 "글록"이라고 쓰인 검은색 가죽 권총집을 꺼내 들었다. 그는 그것을 재빨리 허리 뒤쪽에 찬 뒤, 율리아가 차에서 내릴 때까지 기다렸다가 목발의 위치를 잡아주었다. 그리고 나서 그들은 보리홀름 경찰서로 들어섰다.

그녀는 휴게실에서 기다렸다. 얼핏 보기엔 다른 방과 다를 것이 없었지만 한쪽 구석에 텔레비전이 놓여 있었다. 율리아가 예테보리의 아파트에서 낮에 즐겨 보던 미국 쇼핑 채널이 나오고 있었다.

이제 보니 정말 이해하기 힘들었다. 어떻게 이런 홈쇼핑 방송을 재미있다고 보고 있었던 걸까?

2시가 되기 직전에 렌나르트가 휴게실로 돌아왔다.

"다 끝났어요, 일단은. 뭐 좀 먹으러 갈래요?"

율리아는 고개를 끄덕였다. 조사 결과를 궁금해하는 기색은 보이고 싶지 않았다. 얼음처럼 차가운 바람이 불자, 목발을 잡고 있는 손가락에 감각이 없었다.

렌나르트가 덧붙였다. "안데르스는 일단 자기 어머니 아파트에 있기로 했는데 어떨지 모르겠군요. 이제 잠적하지 않겠다고 약속했어요. 우리와 다시 이야기를 해야 할 수도 있으니까……. 중국 음식 어때요? 피자는 좀 질렸는데."

"식당이 너무 멀지만 않으면요." 율리아가 대답하자 렌나르트는 보리홀름 교회 옆에 있는 중식당으로 그녀를 안내했다.

식당에는 손님이 많지 않았다. 렌나르트와 율리아는 재킷을 벗은 뒤 창가 자리에 앉았다. 창문을 통해 흰색 교회 건물을 내다보고 있자니, 교회에 열심히 나가던 뜨거운 여름이 율리아의 머릿속에 떠올랐다. 그때 종교 강습에서 만난 남자애와 사랑에 빠졌는데…… 이름이 뭐였더라? 당시엔 그렇게 열렬했었는데 이제는 기억도 나지 않았다.

"안데르스는 그 집에서 뭘 하고 있었던 거예요? 말은 하던가요?" 각자 식사와 나누어 먹을 사이드 메뉴 다섯 개를 주문한 뒤 율리아가 조용히 물었다.

"네……. 안데르스 말로는, 다이아몬드를 찾고 있었다고 하더군요." 렌나르트가 대답했다.

"다이아몬드요?"

렌나르트는 고개를 끄덕인 뒤 창밖을 내다보았다.

"오래전부터 소문이 있었어요……. 나도 들었죠. 닐스 칸트가 죽인 독일군들이 발트해에서 훔친 보물을 가지고 있었다는 얘기 말이에요. 들리는 바로는 아주 귀한 보석이라고 하더군요. 안데르스는 닐스가 떠나기 전에 보석을 지하실에 묻었을 거라고 생각했던 모양이에요. 그래서 그렇게 파고 또 팠지만…… 다이아몬드는 나오지 않았죠." 그러고는 덧붙였다. "어쨌든 그의 말은 그래요. 약간 특이한 사람 같더군요."

"신문 기사는 어떻게 된 거래요?" 율리아가 물었다.

"원래 찬장에 숨겨져 있었답니다. 안데르스가 그걸 발견하고 벽에 붙여놓은 거라고 하더군요. 그는 베라가 모아둔 거라고 생각했답니다." 렌나르트가 율리아를 쳐다보았다. "안데르스가 무슨 말을 했는지 알아요? 그곳에서 베라 칸트의 존재를 느꼈다고 하더군요. 유령처럼……"

"그렇군요."

율리아는 자신도 같은 것을 느꼈다는 말을 하지 않았다. 베라의 집에서 보냈던 그날 밤은 단 한순간도 떠올리고 싶지 않았다.

한 가지 질문이 더 있었다. 하지만 정말 그 질문을 하고 싶은 건지 율리아는 확신할 수 없었다. 어쨌든 주문한 음식이 나오기 전에 렌나르트가 먼저 그 얘기를 꺼냈다.

"안데르스는 그 일이 있던 날 당신 아들을 보지 못했다고 맹세했어요. 옌스에 대해서는 아무것도 모른다고 했죠. 그날은 안개도 자욱하고 날도 추워서 온종일 집에 있었다고요. 그러다가 아이를 찾는 걸 도와달라는 말을 듣고서야 무슨 일이 일어났는지 알았던 거죠." 이어 렌나르트는 이렇게 말했다. "니클라스 베리만은 안데르스가 사실을 말하고 있는 것 같다고 했어요. 베라 칸트의 집에 무단으로 침입한 것을 솔직히 털어놓은 것처럼요."

율리아는 고개를 끄덕였다.

"그래서 이번 일로는 수사가 재개되지 않을 것 같아요. 새로운 사실이 나타나지 않는 한 말이에요." 렌나르트가 말했다.

율리아는 또다시 고개를 끄덕였다. 그녀는 자기 손을 내려다보면서 입을 열었다. "난 과거에 묻혀 있지 않고…… 앞을 보며 살아가려고 노력했어요. 이제까지는 잘되지 않았는데, 이번 가을에는 나아진 것 같아요. 조금이긴 하지만요. 이제 마음껏 슬퍼할 수 있게 됐거든요……. 예전에는 그러지 못했죠." 그녀는 렌나르트를 바라보았다. "그래서 윌란드로 돌아오길 잘한 것 같아요…… 아버지를 다시 만난 것도 그렇고. 당신을 만난 것도요."

"그 말을 들으니 정말 기쁘군요. 나 역시 아주 오랜 시간 과거에 매달려 있었어요…… 가끔씩은 정말 기분이 좋지 않았죠. 복수를 한다고 해서 행복해지는 게 아니라는 것을 깨닫기 전까지는요. 당신도 이제 앞만 보며 살아요. 그것도 어려운 일이지만, 당신은 잘해낼 거라고 생각해요."

"그래요. 당신도 고인이 편히 쉬게 해주세요." 율리아가 조용히 대답했다.

푸에르토 리몬, 1963년 7월.

모두가 취하고 파티가 끝나갈 무렵, 닐스는 리몬 외곽의 플라야 보니타 해안에 남아 있다. 저녁 내내 혼자 와인 두 병을 비웠지만, 앞으로 있을 일을 생각하면 충분히 취한 건 아니다.

오늘 플라야 보나타에는 사람이 별로 없다. 대부분 한참 전에 집으로 돌아갔다.

지금은 오직 두 명만 남아 있다. 그들은 모래사장에 피운 작은 모닥불 옆에 그림자처럼 앉아 있다. 취기가 올라 서로 어깨동무를 한 채 웃음을 터뜨리거나 작은 소리로 노래를 부른다. 그림자 중 하나는 닐스가 프리티오프 안데르손으로 알고 있는 남자고, 다른 한 사람은 그들의 희생양이다. 가끔은 그를 '스몰란드에서 온 남자'라고 생각할 때도 있지만, 보통은 '보라촌 Borrachon'으로 부른다. 알코올의존자란 뜻이다.

코스타리카가 파나마보다 좋다고, 보라촌은 계속 말한다. 그는 자기가 어째서 좀더 빨리 이곳에 오지 않은 건지 이해할 수가 없다. 게다가 리몬은 환상적인 도시다. 사실 그는 집에 가고 싶지 않았다. 절대로.

닐스는 여기서 원하는 만큼 있어도 된다고 말했다.

보라촌을 코스타리카로 데려온 사람이 닐스다. 보라촌을 알코올의 늪에서 끌어내고 파나마 시티에 있는 영사관으로 데려가 배에 두고 내린 여권을 대신할 임시 여권을 발급받게 만들었다. 그런 뒤에 기차에 태워 산호세로 데려왔다. 닐스는 보라촌에게 중앙 역 근처에 있는 싸구려 호텔방을 잡아주고 와인과 음식 살 돈을 준 뒤, 프리티오프 안데르손을 기다렸다.

보라촌은 닐스에게 무척 고마워했다. 지나칠 정도로 감사를 표했다. 그는 새로운 친구를 찾은 것이다. 자신을 이해해주는 친구. 자신을 죽음으로 이끌 친구.

닐스는 보라촌에게 미소를 짓고 고개를 끄덕였지만, 마음속으로는 끊임없이 프리티오프 안데르손이 가능한 한 빨리 와서 도와주기를 바라고 있었다. '프리티오프 안데르손이 오기만 하면……' 닐스는 자신을 너무 좋아하는 이 스웨덴인 패배자와 친구가 되고 싶지 않다. 그저 빨리 욀란드로 돌아가고 싶을 뿐이다. 프리티오프는 꿈을 이뤄주겠다고 약속했다. 그가 바라는 게 돌아가는 거라면…….

원한다면 말만 해,
우린 집으로 돌아갈 거야…….

……프리티오프가 바라는 것은 숨겨둔 보석이다.

그 점이 닐스는 의심스럽다. 프리티오프는 그를 찾아올 때마다 보석에 대해 몇 번 언급했다. 세계대전이 끝났을 때 닐스가 알바르 지대에서 무슨 짓을 했는지 그는 알고 있다.

"독일군들이 어디서 왔다고 말하던가요? 그들이 욀란드로 뭔가…… 보물 같은 걸 가져왔다는 게 사실인가요? 만일 그자들이 뭐든 가지고 있었다면…… 그건 어떻게 됐죠? 그 물건을 어떻게 했나요, 닐스?"

질문이 많지만, 닐스는 프리티오프라고 불러달라는 이 남자가 이미 대답들을 거의 다 알고 있으리라 생각한다.

닐스는 짧게만 대답했다. 하지만 보석들을 어디에 숨겼는지는 말하지 않을 작정이다. 보석의 가치가 얼마나 되든, 그건 닐스의 것이다. 보석들을 얻은 뒤 지금까지 오랜 세월을 그는 돈 없이 살아왔다.

얼마 지나지 않고부터 보라촌은 산호세의 작은 방에 얌전히 있으려 하질 않았다. 하지만 닐스는 프리티오프가 도착할 때까지 그를 그곳에 데리고 있어야만 했다. 사흘이 지나자 두 사람은 더이상 나눌 얘기가 없어졌고, 일주일이 지난 뒤부터 함께 와인을 마셨다. 바깥 거리에서는 햇빛이 쨍쨍 내리비칠 때, 그들은 빈병이 쌓인 호텔방에 앉아 있었다.

마침내 프리티오프가 탄 비행기가 공항에 도착했고, 그는 선글라스 아래로 환한 미소를 지으며 호텔방에 나타났다. 보라촌은 새로 나타난 스웨덴인이 누구인지, 무엇을 원하는지 전혀 알아차리지 못한 채 취한 상태로 잠에서 깨어났다. 하지만 프리티오프가 더 많은 와인을 주면서 파티는 계속되었다. 프리티오프는 웃고, 떠들고, 노래를 불렀다. 하지만 내내 그 상황을 통제하며 보라촌을 자세히 관찰했다.

프리티오프가 도착한 다음날, 닐스는 기차를 타고 리몬으로 갔다. 하숙집으로 돌아와 주인인 멘도사 부인에게 마지막 숙박비를 지불한 뒤, 머리를 보라촌처럼 짧게 잘랐다. 그런 다음 항구 옆에 있는 술집으로 가서 영원히 리몬을 떠나지 못할 불쌍한 녀석들에게 인사를 했다. 그는 와인을 마셨고, 며칠 저녁을 연달아 잔뜩 취한 상태로 진창인 거리를 떠도는 모습을 다른 사람들이 확실히 보도록 했다.

"에차(보고 싶을 거예요)." 그가 말했다. 닐스는 모든 사람들에게 감사 인사를 했다.

그리고 그는 멘도사 부인과 바텐더 몇 명에게 이제 곧 플라야 보니타를 지나 북부 해안을 따라 도보 여행을 떠날 거라고, 하지만 스웨덴 친구가 찾아오기로 되어 있기 때문에 며칠 내로 돌아올 거라고 했다.

"에차, 아스타 프론토(곧 다시 만나요)."

리몬에서의 마지막날 아침, 닐스는 주방 서랍에 돈을 남겨놓았다. 얼마 안 되지만 거의 전 재산이었다. 그런 뒤 옷 몇 벌과 음식 조금, 지갑, 베라의 편지를 챙겼다. 마침내 리몬을 떠나는 것이다. 닐스는 광장에 있는 시장을 가로질렀다. 벌써 문을 연 늙은 생선 장수가 집으로 여정을 떠나는 그의 모습을 말없이 지켜보았다. 그는 기차역을 지나 계속 북쪽으로 걸어갔다. 도심을 벗어나자 뒤도 돌아보지 않고 프리티오프 안데르손과 만나기로 한 곳으로 향했다.

이제 떠돌아다니지 않고 집으로 돌아갈 것이다.

닐스는 이십 년 만에 처음으로 윌란드로 가고 있다.

26

마르틴 말름의 집 문을 열어준 사람은 저번에 본 젊은 간호사가 아니었다. 긴 백발에, 블라우스와 연한 색 바지를 입은 나이 많은 여자였다. 옐로프는 여자를 알아보았다. 마르틴의 아내 안브리트 말름이었다.

"안녕하셨습니까." 옐로프가 말했다.

여자는 문 앞에 뻣뻣하게 서 있었다. 창백한 얼굴은 심각한 표정을 짓고 있었다. 옐로프는 그녀가 자신을 알아보지 못했다는 것을 깨달았다.

"스텐비크에서 온 옐로프 다비드손입니다." 그는 지팡이를 왼손으로 옮겨 잡은 뒤 오른손을 내밀었다.

"아, 옐로프였군요. 알아요. 지난주에도 어떤 여자분과 같이 오셨었죠."

"딸이랑 왔었지요." 옐로프가 대답했다.

"당신이 떠나는 걸 2층 창문에서 봤어요. 그래서 윌바에게 물어봤는데 당신 이름을 기억하지 못하더군요." 안브리트 말름이 말했다.

"신경쓰지 마십시오. 그저 마르틴과 옛날이야기나 하려고 들른 거였으니까요. 그땐 마르틴의 상태가 좋지 않았죠. 오늘은 좀 어떻습니까?"

해협에서 불어오는 얼음같이 차가운 바람을 맞으며 옐로프는 몸을 떨지 않으려고 애를 썼다. 따뜻한 집안으로 들어가고 싶은 마음이 간절했다.

"오늘도 상태가 그렇게 좋지는 않아요." 안브리트 말름이 대답했다.

옐로프는 안타깝다는 듯 고개를 끄덕였다.

"약간은 나아지지 않았을까요?" 그는 방문판매원이 된 기분이었다. "잠깐만 보고 가겠습니다." 옐로프는 문 앞에서 움직이지 않았다.

결국에는 안브리트 말름도 받아들였다.

"그 사람 기분이 어떤지 한번 볼게요. 들어오세요."

옐로프는 집안으로 들어가기 전에 거리 쪽을 돌아보았다.

욘이 차에 앉아 있었다. 옐로프는 그를 향해 고개를 끄덕였다.

"삼십 분. 안에 들어가도 삼십 분 뒤에는 나올 거야." 옐로프는 조금 전에 그렇게 말했었다.

욘이 손을 들어 보이고는 시동을 켰다. 그러고는 차를 출발시켰다.

옐로프는 따뜻한 집안으로 들어섰다. 차츰 팔과 다리의 떨림이 멎었다. 그는 넓은 현관의 대리석 바닥에 서류 가방을 내려놓고 코트를 벗었다.

"오늘은 정말 겨울 날씨 같네요." 옐로프가 말했다.

그녀는 그저 고개만 끄덕였다. 잡담을 나눌 생각이 없는 것이다.

한쪽 문이 살짝 열려 있었다. 그녀가 그 문을 밀자, 옐로프는 따라갔다.

커다란 응접실이 나왔다. 공기가 답답하고, 곰팡내와 퀴퀴한 담배 냄새도 났다. 뒷마당이 내다보이는 창문들엔 전부 검은색 커튼이 쳐져 있었다. 천장에 매달린 샹들리에에도 흰 천을 덮어놓았다. 양쪽 구석에 타일을 붙인 난로가, 다른 한쪽 구석에는 텔레비전이 놓여 있었다. 화면에서 만화가 나오고 있었는데 소리를 잔뜩 줄여놓았다.

'〈고인돌 가족 플린스톤〉이군.' 옐로프는 알아차렸다.

텔레비전 앞에 휠체어가 하나 놓여 있었다. 무릎에 담요를 덮은 노인이 구부정하게 앉아 있었다. 대머리에 검버섯이 점점이 나 있고, 이마에는 오래된 하얀 흉터가 보였다. 그는 쉴 새 없이 몸을 떨었다.

마르틴 말름, 옌스의 샌들을 보낸 남자였다.

"손님이 왔어요, 마르틴." 안브리트가 말했다.

늙은 선주가 텔레비전에서 고개를 돌렸다. 그는 옐로프를 쳐
다보더니 시선을 떼지 않았다.

"오랜만이군, 마르틴. 그동안 잘 지냈나?" 옐로프가 물었다.

말름이 고개를 끄덕이듯, 떨고 있는 턱을 약간 아래로 내렸다.

"몸은 좀 괜찮은가?"

말름은 고개를 저었다.

"그래? 나도 그렇다네. 우리 나이엔 다 그런 거지." 옐로프가
말했다.

텔레비전 화면에서 프레드 플린스톤이 차에 뛰어오르더니 먼
지구름 속으로 사라졌다.

"커피 한잔 하시겠어요?" 안브리트가 물었다.

"괜찮습니다."

옐로프는 그녀가 자리를 비켜주기만을 간절히 바라고 있었다.

안브리트도 같이 있을 생각은 없는 모양이었다. 그녀는 문손
잡이를 잡은 채 서로를 이해한다는 듯 옐로프를 한 번 더 쳐다
보았다.

"잠시 나가 있을게요."

안브리트는 밖으로 나간 뒤 문을 닫았다.

응접실 안에 침묵이 흘렀다.

옐로프는 잠깐 서 있다가 벽 쪽에 놓인 의자로 갔다. 의자는 마르틴과 몇 미터 떨어진 곳에 있었지만, 그걸 가까이 끌고 올 힘이 없었다. 그래서 옐로프는 그냥 그 자리에 앉았다.

"이제 우리만 남았군. 이야기나 좀 나누지."

말름은 여전히 옐로프를 쳐다보고 있었다.

옐로프는 이 집 현관이나 마르네스 요양원의 자기 방과 달리, 이 응접실 안에는 바다를 연상시키는 물건이 하나도 없다는 사실을 알아차렸다. 배 사진도, 해도도, 오래된 나침반도 없었다.

"자넨 바다가 그립지 않은 모양이군, 마르틴. 난 그립다네. 밖에 나갈 수도 없는 이런 바람 부는 날에도 말이야. 아직까지 이걸 갖고 있지……." 옐로프는 서류 가방을 들어올렸다. "바다에 나갈 때 서류를 넣어 다니던 가방이야. 아직도 멀쩡하다네. 그리고 자네한테 보여주고 싶은 게 있어서……."

그는 서류 가방을 열어 말름 화물 운송에서 나온 기념 책자를 꺼냈다. "이게 뭔지는 자네도 알 거야. 책을 보다 보니 자네의 배들과 바다에서 했던 모험들에 대해 많이 알게 되더군. 그중에서도 이 사진이 흥미로웠지."

옐로프는 람네뷔에서 찍은 사진이 나온 페이지를 펼쳤다.

"이 사진 말이야, 1950년대 말에 찍은 사진이지? 자네가 첫 번째 대서양 항해선을 사기 전이었을 거야."

마르틴 말름을 쳐다보던 옐로프는 자신이 늙은 선주의 관심을 끌었음을 알아차렸다. 말름은 사진을 보고 있었다. 그의 오른손이 살짝 씰룩거렸다. 마치 손을 들어 사진을 가리키고 싶어 하는 듯했다.

"자네가 어디에 있는지 알아보겠나? 난 확실히 알겠더군. 그리고 이 배는? 아멜리아호 맞지? 이 배는 여기 보리홀름 부두에서 내 배 웨이브브레이커호 옆에 정박해 있곤 했지."

마르틴 말름은 아무 말 없이 사진만 쳐다보고 있었다. 방안에 공기가 부족하기라도 한 듯 그는 거칠게 숨을 몰아쉬었다.

"이 사진을 어디서 찍었는지 기억하나? 난 스몰란드에 오면 보통 오스카르스함에서 기름을 넣곤 했지. 하지만 자넨 더 남쪽으로 갔어. 안 그런가?"

마르틴은 아무 대답도 없었지만 옐로프가 들고 있는 옛날 사진에서 눈을 떼지 못했다. 사진 속 뒤쪽에 서 있는 남자들을 보면서, 마르틴의 턱이 걷잡을 수 없이 떨리고 있음을 옐로프는 알아차렸다.

"여긴 람네뷔 제재소지? 설명은 없지만, 에른스트 아돌프손이 알아보더군. 이 사진을 찍었을 때만 해도 화물선 한 척만 있으면 먹고사는 게 가능했는데. 어쨌든……." 옐로프는 다시 사진을 가리켰다. "이 사람이 제재소 주인인 아우구스트 칸트야. 스텐비크의 베라 칸트의 오빠지. 자네는 아우구스트와 잘 아는 사이였던 것 같은데. 안 그런가? 두 사람은 일도 제법 같이 했으니 말이야."

마르틴은 옐로프가 앉아 있는 쪽으로 휠체어를 끌고 오려고 안간힘을 썼다. 적어도 그렇게 보였다. 어깨를 씰룩이고, 숨을 헐떡거렸으며, 휠체어 발판에 올린 다리에는 힘이 들어갔다. 마르틴은 계속 사진을 쳐다보다가 입을 열었다.

"프르소프." 그가 쉰 목소리로 말했다.

"뭐라고? 마르틴, 지금 뭐라고 했나?" 옐로프가 물었다.

"프르소프." 마르틴이 다시 말했다.

옐로프는 제재소 사진이 나온 책자를 내리고, 곤혹스러운 표정으로 그를 쳐다보았다. 지금 마르틴이 뭐라고 한 거지? 프리 뭐라고 하는 것처럼 들렸는데.

어쩌면 이름을 말한 건지도 모른다. 프리돌프?

아니면 프리티오프인가?

닐스는 어둠 속에서 야자나무 아래 누운 채 불안에 떨며 한 시간이 넘도록 기다린다. 주위에 모기가 모여든다. 그는 손으로 모기를 쫓으며 윌란드를, 아무 걱정 없이 자유롭게 알바르를 거닐던 느낌을 떠올린다. 그러면서도 계속 귀를 기울이고 있다. 하지만 해변 아래쪽에서는 아무 기척이 없다.

마침내, 뒤에서 누군가 다가오는 소리가 들린다.

"시간이 좀 걸리긴 했지만, 이제 잠들었어요." 프리티오프가 말한다.

"다행이군요."

닐스는 프리티오프와 함께 해변으로 내려간다. 모닥불 옆에 보라촌이 석탄 자루처럼 축 늘어져 있다. 마지막 술병을 손에 쥔 채 고개를 푹 숙인 모습이다.

"자, 이제 당신이 나설 차례예요." 프리티오프가 말한다.

"내가요?"

"그래요, 당신." 프리티오프가 닐스를 쳐다본다. "여기까지 오는 동안 이 주정뱅이를 깨워놓는 것만도 너무 힘들었어요. 이제 마무리는 그쪽이 해야죠."

닐스는 꼼짝도 하지 않는 보라촌을 내려다본다.

"아무 쓸모 없는 인간이에요, 닐스. 우리한테만 가치가 있지." 프리티오프가 말한다.

닐스는 여전히 움직이지 않는다.

"나중에 지옥에 가게 될까 봐 그래요?" 프리티오프가 묻는다.

닐스는 고개를 젓는다.

"지옥에는 안 가요. 당신은 집에 돌아갈 테니까." 프리티오프가 말한다.

"여기예요." 닐스가 말한다.

"뭐가 말입니까?"

"지옥. 여기가 지옥이라고요."

"그래요. 그리고 이제는 떠날 때가 됐죠." 프리티오프가 고개를 끄덕인다.

닐스도 지친 듯 고개를 끄덕인 뒤 몸을 숙여 보라촌의 팔을 잡는다. 남자는 잠결에 뭐라고 중얼거리지만 저항은 하지 않는다. 닐스는 보라촌을 컴컴한 바다 쪽으로 끌고 간다.

"상어 조심해요." 프리티오프가 뒤에서 경고한다.

바닷물은 미지근하고, 폭이 넓은 파도는 힘없이 몰려온다. 닐스는 보라촌의 몸을 끌고 카리브해로 들어간다.

갑자기, 그것이 움직인다. 바닷물이 얼굴에 닿자 보라촌이 기침을 하면서 몸부림치기 시작한다. 닐스는 이를 악물고, 물이 허벅지에 찰 때까지 이 미터가량을 더 끌고 들어간다. 거기서 보라촌의 얼굴을 물속에 밀어넣는다. 닐스는 눈을 감고 숫자를 센다. '하나, 둘, 셋……'

남자는 양팔을 허우적거리며 필사적으로 물 밖으로 고개를 내밀려 한다. 닐스는 보라촌을 꽉 붙잡은 채, 윌란드를 떠올리며 계속 숫자를 센다.

'……마흔여덟, 마흔아홉, 쉰…….'

마침내 남자가 물속에서 버둥거림을 멈출 때까지 한 시간은 지난 것처럼 느껴진다. 닐스는 계속 남자를 물속에서 꼭 잡고 있다. 생명의 흔적이 모두 사라져 아무것도 남지 않을 때까지. 충분히 오래 기다리면, 파출소장과 달리 보라촌은 꿈에 나타나지 않을지도 모른다.

"끝났어요?" 프리티오프가 해안에서 묻는다.

"네."

"잘했어요, 닐스." 프리티오프는 물속으로 들어오더니 몸을 숙여 보라촌의 팔을 들어올렸다가 툭 떨어뜨린다. "잘했어요."

닐스는 아무 말도 하지 않는다. 그는 밀려오는 파도를 느끼며 계속 그 자리에 서 있다. 프리티오프가 보라촌의 시신을 물가로 끌어올리는 동안, 갑자기 동생 악셀이 떠오른다.

'그건 사고였어, 악셀. 원래 그럴 생각은 아니었다고…….' 살인은 죽은 사람들을 전보다 훨씬 강력하게 끌어당긴다.

프리티오프는 이미 해변에 올라가 셔츠 소매로 이마를 닦고 있다.

"됐어요, 다 끝났어요. 자, 이제 말해봐요." 그가 닐스를 돌아보며 말한다.

"뭘 말입니까?"

닐스는 천천히 물 밖으로 걸어나와 프리티오프 앞에 선다.

"당신이 숨긴 보물에 대해 말이에요. 닐스, 보물을 어디 숨겼죠?"

스몰란드에서 온 남자의 시신이 두 사람 사이에 누워 있다. 닐스는 이제 프리티오프가 우위에 있음을 느끼지만 굴하지 않는다.

"그럼 당신 이름은 뭐죠, 프리티오프 안데르손? 진짜 이름을 말해봐요."

닐스의 앞에 있는 남자는 대답하지 않는다.

"날 집에 데려다주면 그 물건을 넘겨주죠." 결국 닐스가 입을 연다.

"시간이 좀 걸릴 겁니다. 내가 다 알아서 할 거지만, 시간은 좀 걸려요. 단계별로 하나씩 해야 하니까. 먼저 시신을 윌란드로 보낼 거예요……. 매장까지 하고 나면 사람들도 다 잊겠죠. 그런 뒤에 집에 돌아오면 되는 거예요. 알아들었죠?" 프리티오프가 모기를 쫓으며 말한다.

닐스는 고개를 끄덕인다.

프리티오프는 두 사람 사이에 있는 시신을 발로 쿡쿡 찔러본다.

"이제 이 시신을 다시 끌고 갈 겁니다. 몇 미터만 가면 돼요. 얼굴을 조금 베어낸 뒤에 바다에 빠뜨려놓으면 끝나죠. 나머지는 물고기들이 알아서 해줄 테니까. 그 뒤에는 아무도 이자가 당신이 아니라고 말할 수 없을 겁니다." 그는 고갯짓으로 모닥불 옆에 놓여 있는 보라촌의 작은 가방을 가리킨다. "이자의 여권 챙기는 거 잊지 마요. 여권이 없으면 멕시코로 갈 수 없으니까."

"그럼 그쪽은 여기 돌아오는 겁니까?" 닐스가 묻는다.

"그래요. 당신은 멕시코시티에 가 있어요. 난 일주일쯤 뒤에 여기로 돌아와서 시신을 다시 끌어내 남은 흔적을 전부 없앨 거예요. 그런 다음 리몬으로 가서 사람들한테 내 스웨덴인 친구 닐스를 못 봤느냐고 묻는 거죠. 가장 좋은 건 다른 사람이 시신을 발견하는 거지만, 그게 안 될 경우에는 내가 직접 할 겁니다."

닐스는 옷을 벗기 시작한다.

"그럼 옷을 바꿔 입어야겠군요."

프리티오프가 그를 쳐다본다.

"다른 건 없나요? 혹시 잊은 건 없습니까?"

닐스는 어둠 속에서 셔츠를 벗는다.

"예를 들면?"

프리티오프가 말없이 손가락 두 개가 굽은 닐스의 왼손을 가리킨다. 그러고는 몸을 숙여 보라촌의 팔을 잡더니 왼손이 바닥에 놓이도록 쭉 편다. 그는 어둠 속에서 나직하게 부러지는 소리가 들릴 때까지, 신발 굽으로 약지와 중지를 힘껏 짓밟는다.

"이제 당신들은 쌍둥이가 되는 겁니다." 프리티오프는 주머니에서 손수건을 꺼내 부러진 손가락들이 손바닥 쪽으로 구부러지도록 고정시킨다.

닐스는 프리티오프를 쳐다본다. 이 남자는, 프리티오프는 이 계획을 시행하는 내내 항상 그보다 앞서 있다. 이 일을 끝낼 때는 어떻게 해야 할 것인가?

닐스는 불안감을 한쪽으로 밀어낸다.

"바지를 벗겨요. 불 옆에서 말려야 하니까. 그리고 이자한테는 내 옷을 입히고 지갑을 넣어두죠."

그가 원하는 건 집에 돌아가는 것이다. 스텐비크로 돌아갈 수만 있다면 모든 일들이 행복한 결말을 맞이하게 될 것이다.

그때는 그가 이 지옥에 있었던 것도 아무렇지 않게 될 것이다.

27

"어쨌든 우리 둘 다 이젠 노인이야. 생각할 시간이 있지. 그래서 난 요즘 생각을 많이 한다네……." 옐로프가 마르틴 말름에게 말했다.

그는 마르틴의 눈을 쳐다보았다. 여전히 그들은 컴컴한 응접실에서 마주앉아 있었다. 텔레비전에서는 프레드 플린스톤이 산비탈의 돌을 깨고 있었다.

옐로프는 여전히 람네뷔에서 찍은 사진이 나와 있는 책을 손에 든 채였다.

"이 사진을 찍었을 때만 해도 자네의 운송 회사는 규모가 그리 크지 않았지. 그건 나도 알아. 내 사업도 똑같이 작았으니까,

자네는 작은 범선 몇 척을 가지고 좁은 발트해를 오가며 화물이나 석재, 목재, 그 외 온갖 물건들을 운송했지. 우리 모두가 그랬던 것처럼 말이야. 하지만 그로부터 삼 년인가 사 년 뒤에 자네는 처음으로 증기선을 사고, 유럽에서부터 대서양까지 운항을 시작했어. 남은 우리들은 범선만 가지고는 사업을 지탱하기가 힘들어졌고. 선원들의 수를 줄이고 우리 배로는 감당하기 힘들 만큼의 화물들을 운송하면서 간신히 버티고 있었지. 은행에서는 우리한테 큰 배 살 돈을 빌려주지 않았어. 자네만이 적시에 제대로 용적톤수가 큰 현대식 배에 투자를 한 셈이지." 옐로프는 계속 말름을 바라보았다. "그런데 대체 그 돈을 어디서 구한 건가? 당시에는 다른 선장들과 마찬가지로 자네 역시 돈이 없었어. 우리처럼 자네 역시 은행에서 돈을 빌릴 수 없었을 텐데 말이야"

마르틴은 턱을 움질거렸지만 아무 말도 하지 않았다.

"아우구스트 칸트에게서 받은 돈이었나? 람네뷔 제재소의 주인한테서 받았어?" 옐로프가 물었다.

마르틴은 옐로프를 쳐다보고 있다가 갑자기 고개를 돌렸다.

"아니야? 난 그랬을 거라고 생각하는데."

옐로프는 다시 서류 가방을 들더니 지팡이를 잡고 자리에서 일어났다. 그는 천천히 텔레비전을 돌아 마르틴 앞으로 다가갔다.

"자네가 남미에서 살인범을 데려온 대가로 그 돈을 받았을 거라는 게 내 생각이야, 마르틴. 경관을 살해한…… 아우구스트의 조카 말이야."

고개를 앞뒤로 움직이던 마르틴이 다시 입을 벌리고 말했다.

"에-라, 에-라 아-안트."

"베라 칸트." 옐로프가 말했다. 그는 이제 마르틴이 하는 말을 조금씩 알아듣기 시작했다. "닐스의 모친 말이군. 그 여자야 당연히 아들을 집에 데려오고 싶었겠지. 하지만 돈을 준 건 그 여자의 오빠인 아우구스트였을 거야. 아닌가? 처음에 자네는 욀란드로 관을 운송한 뒤 돈을 받았겠지. 마르네스에 묻혀서, 사람들로 하여금 닐스 칸트가 죽었다고 믿게 만든 관 말이야. 그러고서 몇 년 뒤에는 닐스를 데려왔어. 좀더 조심스럽게."

옐로프는 마르틴 앞에 섰다. 마르틴은 목을 비틀어 그를 올려다보았다.

"닐스는 고향에 돌아왔어. 1960년대가 끝나갈 무렵이었겠지. 욀란드 어딘가에 몸을 숨겼고. 사실 그렇게 숨어 있을 필요까진 없었는데 말이야. 세월이 이십오 년이나 지나 아무도 알아보지 못했을 테니까. 가끔은 자기 어머니를 찾아갔을 거야. 그리고 알바르도 거닐었겠지."

옐로프는 휠체어에 앉은 남자를 내려다보았다.

"안개 자욱한 구월의 어느 날이었어. 닐스는 밖에 나갔다가 안개 속에서 길을 잃은 어린아이를 만났지. 내 손자, 옌스였어."

옐로프는 이제 바닥을 바라보고 있었다.

"그때 뭔가 잘못된 거야. 무슨 일인가 일어났고, 닐스는 겁에 질렸지. 난 닐스 칸트가 악마라느니, 미쳤다느니 하는 사람들 말을 믿지 않아. 그자는 그저 겁이 많고 충동적일 뿐이지. 가끔 폭력을 휘두르기도 하고. 그래서 옌스가 죽은 거야." 옐로프는 한숨을 쉬었다. "그런 사실은…… 다른 누구보다 자네가 잘 알겠지. 그때 닐스는 돌아가서 자네에게 도움을 청했을 테니까. 자네와 닐스는 알바르 지대 어딘가에 내 손자의 시신을 함께 묻었을 거야. 하지만 자넨 한 가지 물건을 챙겼지."

옐로프는 서류 가방에서 그 물건을 꺼냈다. 바로 그가 우편으로 받았던, 마르틴 운송 회사의 로고가 찍힌 갈색 봉투였다.

"자넨 옌스의 샌들을 보관하고 있었어. 그러다가 두 달 전에 내게 보냈지. 이 봉투에 담아서 말이야. 왜 그랬나, 마르틴? 참회라도 하고 싶었던 거야?"

말름은 그 봉투를 보더니 다시 턱을 움직였다.

"우운나르의 아지……."

옐로프는 그 말이 무슨 뜻인지 알아듣지 못했지만 고개를 끄덕였다. 그는 자리에 앉아 천천히 호흡을 가다듬고는 마르틴을 마지막으로 한참 동안 쳐다보았다.

"자네가 닐스를 죽였나?"

그는 옐로프의 마지막 질문에 대답하지 않았다. 옐로프는 직접 대답했다.

"난 자네가 그랬을 거라고 생각해……. 그는 자네한테 너무 위험한 존재가 됐을 거야. 그리고 자네 이마에 흉터를 남긴 사람도 닐스겠지. 하지만 난 그 사실을 입증할 수 없어."

옐로프는 몸을 앞으로 내밀고, 힘없이 책자와 갈색 봉투를 서류 가방에 밀어넣었다. 혼자서 이러고 있는 게 너무나 힘들었다.

한쪽 벽의 책장에 가족사진이 들어 있는 액자들이 놓여 있었다. 옐로프는 사진들 속 어린아이들을 보며 미소 지었다.

"마르틴, 우리 아이들······. 우린 아이들이 우리에 대해 완전히 잊어버리기를 바랄 수밖에 없다네. 아이들이 우리가 한 일들 중에서 좋은 것만 기억하기를 바라지만 항상 그렇게 되지는 않으니까 말이야."

옐로프는 너무 지쳐 머릿속에 떠오르는 대로 아무 말이나 하고 있었다. 마르틴 말름 역시 기력이 떨어진 것 같았다. 그는 휠체어에 앉은 채 미동도 없이, 더이상 아무 말도 하려 하지 않았다.

응접실에 있던 공기가 다 빠져나간 느낌이었다. 주위도 조금 전보다 훨씬 어두워진 것 같았다. 옐로프는 천천히 자리에서 일어났다.

"이제 그만 가봐야겠군, 마르틴. 몸조리 잘하게······. 내가 다시 찾아올 수도 있으니."

마지막 말이 협박처럼 들렸을까? 사실 어느 정도는 그럴 의도가 있었지만.

그가 열기도 전에 복도로 통하는 문이 열렸다. 안브리트 말름의 창백한 얼굴이 나타났다.

옐로프는 그녀를 보며 지친 듯 미소를 지었다.

"잡담을 좀 나눴습니다."

실제로 말은 옐로프 혼자 한 셈이었고, 대답은 어느 것 하나 확실하게 듣지 못했다.

그가 곁을 지나쳐 밖으로 나가자 그녀는 거실 문을 닫았다.

"정말 감사했습니다." 옐로프는 안브리트에게 고개를 숙여 인사했다.

"그건 내가 보냈어요." 안브리트 말름이 말했다.

옐로프는 걸음을 멈췄다. 그녀는 그의 서류 가방에서 삐죽 튀어나온 갈색 서류 봉투 모서리를 가리키고 있었다.

"마르틴은 간암이에요. 얼마 남지 않았어요."

옐로프는 그 자리에 그대로 굳어버렸다. 무슨 말을 해야 할지 알 수 없었다. 그는 서류 가방을 내려다보았다.

"어떻게……." 옐로프는 목청을 가다듬었다. "……어떻게 알았습니까? 어디로 보내야 하는지 말입니다."

"지난여름에 마르틴이 봉투를 줬어요. 샌들을 넣은 상태로, 그 위에 당신 이름을 써서요. 그래서 그 봉투 그대로 보낸 거예요."

"전화도 부인이 한 겁니까? 그 봉투를 받은 뒤에 누군가 전화를 해서…… 아무 말도 하지 않고 끊었죠."

"맞아요. 그 샌들에 대해…… 물어보고 싶었어요. 어째서 마르틴이 그 샌들을 갖고 있었는지, 무슨 의미가 있는지 말이에요. 하지만 대답을 듣기가 두려웠어요……. 마르틴이 당신 아이한테 일어난 일과 무슨 관련이라도 있을까 봐 무서웠죠."

"내 아이는 아닙니다. 옌스는 손자예요. 어쨌든 그 샌들이 무슨 의미인지는 나도 모릅니다."

"나도 모르겠어요. 그리고 그건⋯⋯." 그녀는 말을 흐렸다가 다시 이어갔다. "마르틴은 샌들을 꺼내면서 아무 말도 하지 않았어요. 하지만 난⋯⋯ 난 그이가 샌들을 보험 삼아 가지고 있었던 것 같다는 느낌을 받았죠. 그럴 만한 일이 있었을까요?"

"보험이라고요?"

"누군가를 상대로 말이에요. 잘은 모르겠어요." 안브리트가 말했다.

옐로프는 그녀를 쳐다보았다.

"마르틴이 칸트에 대해 말한 적은 없습니까? 칸트 일가에 대해?"

안브리트는 망설이다가 고개를 끄덕였다.

"있어요, 동업을 한다는 것 이외에 다른 말은 해주지 않았지만⋯⋯. 베라가 마르틴의 배에 투자를 했다고 했어요."

"스텐비크의 베라 말입니까? 확실한가요? 아우구스트가 투자를 한 게 아니었습니까?" 옐로프가 물었다.

안브리트는 고개를 저었다.

"스텐비크의 베라가 마르틴이 처음 증기선을 살 때 돈을 댔어요. 내가 알기로 그이는 그 돈이 정말 필요했어요."

옐로프는 고개만 끄덕였다. 마지막으로 한 가지 질문이 남아있었다. 그는 이 크고 음침한 집에서 얼른 나가고 싶었다.

"마르틴이 봉투를 부인에게 맡겼을 무렵, 그러니까 그 직전에 혹시 누가 찾아오지 않았습니까?"

"우리집에는 찾아오는 사람이 많지 않아요." 안브리트가 말했다.

"스텐비크에서 누가 왔을 겁니다. 늙은 석공인데…… 에른스트 아돌프손이라는 사람이요."

"에른스트, 맞아요, 그 사람이 다녀갔죠. 우리가 석상을 몇 개 구입했거든요. 그 사람이 마르틴을 찾아오긴 했는데…… 하지만 그건 여름이 되기 전이었던 걸로 기억하는데요." 안브리트가 말했다.

에른스트가 여기도 먼저 다녀갔군. 옐로프는 생각했다.

"고맙습니다." 옐로프는 인사를 한 뒤 코트를 들었다. 옷이 갑옷처럼 무겁게 느껴졌다. "마르틴은 이제 곧 입원합니까?"

"아뇨, 병원엔 안 가요. 언제나 의사가 집으로 오죠."

계단을 내려가자 또다시 바람이 휘몰아쳤다. 그 바람에 옐로프는 휘청거렸다. 빗방울이 떨어지기 시작했다. 얼굴에 불어닥치는 찬바람에 눈을 제대로 뜰 수가 없었지만, 그는 십 미터 앞에 서 있는 욘의 차를 볼 수 있었다.

옐로프가 조수석의 문을 열고 차에 오르자 욘이 고개를 끄덕여 보였다.

"이제 끝났네."

"수고했어요." 욘이 말했다.

그제야 옐로프는 뒷좌석에 누가 앉아 있다는 것을 알아차렸다. 체격이 듬직한 누군가가 몸을 푹 파묻고 앉아 욘 뒤쪽에 숨어 있었다. 욘의 아들 안데르스였다.

"아파트로 가야 할 것 같아요. 안데르스가 집에 갈 수 있게 됐어요. 경찰이 풀어줬대요."

"잘됐군. 고생했다, 안데르스."

욘의 아들은 그저 고개만 숙였다.

"경찰이 널 믿어줬으니 정말 다행이구나." 옐로프가 물었다.

"예." 안데르스가 대답했다.

"이제 베라 칸트의 집에는 들어가지 않을 거지?"

"안 가요." 안데르스가 고개를 저었다. "그 집에는 유령이 나와요."

"그 이야기는 나도 들었어. 무섭지 않던?"

"무서웠어요. 그 여자가 자기 방에 있으니까요."

"그 여자? 베라를 말하는 거냐?"

안데르스가 고개를 끄덕였다.

"그 여자는 억울해하고 있어요."

"억울해한다고?"

"자기가 속았다고 생각해요."

"그렇구나."

옐로프는 마야 뉘만이 해준 이야기를 떠올렸다. 베라의 주방에서 남자 두 사람의 목소리가 들렸다고 했다. 그중 한 명이 마르틴 말름이었을까?

비가 계속 내렸다. 욘은 차를 출발시키고 앞유리의 와이퍼를 작동시켰다.

"잠깐 안데르스와 같이 보리홀름에 들러야 할 것 같아요. 안데르스 엄마와 커피를 마시기로 했어요. 옐로프, 같이 가면 그 사람도 반가워할 겁니다." 욘이 말했다.

"아니, 난 그냥 돌아가는 게 낫겠네. 안 그랬다가는 보엘이 난리가 날 거야." 옐로프가 재빨리 대답했다.

"알았어요."

"마르네스까지는 버스로 갈 수 있어. 3시 30분 버스가 있지 않았나?"

"터미널에 한번 가보죠."

옐로프는 보리홀름까지 가는 동안 아무 말 없이 앉아 생각에 잠겼다. 늘 그렇듯 이번에도 마르틴 말름에게서 뭔가를 놓친 것 같다는 느낌이 들었다. 그는 잘못된 질문을 던졌고, 마르틴의 대답을 제대로 알아들으려 하지도 않았다. 메모를 했어야 했다.

"마르틴은 더이상 말을 못하게 됐더군." 옐로프가 한숨을 쉬며 말했다.

"그래요?"

차가 광장에서 오른쪽으로 돌았을 때, 옐로프는 고개를 돌렸다. 얼핏 건너편 가게 창문 너머로 율리아의 모습이 보였다.

그녀는 교회 옆 식당에서 렌나르트 헨릭손과 같이 앉아 있었다. 옐로프는 이제 두 사람이 함께 있는 것을 봐도 놀랍지 않았다.

렌나르트를 쳐다보고 있는 율리아의 모습이 차분해 보였다. 옐로프는 식당을 지나치며 생각했다. 이제 딸은 행복해 보이진 않아도 평온한 것 같았다. 렌나르트 역시 예전보다 많이 좋아진 듯했다. 다행이다.

"버스 타도 괜찮겠어요?" 욘이 물었다.

옐로프는 고개를 끄덕였다.

"오늘은 몸 상태가 좋은 것 같아. 그리고 대중교통도 이용해 줘야지. 안 그랬다가는 버스를 없애버릴지도 모르잖나." 어느 정도는 사실이었다. 어쨌든 걸을 수는 있으니까.

욘은 보리홀름 버스 터미널 쪽으로 향했다. 예전에 기차역이 있던 자리였다. 닐스 칸트가 경찰을 죽이고 뛰어내린 뒤 기차는 없어졌다. 이제 이곳에 멈추는 건 버스와 택시뿐이다.

차가 주차장에 들어섰다. 욘이 먼저 내려 조수석의 문을 열어주었다.

"고맙네." 옐로프는 비틀거리며 차에서 내렸다. 안데르스에게는 고개를 끄덕이는 것으로 인사를 했다.

몹시 힘든 날이었다. 하지만 옐로프는 터미널 뒤쪽에 서 있는 버스를 향해 한 손에는 서류 가방을 들고 다른 한 손으로는 지팡이를 짚은 채 계속 품위 있는 모습으로 걸어가려고 애를 썼다. 부슬부슬 내리던 빗방울이 이젠 제법 굵어졌다. 뷕셀크로크에서 마르네스로 가는 버스는 이미 들어와 있었다. 기사가 운전대 뒤에서 신문을 읽고 있었다.

옐로프는 버스 문 앞에서 걸음을 멈췄다.

"어쨌든 이제 다 끝났어. 우리가 할 수 있는 일은 다 한 셈이야. 마르틴은 자기가 저지른 짓을 감내하며 살아가겠지. 남아 있는 삶이 얼마든 간에."

"그렇겠죠." 욘이 말했다.

"한 가지…… 프리돌프라고…… 마르틴이 알고 지낸 사람들 중에 그런 이름 들어본 적 있나?" 옐로프가 물었다.

"프리돌프요? '리틀 프리돌프' 말입니까? 만화에 나오는?"

"그래. 어쩌면 프리티오프일 수도 있고. 프리돌프나 프리티오프." 옐로프가 대답했다.

"내가 알기론 없어요. 중요한 사람인가요?" 욘이 물었다.

"아니. 그런 것 같진 않아."

옐로프가 욘 앞에 아무 말 없이 잠깐 서 있는 동안, 검은색 패딩 재킷을 입고 머리를 뾰족하게 세운 십 대 아이들 둘이 옆을 지나갔다. 아이들은 옆에 서 있는 노인들은 쳐다보지도 않고 그대로 버스에 올라탔다.

갑자기 옐로프는 살인자의 정체를 밝히는 건 중요하지 않다는 사실을 깨달았다. 달라지는 건 아무것도 없다. 주변의 일상은 똑같이 흘러가고, 욀란드에는 여전히 사람들이 별로 없다.

옐로프는 우울해졌다. 어쩌면 그는 여든 살 노년의 위기에 처한 것일지도 모른다.

"오늘 고마웠네. 도착하면 전화하지." 그가 욘에게 말했다.

"그래요."

욘은 고개를 숙여 인사한 뒤, 버스에 힘겹게 올라타는 옐로프의 지팡이를 들고 있었다. 옐로프는 지팡이를 돌려받은 다음, 기사에게 경로 우대로 할인된 차비를 지불했다. 그는 창가 자리에 앉아 욘이 자동차에 올라타는 모습을 지켜보았다.

옐로프는 자리에 기대앉아 눈을 감았다. 버스에 시동을 거는 소리가 들렸다. 버스는 오래된 화물선처럼 천천히 터미널을 빠져나갔다.

프리돌프, 아니면 프리티오프. 에른스트가 람네뷔에 살 때 만났던 사람일 거야. 옐로프는 생각했다.

프리돌프? 프리티오프?

옐로프는 욀란드에서 그런 이름을 가진 사람을 알지 못했다.

28

"아뇨, 난 결혼하지 않았어요. 한 번도 한 적 없죠." 렌나르트가 말했다.

"아이는요?" 율리아가 물었다.

렌나르트는 고개를 저었다.

"아이도 없어요." 그는 반쯤 빈 물컵을 내려다보았다. "지금껏 진지하게 만났던 사람은 한 명밖에 없어요. 대신 십 년을 사귀었죠. 오 년 전에 헤어졌고요……. 그 사람은 지금 칼마르에 살아요. 이젠 친구처럼 지내죠." 렌나르트가 율리아를 보며 미소지었다. "그 뒤로는 모든 관심을 집과 정원 가꾸기에 쏟고 있답니다."

"어쩌면 윌란드 북부는 누굴 만나기에 그리 좋은 곳이 아닐지도 몰라요. 그러니까, 당신이 누군가를 만나고 싶다면 말이죠." 율리아가 말했다.

"선택의 여지가 별로 없다는 말이군요. 그건 사실이에요. 그런 면에서 예테보리는 좀 낫습니까?" 렌나르트가 계속 미소를 지었다.

"모르겠어요……. 누군가를 만나야겠다는 생각을 하지 않아서 그런지." 율리아는 물을 한 모금 마시고 말을 이었다. "나도 진지하게 만난 사람은 한 명밖에 없었어요. 함께 보낸 시간도 당신 경우보다 더 길었고……. 바로 옌스 아빠인 미샤엘이죠. 잠시도 가만있지 못하는 사람이었어요. 헤어진 건…… 그 일이 있은 뒤에 그렇게 됐고요."

렌나르트가 고개를 끄덕였다.

"이제는 누군가를 만날 생각도 해봐요."

이번에는 율리아가 고개를 끄덕였다.

"이제부터 어떻게 할 생각입니까? 윌란드에서 지낼 건가요?" 렌나르트가 물었다.

"잘 모르겠지만…… 아마 그럴 것 같아요. 예테보리에서는 마음을 다잡기가 힘들어서요. 게다가 아버지도 건강이 좋지 않고요. 아버지는 누가 자신을 돌보는 걸 원하지 않을지 모르지만, 내가 보기엔 곁에 누군가 있어야 할 것 같아요."

"윌란드 북부 지역에는 간호사들이 필요해요." 렌나르트는 율리아를 바라보며 말을 이었다. "그리고 당신은……."

그때 갑자기 그의 호출기가 울리는 바람에 율리아는 깜짝 놀랐다. 렌나르트가 벨트에 차고 있던 호출기를 확인했다.

"다시 가봐야 할 것 같네요." 렌나르트가 중얼거렸다.

"중요한 일인가요?"

"아뇨, 그냥 파출소에 잠깐 들러야 해서요." 렌나르트가 자리에서 일어났다. "계산은 내가 하겠습니다."

"각자 내요."

"아니, 아니에요. 내가 여기 오자고 했잖아요." 렌나르트가 만류했다.

"고마워요."

그녀는 언제나처럼 돈이 부족했다.

"그럼 우린……." 레나트르가 시간을 확인했다. "……파출소에서 4시 15분에 만날까요? 그때쯤이면 일이 끝날 것 같아요. 만나서 이 큰 도시를 벗어나 돌아갑시다."

"좋아요."

"괜찮으면 내가 사는 곳을 보러 올래요? 큰 집은 아니지만 마르네스 북쪽 바닷가 바로 옆에 있어요. 시적으로 표현하자면, 바다에서 떠오르는 태양과 함께 매일 새로운 하루가 시작되는 곳이죠."

"가보고 싶어요." 율리아가 대답했다.

그들은 식당 앞에서 헤어졌다. 렌나르트는 서둘러 파출소 쪽으로 걸어갔고, 율리아는 목발을 짚은 채로 상점들을 구경하면서 쿵스가탄 거리 쪽으로 천천히 걸었다. 이번 주에는 세일을 하지 않는 모양이었다. 적어도 쇼윈도에 보이는 옷들은 할인 판매를 하지 않았다.

율리아는 신문 가판대를 지나치며 바깥쪽으로 보이는 헤드라인을 읽었다. "E22 도로에서 끔찍한 사고, 사망자 신원 불명. 카롤라의 되찾은 행복. 이번 주말 텔레비전에 관해 알아야 할 모든 것. 복권에 당첨됐습니까?" 그녀는 아무 관심 없는 내용들이었다.

뼈가 부러졌는데도 율리아는 기분이 좋았다. 심지어…… 행복한 것 같았다. 전보다 옐로프와 가까워졌다는 것이 행복했고, 언니인 레나와 어느 정도는 사이좋게 헤어졌다는 것이 행복했다. 그리고 렌나르트 헨릭손이 그녀와 같이 있는 것을 즐거워하는 듯 보여서 행복했다.

심지어 그녀는 경찰이 안데르스 하그만을 풀어주었다는 것도 행복했다. 스텐비크에 사는 누군가가 아들의 실종에 관계되었다면 끔찍했을 것이다. 이런 상황이라면, 안개 낀 그날 옌스 혼자서 다른 사람의 눈에 띄지 않고 해안으로 내려간 것이 차라리 나았다. 그 애는 바다에 대한 두려움을 극복했고, 다른 아이들처럼 물 밖으로 튀어나와 있는 바위 주위를 뛰어다닌 것이다. 그러다 미끄러진 것이다.

율리아는 이제 그렇게 믿고 있었다.

옌셰핑, 1970년 4월.

"방이 크진 않지만, 저쪽으로 베테른호가 보인답니다." 집주인이 창문 중 한곳을 가리키며 말한다. "주방 기구와 침대도 포함되어 있고요."

집주인은 비좁은 방에서 헉헉거리며 숨을 몰아쉬고 있다. 건물 엘리베이터가 고장나서 4층까지 계단으로 올라온 뒤라 이마에는 땀이 번들거리고 있다. 그가 입은 양복 위로 배가 불룩 솟아 있다.

"좋네요." 잠재적 입주자가 대답한다.

"주차장도 좋답니다."

"고맙습니다만, 자동차가 없어서요."

아파트 전체를 둘러보는 데 오 분 이상 걸리지 않는다. 실제로는 오 분도 안 걸렸다. 방 한 개와 주방이 전부다. 옌셰핑 남쪽 그뢰나가탄 거리의 맨 꼭대기에 자리잡은 방이다.

"입주하겠습니다. 육 개월 정도 있을 거예요. 어쩌면 조금 더 있을 수도 있고."

"영업 사원이라고 하셨죠? 그런데 차가 없습니까?"

"기차나 버스를 타고 다닙니다. 그동안 제법 자주 옮겨다녀서요…… 이제 상사가 고향으로 보내주기만을 기다리는 중이죠." 입주자가 말한다.

닐스는 새 이름으로 새로운 생활을 시도하고 있다. 익숙해지기 시작하자 예전 생활은 사라진 것만 같다. 하지만 결코 완전히 사라지진 않는다. 그건 치즈 접시 덮개 아래 살아 있는 다른 생명체나 마찬가지다. 그의 새로운 생활은 자유롭다. 개인인증 번호와 여권으로 국경을 넘나들 수 있다. 그럼에도 불구하고 완전하게 실감이 나지 않는다. 그동안 코스타리카나 멕시코나 암스테르담 외곽에 있었던 것도 아니다. 지난 반년은 예테보리 외곽 베리셴에 있는 거의 텅 빈 아파트에서 지냈다. 가끔씩은 자신이 코스타리카의 무더위 속으로 돌아갔다고 믿을 정도로 식은 땀을 흘리며 잠에서 깨어난다.

"실례가 안 된다면 나이를 여쭤봐도 될까요?" 집주인이 묻는다.

"마흔네 살입니다."

"인생의 절정기로군요."

"어쩌면요."

언제 월란드로 돌아갈 수 있느냐고 물을 때마다 프리티오프는 대답을 얼버무린다.

"성급한 사람은 실수를 하는 법이죠. 인내심을 가져요, 닐스. 관은 마르네스에 묻혔고, 무덤에서 풀이 자라기 시작했어요. 당신 어머니가 가끔 꽃을 가져다놓죠. 어머니도 당신을 기다리고 있어요." 삼 주 전, 지지직거리는 전화를 통해 프리티오프는 말했다.

"어머니는 괜찮은 겁니까?"

"잘 지내고 계세요." 프리티오프가 말을 멈췄다가 다시 이었다. "그런데 어머니가 엽서를 가지고 계시더군요. 수많은 엽서를 말이에요. 처음에는 코스타리카, 그다음에는 멕시코, 네덜란드에서 보낸 것들이었어요. 알고 있습니까?"

닐스는 알고 있었다. 그 세월 동안 그는 어머니에게 엽서와 편지를 보냈다. 하지만 항상 조심했다.

"엽서에 이름은 쓰지 않았어요." 닐스가 말한다.

"그건 잘했군요. 엽서들이 어머님을 행복하게 해드린 건 확실합니다. 하지만 지금 닐스 칸트가 살아 있다는 소문이 돌고 있어요. 경찰은 신경도 안 쓰지만 말입니다. 그쪽이야 원래 마을에서 도는 소문에는 신경쓰지 않으니까. 그래도 스텐비크에 있는 사람들 사이에서 계속 말이 돌아요. 그게 바로 당신이 성급하게 굴어선 안 되는 이유고요. 알겠습니까?"

"알았어요. 그럼 내가 욀란드에 돌아간 다음에는 어떻게 되는 겁니까?"

"어떻게 되느냐……. 당신은 돌아와서 어머니를 만나겠죠." 프리티오프는 그 질문에 아무 관심이 없는 것처럼 대답했다. "하지만 제일 먼저 나와 같이 보물을 찾으러 가야 합니다. 알았죠?"

"그건 이미 이야기가 된 거잖아요. 집에 돌아가기만 하면 보물이 어디 있는지 알려줄 겁니다."

"좋아요. 이제 우리는 적당한 기회가 오기만 기다리면 됩니다."

"그때가 언제란 말입니까?"

하지만 전화는 이미 끊긴 뒤였다.

다른 이름을 가진 것이 분명한 그 남자는 간단히 수화기를 내려버린다. 프리티오프 안데르손의 계획처럼, 닐스는 이미 자신이 죽어버린 듯한 기분이다. 죽어서 마르네스 교회 경내에 묻혀 있는 것만 같다.

"임대료는 선불입니다." 집주인이 말한다.

"그러죠, 지금 내겠습니다."

"그리고 나가기 한 달 전에는 알려줘야 합니다."

"알겠습니다. 더 있을 필요도 없습니다."

닐스는 죽지 않았다. 그는 집으로 돌아가는 중이다.

그리고 프리티오프라고 불리는 그 남자도 딴생각을 하는 실수를 저지르면 안 될 것이다.

29

옐로프는 마르네스행 버스에 앉아 여러 가지를 생각했다. 보리홀름에서 셰핑스비크까지 가는 길에는 잠깐 졸았지만, 버스가 알바르에 들어서자마자 잠에서 깨어났다. 이제 그는 생각에 잠겨 있었다.

옐로프는 마르틴 말름을 만나 생각보다 많은 것을 알게 되었다. 근거가 없는 가설이다 보니 입증할 수는 없을 것이다. 마르틴의 자백을 얻어내지도 못했다. 하지만 이제 모든 것을 말할 수는 있었다.

이제 그는 일상으로 돌아가야 할 것이다. 유리병에 든 모형선을 더 많이 만들고, 욘과 커피를 마시고, 신문 기사를 읽고, 요양원 바깥으로 다가오는 겨울을 지켜보면서 살 것이다.

하지만 잊어버리기 힘들었다. 생각해야 할 것이 너무 많았다.

옐로프는 말름 운송 회사의 책자를 다시 꺼냈다. 계속 가지고 다니면서 들춰본 덕에 기념 책자의 모서리가 해어지기 시작했다. 그는 다시 한번 람네뷔 부두에서 찍은 사진이 나온 페이지를 펼쳐, 굳은 표정의 제재소 일꾼들 앞에 나란히 선 아우구스트 칸트와 마르틴 말름을 보았다.

옐로프는 말름이 맨 처음 큰 배를 살 때 돈을 대준 사람이 아우구스트가 아니라 베라라고 했던 안브리트의 말을 떠올렸다. 다시 말해 베라가 마르틴에게 닐스를 데려오라고 돈을 줬다는 뜻이다.

하지만 만일 아우구스트 칸트가 조카와 관련해 아무것도 하고 싶지 않았다면, 닐스가 영원히 남미에 머물기를 바랐다면, 마르틴 말름과 사업적인 관계가 없었다면, 이 사진은 대체 뭐란 말인가? 마르틴의 어깨 위에 올린 아우구스트의 손⋯⋯.

아우구스트의 손이 아닌가? 옐로프는 사진을 자세히 들여다봤다. 엄지손가락의 방향이 다른 것처럼 보였다.

집중해서 들여다보고 있자니 눈이 아프고 흑백의 경계가 합쳐지면서 흐릿해졌다. 옐로프는 서류 가방에서 독서용 안경을 꺼내 쓰고 다시 사진을 들여다보았다. 그래도 별 도움이 되지 않자, 이번에는 안경을 벗어 돋보기처럼 사진 위에 대보았다. 제재소 일꾼들의 얼굴이 크게 보이는가 싶더니, 그와 동시에 흑백의 점으로 흩어졌다.

옐로프는 안경 렌즈를 옆으로 옮겨 말름의 어깨 위에 올린 손을 자세히 들여다보았다. 손은 선주의 뒷목에 친근하게 올라가 있었다. 하지만 아우구스트의 오른손이라고 생각했던 그 손이 실은 왼손이라는 것을 깨달았다. 그리고 그 손 뒤에는…….

옐로프는 사진 속에서 미소 짓고 있는 얼굴들을 쳐다보았다.

순간 그는 에른스트가 본 것이 무엇인지 알게 되었다.

"하느님 맙소사."

신의 이름을 들먹이는 오래된 탄식. 어렸을 때 어머니는 그런 말을 못 하게 했었다. 그 이후로 근 칠십 년 만에 옐로프는 이 말을 처음으로 내뱉었다.

자신이 알아낸 것이 사실인지 확인하기 위해 그는 수첩을 꺼내 람네뷔 박물관에서 받아 적었던 이름들을 찾아 다시 읽어보았다.

"하느님 맙소사……." 옐로프가 다시 내뱉었다.

잠시 그는 완전히 넋이 나가 있었다. 그러다가 자신이 마르네스행 버스에 타고 있다는 사실을 기억해냈다. 아직 도착하지는 않았다. 여전히 버스는 스텐비크 남쪽에 있었다. 그는 차창 밖으로 지나가는 표지판에 "야영지 2킬로미터"라고 씌어 있는 것을 보았다.

'스텐비크, 지금 버스가 스텐비크를 지나고 있군.' 지금 알게 된 이 사실을 욘에게 알려야만 했다.

그는 재빨리 손을 내밀어 정차 버튼을 눌렀다.

버스는 백 미터 앞 스텐비크 옆길에 있는 정류장을 향해 서서히 속도를 줄였다. 옐로프는 안경과 책자를 가방에 집어넣은 뒤, 떨리는 다리로 자리에서 일어났다.

버스 중앙 문이 열리자, 옐로프는 추위와 바람이 몰아치는 밖으로 나왔다. 셰그렌증후군이 팔과 다리에 신호를 보내고 있었지만, 고통이 본격적으로 몰려오지는 않았다.

그의 뒤에서 문이 닫히고 버스는 떠났다. 여전히 부슬비가 내렸다. 예전엔 이곳에 비를 피하거나 버스를 기다리거나 집에 가기 전에 쉬었다 갈 수 있는, 나무로 만든 작은 쉼터가 있었다. 하지만 이제는 없다. 무료로 제공되는 것들은 순식간에 없어진다.

버스의 둔탁한 엔진 소리가 사라지자 옐로프는 황량한 주위를 둘러보았다. 그러고는 코트 단추를 맨 위까지 채운 뒤, 스텐비크 방향을 알리는 노란색 표지판을 살펴보았다. 그는 그쪽으로 갈 것이다.

옐로프는 길을 건널 때마다 몇 번씩이나 주위를 확인했다. 지나다니는 차들이 없었다. 주도로는 텅텅 비어 있었다. 그는 오십 미터쯤 가다가 스텐비크 방향으로 접어들었다. 그 길로 들어서자마자 축축한 바람이 정면으로 얼굴에 부딪쳤다. 옐로프는 천천히 걸을 수밖에 없었다.

마을에 도착하려면 앞으로 이백 미터는 더 가야할 것이다. 그때 갑자기 욘 하그만이 지금 스텐비크에 없다는 것이 떠올랐다.

욘은 보리홀름에 있다.

옐로프는 차가운 바람 속에 멈춰 선 채 눈만 깜박거렸다.

어떻게 그 일을 잊어버릴 수가 있지? 불과 삼십 분 전에 버스 터미널에서 욘과 헤어졌는데 말이다. 사진에서 알아낸 사실에 고무된 나머지 그 일을 까맣게 잊어버리고 있었다.

하지만 스텐비크엔 누구든 있을 것이다. 율리아는 아직 돌아오지 않았겠지만 아스트리드는 있을 것이다. 그녀는 거의 집에 있었다. 어쨌든 이대로 계속 갈 수 밖에 없다. 마르네스는 훨씬 더 머니까.

발걸음이 무거웠다. 한기가 코트를 뚫고 들어오기 시작했다. 거센 바람에 몸이 흔들리자 옐로프는 고개를 숙였다.

갈라진 아스팔트 도로 위에서 한 걸음씩 내디딜 때마다, 옐로프는 숫자를 셌다. 하나, 둘, 셋……. 스물다섯 걸음을 갔을 때, 옐로프는 고개를 들었다. 하지만 알바르 지대가 끝나고 마을 초입을 알리는 나무들은 아직도 저멀리 떨어진 지평선 위에 있었다.

옐로프는 처음으로 불안해지기 시작했다. 마치 차가운 호수를 횡단하기로 마음먹고 반쯤 가던 중 문득 체력이 떨어진 것을 느낀 수영 선수가 된 것 같았다. 주도로로 돌아가는 건 불가능했다. 하지만 계속 앞으로 나아가는 것도 힘들 것 같았다.

갑자기 아스팔트 위에서 발을 헛디디는 바람에 옐로프는 하마터면 배수로에 빠질 뻔했다. 그는 지팡이를 짚어 간신히 균형을 잡았다. 그때 둔탁한 엔진 소리가 들렸다.

스텐비크에서 나오는 자동차였다.

크고 반짝거리는 진녹색 자동차. 차가 가까이 오자 옐로프는 재규어라는 것을 알아보았다. 앞유리창에서 와이퍼가 규칙적으로 움직이고 있었다.

차는 그냥 지나가지 않고 그 자리에 멈춰 섰다. 색이 들어간 창문이 내려가더니, 회색 수염을 기른 얼굴이 밖으로 나왔다.

"안녕하세요!" 쾌활한 목소리였다.

롱비크의 군나르 융에르였다.

지금 옐로프가 제일 마주치고 싶지 않은 사람을 꼽으라면, 만날 때마다 유리병에 든 모형선을 더 많이 만들어달라고 조르는 바로 그 호텔 주인이었다. 하지만 그는 억지로 손을 들어 인사를 했다.

"안녕하시오, 군나르." 옐로프는 바람에 묻힐 만큼 작은 소리로 인사를 건넨 뒤 한 발자국 앞으로 나아갔다.

"옐로프, 어디 가는 길입니까?" 융에르가 차 안에서 물었다.

답이 뻔한, 하나마나 한 질문이었다. 하지만 옐로프는 고갯짓으로 마을을 가리켰다.

"스텐비크로 가는 길이오."

"누굴 만나기로 한 겁니까?"

"뭐, 그렇죠. 아스트리드한테 가는 길이오." 옐로프가 바람 속에서 휘청거렸다.

"아스트리드 린데르요? 지나오면서 보니까 집에 없는 것 같던데……. 창문에 불빛이 보이지 않았어요." 융에르가 말했다.

"그랬소?"

아스트리드가 집에 없다면 스텐비크에는 아무도 없는 셈이다. 이제 옐로프는 이 자리에서 바닷바람에 얼어죽을 것이다. 다음날 경찰이 노간주나무 덤불 뒤에서 뻣뻣하게 얼어붙은 그의 시신을 발견할 것이다.

옐로프는 그런 생각을 하며 융에르를 쳐다보았다.

"군나르, 혹시 마르네스로 가는 길이오? 요양원을 지나가시오?"

"그럼요……. 뭘 좀 사러 철물상에 가는 길입니다. 태워다드리죠."

"그래주겠소?"

"물론이죠. 어서 타세요." 융에르가 몸을 앞으로 내밀더니 조수석 문을 열어주었다.

"정말 친절하군요."

옐로프는 지팡이와 가방을 손에 든 채로 힘겹게 차에 올라탔다.

차 안은 조용하고, 정말 따뜻했다. 난방이 잘되어 있었다. 융에르는 노란색 패딩 재킷을 입고 있었다. 단추도 채우지 않은 상태였다. 아직 몸이 얼어 있었지만 옐로프도 코트 단추를 열었다.

"자, 그럼 마르네스로 출발해볼까요." 융에르가 말했다.

그가 액셀러레이터를 밟자 차가 쏜살같이 달리기 시작했다.

옐로프의 몸이 뒤로 젖혀질 정도의 속도였다.

"요양원에 돌아가야 하는 시간이 정해져 있습니까?" 융에르가 물었다.

옐로프는 고개를 저었다.

"그런 건 아니지만……."

"잘됐군요, 잠깐만 어디 들렀다 가죠."

그들은 벌써 주도로에 들어서 있었다. 조금 전과 마찬가지로 도로는 텅텅 비어 있었다. 융에르는 북쪽이 아니라 남쪽으로 달리기 시작했다.

"난 아무래도……." 옐로프가 말을 꺼냈지만 융에르가 가로막았다.

"유리병에 든 모형선은 어떻게 되고 있습니까?"

"잘되고 있소." 옐로프가 대답했다. 비록 지난주부터 손도 대지 못하고 있었지만 말이다. 그것까지 생각할 여력이 없었다. "크리스마스 전에 시간 되면 보러 와요. 그때 작품들을 볼 수 있을 거요……."

융에르는 고개를 끄덕였다. 그는 주도로를 따라 몇백 미터 정도 가다가, 표지판도 없고 바닥도 울퉁불퉁한 좁은 길로 들어서더니 경작한 밭과 오래된 돌담 사이를 달렸다. 동쪽으로, 바다 쪽으로 이어진 길이었다.

"지금 생각난 건데…… 선체를 전부 빨간색으로 칠하기엔 늦었을까요? 그러면 훨씬 보기 좋을 것 같아서요." 융에르가 말했다.

"어렵지 않소." 옐로프는 고개를 끄덕인 뒤 깊은 한숨을 내쉬었다. "군나르, 지금 어디로 가는 거요?"

"다 왔어요. 금세 도착할 겁니다." 융에르가 대답했다.

그 뒤로 그는 아무 말도 없었다. 그저 속도를 줄이고 좁은 길을 달렸다. 옐로프가 할 수 있는 일이라곤 그 자리에서 양옆으로 왔다갔다하는 와이퍼를 쳐다보는 것뿐이었다.

그는 좌석 사이에 있는 수납공간을 내려다보았다. 융에르의 휴대전화가 놓여 있었다. 검은색 제품으로 가장자리만 은색이었다. 옐로프가 전에 본 것보다 크기가 훨씬 작았다. 율리아가 가지고 있는 휴대전화의 절반쯤 될까?

"어디로 가는 거요?" 옐로프가 다시 조용히 물었다.

융에르는 대답하지 않았다. 옐로프의 질문을 듣지 못한 것 같았다. 그는 차 앞, 흠뻑 젖은 자갈길만 쳐다보고 있었다. 움푹 파인 곳을 피해가며 울퉁불퉁한 길을 조심스럽게 달렸다. 그의 얼굴엔 여전히 미소가 떠올라 있었다.

옐로프의 이마가 땀으로 축축해졌다.

가볍고 일상적인 주제로 무슨 말이든 해야만 했다. 호텔 산업이 어떻게 진행되고 있는지에 대해 정중하게 물어보는 것도 좋을 것이다. 하지만 옐로프는 지쳤고, 그 순간 그런 잡담은 하나도 머리에 떠오르지 않았다.

마침내 그는 한 가지 질문을 던졌다.

"군나르, 남미에 가본 적이 있소?"

융에르는 여전히 미소를 지은 채 고개를 저었다.

"유감스럽게도 못 가봤습니다." 그런 뒤 덧붙였다. "코스타리카까지는 가봤지만요."

욀란드, 1972년 9월.

닐스 칸트는 푸른색 볼보에 올라 새로 지은 다리를 건너고 있다. 조수석에 앉은 그는 몸을 앞으로 내밀고 앞유리창 너머 칼마르 해협을 내려다본다. 오후가 되자 안개가 물 위로 드리운다. 해협에서 발생한 짙은 안개는 섬 전체를 뒤덮기 시작한다.

"밤이 되면 안개가 자욱해지겠군요." 닐스가 말한다.

"우리가 바라는 바죠." 운전석에서 프리티오프가 대답한다.

"우리요? 당신 말고 누가 더 있습니까?" 닐스가 묻는다.

프리티오프는 고개를 끄덕인다.

"이제 곧 만나게 될 겁니다."

닐스는 애써 마음을 진정시키며 난간 너머 해협을 내려다본다. 이십 년 전, 바로 저 해협을 필사적으로 헤엄쳐 건너갔던 젊은 시절 자신의 모습이 눈앞에 보이는 것 같다.

저 차가운 물을 어떻게 건너갔던 걸까? 그는 이제 마흔여섯 살이다. 백 미터도 헤엄치지 못할 것이다.

욀란드 다리는 거대하다. 철근과 콘크리트 수 톤을 들여 만든 것으로, 너비는 고속도로만큼이나 넓고 길이는 몇 킬로미터나 되는 구조물이 물 위로 우뚝 솟아 있다. 닐스는 자신의 섬이 본토와 이런 식으로 연결되리라고는 상상조차 해본 적이 없다.

"이 다리는 언제 만든 거죠?" 닐스가 묻는다.

"완공된 지 얼마 안 됐어요." 프리티오프가 대답한다.

전날 저녁 옌셰핑에 있는 닐스를 찾아왔을 때부터 그는 말이 별로 없다. 프리티오프는 여행용으로 입으라며 닐스에게 검은색 옷과 이마 위까지 푹 내려쓸 수 있는 검은색 니트 모자를 주었다. 하지만 말은 거의 없었다.

활기차고 매력적인 프리티오프 안데르손이 코스타리카에 있던 닐스를 찾아온 지도 어느새 십 년이 지났다. 스몰란드에서 온 남자를 리몬의 북쪽 바다에서 죽인 뒤 떠난 그는 닐스가 소포라도 되는 양 여기서 저기로, 이 나라에서 저 나라로, 작은 싸구려 임대 아파트에서 시내 지저분한 동네에 있는 호스텔로 계속 옮겨다니게 만들었다. 그리고 일 년에 한두 번 정도만 전화로 연락했다.

그들이 욀란드로 떠나기 전날 밤, 프리티오프는 다시 보물에 대해 물었다. 어디에 있습니까? 어디에 숨겼죠? 집안에 있나요?

닐스는 고개를 젓다가 결국은 말해주었다. "스텐비크 동쪽에 있는 알바르 지대에 묻었어요. 오래된 돌무덤 옆에요. 같이 가서 찾으면 돼요."

프리티오프가 고개를 끄덕였다.

"좋아요, 그러면 되겠네요."

닐스는 이 마지막 여행을 정말 오랫동안 기다렸다. 이제 그는 이곳에 왔다.

"이제부터는 집에서 지낼 거예요." 그가 프리티오프에게 말한다.

새로 지은 다리를 건너는 동안 닐스는 눈을 감는다. 마침내 욀란드다.

"난 여기서 지낼 거예요. 어머니와 함께 지낼 겁니다. 다른 사람들 눈에 띄지 않을게요." 그는 잠시 말을 멈췄다가 묻는다. "어머니는…… 잘 계시죠?"

"그럼요."

프리티오프 안데르손은 짧게 고개를 끄덕인다. 차는 한층 빠른 속도로 알바르를 지나 보리홀름으로 향한다.

어릴 때에 비해 욀란드는 많이 변했다. 섬에 나무와 관목이 많아지고, 보리홀름으로 가는 좁은 자갈길은 넓은 아스팔트 도로가 되었다. 그 도로 역시 지금 지나온 다리처럼 넓고 일직선이다. 북쪽과 남쪽을 잇던 선로는 없어진 모양이다. 알바르에는 선로가 보이지 않는다. 해협에서 부는 바람으로 풍차를 돌리던 해안가의 제분소들도 이제는 많이 사라져 몇 개만 남아 있다.

섬에 사람들이 전보다 없는 것처럼 보이는데도, 물가에는 새로 지은 별장들이 눈에 띈다. 닐스는 고갯짓으로 그쪽을 가리킨다.

"저런 집에는 누가 삽니까?"

"여름 방문객들요. 스톡홀름에서 돈을 많이 번 사람들이 여기 욀란드에 별장을 사는 거죠. 휴가를 받으면 차를 몰고 다리를 건너와 여기서 휴양을 하다가, 다시 돈을 벌기 위해 부리나케 차를 몰고 떠나버린답니다. 겨울에는 아무도 여기서 살고 싶어 하지 않아요……. 너무 춥고 우울하니까."

마치 그 사람들을 동정하는 듯 들린다.

닐스는 아무 말도 하지 않는다. 여름 방문객들에 대한 이야기는 사실인 것 같다. 실제로 섬을 빠져나가는 차들밖에 보이지 않는다. 여름은 끝났다. 이제 가을이다.

적어도 폐허가 된 성은 보리홀름 위쪽 언덕에 그대로 있다. 전과 마찬가지로 텅 빈 눈구멍처럼 보인다.

그들은 성을 지나쳐 시내 쪽으로 접근한다. 대기에 안개가 끼기 시작한다. 프리티오프는 속도를 줄이더니, 성이 보이지 않는 도심 외곽의 작은 주차장으로 들어간다. 그는 아무 설명도 없이 차를 세운다.

"아까 일행이 있다고 했죠." 그 말이 전부다.

그가 차문을 열더니 손을 흔든다.

닐스가 돌아보니 누가 길을 따라 천천히 걸어오고 있다. 오십 대로 보이는 남자다. 회색 모직 스웨터에 개버딘 바지를 입고, 값비싸 보이는 윤나는 가죽구두를 신었다. 그는 프리티오프를 보더니 고개를 끄덕인다.

"늦었군."

남자는 모자를 이마 위로 눌러쓰고 있다. 반쯤 피우다 만 담배 말고는 아무것도 들고 있지 않다. 남자는 마지막으로 한 모금을 피운 뒤, 조심스럽게 주위를 살피고 차 가까이 다가온다.

"닐스, 이제 뒷자리에 앉는 게 나을 거예요. 그러는 편이 스텐비크에 들어갔을 때 더 안전할 겁니다." 프리티오프가 조용히 말한다.

그런 뒤 그는 차에서 내린다. 닐스가 지켜보는 가운데 프리티오프는 주차장 끝에 있는 공중전화로 다가간다. 그는 동전을 넣고 번호를 누른 뒤, 작은 소리로 누군가와 통화를 한다.

닐스가 내리자, 옷차림이 고급스러운 남자는 담배꽁초를 버리고 오른쪽 발로 짓누른다. 그는 닐스에게 인사도 하지 않고 쳐다만 보다가 앞좌석에 올라탄다.

닐스는 곧장 뒷좌석으로 가지 않는다. 도로를 따라 거닐며 마침내 돌아오게 된 것을, 또다시 섬에서 자유롭게 돌아다닐 수 있게 된 기쁨을 만끽한다.

그의 섬.

갑자기 주도로에 차 두 대가 지나간다. 닐스는 앞유리창 너머 그를 바라보는 창백한 얼굴들을 본다. 그들이 탄 차가 안개 속으로 사라질 때까지 닐스는 계속 눈으로 좇는다.

"이리 와요!" 뒤에서 프리티오프가 짜증 섞인 목소리로 소리친다.

닐스는 마지못해 돌아가 뒷좌석 문을 연다. 그러자 앞좌석에 앉은 남자가 조용히 묻는 말이 들린다. "괜찮을까, 군나르?"

그러더니 마치 중대한 비밀을 누설해버리기라도 한 듯 불안함과 죄책감이 서린 얼굴로 재빨리 닐스를 돌아본다.

지금까지 쭉 프리티오프였던 남자도 돌아보며 미소 짓는다.

"괜찮아요. 이쯤에서 자기소개를 하는 게 좋겠군요. 난 군나르예요. 이쪽은 마르틴. 그리고 뒷좌석에 앉은 사람은 닐스 칸트. 우린 서로를 믿잖아요. 안 그래요?"

"물론이죠."

닐스는 고개를 끄덕인 뒤 차문을 닫는다.

그러니까, 프리티오프는 군나르다. 닐스는 분명 어디선가 그를 만난 적이 있다. 하지만 어디서 봤는지 기억이 나지 않는다.

"그럼 이제 스텐비크로 출발합시다." 군나르가 단호하게 말한다.

다시 도로로 들어선 차는 보리홀름을 지나 북쪽으로 향한다. 점점 더 익숙한 풍광이 펼쳐진다. 하지만 해협에서 올라온 안개가 갈수록 자욱해지면서 사방이 흐릿해지고 수평선이 사라진다.

대기는 조금씩 더 짙은 회색으로 변한다. 군나르는 안개가 자욱하게 깔리리라는 걸 알고 있었고, 이 날이 오기를 기다렸다. 닐스가 욀란드로 돌아오는 날로 고른 이유이기도 했다. 하지만 이렇게까지 조심스럽게 행동하는 데는 뭔가 다른 이유가 있는 게 아닐까? 닐스는 의아하다.

셰핑스비크 북쪽에서 군나르는 안개등을 켠 뒤 속도를 올린다. 스쳐지나가는 노란색 표지판들이 보인다. 욀란드의 익숙한 지명들. 하지만 닐스는 풍광에서 눈을 뗄 수가 없다. 들판, 풀이 무성하게 자란 초원, 도로 옆에서 시작되는 돌담이 안개 속으로 사라진다.

그리고 알바르. 그 자신만의 알바르. 알바르는 사방으로 뻗어 있다. 알바르의 묵직하면서도 흐릿한 색상과 끝없는 하늘. 그곳은 닐스가 기억하고 있던 것보다 훨씬 크고 아름답다.

그는 다시 돌아온 것이다.

차 안에 있는 누구도 말을 하지 않는다. 그렇게 한 시간 십오분이 지나자 닐스가 계속 기다리던 표지판이 나타난다. "스텐비크." 그 밑에는 커다란 화살표와 함께 "야영지"라고 씌어 있다.

마을로 들어가는 도로에는 이제 아스팔트가 깔려 있다. 스텐비크에 야영지가 생겼다니, 언제 이렇게 된 것일까?

그들이 탄 자동차는 스텐비크로 들어가기 전에 속도를 늦춘다. "이제 북쪽 진입로로 들어갈 겁니다. 교통량이 적은데다 마을을 통과하지 않아도 되거든요." 군나르가 말한다.

몇 분 뒤 차는 마을 북쪽 진입로로 들어선다. 길옆에는 텅 빈채 버려진 우유 가판대가 서 있다. 닐스가 마지막으로 그걸 봤을 때는 농장에서 짜낸 우유들이 가득 놓여 있었는데. 이제는 군데군데 이끼가 끼어 있고, 금세라도 내려앉을 것만 같다.

이십오 년의 세월이 흐르는 동안 욀란드 전역이 변했다. 하지만 스텐비크로 통하는 북쪽 길은 닐스가 기억하는 그대로다. 좁고, 구불구불하고, 자갈 때문에 여전히 울퉁불퉁하다. 길 양쪽의 잡초 무성한 배수로는 황폐한 모습이다. 그리고 그 너머에 알바르가 있다.

군나르는 볼보의 속도를 줄여 천천히 몇백 미터 정도 가다가 완전히 멈춰 선다. 그가 닐스를 돌아보자 조수석에 있던 마르틴도 뒤를 돌아본다.

군나르는 닐스에게서 눈을 떼지 않는다. 마르틴의 시선이 흔들린다.

"자, 당신을 스텐비크로 데려왔어요. 이제 돌무덤 옆에 묻었다는 보물을 파내러 가야죠?" 군나르가 진지하게 말한다.

"어머니를 먼저 보고 싶어요." 닐스는 그를 똑바로 마주보며 말한다.

"베라는 아무데도 안 가요. 조금 더 기다릴 수 있을 겁니다. 먼저 보물을 파내는 게 최선이에요. 마을에는 완전히 어두워진 뒤에 들어가는 게 나을 테니까. 안 그래요?"

"보석은 나눠 가지는 거예요." 닐스가 재빨리 말한다.

"물론이죠. 일단 보석을 파러 갑시다."

닐스는 잠시 군나르를 쳐다보다가 차창 밖으로 시선을 돌린다. 안개가 자욱하게 내려앉아 있다. 이제 곧 해가 질 것이다.

그는 고개를 끄덕인다. 군나르와 마르틴에게 보석의 절반을 줄 것이다. 그러면 모든 것이 끝난다.

"땅을 팔 도구가 필요해요." 닐스가 조용히 말한다.

"물론이죠. 트렁크에 삽과 곡괭이가 있어요. 모든 걸 다 생각하고 준비했으니 걱정하지 말아요." 군나르가 말한다.

하지만 닐스는 마음이 편치 않다. 그는 지금 혼자서 낯선 남자 두 명을 상대해야 한다. 스몰란드에서 온 남자가 컴컴한 카리브해의 해안에서 그들을 상대했던 것처럼. 다른 점이 있다면 스몰란드에서 온 남자는 새로 사귄 친구들을 믿었다는 것이다. 닐스는 그들을 믿지 않는다.

군나르는 도로 옆에 차를 세우지 않는다. 돌담에 있는 좁은 통로에 이르자 브레이크를 밟으며 운전대를 돌린다. 차는 마을 길을 벗어난다.

그들은 편평한 알바르의 초원으로 천천히 들어선다.

닐스는 고개를 돌린다. 하지만 차창 밖으로는 안개밖에 보이지 않는다. 집으로 향하는 길은 완전히 사라지고 없다.

30

차가 마르네스 남쪽의 황야를 향해 나아가는 동안, 옐로프는 등을 꼿꼿하게 세운 채 군나르 융에르 옆에 말없이 앉아 있었다. 대화를 시도했지만 융에르가 대답을 하지 않는 바람에 그대로 끝나버렸다. 그런 상황에서 옐로프가 할 수 있는 건 힘겹게 코트를 벗는 일뿐이었다. 과한 난방 때문에 차 안이 열대지방 같았다. 아마 조수석에서도 뜨거운 바람이 나오는 송풍구를 조절할 수 있을 테지만, 그는 방법을 몰랐다. 모든 게 전자식으로 조절되는 것 같았다. 옐로프가 점점 불편해하고 있다는 것을 알아차렸다 해도, 융에르는 도와줄 생각이 없는 것 같았다.

그들은 이제 섬의 동쪽 해안 근처에 와 있었다. 차는 편평한 풍광을 가로지르며, 높이 육십 센티미터에 너비 몇 미터의 제방 위를 천천히 지나가고 있었다. 옐로프는 지금 자신이 어디에 와 있는지 알아차렸다. 국립 철도 회사가 폐쇄되기 전까지 알바르를 횡단했던 선로가 깔려 있던 곳이다.

옐로프는 시계를 쳐다보았다. 거의 5시였다.

"이제 그만 돌아가야 할 것 같군, 군나르. 마르네스 요양원에서 내가 어디에 있는지 궁금해할 거요." 그가 나지막이 말했다.

"그렇겠죠. 하지만 그 사람들은 당신을 여기서 찾을 생각은 못 할 겁니다, 안 그래요?"

군나르의 노골적인 위협에 옐로프는 몸을 돌려 문손잡이를 잡아당기기 시작했다.

지금은 재규어의 속도가 빠르지 않으니 밖으로 뛰어내릴 수 있을 것 같았다. 잘하면 뼈도 부러지지 않고, 어두워지기 전에 주도로로 돌아갈 수 있을지도 모른다. 하지만 조수석 문을 열 수가 없었다. 융에르가 원격 장치로 문을 잠근 모양이었다.

"군나르, 난 그만 내리겠소." 옐로프는 선장으로 일하던 예전처럼 단호하게 들리게끔 말했다.

"이제 곧 도착해요." 융에르는 계속 차를 몰았다.

그들은 두 개의 돌담 사이에 놓인 낡고 녹슨 쇠 격자판 위를 지나갔다. 마침내 발트해가 모습을 드러냈다. 잿빛 바다는 차가워 보였다.

"군나르, 대체 왜 이러는 거요?" 옐로프가 물었다.

"사실 계획에 없던 일이긴 해요. 보리홀름에서부터 당신이 탄 버스를 따라갔죠. 그런데 당신이 스텐비크 남쪽에서 내렸어요. 그 상황에서 내가 할 수 있는 건 곧장 북쪽으로 올라갔다가 마을을 통과해서 돌아 나오는 것뿐이었죠. 그렇게 당신을 차에 태웠고요." 융에르는 좀더 속도를 줄이더니 옐로프의 얼굴을 쳐다보았다. "옐로프, 오늘 마르틴 말름을 만나 뭘 한 겁니까?"

융에르는 이미 알고 있는 것 같았다. 옐로프는 천천히 대답했다.

"마르틴? 무슨 뜻이지?"

"당신과 욘 하그만. 당신은 마르틴 말름의 집에 들어가고, 욘은 밖에서 기다렸죠." 융에르가 말했다.

"그렇소, 마르틴을 만나 얘기를 좀 했지……. 우리 둘 다 늙은 선원이니까." 그러고서 옐로프는 덧붙였다. "그건 어떻게 안 거요?"

"당신이 마르틴과 같이 옛날이야기를 한다고 앉아 있는 동안 안브리트 말름이 전화를 했어요. 마르틴이 선장으로 일할 때 알던 사람들이 자꾸 찾아온다고 걱정하더군요……. 처음에는 에른스트 아돌프손, 다음엔 당신. 그것도 지난 몇 주 사이에 두 번이나 말이에요. 마르틴의 집이 너무 북적였던 거죠." 융에르가 말했다.

"안브리트와 좋은 친구 사이인 모양이군." 옐로프가 지친 듯 말했다.

융에르는 고개를 끄덕였다.

"마르틴과 예전에 동업을 했으니까요. 하지만 최근에는 자주 만나지 못했어요. 안브리트가 마르틴의 일을 대신 맡아서 하는데, 보통 나한테 조언을 청하죠."

옐로프는 자리에 기댔다. 바깥에는 이제 어스름이 내려앉았다. 차창 밖에는 어둠과 비바람 말고 아무것도 보이지 않았다.

"동업이라. 같이 일한 지 제법 오래됐겠군. 1950년대부터였던가?" 옐로프가 말했다.

그는 서류 가방에서 말름 화물 운송 회사의 기념 책자를 꺼냈다.

"이 사진에서 마르틴을 봤소. 셀 수 없이 봤는데…… 이게 뭔지 알기까지 한참 걸리더군."

"아, 그래요? 이제는 알았다고요? 정말 뭔가 봤단 말입니까?" 군나르가 나지막한 나무들을 피해 돌아가며 말했다. 바다 근처로 온 모양이었다.

옐로프는 고개를 끄덕였다.

"사진 속 람네뷔 부두에는 권력을 가진 두 사람이 서 있소. 공장 주인인 아우구스트 칸트와 화물선 선장인 마르틴 말름이지. 그 뒤에는 젊은 제재소 직원들이 있고. 그리고 아우구스트가 친한 것처럼 마르틴의 어깨에 손을 올리고 있지. 하지만 이건 아우구스트의 손이 아니더군. 마르틴 말름 뒤에 서 있던 사람의 손이었지. 그 사실을 조금 전 버스 안에서 알아차렸다오."

"사진 한 장이 천 마디 말보다 많은 걸 알려주는 법이죠. 뭘 알려주던가요?" 융에르가 차를 세우며 물었다.

이제 그들 앞에는 섬의 동쪽 해안이, 저편에는 누렇게 변한 초원이 펼쳐져 있었다. 바다와 육지 양쪽에 빗방울이 떨어졌다. 곧 눈으로 바뀌기라도 할 듯 차가운 비였다.

"마르틴 말룸 뒤에 서 있던 남자는 군나르 요한손이라고 불리던 제재소 일꾼이더군. 나중에 이름을 바꾸긴 했지만. 아니오?" 옐로프가 말했다.

"아주 정확하다고 할 순 없군요. 그때 난 제재소에서 십장이었으니까. 어쨌든 맞아요. 욀란드에 온 뒤 이름을 융에르로 바꿨죠."

융에르가 시동을 끄자 세상이 조용해졌다. 들리는 건 바람 소리와 빗소리뿐이었다.

"이 사진은 책자에 실리면 절대로 안 되는 거였어요. 그런데 안브리트가 넣었죠. 심지어 난 그 사실을 책이 인쇄된 뒤에야 알았어요. 그렇지만 날 알아본 건 에른스트 아돌프손과 당신밖에 없었죠. 에른스트는 학교에서 날 봤던 걸 기억했고……."

"그 친구는 람네뷔에서 자랐으니까. 사실 난 당신을 알아보는 게 쉽지 않았소. 하지만 한 가지 이상한 건……."

옐로프는 이제 마지막이 다가오고 있음을 알았다. 융에르는 에른스트를 죽였듯이 그도 죽일 것이다.

"……이상한 건, 당신이 제재소에서 십장으로 일했다면 아우구스트 칸트의 무서운 조카 닐스에 대한 이야기를 알고 있었을 텐데 어떻게 그런 생각을 하게 된 건지……."

"실제로 만난 적도 있었죠." 융에르가 말을 가로막았다.

"누구를? 닐스 칸트를 말이오?" 옐로프가 물었다.

"맞아요." 융에르는 고개를 끄덕인 뒤 말을 이었다. "전쟁이 끝난 뒤에 제재소에서 급사로 일하기 시작했을 때 닐스가 나타났어요. 그때 그자는 경찰을 피해 욀란드에서 도망친 참이었죠. 닐스는 덤불 밑에 숨어 있다가 지나가는 날 봤어요. 아우구스트 칸트에게 가서 말을 전해달라고 하더군요. 가서 전해줬지만 사장은 살인자 조카에 대해 알고 싶어 하지 않았어요. 닐스를 때버리기 위해 오백 크로나를 가져다주라고 하더군요. 그래서 난 이백 크로나를 주머니에 넣고 닐스에겐 삼백만 갖다줬어요." 융에르는 그때 일을 떠올리며 미소 지었다. "그해 여름에는 그 돈 덕분에 왕처럼 편안하게 살았죠."

"일찍부터 닐스 칸트가 돈이 된다는 사실을 알게 됐군." 옐로프가 앞유리창으로 빗방울을 쳐다보며 말했다.

"맞아요, 어느 정도나 될지 정확히는 몰랐지만요. 아무 생각이 없었으니까. 그냥 시끄러운 상황이 좀 가라앉은 뒤 대서양을 건너 닐스를 데려오면 몇천 정도 생기지 않을까 생각했죠. 그래서 제재소 십장이 된 뒤에 아우구스트에게 제안을 해봤는데 그 노인은 딱 잘라 거절하더군요. 아우구스트는 그 골칫덩어리를 스웨덴으로 데려오는 일에 전혀 관심이 없었어요."

융에르가 운전대 옆에 달린 버튼을 누르자 옐로프가 앉아 있던 조수석의 잠금장치가 찰칵하고 풀렸다.

"이제 열릴 거예요. 차에서 내려요." 융에르가 말했다.

옐로프는 자리에 가만히 있었다.

"하지만 당신은 포기하지 않았군." 그가 융에르를 쳐다보며 입을 열었다. "아우구스트가 거절하자 닐스의 어머니를 찾아간 거지. 스텐비크의 베라 칸트 말이오. 당신은 그녀에게도 같은 제 안을 했소. 베라 칸트는 받아들였고. 그렇지 않소?"

군나르 융에르는 옆에 유달리 고집 센 아이가 앉아 있다는 듯 한숨을 쉬고는 앞유리 너머 해변 풍광을 바라보았다.

"베라 덕분에 이 아름다운 섬을 알게 됐죠. 난 1958년 여름 에 처음 이곳에 왔어요. 페리를 타고 스토라뢰르에 내린 뒤, 기 차로 북쪽까지 왔어요. 철로를 폐쇄하던 때였고, 욀란드의 해운 업 역시 사양길을 걷고 있었죠. 그때 많은 사람들이 욀란드는 이제 끝이라고 생각했을 거예요……. 하지만 기차에 있을 때 난 우연히 다리가 건설될 거라는 이야기를 들었어요. 사람들이 원 하면 언제든 섬에 들어갈 수 있는 긴 다리가 만들어진다고 말이 에요. 그렇게 되면 본토에 있는 사람들이 섬으로 들어올 수 있 게 되는 거죠."

"본토에서 부자들이 왔지." 옐로프가 말했다.

"맞아요." 융에르는 깊은 한숨을 쉬었다. "그러고서 바로 이 곳, 욀란드 북부에 도착해보니 사방에 햇살이 비치고 어디든 수 영할 수 있는 해변이 있었어요. 햇볕도 좋고 물도 좋은데 관광객이 없었던 거죠. 그래서 생각을 하기 시작했어요. 스텐비크의 베라 칸트 집 앞에서 문을 두드리기 전까지 말이에요." 그는 다시 한숨을 쉬었다. "베라는 그 큰 집에 혼자 앉아 아들이 돌아오기만을 기다리고 있더군요. 난 베라에게 아들을 데려다주겠다는 제안을 했죠."

"외롭고 불행했지만, 엄청난 부자였으니까." 옐로프가 말했다.

"당신이 생각하는 만큼 부자는 아니었어요. 채석장은 이미 문을 닫았고, 스몰란드에 있던 가문 소유의 제재소는 자기 오빠가 차지하고 있었으니까요." 융에르가 말했다.

"베라한테는 땅이 많았소. 해안 쪽 땅…… 해변가 대지가 다 그 여자 거였지." 옐로프가 지친 듯 말했다.

그는 자기가 어떻게 죽게 될지 궁금했다. 융에르는 무기를 쓸 생각일까? 아니면 에른스트를 죽인 방식과 비슷하게, 욀란드 해안에 깔려 있는 수백만 개의 돌들 중 하나를 골라 옐로프의 두개골을 깨부술 생각인가?

"맞아요, 엄청난 땅을 가지고 있었죠. 아마 스텐비크에 사는 사람들 중에는 그 늙은 여자가 북쪽과 남쪽 지역까지 포함해 얼마나 많은 땅을 소유하고 있는지 제대로 아는 사람이 없었을 거예요. 물론 그 땅을 가지고 아무것도 하지 않는 한 별다른 가치가 없지만, 적임자가 나서서 그걸 본토에 있는 사람들에게 팔아치우거나 넘기게 되면 얘기는 달라지는 거죠……. 1950년대에는 여기에 여름 별장이 몇 채 없었어요. 하지만 난 앞으로 더 많은 여름 별장과 식당과 호텔이 필요하게 되리라는 걸 알고 있었죠. 다리가 완공되면 땅값은 하늘로 치솟을 게 분명했어요."

"그래서 베라에게 룅비크를 받아냈군." 옐로프가 말했다.

융에르는 고개를 저었다. "아무것도 받지 않았어요. 난 베라에게서 그 땅을 샀어요. 완벽하게 합법적으로 말이에요. 물론 아주 싼 값이었고 그 돈도 베라에게 빌리긴 했지만, 서류상으로는 완벽하게 합법적으로 인수했죠."

"마르틴 말름도 베라에게서 큰 배들을 살 돈을 빌렸을 테고."

"그래요. 우린 마르틴이 람네뷔로 목재들을 운송할 때 서로 알게 됐죠." 융에르가 고개를 끄덕였다. "난 일을 같이 할 수 있는 믿을 만한 사람이 필요했어요……. 닐스의 관을 운송해주고, 나중에는 닐스 본인을 배에 태워줄 누군가가 있어야 했죠. 물론 닐스를 집에 데려오기 전까지 시간도 필요했고요. 그자를 데려오면 베라가 더이상 땅을 넘겨주지 않을 테니까. 뻔하잖아요."

융에르는 옐로프를 보며 만족스럽다는 듯 웃었다.

"이제 가죠." 그가 운전석 문을 열었다.

옐로프는 앞유리로 바깥을 내다봤다. 해안으로 통하는 황량한 목초지가 보였다. 비바람이 풀들을 컴컴한 땅 위에 내리누르고 있었다.

"여기서 뭘 하려는 거요?" 옐로프가 물었다.

"별일 아니에요. 이제 곧 알게 될 겁니다." 융에르가 차에서 내리며 말했다.

31

"내려요, 옐로프."

군나르 융에르가 운전석 문을 닫은 뒤 재빨리 돌아와 조수석 문을 열었다. 그는 조바심을 내며 옐로프가 차에서 내리기를 기다렸다.

"코트부터 입고……." 옐로프가 말을 꺼냈다.

하지만 융에르는 장갑 낀 손을 내밀었다.

"코트 입을 필요 없어요, 옐로프. 지금은 안 춥잖아요. 안 그래요?"

융에르는 나이가 옐로프보다 최소 열다섯 살은 어린데다 키가 크고 체격도 좋았다. 근력도 충분했다. 그는 옐로프의 겨드랑이를 꽉 잡더니 쉽게 차 밖으로 끌어냈다.

융에르는 등에 "롱비크 컨퍼런스 센터"라고 찍혀 있는 노란색 패딩 재킷을 입고 있었다.

"이리 와요."

융에르는 차문을 닫은 뒤, 자동차 열쇠를 들어 작은 버튼을 눌렀다. 철컥하는 작은 소리와 함께 차문이 잠겼다.

옐로프가 보기에 그런 일들은 마법이나 마찬가지였다. 지팡이는 그의 손에 들려 있었지만 서류 가방은 차 안에 남아 있었다. 옐로프는 휘청거리면서 비에 젖은 목초지 쪽으로 몇 걸음 걸어 갔다. 이제 융에르가 무슨 생각을 하는지 알 것 같았다.

사우나처럼 후끈하던 차 안에서 나오자 처음 몇 분 동안은 무척 쾌적했다. 바람도 상쾌했고, 겉옷 같은 건 필요 없을 것만 같았다.

하지만 코트 없이는 살아남을 수 없음을 옐로프는 잘 알고 있었다. 기온이 영상 몇 도밖에 되지 않아 추웠다. 발트해의 바람이 휘몰아쳤고, 얼굴에 떨어지는 빗방울들은 작은 못처럼 따가웠다.

"저길 좀 봐요, 옐로프." 융에르가 목초지 옆에 짧게 이어진 좁은 돌길로 나가 작은 수풀들 앞에 서 있는 돌담을 가리켰다. 담 바로 옆에는 외따로 떨어져 제대로 자라지 못한 나무가 한 그루 서 있었다. "저 나무 보입니까?"

옐로프는 불안정한 걸음걸이로 융에르를 따라 몇 발자국 나아갔다.

"사과나무군." 옐로프가 조용히 대답했다.

"맞아요, 오래된 사과나무죠." 융에르는 옐로프의 팔을 잡아 조심스러우면서도 단호하게 해안 쪽으로 끌어당기더니 또다시 돌담 쪽을 가리켰다. 융에르가 옐로프를 돌아보며 물었다. "잘 보이진 않겠지만, 저 너머에는 오래된 구스베리 덤불이 있어요. 그게 무슨 뜻인지 알겠습니까?"

"버려진 정원이란 말이군." 옐로프가 대답했다.

"맞아요. 저기 풀 아래쪽에 보이는 게 바로 어느 집의 토대가 되는 돌들이죠." 융에르는 주위를 둘러보았다. "몇 년 전에 이 해안을 발견했어요. 언제나 평화로운 곳이죠. 여름에도 말이에 요. 앉아서 생각에 잠기기에 괜찮은 곳인데, 가끔……." 융에르 가 사과나무를 다시 쳐다보았다. "가끔 난 여기 앉아 저 오래된 사과나무와 예전에 저 집에서 살았을 사람들에 대해 생각하곤 해요. 어째서 이렇게 좋은 곳에서 계속 살지 않았던 걸까?"

"가난 때문이겠지." 처음으로 몸을 떨면서 옐로프가 말했다.

"맞아요, 저기 살던 사람들은 틀림없이 가난했을 겁니다." 융 에르가 동의했다. "어쩌면 저들도 대서양을 건너갔을지 모르 죠. 닐스 칸트나 다른 수천 명의 욀란드 주민들처럼 말이에요. 하지만 여기서 중요한 건……." 융에르는 잠시 말을 끊었다가 다 시 이었다. "중요한 건 저 사람들은 이 섬에 엄청난 기회가 있다 는 사실을 깨닫지 못했다는 거예요. 욀란드 출신 사람들은 정말 모르더군요."

옐로프는 고개를 끄덕였다. 뭐가 됐든 융에르는 자기가 하고
싶은 말을 할 수 있다.

"이제 그만 차로 돌아갔으면 좋겠소만." 옐로프가 말했다.

"문이 잠겨 있어요."

"얼어죽을 것 같소."

"그럼 마르네스 요양원으로 가요." 융에르가 제대로 못 자란
사과나무 옆에 있는 돌담을 가리켰다. "저 담 어딘가에 구멍이
하나 있어요. 그쪽으로 나가 예전 야외 무도장을 지나면 해안을
따라 북쪽으로 이어진 길이 나오죠……. 실제로 마을까지는 일
직선으로 이 킬로미터밖에 안 돼요."

옐로프는 바람에 비틀거렸다. 이제는 무슨 일이 일어나도 상
관없었다. 뭐든 중요한 말을 해야만 했다.

"군나르, 난 알고 있소."

융에르는 말없이 옐로프를 쳐다보았다.

"조금 전에도 말했지만…… 사진에서 마르틴 말름 뒤에 당신
이 서 있는 것을 보고 어떻게 된 일인지 알게 된 거지."

융에르는 어깨를 으쓱했다.

"에른스트 아돌프손도 내 앞에서 그 사진을 흔들어대더군요.
그뿐 아니라 온갖 것들을 끄집어내기 시작했죠. 옛날 토지 문서
들이니 뭐니. 하지만 난 그런 걸로 쉽게 겁먹지 않아요."

"그 친구가 나보다 앞서 거기까지 알아냈군. 나한테 전부 이

야기한 줄 알았더니 그게 아니었나 보군. 에른스트가 뭘 원하던 가?" 옐로프가 지친 듯 물었다.

"채석장요. 에른스트는 푼돈으로 채석장을 사고 싶어했어요. 자기 요구를 들어주면 내가 베라한테 한 짓을 세상에 알리지 않겠다고 하더군요."

"그 정도면 들어줄 수도 있었잖소?"

"그렇게 말할 순 없죠. 지금은 그 땅이 별 가치가 없지만, 앞으로는 엄청난 가치를 가지게 될 수도 있어요. 욀란드 산등성이에 카지노라도 생기면…… 누가 압니까? 그래서 난 에른스트의 요구를 거절했죠." 융에르는 옐로프를 쳐다보았다. "하지만 당신 같은 늙은 선장들은 자신의 중요성을 과대평가하죠. 다른 사람들도 수십 년 전에 있었던 일들에 관심을 가질 거라고 생각하고요."

"당신은 관심을 가졌잖소, 군나르. 그러지 않았으면 당신과 나, 우리가 지금 여기 있진 않을 테니까." 옐로프가 상기시켰다.

"온갖 이야기들을 떠들어대는 미친 사람들을 내버려둘 수는 없잖아요. 모르겠어요? 단순하게 지금 하고 있는 사업 때문이 아니에요……. 우린 롱비크를 위한 중요한 계획들을 세웠고, 건축 허가도 받았어요. 이제 대규모 투자를 놓고 이야기하는 중이죠. 앞으로 반년 안에 마을 동쪽이 예순 개의 구역으로 분할되어 팔릴 거예요. 그 가치가 얼마나 어마어마한지 알아요?" 융에르가 피곤하다는 듯 말했다.

옐로프는 이해했다.

"하지만 이 사실을 아는 건 나뿐이잖소. 다른 사람들은 아무것도 몰라요. 욘도, 내 딸도."

융에르는 재미있다는 듯 미소를 지었다.

"혼자서 모든 책임을 진다는 건 정말 고귀한 일이죠, 옐로프. 난 당신을 믿어요."

"군나르, 베라 칸트도 당신이 죽였소?"

"아뇨, 그 여자는 계단에서 떨어지는 바람에 목이 부러져서 죽었다고 들었어요. 난 아무도 죽이지 않았어요."

"에른스트 아돌프손을 죽였잖소."

"아니에요. 우리는, 에른스트와 나는 대화만 했어요. 작은 다툼이 있긴 했지만." 융에르가 말했다.

"그때 에른스트가 조각상 중 하나를 채석장 밑으로 던졌겠군."

"그랬죠. 그래서 내가 살짝 밀었는데 에른스트가 밑으로 떨어지면서 커다란 조각상을 잡아당겼어요. 그 일은 경찰의 추정대로 사고였어요."

"당신은 닐스 칸트를 죽였소." 옐로프가 말했다.

"아니에요."

"그럼 마르틴이 죽였겠지. 그리고 옌스는? 불쌍한 내 손자는 둘 중 누가 죽인 거요?" 옐로프가 물었다.

융에르는 더이상 미소를 짓지 않았다. 그는 시계를 쳐다본 뒤 차 쪽으로 다시 몇 걸음 다가갔다.

"알바르에서 옌스와 마주쳤던 거요?" 옐로프가 목소리를 높였다. "어째서 내 손자를 죽인 거요? 그 애는 겨우 다섯 살이었어……. 당신들한테 전혀 위협이 되지 않았을 텐데."

"우울한 이야기는 그만합시다, 옐로프. 난 이제 가봐야 하니까."

그건 틀림없는 사실이리라. 군나르 융에르는 언제나 일정이 빡빡했다. 옐로프를 죽이는 것도 그날 해야 할 일들 중 하나에 불과할 것이다.

옐로프는 추위와 비바람에 맞서 눈을 감았다. 더이상 서 있지 못할 것 같았다. 하지만 채신없이 군나르 융에르 앞에서 무릎을 꿇고 싶진 않았다.

"보석이 어디 있는지 알고 있소."

옐로프는 지팡이에 의지해 차가 있는 쪽으로 한 걸음 다가섰다. 거리만 가까웠어도 지팡이로 내리쳐 반들거리는 차체에 제대로 흠집을 냈을 텐데.

"보석?"

융에르는 운전석 손잡이를 잡은 채 날카롭게 옐로프를 쳐다보았다.

"군인들의 전리품 말이오. 그 보석들은 내가 갖고 있소. 날 차에 태워주면 그걸 주지."

융에르는 또다시 미소를 지으며 고개를 저었다.

"제안은 고마워요. 보석에 대해 닐스에게 여러 번 물었었죠. 하지만 보석을 원했던 건 내가 아니라 마르틴이었어요. 그 가치가 얼마나 되는지도 모르면서 말이죠. 나는 베라의 땅으로 충분해요……. 사람이 너무 욕심을 내면 안 되지."

융에르는 재빨리 차문을 열고 올라탔다.

차는 엔진 소리도 크지 않았다. 비싸고 완벽하게 정비된 차라 활기 넘치는 윙윙 소리밖에 울리지 않았다.

옐로프가 간신히 차 앞까지 다가가 지팡이를 들어올렸지만 융에르는 재규어에 후진 기어를 넣더니 천천히 미끄러지듯 자갈길을 빠져나갔다.

너무 늦었다. 하느님 맙소사!

옐로프는 목초지 위에 무력하게 서 있었다. 그는 천천히 지팡이를 내린 뒤, 자신의 코트를 실은 채 멀어져가는 재규어를 지켜보았다.

융에르는 운전석에 편안하게 앉아 있었다. 옐로프 쪽은 쳐다보지도 않은 채, 고개를 돌려 후진에만 신경쓰고 있었다. 선로가 깔린 등선에 다다르자 그는 차를 돌렸다.

계속 멀어져가던 재규어가 주도로 앞에서 잠깐 멈춰 섰다. 얼음같이 차가운 빗방울 때문에 눈을 가늘게 뜨고 있던 옐로프는 융에르가 차문을 열고 서류 가방과 코트를 던지는 것을 보았다. 그러더니 다시 문이 닫히고 차는 떠났다. 엔진 소리가 더이상 들리지 않았다.

옐로프는 등으로 비를 맞으며 그 자리에 그대로 서 있었다. 매서운 바람이 귓가를 스쳤다.

흠뻑 젖어 언 몸으로는 혼자 주도로나 마르네스까지 갈 수 없었다. 융에르는 그 사실을 아주 잘 알고 있었다.

옐로프는 한쪽 발을 들고 휘청거리며 반쯤 돌아섰다. 그러고는 불안정한 걸음을 조금씩 떼기 시작했다. 해안은 잿빛이었고, 아무도 없었다.

융에르가 가리켰던, 예전에 정원이었던 곳까지는 오십 미터쯤 되는 것 같았다. 거기까지는 갈 수 있을 듯했다. 그쪽에 가면 돌담이 바람을 조금은 막아줄 것이다.

"가보자, 갈 수 있어." 그는 혼잣말을 중얼거렸다.

옐로프는 움직이기 시작했다. 자기 다리를 믿을 수 없을 때마다 매번 믿음직한 버팀목이 되어주는 지팡이와 함께, 한 번에 한 걸음씩 다리를 움직였다. 조금이라도 바람을 막기 위해 지팡이를 들지 않은 다른 팔로는 젖은 셔츠 앞쪽을 감쌌다.

오래전에 부서진 석회암으로 만든 자갈길은 딱딱하고 단단했다. 군나르 융에르의 차는 흔적도 없이 사라졌다. 진창에 남은 바퀴자국은 내리는 비에 전부 지워질 것이다. 결국 융에르는 이곳에 온 적이 없고, 옐로프 혼자 여기까지 온 것처럼 보일 것이다.

"경찰은 타살의 흔적을 찾지 못했다." 여기서 옐로프가 얼어죽은 채 발견되면 《윌란스-포스텐》의 기사 마지막 줄은 이렇게 쓰이리라.

하늘이 점점 더 컴컴해졌다.

한 번에 한 걸음씩. 옐로프는 떨리는 손으로 이마에 맺힌 차가운 빗방울을 닦았다.

천천히 해안에 가까워질수록 목초지 아래 가느다란 모래 띠를 규칙적으로 쓸고 지나가는 파도 소리가 점점 더 뚜렷해졌다. 갈매기 한 마리가 바람을 맞으며 멀리 떨어진 바다 위를 홀로 맴돌았다. 갈매기가 눈에 보이는 유일한 생명체는 아니었다. 옐로프는 몇 해리 떨어진 곳에서 북쪽으로 가고 있는 커다란 화물선 한 척의 흐릿한 형체를 알아볼 수 있었다. 하지만 그가 배를 향해 손을 흔들거나 소리칠 수 있다 해도 아무도 듣지 못할 것이다.

눈앞의 해안 옆에 있는 작은 목초지는 옐로프가 처음 보는 곳이었다. 적어도 기억에는 없었다. 순간 그는 가파르고 황량하지만 아름다운 스텐비크의 해안이 그리웠다. 지금 여기 욀란드 동쪽 해안의 풍경은 그가 보기엔 너무 밋밋하고 넓게 퍼져 있기만 했다.

갑자기 자갈길이 끝나고 풀로 뒤덮인 좁은 길이 나타났다. 한동안 그 길을 걸었던 사람이 아무도 없었는지, 앞으로 헤치며 나아가기 힘들 만큼 풀들이 많이 자라 있었다. 옐로프로서는 발을 옮기기가 힘들었다. 때때로 바다에서 돌풍이 불어올 때마다 그는 쓰러질 듯 비틀거리곤 했다. 하지만 계속해서 한 번에 한 걸음씩 걷다 보니 한참 뒤에는 마침내 사과나무 앞에 도착했다. 얼마 안 되는 거리였지만 옐로프는 완전히 탈진했다.

사과나무는 볼품없게도 바다에서 불어오는 강풍에 비쩍 마르고 비틀려 있었다. 가지에 잎이 하나도 남아 있지 않아 가림막이 되어주진 못했지만, 적어도 옐로프는 나무 몸통에 몸을 기대어 숨을 고를 수 있었다.

그때 오른쪽 바지 주머니 안에서 뭔가 딱딱한 것이 느껴졌다. 옐로프는 그 물건을 꺼내보았다.

군나르 융에르의 검은색 휴대전화였다.

그제야 옐로프는 기억이 났다. 융에르가 차에서 먼저 내려 조수석 쪽으로 돌아오는 동안 옐로프는 좌석 사이 수납공간에 놓여 있던 휴대전화를 집어 들었다. 융에르가 차에서 그를 끌어내릴 때 그는 몰래 휴대전화를 주머니 속에 집어넣었다.

하지만 훔친 휴대전화는 아무 쓸모가 없었다. 옐로프는 휴대전화 쓰는 법을 몰랐다. 욘 하그만의 번호를 눌러보긴 했지만, 통화가 되지 않았다. 그 휴대전화는 꺼져 있었다.

옐로프는 휴대전화를 다시 주머니 속에 집어넣었다.

그나마 신발은 신고 있게 해주었으니 융에르에게 고마워해야 하는 걸까? 신발이 없었다면 한 발자국도 움직이지 못했으리라.

아니, 고맙지 않았다. 옐로프는 그가 저주스러웠다.

땅과 돈. 전부 그것 때문이라니. 마르틴 말름은 새 배들을 살 돈을 얻었고, 군나르 융에르는 롱비크 부근의 많은 땅들을 빼앗아 개척했다.

베라 칸트 또한 닐스와 마찬가지로 아주 오랜 세월 동안 그들에게 속은 것이다.

옐로프도 마찬가지였다.

그때 무슨 일이 있었는지, 이제야 그는 거의 모든 것을 알게 되었다. 목표를 이루기는 했지만 충분하지 않았다. 옐로프는 그 사실을 다른 사람들에게 알리고 싶었다. 욘과 경찰에 말하고 싶었다. 무엇보다 율리아에게 알려주고 싶었다.

지금껏 그는 이번 일에 관련된 모든 사람들을 모아놓고 무슨 일이 있었는지 정확하게 설명한 뒤, 닐스 칸트와 어린 옌스를 죽인 범인을 밝히고 싶었다. 그 자리에 있는 사람들이 엄청나게 흥분해서 웅성거리겠지. 살인범은 무너지고 모든 것을 자백하겠지. 사람들은 진실을 알고 놀라겠지. 박수갈채가 쏟아지겠지.

"중요한 인물이 되고 싶어 하시는 것 같아요." 율리아는 그렇게 말했다. 그 말이 맞을 것이다. 아마 그래서 이 모든 일들을 해왔으리라. 중요한 사람. 사람들에게 잊힌, 반쯤 죽은 노인이 아니라.

하지만 이제 그는 죽어가고 있었다. 생명은 빛과 온기로 살아가는데, 지금은 해도 지고 온기도 사라졌다. 발이 꽁꽁 얼어붙은 것 같았다. 손가락에는 감각이 없었다. 추위가 심했지만, 이상하게 편안했다. 기분이 좋을 정도였다.

그는 잠시 눈을 감았다. 마음속에서, 군나르 융에르가 큰 차를 타고 가는 모습이 보이는 것 같았다. 융에르는 옐로프의 코트와 가방을 거짓 증거로 던져두고 갔다. 그렇게 하면 옐로프가 발견될 때 모든 것이 딱 맞아떨어진다. 치매에 걸린 노인이 버스에서 내려 길을 잃고 헤매다가 길을 잘못 들었고, 혼란스러운 상태에서 외투를 벗어버린 것이다. 그러다 어둠이 내려앉자 결국 해안에서 얼어죽었다.

융에르는 옐로프를 죽이는 것으로 만족하지 않았다. 그를 어리석은 노인으로 만들고자 했다.

옐로프는 헐떡거리며 차가운 공기를 들이마셨다. 신체 활동은 언제쯤 멎게 될까? 체온이 30도 밑으로 떨어지면?

무슨 일이든 해야만 했다. 어쩌면 죽기 전에 해안에 내려가 모래 위에 메시지라도 남겨야 할 것이다. "군나르 융에르, 살인자." 비에 지워지지 않을 정도로 크게 써야 한다. 하지만 옐로프에겐 그럴 힘이 없었다.

배에서 떨어졌을 때와 비슷한 상황이었다. 춥고, 온몸이 젖고, 외로웠다. 옐로프는 수영을 배운 적이 없었다. 그래서 늘 물에 빠질까 봐 걱정했었다.

옐로프는 엘라를 떠올렸다. 죽음이 임박하면 그녀의 존재를 어떻게든 느낄 수 있지 않을까, 그는 늘 생각하곤 했다. 하지만 아무것도 느껴지지 않았다.

이제 그는 율리아를 생각했다. 지금쯤 보리홀름에서 출발했을까? 어쩌면 렌나르트의 순찰차를 타고 주도로를 지나가고 있을지도 모른다. 융에르가 율리아만큼은 가만히 내버려두었으면.

"서 있는 것보다는 앉는 게 좋고, 앉아 있는 것보다는 눕는 게 좋다." 예전에 읽은 구절인데, 어디서 본 건지는 이제 기억이 나지 않았다.

옐로프의 다리는 더이상 버티지 못했다. 나무껍질에 등이 쓸렸지만, 그는 천천히 밑으로 미끄러져 주저앉았다.

잎사귀 하나 없는 사과나무 밑에서 다리에 힘이 완전히 풀려버린 것이다. 이렇게 되면 다시는 일어설 수 없을 터였다.

사과나무 아래 앉아서 눈을 감는 것이 얼마나 위험한 선택인지는 옐로프도 알고 있었다. 일단 자리에 앉게 되면 곧 바닥에 눕게 될 것이고, 눈을 감으면 그다음에는 어둠 속을 떠돌게 될 것이다.

잠이 드는 건 더 위험하다.

하지만 옐로프는 결국 포기하고 바닥에 주저앉았다.

그는 그렇게 앉아 눈을 감았다. 잠시만 그렇게 있을 생각이었다.

윌란드, 1972년 9월.

볼보 트렁크에는 쇠 곡괭이와 삽 두 개가 들어 있다. 군나르는 도구들을 꺼내 마르틴에게 삽 한 개를 건넨 뒤 닐스를 쳐다본다.

"다 됐어요. 이제 어디로 갈까요?"

닐스는 안개가 자욱한 알바르에 서서 주위를 둘러본다. 풀과 허브, 메마른 토양의 익숙한 냄새가 풍긴다. 어릴 때 보았던 노간주나무 덤불과 바위들, 흐릿하게 자취가 남아 있는 길들도 눈에 들어온다. 하지만 지금 있는 곳이 어딘지 그는 알 수가 없다. 모든 지형지물이 안개 속에 가려져 있다.

"돌무덤 쪽으로 가야죠." 닐스가 조용히 말한다.

"알아요, 어젯밤에 들었으니까. 그런데 거기가 정확히 어디요?" 군나르가 짜증스럽게 묻는다.

"여기…… 이 근처예요."

닐스는 다시 주위를 둘러본 뒤 걸음을 옮기기 시작한다.

여기까지 오는 내내 거의 한마디도 하지 않은 마르틴이 재빨리 닐스를 따라잡는다. 그는 차에서 내리자마자 담배에 불을 붙이더니 지금도 얇은 입술 사이에 담배를 물고 있다. 군나르도 그들과 함께 나란히 걷는다.

닐스는 서두를 것 없다는 듯 걸음을 늦춘다. 두 남자가 앞에 있는 편이 낫다. 그래야 그들을 지켜볼 수 있기 때문이다.

이곳의 안개는 닐스가 기억하는 것보다 훨씬 자욱하다. 사실 그는 십 대 시절 이곳을 돌아다닐 때처럼 햇살 가득한 알바르 지대만 떠올리고 있었다. 지금은 마치 공기주머니 안에서 해저를 걷는 느낌이다. 닐스는 걸음을 멈춘다. 잿빛이 도는 흰색 이외에는 십 미터 앞의 풍광도 보이지 않고 아무 소리도 들리지 않는다. 얇은 스웨터에 검은색 갈색 재킷과 청바지를 입은 그는 차가운 공기에 얼어붙을 것 같다.

"닐스, 잘 따라오고 있어요?"

군나르가 걸음을 멈추고 뒤를 돌아본다. 닐스 앞에 있는 그는 목탄화처럼 윤곽이 번진 커다란 회색 형체로만 보인다. 지금 어떤 표정을 짓고 있는지 알 수가 없다.

"당신을 잃어버리고 싶진 않아요." 군나르가 말한다. 하지만 그는 닐스가 쫓아갈 때까지 기다리지도 않고 돌아서더니, 움츠리고 있는 풀들을 지나 성큼성큼 걸어간다.

알바르에 서서히 해가 저문다. 닐스는 밤늦게야 어머니를 보러 갈 수 있을 것이다. 어머니는 그가 오늘 돌아간다는 것을 알고 있을까?

닐스는 삐죽삐죽 자란 풀 옆에 있는 평평한 돌을 지나친다. 그는 그 돌이 삼각형 모양이라는 것을 알아차린다. 이제 여기가 어디인지 알 것 같다.

"왼쪽으로 가요." 닐스가 말한다.

군나르는 말없이 방향을 바꾼다.

안개 속에서 희미한 소리가 들리는 것 같다. 닐스는 발걸음을 멈추고 귀를 기울여본다. 하지만 더이상 소리는 들리지 않는다.

이제 거의 다 왔다. 마침내 군나르와 마르틴이 풀이 무성한 커다란 흙더미 앞에 멈춰 선다. 닐스는 아직도 목적지에 도착하지 않았다고 생각한다. 어디에도 돌무덤이 보이지 않기 때문이다.

"여기군요." 군나르가 간단하게 말한다.

"아닌데." 닐스가 대꾸한다.

"여기가 맞아요."

군나르가 풀을 몇 번 걷어차자 돌무덤의 가장자리가 나타난다.

그제야 닐스는 이제 돌무덤이 없다는 사실을 깨닫는다. 완전히 잊힌 것이다. 여행객들은 더이상 수십 년 전에 죽은 사람들을 기리기 위해 돌을 올리지 않았다. 누렇게 변한 알바르의 풀들이 돌무덤을 집어삼킨 것이다.

그때 이후로 제대로 된 게 아무것도 없다. 모든 것이 잘못되었다.

닐스가 가리킨다.

"여기…… 이쯤이에요. 여길 파봐요."

닐스는 마르틴이 손에 삽을 든 채 어설프게 새 담배를 입에 무는 모습을 본다. 저 사람은 어째서 저렇게 불안해하는 걸까?

"여길 파요. 보석을 갖고 싶다면." 닐스가 다시 말한다.

그는 옆으로 물러나 돌무덤을 한 바퀴 돌아본다. 뒤에서 삽이 땅에 부딪히는 소리가 들린다. 이제 파기 시작한다.

닐스는 자욱한 안개를 바라본다. 아무것도 움직이지 않는다.

사방이 고요하다.

뒤에서는 마르틴이 깊은 구덩이를 파고 있다. 삽이 몇 번인가 돌에 부딪히자, 군나르가 얼굴까지 벌게져서는 곡괭이로 돌들을 치운다. 그는 숨을 거칠게 몰아쉬며 험악한 얼굴로 닐스를 쳐다보고는 으르렁거리듯 말한다.

"여긴 아무것도 없어요. 돌만 잔뜩 있지."

"있어야 해요. 분명히 여기 숨겼으니까." 닐스가 구덩이 속을 내려다본다.

하지만 그 속에는 아무것도 없다. 마르틴의 말이 맞는다.

"비켜봐요." 닐스가 짜증을 내며 다른 삽을 집어 든다.

그러고는 직접 구덩이를 깊숙이 파기 시작한다.

조금 뒤, 그가 오래전 보석이 든 금속 상자를 보호하기 위해 넣어둔 석판들이 보인다.

흙 때문에 색이 검게 변하긴 했지만 석판들은 그 자리에 그대로 있다. 하지만 보물은 사라졌다.

닐스가 마르틴을 쳐다본다.

"네놈이 보물을 가져갔군. 지금 어디 있어?" 그가 조용히 말하며 마르틴 앞으로 한 발자국 다가선다.

32

"여기예요. 내 작은 은신처를 직접 보니 어때요?" 렌나르트가 순찰차의 시동을 끄며 물었다.

"정말 근사하네요." 율리아가 말했다.

그는 마르네스 북쪽으로 몇 킬로미터를 더 가다가 사유지 진입로로 들어선 뒤 천천히 나무 사이를 지나 작은 공터에 차를 세웠다. 렌나르트의 빨간색 벽돌집과 작은 정원 바로 앞에 청회색 바다가 펼쳐져 있었다.

그가 말한 대로 집은 크지 않지만 위치가 환상적이었다. 집 건너편으로는 드넓게 펼쳐진 수평선 이외에 아무것도 보이지 않았다. 바다로 향하는 내리막길의 잔디들은 깔끔하게 관리되어 넓은 모래사장과 자연스럽게 이어져 있었다.

교회 담처럼 정원을 에워싸고 있는 소나무들이 그늘을 드리우고 주위 소음을 막아주었다.

렌나르트가 시동을 끄자 사방이 고요해지면서 분위기가 차분해졌다. 들리는 거라곤 나무 위를 스치는 바람 소리뿐이었다.

"저 소나무들은 옮겨 심은 거예요. 내가 여기 살기 훨씬 전에 말이에요." 렌나르트가 말했다.

그들은 차에서 내렸다. 율리아는 눈을 감고 숲 내음을 맡았다.

"언제부터 여기 살았어요?"

"오래됐죠……. 거의 이십 년은 됐을 거예요. 하지만 아직도 난 여기가 너무 좋아요." 렌나르트는 처음 보는 것처럼 주위를 둘러보더니 율리아에게 물었다. "고양이 알레르기 있어요? 미시라고 부르는 페르시안 고양이를 키우거든요. 아무래도 밖에서 돌아다니고 있을 것 같지만요."

"괜찮아요, 고양이도 좋아하고요." 율리아는 목발을 짚은 채 렌나르트의 뒤를 따라갔다.

벽돌로 된 벽은 아주 튼튼해 보였다. 발트해에서 겨울 폭풍우가 불어와도 끄덕도 하지 않을 것 같았다. 렌나르트는 문을 열고, 그녀가 집안에 들어갈 때까지 문을 잡아주었다.

"아직 배는 고프지 않죠?" 렌나르트가 물었다.

"괜찮아요." 율리아는 주방으로 연결되는 작은 현관에 들어섰다.

렌나르트는 집안 살림에 까다롭지는 않아도 무척 깔끔한 성격인 것 같았다. 집 전체가 예테보리에 있는 율리아의 작은 아파트보다 훨씬 깨끗했다. 벽에 달린 나무로 된 신문걸이에 《욀란스-포스텐》이 가지런히 꽂혀 있고, 직업과 어울리게 《스웨디시 폴리스》 잡지도 몇 부 보였다. 현관에는 낚싯대 몇 개가 놓여 있었고, 창문마다 화분이 두세 개씩 자리잡고 있었다. 주방 스토브 위쪽 선반에는 요리책들이 잔뜩 꽂혀 있었다.

집안 어디에도 맥주 캔이나 술병은 보이지 않았다. 그녀는 그 점이 좋았다.

렌나르트는 주방 뒤편의 커다란 방으로 가 창가에 놓인 램프에 불을 붙였다.

"더 어두워지기 전에 해안에 내려가볼래요? 우산을 가져올까요?"

"좋아요, 목발을 짚고도 가능하다면요."

렌나르트가 웃었다.

"아무래도 조심해야죠. 날이 맑을 때는 저 끝에서 뵈다까지 보여요." 그는 덧붙였다. "알고 있겠지만, 커다란 모래사장이 있는 만 말이에요."

율리아는 미소를 지었다.

"뵈다가 어딘지는 알아요."

"당연히 그렇겠죠. 당신이 여기서 자랐다는 사실을 깜박했어요. 나가볼까요?"

율리아는 고개를 끄덕인 뒤 시간을 확인했다. 5시 15분이었다.

"나가기 전에 전화 한 통 해도 될까요?"

"그럼요."

"아스트리드한테 여기 있다는 얘기만 하고 올게요."

"전화는 조리대 위에 있어요." 렌나르트가 말했다.

아스트리드는 전화를 받을 때마다 자기 번호를 말했기 때문에 율리아는 자연스럽게 그 번호를 외웠다. 그녀는 재빨리 번호를 누르고 신호가 떨어지기를 기다렸다. 신호음이 다섯 번 울리자 아스트리드가 전화를 받았다. 전화선 너머로 월리가 맹렬하게 짖는 소리가 들렸다.

"율리아구나. 뒤뜰에서 낙엽을 치우고 있었어. 지금 어디야?"

"마르네스에 있어요. 마르네스 북쪽에 있는 렌나르트 헨릭손의 집요. 우린……."

"옐로프도 같이 있니?"

"아뇨, 아버진 요양원에 계실 거예요."

"아니, 요양원에 안 계셔. 조금 전에 보엘이라는 담당자가 옐로프가 어디 있는지 아느냐고 전화를 했어. 오늘 아침에 욘 하그만과 같이 나갔는데, 아직도 돌아오지 않았다고 말이야."

"그럼 욘 아저씨와 같이 계시겠죠." 율리아가 말했다.

"아니, 보엘이 욘한테도 전화했어. 욘은 옐로프를 버스 터미널에 내려줬는데, 옐로프가 요양원에 도착하면 전화하겠다고 했대." 단호한 목소리였다.

율리아는 잠시 생각했다. 옐로프는 무엇이든 원하는 일을 할 수 있어. 그러니 괜찮을 거야. 하지만······.

"요양원에 전화를 해봐야겠어요." 렌나르트와 해안에 내려가고 싶은 마음이 너무도 간절했지만 율리아는 이렇게 말했다.

"그게 좋겠어."

두 사람은 인사를 나누고 전화를 끊었다.

"다 됐어요? 그럼 나가볼까요? 나중에 들어오면 커피 한잔 하고요."

뒤에서 렌나르트가 물었다. 그는 벌써 재킷을 입고 문가에 서 있었다.

율리아는 고개를 끄덕였다. 하지만 이마를 찡그리며 생각에 잠겼다.

이제 하늘은 어둑어둑해지고 있었다. 저녁이 되니 날씨가 추워졌다. 집 주위를 둘러싼 소나무를 스치는 바람 소리도 더 고적하게 들렸다.

사망자 신원 불명. 율리아는 생각했다.

보리홀름의 신문 가판대에서 봤던 교통사고 기사 헤드라인이 계속 머릿속을 맴돌았다. '사망자 신원 불명, 사망자 신원 불명······.'

율리아는 돌아섰다.

"렌나르트, 내가 귀찮게 하고 있다는 것도 알고, 아무 이유도 없이 걱정하고 있다는 건 아는데요······. 그래도 해안에 나가는 건 다음으로 미루고, 지금은 마르네스 요양원에 가보면 안 될까요? 아버지가 잘 돌아왔는지 확인해야겠어요."

윌란드, 1972년 9월.

"보물? 난 그런 거 가져간 적 없어." 마르틴이라는 이름을 가진 남자가 말한다.

"네놈이 상자를 숨겼어. 내가 등을 돌리고 있을 때 말이야." 닐스가 앞으로 다가서며 말한다.

"무슨 상자?" 마르틴은 담뱃갑을 다시 꺼낸다.

"둘 다 진정해요. 우린 한편이니까." 뒤에서 군나르가 말한다.

그는 닐스의 등뒤에, 너무 가까이 서 있다.

닐스는 군나르가 그 자리에 있는 것이 마음에 들지 않는다. 그는 흘깃 뒤를 한번 돌아본 뒤 다시 마르틴을 쳐다본다.

"거짓말하지 마." 닐스는 한 걸음 더 앞으로 나간다.

"내가? 난 그쪽을 여기까지 데리고 온 사람이야! 이 일은 전부 군나르와 내가 계획했어. 그쪽을 내 배에 태워서 여기까지 데려온 게 우리라고. 내가 아니었으면 이렇게 돌아오지 못했을 거야." 마르틴이 화를 내며 소리를 지른다.

"난 아직 그쪽을 몰라." 그러고서 닐스는 생각한다. '내 보물. 나의 스텐비크.'

"그래? 날 알든 모르든 그런 건 상관없잖아." 마르틴이 담배에 불을 붙인다.

"닐스, 삽을 내려놔요." 군나르가 말한다.

그는 여전히 닐스의 등뒤에, 너무 가까이 서 있다.

마르틴 역시 너무 가깝다. 그가 갑자기 삽을 들어올린다.

닐스는 마르틴이 삽으로 자신을 내려칠 작정이라는 것을 직감한다. 하지만 너무 늦었다. 닐스 역시 삽을 갖고 있으니까. 그 역시 이미 삽을 들어올리고 있었다.

닐스는 양손으로 삽을 잡고 있다. 그는 삼십 년 전에 라스얀에게 노를 휘둘렀던 것처럼 삽을 휘두른다. 오랜 분노가 솟구친다. 인내심은 바닥이 났다. 그는 기다리고 또 기다렸다.

"내 거야!" 닐스가 소리친다. 앞에 있던 남자가 갑자기 흐릿하게 보인다.

마르틴은 몸을 움직이지만 피할 시간이 없다. 닐스는 삽으로 마르틴의 왼쪽 어깨를 내리친다. 움직이던 마르틴의 귀 아래 피부가 잘려 나간다.

마르틴이 울부짖으며 휘청거린다. 닐스는 다시 공격한다. 이번에는 이마를 노린다.

"안 돼!"

마르틴은 고함을 지르며 몸을 돌리다가 돌무덤 위로 넘어진다.

닐스는 다시 삽을 들어올려, 이번에는 마르틴의 무방비한 얼굴을 노린다.

"그만!" 군나르가 외친다.

닐스의 발밑에서 마르틴이 양팔을 들어올린다. 얼굴에서 피가 철철 흐른다. 지금 그는 치명타를 대비하고 있다.

하지만 닐스는 마르틴을 공격하지 않는다.

"그만, 닐스!"

누군가 삽의 손잡이를 붙잡는다. 군나르는 삽을 꼭 붙잡은 채 닐스가 놓을 때까지 힘껏 잡아당긴다.

"그만! 이럴 필요 없잖아요! 마르틴, 어떻게 된 거야?" 군나르가 큰 소리로 말한다.

"망할……. 젠장." 마르틴이 잔뜩 쉰 목소리로 중얼거린다. 아직도 공격을 피하기 위해 머리 위로 팔을 들어올린 채다. "해치워, 군나르! 기다릴 것 없어……. 지금 해치워!"

"너무 일러." 군나르가 말한다.

"난 가겠어." 닐스는 뒤로 물러난다.

"망할 계획……. 지금 해치워야 해. 저 녀석 완전 미쳤어, 그러니까……." 마르틴이 말한다.

그는 애써 일어나려 하지만 이마에 난 상처와 코에서 피가 철철 흐르고 있다.

"누군가 보물을 가져갔어…… 네놈들이든 다른 누구든." 닐스는 눈도 깜박하지 않고 군나르를 쳐다보며 말한다. "그러니까 이 거래는 끝났어. 이제 난 돌아갈 거야. 스텐비크에 있는 집으로." 닐스는 숨을 깊이 들이마신다.

"좋아……. 이제 거래는 없어. 아무래도 여기서 끝내야겠군." 군나르가 지친 듯 한숨을 쉬며 말한다.

"가겠어." 닐스가 말한다.

"안 돼."

"지금 당장 갈 거야."

"넌 못 가. 애초에 여기서 나갈 수 없었어. 그걸 모르고 있었던 건가? 넌 여기 있어야 해." 군나르가 말한다.

"아니, 난 갈 거야. 여기서 끝날 순 없어." 닐스가 말한다.

"끝났어······. 넌 이미 죽었으니까."

군나르는 천천히 무거운 곡괭이를 치켜들며, 혹시 이 일을 지켜보는 사람이 없는지 확인하려는 듯 안개 속을 돌아본다.

"넌 집에 못 가, 닐스. 이미 죽었으니까. 마르네스 교회 경내에 묻혔지."

33

옐로프는 죽어가고 있었다. 그래서인지 죽은 사람들이 눈앞에 나타났다.

그들은 소란스럽기까지 했다. 오래전에 잊힌 청동기시대 전쟁에서 죽은 전사의 해골이 뼈를 덜그럭거리며 해안에 나타났다. 옐로프는 유령이 돌아다니는 모습을 보지 않기 위해 눈을 감았다. 하지만 덜그럭거리는 소리는 뚜렷하게 들렸다.

눈을 뜨자, 이번에는 친구 에른스트 아돌프손이 온몸에 피를 묻힌 채 목초지를 이리저리 돌아다니며 풀밭에서 돌을 찾고 있었다.

옐로프는 바다를 쳐다보았다. 해가 저물자, 검은색 돛을 단

낡은 목선에 오른 죽음이 바람에 이끌려 항해를 하고 있었다.

이 모든 것들 중 최악은, 아내인 엘라가 잠옷을 입은 채 사과나무 아래 앉아서는 슬프고 심각한 표정으로 그를 쳐다보며 이제 그만 포기하라고 종용하는 것이었다. 옐로프는 눈을 감아버렸다. 정말 모든 것을 포기하고 검은 배에 타고 싶었다. 이대로 잠들고 싶었고, 비와 추위를 피하고 싶었고, 걱정도 멈추고 싶었다. 그냥 마르네스 요양원에 있는 방 침대인 듯 눕고 싶었다. 이렇게 깨어 있으려고 애를 쓰는 이유가 뭘까? 죽기까지 시간이 오래 걸린다는 사실이 그는 괴로웠다.

해안에서 덜그럭거리는 소리가 계속 울렸다. 옐로프는 천천히 고개를 돌리고 눈을 떴다.

바다와 하늘의 경계인 수평선은 어둠 속에 완전히 사라졌다.

저 덜그럭거리는 건 정말 오래전에 죽은 해골이 내는 소리일까? 아니면 다른 소리일까? 혹시 근처 어딘가에 살아 있는 사람이 있는 걸까?

감각이 사라진 몸속 어딘가에서 아직도 희미하게나마 불꽃이 깜박거리고 있었다. 생존의 의지가 어렴풋이 메아리쳤다. 옐로프에게 그것은 강풍 속에 주 돛을 올리는 일이나 마찬가지였다. 어렵지만 불가능한 건 아니다. 그는 숫자를 셌다. 하나, 둘, 셋. 사과나무를 버팀목으로 이용해 무릎을 세웠다.

'영차, 영차.' 오른발을 바닥에 올려놓으면서 그는 생각했다.

그런 뒤에는 몇 분 동안 쉬어야 했다. 옐로프는 마지막 기립 직전의 역도 선수처럼, 후들거리는 무릎을 제외하면 꼼짝도 하지 않은 채 기다렸다.

'영차, 영차.'

성공이다. 그는 한 손으로 나무를, 다른 한 손으로는 지팡이를 붙잡고 간신히 일어났다.

주 돛이 올라갔으니, 이제 배는 바다를 향해 나아갈 수 있다. 필요하다면 엔진을 사용할 수도 있을 것이다. 옐로프는 언제나 기계 관리를 잘했다. 그의 화물선에는 압축점화 엔진이 장착되어 있었다. 그 엔진들이 돌아가고 있을 때는 매시간 윤활유를 넣어야 하는데, 옐로프는 한 번도 빼먹은 적이 없었다.

"영차." 그는 소리 내어 말했다.

옐로프는 나무에서 손을 떼고, 비틀거리는 다리로 바다를 향해 한 발자국 내디뎠다. 기분은 괜찮았다. 관절이 마비된 덕분에 통증은 없었다.

그는 가능한 한 돌담 쪽에 붙어서 걸었다. 그쪽이 목초지보다 풀이 무성하지 않았기 때문이다. 그렇게 천천히 해안 쪽으로 다가갔다. 바다에서 불어오는 바람이 옐로프의 젖은 셔츠를 뚫고 맨몸에 직접 부딪히는 것 같았다. 어디선가 들리는 점점 더 커지는 덜그럭 소리에 이끌려 가지 않을 수 없었다. 아는 소리 같다는 확신이 떠오르기 시작했다.

옐로프의 생각이 맞았다. 그건 빈 비닐봉투였다.

정확하게는 쓰레기봉투라고 해야 할 커다란 검은색 비닐봉투가 모래에 반쯤 묻혀 있었다. 발트해를 지나는 배에서 누군가 던 졌을 것이다. 해안에 오래된 우유갑, 녹색 유리병, 녹슨 캔 같 은 쓰레기들이 밀려오는 일이 잦았다. 배를 타고 가다가 바다에 쓰레기를 버리는 건 부끄러운 짓이다. 하지만 지금 옐로프가 살 아남기 위해서는 그 비닐봉투가 필요했다. 모래에 박혀 있는 비 닐봉투를 뽑아 그 바닥에 구멍을 내고 뒤집어쓴다면 밤새 비를 막아주고 체온을 지켜줄 것이다.

좋아.

얼어붙은 머리에서 나온 것치고는 나쁘지 않은 생각이다.

이제 해안으로 내려가는 게 문제였다. 목초지가 끝나는 부분 은 파도에 쓸리다 보니 절벽에서 튀어나온 바위처럼 날카롭게 깎여 있는데다 계단처럼 가팔랐다.

이십 년만, 아니, 십 년만 젊었어도 옐로프는 아무 걱정 없이 쉽게 해안으로 뛰어내렸을 것이다. 하지만 이제는 자신의 균형 감각을 믿을 수가 없었다.

그는 얼음처럼 차가운 공기를 깊이 들이마시며 용기를 끌어모 았다. 그러고서 바람을 맞으며 한 걸음 앞으로 내디딘 뒤, 오른 발을 들고 지팡이를 앞으로 쭉 내밀었다.

생각대로 되지 않았다. 지팡이는 해안에 닿자마자 젖은 모래 에 깊숙이 파묻혔다.

옐로프는 앞으로 넘어졌다. 지팡이를 손에서 너무 늦게 놓는 바람에 우지끈 부러지는 소리도 들렸다.

오른손으로 지탱해보려 했지만, 그는 결국 해안으로 떨어지고 말았다. 바닥의 모래 표면이 돌처럼 딱딱했다. 온몸에서 공기가 빠져나가는 것 같았다.

옐로프는 그대로 그 자리에 누워 있었다. 비닐봉투는 몇 미터 앞에 있었다.

움직일 수가 없었다. 어딘가 부러진 것 같았다. 봉투를 가져오겠다는 계획은 좋았지만 이번에는 일어날 수가 없었다.

옐로프는 다시 한번 눈을 감았다. 귓가에 자동차 엔진 소리가 들렸지만 눈을 뜨지 않았다.

그와는 상관없는 소리였다.

34

렌나르트는 순찰차 운전대 옆에 놓여 있던 무전기로 칼마르에 있는 응급 센터에 연락을 했다. 잠시 뒤 무전기에서 치직거리는 소리와 함께 율리아로서는 알아들을 수 없는 응답이 흘러나오기 시작했다.

하지만 렌나르트는 집중해서 듣고 있었다.

"탐지견들도 수색에 나설 겁니다. 헬리콥터가 더 빨리 도착할 거예요." 렌나르트가 순찰차 앞유리로 컴컴한 어둠 속을 내다보며 말했다.

"언제쯤요?"

"칼마르에서 몇 분 안에 이륙할 겁니다." 그러고서 렌나르트는 덧붙여 설명했다. "헬리콥터에는 열화상 카메라가 장착되어 있죠."

"그게 뭔데요?"

"체열을 감지하는 카메라예요. 어둠 속에서 아주 유용하죠."

"그렇군요." 하지만 율리아는 조금도 안심이 되지 않았다.

그녀는 계속 창밖을 내다보고 있었다. 너무 어두웠다. 시간은 6시 30분인데, 칠흑처럼 깜깜했다.

요양원에서 옐로프와 연락이 되지 않았을 때, 보엘은 처음엔 짜증을 냈다.

"앞으론 그분을 가둬둬야 하나? 그래야 해?" 보엘이 한숨을 내쉬며 말했다.

하지만 이내 율리아처럼 그녀도 걱정하기 시작했다. 보엘은 옐로프가 내렸다는 버스 정류장에서부터 요양원으로 오는 길을 샅샅이 찾아보기 위해 저녁 근무 직원들을 모아 수색 팀을 꾸렸다.

렌나르트는 언제나처럼 침착해 보였지만 상황의 심각성을 잘 알고 있었다. 그는 무전기로 보리홀름의 당직 경관에게 상황을 알렸다.

여러 통의 짧은 전화 통화 끝에, 렌나르트는 뷕셀크로크를 돌고 보리홀름으로 돌아온 버스 기사와 연락을 할 수 있었다. 기사는 옐로프가 탄 것도 기억하지 못했지만 마르네스에 도착하기 전에 주도로에서 두 번 정도, 마르네스에서 뷕셀크로크로 가는 동안에는 세 번 정도 정차했던 것을 기억해냈다.

율리아와 렌나르트는 6시 직후부터 차를 타고 수색에 합류했다. 요양원 직원들이 탄 차 두 대도 동시에 출발했다. 보엘은 사무실에 남아 연락을 기다리기로 했다.

빗발이 거세졌다. 율리아와 렌나르트는 요양원에서 남쪽 방향으로 내려가기 시작했다. 사실 옐로프가 어느 버스 정류장에서 내린 건지도 확실하지 않았다. 깜박 졸다가 마르네스를 지나 내렸을 수도 있으니까. 하지만 어디에서든 수색을 시작해야만 했다.

렌나르트는 속도를 계속 늦추었다. 모터 달린 자전거보다도 천천히 달리면서, 버스 정류장이나 주차장이 나올 때마다 빠짐없이 차를 세웠다.

"아무것도 안 보이네요······." 율리아가 조바심을 내며 중얼거렸다.

사실 볼 것도 별로 없었다. 이렇게 춥고 비 오는 저녁에 주도로를 어슬렁거리는 사람은 아무도 없었다. 컴컴한 배수로와 덤불들, 바람에 뒤틀린 희끄무레한 나무들밖에 보이지 않았다.

무전기가 다시 치직거리며 울리기 시작했다.

"헬리콥터가 이륙했다는군요. 지금 마르네스로 오는 중이랍니다." 렌나르트가 말했다.

율리아는 고개를 끄덕였다. 지금으로선 헬리콥터만이 유일한 희망이었다.

"옐로프가 늘 이랬습니까?" 잠깐 사이를 두고 렌나르트가 물었다.

"무슨 뜻이에요?"

"그러니까…… 전에도 미덥지 않게…… 행동한 적이 있느냐는 거죠."

"아뇨." 율리아는 분노를 느끼며 격하게 고개를 저었다가 잠시 생각한 뒤 덧붙였다. "하지만 놀랄 일은 아니에요……. 아버지가 버스에서 내려서 그냥 어딘가를 떠돌고 있거나, 아니면 무슨 일이 있다든가 해도 말이에요. 아버진 생각이 너무 많아요."

"찾을 수 있을 겁니다." 렌나르트가 조용히 말했다.

율리아는 고개를 끄덕였다.

"아침에 나갈 때 겨울 코트를 입고 나가셨어요. 그러니까 괜찮으시겠죠?"

"밤새 밖에 있어도 코트만 제대로 입고 있으면 아무 일도 없을 겁니다. 어딘가에서 바람을 피하고 있다면 더 말할 것도 없고요."

하지만 알바르에는 바람을 피할 곳이 없다고 율리아는 생각했다.

35

"옐로프! 어디 있는 거야, 옐로프!"

항해를 하는 따뜻한 꿈에서 깨어나 힘겹게 눈을 뜬 옐로프는 이어 가차없이 쏟아지는 비에 눈을 깜박였다.

"뭐지?" 그는 쉰 목소리로 말했다. 어쩌면 말했다고 생각한 것일지도 모르지만.

옐로프는 여전히 해안에 누워 있었다. 오른쪽 다리에 지끈거리는 통증이 느껴졌다.

쓰러져 있는 그의 눈앞에 밤하늘을 배경으로 거대한 그림자처럼 군나르 융에르가 서 있었다. 호텔 주인은 여전히 광고 문구가 새겨진 보기 싫은 노란색 패딩 재킷 차림이었다.

군나르 융에르가 정말 앞에 서 있는 걸까? 그래, 이건 꿈이 아니다. 옐로프는 더이상 융에르가 다정해 보이는 미소를 짓고 있지 않다는 것을 알아차렸다. 화가 난 듯 미간을 찡그리고 있었다.

"내 전화기 어디 있어?" 융에르가 물었다.

옐로프는 침을 삼켰다. 바짝 마른 입으로 겨우 말을 할 수 있었다.

"숨겼지." 그가 속삭이듯 대답했다.

"누구한테 전화했어?" 융에르가 따져 물었다.

옐로프는 지친 듯 고개를 저었다. 그는 전화를 걸 수가 없었다. 그럴 수밖에 없지 않은가? 휴대전화에는 작은 버튼들밖에 없다. 그 버튼을 하나씩 누르는 건 불가능한 일이었다.

"어디 있어? 뒷구멍에라도 쑤셔넣은 건가?"

"직접 와서 찾아보지그래, 군나르." 옐로프가 작은 소리로 대꾸했다.

하지만 융에르는 그 자리에서 움직이지 않았다. 옐로프는 이유를 알고 있었다. 만일 융에르가 해안으로 내려오면 발자국이 남게 될 것이다. 아무리 비가 많이 와도 그 발자국은 지울 수 없으리라.

휴대전화는 옐로프의 바지 주머니에 들어 있었다. 특별한 곳에 숨긴 것도 아니었다. 하지만 융에르는 전화기를 어떻게 가져갈 것인지 방법을 찾아내야만 했다.

"생각보다 강인하군, 옐로프. 그런데 여기서 떨어지는 바람에 다친 모양이야." 호텔 주인이 그 자리에서 몸을 내밀며 말했다.

옐로프는 입을 열었지만 더이상 목소리가 나오지 않았다. 아무 소리도 낼 수가 없었다. 입술이 뻣뻣하게 얼어붙었다.

"'가장 평온한 것은 죽은 사람일지니. 죽음은 가혹하지만 고결하다네. 그래서 안녕 하고 노래하며……' 알지 모르겠지만 단 안데르손이 만든 노래야. 난 이 노래를 좋아해. 바다와 선원들에 대한 에베르트 타우베의 노래도 좋아하지. 사실 그 노래들을 내게 들려준 건 베라 칸트였어. 그 여자는 오래된 레코드를 많이 가지고 있었지." 융에르가 그를 내려다보며 차분히 말했다.

"돈과 땅이겠지." 모래 위에 쓰러진 채, 옐로프가 속삭이듯 말했다.

"뭐라고?"

"베라의 땅과 돈……. 그게 전부였잖아."

융에르는 고개를 저었다.

"더 많은 게 있었지. 땅과 돈, 복수와 원대한 꿈……. 그리고 이미 말했듯 욀란드에 대한 사랑도 있었어. 난 이 섬을 사랑해."

옐로프는 융에르가 재킷 주머니에서 가죽장갑을 꺼내는 걸 보았다.

"옐로프, 이제 그만 잠들 때가 된 것 같아. 당신이 잠들면 난 전화기를 찾아갈 거야. 그걸 가지고 있게 둘 순 없지."

옐로프는 너무 지쳐서 융에르의 말을 듣고 있기가 힘들었다.

말하고 또 말하고. 호텔 주인은 목초지 가장자리에 서서 계속 떠들어대며 옐로프의 안식을 방해했다. 그때 어둠 속에서 어렴풋이 뭔가 돌진하는 듯한 소리가 들리기 시작했다.

"고마웠고, 작별 인사를 할 시간이군. 내 생각에 우리는⋯⋯."

융에르가 갑자기 입을 다물고는 고개를 돌렸다.

해안 위쪽에서 돌진하는 소리가 점점 더 크게 들려왔다. 거센 물살 소리 같기도 했다. 마치 바다에서 불어오던 바람이 폭풍우로 변한 것 같았다.

소음은 강한 돌풍으로 변해 옐로프의 얇은 옷을 찢을 듯 휘날렸다.

융에르가 깜짝 놀란 표정으로 하늘을 쳐다보는 모습이 눈에 들어왔다.

옐로프도 하늘을 올려다보았다. 그의 위로 그림자가 드리웠다.

어마어마한 몸체가 눈을 깜빡거리며 해안 위를 맴돌고 있었다. 위쪽 절반은 짙은 색이고 아래쪽 반은 연한 색이었다. 끊임없이 소란스러운 소리를 내는 물체의 평평한 아랫면에서 "경찰"이라고 쓰인 글자가 반짝였다.

헬리콥터였다.

융에르는 더이상 그 자리에서 옐로프를 지켜보지 않았다. 그는 가버렸다. 정체가 드러난 도깨비처럼 긴 자갈길을 필사적으로 성큼성큼 걸어 도망가버렸다.

옐로프는 가만히 지켜보았다. 소리는 점점 더 커졌다. 거대한 프로펠러가 빙글빙글 돌아갔다. 그 커다랗고 어설프게 생긴 몸체가 앞으로 기울더니 목초지 위로 하강하기 시작했다.

헬리콥터가 조심스럽게 착륙하자, 옐로프는 눈을 감았다.

그는 기쁨도, 안도감도 느끼지 않았다. 아무 느낌이 없었다. 머릿속으로는 여전히 자신을 바다로 데려갈 죽음의 배를 기다리고 있었다. 하지만 배는 오지 않았다. 옐로프는 다시 눈을 떴다.

헬리콥터의 프로펠러 소리가 서서히 작아지더니 문이 열렸다. 헬멧을 쓴 남자 두 명이 몸을 웅크린 채 내려왔다. 회색 작업복처럼 생긴 제복 차림이었다. 조종사나 경찰 비행사일 것이다. 두 사람은 재빨리 목초지를 건너 옐로프 앞으로 달려왔다.

그중 한 명은 팔에 보온 담요를 들었고, 다른 한 명은 흰 가방을 들고 있었다. 이제야 옐로프는 그들이 여기 온 이유를 알아차리고 숨을 내쉬었다.

헬리콥터는 그를 데리러 온 것이었다. 이제 옐로프는 이 일을 해결할 것이다.

36

"저기 있어요!"

율리아가 큰 소리로 외쳤다. 렌나르트가 브레이크를 너무 급하게 밟는 바람에 차가 미끄러졌다. 재빨리 대처한 덕에 차는 도로 밖으로 밀려나자마자 곧장 멈추었다. 그들은 남쪽에 있는 스텐비크 방향으로 내려가고 있었다.

"어디죠?" 렌나르트가 물었다.

율리아가 앞유리창을 통해 방향을 가리켰다.

"저기 보였어요. 바로 저기…… 들판에요. 쓰러져 있어요!"

렌나르트는 몸을 앞으로 내밀었다. 그런 뒤 액셀러레이터를 밟으면서 운전대를 돌렸다.

"이쪽에 길이 있어요……. 차로 가봅시다." 순찰차가 젖은 도로 위에서 황급히 방향을 돌렸다.

하지만 그들이 좁은 자갈길에 들어섰을 때, 율리아는 자신이 잘못 봤다는 것을 알아차렸다. 그건 사람이 아니었다. 그건…….

렌나르트가 브레이크를 밟고 차를 세우자 율리아는 문을 열었다. 하지만 목발 때문에 빨리 내릴 수가 없었다. 렌나르트가 앞장섰다.

그가 몸을 숙여, 길옆에 있는 작은 배수구에서 그 물건을 집어 들었다.

"코트예요." 렌나르트는 율리아가 잘 볼 수 있도록 코트를 들어올렸다. "누군가 던져버린 것 같은데요."

율리아는 앞으로 다가가 코트를 자세히 살폈다.

"아버지 거예요."

"확실해요? 그냥 비슷해 보이는 것일 수도……."

"안주머니를 뒤져봐요."

렌나르트는 코트 안주머니를 더듬었다. 지갑이 나왔다.

"손전등을 가져왔어야 했는데……." 그는 중얼거리면서 자동차 전조등에 지갑을 비춰 보았다.

"아버지 거예요. 확실해요."

그가 운전면허증을 꺼내 살펴보더니 고개를 끄덕였다.

"맞네요. 옐로프 거예요."

렌나르트는 주위를 둘러보았다.

"옐로프! 옐로프!" 그가 소리쳤다.

하지만 바람과 자동차 엔진 소리에 목소리가 묻혔다.

"이런 길이 있는 줄 몰랐어요. 해안으로 통하는 것 같아요. 좀더 가서 살펴봅시다."

렌나르트는 순찰차로 가서 무전기에 대고 간단하게 보고를 했다.

율리아도 다시 차에 올라탔다.

"헬리콥터도 우리가 어디 있는지 알겠다고 하는군요." 렌나르트가 말했다.

그는 차의 기어를 1단으로 놓고 얼룩진 앞유리로 밖을 자세히 살피면서 천천히 앞으로 나아갔다.

"전조등을 꺼야겠군요. 그래야 더 잘 보일 것 같아요." 렌나르트가 말했다.

불이 꺼지니 갑자기 사방이 캄캄해졌다. 하지만 어둠에 눈이 익자, 율리아는 길 양쪽으로 펼쳐진 알바르를 볼 수 있었다. 앞에 마치 풀밭에 서서 휘청거리는 노인처럼 보이는 새로운 그림자가 나타났지만, 곧 노간주나무 덤불로 밝혀졌다.

렌나르트가 갑자기 하늘을 가리켰다.

"저길 봐요! 하느님, 감사합니다." 렌나르트가 외쳤다.

율리아는 번쩍거리면서 하늘을 가로지르는 붉고 흰 불빛을 올려다보았다. 헬리콥터였다. 그때 무전기가 다시 치직거리기 시작했다.

"저기서 뭔가 발견한 모양이에요. 물 쪽으로 내려가고 있어요."

굽잇길로 들어서자 렌나르트는 속도를 올렸다. 순간 갑자기 차 전체가 눈부신 불빛에 뒤덮였다. 다른 차가 오고 있었다.

"젠장!"

렌나르트가 브레이크를 밟았지만, 너무 늦었다. 그들 쪽으로 달려오던 차는 굽잇길에서도 속도를 줄이지 않았다.

"꽉 잡아요!"

율리아는 피할 수 없는 충돌에 대비해 이를 악물고 대시보드를 붙잡았다.

순찰차의 후드가 종이처럼 찌그러지면서 충격에 몸이 앞으로 튕겨 나갈 것 같았다.

다행히 안전벨트가 잡아주었지만 갈비뼈에 통증이 심하게 느껴졌다.

정적. 차가 충돌하자 몇 초간 정적이 이어졌다.

운전대 앞에 앉아 있던 렌나르트가 숨을 내쉬는 소리와 나지막이 욕하는 소리가 들렸다.

렌나르트는 다시 전조등을 켰다. 이제는 한쪽밖에 불이 들어오지 않았다. 불빛이 그들과 부딪힌 반짝거리는 차를 비추었다.

렌나르트는 글러브 박스를 열어 권총집을 꺼냈다.

"율리아, 괜찮아요?"

그녀는 눈을 깜박거리고 고개를 끄덕였다.

"네…… 괜찮은 것 같아요."

"차 안에 있어요. 금세 돌아올 테니까."

렌나르트가 운전석 문을 열자 차가운 공기가 들어왔다. 율리아는 잠시 주저하다가 문을 열었다.

거의 동시에 상대방 차문도 열렸다. 키가 크고 어깨가 넓은 남자가 비틀거리며 밖으로 나왔다.

"당신 누구요?" 율리아는 렌나르트가 외치는 소리를 들었다.

"대체 어디서 튀어나온 거야? 빌어먹을 전조등을 켰어야지! 어째서 망할 불을 안 켜고 운전하는 건데?" 상대방의 목소리는 렌나르트보다 더 컸고, 화가 많이 난 듯 들렸다.

"진정해요. 경찰입니다." 렌나르트가 말했다.

"대체 누구…… 헨릭손이오?" 상대방이 물었다.

율리아는 목발을 찾아 밖으로 나왔다. 바닥이 울퉁불퉁해서 발을 헛디뎌 넘어질 뻔하다가 간신히 똑바로 몸을 세웠다.

"해안 쪽에서 오는 겁니까?" 렌나르트가 상대방에게 물었다.

율리아는 뒤엉킨 전조등 불빛 속에서 그가 누군지 알아볼 수 있었다. 롱비크에서 봤던 호텔 주인이었다.

그 남자의 이름도 기억이 났다. 군나르 융에르.

"저 사람은 누구요?" 그가 여전히 화가 난 목소리로 외쳤다.

"진정해요, 군나르." 렌나르트가 말했다. 상대방이 누군지 알아차린 모양이었다. "어디서 오는 길입니까?"

"저쪽…… 해안을 따라 왔소. 잠깐 드라이브하던 중이었지."

"혹시 옐로프 다비드손을 봤습니까?"

"아니."

"우린 지금 그를 찾고 있는 중입니다. 저기 떠 있는 헬리콥터도 마찬가지고요." 렌나르트가 가리켰다.

"그래요?"

융에르는 아무 관심도 없는 듯 보였다. 그녀는 앞으로 다가가 렌나르트를 불렀다. "해안까진 먼가요?"

"그런 것 같진 않아요. 몇백 미터 정도인 것 같은데."

그 정도면 충분히 갈 수 있다.

"저쪽으로 가봐야겠어요."

율리아는 목발을 꽉 붙잡고 군나르 융에르의 차를 지나 자갈길로 내려갔다.

"군나르, 차를 뒤로 빼줬으면 해요. 해안까지 가야겠으니까." 뒤에서 렌나르트의 목소리가 들렸다.

"헨릭손, 난 아무래도……."

"차를 옮기고 여기서 기다려요. 알아볼 게 있으니까." 렌나르트가 목소리를 높였다.

그의 목소리는 바람 소리에 묻혀 더이상 들리지 않았다. 차두 대를 지나치자 다시금 헬리콥터 불빛이 보였다. 헬리콥터는 이백 미터쯤 떨어진 곳에 착륙해 있었다.

그녀는 서둘러 걸었다. 길에 파인 진창에 빠졌지만 계속 걸어갔다.

근처에 이르자 헬리콥터 탐조등 불빛 속에 밝은 회색 작업복을 입은 남자 두 명이 보였다. 그들은 해안에서 몸을 숙이고 있었다. 앞에 있는 건 사람이었다. 두 남자가 모래 위에 쓰러져 있던 그 사람을 들어올렸다.

"아버지!"

남자들이 그녀를 돌아보았다.

해안에 쓰러져 있던 사람은 담요를 덮은 채 꼼짝도 하지 않았다.

옐로프가 기침을 했다. 힘없고, 메마른 소리다.

"아버지!" 율리아가 다시 불렀다.

그는 천천히 율리아가 있는 쪽으로 고개를 돌렸다.

"율리아……."

그는 또다시 기침을 했다.

"조심하십시오. 이제 옮길 겁니다." 한 남자가 주의를 주었다.

그들은 담요로 감싼 옐로프를 들어 헬리콥터 쪽으로 옮겼다.

"같이 갈 수 있을까요? 제가 딸이에요. 간호사고요." 율리아가 쫓아가며 애원했다.

"안 될 것 같은데요. 자리가 없습니다." 앞에 가던 남자가 쳐다보지도 않고 말했다.

"어디로 가시죠?"

"칼마르에 있는 응급 센터로 갈 겁니다."

목발이 풀밭에 걸려 움직이기 힘들었지만, 율리아는 헬리콥터 앞까지 그들을 따라갔다. 담요에 감싸인 아버지 옆에 조금이라도 가까이 있기 위해 그녀는 안간힘을 썼다.

"병원으로 따라갈게요, 아버지."

헬리콥터에 오르기 전에 옐로프가 고개를 들었다. 율리아는 처음으로 아버지 얼굴을 볼 수 있었다. 핏기가 하나도 없었지만 눈빛은 흥분한 듯 빛나고 있었다. 옐로프가 갑자기 율리아를 쳐다보면서 뭔가 말을 했다. 소리가 너무 작아서 들리지 않았다.

"뭐라고요?" 율리아는 몸을 앞으로 숙이고 귀를 기울였다.

"융에르가 했어." 옐로프가 속삭였다.

율리아가 작은 소리로 물었다. "뭘 말이에요?"

"우리 옌스를…… 데려갔어."

그런 뒤 옐로프는 소포처럼 헬리콥터로 옮겨졌다. 문이 닫혔다.

"물러서 계시는 게 나을 겁니다." 조종사 중 한 명이 앞쪽 문을 닫기 전에 말했다.

율리아는 마지못해 뒤로 물러나 고개를 돌렸다.

헬리콥터의 프로펠러가 돌아가기 시작했을 때, 그녀는 오십 미터쯤 떨어져 있었다. 율리아는 회전속도를 높이는 프로펠러를 쳐다보았다. 과학기술의 경이로움. 어둠 속에서 점점 더 요란한 소리를 내면서, 헬리콥터는 늙은 아버지를 싣고서 어두운 하늘로 날아올랐다. 그러고는 점점 더 높이 올라가 속도를 높여 남서쪽으로 날아갔다.

바람과 파도 소리가 되돌아왔다. 율리아는 멀리서 누가 외치는 소리를 듣고 고개를 돌렸다.

렌나르트였다. 여전히 굽잇길에 차 두 대가 얽혀 있었다. 율리아는 이제 팔이 아팠지만, 다시 한번 목발을 잡은 손에 힘을 주고 자갈길을 지나 사고 현장으로 되돌아갔다.

"옐로프가 맞던가요?" 렌나르트가 물었다.

율리아는 고개를 끄덕였다.

"네, 칼마르로 데려간다고 했어요."

"다행이네요."

군나르 융에르는 문을 열어놓은 채 차 안에 앉아 있었다. 경찰차가 지나가도록 차를 빼줄 수 없는 상황이었다.

사고가 난 직후에 시동을 껐는데 다시 시동이 걸리지 않았다. 자동차 열쇠를 돌려도 희미하게 찰칵 소리만 날 뿐이었다.

융에르는 화를 내며 가죽 덮개를 씌운 운전대를 내리쳤다.

"차문을 잠그고 일단 여기 놔두죠. 마르네스까지는 우리가 태워드릴 테니까요." 렌나르트가 말했다.

융에르는 한숨을 쉬었다. 그로선 선택의 여지가 없었다. 융에르는 재규어에서 서류 가방을 꺼낸 뒤 순찰차의 조수석에 올라탔다. 율리아는 렌나르트 뒤에 앉았다.

마르네스까지 가는 동안 그녀는 몸을 앞으로 내민 채, 융에르를 쳐다보았다.

이 사람은 무슨 일로 해안까지 갔을까? 옐로프에게는 무슨 말을 했던 걸까?

융에르는 그녀의 시선이 불편한 듯 등을 꼿꼿이 세우고 앉아 있었다. 차 안에 긴장감이 감돌았다.

"하고 싶은 말은 없습니까?" 몇 분 뒤 렌나르트가 호텔 주인에게 물었다.

"무슨 말이오?"

"해안 도로에서 뭘 하고 있었습니까?"

"오늘 날씨를 즐기고 있었소. 그것도 죄가 되나?" 융에르가 간단하게 대답했다.

"그런 거라면 왜 그렇게 차를 빨리 몰았죠?"

"재규어를 가지고 있으니까."

"해안에 옐로프가 쓰러져 있었던 걸 알고 있었나요?"

"아니."

율리아는 한숨을 쉬고는 렌나르트에게 말했다.

"거짓말하는 거예요."

융에르는 그녀를 무시했다.

"헬리콥터는 당신 체온을 감지한 거예요, 군나르. 옐로프의 체온은 너무 낮아서 감지가 안 됐거든요. 당신이 그곳에 있었던 게 우리 두 사람한테는 행운이었죠." 렌나르트가 말했다.

융에르는 아무 말도 하지 않았다. 자신은 그 일에 아무 흥미도 없으며 그저 피곤하다는 듯 눈을 반쯤 감은 채 앞유리만 보고 있었다.

렌나르트는 마르네스 파출소 앞에 있는 공터에 차를 세웠다. 그가 파출소 문을 열자 세 사람은 함께 안으로 들어갔다.

렌나르트는 불을 켜고, 책상 앞으로 가서 컴퓨터를 켰다. 융에르는 부대를 앞에 둔 군인처럼 방 한복판에 서 있었다.

"난 간단한 진술밖에 할 게 없소. 오늘 저녁에 필요 이상으로 이곳에 있을 생각도 없고. 집에 가고 싶군." 융에르가 렌나르트에게서 시선을 떼지 않고 말했다.

"우리도 집에 가고 싶어요, 군나르." 렌나르트가 말하며 컴퓨터에 접속했다. "커피라도 드릴까요?"

"됐소." 융에르는 율리아를 쳐다보더니 다시 물었다. "이 여자는 계속 여기 있는 거요?"

융에르가 율리아를 "이 여자"라고 언급하자 렌나르트의 몸이 순간 굳어지는 듯 보였다. 하지만 율리아는 속으로 고개를 저었다. 지금은 이런 생각을 할 때가 아니야.

"'이 여자'는 아버지를 보러 병원에 갈 거예요." 그녀가 융에르에게 말했다. "무사하신지 확인하러 말이에요. 그리고 해안에서 무슨 일이 있었는지 물어볼 겁니다." 율리아는 융에르를 노려보며 말을 이었다.

"그렇군, 어서 가봐요."

융에르는 율리아를 쳐다보지 않았다. 하지만 세상에서 가장 재미있는 것을 발견하기라도 한 양 입가에 미소를 띠고 있었다.

"여기 앉아요, 군나르." 렌나르트가 책상 옆에 있는 의자를 가리켰다.

그러고서 그는 문 옆에 서 있던 율리아에게 다가와 낮은 목소리로 물었다. "괜찮겠어요?"

율리아는 고개를 끄덕인 뒤 목발을 들었다.

"버스가 있을 거예요. 아니면 택시를 타면 되고."

"전화해줄래요? 이 일만 끝나면 집에 가 있을 거예요."

율리아는 미소를 지으며 고개를 끄덕였다. 오늘 저녁 모든 일
이 순조로운 것처럼.

"나중에 봐요."

그녀는 렌나르트를 끌어안고 싶었지만, 군나르 융에르가 보는
앞이라 그러지 않았다.

율리아는 파출소 계단을 내려왔다. 거리는 춥고 황량했다. 건
너편 광장에 버스 정류장이 보였다. 버스가 한 대 서 있긴 했지
만 남쪽으로 가는 버스인지는 알 수가 없었다.

칼마르까지 택시를 타면 요금이 몇백 크로나는 나올 터였다.
하지만 상황이 상황이니만큼 택시를 타야 할 것이다. 설령 가진
돈을 다 쓴다고 해도, 결국엔 밤새 응급실 앞에 앉아 기다리게
되더라도 지금은 병원에 가야 했다. 옐로프가 의식을 회복했는
지 궁금했다. 렌나르트도 그녀가 지금 당장 아버지 옆에 있어야
한다는 것을 이해할 것이다. 게다가 그도 오늘 저녁엔 할 일이
많지 않은가.

율리아는 광장 쪽으로 길을 건너갔다.

순간 갑자기 그 미소가 떠올랐다. 군나르 융에르의 알 수 없
는 미소.

차가 망가졌고, 옐로프는 그를 살인자라고 불렀다. 파출소까지 끌려와 렌나르트의 책상 옆에 서 있는 상황에서 융에르는 입가에 미소를 띠고 있었다. 마치 다른 탈출구가 있기라도 한 것처럼.

만약 그가…….

율리아는 그대로 멈춰 섰다. 심장이 미친듯이 뛰었다. 이미 버스 정류장 쪽으로 절반쯤 간 상황이었지만, 그런 건 생각지도 않은 채 그녀는 그대로 돌아섰다. 그러고서 목발을 짚고 펄쩍펄쩍 뛰며 파출소로 되돌아가기 시작했다.

불과 백여 미터 거리였지만, 율리아는 제시간에 도착하지 못했다.

그녀는 길거리에서 총소리를 들었다. 짧고 날카로운 파열음에 울림도 없었지만, 분명히 파출소 안에서 나는 소리였다.

율리아는 창문 앞에서 둔탁한 쿵 소리를 들었다.

이어서 조금 뒤 두 번째 총알이 발사되었다.

그녀는 목발을 짚은 채 계단 세 개를 올랐다. 하지만 너무 느렸다. 목발을 집어던지고 뛰기 시작했다.

율리아는 다친 발의 욱신거리는 고통을 참으며 파출소 문 앞까지 성큼성큼 올라갔다.

문을 열고 들어가자 화약 냄새가 코를 찔렀다. 그녀는 그 자리에 멈춰 섰다.

사방이 고요했다. 파출소 안에서는 아무 소리도 들리지 않았다.

율리아는 머뭇거리며 살짝 안을 들여다보았다. 처음에는 책상 옆에 나와 있는 렌나르트의 다리가 보였다. 심장이 내려앉는 것 같았다. 바로 그때 렌나르트가 몸을 움직였다.

그는 책상 옆에 무릎을 꿇은 채 한 손으로 바닥을 짚고, 다른 한 손으로는 피가 나는 이마를 누르고 있었다.

렌나르트의 권총집이 열려 있었다. 그는 천천히 움직이다가 율리아를 보았다. 정신이 없고 혼란스러운 표정이었다.

"그자는 어디 있죠? 군나르는?" 렌나르트가 물었다.

어떻게 된 상황인지, 율리아는 그제야 알 수 있었다.

총에 맞은 건 렌나르트가 아니라 군나르 융에르였다.

이제 알 것 같았다. 호텔 주인이 찾아낸 탈출구가 무엇이었는지.

융에르는 더이상 미소 짓지 않았다. 책상 맞은편에 쓰러진 시신의 반들거리는 가죽구두가 씰룩거렸다. 머리에서 쏟아진 피가 흥건하고, 노란색 패딩 재킷에는 진홍색 얼룩이 흩뿌려져 있었다. 피 웅덩이가 불빛을 받아 반짝였다.

융에르는 입을 반쯤 벌린 채, 천장을 올려다보며 쓰러져 있었다. 깜짝 놀란 듯한 표정이었다. 마치 모든 게 끝났다는 사실을 이해할 수 없다는 것처럼.

오른손에는 렌나르트의 권총이 쥐여 있었다.

37

"기분은 어떤가?" 옐로프가 병원 침대에 누운 채 조용히 물었다.

렌나르트는 지친 듯 어깨를 으쓱했다.

"그렇게 나쁘진 않아요. 좀더 주의를 했어야 했는데." 그는 깊은 한숨을 쉬고 말을 이었다. "그자가 그럴 작정이었다는 것을 진작 알았어야 했어요."

"그 일은 더이상 생각하지 말아요, 렌나르트." 옐로프의 침대 건너편에 있던 율리아가 말했다.

"날 속였어요. 자리에 앉기에 포기했나 보다고 생각했죠……. 그런데 갑자기 앞에서 덤벼들더니, 날 책상 위로 쓰러뜨리고는 권총집을 열었어요. 난 무방비 상태였죠." 렌나르트는 다시 한 숨을 쉬고는 이마에 감긴 붕대를 어루만졌다. "이제 나이가 많다 보니 반응도 너무 느려요. 아무래도……."

"그 일은 더이상 생각하지 말라니까요, 렌나르트. 융에르가 당신을 다치게 한 거예요, 당신이 융에르를 해친 게 아니라." 율리아가 이번에는 더 단호하게 말했다.

렌나르트는 고개를 끄덕였지만 석연찮은 표정이었다.

군나르 융에르가 쏜 총알은 파출소 벽에 맞았다. 하지만 그와 권총을 두고 싸우다가 렌나르트는 책상 모서리에 머리를 부딪혔다. 붕대 밑 상처는 몇 바늘 꿰매야 했을 정도로 제법 깊었다.

렌나르트와 율리아는 보리홀름 병원에 있는 옐로프의 침대 양옆에 앉아 있었다. 늦은 오후라 창문 밖에서는 진노란색 가을 태양이 도시에 마지막 빛을 흩뿌리고 있었다.

옐로프는 두 사람이 병실에 오래 있지 않았으면 싶었다. 정말 혼자 있고 싶었다. 잠을 자야만 했다. 대화를 나누거나 침대에서 일어날 힘이 하나도 없었다.

여전히 지난 며칠간 있었던 일들이 기억나지 않았다. 응급 의료진의 신속한 대응이 없었다면 그는 아마 죽었을 것이다. 처음이틀 동안은 상태가 위중했다. 그러다 조금씩 안정을 찾기 시작해, 나흘째 되던 날에는 구급차를 타고 보리홀름의 병원으로 옮겨졌다.

칼마르에 있을 때보다는 사생활이 보장되었다. 옐로프는 슬롯스코겐의 정경과 보리홀름의 집들이 바라다보이는 2층의 1인실에서 지냈다. 마르네스 외곽 해안에서 융에르가 옐로프를 죽이려고 했던 날로부터 닷새째 되는 날, 율리아와 렌나르트가 찾아왔다.

"지난 닷새 동안 다섯 번을 보러 왔어요. 하지만 아버지가 깨어 있는 건 이번이 처음이에요." 율리아가 말했다.

옐로프는 지친 듯 고개만 끄덕였다.

모래 위로 떨어졌을 때 다친 왼쪽 팔에는 부목을 대고 붕대로 감았고, 한쪽 발에는 깁스를 하고 있었다. 팔에는 영양액이 들어 있는 팩과 튜브로 연결된 바늘이 꽂혔다. 또다른 튜브는 카테터와 연결되어 있었다. 옐로프는 담요 두 장을 덮고 있었다. 하지만 전날보다는 분명히 나아진 것 같았다. 열도 조금씩이지만 확실히 내렸다.

옐로프가 율리아와 렌나르트를 보기 위해 몸을 일으키자 율리아가 재빨리 자리에서 일어나 베개를 등에 받쳐주었다.

"고맙구나." 옐로프의 목소리는 약했지만 말은 할 수 있었다.

"오늘은 좀 어떠세요?" 율리아가 물었다.

옐로프는 천천히 엄지손가락을 천장 쪽으로 들어올렸다. 그러고는 기침을 한 뒤, 힘겹게 숨을 들이마셨다.

"의사들은 처음엔 내가…… 폐렴에 걸렸다고 생각했던 모양이야." 옐로프는 거칠게 숨을 내쉬었다. "하지만 오늘 아침에 와서는…… 그냥 기관지염이라고 하더구나. 그리고 내 양쪽 발 모

두…… 괜찮을 거라고……." 그는 다시 기침을 한 뒤 말을 이었
다. "정말 다행이지 뭐냐."

"옐로프는 강인한 사람이에요." 렌나르트가 말했다.

옐로프는 렌나르트를 보며 고개를 끄덕였다.

"군나르 융에르도…… 같은 말을 했지."

그때 렌나르트의 허리에 차고 있던 호출기가 갑자기 울리기
시작했다.

"또 시작이군……."

렌나르트는 지친다는 듯 한숨을 내쉬고는 번호를 확인했다.

"서장이 또 할말이 있는 모양입니다. 아주 질문이 끝이 없네
요……. 잠깐 나가서 전화 좀 하고 올게요. 금세 돌아오겠습니다."

렌나르트가 미소를 짓자 침대 건너편에 있던 율리아도 미소
로 답해주었다.

"어디 가지 말아요, 옐로프." 렌나르트가 덧붙였다.

옐로프가 천천히 고개를 끄덕이자 렌나르트는 병실 밖으로
나갔다.

병실 안에 침묵이 흘렀다. 하지만 불편하거나 어색한 침묵은
아니었다. 아무 말도 할 필요가 없는 것이다. 율리아는 옐로프
의 침대보에 손을 올리고 몸을 앞으로 내밀었다.

"다들 마음을 전해달라고 했어요. 어젯밤에 레나 언니가 예
테보리에서 전화했어요. 금방 오겠대요. 아스트리드도 사랑한
다고 전해달라고 했고요. 욘과 예스타는 어제 찾아왔는데 아버

지가 잠들어 있었다더라고요. 모두 아버지를 생각하고 있어요."

"고맙구나." 옐로프가 다시 기침을 했다. "그건 그렇고…… 넌 요즘 어떠니?"

"좋아요. 지난 며칠 동안 렌나르트와 시간을 보냈어요. 소나무숲에 있는 저 사람 집에도 갔었죠. 정말 멋진 곳이었어요. 비록 렌나르트는 계속 책상에 앉아 엄청난 분량의 보고서를 쓰거나 보리홀름 경찰서에 나가야 했지만요……. 그래서 저 사람을 위해 해줄 수 있는 일이 별로 없었어요. 난 옆방에서 혼자 아버지를 걱정했죠." 율리아가 재빨리 대답했다.

"난…… 괜찮아질 거다." 옐로프가 속삭였다.

"그럼요, 이젠 알아요. 저도 괜찮아질 거예요." 율리아가 말했다.

옐로프는 다시 기침을 했다. "이제 좀 강해진 것 같아?"

"그럼요, 많이 강해졌어요." 율리아는 옐로프가 무슨 의미로 그런 말을 하는 건지 모르겠다는 듯 미소를 지었다.

"계속 생각해봤는데…… 확실한 건 아니지만…… 이제 그 일이 어떻게 된 건지 알 것 같구나." 옐로프가 말했다.

율리아는 그를 바라보았다.

"전부 다요?"

"전부 다. 옌스에게 무슨 일이 있었는지…… 알고 싶니?" 옐로프가 속삭였다.

"무슨 일이 있었는지 융에르가 전부 말해준 건가요?"

"그자는…… 몇 가지를 이야기했어. 전부 말한 것 같지는 않아. 그날 있었던 일들의 일부였지……. 그래서 난 추측할 수밖에 없었어. 하지만…… 행복한 결말은 아니야, 율리아. 그저 결말일 뿐이지. 그래도 알고 싶니?"

율리아는 입술을 꽉 깨문 채 고개를 끄덕였다.

"말씀해주세요."

"네가 욀란드에 왔을 때…… 옌스의 샌들로 인해 살인범이…… 모습을 드러낼 수도 있다고 했던 말 기억하니?"

율리아가 고개를 끄덕였다. "하지만 그자는 나타나지 않았죠."

옐로프는 창문 너머 나무들 위에 걸려 있는 태양을 쳐다보았다. 해질녘 무서운 이야기를 듣는 어린 소년이면 얼마나 좋을까. 이렇게 나이를 먹어 그런 이야기를 직접 하는 대신에 말이다.

"난 그자가 나타났다고 생각한다. 살인범은 우리를 찾아왔어……. 너와 내가 알아보지 못했을 뿐이지."

욀란드, 1972년 9월.

군나르는 닐스 앞에서 무거운 쇠 곡괭이를 천천히 들어올린다. 그는 안개 속에서 주위를 둘러본다. 지금 알바르에서 일어난 일, 혹은 앞으로 일어날 일을 누가 보고 있진 않은지 확인하고 싶은 듯하다.

"넌 집에 못 가, 닐스. 이미 죽었으니까. 마르네스 교회 경내에 묻혔지."

닐스는 고개를 가로젓는다.

"곡괭이 내려놔."

갑자기 하늘 아래 공기가 전부 다 사라진 듯 알바르 전체에 죽음 같은 고요가 밀려온다.

"너부터 삽을 내려, 닐스."

또다시 닐스는 고개를 젓는다. 그는 다른 보물 사냥꾼 마르틴을 재빨리 살핀다. 몇 미터 떨어진 바닥에서 숨을 거칠게 몰아쉬며 이마를 부여잡고 쓰러져 있다. 그는 위협이 되지 않는다.

하지만 군나르는 위험하다. 그는 다리를 벌리고 서서 곡괭이를 쥔 채 귀를 기울이고 있다. 멀리서 무슨 소리를 듣기라도 한 듯 군나르가 갑자기 고개를 살짝 들어올린다.

"좋아, 그럼 곡괭이를 놓겠어."

군나르는 그 말대로 곡괭이를 손에서 놓는다. 곡괭이는 돌무덤 옆에 둔탁한 소리를 내며 떨어진다.

"좋아." 닐스도 삽을 떨어뜨린다. 하지만 그는 여전히 불안하다. "그럼 이제 난 갈 테니까……."

그때 갑자기 무슨 소리가 들린다. 그 소리는 점점 더 커진다. 마을길에서 울리던 윙윙 소리가 빠른 속도로 가까워지면서 엄청난 소음을 만들고 있다.

자동차 엔진 소리.

"아무래도 누가 따라온 모양인데." 군나르가 말한다.

그에게서 놀란 기색은 보이지 않는다.

그렇게 몇 초가 흐른다. 그들 뒤로 안개 속에서 거대한 그림자가 모습을 드러낸다. 그 그림자는 네 개의 바퀴로 풀밭을 가로지르고 있다.

이번에도 볼보다. 반들거리는 갈색 볼보가 안개를 뚫고 서서히 그들 앞으로 다가온다. 차는 군나르의 차 옆에 멈춰 서더니 엔진이 꺼진다.

운전석 문이 열린다.

그 차도, 차에서 내린 남자도 닐스는 알아보지 못한다. 하지만 그가 자신보다 많이 젊다는 것과 단정한 제복을 입고 있다는 것은 알 수 있다. 그는 권총이 든 권총집을 가지고 있다. 남자는 차문을 닫은 뒤, 자세를 바로하고 옷매무새를 가다듬는다.

막 도착한 남자가 닐스 앞에 멈춰 선다. 그의 시선은 닐스에게 고정되어 있다.

"우린 한 번도 만난 적이 없지만, 난 당신 생각을 많이 했어." 그가 말한다.

닐스는 입을 벌리고 멍하니 쳐다본다.

"당신이 내 아버지를 죽였지."

잠시 동안 닐스는 아무것도 생각해낼 수가 없다.

"닐스, 이쪽은 렌나르트야. 렌나르트 헨릭손. 이 친구 아버지가 파출소장이었지. 기억날 거야. 아주 오래전, 어릴 때…… 보리홀름으로 가는 기차에서 만났잖아." 군나르가 말한다.

그 파출소장의 아들.

이제야 닐스는 알아차린다. 이 모든 게 어떻게 된 일인지, 자신이 어떻게 해야 하는지를 이해한다. 닐스는 헨릭손의 손이 권총집을 향해 움직이는 것을 본다. 그는 안개 속으로 물러나 도망치기 시작한다.

"거기 서!"

물론 닐스는 멈추지 않는다. 계속 달린다. 바로 앞에 덫이 놓여 있지만, 그대로 뛰어넘는다.

그는 더이상 젊지 않다. 풀밭을 가로지르는 속도가 점점 느려진다. 하지만 여긴 알바르, 그의 영역이다. 닐스는 고개를 숙인 채 숨을 몰아쉬며 자욱한 안개 속으로 도망친다. 목적지는 가장 가까운 곳에 있는 커다란 덤불숲이다. 언제 뒤에서 총성이 울릴지 모른다. 하지만 그는 그전에 노간주나무 덤불숲에 도착한다.

닐스는 안개 속에서 몇 번 고함 소리를 듣는다.

그는 멈추지 않는다. 곧장 앞으로 달려나간다.

이쪽이 마을로 나가는 길인가?

그 길이 맞는 것 같다. 그는 지금 집으로 가는 중이다. 마침내 어머니를 만날 것이다. 아무도 그를 막을 순 없다.

안개 속에서 갑자기 자기 앞에 나타난 누군가를 보고 닐스는 깜짝 놀라 발걸음을 멈춘다.

추적자들은 아니다. 어린아이다. 대여섯 살 정도로 보인다. 잿빛 안개를 뚫고 나타난 아이는 그와 몇 걸음 떨어진 곳에서 걸음을 멈춘다.

작고 마른 아이로 반바지에 빨간색 셔츠를 입고 작은 샌들을 신었다. 아이는 아무 말 없이 호기심 어린 눈으로 닐스를 쳐다본다. 사실은 그가 무섭지는 않지만 무서워해야 한다는 것을 알고 있다는 듯 망설인다.

하지만 닐스는 아이에게 위험한 존재가 아니다. 그는 자신을 지키기 위해서가 아니면 아무 짓도 하지 않는다. 그 여름날 동생이 빠져 죽었을 때도 구하려 하지 않았던가. 너무 늦긴 했지만 말이다. 그는 지금까지 살아오면서 아이를 해친 적이 없다. 단한 번도.

"안녕." 닐스가 쉰 목소리로 말한다.

그는 아이가 겁먹지 않도록 거친 숨을 진정시키려고 애를 쓴다.

아이는 대답하지 않는다.

닐스는 재빨리 고개를 돌려 주위를 살핀다. 하지만 그를 쫓는 자들은 보이지 않는다. 안개가 그를 지켜주고 있다. 여기서 오래 지체할 수는 없다. 하지만 지금 당장은 추적자들로부터 안전하다.

그는 다시 아이를 쳐다본다. 미소도 띠지 않고 조용히 묻는다.

"너 혼자 있니?"

아이는 말없이 고개만 끄덕인다.

"길을 잃었어?"

"그런 것 같아요." 아이가 조용히 대답한다.

"이제 괜찮을 거야……. 내가 이 알바르에서 빠져나갈 길을 찾을 테니까."

닐스는 한 걸음 다가선다.

"이름이 뭐니?"

"옌스요." 아이가 대답한다.

"옌스 다음은?"

"옌스 다비드손요."

"그렇구나. 내 이름은……."

그는 잠시 망설인다. 어느 이름을 써야 할까?

"아저씨 이름은 닐스야." 결국 닐스는 본명을 말한다.

"닐스 다음은요?" 옌스가 묻는다. 사소한 게임을 하는 것 같다.

닐스는 짧게 웃는다.

"내 이름은 닐스 칸트다." 그는 다시 한 걸음 다가선다.

아이는 풀과 회색 돌과 노간주나무 덤불로만 만들어진 세계

안에 가만히 서 있다. 안개 속에는 풀과 바위, 나무밖에 없다. 닐스는 걱정할 것 없다는 듯 아이를 보며 애써 미소를 짓는다.

그들 주위에는 안개가 자욱하고 정적이 흐른다. 새소리조차 들리지 않는다.

"이제 괜찮아." 닐스가 말한다.

그는 아이를 마을로 데려다주고 집을 찾아줄 생각이다. 그다음에 어머니 집으로 갈 것이다.

이제 그들, 닐스와 옌스는 가까이 서 있다.

그때 뒤에서 덜컹거리는 자동차 엔진 소리가 안개를 뚫고 울린다. 닐스는 뒤를 돌아보고 도망치려 하지만 한 걸음 나아갈 시간도 없다.

소리는 점점 더 부풀어올라 이젠 사방에서 울려 퍼지는 것 같다.

차가 나타난다. 갈색 볼보가 바위와 덤불 사이로 돌진한다. 닐스를 노리고 풀밭을 가로지르며 똑바로 달려온다. 속도를 줄이지 않는다.

오른쪽으로 가야 할까? 아니면 왼쪽으로?

차가 점점 커진다. 너무 크다. 결정을 내릴 시간은 몇 초밖에 없다. 일 초, 이미 늦었다. 그저 바라볼 뿐이다. 그는 아이를 끌어안는다. 지켜줄 수가 없다.

모든 것이 순식간에 사라진다.

모든 것이 고요해진다. 차가운 어둠.

둔탁한 메아리처럼 소리가 돌아온다. 안개와 추위, 강한 엔진 소리.

"네가 처리할 거야?" 목소리가 묻는다.

"그래⋯⋯. 저기 보이는군."

닐스는 풀밭에 등을 대고 쓰러져 있다. 오른쪽 다리가 이상한 각도로 꺾였다. 하지만 고통은 없다.

차는 몇 미터 앞에 있다. 시동이 걸린 채다. 운전석 문이 열린다. 경찰이 손에 권총을 든 채, 천천히 차에서 내린다.

반대편 조수석 문이 열리고 군나르가 내린다. 그는 차 옆에 그대로 서서 알바르를 바라보고 있다.

경찰이 닐스 앞에서 멈춰 선다.

그는 아무 말도 하지 않는다. 그저 보고 있다.

순간 닐스는 안개 속에서 만난 아이를 떠올린다. 옌스, 그 아이는 지금 어디 있지?

아이가 없다.

닐스는 옌스 다비드손이 아무데서도 보이지 않기를 바란다. 아이가 안개 속으로 사라져, 작은 샌들을 신은 발로 스텐비크까지 도망갔기를 바란다. 도망 성공. 닐스는 아이를 따라 집에 가고 싶다. 하지만 움직일 수가 없다. 다리가 부러진 모양이다.

"끝났군." 닐스는 그 말밖에 할 수 없다.

끝났어요, 어머니. 여기 알바르에서 죽게 됐어요.

닐스는 많이 지쳤다. 스텐비크까지 기어갈 수도 있지만 그럴 힘이 없다.

죽은 자들이 그의 주위로 모여든다. 말없는 회색 그림자들
이다.

아버지, 동생 악셀. 두 명의 독일 군인. 기차에서 만난 파출소
장과 뉘브로 출신의 스웨덴인 선원.

모두 죽었다.

앞에 서서 닐스를 내려다보던 젊은 경찰이 고개를 끄덕인다.

"그래, 넌 이제 끝났어."

경찰은 권총의 안전장치를 풀고 총구를 밑으로 내린다. 닐스
의 머리를 겨냥해 방아쇠를 당긴다.

38

옐로프는 속삭이듯 닐스 칸트의 죽음에 대해 이야기했다.

그의 이야기를 듣기 위해 율리아는 몸을 앞으로 숙여야 했다. 하지만 끝까지 전부 들었다.

이제 그녀는 아무 말 없이, 온몸이 굳은 채 옐로프의 침대 옆에 앉아 있었다. 율리아는 옐로프의 얼굴을 보지 않았다.

"그런 일이…… 있었단 말이에요? 지금 무슨 이야길 하신 거예요? 어떻게 그런 일이……. 확실한 거예요?" 오랜 침묵 끝에 율리아가 물었다.

옐로프는 천천히 고개를 끄덕이며 속삭이듯 대답했다.

"확실해."

"무슨 근거로요? 어떻게 확신할 수 있죠?" 율리아가 물었다.

"그건…… 융에르가 한 이야기 때문이지……. 내가 얼어죽기를 기다리면서 했던 이야기. 그자는 말했어……. 모든 일들이 베라 칸트의 돈과 땅 때문만은 아니었다고. 거기엔 복수도 들어 있다고 했지. 하지만…… 누구에게 복수를 한다는 거지? 또 복수를 원하는 사람은 누구지? 거기 누워 있는 동안 줄곧 그 문제에 대해 생각했어……. 그러다 보니 단 한 사람이 떠오르더구나."

율리아는 고개를 저었다.

"아니에요."

"무엇보다 닐스 칸트를 고향에 데려온 이유가 뭘까……? 군나르 융에르 때문은 아니야. 융에르로서는 닐스가 남미에 계속 있는 편이 나으니까……. 그러면 위험할 것도 없고, 시간이 지나면 지날수록 베라에게서 점점 더 많은 땅을 가져갈 수 있지……. 자기 수중에 들어오는 땅에 비하면 독일군의 보물 같은 건 그에게 아무 의미가 없었어." 옐로프는 한숨을 내쉬고, 이야기를 이어갔다. "하지만 누군가 닐스를 고향에 데려오길 원했지……. 그리고 그자는 닐스를 어머니가 기다리고 있는 집 바로 앞에서 처형하고 싶어 했어. 그래야 합당한 형벌이 될 테니까."

율리아는 다시 고개를 저었지만 힘이 없었다.

"도움을 준 자가 있었어. 군나르 융에르와 마르틴 말름이 욀란드로 관을 가져올 수 있도록 도운 사람, 그리고 그 관을 열고 검사하는 자리에 있던 사람……. 그 시신이 닐스라는 것을 다른 모두가 믿게 만들 수 있는 사람. 믿을 수 있는 젊은 경관이었지."

다시 한번 침묵이 이어졌다. 문득 옐로프가 고개를 돌려 문을 쳐다보았다.

율리아도 고개를 돌렸다.

렌나르트가 돌아왔다. 그는 율리아가 눈치채지 못한 사이에 옐로프의 병실 문을 열고는 모든 일이 순조롭다는 듯 안으로 들어왔다.

"서장님과 통화했어요. 마르네스 파출소의 조사가 끝났다는 군요. 그러니까 다시 돌아가서……."

렌나르트는 두 사람의 어두운 표정을 보고 말을 멈췄다.

"무슨 일 있었어요?"

"이야기하던 중이었네…… 샌들에 대해서 말이야, 렌나르트. 옌스의 샌들." 옐로프가 말했다.

"샌들요?"

"자네가 내게서 빌려 간 샌들 말이야. 본토에 있는 법의학자들한테서 답신은 받았나? 뭐든 찾아낸 게 있다던가?" 옐로프가 물었다.

렌나르트는 고개를 저었다.

"아뇨, 증거가 될 만한 건 없었어요……. 그쪽에서도 아무것도 찾지 못했다고 하더군요."

"샌들을 보냈다고 했죠." 율리아가 그를 바라보며 물었다.

"그렇지. 샌들을 보냈다고 했어. 안 그런가? 우리가 확인해볼 수 있을 거야……. 그쪽에서 샌들을 받았겠지?" 옐로프가 물었다.

"모르겠습니다만……. 아마 받았겠죠."

렌나르트는 옐로프에게서 시선을 떼지 않았다. 하지만 눈 속에 분노는 없었다. 아무 감정도 없었다. 그는 창백해진 얼굴로 천천히 손을 들어 의자 등받이에 올렸다.

"한 가지 궁금한 게 있네, 렌나르트……. 군나르 융에르와는 언제 처음 만났나?" 옐로프가 물었다.

렌나르트는 자기 손을 쳐다보고 있었다.

"기억이 나지 않습니다."

"정말인가?"

"아마…… 61년이나 62년일 겁니다. 여름이었죠. 마르네스에서 막 경찰 일을 시작할 때였어요. 군나르 융에르가 운영하는 롱비크 레스토랑에 침입 사건이 있어서…… 진술을 들으러 갔습니다. 그때 이야기를 시작했죠." 렌나르트가 단조로운 목소리로 대답했다.

"닐스 칸트에 대해?"

렌나르트는 고개를 끄덕였다. 그는 율리아 쪽을 보지 않았다.

"여러 가지 이야기를 했어요. 융에르는 알고 있었어요……. 내가 총에 맞아 죽은 파출소장의 아들이라는 것까지 말이에요. 그러고 몇 주 뒤에 그자가 전화를 했어요. 만나러 와달라고 하더군요. 융에르는 내가 닐스 칸트를 찾아내 고향에 데려오는 일에 관심이 있는지 알고 싶다고 했어요. 그렇게 하면 닐스 칸트가 아버지에게 한 짓에 대해 합당한 정의를 실현할 수 있다면서……."

렌나르트는 말을 멈췄다.

"그래서 자넨 뭐라고 했나?"

"관심 있다고 했죠. 결국 내가 융에르를 도우면, 그도 날 돕기로 했어요. 일적인 면에서 합의를 본 거죠."

옐로프는 천천히 고개를 끄덕인 뒤 나지막이 말했다.

"그럼 그 합의가 며칠 전에 깨진 건가? 마르네스 파출소에서? 그자가 동료들에게 자네에 대해 알릴까 봐 겁이라도 났던 거야? 실제로 총을 들고…… 군나르 융에르를 쏜 사람은 누군가?"

"그런 건 중요하지 않습니다."

"일적인 면에서 합의를 봤다는 말이군요." 율리아가 조용히 말했다.

그녀는 창밖을 내다보았다. 해가 저물고 있었다. 머릿속은 온통 다른 생각으로 가득했다.

율리아는 생각했다. 마르틴 말름은 새 배를 살 돈을 손에 쥐었어.

군나르 융에르는 싼값에 땅을 사들여 비싼 값에 팔아치웠지.

그리고 렌나르트 헨릭손은, 그녀가 사랑에 빠졌다고 믿었던 이 남자는 끝내 닐스 칸트에게 복수를 했다.

이 모든 일들 때문에 아들이 목숨을 잃었다.

"단순한 합의였어요. 어떤 일이든 내가 융에르와 마르틴 말름을 도우면…… 그들도 날 돕는다는 거였죠."

"그래서 그날…… 안개 자욱한 알바르에서 만났던 거군." 옐로프가 말했다.

"그날 아침에 융에르가 전화를 걸어 돌무덤에 갈 거라고 알려주더군요. 우린 거기서 만나기로 했어요. 나는 좀 늦게 도착했죠. 가보니 모든 일들이 끔찍하게 잘못되어 있었어요……. 마르틴 말름이 피범벅이 된 채 바닥에 쓰러져 있었죠. 칸트가 삽을 휘둘렀던 거예요. 말름은 회복되지 않았어요……. 며칠 뒤에 첫번째 뇌출혈을 일으켰으니까." 렌나르트가 말했다.

"그럼 우리 옌스는요?" 율리아가 낮은 소리로 물었다.

"그건 사고였어요, 율리아. 난 그 애를 보지 못했고……." 렌나르트가 대답했다. 목소리는 잔뜩 잠겨 있었고, 여전히 그녀의 시선을 피했다. "칸트가 죽고 난 뒤에 발견했어요……. 차 밑에 어린아이의 시신이 있더군요. 내가 칸트를 치었을 때 아이는…… 미처 피할 시간이 없었던 거죠……."

그는 입을 다물었다.

"아이는 어디에 묻었나?" 옐로프가 물었다.

"교회 경내에 있어요. 칸트의 무덤에 같이 묻었죠. 어둠 속에서 우린 아이와 칸트의 시신을 옮겼어요. 누가 오면 알 수 있도록 교회 대문에 종을 달아놓고 잔디를 들어냈죠. 땅에 방수포를 깐 다음 밤새 무덤을 팠어요. 마르틴 말름, 융에르, 나. 우리 세 사람은…… 땅을 파고 또 팠어요. 정말 끔찍했죠." 렌나르트는 누가 억지로 무서운 꿈을 상기시키기라도 한 듯 힘겹게 말을 이었다.

율리아는 눈을 꼭 감았다.

돌담 옆. 내 아들 옌스는 증오심으로 가득차 있던 남자에게 살해당해 마르네스 교회 경내를 에워싼 돌담 옆에 묻혀 있었어. 람베르트가 말했던 대로.

그녀는 깊이 숨을 들이마셨다.

"옌스를 묻기 전 그날 저녁 당신은 스텐비크에 와서 그 애를 찾는 걸 도왔어요. 당신이 죽인 아이…… 내 아들을 찾기 위해 수색 팀을 이끌었죠……. 그리고 아이를 찾는 척하면서 차를 몰고 알바르 주위를 돌아다녔어요. 그래야 당신이 남긴 증거를 없앨 수 있었을 테니까." 눈을 감은 율리아의 목소리가 떨렸다.

"쉽지는 않았어요." 여전히 시선을 피한 채 렌나르트는 작은 소리로 말했다. "율리아, 나도 말하고 싶었어요. 비밀을 지키기가 힘들었어요. 이번 가을, 당신이 이곳에 돌아왔을 때…… 정말 돕고 싶었고…… 난 노력했어요……. 이십 년 전에 있었던 일들을 전부 잊고 싶었죠. 당신도 그 일을 잊었으면 했어요." 그는 잠시 멈췄다가 이내 말을 이었다. "정말 그렇게 될 거라고 생각했어요."

"닐스 칸트는 자기 관 속에 누워 있겠군." 옐로프가 말했다.

렌나르트가 고개를 끄덕였다.

"난 오랫동안 군나르 융에르와 말을 섞지 않았어요. 이번 일도……. 그자가 당신한테 그런 짓을 할 줄은 정말 몰랐어요, 옐로프."

렌나르트는 잡고 있던 의자 등을 놓고는 천천히 돌아섰다. 에른스트 아돌프손의 시신을 발견했던 날, 율리아와 채석장에서 처음 만났을 때처럼 그는 지쳐 보였다. 아마 그때보다 더 지쳐 있으리라.

"한 가지 말할 수 있는 건…… 융에르를 쏠 때의 기분이 닐스 칸트에게 복수할 때보다 낫더군요."

렌나르트는 문을 열고 병실을 떠났다.

옐로프는 말없이 한숨을 내쉬었다.

그는 딸을 향해 속삭이듯 말했다.

"미안……하구나, 율리아. 정말 많이 미안해."

율리아는 고개를 끄덕인 뒤 눈물을 흘리며 아버지의 눈을 쳐다보았다.

그 순간, 그녀는 성인이 된 옌스를 보는 듯한 기분을 느꼈다. 옐로프의 얼굴에서 옌스가 보였다.

할아버지와 손자니까 많이 닮았을 것이다. 옌스도 살짝 슬퍼 보이는 커다란 눈과 사려 깊은 주름이 새겨진 넓은 이마, 이 세상의 빛과 어둠을 모두 볼 수 있는 현명하고 이해심 가득한 시선을 가졌을 것이다.

"사랑해요, 아버지."

그녀는 옐로프의 손을 꼭 잡았다.

에필로그

윌란드의 하늘이 연한 푸른색 시트처럼 펼쳐지면, 따뜻한 햇살과 함께 새들이 모여들고 꽃이 피기 시작한다. 진짜 봄날이 시작되는 날이다. 나이가 얼마나 되었든, 다시 한번 인생이 가능성으로 가득차 있는 듯 느껴지는 그런 날.

지역 일간지의 기자인 벵트 뉘베리는 항상 윌란드에서 새로운 한 해가 진짜로 시작되는 건 그 모든 것들이 생동하는 봄이라고 생각해왔다. 그런 날이면 그는 가능한 한 야외에서 많은 시간을 보냈다.

벵트에겐 휴가가 많이 남아 있었다. 며칠이고 알바르에서 봄의 온기를 느끼면서 산책을 할 수도 있고, 나이팅게일의 근심없는 노래에 귀를 기울일 수도 있었다. 눈이 녹아 고여 있던 알바르의 웅덩이들도 이제 햇살에 전부 말랐을 것이다. 하지만 이 특별한 날만큼은 일을 하고 싶었다.

벵트는 눈부신 햇살 때문에 잠시 감고 있던 눈을 떠 돌담 건너편에 있는 마르네스 교회를 쳐다보았다.

지난겨울 무덤을 파냈을 때, 교회 경내에는 호기심 가득한 불청객들이 몰려들었다. 경찰 통제선 바로 옆까지 인파가 가득했다. 오늘 목요일에 열리는 장례식에는 구경꾼이 많지 않았다. 그들은 목사의 요청에 따라 돌담 건너편에 있었다.

그 자리에 있는 유일한 기자인 벵트는 수첩을 든 채 서 있었다. 옆에서는 그가 직접 사진을 찍을 수 있다고 말했음에도 불구하고 보리홀름에 있는 본사에서 내려보낸 젊은 사진기자가 쿵쾅거리며 주변을 돌아다니고 있었다. 이번 일은 대형 기삿거리로 전국에 팔릴지도 모르니 벵트가 평범한 카메라로 대충 찍은 사진을 쓸 수는 없다는 뜻이기도 했다.

본사에서 보낸 사진기자는 일을 시작한 지 얼마 되지 않은 초짜였다. 스몰란드 출신의 젊은이로, 이름은 이번 사건에 나오는 어린 소년과 같은 옌스였다. 아마 옌스는《윌란스─포스텐》을 몇 년 안에 스톡홀름에 있는 석간지 중 한 곳으로 자신을 보내줄 첫 번째 발판쯤으로 여기고 있을 것이다. 그는 의욕은 넘쳤지만 지루해하고 있었다. 사진을 찍지 않을 때는 자기가 몰래 찍고 싶은 유명 인사나 경마에서 돈을 걸고 싶은 말에 대해 쉴 새 없이 떠들어댔다. 벵트는 그중 어느 쪽에도 전혀 관심이 없었다.

옌스는 잠시도 가만히 있지 않았다. 기자들이 교회 담 밖으로 자리를 옮기자마자 이 젊은 사진기자는 사진을 찍기 좋은 위치를 찾아다니기 시작했다.

"교회 경내에 들어가면 좋을 텐데요. 그냥 살짝 들어가면……." 돌담 너머를 쳐다보던 그가 벵트에게 말했다.

벵트는 고개를 젓고 그 자리에서 조금도 움직이지 않았다.

"그냥 가만히 있어. 여기서도 괜찮을 거야." 그가 조용히 말했다.

그래서 두 남자는 담 밖에서 햇살을 맞으며 기다리고 있었다. 잠시 뒤 교회에서 장례 행렬이 나왔다. 옌스가 자동카메라로 사진을 찍기 시작했다.

아이의 어머니인 율리아 다비드손이 목사 뒤에서 걸어나왔다. 차분한 표정으로 침착하게 행동하고 있었다. 그 옆에는 할아버지인 옐로프가 있었다. 두 사람 모두 검은색 옷을 입고 있었다. 그들 뒤에 율리아와 동년배로 보이는 키 큰 남자가 보였다. 그도 검은색 코트 차림이었다.

"저 사람은 누구죠?" 옌스가 카메라를 내리고 작은 소리로 물었다.

"아이 아버지." 벵트가 대답했다.

율리아 다비드손은 옐로프의 팔을 잡아 부축하고 있었다. 노인은 교회 첨탑 남쪽에 있는 무덤까지 딸에게 의지해 걸어갔다. 관이 땅속으로 내려가는 동안, 그들은 나란히 서 있었다. 옐로프가 고개를 숙였다. 율리아는 관 위에 흰 장미를 던졌다.

벵트가 생각하기에도 이렇게 하는 편이 나았다. 지난 육 개월 간 이곳에서는 끔찍한 일들이 너무 많이 일어났다. 지난해 가을, 채석장에서 끔찍하게 죽은 에른스트 아돌프손의 죽음이 있고 불과 이 주 뒤에 군나르 융에르가 파출소에서 과격한 죽음을 맞이했다. 경찰은 롱비크 호텔에 있는 융에르의 사무실 금고에서 아이의 샌들을 찾아냈다. 이제 고인이 된 선주 마르틴 말름이 옐로프에게 보냈던 샌들의 다른 한 짝이었다.

사건은 그렇게 끝나는 것 같았는데, 갑자기 렌나르트 헨릭손이 융에르의 죽음에 대해 새롭게 경찰 수사를 요구했다. 그 결과 렌나르트는 군나르 융에르와 옌스 다비드손를 죽인 혐의로 기소되었다.

마지막으로 춥고 흐린 겨울날, 닐스 칸트의 무덤을 팠다.

법의학 수사관들이 무덤 위에 범죄 현장 보존용 천막을 세웠다. 그 모습이 꼭 커다란 교회 옆의 흰색 천으로 된 작은 교회 같았다. 그들은 가끔씩 따뜻한 교회 현관에 뛰어들어가 언 몸을 녹여가면서 며칠 동안 작업을 했다. 무덤을 파헤쳐보니 관 속에는 닐스의 시신만이 아니라 다른 남자의 시신도 있었다. 신원은 밝혀지지 않았지만, 수년간 남미에서 생활한 스웨덴인으로 추정되었다. 남자가 남미에서 살해당했을 거라는 소문이 돌았다.

경찰은 닐스 칸트의 관 아래 있는 빈 공간에서 세 번째 시신을 발견했다. 앞서 두 시신보다 체구가 많이 작았다. 그렇게 사건은 완전히 해결이 되었다.

석간신문과 전국 라디오방송, 텔레비전 뉴스의 기자들이 모든 과정을 취재하기 위해 마르네스로 모여들었다. 지역 일간지 기자도 정신없이 바쁜 시간이었다. 하지만 벵트는 이번 사건에 대해 언론인으로서의 거리를 유지하기가 힘들었고, 종종 기사를 쓰면서 가슴이 찢어지는 슬픔을 느꼈다. 몇십 년 동안 렌나르트 헨릭손과 잘 알고 지낸 사이였기에, 그는 이번 사건에 반색할 수가 없었다.

하지만 지금은 태양이 밝게 빛나고 있었다. 윌란드의 새해였다. 이십 년 넘게 땅속에 있던 어린 소년이 마침내 제대로 묻히게 되었다.

무덤 옆에서의 짧은 의식이 끝나자, 율리아와 옐로프 다비드손은 천천히 교회 쪽으로 돌아갔다. 그 뒤를 옌스의 아버지인 미샤엘이 따라갔다.

담 너머에 있던 벵트까지 알 수 있을 정도로 율리아와 옐로프는 말이 없었다. 의식이 진행되는 내내 그는 두 사람이 말을 하는 것을 보지 못했다. 하지만 그건 가족으로서의 친밀감 때문에 가능한 침묵이었다. 그는 두 사람이 약간 부럽기까지 했다.

"이제 끝났네요. 다 된 거죠?" 사진기자가 카메라를 내리며 물었다.

벵트는 마지막으로 율리아와 옐로프의 얼굴을 쳐다보았다. 아주 오랫동안 그들을 뒤덮고 있던 안개가 걷혔음을 알 수 있었다.

"그래, 그만 돌아가지." 벵트가 말했다.

그는 수첩에 한 글자도 쓰지 않았다. 아마 신문에는 사진과 함께 간단한 내용만 나갈 것이다.

그것으로 충분하리라. 나중에 누군가 그 소년의 장례식이 어땠냐고 묻는다면, 벵트 뉘베리는 아주 밝고 품위 있고 평온한 느낌이었다고 대답할 수 있을 것이다. 뭔가 마무리된 것 같았다고.

감사의 말

『죽은 자들의 메아리』는 1990년대 중반의 아름다운 윌란드 섬을 배경으로 하고 있습니다만, 간혹 작가의 상상 속에서만 존재하는 부분도 있습니다. 소설 속에 나오는 등장인물이나 사업과 관련한 내용은 실제 인물이나 회사와 아무 관련이 없고, 몇몇 장소들 역시 만들어낸 것입니다.

본인들의 파란만장한 인생에서 나온 이야기와 추억을 나누어주신 분들이 계십니다. 우리 할머니와 엘레르트 옐로프손 선장님, 그리고 그분의 동생인, 미용사이자 잠수부인 에곤 옐로프손에게 감사를 전합니다. 역사적인 사실에 대해 알려주신 보후슬렌의 선장 스텔란 요한손과 예테보리의 기자 크리스티안 베델, 옌셰핑에서 변호사로 일하는 라르스 오스카르손에게 감사드립니다.

이 작품을 쓰는 동안 많은 친구들이 다양한 방식으로 도움을 주었습니다. 작가 그룹 '리터'의 카이사 아스클뢰프, 모니카 벵트손, 빅토리아 함마르, 페테르 닐손에게 감사를 전합니다. 야코브 베크프리스, 니클라스 엑스트룀, 카롤리네 칼손, 리카르드 헤들룬드, 맛스 라르손, 칼로스 올구인, 카타리나 오스카르손, 미샤엘 세브홀트, 칼레 울브스티그, 안데르스 베이데만 그리고 나의 친척들, 칼마르에 사는 라세와 에바 비에르크, 페리에스타덴에 사는 한스와 비르기타 옐로프손, 보리홀름에 사는 구닐라와 페르올로프 륄란데르에게도 고맙다는 말을 전하고 싶습니다.

아주 뛰어나며 성실한 편집자들, 그중에서도 《미노타우르》의 리카르드 베리호른과 내 단편소설들을 출간해준 샥트 출판사의 켄트 비에른손에게 감사를 전합니다. 또한 『죽은 자들의 메아리』를 출간해준 발스트룀 앤드 비스트란드사社의 로타 아크빌로니우스에게도 고맙다는 인사를 하고 싶습니다.

욀란드에 대한 신문 기사들과 오래된 책들, 새로 나온 모든 책들을 아낌없이 보내준 나의 어머니 마고트 테오린에게는 어떤 말로 감사를 해도 부족하겠지요.

마지막으로 내 백일몽을 참고 견뎌준 헬레나와 클라라에게 고맙다는 말과 함께 따뜻한 포옹을 전하며.

요한 테오린

skumtimmen

죽은 자들의 메아리
Skumtimmen

초판 발행 2017년 12월 22일

지은이 요한 테오린
옮긴이 권도희
펴낸이 염현숙

책임편집 이현 | **편집** 임지호 이송 | **외주교정** 홍상희
표지 디자인 이경란 | **본문 디자인** 백주영
저작권 한문숙 김지영 | **마케팅** 정진아 김혜연
홍보 김희숙 김상만 이천희
제작 강신은 김동욱 임현식 | **제작처** 한영문화사

펴낸곳 (주)문학동네
출판등록 1993년 10월 22일 제406-2003-000045호
주소 10881 경기도 파주시 회동길 210
문의 031-955-1906(편집) 031-955-8896(마케팅) 031-955-8855(팩스)
전자우편 editor@elmys.co.kr / **홈페이지** www.elmys.co.kr

ISBN 978-89-546-4955-1 (04850)
    978-89-546-4954-4 (세트)

엘릭시르는 출판그룹 문학동네의 임프린트입니다.